读客外国小说文库

激发个人成长

THE GRACE OF KINGS

蒲公英王朝
七王之战

〔美〕刘宇昆 著

汪梅子 译

KEN LIU

江苏凤凰文艺出版社
JIANGSU PHOENIX LITERATURE AND
ART PUBLISHING, LTD

献给奶奶，是她让我认识了那些大汉英雄。我永生难忘我们一起听评书广播的午后时光。

也献给丽莎，她先于我目睹达拉群岛。

目　录

困　狼

云　涌

天 下

第一章　刺客

西边的天上，一只白鸟静静悬在碧空中，偶尔拍打一下翅膀。

那或许是在几里开外的二梅山顶筑巢的一只猛禽，正在寻觅猎物。但今天并非捕猎佳日。坡林平原这块被烈日炙烤的区域虽然素来是猛禽的地盘，但今天却挤满了人。

数以千计的观众挤在祖邸城外的大道两旁。谁也没有注意那只鸟。他们是为了帝王出巡而来。

一队巨大的皇家飞船飘过头顶，轻盈优雅，不断变换队形，众人又惊又畏，倒抽一口气。在默不作声的民众充满敬意的注视下，重型战车隆隆驶过，车上的投石臂布满结实的牛腱。大家齐声赞美皇帝的远见卓识与慷慨大方，皇帝手下的工匠从冰车上将添加香料的水洒向众人，在柯楚国北部的炎炎烈日与滚滚尘土中带来一丝清凉。百姓一阵阵鼓掌欢呼，原来是被征服的六诸侯国的绝顶舞者来了：五百名法沙国少女以纱遮面，旋转得令人春心荡漾，这曾是伯阿玛宫廷才有幸得见的美景。四百名柯楚国舞剑者手中的宝剑舞成朵朵明晃晃的菊花，冷光闪耀，上乘剑术与优美诗意融为一体。随后是来自荒蛮的客非岛的数十头大象，步履优雅，体态庄严，周身涂以七国之色——不出所料，最大的一头雄象身披乍国的白色旗帜，其余诸象则披挂被征服诸国的斑斓色彩。

大象拉的移动平台上是整片达拉群岛上最好的二百名歌者，乍国大征服前是不可能有这等阵容的。他们唱的是伟大的皇家学者吕戈·库泊为皇帝此次巡游诸岛所作的一首新歌：

> 北望法沙，丰饶之国，碧绿动人，
> 恰如善人卢飞佐的双眼，
> 雨沁牧场，雾罩高原。

移动平台四周的士兵将一把把小玩意抛入人群，那是乍国风格的装饰结，以代表七国的彩色丝线制成，形似"福""禄"二字。百姓一片骚动，彼此争抢，都想为这个大日子收个纪念。

> 南看柯楚，地势险要，田中稻稷，黑白错落一望无垠，
> 红为尚武之精神，白乃拉琶之荣耀，黑似卡娜一腔哀愁。

听到这几句赞颂家乡的歌词，人群中传来空前响亮的喝彩声。

> 西探阿慕，风光无限，图图笛卡所佩的一颗明珠，
> 优雅夺目，两片碧湖，湖畔诸城星罗棋布。

> 东有甘国，金碧辉煌，商贾博戏，
> 莫不在塔祖庇佑下繁茂昌盛，
> 富比四海，雅如学袍。

紧随歌者之后，士兵高举丝绸长幡，其上以精美针法绣出七国各地的奇珍异景：月光之下，奇迹峰顶布满皑皑白雪；日出时分，图图

笛卡湖中鱼群闪闪发光；狼爪岛畔，独角鲸①与鲸鱼恣意出没；蟠城街头，大道两侧百姓喜气洋洋；无所不知的皇帝面前，严肃的学者争论着国家大事……

> 西北哈安，高洁之地，哲学之乡，
> 在鲁索的黄色背壳上追随诸神的艰难路途。
>
> 中为里马，林木环绕，阳光普照，
> 古木间光线利如飞索威的黑色宝剑。

各段歌词之间，百姓和声一起诵唱副歌部分：

> 我们臣服，臣服，臣服于乍国，至高无上的风之主，
> 何必以战争之负对抗奇迹公？

柯楚百姓中，大概有人在十多年前还曾拿起武器抵抗乍国入侵，可就算这无比顺从的歌词让他们感到不快，低声抱怨也被周围人群的狂热高歌完全淹没了。这催眠的歌声自有一股力量。仿佛在重复吟唱中，这些字句便有了力量，化作真理。

不过表演还没能让百姓满意。他们还没看到出巡的亮点呢，那便是皇帝本人。

滑翔的白鸟靠近了些。它的翅膀似乎宽大有如祖邸城中富人宅内的汲水风车叶片，这样大的翅膀可不是寻常鹰隼所有的。有几名观众抬头仰望，漫不经心地猜想着：那大概是明恩巨鹰，由皇帝手下的驯鹰人从千里之外的如意岛带来放飞，给百姓们开开眼。

但人群中有名皇家密探看到巨鸟，皱起了眉。他转身挤过人群，

---

① 独角鲸：一种鲸，全身覆满鳞片，头顶有一根角。象征皇权。——作者注（若无特别说明，文中所有注释均为作者注，下文不再一一说明）

朝地方官员所在的临时观景台而去。

皇家卫队来了，行进步伐整齐划一，仿佛一排排机械人。他们目视前方，手脚起落一致，简直像是由同一双巨手操控的牵线偶人。大家的期待空前高涨。皇家卫队的这种严密纪律和前方舞者的活泼动作形成鲜明对比。

经过一刹那寂静，人群转瞬又高声欢呼起来。虽然，就是这一支军队屠杀了柯楚国的士兵，让昔日贵族受辱，可围观的百姓只想看热闹，他们就是喜欢闪闪发亮的盔甲和展示雄厚军力的游行。

巨鸟更近了。

"借过！借过！"

两个十四岁少年像小马驹踏过甘蔗田一般，从挤得结结实实的人群中开出一条路来。

领头的少年叫库尼·加鲁，又长又直的黑发在头顶盘成私塾学生式样的发髻。他很强壮，不胖，但肌肉结实，四肢有力。他和柯楚国的大多数人一样双眼狭长，其中闪着狡黠的光。他开路时十分粗暴，无论男女，一样被他用臂肘推开，所过之处留下一片片瘀青和咒骂。

断后的少年叫润·客达，个子瘦高，神情紧张，跟着前面的伙伴穿过人群，就像是跟着轮船顺风飞翔的海鸥，一路向周围的愤怒群众赔礼道歉。

"库尼，我感觉咱们站在后面就挺好的。"润说，"我真的感觉这样不好。"

"那就别想那么多感觉的事。"库尼说，"你的问题就是思考太多。只要行动就行了。"

"罗因先生说，诸神希望我们三思而后行。"又有人朝他们骂骂咧咧地挥拳头，润急忙闪避，躲开了那一拳。

"没人知道诸神到底希望什么。"库尼还在往前挤，根本没有回头，"罗因先生也不知道。"

他们终于挤过人山人海，站到了紧临大路的位置，白石灰画出的线条标明了观众应当保持的距离。

"这样才能看清楚嘛。"库尼深吸一口气，尽情打量着眼前的一切。最后一名法沙半裸舞女从他面前经过时，他吹了个口哨表示赞许。"我可算知道为什么人人都想当皇帝了。"

"别乱说！你想坐牢吗？"润紧张地环顾四周，以防有人听到他们的话——库尼总喜欢说些离经叛道的话，很容易被当成逆反者。

"我说，这不是比坐在屋里刻蜡字和诵读空非迹的《纲常经》强多了吗？"库尼一把搂住润的肩膀，"你就承认吧，幸亏和我来了吧！"

罗因先生说过，不会为了皇家大巡关闭私塾，因为他认为皇帝也不希望年轻人中断念书。可润却暗自怀疑罗因先生其实是对皇帝有所不满。祖邸城里许多人对皇帝的态度都很不明朗。

"罗因先生绝对不会赞成这事。"润说。可他也正目不转睛地盯着那群面纱舞女。

库尼大笑起来。"反正先生会因为咱们逃了三天课罚打手板，还不如让这顿打挨得值一点呢。"

"可每次你都能编出些聪明话躲过去，留我一个人挨双份打！"

人群中的欢呼声高涨起来。

宝座塔顶，皇帝以闲式①坐姿双腿前伸坐着，周遭堆满柔软的丝绸枕。只有皇帝可以在公众场合采用这种坐姿，因为他是至尊之身。

宝座塔是一座丝绸与竹子制成的五层建筑，耸立在二十根粗竹竿交错搭建的平台上，由百名上身赤裸油亮的挑夫扛着。

宝座塔的下面四层满是珠光宝气的精美发条模型，其运动展现了寰宇四域：底层是火域——布满开掘钻石与金矿的恶魔；其上是水域——水中游弋着鱼群、水蛇和律动的水母；再上是土域，即人类所居之

---

① 闲式：一种极不正式的坐姿，双腿置于身前伸直，仅可在亲密之人或身份低于自己的人面前使用。

域——岛屿在四海中漂浮；最上面是空域——鸟儿和精灵的居所。

皇帝穿着闪亮的绸袍，皇冠由黄金和各色珠宝制成，冠顶一尊小雕像，雕的是四静海之主——独角鲸，那一根鲸角取自一头幼象象牙最核心、最纯正的部分，眼睛则是一双沉甸甸的黑钻，那是整片达拉群岛最大的钻石，是十五年前乍国攻下柯楚国时从柯楚国国库掳走的。玛碧德雷皇帝用一只手遮挡阳光，眯起眼睛望着渐近的大鸟。

"那是什么？"他大声问道。

缓缓移动的宝座塔下，皇家密探赶来告诉皇家卫队队长，祖邸官员都表示从未见过这只怪鸟。队长向皇家卫队低声下令，这支达拉诸岛最顶尖的部队立刻向宝塔的挑夫们靠拢，收紧了队形。

皇帝仍然盯着巨鸟，它缓慢却明确无误地飘近了。巨鸟拍打了一次翅膀，皇帝侧耳倾听，他仿佛透过四周鼎沸的人声听到一声厉鸣，竟十分近似人的高喊。

皇帝出巡诸岛已持续八月有余。玛碧德雷皇帝很清楚，他必须亲自露面，以此提醒被征服的诸国，乍国拥有何等力量与权威。但他非常疲惫。他渴望返回蟠城，他那号称完美之城的新都。他渴望在他的奇兽园和水族馆中流连，其中满是达拉群岛各地的鸟兽，包括远航至天际线外的海盗敬献给皇帝的几只异兽。他渴望吃到心爱厨师烹饪的菜肴，而非出巡各地的奇怪供品。尽管这些食物可能是各地贵族极尽所能搜刮而来的珍馐，但每次都得耐心等待试菜师——验过，确认无毒，而且菜肴往往不是极度油腻就是过于辛辣，令他肠胃不适。

最关键的是，他感到十分厌倦。夜复一夜的宴会，皆由地方官员和贵族招待，几百个夜晚化作混沌一片。无论他巡至何处，效忠归顺之辞都是千篇一律。他时常觉得自己仿佛剧场中的孤家寡人，夜夜观看同一出戏，戏子虽每夜不同，布景也时时变化，但台词却始终如一。

皇帝身子向前倾了倾。这只怪鸟是多日以来最令他兴奋的一件事了。

既然巨鸟越来越近，他就能看得更清楚了。可它……根本不是鸟。

那是一只巨大的风筝，由纸、丝绸和竹篾制成，可地面并无丝线与风筝相连。风筝下面竟悬挂着一个人——这怎么可能？

"有意思。"皇帝开口说道。

皇家卫队队长两步并三步，沿着宝座塔内不甚结实的螺旋台阶飞奔而上，"陛下，当心为妙。"

皇帝点点头。

挑夫躬身将宝座塔安放在地面。皇家卫队立定。弓箭手在宝塔周围就位，持盾护卫在塔基处聚拢，巨盾彼此交叠，搭成临时掩体，宛若龟壳。皇帝敲打双腿，帮助活血，准备起身。

群众似有察觉这并非出巡预先安排的项目。他们伸长脖子，顺着弓箭手搭上弦的箭望去。

那只飘来飘去的怪风筝眼下只在几百码开外了。

挂在风筝上的人拉起身旁悬垂的几根绳索。鸟形风筝突然收起翅膀，朝宝座塔俯冲而来，不过几秒便到了近前。风筝人一声凄厉长啸，下面围观的诸多百姓竟在炎炎暑气中也不禁打了个寒战。

"乍国灭亡！玛碧德雷驾崩！壮哉我大哈安国！"

诸人都还没来得及做出任何应对，风筝人已朝宝座塔掷出一团火球。皇帝盯着飞速而来的火球，一时惊呆，动弹不得。

"陛下！"皇家卫队队长一眨眼便冲到皇帝身旁，一把将年迈的皇帝推下宝座，另一只手一把抓起铁木镶金的宝座作为巨盾。火球撞上宝座，轰的一声，碎片反弹落地，又是一次爆炸，一滴滴嘶嘶作响的沥青余烬四散开来，所过之处都起了火。有些舞者和士兵的脸上身上不幸粘到黏乎乎的沥青，火舌立刻吞噬了他们。

尽管沉甸甸的宝座使皇家卫队队长和皇帝躲过初次爆炸，但队长的头发还是被几条火舌烧掉大半，右脸和右臂也有严重烧伤。不过，皇帝虽然受到严重惊吓，却毫发无损。

队长丢掉宝座，忍住伤痛从宝塔上探出身子，朝着下面惊呆的弓箭手大喊："快放箭！"

他心中暗骂自己平日对纪律要求太高，以致护卫只顾服从命令，不会自行随机应变。可上次有人意欲行刺早已是陈年旧事，大家都误以为如今可以高枕无忧。如果这次行刺失败后他脑袋还在的话，今后定要加强训练。

弓箭手万箭齐发。刺客拉动风筝上的线绳，收起翅膀，一个急转弯躲开箭雨。箭头纷纷从天空坠落，仿如一阵黑雨。

数以千计的舞者和观众尖叫着四下逃窜，陷入一片混乱。

"我跟你说过这样不好吧！"润慌忙四下张望，寻找藏身之处。一支箭坠来，他赶忙尖叫着躲开。旁边两人已倒地身亡，背上露出箭尾。"我一开始就不该答应帮你向你爹娘撒谎说私塾关了。你的计划每次都害我倒霉！咱们快跑吧！"

"如果跑了，万一在这么多人中间绊倒，就会被踩死的。"库尼说，"再说了，怎么能错过这么一出好戏呢？"

"天啊，咱们都要没命了！"又一支箭落下，射入不过一尺开外的地面。又有几个人中箭，尖叫着倒下了。

"咱们还没死呢。"库尼冲到路中央，捡起卫兵掉落的一块盾牌，又跑了回来。

"蹲下！"他大喊着，拽住润一起蹲下，举起盾牌遮在两人头顶。一支箭撞在盾牌上。

"拉琶娘娘，卡娜娘娘，求……求……求你们保佑啊！"润紧闭双眼嘟哝道，"要是躲过这一劫，我一定听我娘的话，再也不逃一堂课，我一定听从古人教诲，不让巧舌如簧的伙伴带我学坏……"

而库尼正躲在盾牌边朝外窥视。

风筝人用力屈腿，风筝翅接连迅速扑扇了几下。风筝径直升高。风筝人拉动绳索，一个急转弯，又朝宝座塔而来。

皇帝已从最初的惊吓中恢复，正在护卫陪同下走下螺旋台阶。但他只走了一半，正在土域和火域之间。

"陛下，恕臣无礼！"皇家卫队队长弯下腰，一把抱起皇帝，把他从宝塔边抛了下去。

下面的卫兵已经拉开一长条布匹。皇帝落入布匹，上下弹跳了几次，但似乎并未受伤。

库尼匆匆瞥到一眼皇帝的模样，随后便被层层叠叠保护他的盾牌挡住了视线。多年来，皇帝常服丹药，以期延年益寿，但却给身体造成巨大损害。尽管他只有五十五岁，相貌却要再老上三十岁。但最让库尼震惊的，是年迈皇帝满是皱纹的脸上那双眼皮耷拉的眼睛。那一瞬间，那双眼睛中满是惊讶与恐惧。

库尼身后传来风筝俯冲的声音，像是粗布撕裂一般。"趴下！"他一把推倒润，自己趴在他身上，把盾牌挡在两人头顶，"装乌龟。"

润被库尼压在身下，努力趴平。"真希望地上能裂开一条缝，让我躲进去。"

宝座塔四周还有更多燃烧的沥青爆炸。有些碎片落在盾牌掩体上，沥青嗞嗞作响，流入盾牌之间的缝隙，下面的士兵虽然大叫，但依然咬牙坚守站位。士兵们在长官指挥下举起盾牌，一齐倾斜，让沥青掉落，就像是鳄鱼收缩鳞片抖掉多余的水。

"应该没事了。"库尼说。他拿开盾牌，从润身上滚下来。

润慢慢坐起来，不解地看着伙伴。库尼正在地上来回打滚，像在雪里嬉戏一般——库尼怎么这时候还想着玩？

这时他才发觉库尼的衣服冒烟了。他大叫一声，赶忙跑上前，用长袖拍打库尼的宽袍，帮忙灭火。

"多谢，润。"库尼说。他坐起身，努力想要露出微笑，但只能挤出个鬼脸。

润仔细打量着库尼，刚才有几滴燃烧的沥青落在了他背上。透过袍子上还在冒烟的窟窿，润看到下面的皮肉烧焦了，还在淌血。

"天啊！疼吗？"

"没事，一点皮肉伤。"库尼说。

"要不是你趴在我上面……"润哽咽了，"库尼·加鲁，你真够朋友。"

"呃，没什么。"库尼说，"智者空非迹说过：人应常——哎哟！——为友人两肋插刀。"他本想夸耀夸耀，可疼得话音直颤。"看，罗因先生也没白教我。"

"你就记得这个？可空非迹从没说过这句话，你引用的是和空非迹辩论的顽劣之徒的话。"

"谁说顽劣之徒无德行的？"

拍打翅膀的声音打断了这两个少年的谈话。他们抬头仰望。那架巨型风筝就像是信天翁在海上御风而行，缓慢而优雅地拍动翅膀，攀升，盘旋了一大圈，随即开始对宝座塔进行第三轮轰炸。风筝人显然没了力气，已经无法飞到先前的高度。风筝这次离地面很近了。

几个弓箭手成功射穿无线风筝的翅膀，有几支箭甚至射中了风筝人，但他穿着厚厚的皮甲，似乎经过了某种加固措施，箭射到皮甲上便随即落下，并没造成什么伤害。

刺客再次收起风筝翅膀，有如翠鸟一般朝宝座塔加速俯冲而来。

弓箭手还在朝他放箭，但他对箭雨毫无顾忌，并未改变方向。火球在丝竹宝塔身上炸开，不过几秒钟的工夫，宝塔便化作一座火塔。

而此时，皇帝本人已躲在持盾护卫的盾牌下，安然无恙。随着时间推移，皇帝周围弓箭手越来越多。风筝人也看出，目标已经逃出他的手心。

他停止轰炸，将风筝转向南方，远离巡游队伍的方向，用仅剩的力气大幅摆腿，让风筝攀升了些许。

"他朝祖邸去了，"润说，"你觉得有没有可能是咱们认识的人在帮他？"

库尼摇摇头。风筝从他和润头顶经过，暂时挡住了灼目烈日。他看到风筝人很年轻，还不到三十岁，黝黑的皮肤和修长的四肢在北方的哈安国人当中颇为常见。有那么一瞬，风筝人俯视的目光与库尼相交，库尼看到那双碧绿色的眼睛中充满狂热与坚定，自己心情也跟着激动起来。

"他让皇帝害怕了，"库尼仿佛是自言自语地说道，"皇帝和凡人也没什么两样嘛。"他脸上绽开一个大大的微笑。

润还没来得及叫他的朋友闭嘴，巨大的黑影就笼罩在他们头上。二人一抬头，顿时更加理解风筝人为何撤退。

六艘外形优雅的飞船自空中飘来。每艘飞船都约有三百尺长，这是皇家空军的骄傲。飞船原是为皇家巡游队伍打头阵，既可开路，又能震慑围观百姓。飞船桨手花了一阵工夫才让飞船掉过头来支援。

巨大的无线风筝变得越来越小。飞船朝逃跑的刺客追去，巨大的羽毛桨拍打着空气，就像奋力起飞的肥鹅一般笨拙。风筝人早已远在飞船弓箭手的射程之外，靠线绳拴住的作战风筝也难以追赶。不等他们抵达祖邸城，灵活的风筝人肯定早已降落，消失在城内街巷中了。

皇帝躲在盾牌掩体的暗影下，怒火中烧，但还是摆出镇静的样子。这不是第一次有人行刺，也不会是最后一次。但这是最接近成功的一次。

他下令时，声音无比平静坚决。

"找到刺客。哪怕要翻遍祖邸城中所有房屋，烧光哈安贵族的宅院，也要将他抓来见我。"

第二章　马塔·金笃

图诺阿群岛，法润城
普明天治十四年九月

　　没有几个人能猜到，法润城中心广场边上，俯视鼎沸人声的那名魁梧男子其实不过是个十四岁少年。马塔·金笃身高七尺半，肌肉发达，镇民虽然彼此推推搡搡，却出于尊敬，与他保持着一段距离。

　　"他们对你有所畏惧。"少年的叔叔飞恩·金笃话音中透着一股自豪。他抬头看看马塔，叹了口气。"若是你父亲和祖父能看到现在的你就好了。"

　　少年点点头，但没有说话，只如鹤立鸡群般俯瞰广场上人头攒动的景象。柯楚国人眼眸多为褐色，但马塔的眼睛却是炭般黝黑，而且每只眼睛里都有两枚瞳仁，闪烁着幽幽光芒，很多人都以为此种异状只存在于神话中。

　　重瞳使马塔比常人视力更锐利，目力范围更远。他扫视着地平线，注意到北面镇外不远处的石塔。那座石塔幽暗纤细，伫立海边，宛若插入石滩的一柄匕首。马塔约略能看清靠近塔顶的拱顶大窗，窗框饰以黑白双鸦的繁复雕刻，两只乌鸦的喙交汇于拱心，共同衔着一朵千瓣菊。

　　那便是金笃部落古堡的主塔。如今，它属于达吞·乍托玛，卫成法润的乍国部队首领。此人一介平民，甚至不曾习武，不过是个文官，却在原本属于他家的古老厅堂盘坐。马塔一想到此事，心中便涌起一股恨意。

马塔将思绪拉回当下。他俯下身，对飞恩低语道："我想靠近些。"

皇家巡游队伍刚从本岛南部乘船抵达图诺阿。谣传皇帝在祖邸附近遇刺，但幸免于难。马塔和飞恩往前走，众人便像船首劈开的浪花，自觉为他静静让出一条路来。

他们在第一排人身后停了下来，马塔半蹲下身，与叔叔保持差不多的高度，以免皇家护卫注意到他。

"来了来了！"人群高呼起来。飞船冲破地平线附近的云层，宝座塔的塔尖也映入眼帘。

镇民都在为美丽的舞者叫好，给勇猛的士兵鼓掌，但马塔·金笃关心的只有玛碧德雷皇帝。他终于能亲眼目睹他的敌人了。

一排士兵在塔顶站成一圈，箭搭在弦上，出鞘的剑握在手中。皇帝就坐在圈中心，围观者只能偶尔瞥见一眼他的面孔。

马塔心目中想象的皇帝是一个老头，耽于享乐，脑满肠肥，但他透过纱帘般的人墙，看到的却是一张形容憔悴的脸，眼神犀利冷漠。

他高高在上，无人可及，却无比孤独。

无比恐惧。

飞恩和马塔面面相觑。二人都看出对方眼神中混杂着悲伤与郁积已久的仇恨。飞恩不需要开口。每天，他都会对马塔说同一句话：

勿忘。

那时，玛碧德雷皇帝还年轻，还只是乍国国君，乍国军队在海陆空三面连连击溃六国，只有一个人能够阻挡他们：图诺阿公爵兼柯楚国元帅达祖·金笃。

金笃家族出过许多伟大的柯楚国将军。但达祖年轻时体弱多病。父亲和祖父决定将他送往北方，远离金笃家族在图诺阿群岛的封地，到达拉群岛另一头云雾笼罩的蚕卵群岛，拜传奇的剑术大师梅多为师。

梅多看了一眼达祖，开口说："我年事已高，你又太小。很多年前我便不再收徒了。你走吧。"

但达祖没有走。他在梅多门外跪了十天十夜，除了雨水外不吃不喝。第十一天，达祖昏倒在地，梅多被他的坚持打动，终于收他为徒。

但梅多并没教达祖剑术，而是让他帮忙放牧自己的几头牛。达祖毫无怨言。他跟着牛走遍寒冷崎岖的山路，提防躲在雾气中的狼群，夜里就和哞哞直叫的牛儿抱在一起取暖。

春天，牛群里诞下一头牛犊。梅多让达祖每天抱牛犊到他房里来称重，以免地上的锋利石子伤了它的腿脚。这可要走上好几里路，起初还很轻松，但牛犊越长越沉，路就难走了。

"小牛现在自己走得挺好了。"达祖说，"它从来没摔倒过。"

"我叫你把它抱回来。"师父说，"若要做好士兵，必得先学会听令。"

每天，牛犊都会变得更沉一些；每天，达祖都会更费力一些。当他终于走到牧场，累得倒在地上，牛犊就会从他怀里挣脱，自个儿撒欢跑开。

又到了冬天，梅多交给他一把木剑，让他使出全部力气击打练习用的假人。达祖嫌弃地看看无刃的粗糙木剑，但还是依照师父吩咐挥剑了。

木制假人被劈成两半，剖面干净利落。达祖惊讶地看着手里的剑。

"不是剑的功劳。"师父说道，"你最近有没有照过镜子？"他将达祖带到一面打磨光亮的盾牌前。

达祖简直认不出盾牌中映出的这个小伙子了。他肩膀敦厚结实，占满了整面盾牌，胳膊和大腿也比记忆中要粗上一倍。精瘦的腰肢之上是饱满的胸肌。

"高明的武士仰赖的不是武器，而是自己。如果你拥有真正的力量，哪怕手里拿的只是草叶，照旧能发出致命一击。"

"你终于可以跟我学剑了。先去谢过帮你变壮的牛犊。"

达祖·金笃在战场上所向披靡。乍国勇猛的游牧民族虽能横扫其余各诸侯国军队，但金笃公爵率领的柯楚大军却如堤坝止洪水一般挡住了乍国入侵。

　　金笃公爵麾下兵力与乍国人数悬殊。他以过人谋略将军力部署在柯楚国各地的要塞和军事重镇。每当乍国进犯之时，他都会下令让部下不要理会乍国将领的嘲讽之辞，而是如乌龟一般躲在高墙之后。

　　但每当乍国军队想要绕过这些固若金汤的要塞重镇，柯楚国部队便如藏匿于岩缝中的海鳝一样倾巢而出，毫不留情地从后方切断乍国的粮草补给。虽然乍国元帅戈乍·同耶提手下兵力更多，装备更好，可却被金笃公爵的兵法困得趑趄不前。

　　同耶提意欲羞辱金笃，给他起了个"胡子乌龟"的绰号。但达祖·金笃听罢大笑，颇为自豪地接受了这个称呼。

　　同耶提在战场上频频失利，转而玩弄阴谋诡计。他在柯楚国首都萨鲁乍散播流言，声称金笃公爵有意篡位。

　　"金笃公爵怎么只会做缩头乌龟，不肯进攻乍国？"人们低声议论道。"乍国军队显然不敌柯楚，但公爵踌躇不决，任凭敌人践踏我们的田地。说不定他与戈乍·同耶提私下盟约，同耶提只是佯攻。他们是不是共谋推翻柯楚国君，欲以达祖·金笃取而代之？"

　　柯楚国君起了疑心，下令让金笃公爵放弃防守策略，正面进攻同耶提。达祖·金笃说此举不甚明智，可这话却只是加重了柯楚国君的疑心。

　　金笃公爵别无选择。他披上盔甲，冲锋陷阵。同耶提的部下在令人胆寒的柯楚国战士面前似乎不堪一击。乍国部队节节败退，最终变作一盘散沙。

　　金笃公爵乘胜追击，进入一道幽深峡谷，同耶提将军躲进了林子深处。突然间，五倍于金笃公爵兵力的乍国大军从峡谷两侧现身，切断了公爵的退路。金笃公爵霎时意识到自己中了埋伏，只得投降。

　　达祖·金笃提出投降条件，其部下作为战犯，不得伤他们性命。

他随即自刎，因为降敌后无颜苟活。戈乍·同耶提却并未守约，所有投降的柯楚士兵都被活埋。

三天后，柯楚国都城萨鲁乍沦陷。

玛碧德雷决定利用反抗良久的金笃部落杀一儆百。金笃部落诛三族男丁，女人卖给青楼。达祖·金笃的长子西鲁在萨鲁乍城被活活剥皮，同耶提的部下强迫首都百姓围观并分食西鲁的肉，以示效忠乍国。达祖的长女素妥带着侍从躲进乡下大宅，一把火烧掉宅子，逃过厄运。大火烧了整整一天一夜，仿佛是卡娜女神在以此表达悲痛。熊熊大火燃烧得过于猛烈，火灭之后，废墟中连素妥的遗骨也未发现。

达祖的幼子飞恩，年仅十三岁。他藏身于金笃家族城堡地下，其中布局复杂，到处是黑暗的储藏室和隧道，于是逃过抓捕。但最终，他溜去灶屋喝水的时候，同耶提的部下还是抓住了他。士兵把他带到元帅面前。

同耶提打量着跪在自己面前的这个小男孩，看他怕得瑟瑟发抖、哭哭啼啼的样子，放声大笑。

"杀了你太可惜了。"他用低沉的嗓音说道，"你没有像狼一样迎战，而是如兔子一般躲起来保命，来生还有何颜面见你父亲和兄长？你的勇气还不及你姐姐的十分之一。我要给你和你哥哥的孩子同等待遇，因为你跟他没什么两样。"

同耶提没有依照玛碧德雷的命令杀掉西鲁新诞下的儿子。"贵族应该比农民更有德行，"他说，"即便是在战时。"

于是同耶提的部下放了飞恩，他带着耻辱，踉踉跄跄地离开家族城堡，怀中抱着死去哥哥的新生儿子——马塔。他没有了封号、宅邸、部落，富贵荣华的生活如一场梦化作泡影，现在该怎么办呢？

飞恩在城堡大门边拾起一面倒掉的红旗，旗子已经烧焦，脏兮兮的，但还是能看出上面绣着一朵金色菊花，这是金笃部落的徽记。他用旗子作为襁褓，裹起马塔，勉强抵御一点严寒，揭开一角，露出他的脸庞。

小小的马塔眨了眨眼，凝视着他，每只黑色的眼睛里都有一对瞳仁。瞳仁中隐约闪烁着一点光芒。

飞恩倒吸一口冷气。古阿诺人认为，重瞳者是受到神祇的特殊眷顾的。这样的孩子大多天生失明。飞恩自己也不过是个孩子，从未注意过哭哭啼啼的小侄子。这是他第一次发现马塔是重瞳。

飞恩举起一只手，放在婴儿面前，想看看他是否失明。马塔的眼珠没有动，可随后，他转过脸，与飞恩四目相对。

重瞳者当中，极少数人拥有老鹰般锐利的视觉，据说这样的人必将成就大业。

飞恩如释重负，把婴儿抱在胸前，抵着自己怦怦直跳的心脏，过了一会儿，一滴如鲜血般滚烫的眼泪从飞恩的眼中落下，落在马塔的脸颊上。新生儿啼哭起来。

飞恩俯身将额头与马塔的额头相触。婴儿安静下来。飞恩低语道："现在咱俩就相依为命了。不要忘记我们的家族所遭受的一切。勿忘。"

婴儿似乎听懂了他的话。他挣扎着，小胳膊从旗帜襁褓中挣脱出来。他朝飞恩举起双臂，握紧小拳头。

飞恩抬头仰望天空，对着空中飘雪大笑起来。他又用旗帜小心地挡住婴儿的小脸，离开了城堡。

★　★　★

看着马塔皱眉的样子，飞恩想起了达祖·金笃沉思时的严肃模样。飞恩已故的姐姐素妥小时候常在花园里奔跑，她那时脸上的笑容，和马塔的微笑简直一模一样。马塔沉睡时的宁静面庞则会让飞恩想起哥哥西鲁。西鲁总叫飞恩要多一点耐心。

飞恩看着马塔，意识到了马塔幸存的意义。金笃部落祖祖辈辈长成一棵血脉高贵的大树，年轻的马塔就是树梢上最后一朵绽放的菊花，也是最灿烂的一朵。飞恩向柯楚国的孪生保护神卡娜与拉琶起誓，他要尽全力抚养和保护马塔。

他要让自己的心变得像拉琶一样冰冷，血液有如卡娜那般滚烫。为了马塔，他不能再继续软弱和骄纵下去，他要变得坚强而锋利起来。若是怀有复仇之心，兔子也能变成狼。

有几个忠于柯楚家庭同情金笃部落的境遇，多亏他们时时接济，飞恩才挨了过来。后来他干掉在田里小憩的两名盗贼，得了他们的赃物，在法润城外买了一小片地。他在这里教会马塔捕鱼、狩猎、用剑，这些技能都是在他自己不断尝试和摸索中掌握的：他第一次猎鹿，见血便哇哇吐了出来；第一次挥剑，险些砍断自己的脚。他一次次咒骂自己以前耽于享乐，不学无术。

背负着如此重任，飞恩不过二十五岁便已头发灰白。晚上，待年幼的侄子入睡后，他常常独自坐在屋外。他无法忘记自己多年前的软弱，反复思考着自己是否尽责，是否有能力尽责，确保马塔踏上正确的道路，确保他从自己这里获得勇气与力量，特别是对荣誉的渴望，这原本是他与生俱来的权利。

达祖和西鲁原本不希望娇弱的飞恩和他们一样成为战士。他们任凭飞恩沉迷于文学艺术，可看看他落得了怎样的下场。在家族需要飞恩之时，他手无缚鸡之力，成了胆小鬼，为整个家族带来耻辱。

于是，飞恩将西鲁与达祖曾经的和颜悦色紧锁于内心深处，按照他心目中西鲁和达祖的期望打造了马塔的童年。每当马塔像其他小孩一样弄伤自己时，飞恩都强迫自己不给马塔任何安慰，教他意识到哭闹毫无用处。每当马塔和城里的小孩打架时，飞恩都要求马塔打到取胜为止。飞恩绝不容许马塔示弱，并告诉他，每次冲突都是一次证明自己的机会。

年复一年，飞恩原本善良的心性已被他赋予自己的任务层层包裹，他再也无法将家族传奇与自己的生活分开了。

但马塔五岁时，一次病重到奄奄一息，他见到叔叔坚硬的外壳裂开了一条缝。

马塔烧得昏昏沉沉，醒来时发现叔叔在哭。他从未见过如此情景，以为自己是在做梦。飞恩紧紧抱着马塔——这也是他从未经历过的——嘴里嘟哝着对卡娜和拉琶女神的感谢之辞。"你是金笃家的孩子。"这话他说过很多遍了。"你比别人都强壮。"可随后，他用柔和而陌生的语气补了一句："你是我的唯一。"

马塔对自己的生父毫无印象，飞恩就是他的父亲、他的英雄。飞恩告诉他，金笃这个姓是多么神圣。他们的家族血统高贵荣耀，受到上天眷顾，皇帝曾诛杀他们全家，他们定要复仇。

飞恩和马塔将收获的作物和打猎得到的皮毛在城里卖掉。飞恩与一些幸存的学者、世交和熟人取得联系。其中有些人偷偷保存了一些皇帝下令禁掉的古书，以柯楚国独有的古象形文字书写而成。飞恩或借或买，用这些书教会了马塔读书写字。

凭借这些书和自己的记忆，飞恩给马塔讲述了许多故事与传说，内容都是柯楚国的尚武历史与金笃部落的辉煌过去。马塔梦想着效仿祖父，继承他的骁勇善战。他每餐只吃肉，沐浴只用冷水。他没有小牛犊可搬运，于是自愿每天去码头帮渔夫卸鱼，顺便赚上几个铜子。他把石头装入小袋，系于手腕脚踝，每移动一步都要花费更多气力。前往一地若有两条路，他一定选择更长更难走的那一条。十二岁时，马塔已经能将法润寺庙前的巨鼎举过头顶。

马塔没有多少时间玩耍，所以也没有什么真正的朋友。叔叔为他争取到学习古代高尚文化的难得机会，他很珍惜。但他认为诗歌没什么用，却很喜欢历史和兵法方面的书籍。他从这些书中了解到了一去不复返的黄金时代，还意识到乍国的罪孽并不仅限于他们家族的遭遇。飞恩反复对他说："玛碧德雷对六国的征服之战损害了这个世界的根基。"

古老的诸侯体系是怎么来的，这一问题的答案早已迷失于时光之雾中。传说，很久以前，达拉群岛的居民是一个自称阿诺人的民族。他们来自大海西面的另一片大陆，那片大陆已经沉没。他们战胜了原本居于达拉群岛的土著人，并和土著人通婚，形成了阿诺人这一民族，彼此之间又开始征战。经过数代与数场战争，他们的后人分裂为数个国家。

一些学者声称，为了解决诸国混战的问题，伟大的古阿诺人立法者阿汝阿诺建立了诸侯体系。古阿诺语中，"诸侯"意为"伙伴"。这一体系最重要的原则便是各诸侯国彼此地位平等，各国均无权对他国指手画脚。只有某国犯下冒犯诸神的罪行时，其他各国可以联合反对，这样的临时联盟首领获得"首侯"的称号。

七国共存已逾千年，若不是乍国的这位暴君，它们还会继续相安无事一千年。国君是各诸侯国至高无上的世俗权威，是七条彼此平行造物巨链。他们向贵族分封领地，贵族再各自管理封地，确保其和平，就像是小诸侯国一般。农民向领主纳税、为领主劳动，领主再向自己的领主纳税效忠，链条便如此这般环环递进。

诸侯体系的成功之处显然在于它贴切地反映了自然世界。在达拉群岛的远古森林中，每棵古树都彼此独立而存在，正如各诸侯国一样。每棵树都无法控制其他树木。但每棵树都有无数枝条，每根枝条上都生着许多树叶，正如每位国君都要仰仗手下贵族的力量，而每个贵族又都依靠效忠他的农民一样。达拉诸岛亦是如此，每个大岛均由数个小岛、泻湖及海湾组成。珊瑚、鱼群、大片海藻、水晶矿脉、动物体内结构……领地各自独立的模式循环嵌套，随处可见。

这是整个世界的基础秩序，如柯楚国工匠所织的粗布一样由经线与纬线交错而成的网络，纬为地位平等者互相尊重，经为大家各归其位，上赋下义务，下向上效忠。

玛碧德雷皇帝却如秋风扫落叶般扫平六国军队，也摧毁了这种秩序。几位早早投降的老贵族得以保留空洞封号，有的甚至还能保住财产，但仅此而已。他们的土地已不再属于他们了。如今，普天之下，皆为王土——所有土地都是乍帝国的，都是皇帝的。如今，领主无权在自己的领地上制定法律，达拉诸岛只有一部法律可循。

各诸侯国的学者不再依据本地的传统与历史以及自己国家的象形文字书写，也不再以本国的方式拼读金达里字母，如今所有人都必须学习乍国的读写法。各诸侯国也不再采取本国的度量衡，不得再以自己的方式判断和观察这个世界，各国道路宽度都必须与蟠城货车车轮间距相同，货箱尺寸必须符合乍国旧都奇霏港船只的运载空间。

一切忠诚与爱国都由对皇帝的效忠取而代之。皇帝撤销了贵族建立的彼此平行的效忠链条，改而设立小官僚金字塔体系，在这一体系内担任官吏的平民几乎不识象形文字，除了自己的名字，只能靠金达里字母拼读。皇帝不用精英，却将治国之任交于怯懦、贪婪和愚蠢卑微之人。

旧有的生活秩序在新世界中不复存在。大家仓皇不知其位。平民住进城堡，贵族却挤在棚屋里。玛碧德雷皇帝的罪孽在于逆天而行，违背了宇宙自有的神秘规律。

巡游队伍消失在远方，人群渐渐散去。大家又要回归艰难的日常生活：种地，放羊，捕鱼。

但马塔和飞恩还没有离开。

"他们竟然为害死自己父亲和祖父的凶手欢呼。"飞恩平静地说道。说罢，他啐了口唾沫。

马塔环顾四周，打量着离去的人们。他们如同海洋搅动的泥沙。若是舀起一杯海水，其中必定满是混沌，难见光明。

但耐心等待，平凡渣滓便会沉于杯底，这也是它应有的归宿，高贵纯净的光线便能照亮清水。

马塔·金笃坚信，他的宿命便是恢复清澄，重建秩序，正如历史终将使一切各归其位。

鱼讖

第三章 库尼·加鲁

七年后
祖邸城
普明天治二十一年五月

祖邸城中流传着许多关于库尼·加鲁的故事。

这个小伙子的父母不过是普通农民，对孩子却有远大抱负，希望他们能出人头地。可库尼却一次又一次使父母的希望破灭。

呃，库尼小时候确实显露出天资聪颖的迹象，不到五岁就认识三百多个象形文字。他的母亲纳蕾每天都感谢卡娜和拉琶女神，向亲友夸耀自己的儿子多么聪明。库尼的父亲非索觉得儿子应该做个读书人，以此光宗耀祖，于是花重金送他进了私塾。私塾的先生是当地著名学者图墨·罗因，他在大一统之前曾为柯楚国君担任司农一职。

但加鲁和小伙伴润·客达一有机会便逃学去钓鱼。每次被抓之后，库尼的检讨都是声情并茂、口若悬河，使罗因先生相信他是真心悔过。可没过多久，他便又和润一起恶作剧，顶撞老师，质疑老师对经典的解读，指出老师的逻辑漏洞。最后，罗因先生终于没了耐心，开除了他。可怜的润·客达也落得同样下场，谁让他总是当库尼的跟班呢。

这正中库尼下怀。他酒量好，善言谈，能打架，很快便和祖邸城里三教九流的是非人物混熟了——小偷、匪徒、税吏、乍国卫队的士兵、青楼里的年轻女子、喜欢惹是生非的纨绔子弟……只要你是个大活人，兜里的钱够买酒，又喜欢下流段子和小道消息，那你便能和库尼·加鲁成为朋友。

加鲁家人想把这孩子拉回正道。库尼的哥哥卡多早早显露出经商天赋，在当地经营女装生意。他叫库尼来帮忙看店。但库尼讨厌对顾客卑躬屈膝，也不会赔笑。有一天，库尼竟想出个轻浮点子，打算找青楼女子来做女装"模特"。卡多别无选择，只得解雇他。

"此举定能大卖！"库尼说，"有钱人看到自己的相好穿着这些裙子，肯定也会给家中妻子买上一身。"

"你就不考虑一下家人的名誉吗？！"卡多挥舞着布尺，把库尼赶上街头。

库尼十七岁时，终日游手好闲，晚上才醉醺醺地回家讨饭吃。父亲终于受够了，将他拒之门外，叫他自寻出路，好好反思一下自己虚度人生、令母亲伤透心的行为。纳蕾日日以泪洗面，前往卡娜和拉琶的寺庙，祈祷女神让宝贝儿子回归正道。

卡多·加鲁对弟弟勉强还有一点恻隐之心，便收留了他。但卡多的妻子泰泰却没这么慷慨。于是她每天在库尼回家前便早早开饭。一听到库尼进门，她便将空碗盘大声丢进水池，表示已无饭可吃。

库尼很快就明白了嫂嫂的暗示。虽然他和狐朋狗友在外面混久了，脸皮早已变厚，但嫂嫂把他当做拖油瓶还是让他备感耻辱。他离开哥哥家，找朋友轮流借住，只能睡地上的草席，直到朋友们一个个也不再欢迎他。

库尼居无定所。

空气中弥漫着煎锅贴与姜醋的气味。一片觥筹交错之声，杯中盛满冷热酒水。

"……于是我说：'可是你相公不在家啊！'她便笑着答道：'那你赶快进来啊！'"

"库尼·加鲁！"是瓦苏寡妇。她是妙壶酒家的老板娘，正试图招呼在人群中心讲故事的库尼。

"嗯？夫人，什么事？"库尼伸出修长的胳膊，搂住她的肩膀，又在她脸颊上印上一个响亮的湿吻。瓦苏寡妇年方四十，对自己的年纪泰然处之。她与其他几位酒馆老板娘不同，不靠脂粉过度掩饰，这般装扮反而显得更有气质。库尼常公开表示非常喜欢她。

瓦苏敏捷地挣脱库尼的臂膀，将他从人群中拉出来，对着嬉笑起哄的大伙眨眨眼。她把库尼拉进酒馆后面的账房，让他坐在桌子一侧的垫子上，自己则坐在桌子另一侧。

她以正式的礼式端正跪坐，后背挺直，让情绪镇定下来，摆出一副严厉表情。这次必须专心谈正事，但库尼·加鲁很擅长在别人有求于他时转移话题。

瓦苏说道："本月，你已在我这里办了三次酒局。酒水、锅贴、炸鱿鱼都用了不少。账都记在你名下。你赊的数目已经快要超过我的库存欠款了。怎么得销点账了吧。"

库尼倚在垫子上，双腿交叉前伸，以和情人共处时的改良版闲式坐着。他眯起眼，笑盈盈地打量着瓦苏，哼起一首小曲，歌词让瓦苏羞红了脸。

"别闹了，库尼。"瓦苏说，"我说正事呢。税吏已经跟我纠缠好几周了。我这里可不是给你做善事的。"

库尼·加鲁突然收回双腿，以礼式坐直。他仍然眯着眼睛，但笑容不见了。瓦苏虽然打算坚守立场，但也感觉不妙。库尼毕竟是个混混。

"瓦苏夫人，"库尼用低沉平稳的声音说道，"你觉得我大概多久来一次你的酒馆？"

"差不多隔天就要来一次。"瓦苏说。

"你有没有发现，我来和不来的时候，你这里的生意有没有什么差别？"

瓦苏叹了口气。这是库尼的杀手锏。她就知道他会用这招。但她仍然只得承认："你来的时候，生意要好一点。"

"好一点？"他眼睛瞪得铜铃一般，鼻子里响亮地哼了一声，仿佛自尊受到伤害。

瓦苏寡妇真不知道拿这个游手好闲的小伙子怎么办，是笑话他呢？还是朝他丢东西呢？最后，她只是摇摇头，双手交叉抱在胸前。

"你看看外面有多少人！"他又说道，"才到正午，你这里已经挤满了掏钱的客人。我来的时候，你的生意至少多了一倍。"

他的话未免太过夸张。但瓦苏也承认，库尼在场的时候，客人们大多愿意多待一会、多喝几杯。他嗓门大，讲起下流段子活灵活现，一副无人不知无事不晓的神气。他不讲廉耻，能让周围的人感到轻松愉快。下里巴人的说书人，吹牛皮的，客串赌台服务员……库尼简直集这些角色于一身。生意就算没有翻倍，大概总涨了两三成？大抵如此吧。而且，有库尼的小帮派在，喜欢斗殴破坏的不法之徒就不会来妙壶酒家捣乱了。

"姐，"库尼开始利用自己的魅力了，"咱们得互相帮助。我喜欢带朋友来妙壶，大家都开心。我们也愿意给你帮衬生意。不过——要是你看不出这样对你有什么好处，那我就带兄弟们去别家了。"

瓦苏寡妇咄咄逼人地看了他一眼，可她心里清楚，这次库尼又占了上风。

"你最好多讲点好段子，让那帮皇家卫兵都喝个烂醉，花光军饷。"她叹了口气，"还有，多夸夸我们家肉馅锅贴。今天卖得有点少。"

"不过你说要销点账，这话没错。"库尼说，"我下次过来的时候，应该就没有赊欠了吧。你看没什么问题吧？"

瓦苏不情愿地点点头。她挥手让库尼出去，叹了口气，开始动笔销掉库尼和兄弟们在外屋饮酒作乐的开支。

午后时分，库尼·加鲁腿脚不稳，踉跄着走出妙壶酒家，但他其实还没醉。这会时间还早，几个铁哥们还在忙。他决定去祖邸城的主商业街逛逛，打发时间。

祖邸虽是座小城，但大一统之后，城中气象也是大有变化。罗因先生以鄙夷的语气和学生们说到这些堕落之象，哀叹他们无缘体会自己年轻时祖邸城的淳朴风貌。不过，库尼所了解的只有大一统之后的祖邸城，他对这座城市自有一套看法。

为防止旧诸侯国贵族在自己的封地上策反，玛碧德雷皇帝剥夺了他们的实权，只留下空衔。但他觉得这还不够。皇帝还拆散贵族家族，将其中一些人强贬到帝国的偏远之地。柯楚国某个公爵的长子或许会接到敕令，被迫搬迁至狼爪岛，远在旧时甘国领土，所有下人、妻妾、厨子、护卫也都要随行。而甘国公爵家族的旁支则可能被要求迁至如意城。如此这般，就算热血的贵族青年想惹是生非，当地精英也不为所动，当地百姓又无同情，就算起事也无人响应。被征服的六个诸侯国中，皇帝对很多投降的士兵及其家人也同样处置。

尽管迫迁政策不受贵族欢迎，但的确大大丰富了达拉诸岛的百姓生活。迁徙贵族往往需要家乡的食品和服装，商人便周游达拉诸岛，带来的商品在当地百姓眼中看来奇异陌生，怀念故土生活的流放贵族却毫不犹豫地斥资购入。迁居贵族便如是教导了百姓的品位，各地彼此更加接纳融合。

祖邸城便接纳了来自达拉诸岛的流亡贵族家庭。他们为这座小城死气沉沉的市场和沉闷的茶馆带来了闻所未闻的新习俗、新菜肴、新方言和新词汇。

库尼心想，若要对玛碧德雷皇帝评判功过，祖邸城市场上新品迭出绝对是给他加分的。街头满是兜售达拉诸岛新鲜玩意的小贩：阿慕国的竹蜻蜓——一根小棍，末端是可以旋转的竹篾，快速旋转之后便能像蜻蜓一样飞在空中；法沙国的活动纸人——用绸布摩擦小舞台天花板上的玻璃棒，舞台上的纸人便会开始蹦跳舞蹈；哈安国的神奇计算器——像个木格子迷宫，一扇扇小门开合，门内枝子上穿着可活动的弹珠，熟练者可以此计算加法；里马国的铁偶——精巧的机械人兽，可以自行从斜坡上走下。诸如此类，不胜枚举。

但库尼最有兴趣的还是吃食：他最钟爱乍国特色的炸羊肉条，

尤其是达苏岛加了辣子的吃法；也很喜欢狼爪岛商人带来的鲜美鱼生——配上芒果烧酒和辣芥末，产自法沙国希纳内山阴面的小型香料种植园。他浏览着小贩们摆出的各色小吃，垂涎欲滴，只好咽了几次唾沫。

库尼口袋里总共只有两个铜板，还不够买一串糖葫芦。

"唉，反正我也得注意体重。"他丧气地拍拍小肚腩，自言自语道。他这些天没怎么运动，光阴全都消磨在饮酒作乐上了。

库尼叹了口气，正要离开市场找个僻静角落小憩一阵，却听到有人大声争执。

"大人，别把他带走。"一个老妇人正在哀求一个皇家卫兵。她身着乍国农民的传统服装，周身布满缨子和彩色布片，寓意福禄。只可惜，这样穿戴的人往往这两样都没有。"他是我家老幺，刚到束发之年。我家老大已经在皇陵服劳役了。根据律法，剩下一个孩子可以留在家里的啊。"

老妇和她儿子的面色比柯楚国一般人要苍白，但这也并不意味着什么。尽管达拉群岛各地人外貌有所差异，但大家始终在迁徙融合，大一统更是加速了这一过程。各诸侯国的人民也往往更为在意文化和语言差异，对外貌并不留心。尽管如此，这位妇人的乍国装束和口音仍然表明，她显然不是土生土长的柯楚人氏。

这可真是离家千里啊，库尼心想。她或许是大一统之后作为乍国卫兵遗孀被迫滞留这里的。自七年前风筝人行刺未遂之后，祖邸城的城防就愈加严密——皇家卫队始终没找到风筝人，但他们捕风捉影，抓捕并处决了许多祖邸市民，祖邸城官吏也变得更为严苛。至少，皇帝委任的执法者都是毫不留情，对乍国贫民和被征服的诸侯国贫民亦是一视同仁。

"我叫你出示两个儿子的出生文书，可你什么都没有。"卫兵不耐烦地推开老妇哀求的手。他的口音表明，他也是乍国人，一身松垮肥肉，不大像卫兵，倒像个官僚。他面带冷笑盯着老妇人身旁的小伙子，试图激他做出什么莽撞的事来。

库尼对这种人熟悉得很。他们一般都是在大一统之战中设法躲过参战的苦差，战事一结束，立刻靠后门混进乍国军队，便可派到被征服的诸侯国做个管徭役的小官。任务便是在地方上增加徭役人数，好为皇帝大兴土木的工程出力。这种职位没有多大权力，但滥用职权的余地却不小，油水也足：如果谁家不想让儿子被征去服役，都情愿奉上重金。

"我最了解你们这种老滑头。"那人继续说道，"你的'大儿子'那一套都是编出来的吧，就为了逃过为我们敬爱的玛碧德雷皇帝陛下修建像样的来生宫殿。愿陛下万岁。"

"愿陛下万岁。我说的是真话，大人。"老妇人试图改用奉承这一招。"智慧勇敢如您，我知道您会可怜我的。"

"可怜可没用。"小官吏说道，"你要是拿不出文书……"

"文书在我们老家的官府里，在如意城……"

"现在可不是在如意城。不准打断我。我说了，你也可以交繁荣税，便不必有这事端。可你又不肯，那我只能……"

"我肯，大人！我愿意交。但您得宽限我点时间。这阵子生意不好。我需要时间……"

"我说了，不准打断我！"小官吏抬起手，扇了老妇人一个耳光。她身旁的小伙子冲上前，但老妇人拉住儿子，试图挡在两人中间。"求求您！求求您！原谅我的蠢儿子。是他的错，您再扇我一巴掌吧。"

小官吏放声大笑，啐了她一口唾沫。

老妇人满面愁容，浑身发抖。库尼想起母亲纳蕾的面孔，又想起她责骂他不争气时的情形，醉意瞬间消散。

"繁荣税要多少？"库尼踱步上前问道。其他路人都站得很远。谁也不想惹得官吏注意。

小官吏打量着库尼·加鲁。此人挺着圆滚滚的肚子，一脸谄媚的微笑，酒后脸上泛红尚未褪去，一身衣服皱巴巴的，看来毫无威胁。"二十五块银锭。你什么意思？你要自愿替这孩子服役吗？"

库尼的父亲非索已经用钱财打发过一个又一个官吏，库尼身上也的确携带着免除徭役的证明文书。他也并不惧怕这个小官吏。库尼是街头打架的好手，他觉得就算不得已要动拳脚，他也能顺利脱身。但眼前情形需要谨慎处理，不能随意动粗。

"我是翡恩·可鲁可多里。"他说。可鲁可多里家经营着祖邸城里最大的珠宝店。翡恩是他家长子，就因为库尼在一场赌注很高的掷骰子赌局中让他蒙羞，便向治安官举报库尼和伙伴们扰民。翡恩的父亲也因吝啬而出名，从来不肯把一个铜子浪费在救济贫民上，可他的儿子却是出了名的花钱如流水。"我平生最爱的就是钱。"

"那你就应该看好腰包，少管闲事。"

库尼鸡啄米一般频频点头。"说得好啊，长官！"他无奈地一摊手，"可这位老妇是我家厨子的岳母的邻居的朋友。要是老妇对她那朋友讲了，朋友又对邻居讲了，邻居又对女儿讲了，女儿又对夫君讲了，万一她那夫君不肯做我最爱吃的鸭蛋炖鳗……"

库尼这一通胡扯让小官吏听得云里雾里。"满口胡言！你到底是要替她交钱还是不交？"

"交的！交的！噢，长官，您要是吃了那炖鳗鱼，绝对会赌咒发誓以前吃的都不是东西。真真是滑润如玉。还有那鸭蛋，啧啧……"

库尼喋喋不休，乍国小吏一时听得呆了。库尼朝路边一家饭馆的女招待做了个手势。女招待自然很清楚库尼到底是谁，忍笑递上纸笔。

"……您说多少钱来着？二十五？打个折怎么样？您看，我不是向您介绍了炖鳗鱼这道佳肴嘛！二十怎么样？……"

库尼写了张字据，指明字据持有人可凭据向可鲁可多里家宅兑换二十块银锭。他签了个龙飞凤舞的名字，不禁佩服起自己的造假能力，随即掏出专为这类场合而随身携带的印章，盖在字据上。这印颇有年头，破损不堪，印迹一团模糊，可以任凭他人解读。

他叹了口气，不情愿地把字据递过去。"好了。您得空时，去我家把这字据交给门房，佣人即刻就会给您把钱取来。"

"啊，可鲁可多里大人！"小官吏看到字据，立刻满面堆笑，卑躬屈膝。翡恩·可鲁可多里这种有钱的傻瓜正是最宜结交的本地士绅。"我最喜欢交朋友了。要不，咱们一起去喝一杯吧？"

"我以为您没有这个雅兴呢。"库尼边说边高兴地拍拍小官吏的肩膀，"我不过是出来透透气，所以身上没带钱。下次一定请您来我家尝尝炖鳗鱼，这次嘛，要不您先借我些……"

"何足挂齿，何足挂齿。咱们是朋友了嘛！"

二人走着，库尼偷偷回望了一眼老妇人。她立在原地，目瞪口呆。库尼猜想她大概是惊喜得说不出话来，也又一次想到了自己的母亲。他眨眨眼，堵回突然盈进眼睛的热泪，又朝老妇人挤挤眼睛，让她放心，随即转身又和小官吏谈笑风生起来。

老妇人的儿子轻轻晃晃母亲的肩膀。"妈，咱们走吧。最好趁那个胖子改变主意之前离开城里。"

老妇人这才如梦初醒。

"孩子，"她望着库尼·加鲁远去的身影，低语道，"你虽然看起来好吃懒做，资质愚钝，但我却看到了你的心。美丽顽强的鲜花是不会盛开在黑暗中的。"

库尼已经远去，并未听到她的话语。

一位年轻姑娘却听见了老妇人的话。她的轿子正停在路边，挑夫去客栈里为她讨水了。她掀开轿窗帘子一角，将整件事情经过看了个清楚，包括库尼最后回望老妇时眼睛湿润的样子。

她思索着老妇人的话，雪白的面庞上绽出一个微笑。姑娘手中拨弄着一缕火红的头发，一双细长眉眼望向远方，那线条优雅，状如鳞光缤纷、尾若绸缎的虹飞鱼①。这位小伙子想做点好事，但又不想他人识破。她很想再多了解他一点。

_____

① 虹飞鱼：一种飞鱼，象征女性的柔美特质，也是吉兆。它周身覆满泛着虹彩的鳞片，吻部十分尖利。

第四章　姬雅·马提扎

祖邸城

普明天治二十一年五月

几天后，库尼回到妙壶酒家会见几个密友。这些年轻人可谓是有难同当，有福同享。他们既在酒肆恶斗中彼此相助，也一起逛青楼品尝艳福。

"库尼，你打算什么时候做点正事啊？"润·客达问道。润还是身材瘦长、谨小慎微，他如今的生计是给乍国军营的文盲士兵写家信。"我每次见到你母亲，她都长吁短叹，让我作为挚友叫你去找个营生。今晚过来的路上，你父亲还叫住我，说你把我带坏了。"

父亲的评价让库尼心烦意乱，他却不愿表露出来，试图靠吹牛蒙混过关。"我可是胸怀大志之人。"

"哈！说得好。"泰安·卡鲁柯诺说。泰安是市长的马厩总管，有时伙伴们会打趣，说他懂马胜过懂人。"每次我们几个有人说帮你找工作，你就编个瞎话搪塞过去。你不想到我这里来，因为你觉得马怕你……"

"它们确实怕！"库尼反驳道，"在胸怀大志的非凡人物周围，马就是容易躁动……"

泰安没搭他的话。"你也不想给柯戈帮忙，因为你觉得公差太无聊……"

"你理解错了。"库尼说，"我说的是，我觉得自己的创造力不该受到限制……"

"你不想和润一起做事，因为你说罗因先生看你从经典里旁征博引，就为了给大兵写情书，感到丢人。那你到底想做什么？"

说实话，库尼觉得用罗因先生的珠玉智慧给士兵情书添点佐料可能还不错，但不想抢了润的生意。他知道自己文笔更好。但这种理由是不能讲出来的。

他想说自己想成就一番大事业，想像巡游队伍的开路先锋一样获得万众瞩目。但每次到了如何具体实现之时，他的头脑就变成了白纸一张。有时，他不禁琢磨，父亲和哥哥讲的也许是对的，他就像一叶浮萍随波逐流，一无是处。

"我在等……"

"合适的机会。"泰安和润齐声接口。

"你进步了。"润说，"现在，这话你两天才说一遍了。"

库尼给了他一个受伤的眼神。

"我懂，"泰安说，"你是等着市长用华绸大轿来请你，好将你作为祖邸明珠呈给皇上，是吧？"

大家哄堂大笑。

"燕雀安知雄鹰之志？"库尼挺起胸，一口气喝干杯中酒。

"我同意。老鹰看见你，肯定都会凑过来。"润说。

"真的吗？"库尼听了这恭维话很高兴。

"当然啦。你看起来就像只拔了毛的鸡。几里开外的老鹰秃鹫都会被你吸引。"

库尼·卡鲁半开玩笑地打了润一拳。

"听我说，库尼。"柯戈·叶卢说，"市长最近要设宴。你想来吗？这次请了很多要人参加，你平常可没机会见到他们。说不定能碰上贵人给你机会呢。"

柯戈比库尼年长大概十岁。他勤奋好学，以优异成绩通过了皇家公职考试。不过他家是平头百姓，在官僚系统没有人脉。做到市衙三级职员，恐怕他的仕途也就到头了。

不过，他很喜欢自己的工作。市长是乍国人，花钱买了这个清闲肥缺，但对市政管理并无兴趣，决策大多仰仗柯戈献计献策。柯戈对地方管理工作很是着迷，市长的问题到他手里都迎刃而解。

在别人看来，库尼大概是个游手好闲的小伙子，注定会进贫民院，要不就是坐大牢。但柯戈很看重库尼性格随和又时常灵光一现。库尼很特别，这一点便胜过祖邸城里绝大部分人。宴席上有了他，就不必担心气氛沉闷。

"当然了。"库尼精神起来。他对宴会总是来者不拒——酒菜免费！

"市长有个朋友，叫马提扎，刚搬到祖邸城来。他是北方人，以前是法沙国的大地主，不知怎么和地方官起了争执。于是他举家搬迁，但大部分财产都是牛羊牲畜，留在老家那边不能立刻脱手换成现钱。这次市长设宴便是为了给他接风……"

"我知道，宴会其实是为了让客人给这个马提扎送礼，一方面讨好市长，另一方面帮马提扎解决一时手紧的窘境嘛。"泰安·卡鲁诺柯说。

"你应该可以假扮成特意为宴会招来的佣人。"柯戈提议道，"这次宴会安排是我负责。我可以把你作为侍宴短工弄进来。给贵宾上菜的时候，你便可以趁机跟他们说上两句话。"

"不行。"库尼·加鲁摆摆手，拒绝了这个提议，"小柯，我可不会为了几口吃的、几个铜板就卑躬屈膝。我要作为宾客参加宴会。"

"但市长在请柬里写了，宾客礼金不能低于一百两银！"

库尼抬抬眉毛："我脑子灵光，长得又帅。这些可是无价之宝。"

柯戈无奈摇头，众人大笑。

市长家宅前挂起明黄的灯笼。正门两旁，身着柯楚国传统短袄的年轻姑娘亭亭玉立，吸入焚香，呼出肥皂泡泡，飘向陆续抵达的宾客。泡泡落在宾客身上，随即迸裂，绽出种种香氛：茉莉、金桂、玫瑰、檀木，不一而足。

柯戈·叶卢充当门童，逐一招呼宾客，在账簿中登记诸人的礼金明细（他的解释是"以便马提扎大人奉上得体致谢函"）。不过大家都清楚，宴会之后，市长也会过目这本账簿。祖邸城里以后有人要想办事，自己在账簿里的名字后面就得跟个大点的数目。

库尼独自抵达。他换了干净的小衣和补丁最少的罩袍，洗了头发，也没有一副醉醺醺的样子。在他而言，这便算是"盛装"了。

柯戈把他挡在门口。

"说真的，库尼。你要是没带礼金，我就没法让你进门。除非你坐到叫花子那桌去。"他指了指大门五十尺开外靠着大宅围墙设的一张桌子。虽然时辰尚早，叫花子和面黄肌瘦的孤儿已经开始抢位子了。"等宾客吃完，残羹剩饭会送过去。"

库尼·加鲁朝柯戈眨眨眼，从衣袖中掏出一片折成三折的纸。"您肯定是认错了。我是翡恩·可鲁可多里。我带了一千两银。这是票据，凭票在我家账房报我的名字便可提钱。"

柯戈还没来得及回答，一个女人接过话头："能再次见到大名鼎鼎的可鲁可多里大人，真是荣幸！"

柯戈和库尼一齐转头，看到门内院中站着一位年方二十的姑娘。她看着库尼，面带狡黠微笑。这位姑娘皮肤白皙，头发火红，显然是法沙人的常见特征，在祖邸城颇为显眼，但最震撼库尼的还是她的眼睛。那一双细眼，宛若虹飞鱼的流线，更似两潭幽绿醇酿。无论是哪个男人，一眼望进去就再也无法自拔。

"小姐，"库尼清了清嗓子，说道，"您在笑什么呀？"

"笑你呀。"姑娘答道，"不到十分钟前，翡恩·可鲁可多里大人刚随他父亲进来，我们还聊了聊，他讲了几句恭维话。结果您怎么又站在门外啦，而且模样大变。"

库尼摆出一副严肃神情。"您肯定是把我错认成了……我表哥。

他叫翡恩，我叫斐恩。"他嘟起嘴，强调两个名字发音的不同之处，"您大概是不熟悉柯楚方言，这些细微差异的确很难分辨。"

"噢？市场里的乍国官吏也分辨不出，看来您肯定经常被错认成您表哥喽。"

库尼的脸霎时红了，他随即大笑。"看来有人在侦查我嘛。"

"我是姬雅。您要骗的那一位是我父亲。"

"'骗'这个字未免也太重了。"库尼马上接口道，"我听说马提扎大人的女儿拥有绝世美貌，就像鱼群中的虹飞鱼一般世间罕有。"姬雅听到此话，翻了个白眼。"我原本寄希望于我这位朋友，小柯——"他指指柯戈，柯戈摇头表示否认。"找个借口让我进去，这样我便有幸一睹佳人。不过现在还没进门，心愿便已达成。柯戈和我都不必损害名誉了。我这就走。"

"您真是毫无廉耻嘛。"姬雅·马提扎说。不过她眼中满是笑意，这话听来也并不刺耳。"您可以作为我的客人进来。您实在是不讲礼数，挺有意思。"

　

姬雅十二岁时，从她的教书先生那里偷了些梦草。

她梦到一个男人。他穿着简朴的灰色棉质短袍。

"你能带给我什么？"她问道。

"艰苦，孤独，长久的心痛。"他说。

她看不到他的脸，但很喜欢他的嗓音：温柔，认真，但也听得出一丝笑意。

"听来并非一段良缘啊。"她说。

"良缘不会被诗书传颂。"他说，"我们一起忍受的每一次痛苦都将换来加倍的欢乐。千年后，人们仍将传颂我们的故事。"

她看到他已换上一身金色绸袍。他吻了她，唇上是盐与酒的味道。

她知道了，他便是她注定要嫁的人。

　

数日前的宴会仍在姬雅脑海中徘徊。

"我从来没听说过有谁认为陆汝森的诗讲的是夜半在青楼惊醒的。"姬雅大笑着说道。

"的确，传统解读总是高风亮节的那一套。"库尼说，"可你看这句：'世人皆醉我独醒。世人皆迷唯我明。'这说的绝对是酒楼啊。我有证据。"

"我信，我信。你跟你的教书先生讲过这种解读吗？"

"讲过，但他很固执，不肯承认我聪明。"一个侍者举着托盘经过，库尼抓起两小碟食物，"你知道猪肉锅贴可以蘸酸梅酱吃吗？"

姬雅做了个鬼脸。"听着很恶心。这两种味道根本不搭嘛。你是把法沙国和柯楚国的吃法搞混了吧？"

"你都没试过，怎么知道一定不好吃？"

于是姬雅尝试了库尼发明的吃法，竟出乎意料得美味。

"你对美食的直觉比诗歌强。"姬雅说着，又将一只蘸了酸梅酱的锅贴送入口中。

"话说回来，你是不是再也无法直视陆汝森的诗了？"

"姬雅！"母亲的声音将她拽回当下。

姬雅发现，坐在她面前的小伙子模样并不难看，但不知为何，他似乎竭尽全力让自己显得更丑陋一些。他的眼神在姬雅的脸孔和身体上下游走，其中毫无智慧的迹象，嘴角还挂着一丝口水。

此人绝无可能。

"……他叔叔有二十条商船，定期往来突阿扎港。"媒婆说。她用一根筷子从桌下戳了姬雅一下。她之前说过，这个暗号的意思是让她笑得再端庄一点。

姬雅伸了个懒腰，打哈欠时也没遮没掩。她母亲露给了她一个警告的眼神。

"你是叫塔波吧？"她身体微微前倾，问道。

"塔多。"

"哦，对。塔多，告诉我，你觉得自己十年之后会在哪里？"

塔多脸上更加一片茫然。尴尬少顷，他突然露出一个大大的笑容。"啊，我明白你的问题了。别担心，亲爱的。十年之后我会在湖边拥有自己的宅邸。"

姬雅点点头，脸上的表情令人难以捉摸。她凝视着小伙子流口水的嘴角，没再说话。屋里的其他人都坐立不安。时间似乎过得极其缓慢。

"马提扎小姐在草药方面颇有见地。"媒婆开口打破尴尬的沉默，"她跟随法沙国最好的老师修习。我相信，她一定懂得如何让有幸做她夫君的那一位身体健康，多子多福。"

"咱们最少要生五个。"塔多豪迈地补充道，"再多几个也行。"

"你该不是把我只当成一块等你开垦的田地吧。"姬雅说。媒婆又在桌子下面戳了她一下。

"我听说马提扎小姐很有诗才。"塔多奉承道。

"噢？你也喜欢诗？"她摆弄着一绺红发，不了解她的人大概会以为她是在卖弄风情，但她母亲清楚姬雅这是在嘲讽，于是狐疑地瞧着她。

"我非常喜爱读诗。"他用绸袍的袖子抹掉口水。

"真的？"姬雅又露出顽皮的微笑。她感到有点遗憾，他的口水没了，她不知道该把注意力放到哪里了。"我想到一个好主意！你现在作首诗怎么样？主题随意，半个时辰之后我来看。如果我喜欢你的诗，便以身相许。"

媒婆还没来得及开口，姬雅已经起身回闺房去了。

她母亲站在她房门口，七窍生烟。

"我把他吓退了吗？"

"没有。他正在努力作诗呢。"

"很有毅力嘛！真是出乎意料。"

"你还要气走多少门当户对的小伙子？我们帮你去求第一位媒婆时还是蟾年，现在都已是鲸年了！"

"母亲，您不希望女儿幸福吗？"

"我当然希望你幸福。可你怎么就非要当个老姑娘呢？"

"可母亲，这样我就能一直陪在您身边了！"

露眯起眼睛，盯着女儿："你是不是有什么事瞒着我？是不是有人私下对你有所表示？"

姬雅没有回答，只是移开了目光。她一直这样。她不愿撒谎，如果回答不合适，她就干脆拒绝回答。母亲叹了口气。

"你再这样下去，祖邸城就没有媒人肯帮你了。你要把自己的名声搞得和在法沙一样差吗？"

时辰到了，姬雅回到客厅。她拿起纸帛，清清喉咙：

> 你发丝如火，
> 你双眼如波，
> 若娶你为妻，
> 人生得新意。

她若有所思地点点头。

小伙子难以掩饰心头兴奋："你喜欢吗？"

"读了你这首，我也得了一首诗。"

> 你双眼空空，
> 你流涎如虫，
> 你若要娶妻，
> 媒婆正适宜。

小伙子和媒婆气冲冲地离开了马提扎家宅。姬雅的大笑在他们身后久久回荡。

库尼无法前往马提扎家宅拜访。没有哪个媒婆那么蠢，肯帮这个没有前途的小混混去提亲。虽然马提扎家族尚未飞黄腾达，但也颇受尊敬，前景一片光明。

幸好，姬雅有个独自出门的完美借口：她常去祖邸城郊研习本地草木，采集药材。

库尼会带姬雅一起去他常去的地方：最适合钓鱼的河滩，最适合小憩的凉亭和树下，最好的酒楼和茶楼，总之都是正经人家的小姐不该去的地方。姬雅发现这些地方令她耳目一新，毫无装腔作势，没有讲究"得体"的人们那些透不过气的规矩，也没有与之相随的焦虑感。在这些地方，她和库尼还有他的伙伴们十分愉快，没人在意她举止是否适宜、讲话是否文雅，她和大家一起喝酒会博得掌声，讲出自己的看法时他们也会认真倾听。

姬雅也向库尼展示了一个他从未留意的新世界：脚边的小草和乡村漫漫小道旁的灌木。起初他只是假装感兴趣——他觉得姬雅的樱桃小口本身比用它来解释的花草有意思多了。她教他咀嚼生姜和月见草可以缓解宿醉，竟有奇效，于是他当真开始虚心求教。

"这是什么？"他指向一株野草，它长着五瓣白花和双瓣叶，很像拜佛时双手合十的模样。

"这其实是两种植物。"姬雅说，"叶是慈麻。花是鸦亡花。"

库尼立刻趴下来仔细察看，完全不在意会弄脏衣衫。姬雅见他举止像好奇顽童一般，不禁笑了。库尼似乎从不遵守大家所接受的规矩，这也让姬雅备感轻松。

"你说得对。"库尼的声音中充满惊奇，"但从远处看，确实像是一株植物。"

"鸦亡花是一种慢性毒剂，但花长得美。所以，乌鸦虽是卡娜和拉琶女神的造物，充满智慧，却也无法抵御如此美丽的花。它们会把花衔去装点鸟窝，最后因气味和汁液之毒而死。"

正在嗅花香的库尼猛地坐起身。姬雅爽朗的笑声在田野中回荡。

"别担心，你的个头比乌鸦大多了。这种剂量对你无害。而且，那另一种植物，慈麻，便是天然解药。"

库尼从慈麻上摘下几片叶子，嚼了嚼。"毒药和解药长在一起，还真是古怪。"

姬雅点点头。"草药学中有个规律，就是这种配对共生的现象，很是常见。法沙的七步蛇喜欢在背阴山谷中做巢，能分泌解毒剂的曼德拉菇也喜欢长在这种环境。火蜥草是一种很好的辣调味料，尤其适合寒冷冬夜，如果种在退烧有奇效的雪花莲旁边就会长得更好。老天似乎很喜欢让这些死对头变成伙伴。"

库尼陷入沉思。"谁能想到草木中会有这么多道理和智慧呢？"

"你觉得出乎意料？因为草药学是女人家的玩意儿，真正的学者和医生根本不屑研究？"

库尼转向姬雅，深深一拜。"是小生无知妄言了。我本无意失礼。"

姬雅也以福式①深深回拜。"你并未自以为是。这才是宽广胸怀的真正表现。"

他们对彼此微微一笑，继续散步。

"你最喜欢哪种植物？"库尼问道。

姬雅思考片刻，俯身摘下一朵花冠金黄饱满的小花。"各种植物我都喜欢，但最钦佩的是狮齿蒲公英。它顽强坚韧，适应性强，用途广泛。别看它像菊花，但比菊花要机灵得多，也远不如菊花那般娇弱。诗人喜欢咏菊，但狮齿花的花叶能果腹，汁液可治疣，根须可安神。狮齿花乳甚至可以用来制成隐形墨水，只有和石耳菇汁液混合才会显现字迹。这是一种用途广泛的植物，值得信赖。"

"而且也很好玩。"她摘下一枚毛茸茸的蒲公英，轻轻一吹，带着绒毛的种子四下飘散，其中几颗落在库尼的头发上。

库尼没有抬手掸掉种子。"菊花是一种高贵的花。"

"的确如此。它是秋天最后绽放的花，抵抗着寒冬。菊花香气细腻，无与伦比。菊花入茶可醒脑。做成花束则艳压群芳。但它并不是一种可亲近的花。"

"你不喜欢高贵出身？"

---

① 福式：女性所行之礼，双手交叉于胸前，以示尊敬。

"我认为真正的高贵是以更为谦卑的方式展现出来的。"

库尼点点头。"马提扎小姐才是真正胸怀宽广。"

"啊，你可不适合溜须拍马，加鲁大人。"姬雅笑道。片刻之后，她神情又变得严肃起来。"和我说说，你觉得自己十年之后会在哪里？"

"我不知道。"库尼说，"整个人生就是一场实验。谁能计划得了这么久远的事？我只向自己保证，每次一有机会，我都要做最有意思的事。如果在大部分情况下都能实现这一点，我相信自己十年之后也不会有任何遗憾。"

"为何要做这种保证？"

"当机会出现时，最有意思的事总是有点让人害怕的。大部分人都不敢做，比如靠骗术混进未受邀请的宴席。可你看，现在我的生活比以前快活多了。我遇到了你。"

"最有意思的事一般都不是最轻松的事。"姬雅说，"可能会有痛苦、困难、失望和失败，无论是对你自己还是你爱的人。"

库尼也严肃起来。"但如果不经历任何困苦，人们可能就不会那么珍惜幸福。"

她看向库尼，将手放在他的手臂上。"我相信你必成大器。"

库尼心中涌起一阵暖意。他意识到，在姬雅之前，他从未遇到过一个女性挚友。

"真的吗？"他嘴角微微一笑，问道，"你如何知道自己没有上当受骗？"

"我那么聪明，怎么会上当受骗呢？"她毫不犹豫地答道。二人紧紧拥抱，毫不在意是否有人看到。

库尼觉得自己是天下最幸运的人。他没有足够的钱财给姬雅的父亲送像样的彩礼，但他一定要娶她。

★　★　★

"有时，最有意思的事也是最无聊的事，负责任的事。"库尼对自己说。

他去求柯戈帮他在祖邸城衙门谋个差事。

"可是你什么也不会啊。"柯戈皱眉道。

不过既然朋友开口，柯戈还是四下打听，终于发现徭役部门缺个看守，要负责监管新征的服役者和因小罪被处以苦役的犯人。这些人要在牢里关上几日，凑够人数再发往服役地。看守有时也要被派去护送服役者。这个差事应该颇为容易，经过训练的猴子都能做。库尼应该不会搞砸。

"我从来没想过自己会用这种方式效忠陛下。"库尼说着，心里想到他和姬雅其实也算是因为一个负责徭役的小官吏才相识的。他得请这位未来的同僚吃顿好的，安抚对方情绪。"不过我可不会编出什么'繁荣税'的名目来讹人——呃，除非是碰上富翁冤大头。"

"只要你省着点，日子就能过得不错。"柯戈说，"发薪很稳定。"

的确很稳定。于是库尼去找放贷人，以未来的稳定收入作为担保，贷了一笔钱，准备去向姬雅的父母提亲。

吉罗·马提扎真是丈二摸不着头脑。库尼·加鲁不过是个好吃懒做不学无术的小伙子，没什么前途。他又没钱又没地，不久前连工作都没有，就连自家人都把他赶出了门。而且听说他还生活不检点，相好无数。

所有媒婆都说他的宝贝女儿难以取悦，她为什么却偏偏看上了他？

"我喜欢有趣的东西。"姬雅说。对于父亲的疑问，这就是她给出的答案。

"我知道我名声大概不太好。"库尼以礼式①坐得笔直，目光落

---

① 礼式：一种正式的跪姿，后背须保持笔直，全身重量平均分配在双膝与脚趾之间。

在自己的鼻尖上，"但正如智者陆汝森所言：'世人皆醉我独醒，世人皆迷唯我明。'"

吉罗颇为惊讶。他没想到库尼会引用柯楚经典。"这和你前来提亲有何联系？"

"这诗讲的是一生迷茫之后忽而醍醐灌顶的体验。在遇到姬雅和您之前，我一直没有领会这诗的意思。大人，一人若能改过自新，便可抵过十个天生守德之人，因他懂得诱惑为何物，更会加倍努力留在正轨。"

吉罗被打动了。他本想替姬雅找个好人家，比如当地富商，或是在官府可一展宏图的年轻书生，但这个库尼看来肚里还有点墨水，也懂得尊重长辈。也许关于他的传闻都是谣言。

吉罗叹了口气，接受了库尼的提亲。

"你怎么没把对陆汝森的诗句的另一重解读说给我爹听？我简直不敢相信刚才那番话是你说的。"

"老话说得好：'见人说人话，见鬼说鬼话。'"

"你肚里还有多少段子啊？"

"和我们将要一起度过的日子一样多。"

兄长卡多和父亲非素认为浪子终于回头，便允许库尼回家了。

纳蕾·加鲁喜上眉梢，抱住姬雅不肯撒手，泪水落在新儿媳的肩头，打湿了她的衣袍。"是你救了我儿子！"她不断地重复着这句话，姬雅脸红了，露出一个羞涩的微笑。

他们举办了盛大的婚礼，成了祖邸城的多日谈资，不过是岳父吉罗为婚礼掏的钱。吉罗不肯给小两口过奢侈的生活（"你既然选了他，就得靠他的薪水过日子"），但姬雅的嫁妆足以买栋小房子，库尼也不用再透支友情到处借宿了。

他每天早上去上班，坐在衙门里写报告，每半个时辰去巡视一番，以防哪个无精打采的在押犯人被送往大隧道或皇陵做劳役之前生出什么事端。

没过多久，他就开始厌烦这份工作了。他觉得自己现在才真是不务正业，每天都对姬雅牢骚不断。

"别恼火，官人。"姬雅说，"只有坐等命运改变的人才会满腹怨言。人有飞黄腾达之时，也必有日暮途穷之时。人有快马扬鞭之时，也必有止步不前之时。人有大展宏图之时，也有秣马厉兵之时。"

"你才应该当诗人。"库尼说，"你看你，能把公职都说得如此有趣。"

"在我看来，机遇有多种形式。所谓的幸运，不过便是兔子出洞时，已经准备好陷阱等在一旁而已。你在祖邸城这么多年结交了这么多朋友，尽管游手好闲……"

"喂，不要这样说我……"

"我不还是嫁给你了吗？"姬雅轻轻吻了一下他的脸颊以表安抚，"我想说的是，你现在既然进了祖邸城官衙，便有机会结交新朋友了。你要相信，当下的无趣只是暂时的。应该好好利用这个机会拓展人脉。我知道你喜欢和人打交道。"

库尼听取了姬雅的建议，下班后加倍努力与同僚去茶馆闲谈，时不时到上级家登门拜访。他为人谦恭，听得多，说得少。每当结识志趣相投的朋友时，他和姬雅便会邀请朋友带家人到他们的小宅子来深谈。

没过多久，库尼就像当初熟悉祖邸城的街头巷尾和各个市场一样，对衙门各部了如指掌。

"我本以为这帮人都是乌合之众。"库尼说，"不过认识他们之后就会发现，其实也没那么糟。他们只是……和我以前的朋友很不一样。"

"鸟儿若想高飞，既要有长羽，也要有短绒，缺一不可。"姬雅说，"你要学会和各色人等打交道。"

库尼点点头，对姬雅的睿智心存感激。

时至夏末，空气中满是悠悠飘落的狮齿蒲公英种子。每天回家途中，库尼都满心向往地看着这些毛绒绒的小种子无忧无虑地御风而行，雪白的绒毛在他的鼻眼周围轻舞。

他想象着它们是如何飞行的。狮齿蒲公英的种子无比轻盈，可以随风飘扬数里。说不定能从本岛一头飘到另一头。说不定能漂洋过海，落在西北方的新月岛、东北方的奥热岛或是西南方的客非岛。说不定能飘上拉琶山和奇迹山顶。说不定能飘进卢飞佐瀑布。只要大自然肯施舍一点仁慈，它就能环游世界。

不知为何，他觉得自己的生活不会止步于当下，他定将像这些狮齿蒲公英种子一样，像他很久以前目睹的那个风筝人一样，冲上云霄。

他就像是一颗种子，仍旧附在枯萎的花上，在夏末傍晚的沉滞空气中期待着暴风雨到来。

第五章　皇帝驾崩

客非岛

普明天治二十三年十月

　　玛碧德雷皇帝有好几周没照过镜子了。

　　他上次鼓起勇气照镜子时，看到的是一张苍白干瘪的面孔。他曾经英俊、高傲、无畏，曾让成千上万的女人变为寡妇，曾将七国王冠合铸为一，如今却成了这副样子。

　　他的身体已经老朽，对死亡的恐惧吞噬了他。

　　他正在客非岛上，这里地势平坦，草原一望无际。皇帝登上御座塔，望向远方闲庭信步的象群。巡游诸岛时，客非岛是他最喜欢的地方之一。远离繁忙城市和蟠城宫廷的钩心斗角，他便能假装自己清静自由。

　　但他无法假装胃痛不存在，这会儿他已经痛得无法自行下榻了，只得唤人来帮忙。

　　"服些药吧，陛下？"

　　皇帝没说话。但内务总管戈岚·匹拉一如既往地察言观色。"这是一位客非女医者配的药，据说她很懂草药学的奥妙。或许可以帮您缓解不适。"

　　皇帝犹豫了一下，还是接过药来。他啜了一口苦涩的药汤，疼痛似乎确实轻了几分。

"谢谢。"皇帝说。既然只有戈岚在身旁，他又补了一句："人终有一死啊。"

"陛下，快别这么说。您该歇息了。"

和所有毕生忙于征战的人一样，他也早就将注意力转移到死亡这个终极敌人身上。多年来，蟠城里方士云集，个个都在研发可以长生不老的丹药。骗子蜂拥而至，用让人眼花缭乱的装备和研发建议书吸干了国库，但似乎却一直没做出什么有用的东西。等到该拿出点成果呈给皇上的时候，这些聪明人早已卷起铺盖逃之夭夭。

他服下了他们的各种药剂，药剂提炼自千种鱼儿，其中有些鱼儿无比珍稀，只能在群山中的一汪深潭中觅得，药剂都是在飞索威山的圣火中熬成，本应保他远离百种病疾，护他肉身不留岁月痕迹。

可他们全都骗了他。如今，他卧于病榻，饱受病痛折磨，大夫们对陛下究竟身患何病莫衷一是，却都是束手无策。他胃中阵阵绞痛，如有盘蛇，无法进食。

不过，这剂药确有奇效，皇帝心想。

"戈岚，"他说，"疼痛缓了不少。难得啊。"

匹拉总管鞠了一躬："一如既往愿为陛下效劳。"

"只有你是朕可以信赖的人。"皇帝说，"只有你啊。"

"陛下该歇息了。这剂药还应有安神助眠之效。"

好困。

可朕还有那许多事要办。

在乍国征服诸国之前，年轻的玛碧德雷皇帝还使用雷扬这个名字，头发尚且浓密，面孔仍无皱纹。那时，七国争夺达拉诸岛便已有数百年之久：乍国偏安西北，囿于如意和达苏二岛，可谓蛮荒之地；阿慕国一副优雅高傲之态，屹立于气候温暖、雨水充足的阿汝卢吉岛和物产丰饶的热翡卡河间平原；里马国多林木，哈安国多沙地，法沙国多山岩，这三国如兄弟手足般亲近，占据了本岛的北半部分；东方的甘国富足世故，拥有多个大城市和繁忙的贸易港口；再有便是坐落南部平原的柯楚国，该国尚武，以兵士勇猛和将领多谋而闻名。

各国之间或盟或敌，关系变幻莫测，扑朔迷离。早上乍国和甘国国君可能还在称兄道弟，当夜，甘国战船或许已绕行本岛偷袭乍国，法沙国国君早上还赌咒发誓说绝不原谅甘国曾经背信弃义，此时却又为偷袭提供了骁骑兵。

后来呢？后来有了雷扬，便打破了诸国永恒纷争的局面。

皇帝四下环顾。他此时身置号称"完美之城"的蟠城，此处是宫殿前宽广的奇迹广场正中央。广场一般都很空旷，小童会在春夏时分来这里放风筝，隆冬时节则造冰雕。偶尔也有皇家飞船在广场上降落，附近的市民便会前来围观。

但今天，广场并不空旷。他被达拉群岛诸神的巨型雕像包围了。每座雕像都与宝座塔高度相仿，以青铜和钢铁铸成，饰以鲜艳颜料，令雕像栩栩如生。

很久以前，世界之父萨娑罗被诸神之王莫阿诺唤去，再也没有归来，便抛下了有孕在身的妻子达拉梅阿。身为诸水之源的达拉梅阿在虚空中孤身一人。分娩之时，她流下巨大滚烫的熔岩泪珠。泪珠咝咝作响，从天空落入大海，凝结为达拉诸岛。

她诞下八个孩子。这八个孩子便是达拉诸神，他们平分达拉诸岛，守护岛上居民。达拉梅阿心事已了，便归隐于大海，将达拉群岛交由孩子们管理。后来，阿诺人来到达拉群岛，在这里四散定居。诸神有所为有所不为，阿诺人的命运便也与此紧密相连。

皇帝一直梦想收缴达拉诸岛的所有武器，宝剑、长矛、尖刀、弓箭……将它们全部按金属种类熔化，用来铸成神像，以此敬拜诸神。没有了武器，世界也将永久和平。

他却始终太过忙碌，无暇将这一伟大计划变为现实，可此时此刻，神像已然矗立在他眼前。这或许是一次良机，他可以直接向诸神祈求长生健康、重返青春。

玛碧德雷首先跪在乍国的力量之源奇迹公面前。这尊神像是一副中年男子模样，两鬓斑白，秃顶，身披白色斗篷。斗篷上的精美图案描绘了奇迹公掌管的驭风、飞翔和指挥鸟儿的能力，令玛碧德雷惊叹不已。奇迹公肩头栖着他的灵物明恩巨鹰。

　　"奇迹公，您对朕表达虔诚的方式还满意吗？为了彰显您的荣耀，朕还可以做许多事，但朕需要更多时间！"

　　皇帝希望奇迹公能表现出听到他的祈求的迹象。但他很清楚，神灵往往更喜欢晦涩神秘。

　　奇迹公身旁是孪生姐妹卡娜和拉琶，她们是柯楚国的保护神。卡娜身着黑袍，褐色皮肤，一头光滑的乌黑长发，深褐色双眸。拉琶虽与卡娜五官极为相似，却是白肤白袍，长发亦如冰雪一般银白，双眸是浅灰色。姐妹二人肩头站着她们的灵物：一黑一白两只乌鸦。

　　玛碧德雷虽已征服各诸侯国，但仍需获得诸神认同。于是他又向两位女神行礼。"卡娜大人，火焰、灰烬与死亡之神，请受朕一拜。拉琶大人，冰霜、沁雪与安眠之神，请受朕一拜。我将诸人武器收缴，使其终止纷争，专心敬拜二位。愿您二位佑我长生。"

　　正在此时，姐妹神像忽然动弹，活了过来。

　　皇帝大惊，一时呆若木鸡，瞠目结舌。

　　卡娜的褐色双眸看向跪在地上的玛碧德雷，就像寻常女人低头看向蝼蚁一般。她的声音高亢刺耳，仿佛生锈的剑刃划过陈旧的磨刀石。

　　"就算柯楚国只活在一人心中，也定将让乍国灭亡。"

　　玛碧德雷颤抖起来。

　　"你以为我会坐视不管？"

　　玛碧德雷回头，发现这个雷鸣般的洪亮嗓音出自奇迹公，他的神像也活过来了。奇迹公向前踏出一步，玛碧德雷脚下的大地震动起来。明恩巨鹰离开他肩头，在诸神雕像上方盘旋。卡娜和拉琶的乌鸦也飞了上去，朝巨鹰发出挑衅的嘶叫。

　　"你忘了我们的约定吗？"拉琶说道。她的嗓音悦耳清脆，但和卡娜的声音同样强而有力。她和卡娜既如冰与火一般截然不同，又若睡眠与死亡一般相近。

"可不是我在叫嚣要继续杀戮。"奇迹公说。他抬起缺了小指的左手，将食指和中指放进口中，吹了声口哨。明恩巨鹰正对两只乌鸦虎视眈眈，却也只得不情愿地回到他的肩头。"乍国胜了。战争已经结束了。尽管你们不喜欢玛碧德雷，但他带来了和平。"

守护里马国的飞索威也活了过来。他身材颀长，肌肉健硕，身着皮甲，手持一柄长矛，矛尖以黑曜石制成。他开口道："收走武器并不会带来和平。人们还会用棍棒石头和指甲牙齿继续争斗。玛碧德雷的和平全靠恐惧维持，就像筑在烂枝上的鸟巢一样难以长久。"

飞索威大人是狩猎、金属与岩石以及战争与和平之神。玛碧德雷听到他这番话，感到无比绝望。他看向飞索威那双由飞索威峰的黑曜石打造而成的双眸，并未看到一丝同情。他的灵物是一匹狼，飞索威轰鸣的话音才落，它便引颈长号。

飞索威朝奇迹公露出利齿，发出一声令人毛骨悚然的战吼。

"别把我的克制当成软弱。"奇迹公说，"我的鹰把你的眼睛啄掉之后，你便只能以石为眼。是不是时间已久，你想再瞎一次？"

"听听你说的！"卡娜的笑声刺耳，奇迹公不禁一缩。"上次你我交战，我烧光了你的头发胡须，现在你只余鬓角，模样可笑得紧。我倒可以再给你留些更深的疤……"

"或者再冻掉几根手指，跟你的小指做伴。"拉琶说道，声音甜美冰冷，给这句威胁更添了几分可怖之感。

玛碧德雷跌倒在地，手脚并用爬到法沙国的卢飞佐雕像前。他是生命、治疗与草原之神。玛碧德雷双臂抱住卢飞佐的一只大脚趾，冰冷的金属并未给他带来慰藉。

"卢飞佐大人。"玛碧德雷喊道，"请您保护我！请您阻止你们手足之间的争执。"

卢飞佐是个身材颀长的年轻小伙，披着绿色常春藤斗篷。他悲伤的双眼中出现神采，小心地摆摆脚，抖土一般将玛碧德雷抖了下去。他走到奇迹公、飞索威和孪生姐妹之间，开口说话。他的嗓音温和柔缓，有如卢飞佐瀑布下方的湖泊一般，那湖水全年热气腾腾，尽管法沙高原气候寒冷，但湖边牧草始终碧绿。

"兄弟姐妹们，别再装腔作势了。我们在流民之战时都曾让母亲大感忧烦，此后我们都起誓诸神决不再彼此相残，莫阿诺也见证了我们的誓言。玛碧德雷发动战争这许多年来，我们一直都相安无事。今天可不是打破誓言的日子。"

躺在地上的玛碧德雷听闻此言，备感慰藉。流民之战中，诸神与古代阿诺人英雄一起踏上战场。他记得诸神在那场血腥的传奇后发誓不再手足相残。此后他们只以间接方式干涉凡人事务，如游说、哄骗、启示或神谕。诸神还达成协议，绝不再与凡人直接开战，只通过其他凡人来操纵战争。

玛碧德雷想到诸神既已起誓，不会伤害他一个区区凡人，便大着胆子站起身，不顾身子虚弱，竭尽全力朝卢飞佐大喊："在诸神中，您最应当明白，我的一生都献给了一场战争，但那是为了终结一切战争。"

"但你杀戮太多。"卢飞佐一声叹息，他的灵物白鸽也咕咕叫了一声。

"杀戮是为了避免更多杀戮。"玛碧德雷继续为自己辩护。

皇帝身后响起一阵大笑，狂野如飓风，混乱如漩涡。这笑声来自能变换外形的甘国守护神塔祖。他身形灵活，身着鱼皮短袍，其间系着一条鲨鱼牙腰带。

"我挺喜欢你这想法，玛碧德雷。"他说，"继续啊。"他的灵物是一条巨鲨。它从塔祖脚边的水潭中跃起，咧开血盆大口，露出一个危险的微笑。"我一直在收集溺死者和落水的宝藏，你帮了我不少忙。"

塔祖脚边的水潭漩涡扩大了，玛碧德雷赶忙让开，踉跄着后退几步。尽管诸神承诺不会主动伤害凡人，伟大的阿诺人立法者阿鲁阿诺也记录了这一誓言，但和凡人与诸神遵守的一切律法一样，它也留有诠释空间。诸神的母亲达拉梅阿，同时也是诸水之源，她将自然世界的运转分派给诸神：奇迹掌管风与风暴，拉琶指引冰川运动，卡娜控制火山爆发，诸如此类。若是凡人恰好妨碍了这些自然伟力，比如塔祖的漩涡和巨浪，那么这些凡人的死并不算诸神违背誓言。至于性情最变幻莫测的塔祖究竟是如何诠释自己的誓言的，玛碧德雷并无意以身试法。

塔祖的笑声更响亮了，巨鲨重新潜入他脚边水潭深处。水潭不再扩大，但玛碧德雷脚下的地面变成了流沙，如鲁索海滩的沙子一般乌黑。玛碧德雷沉了下去，流沙没到他的颈部，他发现自己无法呼吸了。

"我一直都在敬拜诸神。"玛碧德雷嗓音嘶哑，几乎淹没在塔祖持续不断的笑声中。"我只是想让凡人的世界更加完美，与诸神的世界更相近。"

哈安国的守护神鲁索是个身材结实的老渔夫，皮肤黝黑，有如新近凝固的岩浆。他踏下灵物巨龟，抛出搭在背上的渔网，救起玛碧德雷。"完美与邪恶之间常常没有界限。"

玛碧德雷大口喘着气。他并未明白鲁索的话，不过对于喜欢玩弄花招、算计和预兆的诸神来说，这倒也并不意外，他们的领域本就不是凡人能够参透的。

"塔祖，我很意外。"鲁索说。他年迈的褐色双眸十分明亮，与年纪很不相称。"没想到你会在即将到来的这场战争中掺一脚。所以，她们姐妹俩，卢飞索，还有你，你们要联手对付奇迹？"

被遗忘的玛碧德雷突然心头一紧。又要开战了？难道我毕生的心血就要付诸东流？

"噢，我可不想参战，那样太束手束脚了。"塔祖说，"我只想给我的水下宫殿再添些珍宝和尸骨。若二者能实现其一，我做什么都行。应该说，我不过是袖手旁观，就和那边的卢飞佐一样。只不过他希望死人越少越好，我则恰恰相反。老头，你呢？"

"我？"鲁索佯装惊愕，"你很清楚，我对争斗和政治一直不擅长。我只对玛碧德雷的炼丹术士有兴趣。"

"好吧。"塔祖嘲笑道，"我看你是作壁上观，静等胜者出现，你这个老狐狸。"

鲁索微微一笑，并未回应。

阿慕国的优雅女神图图笛卡终于开口了。她的嗓音冷静甜美，有如图图笛卡湖的湖面一般平和宁静；金发碧眼，肤色有如打磨光滑的核桃。她一开口，其余神明便安静下来。

"作为诸位当中最年幼的一个，也是最不谙世事的一个，我一直都不懂你们为何如此渴求权力与杀戮。我只想好好享受领地的美景和百姓的赞美。我们为什么一定要闹到分家的地步？我们就不能答应彼此，不再参与凡人俗事吗？"

其余诸神默不作声。沉寂片刻之后，奇迹公答道："你这话说得轻巧，仿佛过往历史无关紧要。你很清楚，玛碧德雷发动战争之前，其余各国是如何对待乍国人的。多年来，乍国一直被轻视、欺骗、利用，饱受屠杀与劫掠之苦，直到我们再也无法忍受这种侮辱。如今他们终于获得尊重。面临新的威胁，我如何能坐视不管？"

"并非只有你们乍国的历史不堪回首。"图图笛卡说道，"玛碧德雷发动战争期间，阿慕国同样损失惨重。"

"正是如此。"奇迹公得意道，"倘若现在阿慕国百姓垂死挣扎着呼唤你的帮助，你是否会掩耳旁观，只顾欣赏阿汝卢吉岛的日落美景？当然了，城市若是燃起熊熊大火，产生的浓烟和灰烬肯定会为落日再添几分颜色。"

图图笛卡咬了咬嘴唇，叹了口气。"真不知道是我们指引凡人，还是凡人在指引我们。"

"沉重如历史，任凭谁也无法摆脱。"奇迹公答道。

"别把阿慕国卷进来，求你了。"

"战争自有一套行事方法，小妹。"飞索威说，"我们可以指引它，却无法操控它。"

"这教训，凡人早已学过一遍又一遍……"拉琶说。

"但似乎还是没学会啊。"卡娜接口道。

图图笛卡的视线转向被遗忘的玛碧德雷。"看来，我们应当怜悯此人。他的毕生心血即将毁于一旦。伟人总会被自己的时代误解。而且，伟大往往并不等同于贤明。"

这位女神飘然靠近玛碧德雷，蓝色绸袍有如静谧晴空一般延伸开来。她的灵物是一条金鲤，闪闪发光的鳞片令皇帝眼花缭乱，宛若活的飞船一般游过图图笛卡面前的空气。

"去吧。"她说，"你没时间了。"

这不过是个梦，皇帝思忖道。

有些梦很重要：梦中有迹象，有预兆，或将发生的未来一闪而过。而其他梦境不过是庸碌头脑中毫无意义的产物。伟人只应关注能够成真的梦境。

长久以来，多位乍国国君都曾梦想赢得达拉诸岛其余各国的尊重。其余各诸侯国彼此地理位置邻近，人口众多，偏僻的乍国一直是他们鄙夷的对象：阿慕国俳优戏谑乍国口音，甘国商人欺骗乍国顾客，柯楚国诗人将乍国描述为蛮夷之地，和大移民之前居于达拉群岛的野人没什么两样。没有哪个乍国小孩在遇到外来人时没有受过羞辱和轻慢。

强权才能换来尊重。必须要让达拉诸岛在战无不胜的乍国面前颤抖。

乍国崛起非常缓慢，用去了许多年。

自很久以前，达拉诸岛的小孩就用纸和竹篾制成气球，挂上火烛，然后放飞气球，看它在幽深夜空中飘过无尽大海，有如漫游天空的水母般闪闪发光。

一天晚上，玛碧德雷的父王德赞王看着一群小孩在王宫附近放飞气球灯，突然有了个主意：将这气球放大数倍，便可扭转战事走向。

德赞王令人将金属丝和竹篾制成框架，覆以层层丝绸，制成巨型气球。将燃烧袋灌满沼气，燃烧产生的热气便可令气球飘浮起来。气球下悬小舟，内设一两名兵士，便可充当瞭望哨，及时发现伏击或是勘察远方舰队。而后又研发出了火焰弹——将热油与黏稠的沥青混合装罐，从小舟抛射而出——于是气球便有了攻击力。其余诸侯国很快便模仿起乍国的新发明。

可后来，乍国一个名为基诺·页的工匠发现了一种无臭无色的气体，比空气要轻。只有奇迹峰山麓上常年冒泡的达轲湖才能产生这种气体。将它密封于袋中，便可产生极强的浮力，能使飞船在空中一直悬浮下去。再佐以翅膀状的巨桨，飞船便所向披靡，使其余各诸侯国那些慢吞吞又不可靠的热气球相形见绌。

此外，飞船还能对海上舰船的木质船身和布质风帆造成致命打击。只有依靠火药发射长程箭才能有效遏制飞船，可这种武器成本高昂，而且坠落时仍在燃烧，会对舰船造成更大威胁。

德赞王获得其余各诸侯国的尊重便心满意足。可继位的雷扬王年纪轻轻，野心勃勃。他决定扩大梦想，做一个自阿诺人时代无人敢想的梦：征服各诸侯国，统一达拉诸岛。

有了巨型飞船，乍国水军和陆军便战无不胜。经过三十年征战，雷扬王终于征服其余六国。就连以骁骑兵和技艺精湛的剑士闻名天下的劲敌柯楚国也臣服于他。柯楚国首都萨鲁乍被攻陷时，最后一任君王因不堪忍受沦为雷扬宫廷的裸体俘虏，于是跳海自尽。

雷扬便自立为达拉诸岛之主，改称号为始皇帝玛碧德雷。他将自己视为一种新的力量的开端，这种力量将改变世界。

"王的时代结束了。我是王中之王。"

新的黎明来临了，但皇家巡游的队伍并未前进。

皇帝还躺在帐篷里。他腹中剧痛，难以下榻。就连呼吸仿佛都很辛苦。

"派最快的飞船，将太子接来。"

我必须警告普罗，为即将开始的战争做好准备，皇帝心想。*诸神已经预言了这场战争。但也许尚可及时阻止它，就连诸神也承认了，他们并不总是能操控它。*

内务总管戈岚·匹拉将耳朵凑近皇帝颤抖的嘴唇聆听，随即点点头。但皇帝并未看到，匹拉眼中闪过一道光。

皇帝躺在床上，梦想着自己的宏伟计划。还有那许多事要办，那许多大计未竟。

匹拉将宰相吕戈·库泊召来，匹拉的帐篷是巨大的皇家亭帐旁一顶狭小朴素的圆帐篷，就像是躲在一枚三十岁的海螺身侧的一只小寄居蟹。

"皇帝病重。"匹拉说，握着茶杯的手一动不动，"目前，还没人清楚他的病情，除了我——现在，还有你。他要见太子。"

"我派'光阴之箭'号飞船去。"库泊说。太子普罗正在如意岛和戈乍·同耶提将军一起监督大隧道的修建工程。就算是用"光阴之箭"这艘帝国最快的飞船，服役劳工轮班不停划桨，也要几近两整日才能抵达，又要两日才能返回。

"嗯，咱们先来权衡一下此事。"匹拉说着，脸上的表情令人捉摸不定。

"有什么要权衡的？"

"宰相大人，您想一想，您和同耶提将军，谁在太子心中分量更重？他认为谁为乍国立下的功劳更大，更信任谁？"

"这不是不言而喻的嘛。同耶提将军征服柯楚，这个六国当中最后一个也是最负隅顽抗的诸侯国，立下汗马功劳。太子又在战场上跟随他多年，可以说是将军看着长大的。太子器重将军，自然可以理解。"

"二十年来的大部分时间，担负起治国重担的可是你。是你为数以百万的黎民斟酌权衡，做出种种艰难抉择，全力以赴将皇帝的宏图大志化为现实。你不觉得自己的功劳大过一个只会打打杀杀的老将军？"

库泊不语，啜了口茶。

匹拉面露微笑，趁热打铁。"若是太子登基，宰相之印可能就要交给同耶提，有人就得另谋出路了。"

"忠臣不问分外之事。"

“假使，登基的不是太子，而是您的门徒，洛熙皇子，事情可就大有不同了。”

库泊感觉背上的汗毛都竖了起来。他睁圆眼睛。“你这话……不该讲出来。”

“宰相大人，我说不说，这世界都会按照它自己的规律继续运转。阿诺人智者说得好，幸运只眷顾勇者。”

匹拉将一样东西放在茶碟上。他抬起衣袖，让库泊瞥到一眼。是皇家大印。无论哪份文书，只要盖了这印，便会成为通行整个帝国的律法。

库泊深褐色的眼眸盯着匹拉，匹拉也平静回望。

少顷，库泊的表情放松下来。他叹了口气。“如今正是乱世啊，总管大人。忠臣有时难表忠心。我听您的指点。”

匹拉面露微笑。

卧床之时，玛碧德雷皇帝重温起他对达拉诸岛的宏伟计划。

他设想的首项工程是大隧道。以一系列海底隧道连接达拉诸岛，各个岛屿之间便不会再分裂敌对。有了大隧道，诸岛间可顺畅通商，各民族也能混居融合。帝国军队不必出海或升空就能从达拉群岛一端行进至另一端。

简直是异想天开！工程师和学者们如是说。这一计划不可能获得老天和诸神准许。旅者如何解决饮食问题？在海下的黑暗中如何呼吸？我们上哪里去找人来建造这东西？

皇帝对他们的担忧置之不理。这些人不是也曾认为乍国不可能取得胜利，不可能征服达拉诸岛吗？与人交战的确荣耀，但胜天驯海、改变大地更加荣耀。

所有问题都有解决的办法。每二十里地挖一处旁支洞穴，可作为穿行于各岛间的旅客歇脚的驿站。黑暗中可以培植荧光蘑菇，作为食物来源。捕雾网则能将潮湿空气中的水分收集起来。如有必要，还可在隧道出入口装设巨型风箱，将新鲜空气用竹筒泵入隧道。

他下令让所有男丁抓阄，若抓中则必须放弃职业、田地、生意、家庭，听凭皇帝敕令发配，在乍国监工的看守下服劳役。年轻小伙子被迫离家十载有余，在海下变老，陷于永恒黑暗，如同奴隶一般卖苦力，只为了一个宏大而又遥不可及的梦想。服役者死后，尸体便送去火化，用不起眼的匣子装着运回家，那盒子不过盛装骨头果核的木盘一般大小。随后，家中的儿子又要接替父亲继续服役。

悭吝短视的农民理解不了他的大计。他们私下抱怨，咒骂玛碧德雷。但皇帝并未放弃。他发现工程进展太慢，便径直征募更多劳力。

陛下实行苛律，与至上圣贤空非迹的教诲相违，大学者兼皇家顾问忽佐·图安如是说。**此非明君所为。**

玛碧德雷皇帝很失望。他一直很敬重图安，期待这样一位智者能够比别人目光更远大。但图安如此批评他，他便不能再容图安。玛碧德雷将他厚葬，又亲自修订图安的文章，结集出版。

关于如何让这个世界变得更好，他还有许多想法。例如，他认为达拉群岛各族人民都应以同一种方式书写，各地不应保留古老阿诺文字的各种变体和金达里字母的不同排列方式。

一想到战败六国的学者对统一语言文字的敕令痛心疾首的模样，皇帝脸上便会浮现出微笑。这道敕令将乍国方言和书写方式定为达拉群岛的标准语言文字。除了原本属于乍国领土的如意岛和达苏岛之外，其余各岛的文人都气得七窍生烟，认为这道敕令简直是文明倒退。但玛碧德雷很清楚，他们抗议的其实是权力的流失。一旦以标准语言文字教授所有儿童，本地学者就再也无法决定他们能够传播什么思想了。皇家敕令、诗歌、其余各诸侯国的文化成果、取代地方志的官方史书……所有这些外来思想都可以在达拉诸岛自由传播，不再受七国各不相同的书写方式所阻碍。如此这般，学者便不能再靠掌握七种书写方式卖弄学识，真是大快人心！

此外，玛碧德雷还认为诸国应以他认为理想的通行规格建造船只。他还认为古书愚昧，没有任何有益于未来的内容，便收缴古书，全部焚烧，每种书籍只留一册，深藏于蟠城大图书馆地库。蟠城是完美之城，处处皆是新气象，只有不受过时愚钝思想腐蚀的人才能到这里阅览古书。

学者抗议，写檄文宣扬玛碧德雷昏庸无道。但他们只是学者，手无缚鸡之力。他下令活埋了两百名学者，又切掉一千学者的书写用手。抗议与檄文便销声匿迹。

世界依旧充满瑕疵，伟人总是被同时代所误解。

"光阴之箭"号抵达如意城。在血猎犬的指引下，信使将皇帝的书信带至地下深处，沿着海下的大隧道前行。终于，血猎犬发现了太子普罗与戈乍·同耶提将军的气味。

太子打开书信，内有一只小袋。他读了信，面色刷白。

"噩讯？"同耶提将军问道。

普罗将信递给他。同耶提看罢说道："这信定是有人伪造的。"

太子摇摇头。"皇家大印是真的。你看印迹这角不是缺了一块？我小时常常看到皇家大印。这印并非伪造。"

"那定是有什么误会。皇帝为何突然决定改立你弟弟为太子？还有，那小袋里是什么？"

"是毒药。"太子普罗答道，"他怕我会为和弟弟争位而发动战争。"

"这一切都说不通。你是兄弟几人里性格最温和的一个。你连下令鞭笞这些徭役者都不忍心。"

"我父亲是个很难理解的人。"普罗再也不会对父亲的任何所作所为感到惊诧。他见过备受信任的顾问只因一句冒失评论便被斩首。普罗一次次帮他们求情，想救他们的命，但父亲却凭此认为他性格软弱。所以他才会被派来监督这项工程：你必须理解强者是如何指挥弱者的。

"咱们去面见陛下，问他要个解释。"

普罗叹了口气。"我父亲一旦做出决定，就没有回旋余地了。他一定是认为弟弟比我更适合做皇帝。他大概是对的。"他充满敬意地轻轻卷起书信，还给信使，又将小袋中的东西倒在手心，是两粒药丸，随即一口吞下。

"将军大人，您选择跟随我，而非我皇弟，实在抱歉。"

太子躺在地上，像是要睡觉一样。过了一会儿，他闭上眼睛，停止了呼吸。同耶提跪下，抱起太子一动不动的身躯。他透过眼中泪水看到信使们全都拔出剑来。

"原来我为乍国效力多年，竟得如此回报。"他说。

信使们将他放倒之后，他的怒吼依然在隧道中久久回荡。

"普罗来了吗？"皇帝问道。他连动动嘴唇都很困难了。

"快了。再有几天就到。"匹拉答道。

皇帝又闭上了眼睛。

匹拉等了半个时辰。他俯下身，皇帝的鼻孔中已没了气息。他伸手碰了碰皇帝的嘴唇。已然冰冷。

他走出帐篷。"陛下驾崩！陛下万岁！"

蟠城
普明天治二十三年十一月

太子洛熙登基时不过十二岁，称二世皇帝，在古阿诺语中表示"袭续"之意。宰相库泊摄政，内务总管匹拉接任新的太卜。

匹拉为新帝选了一个祥瑞的年号——义正武治。历法纪年相应更改。蟠城大庆十日。

但许多大臣私下交谈，认为这次继位颇有不妥，皇帝之死似有疑情。库泊和匹拉虽已出示文书，证明太子普罗和同耶提将军与海盗及叛乱者合谋，意欲占领如意岛，建立自己的独立诸侯国，阴谋败露之时二人便畏罪自杀。但有些大臣和将军认为证据不足。

库泊摄政王决定把怀疑者好好清理一番。

玛碧德雷皇帝驾崩约一个月后，诸位大臣和将军清早齐聚大政务厅，准备和皇帝商讨最新的匪情和饥荒灾情报告。库泊摄政王姗姗来迟。他从二世皇帝最爱的皇家奇兽园带来一头鹿。这头鹿头上鹿角硕大，在大厅各处踱步的诸位大臣和将军赶忙后退，腾出一片地方。

　　"陛下。"库泊深鞠一躬，"我为您带来一匹骏马。您和诸位大臣以为如何？"

　　年轻的皇帝身形瘦小，几乎要被巨大的宝座吞噬。他不知摄政王在开什么玩笑。二世皇帝一直难以领会这位年迈老师传授的复杂课业，而且觉得和他并不亲近，也确定老师一定认为他是个不称职的学生。库泊摄政王实在是个奇怪的人，他深夜前来，告诉洛熙他现在成了皇帝，但又不让他做任何事，叫他只要开开心心，和匹拉一起玩，享受无尽的舞蹈、杂要、驯兽和魔术表演。皇帝想说服自己对摄政王产生好感，但其实对库泊仍有些畏惧。

　　"这是怎么回事？"二世皇帝说，"哪里有马呢？我只看到一头鹿。"

　　库泊又深鞠一躬。"陛下，您搞错了，不过这是在意料之中，您年纪尚小，还有很多要学。或许这里的诸位大臣和将军可以帮您。"

　　库泊缓缓环视四周，右手轻抚鹿背。他的目光冷酷严厉，无人敢与之对视。

　　"诸位大人，你们看到了吗？这究竟是骏马还是牡鹿？"

　　机灵敏锐一些的人便见风使舵。

　　"真是匹好马啊，摄政王大人。"

　　"的确是骏马。"

　　"我看真是一匹良驹。"

　　"陛下，您应当听英明的摄政王的话。确是骏马。"

　　"谁说是鹿？先来与我比剑！"

　　但也有些大臣，尤其是将军们，都难以置信地摇头。"简直可耻。"苏觅·尤马将军说道。他效力乍国军队已五十年有余，自玛碧德雷皇帝的父亲和祖父统治时便已征战沙场。"这是鹿啊。库泊，就算你位高权重，也不能强迫别人改变想法或说假话。"

"何为真，何为假？"摄政王斟字酌句地说道，"大隧道发生了什么事？客非岛发生了什么事？这些都必须写入史书，必须有人来决定怎么写。"

有了尤马将军的表率，更多大臣站出来，说摄政王带来的是鹿。但马派也不甘示弱，两派便唇枪舌剑地辩论起来。库泊露出微笑，若有所思地捋着胡须。二世皇帝左顾右盼，大笑起来。他以为这不过又是库泊的一个古怪玩笑。

几个月过去了，那一日反驳库泊的大臣中余下的越来越少。很多人被发现原是逆臣普罗太子的同谋，经过问讯，他们在狱中声泪俱下地承认了叛乱罪行。这些乱臣及其全家都被处决。这便是乍国律法：叛国罪是血脉相承的，一人叛国，则诛五代。

就连尤马将军也是未遂的叛国阴谋的首领之一，确有证据表明他还尝试和皇帝的其他兄弟合谋。皇帝的护卫前去抓捕几位亲王时，发现他们全部服毒而死。

但尤马和其他反臣不同，哪怕铁证如山，他也依然拒绝认罪。皇帝因此深受打击。

"他要是能认罪就好了。"皇帝说，"将军既为乍国效力多年，如此我便可饶他一命。"

"唉。"摄政王说，"我们审慎用刑，想以肉体之痛洗涤心灵，唤起他的良知。怎奈此人极其冥顽不化。"

"就连伟大的尤马都叛乱了，还有谁可以信任呢？"

摄政王鞠了一躬，没有答话。

后来，摄政王再次把"马"带到大政务厅，大家都称赞说，的确是骏马啊。

年轻的二世皇帝困惑不已。"我看到鹿角了啊，"他低声自语道，"这怎么是马呢？"

"别担心，陛下。"匹拉悄声在他耳畔说，"您还有很多要学呢。"

第六章　徭役

奇沙村
义正武治三年八月

今年送去服徭役的这一队人里，湖诺·其马和佐帕·西金个子最高，便被指定为队长。其马很瘦，光头有如打磨光滑的鹅卵石。西金一头稻草色的头发继承自母亲的里马国血统，宽肩粗颈像是一头老实的水牛。两人都是褐色皮肤，也是常年在田中劳作的柯楚国农民的肤色。

负责徭役的官吏向二人解释他们的职责：你们要在十日内将整队人带到玛碧德雷先帝的皇陵——愿陛下安息。先帝陵墓施工进展缓慢，摄政王和皇帝对此很不满。

"若是迟到一日，你们两人各割一只耳朵。迟到两日，各剜一只眼睛。迟到三日，你们俩的小命就没了。若是超过三日，你们的妻子和母亲就要被卖到青楼，父亲和孩子都将被罚终身苦役。"

湖诺·其马和佐帕·西金打了个寒战。他们抬头望天，祈愿天气平顺，随后便带领一队人启程上路。他们向西前往堪纷港，从那里乘船沿海岸线北上，再进入犁汝河，一路向北，抵达蟠城附近的皇陵。若是遇到暴风雨，则必会延迟。

黎明时分，三十名服徭役者登上三辆马拉大车。随后车门便上了锁，以防有人逃跑。两名皇家卫兵与马车随行，直至抵达下一座城镇，当地卫队便会接管，另外派出两名卫兵接替，直至抵达再下一站。

大车沿路西行，大家朝窗外张望。

尽管已是夏末，正是庄稼成熟的时节，田里的稻子尚未变黄，也见不到几个正在劳作的身影。这一年台风来势汹汹，灾情严重，多年罕见，许多地里的庄稼都被糟蹋，在雨水和泥巴中腐烂变质。很多妇人的丈夫和儿子都被召去建设皇帝的伟大设想，她们只得自己下田，勉强应付农活。仅余的庄稼也都被皇家税吏征去了。吃不饱饭的百姓向政府请愿暂缓征税，但蟠城传来的答复始终是坚定拒绝。

徭役征募和税收反而变本加厉。新登基的二世皇帝中止了大隧道的工程，却想为自己再造一座新宫殿。为了表达孝心，他还一次又一次扩建皇陵。

徭役队伍一路所到之处，大家茫然地望着路边那许多饿殍，尸体全都瘦得皮包骨头，逐渐腐烂，身上已空无一物，就连破烂衣衫也被剥光。许多村子都爆发饥荒，但卫队司令拒绝打开储藏军粮的皇家粮仓。能吃的东西都已经吃光了，有人只得用树皮熬水，从地里挖蛆。女人、小孩、老人都想徒步前往传言还有食物之地，但常常走着走着便倒在路边，再也没有力气迈出下一步，空洞无神的眼睛直瞪着同样空洞的天空。时不时会看到死去的母亲身边有个婴孩还活着，用最后一丝气力大声哭号。

未被征去服役的年轻人有时会逃到山里，沦为流寇，皇家卫队便像灭鼠一样剿杀他们。

徭役队伍继续前行，经过死尸，经过荒田，经过已无人烟的茅草屋，前往墁纷港，并将从那里继续朝壮丽无瑕的皇家都城蟠城进发。

这一行人穿过一个小村镇中心的广场。一个半裸老头步履蹒跚，朝过往的车辆行人大喊大叫。

"五十年来，拉琶山深处第一次轰鸣作响，卢飞佐瀑布干涸无水。鲁索海滩的黑沙变作血红。这是诸神对乍国皇室不满的迹象！"

"其言可属实？"其马问道。他挠了挠光头说："我对这些怪象闻所未闻。"

"谁知道呢？也许诸神真的动怒了。也许这老头只是饿得发疯了。"西金说。

随行卫兵佯装没有听到老头的话。

他们一样出身农民，在如意岛和达苏岛的家乡，他们也都见识过这类人。全国各地许多寡妇和孤儿都是玛碧德雷皇帝造成的，就连原属乍国的岛屿也未能幸免。有时，百姓为了继续呼吸，只得将叛国的想法大吼出来，才能平息些许怒火。这其中有些人或许并非真疯，但假装如此对所有人都更好一些。

就算卫兵的饷银来自国库，他们也并未忘记自己的出身。

雨下了四天也未见小。其马和西金在客栈里望向窗外，随即绝望掩面。

他们身处纳丕城，离堪纷港尚有大约五十里，但道路泥泞，大车无法通行。就算他们想法抵达海边，这种天气也不会有船只肯出海。

昨日是他们有望成功抵达犁汝河口并如期到达蟠城的最后一日。流逝的每一分钟都意味着他们和家人可能会沦落至更悲惨的境地。皇家判官究竟是严格依照公文执法，或是尚有解读余地，这都不重要，无论哪种结果对于他们都无仁慈可言。

"没用的。"其马说，"即便我们到了蟠城，结果依旧非死即残。"

西金点点头。"咱们凑凑钱，至少今天吃顿好的吧。"

其马和西金获得随行卫兵许可，离开客栈前往市场。

"今年海里鱼少得出奇。"鱼贩对他们讲道，"可能鱼也躲着税吏呢。"

"也有可能是在躲达拉诸岛不计其数的饿鬼。"

他们还是出天价买了鱼，又打了些酒。钱用光了。反正将死之人留着铜子也毫无用处。

"过来，过来。"他们回到客栈，将其他人招呼过来。"就算再难过，就算要丢了耳朵眼睛，人也要吃饭，也得吃好些！"

诸人点头。此话乃真知灼见。服劳役的日子就是一鞭接着一鞭，终有一日会惧无可惧，之后人便会发现，填饱肚子才是头等大事。

"你们谁擅长烹煮？"其马问道。他拎起一条大鱼：鳞片闪着银光，鱼鳍泛出虹彩，鱼身竟及臂长。大家都很久没吃过鲜鱼了，看得不禁口角垂涎。

"我们可以。"

开口的是一对兄弟，名为达飞罗·米罗和拉索·米罗，一个十六岁，另一个不过十四，都还是孩子。帝国曾经多次降低服劳役者的年龄下限。

"你们是跟母亲学的？"

"不。"弟弟拉索说道，"我们的爹死在大隧道里了，后来娘不是睡觉就是喝酒……"哥哥示意他闭嘴。

"我们厨艺可以。"达飞罗说着，环视众人和弟弟，看有谁敢取笑他弟弟方才的话，"而且我们不会偷吃鱼的。"

大家避开他的目光。他们周围像米罗兄弟这样的家庭并不少见。这些小孩之所以会做饭，是因为不自己动手便要饿死。

"谢谢。"其马说，"那就看你们的了。清理鱼的时候小心点。鱼贩说这种鱼的鱼胆生得比较浅。"

其余众人留在吧台喝酒。他们想大喝一场，喝到忘记抵达蟠城之后会落得何等下场。

"其马队长！西金队长！你们快过来看啊！"米罗兄弟在伙房大喊。

众人勉强起身，跟跄着走到伙房。湖诺·其马和佐帕·西金却耽搁少许，彼此意味深长地对视一眼。

"是时候了。"西金说。

"没退路了。"其马应道。于是二人跟随众人进了伙房。

拉索说，他剖开鱼肚，准备清理，可他在鱼肚中发现了什么？一根绢轴，上面写着金达里字母。

湖诺·其马当称王。

众人面面相觑，目瞪口呆。

这世界是一本书，由诸神著写，与书吏以笔墨蜡刀书写没什么两样。诸神塑造土地海洋，正如以刀刻蜡，便有了可以触摸阅读的象形文字。性情无常的诸神在匆忙中书就这一部伟大史诗，人类便是其中的金达里字母和句读标点。

诸神下谕，只有如意岛准许拥有可令飞船飘浮的气体，也就意味着他们希望乍国凌驾于其余六国之上，实现大一统。玛碧德雷皇帝在梦中骑明恩巨鹰翱翔于达拉诸岛上空，便是诸神希望他获得至尊荣耀。六国抵抗乍国也是徒劳，因为诸神已然决定历史走向。这便好比蜡块不肯听凭刀锋处置，便会被书写者刮去，更替为柔软顺从的新蜡。反抗命运的凡人也只会被除掉，由懂得审时度势的人所取代。

为何台风前所未有地频繁出现在诸岛海岸？为何达拉各地均有人见到奇云异光？为何西面海域各处都有巨型独角鲸出没，只有如意岛周围却不见它们的踪影？饥荒与瘟疫究竟代表何意？

最重要的是，湖诺·其马与佐帕·西金举起鱼肚中的绢轴，众人惊愕凝视之时，他们究竟作何感想？

"我们已是将死之人。"湖诺·其马说，"全家皆是如此。我们时间不够了。"

众人挤在伙房，屏气倾听。其马声音不大，炉火在他们的脸上映出摇曳阴影。

"我不喜欢预言。它会打乱计划，使我们沦为诸神的卒子。但预言既已出现，违背它则会更糟。既然乍国律法已判我们死刑，诸神说法却有不同，那我宁可信神。

"我们这里有三十人。全城还有许多人和我们一样，本应前往蟠城服役，却无望按期抵达。我们都是活死人，再也没什么可顾虑的。

"我们为何要屈服于乍国律法？我认为，我们更应信神。乍国气数将尽，迹象比比皆是。男人沦至奴隶，女人被逼为娼。年迈者饥饿而死，少年人宁做流寇。我们莫名受苦，皇帝和臣子却由细皮嫩肉的婢女侍奉着，享尽珍馐，食不知味。这世界本不该如此。

"该给说书人换个故事讲讲了。"

众人当中米罗兄弟年纪最小，个头也最矮，看起来最没威胁，于是便得了最难的任务。兄弟二人都是一头深色卷发，身材瘦小。拉索年纪小些，行事冲动，立刻便接受了任务。达飞罗看看弟弟，叹了口气，点点头。

二人端着两份酒肉前往服役队伍随行卫兵的屋子，称酒肉是众人孝敬卫兵的——大人能不能在众人喝个酩酊大醉之时网开一面？

两个卫兵大快朵颐。米酒温热，鱼汤香辣，二人吃喝得酣畅淋漓，于是他们褪下铠甲和军服，只着小衣，便痛快许多。没过多久，二人开始舌头打结，眼皮也沉了下来。

"再来些酒吗，大人？"拉索问道。

两个卫兵点点头，拉索赶忙将酒杯满上。但这两杯酒再也没人动过。卫兵仰倒在靠垫上，大张着嘴沉沉睡去。

达飞罗·米罗自袖筒中抽出从伙房拿来的长刀。他宰过猪，斩过鸡，但杀人却又另当别论。他与弟弟对视一眼，二人都屏住呼吸。

"我不想和爹一样，被鞭子活活抽死。"拉索说。

达飞罗点点头。

再无退路了。

达飞罗将刀刺入一名卫兵的躯干，直抵心脏。

他扭头看看弟弟，拉索刚解决了另一名卫兵。拉索脸上又是兴奋，又是恐惧，又是欢乐，令达飞罗心中一阵难过。

小拉索一直崇拜哥哥，村里其他孩子和拉索打架时，达飞罗也一直护着弟弟。父亲早逝，母亲酗酒，他便成了拉索的爹娘。他一直以为自己能保护弟弟，可这一瞬，他觉得自己失败了。

尽管拉索看起来很开心。

★　★　★

两名皇家卫兵停在纳丕城最大的客栈"鲸腾客栈"门口。一看便是新兵，但军服却不大合身。

二楼和三楼都被征用为关押服劳役者和苦役犯的临时牢房。看守卫兵就在二楼距离楼梯口最近的屋子里，屋门始终开着，以防其他房间有人逃跑。

两名皇家卫兵敲了敲大敞的房门，解释地方卫队派他们来寻找一名通缉犯。看守大人不介意他们检查一下吧？

看守正在打牌，便敷衍地朝两名新兵挥挥手。"尽管看。肯定不在这里。"

湖诺·其马和佐帕·西金谢过忙着喝酒打牌的看守，一间接一间地到访所有牢房，向徭役者和苦役犯说明了他们的计划。这是最后一站。他们已经走遍城中各处看守所。

午夜时分，纳丕城各处，徭役者和苦役犯齐心协力干掉熟睡的守卫。他们放火烧了看守所和客栈，涌上街头。

"乍国必亡！"他们大喊，"皇帝该死！"禁忌之语出口，大家无比喜悦，这也是所有人的心声。话能出口，他们便感到战无不胜。

"湖诺·其马当称王！"

很快，街头的乞丐、窃贼、饿汉、穷鬼，眼睁睁看着丈夫儿子被抓去海底和山中卖命的妇人们……大家全都加入了这场呐喊。

他们挥舞着厨刀和拳头，闯入军库，给守卫来了个出其不意。有了真刀剑，他们又夺了军粮仓，街头很快便开始分发成袋的鱼干谷米，街头人人负粮而行，人流涌动如潮水。

他们闯入市衙，夺了权。有人摘下乍国那面绘有明恩巨鹰展翅的旗帜，换上一块布旗，上面粗略绘着一条跃起的鱼儿，鳞片银光闪烁，鱼鳍虹彩流淌，周围一条绢轴，上书：湖诺·其马当称王！

本地卫队士兵多为柯楚人，不肯伤及同乡。乍国卫队司令很快便发现，若不投降，就要死在下属手上了。

其马和西金的反叛队伍有了几千人，大多都是走投无路的徭役者和流寇，或是与囚犯一同起义的皇家卫队士兵。

投降的皇家军官皆可获得丰厚赏金，即刻从城中国库领钱。这税金浸透了柯楚人的血汗泪水。

其马和西金拿下纳丕城，守住城门，以防驻扎在附近城市的乍国军队反攻。随后二人便开始享受劫掠之乐。商贾贵族的宅邸被抢夺一空，酒家青楼为叛乱者推出特价优惠，各色合同债务统统一笔勾销。富人遍地哀号，穷人普天同庆。

"咱们现在可以称王了吗？"西金低语道。

其马摇摇头："为时尚早。先要有个徽记。"

为表明起义的正统性，其马和西金立刻派人前往法沙国寻找柯楚国原本应当继位的储君，谣传说他被流放牧羊。二人宣称他们将帮助柯楚国储君重登王位。

信使被派往达拉诸岛各地，号召六国贵族回归领地，加入起义。各诸侯国将从大一统的灰烬中重生，齐心协力推翻蟠城帝位。

达拉诸岛西北方，天空中风起云涌，一场夏季暴风雨呼啸而至。如意岛和达苏岛的农民躲在家中，祈祷主管风雨的乍国神祇奇迹公不会在狂怒中摧毁即将收获的庄稼。

若是仔细聆听，在雷鸣雨啸中便能听到一个声音。

哈安国的鲁索，没想到你竟先下手了。鱼谶之事一看便是你所为。

鲁索与龟相伴，主管算计谋诡，他答话的嗓音苍老粗糙，语气平和有如脚蹼劈开徐徐波浪，轻柔仿佛海贝窸窣移过月下沙滩。

弟弟，我向你保证，此事非我所为。我的确擅长预言，但这一

次，我也颇为出乎意料。

那么，是柯楚的冰火孪生姐妹了？

两个声音同时开口，一个沙哑，另一个悦耳，一个怒气冲冲，另一个冷静平缓，仿佛岩浆与冰河并流而行。正是卡娜和拉琶，姐妹俩带着一双乌鸦，主管火与冰，死亡与睡眠。

凡人会自寻征兆加以解读。这事与我们绝无干系——

但你放心，我们一定会了结它。就算柯楚国只活在一人心中——

奇迹公打断了她们的话。

省省吧。你们尚未找到可称王之人。

第七章　马塔之勇

图诺阿群岛，法润城
义正武治三年九月

　　图诺阿群岛最北端的岛屿是图诺阿北岛，法润城正坐落于此。司令官达吞·乍托马正为本岛传来的叛乱消息心烦意乱。

　　很难搞到可靠消息。形势极其混乱。反贼湖诺·其马和佐帕·西金声称找到了柯楚国的正统君主，新的"柯楚国君"保证，若是有皇家卫队司令带军投靠他，便可荣升贵族。

　　帝国一片兵荒马乱。戈乍·同耶提将军已自刎，苏觅·尤马将军被处决，那以后皇家军队便没了像样的带兵大将。两年来，摄政王和小皇帝似乎完全将军队抛在脑后，任凭各地卫队司令自生自灭。如今真的爆发起义，帝国毫无防备，起义一月有余，竟未指派哪位将军带领皇家部队前去镇压。地方卫队司令都在各自想法应付。

　　*真不知道如今风向如何。*乍托马心想，*最好还是抢占先机。越早行动，功劳就越大。*"乍托马公爵"的头衔听着不错。

　　但他还是喜欢安稳文职，不擅兵戈之事。他需要骁勇善战的手下。幸好他是派驻法润。图诺阿群岛一直是达拉诸岛最为尚武的地区，当年阿诺人占领达拉群岛时，这里是最后被占领的，好战的原住民好不容易才被制服。法润城的少女都能精准投掷标枪，五岁以上的男孩耍起父亲的长矛也是无比灵活。

若是找对了人，对方不但会因为得以恢复些许家族名誉而感谢他，还会忠心耿耿效力于他。他可以当军师，这些人就做他的左膀右臂。

飞恩·金笃穿过家族城堡一个个空荡荡的厅堂和漫长的走廊，强忍住心中的风起云涌，不形于色。自二十五年前的那一天，金笃部族最黑暗的时刻之后，他被逐出这里，便再也没有回来过。而现在，达吞·乍托马这个穿着统领罩袍的平民将他召来，没想到自己竟如此重返故居。

身后的马塔仔细打量着精美的壁毯，窗上复杂的铸铁花纹，描绘先祖事迹的画作。乍国士兵在战胜后的劫掠中，将一些画上的人头扯下作为战利品，卑鄙的达吞·乍托马便将破损的画作原封不动地留在墙上，或许是为了证明金笃部族的耻辱衰亡。马塔咬牙克制怒火。所有这一切本应由他继承，正是乍托马这个小人篡夺了他的地盘，扼杀了他继承家业的机会，现在又将他们召唤至此。

"在这里等我。"飞恩·金笃对马塔说。叔侄交换一个意味深长的眼神，马塔点点头。

"欢迎，金笃大人！"达吞·乍托马十分热情，一副自以为慷慨大方的模样。他拍了拍飞恩肩膀，但对方并未回礼。乍托马只得尴尬后退，示意飞恩坐下。乍托马自己以平式①坐姿盘腿而坐，表示二人以朋友身份相谈。但飞恩却郑重跪坐，是正式的礼式。

"你听说本岛的消息了吗？"乍托马问道。

飞恩·金笃没有答话，等着对方继续说下去。

"我在想……"此事甚是棘手，乍托马小心谨慎，必须让金笃清楚他的意图——但若是皇帝的军队占了上风，成功镇压起义，他的话也必须圆得过来。"你家数代一直效忠于柯楚国君。就连幼童都知道，许多伟大将领都出自金笃家族。"

---

① 平式：一种非正式的坐姿，双腿盘于身下，双脚置于对侧大腿下方。

飞恩·金笃微微一点头。

"即将开战，善战之人必有奖赏。在我看来，此战或许是金笃家族的良机。"

"我们金笃家只为柯楚而战。"飞恩说道。

很好，乍托马心想，这话可是你说的，不是我。

他又将话接了下去，仿佛没有听见金笃这句大逆不道的话。"我麾下的军队里只有拉不动强弓的老头和分不清攻防的毛孩子。他们必须尽快接受训练。若是你们叔侄二人愿在此事上助我一臂之力，我将感激不尽。如此乱世，我们可以同心协力，飞黄腾达。"

飞恩打量着这名皇家军队的乍国将领。乍托马双手白胖光滑，宛如妇人戒指上的珍珠。这手根本不会舞剑挥斧。**此人不过是个官吏，他心想。只会算计邀功，却要带兵保护乍国征战的胜利果实。难怪乍帝国会在一场农民起义面前分崩离析。**

他对乍托马微笑点头，脸上并未流露鄙夷之情。他已经为自己和马塔做好打算。"我去外面把我侄子叫进来。他也想见见您。"

"当然，当然！我很愿意见见年少有为的孩子。"

飞恩走出屋子，朝马塔点点头。马塔便随叔叔返回乍托马屋中。乍托马走上前，一脸灿烂笑容，张开双臂准备拥抱这位小伙子。但这拥抱显然有些勉强。二十五岁的马塔高逾八尺，身形令人敬畏。他的双瞳也使人不禁移开目光。常人很难与他对视，因为不知该看向哪枚瞳仁。

乍托马也没机会适应与马塔双瞳对视了。他与马塔的第一次目光相接也是最后一次。

他难以置信地低头察看。马塔左手握有一把细如针鱼的匕首，已从乍托马的胸口拔了出来，上面沾满他的鲜血。乍托马脑海中只有一个念头：这匕首如此细小，在马塔的巨手中显得很不协调。

就在此时，马塔再次举起匕首，割断乍托马的喉管和主动脉。他呻吟一声，说不出话，随后便倒在地上，四肢抽搐，被自己的血窒息而死。

"现在，从我家滚出去。"马塔说。达吞·乍托马是他干掉的第一个人。他兴奋地打了个寒战，但并无懊悔之意。

他走向屋角的兵器架。上面满是属于金笃家族的精美古剑、长矛和棍棒。乍托马只把它们当做装饰，各件兵器上都落了厚厚一层灰尘。

他举起顶层的一把重剑，外观看来是青铜制成。剑刃颇厚，剑柄很长，似是双手剑。

他掸去尘土，从丝竹剑鞘中拔出半截剑来。这金属外观很不寻常：中间是暗淡的青铜色，倒无甚古怪，边缘却在照进窗子的阳光中呈现幽蓝光泽。马塔将剑在手中把玩一番，很是欣赏剑身两面的复杂雕刻，那是描述沙场的古诗的象形文字。

"这是你祖父大半生一直使用的兵器，是他的师父梅多在他剑术学成时的赠物。"飞恩言语中带着自豪说道，"他一直偏好青铜兵器。青铜虽不如钢铁坚硬锋利，但手感较沉。一般人双手也无法举起此剑，他却能单手挥剑。"

马塔一气将剑抽出剑鞘，单手挥舞几下，感觉很是轻松，反射出的剑光有如盛放的菊花，带起冰凉的风拂过面庞。

他对此剑的平衡感和灵活性赞叹不已。练剑时用的钢剑大多过轻，薄刃也感觉过于脆弱。但这柄剑却仿佛为他而铸。

"你舞剑的身形酷似你祖父。"飞恩静静地说。

马塔用拇指试了试剑刃，经过这许多年锋利依旧，竟无破损缺口。他朝叔叔投去询问的一瞥。

"此剑之所以这般锋利，背后有个故事。"飞恩说，"你祖父当年被任命为柯楚国元帅。索托王便在冬季择吉日来到图诺阿群岛，命人建造了九十九尺见方又九十九尺高的礼台，在台上向达祖当众行礼三次。"

"堂堂一国之君向祖父行礼？"

"正是。"飞恩的声音中充满自豪感，"这是诸侯国君的古老习俗。诸侯国任命元帅是极其庄重的场合，因为国君要将军队这一最具震慑力的国家机器托付给他人。必须沿袭妥当礼仪，表现出国君对元帅的敬重和荣耀。国君也只有此时会向他人行礼。在达拉诸岛上，我们部族的领地图诺阿见证的元帅任命仪式最多。"

马塔点点头，又一次感到肩头重担和血液中流淌的历史。他只是一长串杰出武士中的一个，这些武士都曾接受国君行礼。

"真想亲眼看看这样的仪式。"他说。

"会的。"飞恩轻轻拍拍他的后背，"肯定会。索托王当时赐予你祖父一柄新剑，由人间最坚韧锋利的精钢经千锤百炼铸成，以此作为元帅的权威象征。但祖父不想放弃原先使用的剑，因为那是师父出于敬意所赠。"

马塔点点头。他懂得尊师之责，是老师铸就了学生的技能和才干，正如父亲传给儿子的外表与品性。这些自古相传的责任正是世界稳定的根基。尽管它们属于私人关系，却和效忠领主君王的公共责任一样不可或缺、不可颠覆。马塔强烈鲜明地体会到了达祖·金笃数十年前进退两难的困境。

玛碧德雷曾想取缔这种私人关系，将效忠皇帝作为至高无上的责任，所以他的帝国才会变得如此混乱不公。马塔不用问也猜得到，玛碧德雷一定未曾向元帅行过礼。

飞恩继续说道："你祖父在武器上难以取舍，便前往里马国求教于达拉诸岛技艺最精湛的铁匠素马·吉。素马·吉向飞索威祈祷了三日三夜，请求指引。他终获灵感，也从此开启了合金剑这一新铸剑法。

"这位铁匠大师将元帅的新剑熔化，以旧剑作芯，覆以层层锻钢，铸成的新剑既有青铜的沉稳灵活，又兼具钢铁的坚硬锋利。剑铸好后，素马·吉又以狼血淬炼，因为狼是飞索威的灵物。"

马塔轻抚宝剑冷刃，不禁琢磨这剑上已喂过多少人的血。"此剑何名？"

"素马·吉给它取名'纳罗艾纳'。"飞恩说。

"止疑。"马塔将古阿诺语翻译过来。

飞恩点点头。"祖父只要将它出鞘，在他心中，战事结果便再无疑虑。"

马塔紧紧握住宝剑。我定将努力与此剑相称。

马塔继续察看兵器架，目光扫过一排排长矛、宝剑、铁鞭、弓弩，但这些兵器都不适合与止疑剑配合使用。最终，他的目光落在底行。

他拿起一根铁木棒。棒柄与他的手腕一般粗细，以白绸覆裹，经过多年血汗浸染，已经变为深色。棒子另一头逐渐变粗，嵌着数圈白齿。

"这是乍国将军李欧·可图摩的兵器，据说他一人的力气可抵十人。"飞恩说。

马塔左右翻转木棒，齿尖闪闪发光。他看出有些是狼牙，有些是鲨鱼牙，竟还有几颗独角鲸牙。有些牙齿上留有血迹。不知这根棒子击碎过多少头盔和脑壳？

"祖父与李欧·可图摩将军曾在犁汝河畔决斗五日，难分胜负。最终，第六日时，可图摩脚下踩到一块松动岩石，一个踉跄，祖父乘机砍下了他的头颅。但他总认为自己胜之不武，于是厚葬可图摩，并留下他的兵器作为纪念。"

"它有名字吗？"马塔问。

飞恩摇摇头。"就算有，你祖父也不晓得。"

"那我要将它命名为血噬，让它与止疑做伴。"

"你不用盾？"

马塔发出不屑的笑声。"不出三个回合，敌人便会丧命，要盾牌何用？"

他右手持剑，左手握棒，两件兵器猛一相击，发出清脆纯净的响声，在城堡的石头厅堂中久久回荡。

飞恩和马塔一路杀出了城堡。

马塔初开血戒后便充满杀戮之欲。他就像是闯入了一群海豹中的鲨鱼。在城堡的狭窄走廊中，乍国士兵的人数优势难以发挥，只能三两上前迎战，马塔有条不紊地将他们一个个撂倒。他挥舞止疑剑的力气之大，竟可轻易刺穿盾牌，斩断徒劳抵御的手臂。他抢起血噬棒，一人的头颅被径直砸入躯干。

城堡卫队共有两百人。那一天，马塔杀了一百七十三人。其余二十七人则死于飞恩·金笃之手。他看着在自己身旁奋战的马塔满身是血，恍惚间仿佛看到自己的父亲——伟大的达祖·金笃的身影，于是放声大笑。

翌日，马塔在城堡上升起一面柯楚国旗帜，红底上绣有一对黑白乌鸦。又在城堡大门上重新挂起金笃部落的菊花纹章。他消灭乍国卫队的消息传遍图诺阿群岛，从故事变成传奇，从传奇转为神话。就连顽童都说得上止疑剑和血噬棒的名字。

"柯楚复国了。"图诺阿群岛的百姓彼此低语道。他们还记得达祖·金笃的英勇事迹，孙子马塔与爷爷如此相似，或许这次起义当真有望成功。

人们聚集在金笃城堡，自愿为柯楚国而战。不多久，金笃家便有了一支八百人的军队。

已是九月，距离湖诺·其马和佐帕·西金发现鱼讖已有两月。

第八章　库尼的抉择

前一晚，库尼·加鲁手下还有五十名犯人，其中有几人来自祖邸城，但大多是外乡人，因为犯罪被判了苦役。

犯人行进很慢，因为其中有一人是跛脚。他们无法按时抵达下一座城镇，于是库尼决定当晚在山中扎营。

翌日清晨只剩了十五人。

"他们在想什么啊？"库尼气得七窍生烟，"达拉诸岛上无处藏身。他们定会被抓，叛逃会牵连全家，不是遭处决就是罚做苦役。我待他们不薄，晚上没将他们铐住，他们便如此报答我？这下我是死定了！"

库尼两年前已升至徭役部门总管。护送犯人本应是下属的职责。但他此次亲自出马，因为他很清楚，这一批有个跛子，大概无法如期抵达。库尼相信自己可以说服蟠城卫队司令放他们一马。况且他从未去过蟠城，一直想见识一下这座完美之城的风光。

"我只不过是想做最有意思的事。"他埋怨自己道，"可现在呢？我开心吗？"此时此刻，他只希望能和姬雅安然地坐在家中，品尝她调配的药草茶。

"您不知道？"一个名叫胡佩的卫兵难以置信地问道，"犯人们昨天低声密谋了一整日。我以为您已有所耳闻，但因为相信预言才打算放过他们。他们意欲加入起义队伍。起义军已向皇帝宣战，还宣称要释放所有犯人和服役者。"

库尼的确记得昨日犯人们嘀咕不停。他也和祖邸全城人一样听说了关于起义的传言。但他流连于翻山越岭时的美丽风光，完全没有将两件事联系在一起。

他尴尬地向胡佩询问有关起义的详细情况。

"鱼肚里竟有绢轴！"库尼惊呼，"碰巧还是他们买的鱼。我五岁起就不信这种把戏了。大家竟然信以为真？"

"您可不要讲对诸神大不敬的话啊。"虔诚的胡佩拘谨地说。

"呃，确实有点棘手。"库尼嘟哝道。为了平息情绪，他从腰包中摸出一团药草放入口中，含在舌下。姬雅有种草药配方，能让他感觉仿佛在空中飞翔，眼前满是五彩缤纷的独角鲸和虹飞鱼。他和姬雅从中获得不少乐趣。她还能调制出效果相反的草药，使一切节奏变缓，减轻压力，使他得以更清晰地分析形势。库尼这会儿正需要清醒的头脑。

徭役定额本是五十人，他带余下这十五个犯人去蟠城还有什么意义呢？就算他再巧舌如簧，这次也只能上刑场了，姬雅恐怕也难逃厄运。库尼为皇帝服务的日子就这么结束了。哪条路都难保平安。每种抉择都有危险。

但有些抉择更有意思，而且我向自己保证过。

这次起义是否便是他毕生寻找的机会？

"皇帝、君王、将军、公爵。"他低声自语道，"不过都是些头衔。顺着他们的家谱往上追溯，总能找到一个敢于冒险的平民。"

他攀上一块岩石，面对皆是一脸惧怕的卫兵和余下的犯人："感谢你们还留在这里。但我们已无必要继续前进。依照乍国律法，我们全都要接受严厉处罚。大家散了吧，想去哪里都可以，加入起义也可以。"

"您不加入起义队伍吗？"胡佩用狂热的语气问道，"想想那谶言啊！"

"我现在无暇顾及此事。我要先在山里避一避，想法把家人接过来。"

"您要做流寇？"

"在我看来，既然守法也会被判罪，那还不如当真做个法外之徒。"

所有人都愿意留下效力于他。他并未惊讶，但很满意。

最好的追随者就是自己心甘情愿追随你的人。

库尼·加鲁决定率众人深入二梅山，以免遇到皇家巡逻队。小道一路盘旋上山，但并不陡峭，秋季午后天气宜人。他们行进速度很快。

但原本的卫兵与犯人之间并无情谊。他们彼此互不信任，未来又是一片迷茫。

库尼擦去额头汗珠，在小路拐角站住，放眼眺望脚下郁郁葱葱的山谷和远方一望无际的坡林平原。他又从腰包中摸出一团药草，津津有味地咀嚼起来。这包药草有着薄荷的清新味道，令他有了当众讲话的欲望。

"看这风景！"他说，"我以前游手好闲——"在场有人了解他从前的做派，不禁笑了起来。"我很想带我家内人来二梅山租间小屋，在山中漫步，休憩一月，却一直囊中羞涩。我岳父很富有，完全可以负担这笔开支，但他却忙于生意，无暇休假。这里美景无尽，但我们两人却都无福消受。"

众人欣赏着色彩斑斓的秋叶，四处点缀着鲜红的野猴莓和迟开的狮齿蒲公英。有几人深深吸入山间空气，其中充满新鲜落叶和日晒泥土的气息，与祖邸街头的铜臭和污水气味大相径庭。

"所以嘛，做流寇也不赖。"库尼评道。众人大笑。大家再上路时，脚步又轻快了不少。

突然领头的胡佩一个急停。"有蛇！"

路中间确有一条白色巨蟒，成人大腿般粗细。蛇身虽然完全挡住去路，蛇尾却还在灌木丛中。库尼一伙人都仓皇后退，尽可能远离蟒蛇。但白蛇昂头游走，缠住了一个名叫奥索·可林的瘦高个犯人。

后来回想时，库尼也无法解释他当时所为。他并不喜欢蛇，也从不会将自己贸然置于险境。

那一刻，他的血管中突然涌起一阵兴奋。于是他吐出嘴里的药草，不假思索地拔出胡佩的剑，冲向白蟒，一剑砍下蛇头。蛇身一阵抽搐拍打，库尼被带得跌倒在地。但奥索·可林安全了。

"您没事吧，加鲁大人？"

库尼摇摇头。他有点眩晕。

我……我刚才怎么了？

他的目光落在道旁的一朵狮齿花上。正在此时，一阵风突然将一团毛茸茸的种子吹散。花种随风飘摇，宛如一群蜉蝣。

他将剑还给胡佩，胡佩却摇摇头。

"您留着吧，大人。没想到您剑术竟如此厉害！"

众人继续上山，队伍中响起一片窸窣低语，有如微风拂过杨树叶。

库尼停下脚步，环顾四周。低语声便落了。

库尼看到诸人眼中流露出尊敬、惊愕，甚至还有几分畏惧。

"你们为何窃窃私语？"他问道。

大家面面相觑，最后胡佩站了出来。

他声调平缓，仿佛沉浸于幻象之中："我昨晚梦见在沙漠中行走，沙子黑如煤炭。我看到远处地上有件白物。走近一看，是一条白色巨蛇的尸体。

"可我走上前时，白蛇不见了。却出现了一位老妇人正在哭泣。我便问：'婆婆，您哭什么？'

"'我儿子被杀了。'

"'您儿子是谁？'我问道。

"'我儿子是白帝。是赤帝杀了他。'"

胡佩看着库尼·加鲁，众人也都看向他。白色是乍国的颜色，红色则是柯楚国的颜色。

唉，又是预言。库尼心想。他摇摇头，勉强笑笑。

"若是做不成流寇，"他说，"你还可以巡游说书嘛。"随即拍拍胡佩的后背，"不过你得好好提高一下口才，还得编些更可信的故事！"

笑声在山中回荡。众人眼中的畏惧散去，但惊叹仍在。

一阵热风卷着火山灰一般干燥的沙子，刮过山头树丛。

我的姐妹，方才究竟是怎么一回事？你为何对这个凡人有了兴趣？

又吹来一阵冷风，冰冷凛冽有如冰川碎片。

我不知道你所言何事，卡娜。

那蛇不是你放的？梦也不是你托的？看来很像你惯用的手法。

并非我所为。鱼谶也不是出自我手。

那会是谁？好战的飞索威？精明的鲁索？

我看不像。他们正忙于他事。可……现在我的确开始对这凡人有些好奇了。

此人没什么本事，是个平民，而且毫不信神。银装素裹的拉邕，我们不必在他身上白费时间。我们最有胜算的英雄是——

——少年金笃。是的，火树银花的卡娜，我知道你打这孩子出生起就很喜欢他……可这个凡人周围怪事四起！

不过是巧合。

放眼回望，命运不都是巧合吗？

库尼·加鲁带领众人做了流寇，混得不错。他们在二梅山上扎了营，每过几日便下山一次，在黄昏或黎明时分劫掠商队。此时商队或是又累又倦，或是忙于启程，总是毫无防备。

他们小心避免造成商队伤亡，而且总会将劫掠所得分一些给散居林间的山民。"我们虽为流寇，仍应遵从德行。"库尼教导众人，"亡命情非得已，只因乍法所逼。"

附近城镇的卫队派出小股骑兵来搜捕这些暴徒，但山民似乎对他们的行踪一无所知。

库尼厚待手下，声名远播，于是前来投奔他的徭役犯和卫兵愈来愈多。

这次劫道一开始就出了岔子。

流寇靠近了，商人们却并未四散，仍然围在篝火边。库尼咒骂着自己。他本应发现这个迹象。

但他一路顺风顺水，已经变得有些自大。库尼并未取消行动，只是下令让大家快些进入营地。"从背后用棒子敲昏他们，然后捆起来。别伤性命！"

谁承想，流寇逼近时，牛车的帘子突然拉开，数十个武装护卫冲下来，宝剑出鞘，箭已搭弦。不知这些商人运送的是什么货物，但出手阔绰，雇了充足的职业保镖。库尼的人对此猝不及防。

不过几分钟，便有两名手下颈部中箭倒地。库尼惊得站在原地，一动不动。

"库尼！"胡佩大喊，"快下令撤退！"

"撤！走！风紧！下场！紧滑！"库尼对于流寇的知识全部来自市场上的说书人和空非迹的寓言故事。他一股脑喊出能想起的所有黑话，其实压根不知自己应该做些什么说些什么。

手下人不知所措，商人带的保镖步步逼近。又一片箭雨射来。

"他们有马。"胡佩说，"咱们要是逃跑，肯定会被一举歼灭。必须有人殿后抵抗。"

"说得对。"库尼说。有了对策，他便恢复了些许镇定。"我跟菲和嘎沙断后，你带其余人跑。"

胡佩摇摇头："这可不是酒馆打架，大哥。我知道您没杀过人，也没当真用剑搏斗过。可我以前在军队上，要是有人留下断后，也应该是我。"

"可我是老大！"

"您别犯傻了。祖邸城的妻子、兄长和父母还等着您呢。我是光杆一个。兄弟们也都指望您去城里救他们的亲人呢。我一直相信我做过的那个梦，也相信鱼谶。别忘了。"

胡佩迎着逼近的保镖冲上前，高举宝剑——那剑是树枝削成的，因为真剑已经给了库尼。他无所畏惧，全力高喊。

库尼身边又一人手中攥着射入腹部的羽箭，哀号倒地。

"我们撤！快！"库尼大喊。他尽全力召集起其余兄弟，逃离商人营地，朝着山上一路狂奔，直到双腿抽筋、呼吸困难。

胡佩再也没有回来。

库尼躲在自己的帐篷里不肯出来。

"您至少吃口东西吧。"库尼从白蛇口中救出的奥索·可林说道。

"你走吧。"

流寇生涯跟说书人的故事和空非迹的寓言都相去甚远。活生生的人就这么没了。就因为他的愚蠢判断。

"又有新人来投奔咱们了。"奥索说。

"叫他们走。"库尼说。

"他们没见到您就不肯走。"

库尼走出帐篷，太阳明晃晃，照得他红肿的双眼难以睁开。他真希望手头有罐高粱蜂蜜酒，好忘记一切。

库尼面前站着两人。他发现两人都没了左手。

"您还记得我们吗？"年纪大些的那一位问道。

二人看着都有些面熟。

"去年，是您把我们送到蟠城的。"

库尼仔细打量一番他们的面孔。"你们是父子，交不起税，只能去服徭役。"他闭上眼睛，竭力回想。"你叫幕如，喜欢打双手拉密牌。"库尼话一出口便后悔了。此人显然再也打不了牌了。库尼很后悔又提起对方的伤心事。

但幕如竟点点头，露出一个微笑。"库尼·加鲁，我就知道您会记得。就算您为皇帝卖命，我不过是个在押犯人，您跟我说话的口气却跟朋友一样。"

"你们后来如何？"

"我儿子在皇陵摔坏了一件雕塑，被砍了左手。我想为儿子求情，他们便又砍掉了我的左手。我们服役满一年，便被送了回来。可我内人……去年冬天实在是没有粮食，她没熬过来。"

"请节哀。"库尼说。他想到自己这些年护送到蟠城的所有人。他管事的时候当然对这些人都很好，可他是否真的好好想过自己将这些人赋予了怎样的命运？

"我们还算是命好的。还有那么多人再也回不去了。"

库尼麻木地点点头。"你们要找我算账也对。"

"算账？不。我们是来投奔您的。"

库尼困惑地看着他们。

"我只能把地典卖了，这才给内人好好下了葬。可看今年这年景——就跟奇迹公和两姐妹又斗气了似的。恐怕种地也活不下去。那我跟儿子还有什么出路？只能来当流寇了。但其他流寇头子因为我们残废，都不肯收留我们。"

"然后我们听说，您也入了绿林。"

"我在这行混得不行。"库尼说，"我根本不会带人。"

幕如摇头反对。"我记得我和儿子在牢里时，是您管事。您和我们打牌，还把酒分给我们喝。您对手下说，我脚踝有伤，不要给我戴脚镣。他们说，您是好汉，保护弱小。他们还说，您为救手下肯与蛇搏斗；伏击失败时，您也是最后一个撤退。我信他们的话。您是个好人，库尼·加鲁。"

库尼再也绷不住了，放声大哭。

库尼将风花雪月抛诸脑后，向手下寻求建议，特别是有些人在被判苦役前便做过亡命之徒。他变得更加谨慎小心，每次都仔细侦察目标，也发展出一套暗语。每次下山时，他都将手下分成几个小队，这样便可互相照应。每次出动前他还会做好撤退计划。

这么多条人命悬在他身上，他不能再草率行事。库尼声名日益扩大，越来越多绝望的百姓投靠于他，特别是其他匪帮拒收的老幼病残寡。

库尼收下了所有人。有时，他手下的小队长会抱怨，新人只会分口粮，却做不了多少事，但库尼也为新人找到了出力的法子。这些人看起来不像流寇，正适合做前哨，还能伏击商队。如此一来，库尼的匪帮只需在前往祖邸城的要道旁设个茶摊，在商队的酒水里下些安眠药便可成功劫财，根本无须拔剑。

但库尼的真正目标并非劫掠敛财。他没能成功将服役队伍送抵目的地，家人便有可能面临官府惩罚。尽管祖邸城卫队似乎忙着应付起义，无暇惩治，又或许他们是在观望形势。但库尼不想贸然行事。也许市长会对朋友吉罗·马提扎及其女姬雅网开一面，但谁知道这个人情能做多久？他的双亲、兄长和姬雅家里不可能抛下全部家产逃跑，库尼恐怕也难以说服他们来投奔自己。可他必须尽快救出姬雅。

库尼的根基已经扎稳，便决定派人把姬雅接来。必须派出一个在祖邸城默默无闻的人，以免被皇家卫队认出，还得是库尼信得过的人。他决定派奥索·可林去。

"我们不是走过这里了吗？"

尽管姬雅不太相信奥索·可林的判断力，还是同意让这个干瘦的小伙子给她带路。他们已经第三次穿过同一块林间空地了，此时天色已沉。

这一个时辰，奥索一直走在前面，以免姬雅看到他的面孔。他终于转身面对姬雅，他脸上的焦虑证实了她的怀疑：他们迷路了。

"咱们肯定不远了。"他紧张地说着，不敢直视她的眼睛。

"你是哪里人，奥索？"

"您说什么？"

"你的口音不像是祖邸附近的。你是不是不认识路？"

"是的，夫人。"

姬雅叹了口气。和这个可怜的小麻杆生气并无用处。她累了，而且因为有孕在身，更是备感疲倦。她和库尼想要个孩子，尝试了一阵却始终未能成功。直到库尼动身出发前，她才发现有效的草药配方。姬雅迫不及待想要将这个喜讯告诉库尼，不过先要好好数落一下他竟一个月没有音讯。她并未因为他做流寇而生气，只是希望他能让自己也参与其中。其实，姬雅也感到蠢蠢欲动。她和库尼都需要在生活中增添些许波澜。

但首先，该由她来带路了。

"咱们今晚就在这里扎营吧。明早再走。"

奥索·可林看看她。姬雅比他大不了几岁。她始终没有提高过嗓音，但目光却让他想起母亲要责骂自己时的模样。他低下头，默默接受了姬雅的提议。

姬雅捡了些枝叶，为自己搭了张床铺。她看奥索不知所措地站在一旁，便又捡了些枝叶，为他也做了床铺。

"你饿吗？"她问道。

他点点头。

"跟我来。"

姬雅四下兜转，奥索便在后面跟着。她发现一些新鲜粪便，便俯下身仔细观察，在小径旁边找到一丛青草。她拔下草茎，整齐摊开，又从衣袋中取出一个小瓶，将其中的粉末在草上撒了少许。

她将一根手指举到唇边，又示意奥索跟随她。二人退后约有五十尺，伏在灌木丛中静静等待。

一对野兔跳上小径，小心地嗅了嗅姬雅摘下的青草。似乎没事。于是兔子放松警惕，啃起草来。

没过一会儿，两只兔子竖起耳朵，嗅嗅空气，一蹦一跳地走了。

"咱们跟上去。"姬雅低语道。

奥索急忙跟上姬雅。他很惊讶，这位夫人虽是足不出户的大家闺秀，却能在树林中敏捷穿行。

他们看到一条小溪，两只兔子倒在水畔，浑身抽搐，跑动不得。

"你来负责宰杀兔子行吗？干净利落一点，让它们少受点苦。我现在这身子……杀生怕是不大吉利。"

奥索点点头，没敢细问。他找了块大石头，对准兔头，一击便敲得野兔立时毙命。

"现在咱们有晚饭啦。"姬雅开心地说。

"可……可……"奥索脸色通红，说不出话。

"嗯？"

"毒药呢？"

姬雅大笑："我用的不是毒药。我摘的是兔啖草，味道甘甜，野兔很爱吃。撒上去的粉末是我自己调配的，是苏打粉和干柠檬的混合物，并无毒性，只是接触水分后会产生很多泡泡。兔子吃了觉得不舒服，便跑来溪边喝水，但这样只会产生更多泡泡。兔子肚里充满气体，难以呼吸，所以动弹不得。这兔肉没有危险，尽可放心吃。"

"您怎么学会这本事的？"在奥索看来，库尼·加鲁的这位妻子简直像是巫婆术士。

"多看书，多尝试。"姬雅说，"只要掌握足够知识，草叶也能当作武器。"

姬雅快要睡着时听到了奥索的抽泣声。

"你打算哭一整夜吗？"

"对不起。"

但他还在抽噎。

姬雅坐起身。"怎么了？"

"我在想我娘。"

"她人在何处？"

"我父亲早逝，她是我唯一的亲人。去年我们村子闹饥荒，她往自己的粥里加水，以免我发现她把粮食几乎全给了我。她死后，我不知做什么好，才沦为窃贼。结果被抓，判了苦役，现在又做了流寇。我娘若是知道，一定觉得没脸见人。"

姬雅为年轻的奥索感到难过，但她不喜欢多愁善感、沉溺悲伤。"我想，你娘不会觉得丢脸的。她肯定希望你能活下来，因为如今她也帮不上你了。"

"您真这么想？"

姬雅心中叹了口气。她自己的父母可是听说库尼做了流寇，怕他被抓之后会受牵连，于是不再补贴她的生活。但她现在必须让这个小伙子振作起来，不能让他消沉下去。"当然了。父母总是希望孩子在他选择的路上走得更远。你若选择做流寇，那便做最厉害的流寇，你娘一定会为你感到骄傲。"

奥索的脸色沉了下来。"可我不擅打斗。算术也不灵光。我连回山寨的路都找不到。而且……晚饭都是都亏了您！"

姬雅差点笑出来，同时又对这孩子产生了几分恻隐之心。"咱们都是各有所长。我家相公既然派你来接我，一定是看到了你有所长。"

"可能是因为我样貌不像流寇。"奥索说，"而且……一次我们下山劫道，事情不顺，撤退时我不肯丢下小狗，被众人嘲笑了。"

"什么小狗？"

"我们潜入商队营地时，我给商队的狗喂了肉干，以免它乱吠。但商人们醒了。我们撤退时，我听到一个商人说要宰了这条没用的狗。我觉得它很可怜，就把它救走了。"

"你很忠诚。"姬雅说，"这是很重要的品德。"

她从衣袋中取出一只细长小瓶。

"这个给你。"她语气柔和地说，"过去几周来，因为不知库尼下落如何，我常常睡不着，便配了这服安神剂。咱们现在必须好好睡，明天才好继续上路。对了，你或许还能梦见你娘呢！"

"谢谢。"奥索接过小瓶，"您人真好。"

"早上一切都会好的。"姬雅微微一笑，转过身，很快便睡着了。

奥索坐在火边，久久注视着熟睡的姬雅，手中把玩着小瓶，直至夜深。他仿佛还能感到小瓶上留有姬雅玉手的余温。

姬雅听到一个微弱的声音在喊：妈妈，妈妈。

一定是肚里的孩子在喊她。她微微一笑，拍拍肚子。

天亮了。一只红绿相间的鹦鹉突然飞来，落在她身边。鹦鹉看看她，微微一歪头，又振翅飞上天空。姬雅目送它远去。那鹦鹉飞入一条巨大的彩虹，它一头落在空地，另一头伸向远方。

姬雅醒了。

"我给您烧了些热水。"奥索说着，递给她一个陶罐。

"谢谢。"姬雅说道。

他的气色看起来比昨夜好多了，姬雅心想。奥索的举手投足之间透着羞涩的幸福。大概是想起了心上人。

姬雅以热水洗面，擦干后便环顾四下。的确，早上一切看起来都好多了。

她突然愣住了。梦中的巨大彩虹就悬在东边的天空。她知道，他们应当追随它。

不多久，她便抵达了库尼的山寨。

"下次，"姬雅说，"派手下出去之前，先让他们认好回来的路。派条狗可能还轻松些。"

但她轻轻拍拍奥索的手背，表示自己不过是在开玩笑。"我们可是出了点意外。"她微笑着说道。奥索脸色通红，也笑了起来。

库尼抱住姬雅，将脸埋在她的火红卷发中。我的姬雅总能照顾好自己。

"咱们现在真是山穷水尽啊。"姬雅说，"你做了流寇，你爹和你哥很生气，不准我进他们家门。他们认为，是我害得你走上不负责任的老路——当真如此吗？我爹娘也不想跟我扯上关系。他们说，既然是我坚持要嫁给你，那就得自己承受后果。只有你娘想帮我，要偷偷给我钱，每次她来的时候都哭个不停——结果我也跟着一起哭。"

库尼摇摇头。"他们还说什么血浓于水！我爹怎么能……"

"与起义者沾亲有可能株连整个部族，记得吗？"

"我还没加入起义呢。"

姬雅仔细地打量着他。"还没有？那你打算用这山寨做什么？该不是想把我留在这里做上几十年的压寨夫人吧！"

"我还没想好下一步怎么走。"库尼坦承道，"当时只是形势所迫，我才走了这条路。这样，至少能保护你免遭帝国卫队欺侮。"

"我不是埋怨你，可你要是想做点有意思的事，现在真不是个好时候。"姬雅微微一笑，凑近库尼耳边低语了几句。

"真的？"库尼问道。他放声大笑，使劲亲吻姬雅。"这可是个好消息。"他俯身看看她的肚子，"你得好生待在营地，不能乱走。"

"好，我听你的，这么多年来不都是听你的嘛。"姬雅翻了个白眼，随即却又温柔地轻抚库尼手臂，"我给你的勇气草怎么样？"

"你在说什么？"

姬雅调皮地微微一笑。"你还记得我给你的那包镇静草药吗？我加了一份勇气草。你不是一直想做最有意思的事嘛。"

库尼回想起上山那日自己面对白蟒的古怪举动。"你真不知道我们运气有多好。"

姬雅轻吻了一下他的脸颊。"在你看来是运气，在我看来是有所准备。"

"对了，奥索不是迷路了吗？那你是如何找到我的？"

她给库尼讲了彩虹的梦。"这一定是诸神的启示。"

又是预言。库尼心想。真是人算不如天算，虽不知老天究竟为何人，但一切皆已天定。

库尼·加鲁的传奇愈传愈盛。

大约一个月后，库尼的两名追随者将一人带回山寨。此人双手被捆在背后，身材健壮。

"我说了，"他大喊道，"我是你们老大的朋友！你们不能这么对我。"

"谁知道你是不是来刺探情报的。"库尼的手下回道。

这人一路挣扎，气喘吁吁。库尼看到他满脸汗水污渍，只好强忍住笑。被绑者一把浓密的黑色胡子，胡须末梢挂着汗珠，仿佛清晨草叶上的露水。此人肌肉结实，库尼的手下将绳子绑得很紧。

"竟然是你，民恩·萨可礼！"他说，"祖邸城境况竟糟糕至此，连你也来投奔我了？我可以让你当个小头目。"库尼叫手下给他松绑。

民恩·萨可礼是个屠夫，在库尼去徭役部门做事前，两人常一起喝酒，在祖邸城四处寻欢作乐。

"你这里搞得不错嘛。"萨可礼说着，一边抻拉手臂以便活血，"你已经出名了，方圆几里地都知道有个'白蛇寇'。可我四下打听的时候，这山上的人全都装作一无所知。"

"你这拳头，这胡子，大概是吓到他们了——你长得可比我像土匪！"

萨可礼没理库尼。"我兴许是问得太多，结果突然几个山民把我扑倒，送到你手下那儿去了。"

一个少年端来茶水，但萨可礼不肯喝。库尼大笑，改叫人送了两大杯啤酒来。

"我来是有正事。"萨可礼说，"市长派我来的。"

库尼说："市长找我只可能有一件事，就是把我关进大牢。我对此可是一点兴趣都没有。"

"其实，市长是对其马和西金劝降乍国官员的号召动了心。他寻思着，若是把祖邸城交给起义军，没准还能换个贵族头衔。他想让你做顾问，在他认识的人里，你和货真价实的起义者最沾边。他知道我跟你是朋友，便派我来寻你。"

"怎么了？"姬雅问道，"这不正是你一直等待的良机吗？"

"可是大家流传的关于我的事迹并不属实。"库尼说，"都是夸大其词。"

他想到了死去的胡佩等人。

"难道我天生就该当起义者吗？真实世界和侠义故事大相径庭。"

"有点自我怀疑是好事。"姬雅说，"但也不能过分。有时，我们不能辜负他人流传的故事。看看你周围，数以百计的部下跟随你、信任你。他们指望你拯救他们的家人，你只有拿下祖邸城才能做到。"

库尼想到幕如和他儿子，想到市场上试图保护儿子的那位乍国老妇人，想到无数寡妇的丈夫和儿子再也不可能归来，还想到帝国不假思索便摧毁了无数百姓的生活。

"只做流寇的话，若是交足了钱，还有些许希望得到赦免。"库尼说，"要是加入起义，就没有退路了。"

"有意思的事总是更让人害怕。"姬雅说，"问问你的心，这是否也是正确的事。"

我一直相信我做过的那个梦。别忘了。

民恩·萨可礼、库尼·加鲁和库尼的手下抵达祖邸城时已是黄昏。城门紧闭。

"开门！"萨可礼大喊，"是市长的贵客库尼·加鲁。"

"库尼·加鲁是通缉犯。"卫兵从城墙上大喊，"市长已经下令封锁城门。"

"看来他反悔了。"库尼说，"起义说来虽好，但当真到了下水之时，市长又没勇气了。"

泰安·卡鲁柯诺和柯戈·叶卢从路旁灌木中冒出来，加入他们，证实了库尼的猜想。

"市长知道我们跟你是朋友，把我们赶出城来了。"柯戈说，"他昨天听说起义军捷报频传，还设宴招待我们共商投降之事。今天他又听说皇帝终于重视起义问题，即将派出皇家军队，于是就来了这么一手。真是墙头草。"

库尼微微一笑。"他这会儿改变心意，恐怕迟了。"

他叫手下拿了一张弓来，从袖筒中取出一根绢轴，系在羽箭上。他搭箭上弦，射入高空。众人看着那箭在城墙上方划过一道弧线，落入祖邸城中。

"现在咱们就等着吧。"

库尼猜到摇摆不定的市长可能会反悔，便派了几人，当天早些时候趁祖邸城门未关便溜进城去。他们下午到处散播流言，声称英雄库尼·加鲁带着一支起义军，要来将祖邸城从乍帝国的统治下解放出来，归还给复辟的柯楚国。

"不用再交税。"他们低声宣扬道，"不用再服役。一人犯罪也不会再株连全家。"

库尼抛进城的书信中号召市民起来推翻市长。信上保证道："柯楚国的复国军将会支援你们。"若是一伙流寇也能算是"军队"，再忽略柯楚国君其实根本不知库尼·加鲁是何许人也，那这信上讲的也算是实话。

但百姓们响应了库尼的号召。街头骚动，憎恶乍国苛政的市民不费吹灰之力迅速解决了市长及其手下。沉重的城门打开了，百姓惊讶地注视着库尼·加鲁带着一小股流寇进了城。

"柯楚军队呢？"一个带头发起骚乱的人问道。

库尼登上附近一栋房子的露台，检视着街头涌动的人群。

"你们就是柯楚军队！"他大喊，"你们看到了吗？当你们无畏行动的时候，你们有多大的力量！就算柯楚国只活在一人心中，也定将让乍国灭亡！"

这话虽然已是老生常谈，但人群中还是爆发出掌声。库尼·加鲁随即被推举为祖邸公爵。有人说不应该用如此民主的方式颁发贵族头衔，但这种煞风景的话无人理会。

已是十一月末，距离湖诺·其马和佐帕·西金发现鱼谶已有三月。

第九章　二世皇帝

蟠城
义正武治三年十一月

蟠城的美酒流淌不休。皇宫大政务厅的喷泉中，各色佳酿喷涌而出，落入美玉镶边的水池。各池间有沟壑管道连通，种种玉液琼浆混合涌动，空气醉人。群臣上前面见皇帝时，只得战战兢兢地绕行。

内务总管戈岚·匹拉向小皇帝建议，可以将水池修成海洋的形状，地板则打造成达拉诸岛的模样。

他谦逊地提议道，皇帝若能在宝座上巡视疆土，岂不是乐事一件？只要从宝座上垂目俯瞰，便能欣赏美酒之海，还能观赏诸位大臣将军上奏时从一座岛跳到另一座岛的滑稽模样。

小皇帝高兴地直拍手。匹拉总管的好点子真是层出不穷！其实匹拉已位居太卜，但他为人极其谦逊，仍然保留原有头衔，他说这样感觉与皇帝更亲近。二世皇帝亲自花了许多时间勾画蓝图，指挥工匠挖开大政务厅地板的金砖，安放代表诸岛地貌特征的雕塑模型：红珊瑚是卡娜山的煤渣土，白珊瑚是拉琶山的冰雪，贝母是奇迹山的光滑山壁，还在地板中嵌入巨大的蓝宝石，代表阿里素索湖，另一块绿宝石则为达索湖……最妙的是精心种植的盆景堆砌而成的迷你花园，代表原先的里马国地区高耸入云的老橡树林。小皇帝假扮巨人，一步踏过大陆，这微缩帝国的生死便在弹指间决定，实在是乐趣无穷。

众位大臣和将军前来上奏令人忧心的远疆起义形势时，他一律不耐烦地打发掉。去找摄政王！没看见他正忙着和匹拉总管玩耍吗？匹拉总管真是一位挚友，总担心他操劳过度，劝诫他年轻时不要疏于享乐。这才是做皇帝的意义所在嘛。

"陛下，"匹拉说，"若用肥鱼大肉打造一座迷宫，您以为如何？将各色珍馐悬于天花，您可蒙上双眼，仅凭尝味从中穿行。"

真是个好主意。二世皇帝立刻着手筹划起来。

若是有人对他说，达拉诸岛每天都有人因为吃不上饭而死，他便会无比惊讶地回答："为何非要吃饭不可？吃肉岂不是更妙！"

第十章　摄政王

蟠城
义正武治三年十一月

库泊摄政王并不喜欢自己的差事。

由匹拉总管负责向皇帝解释，孝敬父皇的最好方式便是修建皇陵，皇陵是父皇来世永生的居所，应当比蟠城皇宫修建得更为奢华壮丽。既然皇帝的母后招致玛碧德雷不悦，早早去世，皇帝便只可向父皇一人尽孝。伟大的安诺人智者空非迹不是也教导了吗？子女应事父母能竭其力。

但负责将这一梦想化作现实的，则是吕戈·库泊。他必须将皇帝稚嫩的图画变为真正的蓝图，征募人手来落实蓝图，还要命令士兵鞭策懒惰的工人好好干活。

"你为什么要让皇帝整天想着这些傻事？"库泊问道。

"摄政王大人，想想我们是如何走到今天的。您没感觉到玛碧德雷皇帝在看着我们吗？"

库泊感到脊背上一阵寒意。但他是个讲求理性的人，不信鬼神。"木已成舟。"

"那，您有没有感觉到整个世界都在看，看我们是否尽心尽力。正如您所说，忠臣有时难表忠心。为玛碧德雷皇帝修建纪念碑的事，您就当是让咱们自己心安理得的一个法子吧，只不过复杂了些。"

库泊为匹拉话中的道理点了点头。为了纪念皇帝，他令数以千计的人沦为奴隶，枉顾他们的抗议。为了名正言顺，牺牲也是必要的。

很久以前与匹拉的那次谈话也建立了二人之间的相处模式。他做摄政王，掌管帝国国玺，处理国事。匹拉则担任皇帝的玩伴，转移皇帝的注意力。二人共同操纵形同傀儡的二世皇帝。这笔交易似乎很划算，他似乎占了便宜。但最近，他开始对此有所怀疑。

他渴望权力，巨大的权力。因此，匹拉向他提出那个大胆的计划时，他把握住了机会。但其实，行使帝国皇帝的权力远不如他想象的那般滋润。的确，他很享受诸位大臣将军对他卑躬屈膝、唯唯诺诺，但摄政王的工作大部分都很无聊！他对收成情况毫无兴趣，也不想听饿肚子的农民请愿。此外，服徭役者接连叛逃，最近又爆发瘟疫。各地卫队司令还频频发来起义的消息。他们为何竟无法消灭辖区内的流寇？他们不是卫兵吗？这不是他们的责任吗？

权力下放，权力下放。他把能下放的权力都下放了，可他们还是来找他做决策。

吕戈·库泊本是学者，是文人，难以忍受自己被这些恼人问题困得止步不前。他想缔造宏伟愿景，制定全新律法，发展出震惊后世的哲学理念。可每每不过一盏茶的工夫，就有人来扰你，哪来的时间思考哲学呢？

库泊生于柯楚国，彼时，在诸侯国的无休纷争中，柯楚国还是个中强国。他的爹娘是一个小镇上的烘焙师，没有田产，在一次边境冲突中去世。他被流寇捉去，带到各诸侯国中最有学识的哈安国，准备作为奴隶卖掉。可到了哈安国都倾盆城，巡警袭击了流寇，库泊得救之后流落街头。

小孩若落得库泊这样的境地，多半不会有什么出息。但库泊很幸运，沦为难民的他在倾盆城街头乞讨时，大学者际岸知恰好经过。际岸知不但是赫赫有名的立法者，也为许多国君担任顾问。

际岸知是个大忙人，他和很多倾盆城百姓一样，逐渐学会硬着心肠，对街头顽童和乞丐的悲惨故事不予理睬，况且这些段子多半也难辨真假。但那天，小小的吕戈·库泊的深褐色眼眸中有某种东西打动了他，那眼神中有种渴求，而不仅是饱腹之欲。他便停下步子，叫库泊上前来。

库泊便这样成为了际岸知的门徒。他不够聪明，无法不费吹灰之力就精通功课，也花了好一阵工夫才适应这位老师的私塾。但另一位学生谭非于迹却如鱼得水。他是哈安国一位著名学者的儿子，少年老成，是际岸知的得意门生。

际岸知最喜欢与一群学生用对话的方式教学：他提出精心构思的问题，考查诸位门生所学，挑战他们的猜想，带领他们进入新的思想。

际岸知每次提出问题，谭非于迹总能飞快给出三种不同见解，而库泊甚至还未领会问题的用意所在。库泊只得加倍努力，才能取得些微进步。他花了很久才学会金达里字母，又花了更久才掌握足够象形文字，以便读懂际岸知较为通俗简单的文章。先生经常对他失去耐心，陷入绝望。和冰雪聪明的谭非于迹对话可要愉快得多。

但库泊并未放弃。他无比渴望让际岸知先生满意，如果这意味着要念三遍书才能领会书中真意，要将象形文字刻蜡书写百遍，要花上数个时辰读懂一篇寓言的道理，他都愿意毫无怨言地照做。库泊简直成了勤奋的化身，终日争分夺秒地学习，吃饭时也要念书，不和其他孩子玩耍；他还不肯使用坐垫，宁可坐在硌人的卵石上以便专心读书，防止因过于舒适而打瞌睡。

库泊渐渐跻身际岸知最优秀的学生。际岸知在觐见君王时常常提起，在他毕生教导过的诸位门生中，只有谭非于迹和库泊不仅透彻理解他所教导的一切，而且并未止步于此，而是踏入了新思想的未知领域。

库泊离开际岸知的私塾后，回到家乡柯楚国，意欲谋求一个宫廷顾问的差事。尽管柯楚国君对库泊以礼相待，他却一直未能获得正式官职，只得靠教书讲道维持生计。

除了讲道和文章，库泊的书法也在文人中极受追捧。他撰写评述文章虽然精心细致，但蜡刻象形文字时却有孩童的敏感和剑客的放浪，以毛笔泼洒出的金达里字母跃然纸上，有如雁群南飞时映在夜半池塘上的倒影。很多人模仿他的风格，但少有人能望其项背，遑论与之媲美。

但他们对库泊的赞美中总带着几分居高临下。有人难以掩饰惊讶之情：出身如此低微之人竟能写出具有如此新意的精湛书法。对他的认可背后总隐藏着一丝不屑，仿佛库泊的努力永远无法与谭非于迹的天赋比肩。

库泊始终没能和谭非于迹一样出名。谭非于迹二十岁便做上了哈安国的宰相。他的治国文章广泛流传，备受赞誉，库泊的任何作品都难与之相比。就连对六国学者评价不高的乍国国君雷扬王，即后来的玛碧德雷皇帝，也称谭非于迹的文章让自己备受启发。

但库泊认为谭非于迹的文章平淡无奇，华而不实，毫无逻辑！"有德之君""天下大同""中庸之道"……这一套都让他觉得恶心。不过是空中楼阁，修辞浮华，承转优美，却毫不注重根基。

谭非于迹认为一国之君应当无为而治，民众可凭勤劳努力自行改善生活。库泊认为这种观点未免太过天真。若论连年纷争不断的六国百姓从生活中当真学到什么教训，那便是平民只有被呼来唤去的份，比牲畜的境遇好不了多少，一切皆由胸怀大志的谋士辅佐强硬君主来决定。强国需要的是严明有效的律法。

库泊也知道，所有君主和大臣在内心深处都同意他的观点，而非谭非于迹的看法。库泊的思想才是他们真正需要听取的。但他们依然将所有赞誉荣耀都给了谭非于迹。库泊给位于萨鲁乍的柯楚宫廷写了许多书信表示愿意效力，但都石沉大海。

库泊萎靡不振，充满妒忌。

他去找际岸知。"先生，我远比谭非于迹努力，为何却没有获得同等尊敬？"

"谭非于迹写的是天下应有的样子，而非它当下的样子。"际岸知答道。

库泊向老师深鞠一躬。"您认为我写得更好些吗?"

际岸知看看他,叹了口气。"谭非于迹的文章不在意取悦他人,因此诸人才认为他更有新意。"

老师话中绵里藏针,刺痛了库泊。

一日,库泊上厕所时发现厕所里的耗子又瘦又弱。他想起先前在谷仓中看到的耗子都是又肥又壮。

*人的境遇并非取决于自身天分,*库泊心想,*而是如何运用这天分。乍国强而柯楚弱。船欲沉,又为何与之共溺?*

于是他离开柯楚国,转投乍国宫廷,地位迅速高升。因为雷扬王认为,既得不到际岸知最优秀的学生谭非于迹,最明智的对策便是退而求其次。

但库泊每次觐见时,都能从乍国国君的话中听出一丝遗憾:*若是谭非于迹在此……*

想到雷扬王最看重的竟然不是已经拥有的,而是得不到的,库泊心中就燃起一阵怒火。他总被视为第二,总被认为不够优秀,这让他始终备感折磨。库泊便加倍努力,构想种种办法用于壮大乍国力量,削弱其余各诸侯国。他希望国君有一天能承认,他的才能远远超过谭非于迹毕生所能达到的。

哈安国都倾盆城陷落后,谭非于迹被抓。

雷扬王大喜。"终于,"他向群臣夸耀着,而库泊也位列其中,"我终于能说服这样一位伟人加入我的大业。诸岛众人都仰慕他的智慧,乍国有了谭非于迹,更胜过千匹骏马、十位勇将。谭非于迹在学者中有如鲸群中的独角鲸,又或平凡鱼群中的虹飞鱼。"

库泊闭上双眼。他永远也无法逃脱这幻景的阴影,无法摆脱这个只写理想不顾现实的肤浅者。尽管谭非于迹的观点一无是处,雷扬王却仍然渴望他的声名。

当晚,库泊去牢中探望谭非于迹。

守卫清楚国君十分重视这名犯人,对谭非于迹都是毕恭毕敬。他住在典狱长的房间,卫兵与他讲话也都很客气。只要他不逃跑,随心所欲做什么都可以。

"好久不见。"库泊见到旧相识,说道。谭非于迹深黑色的脸庞十分光滑,毫无皱纹,库泊猜想他一定生活优渥,各国国君和贵族都对他以礼相待,他从不用为生计发愁。

"真是好久了!"谭非于迹拉住库泊的手臂,"我本以为在际岸知先生的葬礼上能与你相见,但你想必是忙得无法抽身。先生晚年常惦记着你。"

"真的?"库泊也想以这般温暖热情的方式拉着谭非于迹。可他觉得无比尴尬紧张,动作僵硬。片刻之后,他退后一步。

二人坐在地板的软垫上,沏上一壶茶。库泊先是以正式的礼式端坐,后背笔直,重量压在膝头。

桌几对面的谭非于迹笑了。"吕戈,咱们从小便在一起念书,你忘了吗?你不是来看老朋友的嘛,为何端坐得像是谈判国事一般?"

库泊尴尬地改为较随意的平式坐姿,与谭非于迹一样,臀部着地,双腿盘坐。

"你为何看起来如此不安?"谭非于迹问道,"感觉像是有心事。"

库泊一惊,茶水从杯中溅了出来。

"我知道了。"谭非于迹说,"老朋友,你来看我是为了道歉,因为你没能劝服雷扬王放弃征服六国的异想天开。"

库泊以衣袖掩饰自己的面红耳赤,竭力将情绪平息下来。

"而现在,哈安国已亡,我也沦为囚徒,等待行刑。你感到不好意思,因为你认为道歉也无济于事了,所以不知还能说些什么。"

库泊放下茶杯,低语道:"你比我自己还了解我。"他从袖筒中取出一只绿色小瓷瓶,"我们的友谊浓于茶水。咱们喝点更应景的东西吧。"他将瓷瓶中的酒倒入谭非于迹面前的空杯。

"雷扬王发动愚蠢战争,屠杀成千上万的百姓,你觉得自己对此负有责任。"谭非于迹说,"你是个善人,库泊,但别让自己背负并不属于你的责任。我知道你竭尽全力试图劝服乍国暴君。我也知道你想救我，可我反对乍国如此之久，雷扬王不会放过我的。我谢谢你，老朋友。不要有负罪感！应该负责的是暴虐的雷扬王。"

库泊点点头，热泪满面。"你简直像一面镜子，真正映出了我的灵魂。"

"咱们还是开怀畅饮吧。"谭非于迹说罢，将自己杯中的烈酒一饮而尽。库泊也举杯而饮。

"啊，你忘了给自己斟酒了。"谭非于迹笑道，"你杯里还是茶水。"

库泊没有答话，只是静静等待。很快，谭非于迹的脸色变了。他捂住肚子，想要开口，但却说不出话，只能喘气。他想起身，却一个踉跄又跌倒在地。少顷，谭非于迹停止挣扎，躺在垫上一动不动了。

库泊站起身："我再也不会做第二了。"

此去经年，库泊以为自己终于实现梦想。他是达拉诸岛最有权势的人，无人可以匹敌。他终于有了机会，得以向世人证明，一直以来，他才是那个值得众人欣赏赞美的人。

他应当受到尊重。

尽管如此，他的工作却令人如此不满、如此厌烦。

"摄政王大人，我们应当指派谁做镇压起义军的总司令？"

起义军？那些流寇？他们怎么可能抵挡勇猛的帝国军队？哪怕用猴子带兵也能取胜。他们为什么要用这种问题来烦我？不过是一帮恼人的小官吏，对威胁夸大其词，趁机从国库敛财。我是不会上当的。

他考虑着宫廷中何人最为碍眼，应该发配出去，远离蟠城，眼不见心不烦。

库泊的目光瞥向角落里敬拜奇迹公的小神龛，看到一摞标有紧急字样的请愿书。无论他多么勤于政务，总有更多的事等着他去做。他将请愿书放在神龛旁，多少有点希望神明若能看到他如此繁忙，或许会对他起些恻隐之心，从中干预，让他的负担减轻一些。

最上面的多份请愿书都出自同一人之手。

啊，他明白了。这一定是奇迹公给出的暗示。国库大臣金多·马拉纳多日来一直追着库泊，求他给些改进税收制度的建议。此人个子矮小，面色蜡黄，对税收和财政之类的琐事非常着迷。他无法理解摄政王的宏伟蓝图。把终日埋头算账的国库大臣派去带军镇压流寇，这主意十分荒诞，却又颇为诱人。库泊对自己的灵光一现赞叹不已。

"召金多·马拉纳来。"

我或许终能得些安宁，可以好好构思我的治国文章了。一定好过谭于非迹写过的所有文章。好上十倍，不，二十倍。

第十一章　内务总管

蟠城
义正武治三年十一月

　　戈岚·匹拉常想，内务总管不过就是门面光鲜一点的管家。从前各国尚且分立初期，内务总管还要负责城防，也被视为贵族。但如今，他的职责不过是为玛碧德雷皇帝调停后宫纷争，督管奴仆，管理宫廷账务（但这可是很大一笔账），以及给皇帝做玩伴。

　　匹拉的职位继承自他父亲。父亲曾效力于玛碧德雷皇帝的父亲德赞王。匹拉在如意岛上乍国旧都奇霏城的旧皇宫中长大，和雷扬小王子是少时玩伴。两人常常偷窥年轻妃子的闺房，总是因此挨骂。

　　每次被逮时，匹拉总坚持说是自己出的主意，是自己带坏了王子。于是挨打的也总是他。

　　"你真勇敢。"雷扬说，"确是我的挚友。"

　　"雷，"他忍着打板子的痛楚说道，"我永远都是你的朋友。不过，下次你动静稍微小点好吗？"

　　雷扬登基做了乍国国君后，二人友谊并未淡漠。它经历了多年征战的考验。雷扬因为止步不前而低落沮丧，或因为他国侮辱而怒火中烧时，匹拉便会劝慰他。雷扬征服六国成为玛碧德雷皇帝后，多了许多高傲自大的古怪习惯。可就连此时，二人的友情也并未受影响。

皇帝小指一动,诸位大臣将军便会颤抖,但在政务厅之外,在起居区域,他只是雷扬,是匹拉的总角之交。

可他们的友情,终没挺住。是因为玛盈夫人。

玛盈来自阿慕国,是一位拒绝投降乍国的公爵家的千金。她作为俘虏被带回玛碧德雷皇帝的新都蟠城,做了御膳房的侍女。

匹拉对宫内女子从未过多注意。这也是他保住差事的维生之道。若是不能抵御皇帝那诸多妻妾奴仆的美貌,这内务总管便也做不长久。

匹拉遵父母之命娶了一个乍国女子。二人相敬如宾,但很少相伴,因为匹拉几乎一直都在雷扬身边。这女子没有生育,但匹拉并不在意。他觉得内务总管的活并不好干,并无意将这一职位传给后代。很久以前,匹拉便学会了压抑自己作为男人的冲动。

但玛盈唤醒了他内心的某样东西。是因为她虽从贵族千金一落千丈沦为奴隶,却从不哀叹命运?还是因为她从未把自己当作奴隶看待,总是扬着头,目光毫不躲闪?又或是因为她能从日常琐事中寻找快乐,教御膳房的其他侍女以龙头滴水为乐,映着烹菜巨炉的火光在墙上玩手影戏?他说不清。但他知道,自己爱上了她。

两人开始闲谈。他觉得她是唯一一个真正理解他的人,只有她不把他等同于他的官职,她知道他有时写诗,咏叹春日冰雪融化,夏夜星移斗转,描述人群中的孤寂,抒发金银环绕却无真情实意的内心空虚。

"我不过是个门面光鲜的奴隶。"他一面对她说着,一面意识到事实如此,"我们二人皆非自由身。"

与她共度的时光终于让他懂得了亲近的真正意义。他原以为自己与雷扬亲近,但二人终究地位有别,而真正的亲近必须身份平等。

一晚,玛碧德雷皇帝为诸位将军设宴。匹拉耐心等待宴会结束,意欲趁皇帝陛下心情好时求个恩典。他想请求雷,他的老友,他的儿时玩伴,废除玛盈的奴隶身份,并将她赐给匹拉。

那晚,玛盈端上剑鱼排。她经过皇帝桌前,菜盘高举。皇帝恰好无聊,偏偏那一刻抬起头寻找消遣。他看到了玛盈的细腰,看到了玛盈一头浅褐色的秀发,看到了一样长久以来都属于他的东西,但他一直无暇享用。

当晚他将玛盈召来侍寝，她随即成为玛盈夫人，跻身玛碧德雷皇帝后宫三千佳丽。因玛碧德雷皇帝喜新厌旧，所以一直未曾选定皇后。

那一晚，匹拉的心死了。

尽管玛盈的境遇是所有其他女奴梦寐以求的，但匹拉翌日清晨前来唤醒皇帝时，看到玛盈脸上满是惊恐，而非喜悦。她躲避着匹拉的目光。匹拉小心翼翼地用平静的语气讲话。他在梦中已无数次向她告别。

玛盈夫人有了身孕，诸位侍臣奴仆都衷心祝贺她。皇妃有了龙种，在后宫的位子便坐稳了。

但她对大家的祝愿并未回应。随着肚子一天天隆起，她也变得愈加孤僻。

玛盈诞下一个男孩，尽管孩子早产了两月，但仍然健康活泼，体重也和足月的孩子并无差别。心生疑虑的御医支走奴仆奶妈，对疲惫不堪的玛盈夫人盘问了一个小时。他终于问出真相，便急忙去找匹拉。

匹拉已无数次重温那日景象。他本有可能救下自己的儿子吗？他本有可能救下玛盈吗？他本有可能用金银珠宝堵住御医之口吗？他本有可能跪在皇帝脚下祈求宽恕吗？他是否懦弱到连全世界唯一珍爱的人也无法保护？他想象着自己抛下一切，带着玛盈乘小渔船远走高飞，驶向未知的港口，提心吊胆地度过余生——可她至少会还活着，还活着。

但所有可能性都是同一个结局：他全家被处死，父母，发妻，叔伯姑姨。欺君之罪是血脉相承的，一人欺君，则灭满门。

他想不出如何才能避免悲剧，但他仍然深陷自责。

他向玛碧德雷皇帝转达了御医的话。

"孩子的父亲是谁？"皇帝震怒。

"她不肯说。"匹拉的声音中充满绝望。

他本想和雷扬解释，自己是在雷扬想占有她之前便认识她的，他们其实并未欺骗皇帝。但他是内务总管，他很清楚宫中规矩。女奴都归皇帝所有，哪怕他从未碰过她，哪怕他叫不出她的名字，记不住她的模样。他们的确犯了欺君之罪，从他不再将她视为皇帝的财产那一刻起，他们便犯了罪。

于是，那孩子当着玛盈夫人的面被掐死了，他只是站在一旁静静看着，一言不发。皇家侍卫掐死了玛盈夫人，他也只是站在一旁静静看着，一言不发。他负责处理尸体，他的双手触碰到她冰冷的皮肤时，他强忍着没有流露任何表情。

但他发了誓：他要为她复仇，推翻乍国统治。他要当真欺一次君，叛一次国，搅它个天翻地覆。

"总管大人，他们一直前来报告起义军情，扰得我不得安宁。我如何是好？"

"皇帝陛下，起义军不过是些流寇山贼、乌合之众，不值得费心。您不必扰乱心神屈尊操劳，可以下令宣布，谁再敢用这等小事来烦扰您，一律处死。便让摄政王大人替您代劳吧。"

"你真是我唯一的挚友，总管大人，总是替我着想。"

"陛下过奖了。咱们今天做点什么呢？去皇家奇兽园和水族馆看看如何？您可以赏玩新生的小独角鲸。或者，您愿意过目一下法沙新送来的童女吗？"

逐 鹿

第十二章　起义渐兴

二世皇帝的玩具帝国中美酒流淌、宝石闪耀。与此同时，他在现实中的帝国却已分崩离析。

此时，一支两万人的军队集合于湖诺·其马和佐帕·西金的鱼鹫大旗之下。他们已经找到了柯楚国的合法储君，一个二十三岁的牧羊人，便将他带离法沙北部乡村与羊群相伴的宁静生活，登基为肃非王。

尽管这位小伙子迄今为止只管过羊，却很快从容不迫地适应了发号施令的角色。

"你看，"拉索·米罗对哥哥说，"皇家血脉就是不同寻常。否则如何解释他从小到大只会牧羊，却突然便能适应掌管一整个国家！如此从容。如此威严！"

达飞罗翻了个白眼："若是一群衣着华贵的人来找我，对我说我注定要做国君，整天跟着我，表现得好像我睿智无比，对我说的每句话都唯诺是从，再给我戴上又大又沉的王冠，穿上黄金绸袍，让我坐在金宝座上，我大概也能充满自信和王者气概，就好像我这辈子一直坐在那宝座上一样。"

"真的吗？"拉索怀疑地打量着哥哥说，"你只会指挥我。我觉得，你要是穿上绸袍，大概更像杂耍的猴子。"

在萨鲁乍城中心坐落着历史悠久、宏伟壮丽的冰火神庙。肃非王正在此向柯楚国的保护神卡娜与拉琶祈祷。

"乍国之罪罄竹难书。"他向广场上聚集的人群说道，"审判的时候到了。各诸侯国均已复国，天下将重归秩序。"

面对满怀期待的百姓，肃非王任命其马为纳丕公爵和柯楚国元帅，又任命西金为堪纷公爵和柯楚国将军。二人得令进攻各地的乍国军队，直至收复所有柯楚国土地。其马和西金领头，率军浩浩荡荡走出萨鲁乍城，所过之处，百姓皆投以鲜花和萨鲁乍沙滩运来的雪白细沙。

"这才是生活，不是吗？"拉索·米罗说道。他朝路边欢呼的漂亮姑娘们露出微笑。

"咱们还没和乍国的正经军队交过手呢。"达飞罗·米罗说，"别高兴得太早了。"

风过之处，起义的种子也随之而至，很快便如雨后春笋一般遍布被征服的各诸侯国。

在本岛北部，法沙国最后一任国君之孙，熙录哀，在伯阿玛城重登法沙国王位。他麾下很快便聚起了万人军队。

东面，甘国王族一系旁支的后人自立为富饶文明的甘国的达罗王。狼爪岛上，驻扎在甘国旧都突阿扎城中的乍国卫队一箭未发便投了降。卫队飞快改称为甘国皇家护卫队，原乍国司令欢天喜地地受了伯爵的封号。甘国还夺取了泊在突阿扎港口的乍国海军舰队。达罗王正在筹备攻打本岛，以便收复原属于甘国的肥沃冲积平原。

与此同时，梭纳陆沙漠南面的玛蓟半岛宣布加入一个独立联盟。玛蓟半岛在历史不同时期曾分别属于柯楚国和甘国，因此各城颇为精明地对两国各宣布部分效忠。

西面，以优雅世故而著称的阿慕国在美丽的阿汝卢吉岛复国，但阿慕国位于本岛的领土仍在乍国的牢固控制之下。

里马国复辟后，在法沙国的帮助下迅速收复了大目山脉和希纳内山脉以北的疆土。里马卫兵还将胜利果实尽可能向山脉南麓推进。假使乍帝国陷落，里马国便有望率先占领以前与阿慕国有争议的领土。

六国中只有哈安国仍然完全处于乍国占领之下。但哈安国流亡政府依然存在。哈安国国君柯苏季王在三十年前的青年时代曾降于玛碧德雷皇帝，现下作为新登基的柯楚国君肃非王的贵客暂居萨鲁乍城。

"你很快就会重返倾盆城。"肃非向柯苏季保证道。

柯苏季点点头，粗硬的灰色胡须随之晃动，黯淡的双眼射出警觉紧张的目光，面孔黝黑，满是皱纹，仿佛新近冷却的熔岩。他对最近的事态扭转感到难以置信。不过数月之前，乍国还看似战无不胜，复兴哈安国也宛若天方奇谭。

肃非王请复兴的六国国君前来萨鲁乍会面，共同商议战事。他们将推选一位首侯，商定最佳行动计划。

第十三章　金多·马拉纳

本岛
义正武治四年三月

金多·马拉纳从未想过自己有一日竟会放下算盘，披上盔甲，佩起宝剑。

他更喜欢看着皇帝的国库堆满诸岛收来的钱财，而非考虑如何杀人如麻。他想把时间花在设计抓捕逃税者的办法上，而非制订战略和审读伤亡报告。

他上学时功课很好，擅长算术，勤勤恳恳地一步一步在官路上越爬越高。他喜欢清点成堆的钱币、成篮的大豆、成匹的布、成桶的油、成捆的鱼干、成串的贝类、成袋的米面谷子、成包的羊毛、成罐的鱼鳞。将东西分门别类、各归其位，再从清单上将它们一个个划掉，这让他感到很是愉悦。他很乐意把这些事做到退休。

但摄政王的命令明白无误。不知怎么的，他这样一个毕生从未打过仗的文官竟成了乍国元帅，海陆空三军总司令。

身为奴仆，就得勤勉履行自己岗位的职责。他决定先从自己的长项开始：为手头的资源列个清单。

名义上讲，乍国陆军军队有十万人。但金多·马拉纳每年对国库收入的预测从未实现过，同理，他必须用多种方法挤掉这个数目中的水分。

首先便是领土控制问题。皇帝目前仍然有效控制的领土仅限于原属乍国的达苏岛和如意岛、西北的新月岛、西南的客非岛以及本岛中部一块蝴蝶状的领土，即肥沃的热翡卡平原和热季拉平原。眼下，高耸的大目山脉和希纳内山脉、宽阔的犁汝河及湍急的梭纳陆河都是阻挡起义者的天然屏障，一望无际、难以生存的共络际沙漠也帮了大忙。

位于本岛西北角的哈安国也仍完全处于帝国占领之下。但驻扎在其他各诸侯国领土的卫队不是投降并加入起义，就是被封锁在驻守城中，他的指挥被彻底切断。这些人马是不能写进账簿的资产。他真正能指挥的部队只有大概一万人，包括完美之城周边最为忠良的部队。

其次，就算是仍在乍国控制下的地区，事态也并不令人放心。从达拉诸岛各地强征来建设皇陵和大隧道的囚犯及服徭役者人数众多，轻而易举便能发起暴动。他们会对同乡起义者表示欢迎，将其视为"解放者"，若是在帝国腹地内部与起义者里应外合发起攻击，后果不堪设想。

第三，海军和空军状态不佳。巨型飞船所用的悬浮气体会慢慢从绸质气球中持续泄漏，须定期补气，需要巨额开支来保养和运行。天下只有一处悬浮气体的源头，安排补气航程变成了许多空军司令在和平时期尽可能避免的麻烦事。除了陪伴玛碧德雷皇帝长期巡游的几艘飞船，大一统战争结束后，大部分乍国飞船都已很久没有起飞过了。海军也今不如昔。除了北方尚有少许船只巡逻打击海盗，海军的大部分舰船都停在船坞多年，被虫蛀得不成样子，几乎无法在水上漂浮。这些也都变成了账簿上的负债。

最后，士气低迷。马拉纳很清楚，人心所感会对如何做事有巨大影响。乍国仍是七国之一、帝国尚未建立之时，乍国百姓痛恨其他各国将他们视为缺乏教养的乡巴佬、尚未完全开化的穷亲戚。雷扬王开始征战四方时，不得不增加捐税来支援军费，乍国百姓众志成城，要为祖国在达拉诸岛应有的地位奋力一搏，几乎心甘情愿地缴税。帝国建立后，天下太平，百姓的态度便很快转变。如今，这种希望与决心属于六国的起义者，乍国士兵却四下逃窜，情绪低迷，对出兵的正义性心存疑虑。

马拉纳将资产和负债清算完毕，接下来便要逐一予以改善了。这也是他轻车熟路的工作内容。在普明天治末年，以及，特别是如今的义正武治年间，皇宫都向国库提出了许多异想天开的要求。但他总能想法一一满足。

首先，他要将负债变为资产。可将服徭役者强征入伍，扩大皇家军队，还可以参战为条件释放囚犯和奴隶。扩招新兵之后，乍国精英部队的老兵可以在新军中晋升为小队长、军士、五十长、百夫长。可将缺乏经验的新兵混编，以免每个小队里同乡过多。将新兵分开，加以严密训练，再由乍国老兵监管，他们或许可以有效抵挡起义军攻入帝国腹地，至少能暂时抵挡一阵子。虽然不能光凭通货膨胀从长远角度解决预算问题，至少可救近火。

不过，若想根除起义，还要看原属乍国的如意岛和达苏岛。他得回去招募一支军队，由笃信乍国和帝国大业的忠诚者组成。

帝国律法严苛，这无所谓。乍国穷人与其他各诸侯国的贫民一样，在帝国的枷锁下高声呻吟，也不要紧。若是他能燃起百姓的爱国心和荣誉感，乍国新军就能再次逐一征服六国，重新完成玛碧德雷皇帝的心愿。此事看似遥不可及，或许充满挑战，和让帝国的商贾农民遵从税法一样难以实现，但他不是也圆满完成任务了吗？税法是驱动帝国的所有政策的缩影，或许同理，他既精通税务管理，便也可由此及彼，通晓治国之术。

或许摄政王选择他是有道理的。

金多·马拉纳叹了口气。还有许多事要办。

其马-西金远征军旗开得胜。

其马元帅和西金将军决定首先将犁汝河南岸的乍国卫队残余全部扫平。犁汝河上有皇家水军巡逻，河面宽阔，渡河暂时还不予考虑。

一座又一座城池降于起义军，多半未经正式厮杀。皇家卫兵无意抵抗，常常径直打开城门，脱下军服，在起义军进入前试图混入平民。

其马和西金将接连胜利归功于自己的天赋和勇气。谁还需要军书兵法？不过都是旧时贵族自抬身价的花样。他们二人虽不过是农民出身，可怕的皇家卫兵看到他们的旌幡还不是丧胆而逃？

这两位新晋公爵从不演习，也从未给军队排演过任何作战队形。有何必要？他们为正义而战，带着百姓的怒火，便可战无不胜！

他们无视军纪或指挥链，就连军服也并无规定。起义军士兵可以随意穿着，倘若当真想证明革命热情，在头上绑条红色头带即可，戴上饰以柯楚国的双色乌鸦徽记。众人的行军步伐也是有快有慢。

至于兵器，可以从攻下的皇家兵器库中拿把宝剑，若是乐意，也可选择已经用惯的农具厨刀。没有军饷发放——但在已攻下的城池中，若是有报告哪个平民同情乍国，士兵便可劫之掠之。起义军可随意说笑闲谈，甚至就地坐下打盹。远征军接近一座城池时，那情形更像是大批农民来赶集。

起义军穿越柯楚国北部时，一路遇到的商人、农民、樵夫、渔民都倒了大霉。财物、牲畜、庄稼——起义军想拿什么就拿什么。"我们征用这些东西，是为了解放柯楚国。"他们会对东西的主人这样说，"你们也想尽一份自己的力量，推翻乍国暴君，为肃非王的荣耀做出贡献的吧？"若是有人未被这些华丽辞藻说服，不多时便会遭到拳打脚踢或是更糟的境遇。

头晕眼花的百姓倒在地上，只顾得包扎伤口，看着这批匪军远去，扬起大片尘土。起义军有如蝗灾吞净禾田一般将所过之处扫荡干净。

"咱们这和流寇有什么区别？"拉索问哥哥。二人各扛一袋东西，是从路上刚遇到的商队那里劫来的。"我觉得自己一点也不像解放者。"

"拉索，不用担心。"达飞罗说。他从来没这么阔绰过。"你的任务不是问为什么，而是听从元帅的命令。打仗就是这么回事。让聪明人去琢磨为什么吧。"

飞恩·金笃听说了柯楚国新上任的元帅和副将的事迹，厌恶地举起双手。"肃非王在想什么？我们一直期待他像你祖父那时一样，沿袭古礼，择吉日前来图诺阿群岛，邀请我们领导柯楚国军队。可他似乎根本不明白自己背负的期待。"

"这事不会有什么好结果，叔叔。"马塔说，"咱们必须渡海前往本岛。肃非王既然没来找咱们，那咱们便去找他。柯楚国需要金笃家的铁腕，我们才是柯楚国真正的将军。"

柯楚国的双鸦旗和金笃部族的金菊幡在海上吹来的寒风中飘扬，八百人在岸边排成密集方阵。一队渔船在海水中起伏，即将载他们前往本岛。

飞恩在方阵前缓缓踱步，与每个士兵轮流对视。

"谢谢你。"飞恩说，"你们是柯楚复国的意义。能够带领你们冲锋陷阵，我感到很荣耀。"

几个士兵呼喊起来。不多久，愈来愈多的人加入，直至八百人齐声高呼。

"金笃！金笃！金笃！"

飞恩点头微笑，努力拭去泪水。

他身后的马塔跃上一块固锚石，与集结的士兵相比更显高大。他一开口，声音在诸人头顶轰鸣：

"你们是图诺阿群岛的勇士。我们一旦上船，便没了退路，直到我取下二世皇帝的首级！"

"金笃！金笃！金笃！"

"等我们归来之时，"一名士兵大喊，"每人都将骑着高头大马，披绸挂缎！"

众人大笑，马塔的笑声最响。他们的笑声就像一柄长矛，直冲云霄。

诸人察觉风力增加,风向转变,吹向东南方的本岛。尽管尚是早春时节,这风已如悠悠冒烟的卡娜山的炙气一般热。

"卡娜女神在保佑我们。"诸人彼此低语道,"马塔便是她青睐的英雄。"

柯楚国中,卡娜山喷发,吐出滚滚浓烟和炙热灰烬。

这计策颇为古怪,奇迹。你要用税吏来对抗真正的将领?

一阵强风刮过山口,其中的黯淡岩浆闪亮起来。

你们姐妹二人小瞧乍国,可是一直没落得过什么好结果。

我不懂,算盘如何能胜过止疑。

别忘了,还有那根带齿的野蛮大棒呢。我知道你们为什么选了这个一心复仇的嗜血凡人。

不远处,拉琶山的冰川裂开,似有动静。

有话请讲。

你们认为他是飞索威偏爱的类型,寄希望于战神会站在你们这边。若是飞索威决定让一方刀剑更为锋利,或是另一方的战马更易疲累,便不算违背誓言直接干预。

你选了这么一位英雄,因为你认为有可能打动鲁索,对这位负责账目的同行出手相助。你就和你山上的湖水一样,一眼就能看透。

那咱们就走着瞧,看谁的人选更受欢迎。

抵达本岛之后,飞恩·金笃打算立即前往萨鲁乍城。

但马塔则有不同想法。

"我想见见这位湖诺·其马。"马塔说,"我不懂觐见国君使节的礼仪,但我清楚如何和战士对话。或许他与其他平民有所不同,所以肃非王才没有选择我们,而是更看重他。"

"我和八百名志愿兵在萨鲁乍城外等你回来。"飞恩说,"愿孪生女神助你快马加鞭。"马塔走远之后,他摇头叹息,"这是浪费时间啊,孩子。若是不试硬度,国君也分辨不出金刚钻与白水晶的差别。"他喃喃低语道。

　　于是马塔独自西行，穿过柯楚国的广阔平原和起伏丘陵，顺着其马-西金起义军的路线而去。他又高又壮，寻常马儿多半都载不动他，飞恩和马塔流亡在外时，手头也不够宽裕，难以训练马塔掌握骑术。此时正是这个小伙子锻炼长途骑行的好机会。他骑的是匹乍国骏马，是在萨鲁乍城外的集市花高价买来的，比柯楚国的大部分品种高大健壮许多。

　　马塔发现自己很喜欢与马相伴。马儿天生接受权威，看重完成天职。他一路西行，思考着马儿与骑行者之间的复杂舞蹈。顺畅骑行所需的协调，一如封臣与主公、大臣与国君之间的责任和义务，交织成一张复杂网络。

　　尽管乍国骏马高大健壮，马塔还是太过沉重。连日追赶其马和西金的路途劳顿，虽有马塔尝试照料，马儿还是耗尽力气。就在柯楚国西岸、犁汝河口的笛牧城外，马儿突然一个趔趄，折断了一条腿，马塔也从马背跌下。他只得怀着悲伤用止疑剑利落地结果了马儿性命。

　　马塔眨眨眼，赶走出乎意料的热泪，意识到自己还得找匹合适的坐骑，正如他相信柯楚国也还需找到合适的将军。

　　西金曾经建议去找柯楚国王位继承人，增加起义的正统性。当时这提议看似不错，但如今，其马却有些犹豫。

　　冒着生命危险举旗反抗乍国的是他和西金。士兵们耳熟能详、自愿跟随的也是他们，将皇家卫队逐出一个又一个城池的还是他们。可坐上柯楚国宝座的却是个一事无成的小毛孩子，只因他投对了胎。他指指点点，发号施令，西金和其马只能服从于他。

　　事情不该如此。

　　还有那鱼谶——的确，鱼谶是他和西金搞的鬼，但其马现在不愿再这么想了。事态发展几乎都是按照预言进行的，不是吗？他们连连得胜。所以，或许确是诸神将绢轴的主意赋予他和西金的。或许是诸神操纵着他的手，令他写下那句话，又将绢轴放入鱼肚。他不过是诸神的工具。

他为何不能如此看待鱼谶之事呢？谁能打包票说诸神并不是这样行事的呢？就连最具智慧的思想家们不也没有解开这个谜团吗？

一直目光短浅的西金总是取笑他的这些想法。"你觉得那句话是诸神的意思？哈哈，我是从看过的一出戏上借来的。"

但其马如今认为预言并非自己所为，而是诸神给他的真正启示。西金是唯一一个能反驳此事的人……

而且预言说他将称王。王，不仅是纳丕公爵，也不仅是柯楚国元帅。是王。

来报说湖诺·其马自称为西柯楚王，萨鲁乍城炸了锅。肃非王的顾问们要求陛下立刻剥夺贸然颁给其马的所有称号，派出一支问罪军将他抓捕回来，按叛国罪论处。

"把他抓回来？"肃非王苦涩地笑道，"你们觉得我该怎么做？大部分军队都在他手里。他手下的士兵可是从起义第一天就开始跟随他的。我其实多少明白他的意思。活都是他干的，荣耀为什么却都归我呢？"

顾问们鸦雀无声。

"我应该庆幸他只要西柯楚国，而不是整个国家。我只能恭喜他，别无他选。"

"此例一开，后患无穷啊。"顾问们低声道，"从没有过什么'西柯楚国'。"

"咱们眼下做的每件事都是史无前例。谁能想到两个服徭役的破釜沉舟，竟撼动了整个帝国？"

"新诸侯国为何不能凭空出世？这世界上的许多事物，都是有了足够多的人相信，才得以化为现实。其马自称为王，他手下有两万名武装士兵支持他。在我看来，这就是足以令人信服的证据。咱们还是履行责任，欢迎他加入诸侯国国君之列吧。"

柯楚国派出王家信使前往湖诺王的登基仪式贺喜。

★　★　★

"想想吧，国君还和咱们一样的时候，咱们就认识他了。"拉索惊叹地说道，"是我剖开鱼肚发现了绢轴。"

他望着湖诺王。此时这位国君正坐在宴会厅另一端的宝座上。这宴会厅本是一间马厩，为驻扎在犁汝河口著名港口笛牧城中的乍国骑兵队所用。

论形制和大小，这马厩是能够满足湖诺王要求的唯一建筑，只是不太干净。投降的皇家卫兵便听令清理，为登基宴席做准备。他们又是扫又是擦，忙了三日，又在地面喷洒海玫瑰香水，压住扬尘。窗子全部大敞，以保空气新鲜，尽管外面在下雨。

可厅中养马多年的臭味还是没有消散，可以从汗臭、劣质酒气和烹煮糟糕的菜肴气味中辨识出来。

城中各个酒家的餐桌都被征用，匆忙拼成奇形怪状的宴会长桌，覆以窗帘和旌旗的粗布拼制而成的桌布。宴会厅内挤满人，光线昏暗，于是在各个稍大的角落和台子上都放了火炬和蜡烛。宴会气氛明亮、温暖、欢快，只是……不够高贵。

"他始终和你我不同。"达飞罗说，"我们不会异想天开，寄希望于预言赐给我们一个王国。其实，你最好再也不要提起鱼讖一事发生时我们也在场。我觉得，国君大概不想再听到有人讲起他的低微出身。"

为了确保仪式获得诸神赞许，湖诺·其马召集了笛牧城的所有石匠、木匠、雕工和分管各位神祇的所有牧师，命他们在三日之内为达拉诸神打造八尊全新神像，与登基宴席相称。

"将……呃……陛下，"城中敬拜飞索威的大牧师比其他同僚更为勇敢，试图表示反对，"在如此之短的时间内，要完成用于如此宏伟目标的神像是不可能的。我们神庙中的飞索威大人之像，足足用去十位工匠一整年的时间。寻找适当材料，勾勒神像草图，粗切、细雕、打磨、覆金、上漆，择吉日开眼开口，这一切都需要时间。您的要求实在难以实现。"

其马鄙夷地看着牧师，向地上啐了口唾沫。**我能让宝座上的皇帝颤抖。我是诸神的工具。这厮有何资格对我讲何事可为、何事不可为？**

"你说雕刻一尊神像需要十人花一年时间。我给你的人力超过千名。他们三天内定能完成同等工作量。"

"如此说来，"牧师答道，"若您有十名妻妾，一月之内定能为您诞下孩子。"

牧师的不敬口气使其马立时勃然大怒。牧师竟敢宣称不能迅速完成献给诸神的任务，被判渎神，并在飞索威神庙前当众开膛处决，让所有人都看到他因冥顽盲目，肠子已经缠作一团。

其他牧师便都向湖诺王保证，陛下的想法并无纰漏，又都起誓将竭力而为。

因此，马厩改成的宴会厅两旁便立着诸神的八尊巨型雕像。由于时间仓促，牧师和工匠对作品都并不感到自豪。例如，图图笛卡之像是以层层摞起的草垛潦草覆以布匹制成的。神像皮肤中的坑坑洼洼用石膏填补，厚厚的彩漆则是用拖把一般的刷子匆忙涂就，全然不考虑精细。成品更像是出自农夫之手的大号稻草人，而非美神的庄严塑像。

其他诸位神祇的模样更惨。所用材料简直五花八门：建造神庙余下的石头和木材、城墙的碎砖、犁汝河上漂来的垃圾、旧冬衣的填料——绝望的工匠甚至强拆了附近几户人家的房子，以便获得更多材料。所有雕像都是姿态僵硬，主要是为了建造方便，而非表现诸神特点，外貌特征也是粗糙不堪，表层又刷了斑驳的闪亮金漆，尚未干透。

飞索威的雕像可能是最糟糕的。年迈的大牧师被处决后，助理牧师认为最保险的办法便是将神庙中原有的飞索威神像敲成碎片，再将碎片运至宴会现场重新拼装。此举虽然亵渎神灵，但开膛的危险却使教条有了变通余地。搬运碎片、重新拼装、用石膏和新漆遮盖拼接缝隙等工序意义重大，直至最后一刻才完成。

负责这项任务的工匠很幸运，有一匹高大挑马可用。这马是其马和西金在马厩里发现的，个头比厩中的其他马匹大上许多，令两位征服者初见便惊叹不已。它身长足有乍国个头最大的种马的两倍，又高出一半，毛色乌黑，马鬃飘逸，颇具伟大国君坐骑的风范，于是其马立刻便将它据为己有。

但他很快便明白了这马为何被关在马厩最幽暗的角落。它脾气暴躁顽固，动作毫无优雅可言，又不肯听从指令。乍国卫队司令解释说，就连最出色的驯马人拿它也是毫无办法，这马显然过于愚笨，无法习惯缰绳。由于难以安全骑乘，只能将它用于搬运沉重货物，还需不断鞭打。

其马很是失望，只得将这匹头脑鲁钝的挑马送去协助修建神像。此时，它正在飞索威雕像脚前颤抖喘息，努力从一夜一早的重活中恢复体力。瘫倒在它周围的人类劳工也好不到哪儿去，人人都在尝试找个安全的地方打盹，还要努力躲开国君的视线。

肃非王的贺信一出，质疑湖诺称王的人都闭了嘴，于是军中大小军官轮番上前祝酒，但新国君已经有了醉意，更确切地说，已然烂醉。他在临时搭建的宝座上已难以坐直。这宝座是将市长的旧靠垫涂成金色、放在四个水桶上搭成的。他便只是将酒杯举到唇边，向络绎不断的祝酒者点点头。

他很高兴。非常高兴。

似乎谁也没有注意到西金公爵不在场，就算有人注意，也没有人说出来。

酒宴刚开始时，国君手下的一名副官大声和同伴议论说，不知如此欢庆场合，西金公爵哪里去了？此人的头脑显然和那匹大个头挑马不相上下。同伴们假装没听到他的话，提高声音祝酒，但他却不依不饶。

喧哗引起了湖诺王的注意。他皱眉朝此人的方向瞥了一眼。一眨眼的工夫，湖诺的贴身护卫队长，一个聪明过人、对陛下心意了如指掌的人，便下达了命令。同伴们凭直觉躲到桌子下面，这个口无遮拦的蠢货发现湖诺王手下护卫射出的数支箭已刺穿自己的身体。

此后，西金公爵便仿佛从未存在过，至少对于宴会厅中的庆祝者们来说如此。

达飞罗冒出个奇怪的念头，他看到的不像是位国君，更像是在扮演国君的一位戏子。他和弟弟从小就喜欢看巡游诸岛的戏团演出的皮影戏，偶人色彩斑斓，绸幕明亮，铙钹喇叭震天响。戏团下午抵达他们村子，便在村中广场上搭起小戏台。

黄昏时，大家在田里忙完，吃过晚饭，便陆续抵达。皮影戏团先演些短小的滑稽戏，为等待的观众提供些消遣。戏团演员躲在高高的戏台后面，他们身后熊熊燃烧的火焰将精美的活动偶人的五彩影子投射到幕上，配以佐着铿锵锣鼓的低俗笑话。

夜幕渐渐降临，大部分村民都聚集在戏台前，戏团便会开始一场大戏，多半是古老的悲剧故事，被星河相隔的恋人啦，美丽的公主和勇敢的英雄啦，邪恶的丞相和愚蠢的老国王啦。偶人吟唱甜美忧伤的长长咏叹调，由椰笛和竹笛伴奏。达飞罗和拉索彼此靠着，听着余音袅袅的戏曲，看着头顶缓缓斗转星移，常常便这样睡着了。

达飞罗想起，在其中一出戏中，一个乞丐披上妓女的袍子，戴上纸王冠，假装自己是一国之君。他模样荒诞，在戏台上手舞足蹈，惹得村民哄堂大笑：孔雀？不，那是只公鸡，假装孔雀罢了。

又一个军官说完一串前言不搭后语的华丽祝酒词，都是史书上的陈词滥调拼凑而成，坐了下来。他拭去额头的汗珠，庆幸自己没有不慎说出惹恼新国君的话来。

又一人站起身。他立刻吸引了宴会厅内所有人的目光：此人身高八尺，身躯厚如酒桶，还有那双眼睛！四只瞳仁在火炬的映照下闪耀着犀利的光。他就那样站着，并未举杯祝酒，厅中众人的低语声停了。

"你……你是谁？"湖诺王问道。

"我是马塔·金笃。"陌生人答道，"我是来见起义领袖湖诺·其马和佐帕·西金的。可我只看到了一只穿着人类衣装的猴子。你和玛碧德雷提拔的其他傻瓜没什么两样。皇家敕令或是百姓民意都不能让蚂蚁变成大象。谁也无法实现上天并未安排给他的责任。"

厅中一片死寂。

"你……你……"湖诺王气得说不出话。护卫队长一声哨响，马塔周围的宾客都赶忙俯身躲闪。卫队士兵将弓拉得有如满月。马塔一把掀起桌子当作盾牌使用，杯碗瓶盆四下飞起。

宴会厅中的一切突然慢了下来。箭脱弦飞出；神像落下；马儿跑到马塔面前；马塔翻身上马，高度和身板似乎都正合适；神像倒地摔碎；箭雨射入神像；尘土、餐桌、杯碟碎片四下迸裂；人们尖叫。

随后，马塔便骑在那匹周身乌黑的马上，离开了宴会厅。马儿动作有如疾风，流畅如水，它与马塔动作配合默契，正如夜色与独狼完美契合。

我要将你命名为雷飞落，马塔一面朝萨鲁乍城骑行，一面想着，这是"般配"之意。风在他发间呼啸，他从未感受过如此的自由或速度。他和马儿合二为一，化作一个更为庞大的整体。

你就是我一直在找的坐骑，正如你也一直在找你的骑手。长久以来我们都泯于黑暗，远离我们在这个世界舞台上的真正角色。只有我们这样的良才回归本职，天下才能再度繁荣起来。

"那才是真英雄该有的样子。"拉索对达飞罗低语道。

这一次，达飞罗竟无言以对。

这先河开得过于危险了，我的弟弟飞索威。

奇迹，我并未做什么不寻常之事。我主动或直接伤害哪个凡人了吗？

你用你的神像护住他——

避免伤害和造成伤害不可混为一谈。我们的协定依然有效。

你的辩词就像出自鲁索麾下拿钱替人辩护的讼师——

哥哥姐姐们，就让我置身事外吧。虽然我的确注意到，哲人争论不作为与作为的个中区别也已有——

够了！我就放过你这一次，飞索威。下不为例。

一周后，西金公爵的尸体被发现漂在笛牧城外的护城河上。国君公开高声哀悼伙伴之死，并痛责酒精。西金正是酒醉后落水溺死。

众人与国君同哀。若是湖诺王哭了半分钟，谁也不敢多哭。若是国君在讲起鱼馔之事时从未提过某一个名字，他人也不敢多嘴。若是国君勉强提及，西金公爵性格一直有些胆怯，总喜欢夸大自己在起义中的作用，是国君一直看在朋友的份上，竭力帮忙圆谎，其实西金不过是个跟随者，又嗜酒……那么，史官和书吏也要按着国君的暗示，谨慎修订记录。

"你我的记忆竟能错得如此离谱？"拉索问，"我发誓……"

达飞罗用手捂住弟弟的嘴。"嘘，弟弟。大家穷苦时轻易便可情同手足，但飞黄腾达时可就难多了。朋友永远敌不过血亲。拉索，你要记住这一点。"

当然了，从来也没人提过，西金公爵颈部被发现有条淡淡的红印，很像是绳圈留下的印子。

"你没觉得此事有什么蹊跷？"圆脸的民恩·萨可礼瞪大双眼、粗声粗气地问道，"你真没觉得凭空冒出个西柯楚王有什么古怪？"

库尼·加鲁耸耸肩。"百姓推举我为祖邸公爵，跟他凭预言称王相比，我也并不更名正言顺啊。"

"若是大家接受此事，国王和公爵就要像雨后春笋一样成群出现了。"柯戈·叶卢实事求是地说道。他摇摇头，"我们都会后悔这一天的。"

"就让他们后悔去吧。"库尼说，"得头衔容易，保头衔难。"

湖诺王提拔了许多人，但没有一人出自与他一起发动起义的那三十名徭役者。的确，西金公爵死后，那批人中没有哪个会承认自己当时在场。啊，鱼谶的故事。对，对，非常精彩。我听别人讲过。

湖诺王晚上睡得更香甜了。

第十四章 长官库尼

祖邸城
义正武治四年三月

做祖邸公爵大概是库尼·加鲁第一份乐在其中的差事。

唯一的美中不足是两家父母仍然拒绝与他来往。他们认为这场胜利定会转瞬即逝，帝国随时可能卷土重来。

"他们很清楚乍国律法多么严苛。"库尼怒道，"若是帝国势力重返祖邸，他们就都完了。不如豁出去了，就拿我当赌注。"

但加鲁和马提扎两位父亲都希望二世皇帝比玛碧德雷仁慈一些，他们也认为，明智做法是与在劫难逃的起义分子保持些距离，给自己留有转圜空间。库尼只得依着他们，不和两家父母走动。（不过，露·马提扎仍然设法通过朋友给姬雅捎信说，她确信只要库尼好好干下去，吉罗最终一定会改变心意。）

但纳蕾·加鲁却不顾库尼父亲的意见，悄悄来看望库尼和姬雅数次，为有孕在身的姬雅出谋划策，又为库尼做了他喜欢的菜肴。

"妈，我现在是大人了。"纳蕾非要给库尼盛香芋饭，库尼便说道。

"大人才不会让为娘的总是气得心口痛。"纳蕾说，"你看看，就因为你，我白了多少头发。"

库尼只好往嘴里填满香芋饭，姬雅在一旁面带微笑地注视着。他发誓要让母亲为他感到自豪——在他的生命中，仅有寥寥数人从未放弃过他，这其中便有母亲，还有姬雅。

他日出时分起床，监督士兵在城外晨练，回来草草用饭，随后便处理民事和行政事宜直至午后——他在祖邸城衙门的经验如今派上了用场，因为他和以前的同僚官吏关系好，也理解他们的琐碎工作的重要性。小憩之后，他便会见祖邸商会头目和乡下老人，听取他们的问题。他会邀请这些人留下用夜膳，饭后审读文书直至就寝。

"对孪生女神起誓，我从未见过你如此努力。"姬雅说道。她满怀深情轻抚库尼的头发和后背，就像是在抚摸一只充满热情的大狗。

"可不是吗。"库尼说，"我现在只有吃饭时才喝酒了。我觉得这样不利于健康。"他咂咂嘴，但忍住没有四下寻找酒瓶。姬雅不肯再跟他共饮，理由是有孕在身，饮酒太过危险。（"就喝这么一点，不会有事的吧？""库尼，我好不容易才怀上孩子，我不想冒任何风险。"）

"你为什么要见那些老农？"姬雅问道，"以前的市长从来不理会他们。你给自己的担子太重了。"

库尼面色凝重起来。"大家以前总是看到我在街头和朋友喝个烂醉，大喊大叫，蹒跚而行。他们认为我就是个毛孩子。后来，他们又看到我去为皇帝卖命，就认为我是个没有雄心壮志的无聊官吏。但他们都错了。

"我以前以为农民无话可说，因为他们头脑中没有学识。我以为服徭役的人都粗陋不堪，因为他们心中无法体会细微的感受。但我也错了。

"我当狱卒的时候一直没理解那些犯人。等我成了流寇，有许多时间和最底层的人打交道：罪犯，奴隶，叛逃者，一无所有的人。与我的预期相反，我发现他们具有出自贫瘠的魅力优雅。他们天性并不恶毒，而是统治者的恶毒将他们逼上狠路。穷人愿意忍，能忍，但皇帝夺去了他们的一切。

"这些人的愿望很简单：有块地，有点家当，有栋温暖的房子，能和朋友聊聊天，媳妇开心，孩子健康。他们记得最微小的善行，因为一些夸大其词的段子就觉得我是个好人。他们将我扛在肩上，称呼我为公爵，我有责任帮他们离愿望更近一点。"

姬雅认真聆听，库尼的话中并没有惯常的要机灵。她看着他的眼睛，发现其中闪烁着真诚的光，和多年前她向他问起未来时一样。

她感到内心充实，仿佛要爆裂一般。

"那就继续好好干吧。"姬雅的手指在他肩头停留了片刻，随后她便去睡了。

姬雅睡后，库尼打算溜出去，和润·柯达到妙壶酒家喝上几杯。

润保证说，如果库尼今晚出来，定会享受一个美妙的夜晚。"瓦苏寡妇为咱们安排了好些精彩的节目。她一直在对人说，你以前经常去她那里，现在你也跟她保持联系。如果你去，就算是帮了老朋友一个大忙。"

做祖邸公爵是个累人的差事，终日以礼式正襟危坐也让他背痛。库尼的确很想去，想和老朋友见面，可以用平式在地上舒舒服服地坐着，不用顾忌形象，可以口无遮拦，不用考虑遣词造句，可以做回原先的自己，而不是注重责任。

但他也知道，这是个不可能实现的愿望。无论他是否愿意，他现在都是祖邸公爵，而不是小混混库尼·加鲁。无论身在何处，他也无法放松自在。无论身在何处，这个新头衔都是他的形象的一部分。

瓦苏寡妇希望他去，也好沾些新头衔的光，将之化为喝得烂醉的顾客和叮当作响的铜子。

润也有了新的生财之道，他收人钱，帮人和祖邸公爵搭关系，做得风生水起。瓦苏大概也是他的新主顾之一。

柯戈·叶卢对这些事都不赞成，但润却用一句古阿诺谚语回答他："水至清则无鱼嘛。"

库尼也同意应当和黑道圈子保持些许联系，他也向柯戈保证，虽然润收了钱，他也不会随便给人家走后门。

但他还有许多事要做。他当日见过的乡下老人提到灌溉渠需要修缮。他还想检查一下润推荐的石匠的竞标预算，确保价格合理。或许他还能再看几份请愿书……

不一会儿，他便在桌前睡着了，一条口水打湿了脸下的纸，他梦到了热气腾腾、味道甘美的高粱酒。

"加鲁大人，咱们得谈谈资金问题了。"柯戈·叶卢说。

库尼每次听到老朋友们称他为"加鲁大人"便啼笑皆非。当然了，从以前总对他和朋友找茬的前任皇家巡警和卫兵口中说出，他还很乐意听，但他一直视作哥哥的柯戈这样的朋友如此叫他就很别扭。柯戈的语气中也并无玩笑之意。他微鞠一躬，面朝加鲁的双脚。

"别叫我'加鲁大人'了，好吗？咱们是老朋友，你却搞得像陌生人一样。"

"咱们的确是老朋友。"柯戈说，"但各人有各人的角色和面具，这些东西自有其现实。权威是很微妙的，必须由治理者和被治理者共同努力，以适当仪式和行动小心培养。"

"小柯，我今天一杯酒都还没喝过。你现在就说教未免太早了。"

柯戈叹了口气，微微一笑。库尼不愿遵守传统，这既是自己愿意跟随他的理由，但他也担心这会造成严重后果。柯戈很想帮帮年轻的库尼，他就像是一只初振羽翼的雏鹰。

"库尼，人们若是看到你的老朋友仍与你平起平坐，就不会把你当回事。这会让他们感到困惑。戏子在台上扮演国王时，只有其他戏子像对待国君一样待他，遵守适当礼仪，才能让观众信服他当真是一国之君。如果整个戏团有一人朝观众眨眨眼睛，那幻影便不复存在了。你如今是祖邸公爵，便最好昭告天下，无论你在和谁讲话，手握大权的那个人都是你。"

库尼不情愿地点点头。"好吧，你可以在别人面前叫我'加鲁大人'。但你仍然是柯戈。我可做不到板着脸叫你'叶卢先生'。不许反对。你知道我不擅长记新称呼。"

柯戈摇摇头，决定就此作罢。"资金问题，加鲁大人。"

"怎么回事？"

"我们从祖邸城皇家金库取出的钱花光了。肃非王为其马-西金远征军征募资金时，大部分钱财都运到萨鲁乍城去了。余下部分用于支付士兵军饷以及，呃，根据您的命令，为街头黑帮提供经费和向祖邸市民提供免费衣食。"

"我猜你还要说，征税的速度太慢了。"

"加鲁大人，您的慷慨前所未见。您废除了许多繁重的皇家税目，我按照您的要求制定的新税很轻，又很公平。但目前，税征不上来。祖邸城的商人提心吊胆。他们不确定起义军是否会赢，若是帝国卷土重来，他们便会觉得向您交的税金全都打了水漂。所以他们都在……逃税。"

库尼挠挠脑袋。"军饷当然得发，我也没忘记要给你和所有追随我度过困难的人发薪。但我也不想在守法问题上太过严苛——税吏过分活跃最能激起民愤。"

"加鲁大人所言极是。不过，我有一个建议。"

"请讲。"

"我们就拿餐饮为例。酒楼和小食店逃税的办法便是靠两本账簿。一晚可能赚了一百五十两银子，但给咱们看的账簿上写的进账却只有五十。我们必须想个法子对黑账征税。"

"你打算如何做？"

"我建议你宣布设立新彩票，为祖邸城的幸运自由公民提供奖励。"

"我看不出这和逃税问题有什么联系。"

"有联系，不过是间接的，因为钱都是可替代的。"

"这就是你的好主意？我们得将奖金抬高，才能吸引足够人。城中已经有不少赌场了。我们要如何与他们竞争呢？"

"不，彩票只是个幌子。这彩票不能直接买，而是消费时作为收据发放。每消费一两银子，就可以从商贩处免费获得一张彩票。他们花钱越多，得到的彩票就越多。

"商贩从哪儿搞来彩票呢？"

"从咱们这里买。"

库尼仔细思索一番。这法子看似可笑，但却……有效。

"小柯，你这个人精！"库尼拍拍他的后背，"照此法，商贩就不能在账簿上要花样了，因为上门的顾客会追着他们按照消费金额索要足够的彩票。既然商户必须从咱们这里买彩票，就只能按照真实利润的比例交钱。"

"就和收税的道理一样。"

"你这是把祖邸城里的所有顾客都变成了咱们的税吏。"库尼想象着瓦苏寡妇得知不能再逃税时脸上的表情，心中几乎产生一丝歉意，"你就没有廉耻吗？"

"我这是从天才那里现学现卖的。大人既是讲求荣誉的流寇，属下为了实现大人的目标，也就只能想些新花样了。"

柯戈和库尼齐声大笑。

库尼并未效仿其马—西金的备战模式。由于对流寇的浪漫幻想早就破灭，他猜测农民们出乎意料推翻乍国统治，被暂时的喜悦冲昏头脑，但其实根本不是训练有素的皇家军队的对手。帝国重整旗鼓、当真开战只是早晚的问题。

"加鲁大人！"库尼出现在祖邸城门附近的训练场，幕如帅气地敬了个礼。

幕如已成为像样的剑士，他在左前臂绑了块盾牌，可与库尼麾下的任何一名流寇媲美。库尼既已拿下祖邸城，幕如便担任了主城门一支守卫小队的队长。

库尼朝幕如挥挥手，示意他稍息。他对幕如的境遇仍然心怀愧疚，对方向他敬礼令他感到有些不好意思。"费怎么样？"他问道。

幕如扬起下巴,指向训练场。"他在场上跟萨可礼司令正忙着呢。"

库尼尽力将从前的流寇和暴动百姓变得更像真正的军队。他首先委任民恩·萨可礼带领士兵开展生存演练。

他被眼前所见震惊了。地上用篱笆围起一个直径约有五十尺的圆圈。圈中土地被浇了水,变成一汪泥潭。五头肥猪在其中嘶叫奔跑,十个人在后面紧追不舍,每一步都要费力地将脚从泥巴中拔出,一身泥泞和猪没什么两样。

"这是怎么回事?"库尼问道。

"我是屠夫出身嘛。"萨可礼自豪地挺胸答道,"所以我的训练方法可能有些不同寻常。"

"这是在训练?"

"在泥中和猪角力可以提高灵活性和耐力,加鲁大人。"萨可礼的嘴旁一圈浓密胡须有如刺猬,他扫视着满头大汗、一身泥巴的训练者和高声尖叫的猪,"这样也能帮他们做好准备应付那些帝国猪的滑头把戏。"

库尼点点头,趁爆发大笑之前赶忙走开。他必须承认,民恩虽然疯狂,但也自有一番道理。

之前的马厩总管泰安·卡鲁柯诺负责管理骑兵——不过其实是二百人共用五十匹马。"我需要更多的马。"他一见到公爵便立刻开始例行哭诉。

"我需要的东西多了:更多的人,更多的钱,更多的兵器和粮草。可你看我也没有抱怨嘛。泰安,你只能先靠手头资源将就一下。"

"我需要更多的马。"泰安顽固地说道。

"你要是没别的话可说,我以后可不敢来找你了。"

为了训练更为正式的军法、攻城术和步兵队形,库尼求助于多飒队长。他曾经是祖邸城卫队中的顶尖帝国军官。多飒见手下在祖邸城暴动百姓面前放下兵器,自己便也投了降,而且似乎对起义忠心耿耿。库尼并不真心信任此人，但他认为自己也别无他选。说到底，库尼手下再无他人上过军事学校。

库尼派人定期巡视周围乡野，清除流寇土匪。他威逼利诱双管齐下，将其中不少人招募进入军队——但柯戈和润也说服他对几个臭名昭著、杀人如麻的匪首施以绞刑，杀一儆百。虽然库尼自己也曾一度逍遥法外，却不妨碍如今摇身一变，成了匪首们最闻风丧胆的对头。其实这不过是个经济问题：商人售卖货物，赚取利润，产生税务，用于支付公爵所需的其他一切。若是流寇阻碍商贸，这一切便无法顺利进行。

到了新年号的第三个月，商人们又开始启程前往祖邸城，市场又一次繁荣起来。城外的农民也开始春耕。就连来自海岸的鲜鱼也再度出现在祖邸城。

"你从前连几个囚犯都管不服帖，现在这座城算是管得不错。"姬雅说。

"我这才刚刚开始呢。"库尼吹嘘道。

但他内心很是忧虑。一切都很顺利——过于顺利了。他认为定会乐极生悲。帝国很快就要出招了。

第十五章　里马国国君

如意岛—小村和本岛纳雄村
义正武治四年三月

塔诺·纳门年事已高。

他当了一辈子兵。最初,他响应保卫祖国和荣耀奇迹公的号召,在戈乍·同耶提将军之父克鲁·同耶提将军麾下做了一名低等矛兵。他表现勇猛,忠心耿耿,稳步高升。最终作为乍帝国的将军告老还乡时,塔诺·纳门已在战场上度过了五十多个年头。

于是他前往如意岛北岸,在故乡的村子购置了一栋海滨大宅,种下橄榄和枸杞,养了一条名叫托齐的狗。托齐脚有些跛。晚间,纳门在门廊上眺望星光点点的大海,望着望着便打起盹来,托齐也会在他身旁安然入睡。

纳门乘着小渔船,终日在湍急的盖应湾中漂游。有时大海平静,他便一连出门数日,随波逐流,正午时分便躲在船帆的阴影中纳凉小憩,夜晚啜饮米酒取暖。若是一时兴起,他便停船抛锚,取出钓竿。

钓到旗鱼和翻车鱼是乐事一桩。新鲜鱼生的美味无可比拟。

有时,在孤独漫长的航程中,他会看到优雅的虹飞鱼在日出时分跃出海面,鳞片在阳光下闪耀着虹彩,修长光滑的鱼尾在他的船前划过一道道平行弧线。他每次都会站起身,将手放在胸口表示敬意,深鞠一躬。尽管他终生与剑共枕，从未娶妻，但他对虹飞鱼代表的阴柔力量充满敬意。

纳门的一生挚爱便是乍国。他为她而战，为她流血，直到她跃居其他各诸侯国之上。他相信，自己的戎马生涯已就此结束。

"看看我。"纳门说道，"我四肢僵硬迟缓。举剑时持剑之手抖个不停。我已经是黄土埋到脖子的人了。你为何还来找我？"

"摄政王，"金多·马拉纳踌躇着谨慎遣词，"怀疑诸位将军叛国，便除掉了他们。我无法对这些罪名做出评判。但这令我没无人可用。没剩下几个有经验或才能的高级将领。我需要，当真是迫切需要有人帮我阻止不断前进的起义大潮。"

"只能让年轻人挺身而出了。"纳门俯身抚摸托齐的背，"我已经完成了我的使命。"

马拉纳看看老人和他的狗。他品了口茶，心中盘算着。

"起义军说乍国变得懒惰了。"马拉纳说道，语气鄙夷，声音低沉，仿佛在自言自语，"他们说我们已经习惯了锦衣玉食，忘记了如何作战。"

纳门静静听着，没有流露出任何反应。

"但也有人说乍国分毫未变。他们说之所以会有大一统，只因六国各自为政，国力削弱，而非乍国强大无畏。他们嘲笑同耶提和尤马将军的英勇事迹，说那都是夸大其词，不过是宣传工具。"

纳门将茶杯狠狠砸在墙上。"愚昧无知！"托齐竖起耳朵，扭头察看究竟是何事惹得主人如此大怒。"他们亲吻戈乍·同耶提的脚都不配，还敢提他的名讳！一百个湖诺·其马也比不上同耶提将军一根小脚趾头的勇气和荣誉。"

马拉纳继续品茶，脸上不露声色。要想说服一个人，就要找到他的软肋，捅下去，直到他迫不及待按你所想行事，正如抓捕逃税者，也要找到他最在意的那样东西，用力揉捏，直到他打开腰包，痛哭流涕心甘情愿地奉上拖欠的所有税金。

"起义军的进展真有那么顺利？"纳门情绪平静少许，又问道，"很难搞到可靠消息。"

"噢，是的。他们虽然看着不像样子，但我们的卫队一看到大片起义军在地平线上掀起的滚滚尘土，就立刻四散逃往山里去了。六国百姓渴望让乍国流血，满足他们的复仇之心。玛碧德雷皇帝和二世皇帝的统治……可不是以慈悲著称。"

纳门叹了口气，将按照平式盘起的双腿打开。他拉住桌子，颇有些费力地站起身。托齐走过来，靠在他的腿上，他俯身挠挠小狗的后背，但脊柱一阵疼痛，只得又直起身。

纳门拉伸了一下僵硬的脊背，一只手捋过银白的头发。他无法想象自己再度上马或是挥剑，哪怕他只有原先力气的十分之一也好。

但他是彻头彻尾的乍国拥护者。他现在意识到了，他的戎马生涯尚未结束。

马拉纳留在如意岛征募志愿军，有不少年轻小伙子渴望冒险，愿意为了保卫乍国征战成果抛头颅洒热血。与此同时，纳门扬帆起航，前往本岛。他将负责指挥蟠城周边防御，看看起义军有何弱点可供利用。

本岛西北角原为哈安国领土，弯曲的海岸线包裹着水浅风寒的乍辛湾。此地仍在帝国的牢固掌控之下。海底布满蛤蜊、螃蟹和龙虾，时节一到，成群海豹便会前来大快朵颐。

朝内陆而行，陆地缓缓升高，生长出一片幽暗的森林。这片森林名为环木森林，古老原始，大致呈钻石形，是复辟的里马诸侯国的腹地。里马国是个内陆国，人烟稀少，大一统之前是七国当中最弱小的。战争、武器、冶炼和屠杀之神飞索威竟会选择森林密布的里马国为领地，似乎有些说不通。

虽然里马国的参天橡树为他国海军的许多舰船提供了桅杆和船身材料，但里马国自己却从未萌生进军海上的野心。的确，里马军队声名在外的是在敌方营地下方深挖隧道，再用火药将敌营炸掉。这火药之术得以臻于完美，便源自里马国工匠从大目山脉和希纳内山脉中开采的丰富矿脉。

大征服前，乍国有首古老民谣，唱词大略如下：

> 权力憎恶真空，需求渴望补充。
> 柯楚与法沙之力，来自坚实大地；
> 里马地下幽深，矿人双手戏火。
> 阿慕、哈安、甘国，凭舰船叱咤水上，
> 然而那驾驭空气、驰骋虚空之国，
> 便得立于上风，掌有天下之舵。

据说，这歌解释了为何乍国掌握飞船技术后得以战胜其他各诸侯国。但事实上，歌中对里马国的描述略过夸张。里马国矿工的勇猛的确曾经令人畏惧，但那是许久之前的事了，他们也只是昔日荣光的苟延残喘。

在乍国大征服很久之前，里马国的英雄挥舞着达拉诸岛最好的铁匠锻造的兵器，称霸本岛。哈安、里马、法沙三国亲如手足，结为联盟，兼备哈安国灵活先进的船只、里马国的精良兵器以及法沙国无畏各类地形的精壮步兵，构成了一支势不可挡的军队。这三国中，里马国的战士最为声名在外。

但那时军队人数尚少，钢铁罕见昂贵，战势也往往由个人英雄徒手决斗而定。在这一情形下，里马国人口虽少，却并未造成劣势。里马国君仰赖矿藏带来的财富，便可训练数名绝精剑士，称霸诸侯。飞索威对此地的偏爱也是可以理解的。

一旦各诸侯国开始使用大批军队，个人勇武便不再同等重要。排好队形的百名士兵配以脆铁矛，依旧可以打败一位英雄，哪怕他全身厚甲、手挥千锻钢铸成的宝剑。达祖·金笃这样的精湛武功主要发挥象征性的作用，就连达祖本人也清楚，战场上的胜负主要取决于战略、粮草和人数。

形势既变，里马国便不可避免地衰落了。它为东北边的法沙国所控制，因法沙国人口数量远胜于里马。里马国一度光辉的历史沦为模糊记忆。里马国君从礼节仪式中寻求慰藉，竭力重温早已逝去的强国美梦。

这便是被乍国所征服的里马国，亦是业已重生的里马国。

"里马国境空虚。"纳门将军派出的间谍报告，"数月前，法沙国军队驱走了我们的卫队，重建里马国。但为了帮忙解决与甘国的纠纷，法沙国已将部队召回。里马国自己的士兵未经训练，指挥官胆小如鼠。凭借财色引诱和皇帝的赦免许诺轻易便可收买他们。"

纳门点点头。在夜色掩盖下，皇家军队三千人从蟠城出发，乘船静静渡过犁汝河，悄然行军翻过大目山脉，消失在里马国的幽暗森林中。

在法沙国君熙录哀王的帮助下，季祖王在旧都纳雄城登基。他是大一统之前里马最后一任国君的孙子。

年轻的季祖对周围环境的变化眼花缭乱。他不过十六岁，本打算在乍辛湾海岸做捕捞牡蛎的渔民，最大的烦恼便是如何赢得村中最漂亮的姑娘帕露的芳心。

可就在此时，法沙国士兵走进他的茅屋，在他面前跪下，对他说，他现在是里马国君了。他们在他肩头披上金银丝线织成的缎袍，又递给他一根古老的独角鲸骨权杖，其中由空气潮咸的伯阿玛城的珠宝工匠嵌入珊瑚和珍珠。随后他们将他带离海边，也离开了帕露那双幽深灵动的双眸的注视。那双眼睛悄无声息地传达了许多信息。

于是他来到纳雄城。这里的街道以浮石粉打底，铺设以檀木条。王宫则是以里马国山中所产的坚硬铁木造成，有如月宫一般陌生。街头的每个角落似乎都设有神龛祭拜里马国的某一位古代英雄，彼时里马国在战场上尚令人感到敬意与恐惧。

"这便是您祖先世代的家。"一群自称是他的大臣的人对他说，"我们是在这里看着您父亲长大的。您全家不肯投降、被乍国士兵斩首之时，我们看着他在双木门大哭。他们当时满怀仇恨地看着刽子手，后背挺得笔直！"

大臣们没有批评他的父亲，也就是太子。皇家成员中，唯有他向乍国将军下跪，奉上里马国国玺。随后，他便被流放至原哈安国的乍辛湾海岸，在那里成了渔民，将儿子作为平民养大。儿子仅有的烦恼便是一天的收成和娶个好媳妇。

但季祖看得出，卑躬屈膝的大臣们虽然或许并未清晰意识到，但他们希望自己父亲能追随其余家人，宁死也不向乍国征服者投降。他们眼中的父亲并非季祖眼中那个沉默而若有所思的人，喜欢在热石头上烤牡蛎的人，只喝加了一点岩糖渣的狮齿花茶的人，一个温和到从不会抬高嗓音讲话的人。

父亲曾对季祖说："比起别人为你安排好一切言行的人生，完全属于你自己的人生要幸福得多。不要抱有雄心大志。"父亲一直对从前在纳雄皇宫的生活绝口不提，直至被海胆毒刺伤后毒发引起的病夺去他的性命。

但在群臣眼中，他父亲不过是一个象征，象征着里马的屈辱。

季祖很想告诉他们，父亲是个好人。他父亲认为已经流了够多的血，做一国之君并不重过活命，并不重过每天清晨醒来看到海浪上的斑驳阳光和虹飞鱼从渔船船首跃过。面对大臣眼中的轻蔑，他很想维护父亲的荣誉。

但他聆听着群臣向他历数他祖父，即最后一任里马国君面对乍国征服者宁死不屈的高傲话语，一言未发。

就算里马国人死光，我们做鬼也会继续抗争。

此番并非最后一次见面。我会在黄泉那边等你们。

在季祖听来，这讲的简直就是只活在神话故事和皮影戏里的家族。

他按大臣指示行事。季祖对王族礼仪一无所知，只得任凭摆布。他遵从他们的命令，鹦鹉学舌地讲出他们要他讲的话，仿佛他才是发号施令的人。

但他并不傻。他看得出，熙录哀王助他登基并非纯粹出于善意。里马国国力弱小，依附于法沙国，在位于热翡卡平原的帝国腹地和法沙国之间发挥了缓冲带的作用。若是各个新诸侯国成功推翻帝国,就将开始新一轮权力纷争,熙录哀王若能在纳雄城拉动隐形线绳遥遥操纵季祖,在这起纷争中便将占据优势。他的大臣当真效忠于他吗?抑或他们也听候法沙国的吩咐?他无从判断。

他想象着有一把巨剪割断线绳。但谁能操纵这样的巨剪?终归不是他。

他向飞索威祈求指引,但庙宇中的神像只是向他回望,却无动于衷。他是孤家寡人。

他不喜欢这样的新生活,但却又感到自己必须接受它。他希望重返旧时光,做个捕捞牡蛎的渔民,和另一个渔民家的姑娘谈情说爱,但他的王室血统使这个愿望再无可能。

三千皇家士兵有如幽灵一般在里马森林中穿行。里马国将领或是充满畏惧,或是被乍国间谍买通,对侦察兵的报告视而不见,也不肯离开橡木筑就的堡垒,去迎战侵略者。有些士兵本是吃苦耐劳的里马樵夫,以为已经永远摆脱皇帝苛政,便不顾叛军风险和上级懦弱,自行发起抗争。但他们很快便被皇家军队打败。

一周后,一个雾气蒙蒙的寒冷清晨,皇家军队从树林涌入纳雄城周围的空地,包围了里马国都城。

守城士兵箭数稀少,很快便将箭耗尽。季祖的大臣下令拆除百姓的房屋,以便将木瓦、房梁和残垣断壁当做武器,掷向试图登墙的乍国士兵。纳雄城百姓没了家,只得睡在街头。春季夜晚空气寒冷,大家都瑟瑟发抖。

里马国发出信鸽向法沙国求救,却未收到回应。或许是变节的里马国将领向纳门将军提供了猎鹰,将信鸽一一截获。又或许熙录哀王认为不值得提供援军,因为法沙国军队过于稚嫩,无法抵挡纳门将军和他手下久经沙场的老兵。无论如何,里马国都不会得到援助。

败局已定,群臣祈求国君考虑投降。

"我以为你们都不赞成我父亲的决定。"

群臣无言以答。有几位悄悄溜出城，朝乍国营地而去。他们的首级装在檀木盒中送回了纳雄城。

纳门将军手下将书信绑在箭尾，射入城中。乍国对纳雄城的投降不感兴趣。必须向起义的其他诸侯国杀一儆百，表明乍国对叛乱严惩不殆。帝国的叛徒必须付出代价。乍国将屠尽纳雄城，将城中女子全部卖掉。

群臣原本寄希望于乍国仁慈或法沙营救，眼下全部破灭，众人陷于绝望。如今他们希望国君下令动员百姓负隅顽抗。若是战势有利，纳门或许会改变主意。

但纳门停止了攻城。他命手下截断流入纳雄城的河流，坐等饥渴疾病替他完成使命。

"我们即将断水断粮。"季祖王说着，舔了舔干裂的嘴唇。他已下令宫中诸人和所有官吏与全城百姓遵守同样的配给规定。"得想个法子救救百姓。"

"陛下，"一位大臣说道，"您便象征着里马国百姓的意愿。为您而死是百姓的荣幸。他们肉身死得荣耀，魂灵的清正得以保全。"

"咱们可以下令叫一些百姓自尽，以表对里马国的忠心。"另一位大臣建议道，"这样也能为余下人省些口粮。"

"还可以找些妇人小童组成突围队。"又一位大臣提议道，"我们可以打开城门，派他们冲向帝国军队。皇帝的卫兵一下看到这么多女人小孩，可能会踌躇片刻，不忍心动手。若是他们让妇人和小孩逃跑了，我们也可以穿上伪装，混入其中逃生。如果他们开始动手屠杀，我们就撤退，另作打算。"

季祖王简直无法相信自己所听到的话。"奇耻大辱！你们这数月以来一直在教导我有关里马国王族的荣耀以及国君贵族对百姓的责任。可现在，你们竟然建议让里马百姓做出无谓牺牲，就为了救你们这些废物。百姓奉上积蓄，提供劳力，让我们这些人全都养尊处优，对我们的唯一期待就是在危险中保护他们。就这一件责任，你们也想推卸，竟要派女人和小孩去送死。你们令我厌恶。"

★ ★ ★

季祖王站在纳雄城墙上，要求与纳门将军谈判。

"你是在意为你而战的这些年轻人的性命的，将军。"

纳门仰头眯眼看着年轻的季祖，一言不发。

"我之所以知道，是因为你尚未进攻纳雄城。若是可以通过别的方式取胜，你便不愿牺牲哪怕一名士兵。"

乍国士兵都看着他们的将军。纳门本人站得笔直，面无表情。

"纳雄城已奄奄一息。我可以下令绝地反攻。我们当然会输，但你手下也会有人死，六国百姓子孙后代都会唾弃你对女人和小孩动手。"

纳门的脸抽搐了一下，但他继续聆听。

"里马国兵器简陋，军力弱小，但我们有的是象征。我恐怕就是最佳象征，将军。你若要教训起义的其他诸侯国，只要有我便够了。只有我下令，纳雄城的百姓才会反抗你。若放过他们，将来的战役可能会遭遇更少抵抗，牺牲更少的士兵。但如果将他们屠尽，只会让你未来攻打的每座城池更坚定地拒绝投降。"

纳门将军终于开口了。

"你虽然并非长于皇宫，却配得上这里马国的宝座。"

投降条件一清二楚。季祖和所有大臣宣誓完全服从于二世皇帝，停止一切抵抗。作为交换，纳门将军不伤纳雄城百姓。

季祖很清楚，纳门打算将他作为战俘带回蟠城。到了蟠城，他便会被剥个精光，在蟠城大道上游街，道旁满是欢庆打败起义诸侯的百姓。更多的线绳，更多地受人摆布。经过漫长酷刑，他或许会被当众处决，又或许能饶得一命。全看二世皇帝的心情而定。

夜色降临。纳雄城门打开，季祖王跪在路中央。他一手举起里马国国玺，另一手握着一柄火炬。黑暗中那一小圈火光中，映得他无比孤独。

"记住你的诺言。"他对走近的纳门将军说道，"我已经停止一切抵抗，现在听凭你的摆布。你同意吗？"

纳门将军点点头。

季祖看向群臣，他们跪在纳雄城主道两旁，穿着最好的朝服，与他登基那日别无二致。他们的衣衫色彩鲜艳，面料华贵，与排在身后的平民身上的破衣烂衫形成鲜明对比，正如大臣脸上的冷静高傲与憔悴百姓的畏惧愤怒的对比。大臣不过是在见证一场仪式，不过都是礼节与政治。

国君冷冷一笑。"现如今，我的忠臣们，你们要如愿以偿得到你们的象征了。我在黄泉那边等你们。"

他将火炬丢下，点着了自己。他已事先将衣服在香油中浸过，火焰很快便吞噬了他的身体和里马国玺。他高声尖叫，乍国和里马国两边众人都在原地呆若木鸡。

等他们扑灭火焰时，季祖王已经咽气，里马国玺也已毁得不成样子。

"他没有守信。"纳门手下的一名军官说道，"我们总不能把这具烧焦的尸体当作战利品带回蟠城在庆功巡游上展示。现在要不要屠城？"

纳门将军摇摇头。焦肉的气味令他感到恶心，他此刻感到非常衰老和疲倦。他对面色苍白、卷发细鼻的季祖很有好感。他也很欣赏这孩子能够挺直腰杆，一双冷静的灰色眸子注视着他这个征服者时，眼神中毫无畏惧。他很想和他促膝长谈。他觉得这孩子非常勇敢。

他又一次希望金多·马拉纳没有来找他。他希望自己正坐在家中烤火，轻轻抚摸着心满意足的托齐。但他爱乍国，而爱是需要牺牲的。

现在牺牲已经足够多了。

"他信守的诺言大过他向我许下的诺言。乍国今天不伤纳雄城百姓。"

聚得密密麻麻的纳雄城百姓对他的话报以一片寂静。他们的目光都聚集在跪在地上的大臣们身上，他们正如秋风中的树叶般瑟瑟发抖。

纳门叹了口气。战争有如一个沉重的车轮，自有其滚动的势头。

他又以不带语气的声音说道："但将季祖手下的所有大臣装入囚车。带他们回蟠城，把他们喂给皇帝的奇珍异兽。"

人群中爆发出狂野的尽情欢呼声。他们用力跺脚，撼动了乍国军队足下的大地。

第十六章　"陛下"

笛牧城
义正武治四年四月

　　宽广的犁汝河在笛牧城入海，这里河道有近一里宽。河口北侧，在笛牧城对岸坐落着笛牧细城。它是笛牧城的妹妹，更为富饶发达。从笛牧城启航的船只载满柯楚国腹地农田出产的作物，笛牧细城码头也挤满船只，运送的则是千锻钢、漆器和陶瓷制品，出自原阿慕国热翡卡地区的能工巧匠之手。

　　大一统之后，蟠城便是帝国的耀眼核心，诸岛各地的赋税、商品和旅者若要沿犁汝河而上，前往蟠城，都要先经过笛牧城和笛牧细城。犁汝河两边，不计其数的水车转个不停，为在这条水路沿岸经营的磨坊和工坊提供动力。越多金钱流经犁汝河口，就意味着越多的一切，好的也有，坏的也有。前来双子城的旅行者说，想找美味佳肴和正直商人，就去笛牧城；若要寻觅绝色佳人和通宵狂欢，那便要去笛牧细城。

　　这些天来，笛牧城和笛牧细城彼此敌视，有如隔涧相望的两匹怒狼。湖诺王在笛牧城建立宫廷，一万起义军正伺机渡河前往蟠城。笛牧细城中，塔诺·纳门则率领一万皇家部队，静待良机击垮起义者。皇家水军的大型船舰巡游在犁汝河上，有如一面可移动的木墙，将两岸分隔开来。时不时地，便会有一艘船朝笛牧城发射一桶火油，岸上人群一面四散一面咒骂，船上的弩手放声大笑。

笛牧细城中的皇家军队似乎满足于无所事事，只是偶尔对笛牧城防稍加骚扰。湖诺·其马决定对此置之不理。毕竟，他现在是湖诺王了，有更重要的事要操心。

比如他的新宫殿。

湖诺·其马或许并不通晓国君之道，但他笃信，伟大的国君必定拥有壮丽的宫殿。诸侯国若要获得恰如其分的尊重，就必须拥有一座宫殿，这宫殿定要和其他诸侯国的宫殿一般壮观，不，要更加壮观。

于是，西柯楚国的士兵并未操练，而是终日搬木材、砌砖瓦、掘地基、凿石头。

再快些！再高些！再大些！湖诺王如是责骂大臣和匠师。为何宫殿建造进度如此缓慢？

再快些！再快些！再快些！大臣向担任工头的大小军官们勒令道。你们必须让他们加倍努力。

再快些！再快些！再快些！工头朝着如今被迫做劳役的士兵大喊。他们可以随意使用鞭笞杖打等各种方式来传达命令。

有些士兵开始琢磨，倘若他们所做的事和在皇陵或大隧道时为二世皇帝所做的事别无二致，自己又如何算是"起义军"。

士兵的不满传到湖诺王耳中。

国君对这些人的不知好歹勃然大怒，他们竟看不出，被迫为二世皇帝这样的暴君劳作和为解放者和新国家的荣耀热忱贡献有何区别。这些窃窃私语的人定是帝国的探子，在这里煽动不满与异见，传播谎言与思想。必须根除他们。

国君指派可信的军官，由卫队队长带领，组成特别秘密小队。他们可以在夜间穿行于营地，监听何人胆敢说湖诺王和西柯楚国的坏话。除了身着制服，他们还以黑帕蒙头，在脑后系牢。若是谁被黑帽人指控叛国，便再无音讯了。

黑帽人发现的叛徒越多，湖诺王就越坐立不安。帝国的间谍似乎无处不在。若是大臣忘记沿袭礼节称他为"陛下"，便会被他死死盯住，吓得浑身发抖。他令手下彼此监视。如何才能确定，黑帽人没有也被帝国探子买通呢？

办法显而易见。他将几个特别信任的人召来，授权他们监视黑帽人。这些人以白帕蒙头，以此表明其受信程度更高。他们指控叛国的第一人便是从前的卫队队长，如今的黑帽人队长。这一结果令湖诺王十分失望，但他认为这也十分合理。鱼腐先腐头，人腐先腐首。卫队队长当然会背叛他。

于是，黑帽人监视百姓，白帽人监视黑帽人。那谁来监视白帽人呢？湖诺王对此深感烦恼。他左思右想，便有了灰帽人。

每个法子都又带来一个新问题。湖诺王陷入绝望。

夜间，人们开始从笛牧城的营地逃跑。一开始只有零星数人，渐渐便由涓涓细流汇成江河。

"咱们是不是也应该跑了，拉索？"达飞罗对弟弟低声说道。他很小心，避免任何其他人听到。谁也说不好到底谁是黑帽人扮的。"趁咱们还没被扣上叛徒的帽子。"

但拉索却摇摇头。他还记得第一次杀人时，将刀刺进乍国士兵体内一刹那间的兴奋。正是湖诺王向他证明了他可以堂堂正正地站起来做人，夺回帝国漫不经心便碾作齑粉的生活，就像为皇陵地基将石头敲成细砂一般。湖诺王许诺说，拉索这样的人能够推翻帝国，为爹娘报仇。

拉索是不会忘记的。

笛牧城的营地还能容纳一万人，但夜晚已有超过半数的床铺空了出来。

"皇宫为何还未完工？"湖诺王大怒道，"我不是叫你们再快些吗？再快些！"

群臣无人敢讲已没有足够士兵来保证修建进度了。强征劳力的官吏在周围乡间漫游，将尚未逃跑的男子全部强征来。叛逃者如果被抓，就会当着劳工们的面予以处决，杀一儆百。但这个法子似乎并未让情况有所好转，而是雪上加霜。

最后，就连犁汝河岸的哨兵也被召回城中，参与建造皇宫。国君只在乎这一项工程。

★　★　★

"将军，作战风筝上的警戒兵报告说，晚饭时分，十户人家中只有一户有炊烟飘出。"

"时机已到。"纳门将军说。

夜半时分，湖诺王的士兵正陷于疲惫与恐惧的睡梦中，五千皇家步兵搭乘浅底船静静渡过犁汝河，在河上游几里地开外登岸。他们朝笛牧城进发时，皇家水军开始以守城者前所未见的猛烈攻势轰击河岸。一桶桶熊熊燃烧的火油有如流星，在空中画出明亮的弧线，在其闪烁火光中，片片箭雨朝湖诺王仅剩的士兵安睡的军营呼啸而去。

结局是毫无悬念的全面溃败。西柯楚国半数士兵还没清醒，或是还没来得及穿上盔甲，便丢了性命。另一半试图抵抗，却发现本应操练剑术和射击的时光都用来大兴土木了。如今已是追悔莫及。

湖诺王抓起权杖和光滑的西柯楚国新玉玺。他跳上马车，高声催促车夫起驾。他们必须立刻逃离笛牧城，返回萨鲁乍城，肃非王将会把起义军余下兵力的军权交给他，他便可为这次屈辱惨败复仇。

这不公平，他气得七窍生烟。他的手下对乍国都怀有名正言顺的仇恨，这本应使他们变得战无不胜。唯一的解释便是他的部队被藏身其中的懦夫背叛了。他之所以战败，只怪那个老狐狸纳门将军的诡计和探子太多。他不但需要黑帽人、白帽人和灰帽人，还需要彩虹各种颜色的蒙面密探。

"再快些，再快些，再快些！"他朝车夫大喊。

车夫约莫三十多岁。脸上的刺青表明他曾是依乍国律法判处的重罪犯。他并未按照湖诺王的期待快马加鞭，而是让马儿悠闲小跑，自己则转身面对国君。

"我叫塞卡·集莫，是图诺阿群岛人。"

湖诺茫然地看着他。

"纳丕城中最早一批响应起义号召加入你和西金公爵的人当中，便有我。"塞卡说，"那晚我们得胜，你和佐帕·西金跟我一起喝了酒。"

"不要说得西金好像可以和我平起平坐……"

塞卡打断了他。"十天前我弟弟病了，但他的百夫长不准他休息，因为所有人都必须为你建造王宫。午后天热，他昏了过去，一个工头将他鞭打至死。你可知此事？"

湖诺王根本不知此人在喋喋不休些什么，但他又注意到此人言行的一处瑕疵。"你跟我说话的时候，必须称我为'陛下'。现在赶快带我离开这里。"

"我可不这么想，陛下。"塞卡说。他勒住缰绳，马车突然急停，将湖诺王颠出座位。随后，塞卡迅速挥剑，将湖诺·其马的头颅斩下。

"如今，你可以随心所欲，尽情梦想你的壮丽宫殿了。"塞卡将一匹马从马车挽具上解下，不装马鞍便翻身上马。"至于我嘛，我要去追随真正的英雄了。"

他向东策马，朝萨鲁乍城而去。同为图诺阿人的传奇马塔·金笃已骑着雷飞落先行一步，前往萨鲁乍城了。

第一回合是我们输了，奇迹。我们显然低估了马拉纳和纳门。
这似乎是你和飞索威的惯常做法了。你们总是瞧不起乍国。
你就幸灾乐祸吧，哥哥，就像你的飞船一样膨胀。笑到最后的人才笑得最好。

　　"见到你令我内心无比喜悦。"肃非王在萨鲁乍城门欢迎飞恩和马塔·金笃时说道，"柯楚国亟需一位真正的大将。"

第十七章　祖邸城门

萨鲁乍城和祖邸城
义正武治四年四月

塔诺·纳门突袭笛牧城标志着帝国横扫犁汝河南岸的开始。不过寥寥数周，大部分降于其马-西金远征军的城镇都已重返帝国统治之下。帝国军队继续向南行军，势如破竹，准备重征柯楚国。

由柯楚国的肃非王在萨鲁乍城召集的战事大会已讨论数周，却未能达成结论。

肃非王扫视会议厅，看到阿慕国、法沙国、里马国、甘国使节和哈安国的柯苏季王悉数到场。诸人身着各自诸侯国的颜色，以正式的礼式端坐在光滑厚实的草纸地板上，脊背笔挺，重心平稳地分布在膝盖与脚趾之间。

"首先，我们必须郑重悼念季祖王，他是达拉诸岛最勇敢的君主。"里马国使节说着，以衣袖轻轻擦拭眼角。

厅中众人均点头赞同，轮流起立发表辞藻华丽的演讲，赞颂季祖王毕生勇敢，死得更加勇敢。肃非王瞥向水钟不断下降的液面，试图压抑心中的厌烦。就在三周前，包括里马国使节在内的诸人恐怕都不能从一群叫花子中辨认出季祖王。可现在大家都表现得仿佛自小就熟识他一般。

法沙国使节的讲话最为冗长，反复强调法沙国与里马国之间的"特殊关系"。肃非王竭力忍住没翻白眼，头都痛了。半个时辰之后，法沙国使节终于坐下了。

"谢谢你们今日对里马国的尊重。"里马国使节声音几近沙哑地说道，"我想，我现在是里马国流亡政府首脑了。"他补充的这句话，音量足以让会议厅内的每一个人听到，但却又不至于显得不合礼数。

肃非王正要提出他希望此次会议讨论的主要问题，法沙国使节又站起身。"我们还应为西柯楚国的湖诺王默哀。尽管他的举止可能较为粗鄙——"他对窃笑的甘国和阿慕国使节眨了眨眼，"但肃非王仍然对他表示尊重，将他纳入诸侯之列。"

你们可能觉得湖诺·其马是个乡巴佬，但倘若没有他，这场起义甚至根本不会开始。你们至少可以真心悼念他一下吧。

但肃非王必须压抑怒火。他还有更重要的事要讨论，也需要这个为法沙国代言的白痴配合。

其他人轮流起身为湖诺王做了虚情假意的哀悼讲话，幸好这次时间都很短暂。

终于进入正题，肃非王心想。"我的诸侯大人们，我们必须讨论一下塔诺·纳门入侵柯楚国的紧急情况……"

但柯苏季王打断了他。"肃非，让我这个老头子说两句。"

肃非王只得力将其余的话吞回肚中，点头示意柯苏季继续说下去。他已经知道柯苏季要说什么了。尽管哈安国甚至尚未摆脱帝国统治，但柯苏季非要坚持保证哈安国"领土完整"。他就这么一个调调反复唱个不停。

但他也不能直接让柯苏季闭嘴。理论上，所有诸侯国都是平等的。所以，尽管哈安国迄今未对起义做出一丁点贡献，肃非王仍然不得不让柯苏季参加战事大会。

"我听说了一些令人不安的消息，据说纳门将注意力都放在柯楚国之时，法沙国军队趁机占领了一些自古以来属于里马国和哈安国的土地。"柯苏季王说。

"陛下，您一定是搞错了。"法沙国使节说，"发放给法沙国军队司令的地图经过仔细检查，纠正了长久以来的一些纰漏，这些纰漏将本属于法沙国的领土错划归给了哈安国。不过您提醒了我另一件事。我的确需要向甘国表示抗议。甘国船只一直在奥热群岛附近骚扰法沙国渔民。奥热群岛一直是属于法沙国而非甘国的，我相信在场诸位皆可证明。"

"恐怕，甘国编年史跟你的意见可不一致。"甘国使节说道，"的确，法沙国得以非法占领奥热群岛，唯一原因是一百多年前时甘国正忙于应付乍国。既然我们谈到纠正过往错误，我想柯楚国也应做出良好姿态，将图诺阿群岛归还甘国。"

肃非王按揉太阳穴，徒劳地想要缓解头部几近爆裂的刺痛感。

"我的诸侯大人们，"他最后说道，这称呼几乎是啐出来的，"听来，你们似乎认为帝国已成历史，我们已经回到七国纠纷不断的从前了。但你们忘了，每一分钟，帝国军队都靠得更近了一些，我们或是放下分歧，共同奋击，或是各自沦得里马国的下场，再次屈服于乍国淫威。"

各位使节和柯苏季王都一时语塞，但很快会议厅又充满了他们无休止的争吵。

肃非王按揉太阳穴的力气更大了一些。

飞恩·金笃站在会议厅外的走廊中聆听，默默摇头，转身离开。还有真正的事要做，他不能再浪费时间了。

春色已至，天气和暖愉悦，库尼·加鲁决定携姬雅与润、柯戈、民恩和泰安一同去远足。多人报告称纳门和帝国军队仍在西面几里外，远足可以让人暂时忘却祖邸城应如何抵御帝国进攻的烦恼。

"今天谁也别再跟我提需要更多的马这种话。"泰安·卡鲁柯诺带着诸人的马刚到，库尼便说道。

泰安微微一笑："一字不提。"

大家为了姬雅放慢步子。她现在随时可能临盆，但她很享受清新空气和漫山野花。姬雅时不时停下，请人帮她掘起模样有趣的药草，收入囊中。

　　作为午餐，姬雅准备了新蒸的猪肉包（她又在包子上加了些途中摘的新药草调味，并说"这是最新鲜的"）、糖醋渍竹笋、撒了达苏岛辣椒的蟹饼，还有气泡酒，出自祖邸城原帝国卫队队长多飒的收藏。他也已经叛变，成为库尼的手下。大家都没用筷子，而是直接用手拿起菜肴进食。

　　"真是一顿美餐。"库尼满意地打着饱嗝说道。六人躺在阳光和暖的山坡上，酒足饭饱，因捕猎野兔野鸡而周身疲惫。他们任马儿自由漫步吃草。天气甚好，回城去做正经事实在可惜。

　　泰安起身活动，确保马儿还在附近。"他们为何在城上升起白旗？"他说。

　　其余人懒洋洋地起身，以手遮阳，朝远方的祖邸城墙望去。泰安说的是真的。城门上方飘扬的并非带有黑白双鸦图案的红旗，而是白色旗帜。库尼有种不快的预感，那白旗上的鸟应该是明恩巨鹰。

　　库尼突然清醒过来，满怀担忧，众人一齐策马狂奔，冲回祖邸城门。不出所料，城门紧锁。

　　"对不起，加鲁公爵。"城墙上喊话的是一个之前效力于帝国卫队的卫兵。

　　"幕如在哪儿？"库尼喊道。通常负责升降城门的是幕如。

　　"他不肯背叛您，试图抵抗，多飒队长只好把他干掉了。"

　　库尼仿佛腹部被狠狠打了一拳。"你们为什么要这么做？"

　　"您出城之后，多飒队长要求城中长老宣誓重新效忠皇帝。我们听说如果哪座城赶走起义军，立刻投降，就能得到纳门将军的赦免。但如果我们抵抗，就会遭到严厉惩处。我非常喜欢您，加鲁公爵，我觉得您是位好贵族。但我家中有妻有小，我还想看小女长大嫁人呢。"

　　库尼一时间被从前的怀疑所折磨，脸上阴云密布。马儿后退，他险些跌下马来。

"糟了。"他嘟哝道，"完蛋了。"

"你原本是白手起家。"姬雅说，"如今为何不能重新来过？"

库尼拉过姬雅的手，用力握了一下。

他再次抬起头时，脸上满是决绝。

"没关系。"他朝城墙上喊道，"告诉大家，我理解他们的决定，虽然我并不赞同。但这不会是你们最后一次见到库尼·加鲁。"

太阳西下，六匹马驮着六个灰心丧气的人。他们在一条小溪边停下，扎营过夜。经过一番思索，库尼认为最理智的做法是前往萨鲁乍城，看看是否能说服肃非王接受他这个"公告出来的公爵"，借他些兵力夺回祖邸。

他们在篝火上将先前猎获的野兔野鸡烹熟。大家围坐火旁，却是心情阴郁，与早先的轻松欢快形成鲜明对比。

一名高个男子突然从溪畔树林中走出来，靠近众人。泰安和民恩警觉起来，抬手摸向剑柄。此人露出使人放下戒心的微笑，举起空空的双手，朝篝火缓慢走来。他走入篝火的一圈火光，众人看到此人瘦削憔悴，皮肤乌黑，有如人尽皆知的鲁索沙滩的黑沙。他的一双眼睛碧绿，在摇曳的火光中闪烁着。

"我是哈安国人，名叫路安·齐亚。你们愿意与陌生人分享食物吗？我愿意与你们共享我的酒囊。"

库尼望着这位陌生人。这个路安·齐亚的模样使他脑筋活动起来，唤醒了他近十年前的记忆：那日，他和润·柯达正在观看玛碧德雷皇帝在祖邸城外的皇家巡游。

"你是那个风筝人。"他脱口而出，"你曾经试图行刺皇帝。"

第十八章　路安·齐亚

倾盆城
乍国胜利前

在高尚的哈安国，治学并非奢侈，而是一种生活方式。

乍国胜利前，在乡间，在风吹草低的宽阔平原和岩石崎岖的海岸，涌现出不计其数的书屋，有如沙子城堡一般。这些书屋的教书先生由国家支付薪水，为穷人家的孩子教授读写和基本的算术。更有天分和财力的学生则前往都城倾盆。这里有达拉诸岛最负盛名的私立书院。达拉诸岛许多伟大学者都曾在倾盆城书院的课堂和藏书阁修习多年：将治国发扬为艺术的哲人谭非于迹；帝国摄政王，同时也是无出其右的书法家吕戈·库泊；他们二人的老师际岸知；冒死以逆言进谏玛碧德雷的忽佐·图安；不胜枚举。

在从前的哈安国，旅者在田间叫住任何一个农夫，便可大谈特谈政治、天文、农耕、气象，并从中有所收获。倾盆城中，随便哪一个普通商人的助理文员都会独立开立方根、做数独。茶馆和酒楼中，尽管菜肴平平，酒水也差强人意，可却能遇见达拉诸岛最聪明的人谈论政治与自然哲学。尽管哈安国并非各诸侯国中最为勤奋的，但匠师和发明者却构思出最受欢迎的水车和风车设计，又造出了最为精确的水钟。

但乍国大征服之后，一切都变了。与其他各诸侯国相比，玛碧德雷的焚书坑儒之举对哈安国的风气打击最大。书屋没了资助，全部荒废。倾盆城的许多私立书院纷纷关闭。幸存下来的几所也不复往日，学者们不敢给出真正的答案，更怕提出真正的问题。

每当路安·齐亚想要放弃毕生使命时，便会想起死去的学者，烈火中熊熊燃烧的书籍，还有那空荡荡的课堂上，幽灵般的声音似乎一直在控诉，一直在回荡。

齐亚家族自古以来一直效忠于哈安国王室。仅仅最近五代人中就为哈安国宫廷贡献了三位宰相、两位将军、五位太卜。

路安·齐亚是个聪明的孩子。五岁时，他便能背诵哈安国诗人以古阿诺文创作的三百首诗歌。七岁时，他做了一件事，震惊了王家占卜学会。

占卜在达拉群岛是一项古老的学问，但最着迷于此道的诸侯国莫过于学术气息浓厚的哈安国。毕竟哈安国受到神祇鲁素的眷顾，他掌管的可是谋诡、算计和预言。诸神总是语焉不详，有时甚至会在凡人提问的过程中改变主意。占卜便要通过天生不可靠的方式来确定未来。

因此，为了提高预言的准确性，最好反复多次提出同一个问题，看看哪个答案出现次数最多。例如，倘若国君想知道今年收成和渔获是否会比去年更好。为了回答这个问题，占卜学会便会召集诸位占卜师，在向鲁素的祈祷中提出问题。

随后，他们便会取十片已晒干的巨龟龟甲（巨龟正是鲁素的信使），排成一列，安放在鲁素沙滩的黑沙上。以炉子助风，在火盆中放满热煤，将十根铁棒在火盆中加热至通红后取出，放置于龟甲上，直至龟甲开裂。随后，占卜师便会围上来，清点裂纹走向。若是六片龟甲的裂纹多为东西走向，四片龟甲的裂纹多为南北走向，便意味着当年收成和渔获好过去年的可能性为五分之三。若是测量每条裂缝与东南西北基本方向的角度，便可进一步分析占卜结果。

对于占卜师来说，几何和数学的其他分支皆为重要工具。

路安的父亲是太卜。路安从小便饶有兴趣地看父亲工作。七岁时的一日，路安陪父亲前往鲁索海滩。国君问了一个重大问题，父亲要为占卜学会提供参考意见。父亲与其余多位胡子灰白的占卜师忙于工作时，路安独自溜开，玩起了自己发明的游戏。

他在沙滩上画了一个正方形，又在其中画了一个圆。他闭上眼睛，将石子朝画的方向丢过去，随后在纸上分别记下石子落入正方形的次数以及同时落入正方形和圆圈的次数。

仪式完毕，父亲过来寻他。

"小路安，你在玩什么游戏？"

路安回答说，他并没在玩游戏。他在计算鲁索数值，即圆圈周长与其直径之比。

路安解释道，圆圈的面积是将鲁索数值与圆圈半径的平方相乘。而正方形的面积则是圆圈半径翻倍之后的平方，又或半径平方的四倍。因此，圆圈面积与正方形面积之比即为鲁索数值的四分之一。

倘若抛出的石子足够多，落入圆圈的石子数量与落入方块的石子数量之比便约等于两个图形各自面积之比。将这一比例除以四，路安便能得到鲁索数值的大概值。抛的石子越多，数值就越精确。

路安便这样从偶然中得出了必然，从混乱中产生了秩序，从随机中产生了规律，在这一过程中追寻着意义、无瑕与美。

父亲对路安的早熟感到震惊。这当然体现了他的聪慧，但也说明了他的虔诚。神祇鲁索的确特别眷顾路安。

在正常情况下，路安·齐亚本应接替父亲担任哈安国的太卜，他本应毕生沉迷于数字和图形、计算与定理、证明和神秘的猜想，以及猜测诸神难以捉摸的心意这一无尽神奇的使命。

可是，玛碧德雷皇帝来了。

齐亚家族全身投入哈安国保卫战。父亲发明了曲面镜，仅借阳光之力便可从哈安国海岸点燃乍国战船。祖父设计了以火箭增强效力的强弩，可以将低飞的乍国飞船击落。路安自己不过才十二岁，他发明了细铁丝网与皮革相叠的盾牌，轻便有效，保护许多哈安国士兵免遭乍国弓箭伤害。

但最终，这些都不重要。乍国军队虽然损失惨重，但在海陆空三面都稳步逼近，直至哈安国只余都城倾盆负隅顽抗。乍国实施围城，坚定的军队对倾盆城重重包围，有如哈安国女子冬舞时裹在身上的层层长缎。但倾盆城内有深井，仓库内满是物资，柯苏季王意欲耐心等待围城结束，直至其他诸侯国的援军抵达。

但哈安国宫廷贪污腐化，已深入骨髓。事实证明，教育也敌不过贪婪。乍国向一位贵族保证助他获得哈安国王位，于是他同意偷偷打开城门，倾盆城便一夜间陷落了。直到乍国入侵者使倾盆城血流成河，黑沙铺就的街道被染成鲜红，有如珊瑚、有如岩浆、有如映衬落日的西天，柯苏季王才终于投降。

征服倾盆城的尤马将军对齐亚部族绝妙的军事发明备感愤怒。在其他部下劫掠烧杀倾盆城之时，他专门派了一支军队前往齐亚家宅。

"小路安，"父亲俯下身，与儿子额头相抵，轻声道，"今天，齐亚部族要牺牲很多性命来证明我们对哈安国的忠诚，对诸神的虔诚，以及对那个暴君雷扬的蔑视。为了让我们的死有意义，齐亚部族必须保留一颗种子，留下壮大的机会。不要回到这里来，直到你赶走乍国入侵者，恢复哈安国的荣光。"

他叫来一名忠心耿耿的老家仆，叫他扮成乍国士兵。

"给路安穿上女仆的服饰，把他带走。街头乱成一片，大家都会以为你不过是带着俘虏的乍国入侵者。离开倾盆城，保证我儿子的安全。他是齐亚家的最后一人了。走吧！"

路安又喊又叫，乞求留下和家人一起就义，便这样一路被仆人拖过街道。其他乍国士兵看到一名战友带着大哭大喊的俘虏，并未多加理会。后来，路安才明白父亲是多么伟大的占卜师。他选择了这样一种伪装，使得路安的恐惧和失控也不会暴露他们的身份。

父亲的骗局奏效了。路安和仆人逃了出去。但那一晚，他们在乡下熟睡。哈安国村民以为自己是在从乍国恶棍手中营救被俘少女，将老家仆杀死了。

哈安国长久被占的第一日，太阳升起之时，路安发现自己身置陌生人群中，与他所熟知的一切都远隔数里。

在倾盆城的陷落中，他家其余人无一幸免。

路安日渐长大，六国逐一陷落。

路安始终在逃亡，躲藏，避开皇帝手下人数众多的密探。这些密探迫不及待想要嗅出别人头脑中隐藏的叛国思想。路安发誓要为家人和哈安王族复仇。他下定决心要实现父亲的遗愿。他立下誓言，一定按照鲁素的意愿行事，将这个上下颠倒的世界恢复平衡。

他不是能在战场上冲锋陷阵的人，也不擅长用满是激情的话语煽动人群。他要如何实现复仇的心愿呢？

他狂热地祈祷，一次又一次尝试确定诸神的意志。

"鲁素大人，您是否希望哈安国再次崛起、乍国衰落？我要做些什么才能实现您的意愿？"

每日每时，清醒的每一刻，他都在问相同的问题，在各种迹象中寻找答案。

他穿过一片野花丛，其中娜卡皇后蕾丝草比蛋黄草多，这意味着什么？前者是白色，是乍国之色。而后者是黄色，哈安国国色。这是否意味着诸神更青睐帝国？

答案也有可能藏在花的形状当中：蛋黄草花形如奇迹公的灵物明恩巨鹰那呈弧线的尖喙，而娇嫩的娜卡皇后蕾丝草则令人想起鲁素的渔网。如此说来，诸神定是站在哈安国这边。

又或者——路安竭力思考，以至于在路中间停了步——答案或许隐藏在数学谜题中。蛋黄草的花瓣面积倒很容易计算，可娜卡皇后蕾丝草的伞状花序究竟有多大面积就难说了。花茎从中心一而再再而三地分支，就像血管分叉为毛细血管，直到最终末端是几乎难以看清的细小白花。路安已经看出，计算这样孔洞和边缘多于整块的面积就像是计算雪花的周长。这需要一种新的数学，要能够计算无穷小和分形。

所以，诸神是否在暗示，哈安国复兴之路远且漫长，需要努力寻找克服困难的新途径？

　　路安在占卜方面使尽浑身解数，唯一能确定的只有诸神拒绝明确表述，结果如何仍然未知。

　　他在诸神那里得不到答案，便将精力转而集中于尘世。路安在数学方面的知识并不仅限于占卜领域。他知道如何计算力和阻力、张力和扭矩，如何将杠杆、齿轮和斜面组装成精巧机械。这样的机器，这样的引擎，是否能让单枪匹马的刺客在六国军队失败之处成功呢？

　　他独自躲在幽暗的地窖或是废弃的仓库中，一遍又一遍谋划如何刺死玛碧德雷皇帝。他谨慎地与如今散布诸岛的原哈安国贵族取得联络，试探他们对新帝国的忠诚度。每当他发现一个同情者，便会向对方索取帮助：金钱，介绍信，一个让他建立秘密工场的场所。

　　他定下了一个大胆的计划。乍国大征服的主要象征便是划桨驱动的巨型飞船，其动力来自奇迹山的悬浮气体。因此，他将以充满诗意的方式行使正义，从空中行刺玛碧德雷皇帝。在哈安国的荒凉海岸上可以看到体型巨大的信天翁和栖居于峭壁的老鹰，它们能够在空中停留数个时辰，却不拍打一下翅膀。路安受此启发，发明了一只无线的作战风筝，可以携带一人和数枚炸弹在空中飞行。他前往原先的柯楚国与甘国交界处的威梭提山脉，远离皇帝的眼线，在这里偏远无人的山谷不断试飞尺寸越来越大的原型风筝。

　　有数次，原型风筝坠毁，路安被困在不知哪座山谷深处，距离最近的村镇也有几天路程，方向难辨，死里逃生，全身伤痕累累，血迹斑斑，伤筋断骨。他真怀疑自己是不是疯了。他看着头顶斗转星移，聆听远方狼嚎，想到与始终泰然的大自然相比，人不过是浮生若寄。

　　路安心想，诸神总是如此语焉不详，如此难以领会，是否因为他们体会到的时空尺度与凡人有所不同？对于拉琶，每年只移动数寸的冰河有如湍急河流；在卡娜眼中，熔岩熔化凝固与山溪融化结冰一样频繁。鲁素的古龟已经活了百亿年，还将继续活上数百亿年，它满是褶皱、盈满咸泪的眼睛不过眨了几眨，达拉诸岛史上所有人便皆已逝去。

他心想，诸神才不在意是何人坐在倾盆城的宝座上。诸神并不在乎谁生谁死。诸神根本不关心凡人之事。谁若是以为自己能猜到诸神之意，那他就是个笨蛋。谁若认为向玛碧德雷皇帝复仇不仅是慰藉自己内心的痛苦与愤怒，对诸神也会有些许意义，那他就是傻瓜。

他眨眨眼，突然意识到自己又回到凡间：这里由乍国一统天下，这里有许多人满足于生活在暴君统治下；这里，他的誓言仍未兑现。

他肩负使命。于是他包扎好双腿，疲惫不堪地闭眼卧憩，直至他一路跛行，走出山谷，直至他能够修正计算中的错误，再次试验。

路安从二梅山脉前往祖邸城北，意欲在大道行刺。多年努力，成败在此一举。

在持久阳光的炙烤下，坡林平原蒸腾出上升气流，可使无线风筝持久飘在空中。

他将自己系好，最后一次全面检查，随即出发，飞到皇家巡游队伍上空。巡游队伍宛如下方平坦大地上一条缓慢流动的河流，充满野蛮的奇光异彩。

可他还是失败了。他瞄得很准，但皇帝的皇家卫队队长却勇敢机敏。他也再不会有如此机遇了。如今，他是通缉犯，整个帝国都在追捕他，他是玛碧德雷皇帝的刺客中最接近成功的一个。

是诸神的意志救了皇帝吗？是奇迹公占了鲁索的上风，因而保护了乍国吗？诸神的想法无从知晓。

对于路安而言，整个帝国没有一个地方是安全的。所有旧友和帮助过他的哈安贵族都会毫不犹豫地出卖他，因为包庇他便意味着诛五代。

他只想到一个可去之处：坦阿笃于岛。这是偏安南海的一座岛屿，土著野蛮，达拉诸岛人都避开此地。面对已知与未知的恐怖，他选择押上性命赌一把。毕竟，鲁索也是赌徒之神。

路安坐着筏子漂至坦阿笃于岛海岸，又渴又饿，奄奄一息。他爬上沙滩，远离海浪，便昏睡过去。再次醒来时，他发现自己被一双双脚团团围住。路安抬起头，看到一双双腿，又看到一个个全裸的身体，最后望进坦阿笃于勇士的眼中。

坦阿笃于人个高体长，肌肉结实。他们的皮肤和很多达拉群岛人一样呈褐色皮肤，但全身覆以复杂精美的深蓝色刺青。刺青图案在阳光下闪耀着虹彩，个个金发蓝眼，手握长矛，在路安看来，那矛尖锋利有如鲨鱼牙齿。

他又昏了过去。

据说坦阿笃于人是野蛮的食人族，杀起人来毫不留情。多个诸侯国数年来试图征服坦阿笃于岛而不得，特别是阿慕国和柯楚国，便有了如此解释。达拉群岛人文明开化，不可能像坦阿笃于人一样野蛮。

但他们并未像路安所担心的那样杀掉他，也没有吃他。他再次醒来时，坦阿笃于人都不见了。他们任凭他自己在这岛上自生自灭，并未伤害他。

路安在海滩上搭了间茅屋，远离坦阿笃于人的村庄。他自己打鱼，种土芋头。晚间，他便坐在茅屋前，看着远方村子火光摇曳。那里，身材窈窕、声音甜美的年轻男女聚在火旁，时而歌舞，时而静坐聆听以新方式讲述的老故事。

但他对自己的好运难以置信。他笃定地认为，必须证明自己对坦阿笃于人有用，才能证明他们赐予他的罕见仁慈是合情合理的。每当他抓到一条特别大的鱼，或是发现一株灌木上结满甜美多汁的莓果，自己根本吃不完，便会将多余的份额带到村子，作为礼物放在村边。

好奇的坦阿笃于小孩开始造访他的茅屋。起初，他们的模样就像是在靠近猛兽的老巢，若是路安表露出看到他们的迹象，孩子们便又笑又叫，四下逃窜。他便假装粗心，直到孩子们靠近得再也装不下去，他才抬头微笑，几个最大胆的孩子便也回以微笑。

他发现可以通过一些手势和符号与孩子们交流，面对他们毫无戒备的微笑和极具感染力的大笑，实在难以紧闭心扉。

他们告诉他，村民认为他送礼物给他们的做法很古怪。

他摊开双手，做出一个夸张的困惑表情。

孩子们拉拉他已经破烂不堪的衣衫，叫他随他们一起返回村子。村中举办舞蹈和盛宴，他被邀请加入，与大家一同吃喝，仿佛已然成为他们的一分子。

清晨，他搬入村中，为自己搭了一间新茅屋。

数月后，他稍微掌握了坦阿笃于人的语言，终于理解自己起初的行为看来多么古怪。

村长的儿子凯森问道："你为何要远离我们，就像陌生人一般？"

"我不是陌生人吗？"

"大海广阔，岛屿稀少狭小。面对大海的伟力，我们都像新生儿一般赤裸无助。每一个漂上海岸的人皆为手足。"

从以野蛮著称的民族口中听到这样带有同情的话十分古怪，但此时路安终于愿意承认，他其实对坦阿笃于人一无所知。从别人那里得来的智慧根本算不得智慧，正如人类眼中诸神的许多启示不过是他们脑海中的愿望。最好接受这个世界原本的样貌，而非听信他人所言。

坦阿笃于人称他为"托鲁诺基"，意为"长脚蟹"。

"你们为何如此称呼我？"他终于问道。

"你从海中爬上岸时，我们觉得你看来便如长脚蟹一般。"

他大笑起来，大家举碗共饮椰子酿的烧酒，这酒又甜又烈，使人眼前直冒金星。

路安·齐亚很想做一个坦阿笃于人，幸福度过余生，再也不去烦恼诸神的神秘启示或是年轻时许下的难以实现的诺言。

他学到了坦阿笃于人的秘密：不要将波光粼粼的大海视为平淡无奇的浩瀚，而是洋流纵横错落有如道路的活跃疆域；他还能听懂和模仿色彩各异的鸟儿鸣叫、灵猴尖啸、猛狼长号；目光所及之处的每样东西都能派上用处。

作为回报，他教这些伙伴如何预测日月食，如何精确监测时令变化，如何预报天气和推测来年的芋头收成。

但他的夜晚开始充满幽暗梦境，总是令他满身冷汗。旧时记忆一旦浮现，便不肯再沉没。他的脑海中充斥着焚书之景和坑儒之声。他的内心渴望着自己以为已然放下的使命。

伙伴凯森看到路安眼中的神情，说道："树欲静而风不止。"

"兄弟。"路安说道。二人不再讲话，只是喝酒。喝酒好过所有悲伤的话语。

于是，路安·齐亚变为"托鲁诺基"七年后，又向新同胞告别，乘着椰筏离开坦阿笃于岛，返回本岛。

他慢慢纵穿本岛。事隔多年，对他的追捕的确已经松懈。但他仍然乔装生活，扮作说书人穿行于乍辛湾的渔镇之间，等待时机。

路安一路所见景象都令人悲伤。帝国的影响已渗透至原先哈安国生活的每一个角落。百姓如今已惯于按乍国方式书写，沿袭帝国风尚穿衣打扮，就连口音也在模仿乍国的征服者。

小孩嘲笑他的旧哈安口音，仿佛他才是异乡人，这令他无比心痛。茶楼的年轻姑娘们吹奏椰笛，吟唱从前哈安国的歌曲。这些歌曲出自宫廷诗人之手，赞颂的是书屋、石墙书院、男女热切辩论如何收集知识的生活方式，这种生活方式具有一种脆弱的美。可姑娘们唱得仿佛这些歌曲来自另一个国度，来自神秘的过去，与她们毫无干系。她们的笑声说明，她们毫不理解丧国之痛。

路安·齐亚迷失了。他不知道自己应该做些什么。

一日，清晨雾气尚未散去，路安在哈安国一个小镇外的海滩边散步。他看到一位老渔民坐在码头，双脚悬于水上，以长竹竿钓鱼。他走过时，老人的鞋子从脚上脱落，掉入海中。

"等等。"老人叫住他，"下去帮我把鞋捡上来。"

老人没说请，没说劳驾，也没说能帮个忙吗。路安·齐亚说到底也是尊贵的齐亚部族出身，对老人的语气颇为不满。但他迫使自己不要动怒，潜下水去，将老人又脏又破的鞋子拾了回来。

路安爬上码头，老人又说："帮我穿上。"他褐色的眼睛中神情淡漠，一脸皱纹，肤色比路安还要黑。

老人又没说**谢谢**，没说**我很感激**，没说**不好意思，能不能麻烦你**。路安此时倒没了怒气，却充满好奇。他身上还淌着海水，跪下来将鞋子为老人穿上。路安看到老人的双脚上满是老茧和裂纹，不禁想起粗糙的海龟皮。

渔翁说："你并无傲气，可教矣。"他微微一笑，露出两排歪歪扭扭、蛀得满是洞的黄牙，"明早天一亮过来，我有东西给你。"

翌日，路安来到码头，寺庙尚未敲响第一声钟。可渔翁已经坐在老位置上钓鱼了，双脚悬在海水上方摇摆。路安心想，老人看起来并不大像渔民，倒像是从前书屋里的教书先生，清晨等着学生前来，在一天劳作之前挤出半个时辰的学习时间。

老人没有看路安。"你是年轻人，我是老人。你是学生，我是老师。你怎么能在我**之后**才来？一周之后再来，下次来早点。"

接下来的一周中，路安数次考虑离开这个镇子——老人很可能不过是个骗子。可**万一**不是的念头又让他心意难决，**希望**留住了他。在指定的日子，路安不等日出便来到码头。可老人又已经到了，正晃着双腿钓着鱼。

"还得来早点。再给你一次机会。"

又过一周，路安决定前一晚便到码头来扎营。他带了条毯子，可夜间，来自大海的冷气冻得他无法入睡。他便坐着，裹着毯子发着抖，又一次觉得自己发疯了。

日出前一个时辰，老人来了。"你成功了。"他说，"可是为什么呢？你为何来？"

路安饥寒交迫，困倦不堪，本打算责骂这个疯老头。但他与老人目光相接，看到老人眼神在星光中闪耀着温暖的光芒。这让路安想起父亲在星空下考他星宿名称和行星轨迹时的眼神。

"因为我不知道自己不知道什么。"路安边说边深鞠一躬。

老人满意地点点头。

他递给路安一本极重的书。蜡刻象形文字的绢轴是用来书写诗歌的，这样厚的手抄本书册以薄纸装订而成，其中写满金达里字母和数字，适于书写笔记和传播实用知识。

路安草草翻阅，发现其中写有许多公式和图表，有些是奇妙机械的说明，有些是理解世界运作的新方法。其中许多内容都是他已有知识的说明和扩展，不过这些知识他原本也只有粗浅了解。

"凡人若欲理解诸神，最相近的方法便是理解自然。"老人说道。

路安试图阅读几页，被书中文字的密密麻麻和优雅字迹所折服。他可以一辈子研究这本书。

他继续翻阅着，突然发现后半本书是空白的。他抬起头，困惑地看看老者。

渔翁微微一笑，做了个口型：看。

路安低头，惊讶地发现原本空无一物的书页上开始出现图画和文字。象形文字浮现在纸上，起初不过是难以辨识的模糊字迹，渐渐变得边缘清晰、表面平滑、细节繁复。这些字看来确实存在，可当路安试图触碰它们时，手指却径直穿过空气中的幻象。金达里字母在纸页上蠕动，起初只是黯淡线条，漫无目的地乱转、舞蹈，最终组成紧凑优美的组合。插图起先是黑白的模糊轮廓，慢慢充满鲜艳色彩。

文字与插图就像岛屿从海中浮现，有如海市蜃楼化为现实。

"这本书会与你一起成长。"老人说道，"你学得越多，要学的也会变得越多。它会帮助你活跃头脑，提高本领，你将会在混乱中看到秩序，将会创造新发明。你永远不会将其中的知识学习穷尽，你的好奇心会将它不断充实。到了时机，它还会告诉你一些你已经知道，却还不敢想的事。"

路安跪下来："老师，谢谢您。"

"我要走了。"老人说，"如果你完成使命——不是你自己现在以为的那项使命，而是你真正的使命——便到倾盆城鲁索神庙后面的小院来找我。"

路安不敢抬头。他将额头贴在码头的木板上，聆听老人的脚步声渐行渐远，有如年迈的海龟蹒跚踱过沙滩。

"我们在意的比你以为的要多。"老人说罢，便消失了。

路安获得的神奇书册并无书名，于是他决定将它称为"自知书"。其灵感来自一句古阿诺语"己追于素"，意为"认识自己"，出自伟大的阿诺智者空非迹。

路安环游诸岛，在《自知书》中记下当地地理和风土人情。他画下富饶的热翡卡平原上的巨大风车，正是这风车驯服了强大的犁汝河，将河水用于灌溉。他在工业发达的热季拉平原贿赂匠师，知晓了结构精巧的水车的秘密，正是这些水车为纺织工场提供了动力。他将七国的作战风筝加以对比，搞清了各自优劣。他和玻璃工匠、铁匠、车匠、钟表匠、炼丹术士聊天，将所学悉数写下。他每天记录天气变化、飞鸟走兽鱼儿的动向、植物的用途与功效。他依照书中草图制造模型，做实验确认书中知识。

他不知自己在为什么做准备，但他不再感到漫无目标。现在他知道了，等到合适时机，所学的知识定将在一项伟大的使命中派上用场。

有时，诸神的话的确明白无误。

第十九章　兄弟

萨鲁乍城
义正武治四年四月

"我很久没想过那一日了。"路安·齐亚说道，眼睛看着远在火光之外的某个地方。

"那一日，是你让我意识到，一人便能改变世界。"库尼说，"没有什么是不可能的。"

路安微微一笑："我当时年轻气盛。就算我成功了，也无甚用处。"

库尼十分意外。"何出此言？"

"玛碧德雷皇帝驾崩后，我曾一时恐慌。是他害死了我家人，我原本光明的未来也没了，哈安国亡了国。我再也没有复仇的机会了。为此我感到很自责。

"可我随后发现，二世皇帝和摄政王把帝国当成游乐场，情况愈来愈糟。玛碧德雷虽然只是孤家寡人，而且，根据流言，他临死前年迈不堪，体弱多病，但他建立的帝国已经有了自己的生命。光刺杀皇帝是不够的，必须消灭帝国。

"我正要去萨鲁乍城向柯苏季王效忠。已经到了拯救哈安国、瓜分帝国的时候了。"

库尼犹豫道："不过，回到诸侯国纷争不断的局面当真是件好事吗？帝国时代的确艰苦，但我有时不禁会想，其马和西金带来的生活对百姓是否真的更好。一定有比这两种乱世更好的选择。"

路安·齐亚打量着这个奇怪的小伙子。他从没见过如此公开质疑起义的起义者，但他发现自己和库尼·加鲁更像。

"我认为，起义只是一个开始。"路安说，"这就好比猎鹿初始之时：原野上猎者众多，个个手中挥舞弓箭，可究竟谁能射死雄鹿，尚无从得知。狩猎的结局取决于我们所有人。"

库尼和路安相视一笑。他们分享了烤野兔和野鸡，姬雅的调味无可挑剔，又共饮了路安酒袋中的香醇烧酒。

二人畅谈，直至深夜，其余人都已睡熟，篝火渐弱，只余灰烬，初识的尴尬化作熟稔的亲切。

"挚友似乎总是太快分别。"路安说着，双手紧握，朝库尼·加鲁举起，这是哈安国传统中正式告别的手势。

他们正站在萨鲁乍城中的又汐客栈门前。这间客栈颇为舒适，但却并不浮夸。库尼刚刚将随行诸人安顿下来。

"这一次与你夜谈也已让我收获良多。"库尼说，"你又一次告诉了我世界多么广阔，我对世界所知还太少。"

"我有预感，不多久，你便会比我知道得更多。"路安说，"加鲁大人，我相信，你是沉睡的独角鲸，很快便要醒来。"

"这是预言吗？"

路安略一踌躇："我更愿称之为预感。"

库尼大笑："啊，可惜你这话不是当着我家人朋友的面说的。他们大多仍然不相信我能成大器。不过，我倒不想做独角鲸。我宁可做一枚狮齿蒲公英的种子。"

路安惊愕片刻，随后又渐渐露出微笑。"抱歉，加鲁大人。是我糊涂，没说清楚，方才那句话很容易被误解为是在溜须拍马。你虽然出身平民，可却内心高尚。"

库尼脸红，鞠了一躬。他抬起眼，咧嘴一笑。"我的朋友，我想让你知道，无论未来发生何事，我的桌上永远有你一席之位。"

路安·齐亚严肃地点点头。"谢谢你，加鲁大人。但我效忠柯苏季王的心意已决。我必须去找他，履行我对哈安国的义务。"

"当然，我并无不敬之意。只可惜我们没能早些相见。"

肃非王不知应如何处置这个"祖邸公爵"。传统上既没有这个称号，也没有相应的封地，他也不记得自己设立过这个封号。但他采用了与西柯楚王相同的应对策略，大方地允许这个健壮结实的小伙子以此头衔向诸人自我介绍。不过，库尼看起来不大像公爵，倒更像流氓。

库尼·加鲁饶有兴味地发现，国君既已明确默许，自己也必须把这个头衔更当回事。倘若连国君都以公爵之遇相待，那自己的言行举止就必须有个公爵的样子。

"陛下，"他说道，"我来不仅是为了向您表示敬意，同时也给您带来一个重要消息。塔诺·纳门的军队正在南下，其马和西金攻下的许多城池恐怕都会倒戈，因为纳门名声在外，令人畏惧。祖邸城既已投降。"

那么，你便是个没有筹码可谈的"公爵"，肃非王心想。其实就是个骗子。幸好你对此缄口不言，直到我向诸人介绍你之后才提起。

"我需要军力才能夺回祖邸城，而且要在城中设防抵抗帝国军队。"

啊，原来是来乞讨的，而且还是狮子大开口！

"军务均须与金笃将军共同商讨。"肃非王说。他希望此人尽快从他眼前消失。

"马塔，我不同意。这太冒险了。"飞恩·金笃说道，"倘若塞卡·集莫所说的笛牧城陷落一事当真，纳门便已厉兵秣马。最好静等他找上门来。"

侄子本欲再争辩几句，可守卫来报，称祖邸城公爵库尼·加鲁求见金笃将军。

"这个祖邸城公爵是谁？你听说过这个封号吗？"飞恩问马塔，马塔耸耸肩。

库尼一进门，立刻倒吸一口冷气。帐篷中央所立可谓是他平生所见第一怪人。马塔·金笃高逾八尺，每只手臂都有库尼两条大腿合拢那般粗——保守地说，库尼可不算瘦。马塔双眼细长，外眼角上挑，形如虹飞鱼，双眼中各有两枚瞳仁。

库尼常年在赌坊中摸爬滚打，对虚张声势早已驾轻就熟。他打定主意，将目光锁定在对方距离鼻子最近的瞳仁上。于是他握住马塔双臂，抬头与之四目相接，热情洋溢地说，自己终于得见传奇的图诺阿公爵和柯楚国元帅飞恩·金笃，无比荣幸。

"你说的是我叔叔。"马塔说着，被这个小个子的鲁莽逗乐了。其实库尼·加鲁并不矮小。他是中等个子，身高接近六尺，可跟马塔相比，所有人都是小个子。他的小肚腩说明格斗水平大概不算顶尖，在马塔看来这是个缺点。但库尼并未因马塔身材高大或重瞳表现出胆怯，这一点马塔很喜欢。

库尼虽然搞错，但丝毫未现尴尬之意。他转向飞恩·金笃，流畅地将话接了下去。"当然了，看得出，你们太像了。金笃将军，您有如此出色的接班人，实在是要恭喜您。柯楚国得此二名勇士卫国，乃是大幸啊。"

三人在地上的朴素垫子上坐了下来。库尼为了舒适，径直以平式盘腿席地而坐。飞恩和马塔犹豫片刻，也依平式坐下。不知为何，马塔并不反感库尼的随意举止。库尼身上散发出一种温暖和热情，令马塔从直觉上对他生出敬意，虽然库尼举止并无半分贵族仪态。

库尼简短解释了自己的来意和在祖邸城设防的计划。

马塔和飞恩彼此对视，随即大笑起来。

"加鲁公爵，说来您一定不信。"飞恩·金笃平静下来之后说道，"就在您进来之前，我正和侄子讨论兵法。我的观点是，我们应当留在坡林平原这边，加固防守，坐等纳门前来。应当做好放弃北柯楚国所有城池的心理准备。等到纳门抵达，他的粮草供应线已经拉得过长，手下兵力也已疲惫不堪。此时一举击溃他的胜算更大。"

"我的想法恰恰相反。"马塔说，"我认为，我们应当立刻对纳门主动出击。迄今为止，他还没有遭遇过实质性的抵抗——那个傻瓜其马什么也不懂。纳门此时一定很自大，手下人马也过分自信。如果飞恩叔叔和我带上一流精兵，在平原上的某座城池与纳门正面交锋，就能在他深入柯楚国境之前打败他。季祖王死后，这场胜利能够雪中送炭，大大激发其他起义军的信心。"

"我看，祖邸城正适合你这个计划。"库尼顺着马塔的话说道。

"我看，这太冒险了。"飞恩话音一顿，在脑海中盘算起来。"要对抗纳门，至少需要五千人马，目前很难匀出这么多兵力来。若是没守住祖邸，丢了那五千人，萨鲁乍城防就会大大削弱，可能甚至足以改变战势。"

"活着就是冒险。"库尼说，"战争之时，没有百分之百确定的事。若是不敢赌，就永远不会赢。"

马塔点点头。库尼说的也正是他心中所想。

"还有道德问题要考虑。"库尼又说道，"若是将北柯楚全部拱手让给纳门，坡林平原各城百姓都不会有什么好下场，因为他们支持过其马、西金和肃非王。我们若是只顾冷着心肠算计虚无缥缈的兵法，便会寒了人心。"

"他们先是跟着其马和西金，后来是肃非王，就因为他们相信没了帝国日子会好过些。我们当中的一些人努力实现这个梦想，我想，我们也应当尽力阻止纳门粉碎这个梦想。"

飞恩掂酌着局势。他一直担心马塔太冲动，不敢放手给他独立的指挥权。但这个库尼·加鲁似乎是个明白人，可以与马塔的骁勇互补。

他点点头："我给马塔五千人。你作为副司令官与他同去。别让我失望。

"与此同时，我会留在这里继续招募和训练新兵，增加咱们的军力。你们将纳门拖延得久些，我便能更好地来帮你们解围。"

姬雅考虑到身体状况，决定留在萨鲁乍城。飞恩答应像待女儿一样照看她。

"小心点。"她对库尼说着，努力做出勇敢的表情。

"不用担心。我从来不冒无谓的风险——咳，只要没被灌下某样草药。"

姬雅笑了。库尼觉得，姬雅脸上挂着未干的泪珠时有如梨花带雨，尤其美丽。

他的语气变得温柔起来："再说，马上就有小加鲁陪你了。"

二人拉着手，良久不语。直至太阳升起，人马集结之声沸腾起来，再也无法置之不理，他们才松开手。他用力吻了她一下，便离开小屋，没有回头。

返回祖邸城的旅途似乎比前往萨鲁乍城时快上许多。五千匹马的速度不可小觑。

库尼对并肩骑行的泰安微微一笑。"接下来这一阵子，我不会听到缺马的怨言了吧。"

泰安并未答话。他的注意力完全集中于马塔那匹超凡脱俗的坐骑雷飞落。世间竟存在这样一匹马，实在令他难以相信。他更难相信的是，这样的一匹马竟能被驾驭。他无比渴望能有机会再多了解它一些。

祖邸城墙上的士兵看到马蹄扬尘中飘扬的柯楚红旗，心情大变。纳门将军或许依然能胜，但眼下，帝国军队尚不知下落，肃非王的军队却已兵临城下。多飒指挥官很快便被抓被绑。城墙上的旗帜也换了下来，与正沿大道逼近的战马上方的旌旗遥相呼应。（不过，城墙上的士兵仍将白色的帝国旗帜小心叠起藏好。谁说得好几天之后是否又要换旗呢——小心驶得万年船。）

马塔·金笃全身链甲，背上挂着止疑剑，还有与之相配的噬血棒。出发前，库尼请求看看这把不同寻常的剑，但它实在太重，库尼双手也很难举起，只得吐吐舌头，自嘲一番，又叫马塔收了回去。

"我就算苦练百年，武功也及不上你的十分之一。"

马塔听了这称赞之词，点点头，并未回答。他看得出库尼是真心实意，并非阿谀奉承。**敢于承认弱点之人自有其强项。**

与马塔的黑色高头大马雷飞落相比，其他马儿都显得矮小，正如与马塔相比，其他骑手也都个头矮小。雷飞落紧拽缰绳，对于要与不如它的马儿保持步伐感到不耐烦。库尼·加鲁穿着旅行罩衣，骑着一匹年迈的白色牝马，与马塔并肩而行。这匹牝马原本是匹挽马，站在雷飞落身旁，它看起来简直像是马驹或驴子。这马的主要优点是脚稳，因为库尼并不擅长骑马。

这一对奇特的搭配并肩而行，带领柯楚军队进入祖邸城。祖邸城卫队在城门口列队迎接，仿佛他们几个时辰前并未已经倒戈帝国似的。有几名祖邸士兵将指挥官多飒带来，将他丢在马塔和库尼的坐骑脚下。多飒被五花大绑，有如即将送往市场的绵羊。

他闭上眼睛，静等命运安排。

"此人便是背叛祖邸公爵之人？"马塔·金笃问道，"我看，应当将他四马分尸，尸块送给纳门做见面礼。"

多飒打了个冷战。

"这也太便宜他了。"库尼说，"不过，金笃将军，您能将处置此人的乐趣留给我吗？"

"当然。"马塔说，"他羞辱了你，理当由你来决定如何惩处。"

库尼下马走向被绑的多飒。

"你真以为我们没希望战胜纳门？"

"你既已知晓答案，又何必问我？"多飒语气中带着苦涩。

"你觉得没必要白费兵力和平民性命。"

多飒疲惫地点点头。

"你对我能守住祖邸城一事没什么信心。"

多飒大笑："你不过是个地痞流氓！对打仗一无所知！"他已经没有撒谎的必要了。不如让这个白痴知道他的真实想法。

"我明白你的意思了。倘若换作我，恐怕我也会这样做。"库尼跪下来，为多飒松绑，"既然你是想救祖邸百姓，包括我的双亲、哥哥和岳父母，按照空非迹的教导，我不该严惩你，尽管你背叛了我。但我向你保证，我们一定会打败纳门老头儿和他的帝国走狗。至于你的惩罚，我命你负责那些跟随你的士兵，现在你便可教会他们信念与勇气。"

多飒几乎不敢相信自己的耳朵。他看看自己被松开的双臂。片刻，他跪倒在库尼·加鲁面前，额头触地。

马塔·金笃皱起眉头。这可是大错特错。祖邸公爵此举似为妇人之仁，对军纪无甚考虑。对叛徒如此心慈手软，只会导致今后发生更多叛变。可他已承诺由库尼决定多飒的命运，便不能再插手。

他摇摇头，决定现下不再烦恼此事。还有许多事要做。纳门的军队随时有可能抵达。

多飒管理祖邸城期间，并未动过库尼和姬雅家人一根毫毛。库尼听闻此事甚是感激，更加笃定放过多飒是明智之举。

库尼先去拜访姬雅的父亲吉罗·马提扎。吉罗依礼数接待了他，但态度冷淡疏远。库尼明白，岳父仍然不相信他地位稳固，便很快离开了。

非索·加鲁家的迎接则大不相同。马塔和库尼同去，想向这位副司令官的双亲问好。

一只鞋朝库尼的脑袋飞了过来，他赶忙闪避。

"你总是这么莽撞，还打算让你娘和我冒多少次险？"非索在门廊上大喊。他气得双眼圆睁，有如甜李，大口喘气时，浓密的白胡子像鲤鱼胡须一般飘了起来。"我只希望你找个好姑娘，有份正经差事，踏实安顿下来。你却跑去搞得全族人随时可能掉脑袋！"

库尼边跑边用手臂护住脑袋，躲开另一只鞋。

"库尼，我知道你是想做正事。"纳蕾竭力拉住非索，喊道，"你先避一阵，让我跟你爹多讲讲理。"

马塔被这一出戏震惊了。他从小便是孤儿，一直好奇有父亲会是什么感觉。可非索与库尼这一幕与他的想象大相径庭。

"你父亲对你的成就竟无半分自豪？"马塔问道，"可你都当上公爵了！加鲁家十代人中，这应该是至高荣耀了吧！"

"荣耀并不是最重要的，马塔。"库尼一边按揉被第一只鞋击中的肩膀，一边说道，"有时，爹娘只希望儿女平安又平凡。"

马塔无法理解这种朴素的情感，摇了摇头。

库尼的一帮弟兄过去追随他进二梅山做流寇，又与他一起在祖邸城举义。他们与库尼的爹娘不同，热烈欢迎他归来。库尼不在时，有些人勉强遵从多飒命令，其余人则公开抵抗，结果遭到囚禁。

曾带姬雅前往山中与库尼会合的笨手笨脚的小青年奥索·可林便是其中之一。库尼立刻前往城中大牢，亲自打开阴暗潮湿的牢房。光明突如其来，奥索眨着眼睛。

"你为我承受了这么多，是我对不起你。"库尼说着，扶奥索从稻草上站起来，随即向奥索跪倒，他用衣袖擦拭眼角，又说，"你们这些弟兄跟着我受了这般苦，我深感羞耻。我今日发誓，若不让弟兄们享尽应得的荣华富贵，我便始终欠你们这一笔债。"

陪库尼一起来到大牢的昔日追随者也全都跪倒回拜。

"加鲁大人，快别这样说！我们受不起！"

"我们就是跟随您到奇迹山巅、塔祖漩涡底，也心甘情愿！"

"诸神保佑我们，赐予我们您这样慷慨的领主，加鲁大人！"

马塔对于这种逾礼之举皱起眉头，他无法理解，库尼作为身份尊贵之人，怎能向奥索·可林这样的仆人跪拜，现在这些身份低微的农民又在说这样的傻话。

柯戈脸上的微笑一闪即逝。无论他目睹过多少次，每当库尼的真挚化为权谋场面的本能时，他仍然感到惊讶不已。当然了，手下宁愿被关入大牢也不肯背叛他，这种忠诚当然令库尼感动，但他也知道面对众人应当如何表现，以保证更多忠诚。

"那个……姬雅夫人来了吗？"奥索声音颤抖着问道。

库尼握住他的肩膀。"奥索，谢谢你如此关心她。姬雅夫人留在萨鲁乍城了，因为她的身子现在……过来太危险了。"

"噢。"奥索难以掩饰失望之情。

"振作点。"库尼大笑着说，"你为何不写信给姬雅夫人？你们不是在二梅山中成了朋友吗？我相信，她收到你的消息一定很高兴。"

库尼和马塔放出话来，欢迎其马-西金远征军的幸存者来祖邸城投奔他们。笛牧城陷落后，在柯楚国乡间游荡的小股散兵游勇纷纷响应，祖邸城驻扎的五千人不多久便增至八千多人。

"拉索，你真想重返军队？"达飞罗问弟弟，"我们可以留在山中做流寇，就让贵族们自己打仗去吧。"

他们离祖邸城还有几里地，此时所在的山头正是库尼与伙伴数日前的野餐地。

逃离笛牧城是一场噩梦。达飞罗和拉索在溃败的黑暗与混乱中竭力奋战。败局已定之时，他们躲在一个富商家宅的地窖里，待笛牧城劫掠平息，才藏在一辆运尸出城掩埋的大车中溜出来。过去几天以来，两人都变得颇为擅长装死。

"爹娘肯定不想看见咱们做了流寇。"拉索固执地说。

达飞罗叹了口气。弟弟对母亲的记忆更亲切一些。他们的父亲死在大隧道中。那以后，皇帝的税吏多次要求他家额外交税，作为父亲无法再为皇帝服徭役的"补偿"。母亲陷入悲伤和绝望，饮酒成了唯一的慰藉。她白天酒醒，总是泪流满面地向达飞罗道歉，可夜里还是会喝个烂醉，如此反复伤了达飞罗的心。他尽自己所能以免拉索见到母亲烂醉如泥的模样。

兄弟俩现在只有彼此可以依靠。

"我想见二世皇帝，问问他，为什么爹一直没有回来，为什么他手下的人不能放过娘和我们。我们没有妨碍任何人，只是想活下去。"拉索说着说着，哽咽起来，声音低了下去。

"好吧。"达飞罗说。他觉得弟弟很傻，但也很勇敢。他希望自己也同样勇敢。"那咱们就去投奔祖邸公爵和金笃将军。"

"对了，我们不是见过一次金笃将军吗？我知道！湖诺王登基时的那位神秘骑士就是他，就是取笑国君、说他是猴子的那人！"

弟弟回忆着那日的景象，达飞罗笑了起来。

"此人当真值得追随。"拉索说，"他无所畏惧。而且，湖诺王的部下想射死他时，飞索威大人都出手帮忙。"

"别学人家说这些迷信的傻话。"达飞罗说。拉索话中的崇拜令他感到一丝悲伤。以前拉索会这样提起的只有他们的父亲和达飞罗。也许拉索终于长大了，他要有自己崇拜的英雄了。

达飞罗片刻后恢复平静，又开口道："我听说他们严明公正，按时发饷。至少我们能吃上饱饭，也许有一天还真能见到二世皇帝。但倘若出了什么差错，咱们就跑。只有傻瓜才会为这些贵族赴汤蹈火。我对双生女神发誓，要是他们能用咱们的小命换上一个铜子，肯定眼睛都不会眨一下。所以咱们自己可得当心。你听见了吗？"

第二十章　空中部队

如意城
义正武治四年五月

金多·马拉纳和乍国大部分人一样，对帝国飞船怀有深深的自豪感。但他从未想过，有一天，自己也能对它们的操作了然于心，与奇迹山空军基地养护飞船、满手老茧的机械师一样。

奇迹山是一座雄伟的成层火山，峰顶白雪皑皑，高耸入云，可谓是如意岛上最为壮丽的风景。奇迹山有多个山口，其中两个山口中有湖泊：较高较大的是阿里素索湖，湖水有如夜空般邃蓝；较低较小的是达轲湖，水色碧绿，宛如翡翠。从高处俯瞰，两潭湖水仿佛高傲的奇迹山在雪白胸口配饰的两颗宝石。

奇迹山是明恩巨鹰的家园。这些令人生畏的壮观猛禽翅展约有二十尺，比达拉诸岛的所有其他肉食鸟类都大。

但这种鸟最为不凡的是其出色的飞行能力。它们不仅能够在空中停留数日，在某一地点上方缓缓盘旋，有时还能将小牛、绵羊甚至形单影只的牧羊人等猎物携带在空中。尽管这种鸟儿体形异乎寻常之大，但这项本领仍然不可思议。

多年来，明恩巨鹰的惊人飞行能力仅被视为奇迹公的一项神力，但在玛碧德雷皇帝的父亲德赞王统治期间，一些好奇男女甘愿渎神，冒着生命危险解剖了几只巨鹰，终于发现了它们的秘密。

明恩巨鹰大多都在纯净的达轲湖岸附近筑巢，以湖水中肥美的白冰鱼饲喂雏鸟。但达轲湖有一特别之处。湖水深处不断有大气泡涌上湖面迸裂。气泡中的气体并无硫黄味，不可燃，而且完全无色无味。谁也没有注意过这种气体。

但这种气体其实非常特殊。它比空气要轻。

每只明恩巨鹰体内都有一个由多个大型气囊构成的网络。明恩巨鹰每次浸入水流中的气泡时，便将这些气囊中充满达轲湖的古怪气体。正如鱼儿在水中利用鱼鳔膨胀收缩来上下移动，明恩巨鹰也利用这些气囊在空中产生浮力。这便是巨鹰飞行能力无与伦比的来源。

乍国杰出匠师吉诺·页，根据明恩巨鹰的生理结构发明了乍国的巨型带翼飞船。尽管飞船形状纤细，在运载士兵或物资方面难以与海上舰船相媲美，但移动起来快速灵活，非常适于收集情报。飞船还能对敌方水军造成巨大破坏：战舰很难打击空中威胁，但几艘飞船抛下燃烧的沥青弹便能重创整支舰队。

不过，飞船最为重要的军事作用是心理威慑。飞船出现会令敌方士兵胆战心寒，传达出他们已无路可逃的信息，他们的每一个动作都会被乍国司令尽收眼底。

马拉纳用足一月，才将奇迹山的空军基地人手配齐，恢复正常运作。这里破败不堪：竹管破损，皮阀干脆开裂，船坞与飞船也都亟待修缮。长期以来，年迈的基地主管人都将基地养护资金收入自己的腰包，仅留一小部分用于建造奢华的双人飞船，为他的朋友们携相好提供消遣。

但这位主管深谙做官之道。他时常将雕工精巧的飞船模型送至蟠城，二世皇帝见了欣喜不已。他很喜欢命朝臣侍女以扇子和吹管驱动模型飞船，在微缩帝国上空开展模拟战役。皇帝对于这些玩具十分满意，便在匹拉总管和库泊摄政王面前对基地主管人赞赏有加。

马拉纳立刻将基地主管以及他的那些朋友和相好全部抓起来，剥光衣物，带至达轲湖畔。他们被挂在湖边树上，向明恩巨鹰献祭。那日，雏鸟以腐肉饱餐一顿。

最严重的问题是，前任主管将大部分出色匠师都赶走了。但攻下北柯楚国之后，马拉纳便又手头宽裕，可以开出诱人的报酬。

这位从前的税务总管走遍基地，检视着旧飞船船体维修与新飞船的建造工程。他聆听匠师解释四下忙碌的内容，不断点头。

竹子制成的巨箍与纵梁构成了半刚性的飞船骨架。绸质气袋便悬挂其中。袋内将会充满采自达轲湖的悬浮气体。气袋又以一系列绳索缚住，可从下方小船以绞车操控气袋收缩或扩大，从而改变浮力大小——气袋被压缩时，悬浮气体受到压力，所占体积变小，浮力也随之降低；气袋得以扩大时，悬浮气体所占体积变大，浮力也会增加。整个外框覆以一层油布，用于防御敌方羽箭。在竹框内，气袋两侧设有动力船员座位，大多是服徭役者，比奴隶好不了多少。他们负责划动巨翼，推动飞船在空中前进。巨翼是由明恩巨鹰脱落的羽毛制成的。这种羽毛轻盈结实，能够对空气产生很强的推力。

小船有部分嵌入船体，其余部分在船体下方凸出来。这里既是作战船员和军官的起居区域，也是弹药和物资的储存空间。最大的飞船可运载五十人，其中三十名船员负责飞船动力，其余负责作战。

"一个月内有多少飞船可以开始服役？"马拉纳问。

"将军大人，我们现在已经在没日没夜地干活了。另外，悬浮气体的收集是无法加快的——气体涌出的速度这一千年来始终不变。一个月后应该能有十艘此类飞船准备就绪，可能能到十二艘。"

马拉纳点点头。大抵够了。有了飞船助力，皇家海军应当可以席卷阿汝卢吉岛，将阿慕国全部领土重归帝国麾下。背后的威胁一旦解决，帝国便可向本岛南部的起义军大本营发起进攻。

第二十一章　暴风雨前

祖邸城
义正武治四年六月

"再来一轮？"库尼问道。不等诸人回答，他便已挥手招呼女招待。

马塔呻吟了一声。他并不喜欢妙壶酒家的苦啤酒或廉价的烈性高粱酒，味道就像是清除老宅油漆时用的玩意儿。菜肴也油腻重口，可是，倘若不想被酒烧穿肚肠，这些食物还是必要的。有时，马塔目睹众人满手酱汁、吮指而食，感到很不舒服——这里连筷子都不提供。

从马塔年幼时，飞恩便禁止他喝酒，让他专心学业，长大后，他喝的也只有图诺阿群岛上金笃城堡的甘爽酒窖中储存的佳酿。眼下，他无比渴望那些美酒。

可他叹了口气，原谅了库尼喝酒的粗糙品位，正如他也原谅了他粗俗随意的言行。毕竟，库尼并非出身贵族——马塔仍然难以理解"推选出的公爵"这种事，但他对此全盘接受，因为和库尼在一起很……有趣。

姬雅远在萨鲁乍城。而且根据习俗，小孩出生满百日后才可宣布喜讯。因此库尼尚未收到消息，满心焦急。为了不打击士气，也避免沉溺于未能陪伴姬雅的内疚感，库尼夜夜饮酒作乐，马塔也一直是座上宾。

在这些宴会上，库尼对待下属更像是朋友。马塔看得出，包括民事官员柯戈·叶卢、私人秘书润·柯达、步兵司令民恩·萨可礼、骑兵专家泰安·卡鲁柯诺，甚至多飒那个墙头草，所有这些人都十分喜爱库尼。他们的忠诚不仅仅建立在责任之上。

他们讲荤段子，和漂亮招待调情，从未参加过这类聚会的马塔发现自己颇为乐在其中。这比萨鲁乍城世袭贵族办的刻板的正式宴会有趣多了。那些宴会上，人人举止得体，言谈文雅，每一个微笑都假情假意，每一句恭维都隐藏着羞辱，每一句话都有两重甚至三重含义。他对此无比头痛，甚至认为自己不善与人相处，可与库尼的伙伴共处时，他便希望夜晚永不结束。

而且，库尼对待祖邸公爵的职责的确相当认真——确切地说，恐怕太认真了。马塔仍然难以相信，库尼竟然对钻研治理之道乐在其中。他甚至连如何收税也琢磨起来，凭卡娜与拉琶的秀发起誓，真是活见鬼了！

马塔从未见过库尼这样的人，库尼并非出身贵族，在马塔看来，这是极大的不公。与马塔认识的一些世袭贵族相比，库尼远远更令人敬佩。

唯一的问题是，他有时可能太过宽容，马塔不满地斜睨着多飒，心想。

但他与库尼有着共同的宏伟目标，他们要将这片土地从乍国苛政下一劳永逸地解放出来。**库尼是个心胸伟大的人，**马塔心想。这并非出于诗意或浮夸，而是马塔对人说过的最为真诚的赞扬，无论对方出身贵族或是平民。

女招待又端来一瓶瓶辣喉咙的烈酒。马塔小心翼翼地啜了一口——唉，还是和印象中一样难喝。

"咱们来玩个游戏吧。"泰安·卡鲁柯诺说。其他人响亮赞同。喝酒若是没有游戏助兴，就和独酌一样无趣。

"玩'愚人之镜'如何？"库尼建议道。他环顾四周，目光落在一个装有花束的花瓶上。"我就选花做主题。"

"愚人之镜"是贵族平民都很喜欢的游戏。首先选定一个主题，比如动物、植物、书籍、家具，随后诸人轮流将自己比喻成选定主题中的一样事物。若是大家认为比喻恰当，就要各自罚酒。若是不恰当，做比喻者则自己罚酒。

润·柯达打头阵。他晃晃悠悠地站起身，抱住一根柱子稳住自己。

"你怀里这姑娘够壮的。"泰安说，"我嘛，我更喜欢腰细一些、多点曲线的。"

润将手中的鸡腿丢向泰安。泰安躲开了鸡腿，却差点跌倒，大笑起来。

"诸位，"润严肃地宣布道，"我是夜晚开放的昙花。"

"为什么？因为你每年只有一个晚上走运？"

润并未理会这句嘲讽。"白天，昙花并不起眼，大家都觉得它不过是根看似干枯的枝条，戳在地上。可地下的部分却在收集沙漠中的水分和糖分，囤积起来，结出个大多汁的蜜瓜，不仅味美，而且拯救了很多沙漠旅者的性命。只有幸运儿才得见它的盛放，每年一度，一朵巨大的白花在夜半时分绽开，有如沐浴在星光中的幽百合。"

众人一时被他一气呵成的长篇大论说蒙了。

泰安打破沉默："你是不是雇了个教书先生写的刚才那段话？"

润又丢过去一个鸡腿。

"的确，你的优点都是深藏不露的。"库尼微笑着说道，"我知道，在这次危机中，你下了很大功夫让那些——呃，就说是'非正统商人'吧——你下了很大功夫让他们与我和马塔合作。也许其他人并不总是欣赏你的所作所为，但你要知道，我看在眼里，记在心里。"

润朝他随意地摆摆手。但众人都看得出，他颇为感动。

"这个比喻恰当，"库尼说，"我喝。"

下一位是民恩·萨可礼，他不假思索便将自比为带刺的仙人掌。

诸人没有争议，都罚了酒。

"尤其是你那把大胡子，我的好民恩。"泰安·卡鲁柯诺说道，

"说真的，你要是亲谁，一准把人家的嘴唇戳出十来个窟窿。"

"胡说！"民恩皱眉道。

"那你以为，你每次带着礼物去城门口的时候，那个小伙子为什么总是想躲起来？你真该刮刮胡子啦。"

民恩的脸通红。"我根本不知道你在说什么。"

"祖邸城一半人都看得出你喜欢他。"泰安说，"我知道你是个屠夫，但也用不着每时每刻都表现出来吧？"

"你什么时候成情感专家了？"

"好了，好了。"库尼笑道，"民恩，我给你和这位小伙子正式介绍一下如何？公爵邀约，他一定不会被吓跑了吧？"

民恩脸色依然通红，却点头道谢。

柯戈·叶卢自比为耐心精明的捕蝇草。

"不行，不行。"库尼的头摇成了拨浪鼓，"我不容许你如此诋毁自己。你是苗壮的竹子，顶起祖邸城官府——结实、柔韧、中空，没有半点私心。该你自己喝。"

轮到库尼·加鲁了。他站起身，将正端酒经过的瓦苏寡妇拦腰拽过来，她正笑着躲闪，库尼摘下她别在耳后的蒲公英，高举起来向众人展示。

"加鲁大人，您自比为野草？"柯戈·叶卢皱起眉头。

"可不是随便哪种野草，小柯。狮齿蒲公英是一种很苗壮的花，但却被大家误解。"库尼忆起追求姬雅时的情景，眼中不禁温热起来，"它绝不屈服：每当园丁将它从草坪上根除，自以为大获全胜之时，一阵雨便会将这黄色小花召唤回来。但它又从不趾高气扬：它的姿色和香气绝不会压过其他的花。而且蒲公英用途极广，叶味美，又可入药，根能松土，为其他较为娇弱的花做了先遣。最妙的是，它虽生长于土壤，却胸怀天空。蒲公英种子着了风，便能飘向远方，比娇滴滴的玫瑰、郁金香和金盏花的见识都广。"

"这比喻太棒了。"柯戈说罢，饮尽杯中酒，"是我目光短浅，没有领会。"

马塔点头赞同，也干了杯，默默忍耐烈酒麻木喉咙。

"轮到你了，金笃将军。"泰安催促道。

马塔踌躇起来。他并不机敏过人，而且从来不擅长这类游戏。他低头一瞥，望见靴子上的金笃家徽，突然有了主意。

马塔站起身。虽然他整晚饮酒，但脚下依旧稳如参天橡树。他开始击掌打拍子，和着图诺阿群岛一首老歌的调子唱了起来：

> 一年又到九月九
> 众花谢尽我独绽
> 蟠城肃萧冷风起
> 金风炫雨街头漫
> 吾香芬芳冲天际
> 明黄盔甲周身环
> 傲骨铮铮万剑舞
> 守得王骨清恶端
> 手足赤诚不可摧
> 若佩此色不惧寒

"花中王者。"柯戈·叶卢说道。

马塔点头。

库尼方才一直以指击桌，跟着打拍子。此时他颇不情愿地停了下来，似乎还在回味。"'众花谢尽我独绽'。虽然寂寥，但却是伟大的英雄情怀，与柯楚元帅的继任者相称。这歌虽然赞颂菊花，但却甚至连花名也未提及。歌很美。"

"金笃家族一直自比为菊花。"马塔说。

库尼向马塔一拜，喝干杯中酒。其他人也纷纷效仿。

"可是，库尼。"马塔说道，"你并未完全领会歌中深意。"

库尼困惑地望着他。

"谁说这歌赞颂的只有菊花？狮齿蒲公英亦是黄色，不是吗，我的兄弟？"

库尼大笑，握住马塔的双臂。"兄弟！咱们并肩前行，定能成就一番大业！"

在妙壶酒家的昏暗光线中，两人都双眼闪亮。

马塔谢过众人，自己也喝了酒。他人生中头一遭不觉得自己在人群中孤身一人。他有所归属了——这种感觉虽然陌生，但他却很喜欢。他很惊讶，自己的归属感竟会来自这样一个幽暗肮脏的酒家，吃喝着劣质酒食，寥寥数周前，他还会认为周围这一群人不过是农民扮贵族，与其马和西金没什么两样。

第二十二章　祖邸之战

祖邸城
义正武治四年六月

　　其马和西金在纳丕城开始起义时，许多人蜂拥而至，加入起义大军，但也有许多人做了土匪马贼，趁乱渔利。有一个匪帮最令人闻风丧胆，最为心狠手辣，首领是一个农民，名叫蒲马·业木。皇帝手下的官吏将他的土地强征去，建了皇家猎场，却一个铜子也没赔给他，业木便一无所有了。

　　业木的匪帮的打劫对象是穿越坡林平原的大路上的商队，最终油水变得寥寥无几。贸易日渐停滞，商人都不敢走这条路。风险实在太高，皇家军队和起义军行军进退，武装者肆无忌惮，没人能保证行路安全。业木的手下只能不断扩大打劫范围，寻找理想目标。他们发现，曾经死气沉沉的祖邸城如今贸易依旧繁盛。

　　祖邸公爵显然兢兢业业，确保此地没有劫案发生，还想挣钱的大胆商人全都把货物带到这里来。狼群若要在沙漠中寻找新的绿洲，跟着羊群便可。业木便立即带领手下转移到二梅山中。

　　他并不惧怕祖邸公爵。起义军不像皇家军队那般纪律严明、训练有素，业木常常在单挑起义军首领时轻松获胜。有时，他干掉首领之后，起义军小队甚至会加入他手下。他要尽全力给前往祖邸城的愚蠢商人大放血，然后靠战利品享受荣华富贵。

午后时分，业木的匪帮藏身于靠近一座小山顶的灌木丛中。

他们盯住一支商队沿祖邸城南的大路缓缓蜿蜒前行。大车行进速度极慢，车上显然满载昂贵货物。业木一声尖啸，手下纷纷呼应。众人骑马冲下山，有如一阵狂风刮过平原，笃信将会满载而归。

大车停了下来。车夫看到匪徒靠近，解了马，抛下一切，落荒而逃。蒲马·业木放声大笑。这年头做土匪真轻松，太轻松了！

被弃的大车静静停在路上，就像是岸边一群熟睡的野雁落网。

众贼上前，在车队中间停步。正在此时，大车的车壁有如纸屏风一般落下，涌出大批全副武装的士兵。

有些人下车与土匪交手，其余人将大车围成一圈，断了匪帮逃命的去路。有几名盗贼机灵，觉得大事不妙，狠狠一踢坐骑，没等大车包围圈合拢便仓皇而逃。但包括蒲马·业木本人在内的大队人马都被大车挡住去路，无路可逃。

一个身材极其高大的人走入包围圈中心。他双臂肌肉有如马腿一般结实，肩厚如牛。业木看向巨人的双眼，不禁打了个寒战。此人每只眼中都有两枚瞳仁，根本无法与他视线相对。

"贼子，"巨人语气肃穆，活脱脱一个噩梦中走出来的判官，"你落入了加鲁公爵的圈套。"他从背后抽出一把和他本人一样巨大的宝剑，"来见过止疑。不必心存侥幸，你逍遥法外的日子到头了。"

这可不一定，业木心想。他相信自己能打败所有人。这个巨人模样虽然吓人，但看似贵族出身。业木打败过很多高傲无能的贵族。他们都以为自己是英勇的战士，却对阴损招数一无所知。

他踢了下坐骑，冲向马塔·金笃，宝剑高举过头顶，预备一剑将他砍倒。

马塔一动不动，直至最后一刻，他以令业木难以置信的超人速度闪避开来。马塔伸出左手，拽住业木的马缰绳。他举起右臂，巨剑扛住业木的当头一击。

铮！

业木倒在地上，喘不上气来。他眼前一片模糊，脑中嗡嗡作响，此刻心中只有两个念头。

第一，马塔竟不知怎么地仅凭左手就将小跑的马儿停住，而且双脚竟并未离开原地。马儿虽然停了步，但蒲马却还在前进，他翻过马头，空中一个翻滚，仰面倒地。

第二，马塔右臂轻松挡住了业木朝下劈来的那一剑，尽管业木所处的位置更高，而且剑力中既有他的臂力，又有马儿的动量。

业木举起右手，发现虎口一片血肉模糊。他的手没了知觉。两剑相碰的力道过大，他右掌中的细小骨头皆已震碎，剑也从手中飞脱。

他抬起头，发现自己的剑仍在高空中飞转。剑达到顶点，悬置了一秒，又笔直地冲了下来。

业木不假思索一个翻滚，宝剑径直扎入他身旁的地面，只余剑柄在地表，离他的腿不过数寸。

"我投降。"业木说道。他望向马塔·金笃冰冷的双眼，脑中确实再无侥幸的念头。

马塔·金笃打算将蒲马·业木在城门上方的柱子上吊死，警示其他土匪，别当祖邸城是好下手的地方。

但库尼·加鲁表示反对。

马塔怀疑地看着他。"你不会又生出恻隐之心了吧？他可是杀人劫财的土匪，兄弟。"

"我也当过土匪。"库尼说，"当过土匪不意味着他一定就应该死。"

马塔瞪着库尼，简直难以置信。

"我只干了很短一段时间。"库尼说。他对马塔露出一个尴尬的笑容。"而且我们当时尽量不伤人，甚至还给商人留下足够回家的盘缠。不过，我总得给手下发饷吧？"

马塔摇摇头。"你真不该告诉我。现在你在我脑海中的形象就是穿着囚服、在牢里以头抢壁的模样了。"

"好吧。"库尼大笑道,"那还是别告诉你我当土匪之前是干什么的了。咱们跑题了。

"我想说的是:业木马上功夫了得,又会带人。他懂得如何避开强敌、伺机而动。咱们这里马儿这么多,正可以将他派上用场。前哨已经来了消息:纳门出动了。"

★　★　★

纳门的军队有如汹涌潮水,溃败的小股起义军在前逃窜求饶。许多人倒下了,不一会儿便消失在奔腾的马蹄和行进的脚步下。库尼打量着地平线上掀起的滚滚尘土,时不时银光一闪,那是明晃晃的盔甲和出鞘的宝剑。他只觉腹中一紧,口中发干。

库尼将祖邸城门尽可能多开一阵,让更多难民进城。但最终,他别无选择,只得下令在纳门大军抵达城下之前将城门关上。手下士兵不得不借助刀剑长矛挡住难民大潮,这才将城门关闭闩好。他们听着城墙另一侧的尖叫和哀求,不少人崩溃哭泣起来。

"加鲁大人!他们正在用投火车攻城门!"

"加鲁大人!守卫塔上箭用完了。他们要攀上城墙了!"

但库尼呆立原地。被挡在祖邸城外难民的哀求声在他的脑海中萦绕,一直未曾散去。他想起胡佩和幕如。又一次,人们因为他所做的决定而死;又一次,他觉得无比困惑,不知所措。

祖邸城的卫兵们看到长官如此这般,都恐慌起来。

纳门的手下在城墙外搭起云梯,剑士在弓箭手的箭雨掩护下攀上梯子。有几人已经登上城墙,正与祖邸城的守卫们搏斗。祖邸城的卫兵只有操练经验,从未实战过,挥剑动作犹豫不决,面对乍国老兵的勇猛进攻,踉跄后退。

一名祖邸卫兵的手臂被斩,尖叫着倒了下去,伸手想要捡起地上的断臂。周围其他卫兵脸色变得煞白。乍国士兵一步上前，那个尖叫的卫兵没了声音，有几个守卫丢了兵器，转身逃了。

不多久，纳门手下又有数十人加入战斗。倘若他们在城墙上站稳脚跟，夺下守卫塔，就能打开祖邸城门，一切就都完了。

马塔·金笃迈开大步沿阶审上城墙。他右手握止疑剑，左手攥血噬棒，径直冲入那一小群乍国士兵当中。

血噬棒砸开一个卫兵的脑袋，脑浆血浆四下迸裂。乍国士兵们一时惊呆，气焰灭了。马塔张开嘴，舔了舔血噬棒上的血渍。

"和其他人的血一个味道。"马塔说，"你们皆有一死。"

接着，止疑剑有如杀戮之菊旋转起来，血噬棒起起落落，与死神心跳同拍。乍国士兵格挡防御用的剑与盾或是损毁，或是从手中飞出，转眼间，马塔·金笃周围便躺倒几十具尸体。

"上啊。"马塔对周围缩成一团的祖邸卫兵说道，"战斗岂非光荣之举？"

祖邸卫兵们被这一幕所激励，在马塔·金笃周围重整旗鼓，将云梯顶端的钩子砍断，把梯子从城墙上推倒，仍挂在梯上的乍国士兵发出惊恐叫声，令他们大为振作。

马塔站立在城墙上，有如流民之战中的桀骜英雄，全然不顾从周遭飞过的箭雨。库尼注视着他，心中充满钦佩。的确，在这个可怕的世界上，人人皆有一死，但他可以选择像马塔·金笃一样活着，毫无踌躇地战斗，也可以在恐惧与犹豫中畏缩不前，一错再错。

他是祖邸公爵，他的城市的命运掌握在他手中。

库尼冲上台阶。马塔身后，又有一个乍国士兵正试图攀上城墙。库尼拔剑上前，拨开士兵的格挡，刺入他的喉咙。一阵鲜血喷出。马塔赶过来，帮他一起斩断云梯，从城墙上推了下去。

库尼感觉脸上一阵温热。他抬手摸了摸，看看手指，是血，是他杀的第一个人。

"尝尝。"马塔说。

库尼照做了。很咸，很稠，有点苦。有马塔在身边，他感觉血管中流淌着勇气，就好像吃了十来棵姬雅的勇气草。

"加鲁大人，投火车把城门点着了！"

库尼朝城外看去，看到以皮革覆盖的大车在城门脚下集结。皮革可以帮助躲在下面的士兵阻挡守城者的箭。他们已将厚重的橡木城门点燃了。

有了马塔和库尼作为表率，守卫塔上的卫兵振作起来，丢下巨石，砸毁了投火车，可城门的火势依旧未衰。

"要是准备了更多的水和沙就好了。"多飒嘟哝道。

库尼咒骂自己缺乏经验。他为了应对围攻，集中精力收集粮草兵器，忽略了其他基本物资的准备。

纳门的手下从城墙脚下退了回去。大家看着浓烟滚滚，火光闪烁。不多久，城门就会被撞裂攻破。

"应当让士兵在城门前的广场列队。"马塔说，"一旦城门打开，就在街头跟他们拼死一搏。"

库尼摇摇头。就算马塔再怎么骁勇善战，也无法击退万人大军。他舔了舔嘴唇。水，要是准备了成桶的水就好了。

"跟我来！"他大喊道，一边冲上被火焰吞噬的城门上方的守卫塔，一边动手解开衣袍上的腰带。

"你这是做什么？"马塔边紧跟他的脚步边问。

"掩护我！"库尼大吼。他爬上墙头，转身蹲下，开始对着城外小便。

其他士兵立刻领会了。有些人也开始解裤带。还有些人将身子倚出墙外，举起盾牌帮蹲着的战友掩护。纳门的手下也明白了形势，朝他们开始放箭。箭与盾相碰，铿锵作响，有如夏季的一阵冰雹。

尿液顺城墙汩汩流下，落在燃烧的城门上，火焰嘶嘶作响，腾起阵阵蒸汽。

"来啊，兄弟，你也得贡献点儿！"库尼大笑着对马塔喊道，周围升起的烟雾和尿味蒸汽呛得他咳嗽起来。"这可真成了一场撒尿比赛了。"

马塔不知该笑还是该怒。这可不像是打仗的样子。

"怎么了？你不好意思当着别人的面尿吗？"库尼问道，"别害羞了。大家都是好兄弟。"

马塔叹了口气，爬上墙头，在另一对举起的盾牌后面蹲下，放起水来。

塔诺·纳门率万人大军，将祖邸城围困已逾两周。

他并未曾料想竟会遭遇如此负隅顽抗。祖邸城的守卫和他在笛牧城打败的乌合之众大不相同。这个他从未听说过的祖邸公爵，还有著名柯楚大将达祖·金笃之孙，马塔·金笃将军，这二人似乎很会带兵。他们显然在围城前早已备好粮草，如今便似乌龟缩壳一般在城墙后面安然等待。

纳门更想抛下祖邸城，朝起义君王所在的萨鲁乍城进军。但他派上天的作战风筝侦察兵带回的消息都是祖邸城中满是士兵，街头堆满他们闪闪发光的宝剑和战旗。祖邸兵力大概和纳门手下不相上下，没准还要多一些。若是纳门尝试绕过祖邸城，只怕在去往萨鲁乍的路上会被从背后受袭。

可惜的是，纳门没带多少攻城机械，他凭经验以为，他的军队一靠近，起义者便会弃械逃入山中。他带来的少量云梯、投火车和攻城锤很快便被祖邸城守卫军摧毁了。现下，纳门已无法快速拿下祖邸城：挖地道耗时太久；若要在荒无草木的坡林平原上建造弩炮或投石车，就必须将木材从二梅山运来。

纳门皱起眉头。继续围城似乎是他唯一的选择，但他笃信自己会取胜。毕竟他能从热翡卡的皇家粮仓获得补给，而守城者甚至无法抵达周围的乡村。就算祖邸城粮仓储备再足，粮食总有吃完的一天。

"库尼，咱们为何要为几个士兵这般大费周章？"马塔问道。

库尼坚持每日在祖邸城市场举行庆功宴，前一日立功的士兵和平民会在宴席上得到表彰。众人饮酒，跳舞，席间提供丰盛的烤猪肉和现烘的大饼。

"围城中，人人精神紧张。"库尼低声说道。他站起身，又祝了一轮酒，讲述了当日获得表彰的士兵的英勇事迹。他的叙述中添加了许多在马塔看来半真半假的细节，提及的士兵都红了脸，边笑边摇头。但大家似乎很喜欢听这些故事。

众人举杯，库尼饮了酒，坐下来。他微笑着朝大家挥手，又继续与马塔低语。"咱们必须让他们保持信心和乐观。面向百姓的庆功宴也表明咱们并无粮草方面的担忧——以免有人囤积粮食，趁势抬价。"

"为了维持门面竟如此耗费心力。"马塔说，"不过是表面功夫，并非真本事。"

"表面功夫便是真本事。"库尼说，"你看，我们令平民穿戴纸糊的盔甲在街头挥舞木剑，便使纳门的侦察兵以为我们的兵力比实际多出许多。所以他还留在此地，并未朝萨鲁乍城开进。我们多留他一日，将军便多一日可以招兵买马，准备还击。"

马塔虽不赞成库尼的计划，觉得这些伎俩不像正经打仗，倒似障眼戏法，但也不得不承认，库尼的把戏获得了颇为理想的效果。

"咱们的储粮还能撑多久？"马塔问道。

"恐怕很快就要开始实行配给了。"库尼坦诚道，"但愿蒲马·业木没有负我。"

纳门长期围城的计划并未如他所愿推进。

库尼·加鲁和马塔·金笃将祖邸城门紧闭，拒绝出城在平原上与皇家军队正面交锋。而纳门却时常遭到小股马贼侵扰。

这些流寇喜欢自称"绿林好汉"。他们破坏了沿犁汝河一路而来的漫长皇家补给线。他们罔顾战争法则，给纳门制造了无尽烦恼。

每当纳门派出一队骑兵前往追缴，这帮流寇便策马逃跑，因为身无重甲，速度自然令纳门的手下望尘莫及。当纳门的军队休息时，这伙马匪便会在夜半时分大肆喧哗佯攻，却并不真正出击。反复如此，纳门的手下难以安然入睡，也渐渐放松了警惕。

　　几次三番，纳门大军便没了戒备，有动静也并不做回应。于是，流寇便真正出击了。他们有如一阵旋风席卷营地，四下放火，放走战马，大肆破坏，散播混乱，但并不逗留交手。他们唯一的目的是抢夺粮车，抢不走的便泼以粪汤毒液。他们每次还都会劫掠用于支付皇家大军军饷的运银车。

　　军队需要源源不断的粮草供应，士兵拿不到饷银便会叛乱。纳门开始担心起来，不知自己在敌方领地能将这样一支庞大的军队维持多久。迄今为止，他一直不肯从当地百姓那里抢粮。他认为，皇家军队令农民受苦太多，恐怕难以平定再度被征服的柯楚国。可随着军粮不断减少，他恐怕再过几天便要被逼上此路了。

　　军中士气低迷，叛逃者众。被派出追逐流寇的小队总是迟到一步。这些流寇还特意将部分战利品分给附近的农民，于是，每当纳门的手下到周围村中搜寻流寇时，谁也不肯协助他们。纳门的部下又气又恼，便拿拒不配合的村民发泄，却只让那些"绿林好汉"的形象更加高大。

　　他们令纳门大为光火。但他也不得不承认，这一战术的发明人的确是位旗鼓相当的对手。

　　"打了就跑，此乃弱者所为。"马塔起初轻蔑否决了库尼的提议，"真正的勇士不屑于搞这些下流伎俩。咱们必须正面迎击纳门，堂堂正正地打败他。"

　　库尼挠挠头。"可咱们的任务是保护祖邸百姓啊。你虽然接受过出色训练，但咱们寡不敌众，跟皇家军队的老兵比起来，咱们的士兵也太嫩了。摆在面前的事实如此：咱们就是你所说的弱者，我也不希望手下人无谓送死。能打胜仗，这有什么'下流'的呢？"

　　库尼劝了马塔好几个时辰，终于说动了他。马塔同意赦免蒲马·业木过往的劫掠罪行，条件是他带手下为柯楚国效力，作为游击队辅助作战。

"咱们再给他添点好处吧。"库尼说。

"他能保住性命还不够吗？"

"业木就像是头骄傲的驴子。要想驾驭他，萝卜和大棒都得上。"

马塔勉强同意向肃非王去信，举荐给业木封坡林侯爵之号，配有自己的世袭军队，将由国君而后具体委任。

于是蒲马·业木便如此成了坡林侯爵，乍国之瘟，柯楚旋风骑兵队队长。

"遇到库尼·加鲁是我这辈子最幸运的事。"蒲马一边慷慨地分发战利品，一边对追随者们说道，"好好跟着我，孩子们，好处还有的是呢。你们看看我，竟能封上侯爵！君主若懂得用人，便比只懂得用剑更可畏十倍。"

纳门决定在手下丧失斗志之前结束对祖邸城的围困局面。他仔细研读了有关祖邸城两位指挥官的报告，心生一计。他既无法将狡诈的祖邸公爵引上战场，便打算激得年轻热血的马塔·金笃上钩。

他派出作战风筝飞越祖邸城墙，在城中投放小册子，其中绘满库尼·加鲁和马塔·金笃，二人身着女式服饰、一副吓得浑身发抖的模样。

库尼·加鲁和马塔·金笃躲在深闺，丝毫不敢应战。小册子上写道。**柯楚国满国尽是胆小如鼠者，胸怀妇人之心。**

风筝人一面嘲笑，一面继续高声辱骂：

"库尼·加鲁是祖邸公爵夫人，马塔·金笃是她的小丫环。"

"库尼·加鲁爱红妆。马塔·金笃迷幽香！"

"库尼马塔，杯弓蛇影！"

"让他们随便说去吧。"库尼说道。他翻看着小册子，大笑起来。"我穿女装还挺好看的嘛，不过，看来他们是叫我减肥的意思。我得给姬雅寄些这种小册子，她肚里怀着孩子——愿孪生女神庇佑——一定很辛苦，正可以给她逗乐解闷。"

"你怎么回事？"马塔·金笃咆哮一声，将手中的小册子撕个粉碎。他砸碎面前的小几；接着，又砸碎了库尼面前的那一张。他双脚将木头碎片在石板地上跺得更加细碎。

但马塔的怒火仍未平息。一丁点也没有。他在库尼面前踱来踱去，将木头渣踢得到处都是。仆人们远远躲到屋角，远离木屑。

"被比作妇人有这么糟吗？"库尼说，"天下有一半可都是妇人。"

马塔怒视库尼："你为何竟毫无羞耻之心？你的荣耀哪里去了？这些羞辱简直无法忍受！"

库尼的语气丝毫未变。倘若真有什么变化，那他便是更为冷静了。"这些漫画太小儿科了。要说如何羞辱人比较高明，我还有很多法子可以教纳门。比如嘛，这画可以画得含蓄许多，下流许多。"

"什么？"马塔全身气得发抖。

"兄弟，冷静点。这是个好迹象。这说明，咱们不出城与纳门的精兵正面交手，这让他感到很是气馁。咱们躲在城中，补给充足，他只能像捉了刺猬的野狗一样乱蹦乱跳，却无处下口。蒲马·业木断了他的粮草，他着急了。所以才用这招来激你应战。"

"但确实管用了。"马塔说，"我必须应战，不能再像这样足不出户了。你若不作为，我明日便要下令打开城门，带领一队人马冲出去。"

库尼看出马塔的话当真，左思右想，随即露出微笑。

"我有主意了。你一定会满意的。"

★　★　★

马塔感觉自己像是翱翔晴空的雄鹰。他若知道飞翔有多么神奇，一定早就这么做了。

在遥远的下方，祖邸城的街道和房屋仿佛玩具模型。在城墙的另一边——从如此高度俯瞰下去，城墙就像是分割稻田的低矮泥篱——

纳门的兵营宛如一幅巨画延伸开来。他细细观察兵营分列布局，清点了显现为一个个小点的士兵。

他好像背上长出了丝竹制成的巨翼，美妙的风声呼啸，使他翱翔空中。他调整身子倾斜方向，便可拐弯、翻转、俯冲、盘旋。他感觉无比轻盈，在各个方向上都行动自如，能够飞越达拉诸岛。

他畅享飞行之乐，放声大笑。

这一美景的唯一瑕疵便是与他的甲胄相连的长丝绳，它一直延伸至地面，由塞卡·集莫和几个士兵操纵绞盘，为丝绳提供张力，使他能够飘浮在空中。他朝下方的小人挥挥手，其中一个小人大概是集莫，也挥手回应。操纵绞盘的数人又放出一段丝绳，马塔飞得更高了。他又转头继续侦察皇家大军的营地。

"纳门老太，你军中有人敢与我交战吗？"他大喊道，手中挥舞的宝剑上还留有血渍，是他在空中砍倒的十个风筝人的血。

他背后用带子固定着巨型作战风筝——足有平常的侦察风筝的三倍大。这只巨型风筝和空中单挑的点子都是库尼出的。

库尼派一名传令兵登上祖邸城墙，宣布接受纳门的挑战。但是有个条件。

"纳门将军既羞辱了加鲁公爵和金笃将军，便应按古法解决纷争。"传令官朗声道，"自流民之战至达祖·金笃将军战功赫赫之时，我们的史书均有记载，伟大的英雄一直以单挑决斗之法而行。我们怎么能要求农民出身的普通士兵来捍卫高尚贵族的尊严？金笃将军意欲与纳门将军单独决斗，偿还羞辱。"

"哎，我真希望贵族们多说这种话。"达飞罗对拉索轻声说，"要是他们都能用这种方法解决纷争，其余人就可以回去种地好好过日子了。就让国君和公爵们都到擂台上去靠自己的双手打仗吧。咱们就在一边观战加油就行了。"

"哥，你怎么还这么甘于平凡？"拉索着迷地盯着飞在空中的马塔，"你难道没有受到金笃将军的鼓舞吗？我真希望咱俩也能如此勇敢。"

"在我看来，他们这不叫勇敢，叫愚蠢。只要有一人瞄准绳子，另一人便会坠落。"

拉索摇摇头。"就算乍国狗也不会以如此无耻行径取胜，金笃将军更不可能。以前那些老皮影戏，你都没专心看吗？单挑决斗中，最重要的就是荣耀，无论是在地上还是天上。"

达飞罗还想反驳，但最终只是摇摇头，没有张口。

纳门进退两难，暗中咒骂库尼·加鲁的无耻花招。他根本没考虑过单挑决斗。纳门本希望马塔·金笃和库尼·加鲁会耐不住讥讽，打开城门，同意两军在城下开战，这样定会令他们遭受重创。但库尼歪曲了他的话，反而提出，让两军将领按照过时的古老仪式单独决斗。纳门倘若拒绝，就会被人视为懦夫，皇家大军士气已经低迷，不能再遭受如此打击。

他咬着牙，从最强壮的官兵中征人主动担任乍国决斗者。自告奋勇者绑在作战风筝上，一个个升上天，准备与半空的马塔·金笃决斗。

叮！咣！铮——！

风筝上下翻飞，有如一对明恩巨鹰，每当两只风筝靠近彼此时，空中便闪过一阵刀光剑影，辅以铿锵相碰之声。双方兵士都抻着脖子，全神贯注地注视着在天上盘旋的决斗双方。他们像鸟儿一样飞舞，令大家眼花缭乱。

马塔·金笃心中充满欢乐。所有战役都应如此！库尼的确通我心意。他的视力比所有单瞳者都要锐利，似乎能够以慢放模式看到对手的动作。他轻松格挡对方的徒劳攻击，止疑在脖颈上一挥，或是血噬对着头颅飞速一击，便干脆利落地终结了可怜小兵的性命。

乍国先后派十名勇士升空。落回地面的是十具没了气的尸首。祖邸城内欢呼声愈来愈高，纳门营中却静默下来。

"他简直是飞索威转世。"拉索说。

达飞罗并未以玩笑话作答。他终于目瞪口呆。马塔·金笃将军的确有如神祇下凡。

马塔在空中与人交手时，库尼与塞卡·集莫并肩站在地面，焦急观战。他相信马塔的敏捷勇敢，但每当马塔大胆出招、挑衅死神，他却依然难以抑制心脏险些跳出嗓子眼的冲动。

"拉紧！"库尼对塞卡和他的手下们低语道。虽然很清楚，绞盘小队根本无须他指示。他们明白，每当线绳松懈，就要立刻将其绞紧——以免风筝坠地，而后再慢慢放长。库尼觉得自己总得说点什么，这样才能派上点用场。

尽管库尼与马塔才相识不久，但他已经开始觉得马塔是最亲近的朋友之一——堪比家人。马塔的想法僵化、规矩、过时，但不知为何却令库尼感到亲近。与马塔并肩令库尼想要进步，不辜负马塔的期待，成为一个更加高尚的人。他不能失去他。

乍国不再有新的勇士升空，库尼与马塔的手下见状，便在城墙上嘲笑起纳门的军营来：

"现在到底谁是娘娘腔？"

"纳门是个老太婆，舞剑不如绣花活！"

"纳门，今晚吃什么啊？"

"乍国的姑娘们，趁着还来得及，赶快回蟠城去吧！"

有些往城墙上搬运石块木头的妇人听闻此话，面露不安之色。

站在城墙上的马塔听到这话，虽然稍有尴尬，却也笑了。但库尼挥挥手，示意众人安静。

"我亲眼目睹过乍国妇人的勇敢。"库尼说。他并未大吼大叫，但嗓音却穿透天际，就连马塔也能清楚地听到。双方将士都专心聆听，静静等待着——库尼对他人似乎就是有这种神奇的作用。

马塔惊愕地看着库尼。**库尼难道又准备了一个玩笑？**但他的语气和表情都极其严肃，看不出哪怕一丝嘲讽之意。

"我认识一位乍国母亲，她为了救儿子，甘愿受役吏鞭笞。我认识一位柯楚国妇人，她有孕在身，却能穿越流寇横行的山岭，派去救她的信使也被她救了一命。咱们就像两拨顽童站在这里彼此嘲笑，与此同时，是谁帮咱们耕种土地，为咱们提供口粮？是谁为咱们缝补衣裳，给咱们制作箭镞？是谁搬来围城的砖石，又运走伤员？你们忘了，在这场起义中，祖邸城的妇人们是如何与你们并肩作战的吗？我们男人沿袭习俗，披甲挥剑，可你们当中，有谁不认识一位母亲、一位姐妹、一位女儿、一位佳人，比你们更勇敢、更强壮？

"因此，咱们不应再认为被比作女人是一种羞辱。"

一时间，祖邸城墙上下都鸦雀无声，只有作战风筝的绞盘发出吱吱呀呀的声响。

马塔并不完全赞成库尼的话——妇人之勇怎可与男人相提并论？但他发现，就连城下的纳门大军似乎也折服了。也许他们的思绪飘回了遥远的乍国，想到了母亲、姐妹和女儿，正为自己为何身置于此而困惑。倘若这是库尼为了打击纳门军队士气而用的计策，那还真够迂回的。

"不过我得说，纳门这么害怕，毫不出奇。"库尼的声音中又出现了熟悉的嘲讽和吹嘘，"哎呀，有时候，纳门和二世还真是像啊——两个人睡前都要听故事！"

祖邸城墙上爆发出肆无忌惮的大笑，库尼和马塔的手下借着这个笑话创意迭出。

十具残尸由天而降之后，皇家大军中，再无人自愿升空挑战仍然挥舞着止疑和血噬的马塔。纳门的部下眼光躲闪，不肯与痛苦愤怒的老将军眼神相接。

待得一杯茶凉的工夫，库尼示意鼓手号手齐奏得胜曲。纳门的军营中一片静默，算是认了。

祖邸人慢慢转动绞盘，将马塔的风筝缓缓落入城中，满城皆呼："柯楚国元帅！"

的确，祖邸城南面的大路上掀起大团尘土。透过有如浓雾的沙尘，勉强能看出奔跑的马匹和血红的徽记，正是柯楚国元帅飞恩·金笃。

"是骑兵。"库尼朝正在解开风筝的马塔喊道,"你叔叔带救兵来给祖邸城解围了!咱们成功了!"

马塔抓住库尼的手臂,紧紧地抱住他。他惊于自己情绪起伏,竟一时语塞。"兄弟,"他最终开口道,"咱们并肩作战,抵住了乍帝国的大浪。"

"兄弟,"库尼湿了眼眶,"能与你并肩作战,我感到十分荣耀。"

"开门!"马塔喊道,"咱们要和元帅同时进攻,将纳门赶回蟠城!"

皇家军队有如被两股狼群围攻的羔羊,全面溃败。士兵们抛下武器盔甲和金银细软,快马加鞭逃向北方的安全地带。

他们乘着超载的船只试图渡过犁汝河时,数以百计的人溺水而死。库尼和马塔留下柯戈·叶卢守住祖邸城,二人率领手下追了上去,犁汝河南岸诸城又再次扬起起义军的大旗。

第二十三章 笛牧陷落

笛牧城
义正武治四年七月

柯楚国军队已将笛牧城团团围住。这是皇家军队在犁汝河南岸的最后一个要塞。

湖诺王攻占笛牧城的噩梦在市民脑海中仍然记忆犹新，笛牧城长老们便决定将赌注押在乍帝国上，市民们自告奋勇协助皇家军队守城。

马塔·金笃宣布，笛牧城每多抵抗一日，等城攻下来，他就会允许部下多劫掠一日，并且多处决一百名望族。可惜，这话并未如预期发挥作用，减少纳门在笛牧城中的民心，似乎反而助长了百姓自愿抵抗起义军的热情。

还有消息称，马拉纳元帅正率领一支大军渡过阿慕海峡。如果抵抗者坚持得住，笛牧城就能解围。

"采用恐吓的招数不妥啊。"库尼说，"自湖诺·其马之后，笛牧城百姓对于加入起义有所疑虑，这也是可以理解的。"

"兄弟，"马塔说，"笛牧城始终都是柯楚国的城。这些人竟与帝国联手反抗咱们，反抗他们祖国的解放者，说明他们已经被帝国占领侵蚀了。叛徒必须以自己的血来救赎。"

库尼叹了口气。马塔满口空话长篇大论时，便很难跟他辩理了。

他一旦被仇恨点燃，就会变得骄傲而冷酷。有时，在他的眼中，整个世界都是一片可怕的血红。

由于库尼与马塔率军自陆路而来，他们对水战并无准备，手上也没有战船。二人别无选择，只能将犁汝河岸与河口的控制权拱手让给皇家军队。纳门仍可从城市码头获得源源不断的粮草补给，皇家水军不间断地在犁汝河上巡航，对岸上的起义军造成打击。

"倘若有五万兵力，"马塔嘟哝道，"我就令一人扛一袋沙，逆流而上。只消一个下午，便可筑坝将犁汝河水截断。那些船就只能像干枯河床中的鱼儿一样挣扎。我们就冲上前去好好教训一下那帮水军。"

"倘若有五万兵力，"库尼说，"他们只消搭成人梯，就能翻过笛牧城墙。压根不需要这么复杂的筑坝计谋嘛。"他朝马塔咧嘴一笑。

马塔也放声大笑："你说得对。简单直接当为上策。"

于是，一天接着一天，马塔指挥着部下对笛牧城发起一波又一波攻击，令守方没有喘息的机会。他还征募四面八方的农民，为试图挖空笛牧城墙的兵力增加人手。

★　★　★

"向孪生女神发誓，我的背要断了。"达飞罗站起身，拉抻了一下，"我得歇会儿再挖。拉索，来陪我坐会儿。"他将从地下运出的一筐土倾倒在洞口附近的土堆上，随即坐下。

拉索也将自己筐中的土倒掉，看看哥哥，一言不发，转身又下去了。

拉索又背着满满一筐土上来时，达飞罗问："你怎么了？这么拼命会累死的。弟弟，听好，其马不是咱们的老大了。就算咱们要喘口气，加鲁公爵也不会用鞭子抽咱们的。"

"金笃将军不歇，我就不歇。"

达飞罗手搭凉棚，望向笛牧城墙。一支云梯小队正冲向城墙，打头的就是马塔·金笃，他手持巨盾，使身后的人免受墙头箭雨袭击。金笃从早到晚都在忙这个，士兵轮换时他也绝不歇息。

"此人竟毫不疲累？"达飞罗大声惊叹道。

"金笃将军简直就像传说中的英雄投胎。"

"你这些天总是金笃将军这，金笃将军那。要不，你让他当你哥哥算了。"

拉索笑了："哎呀，哥，别傻了。"

"他跟他们一样，都是贵族。"达飞罗说，"你还记得湖诺·其马称王的时候是什么样吗？"

"金笃将军跟湖诺·其马截然不同。"拉索的嗓音激动而坚决，达飞罗很清楚，最好不要反驳他。"他如此以身作则，我宁死也不想辜负他。我要继续挖下去，直到城墙倒塌，或者他叫我停，我才会停。咱们必须在援军抵达之前攻下笛牧城。"

达飞罗叹了口气，不情愿地继续挖土去了。

第十日，他们成功挖空了笛牧城墙脚，城墙倒了。

起义军有如潮水涌入城中，毫不留情地消灭了皇家军队的残余势力。纳门和几百个至忠部下有如困狼，打了一整夜，终于成功抵达码头，搭乘皇家战舰，逃至笛牧细城，暂时安全。

本有十万皇家士兵与纳门一起渡过犁汝河，如今只有三百人跟着他渡了回来。

尽管库尼奋力反对，马塔仍然履行了之前对笛牧城的恫吓。

"恫吓也是承诺。若不兑现，就会失去军心。"马塔说。

"你若施行大赦，能赢得更多人心。"

"对敌人手软便是对部下无情。"

库尼无言以对。他站在一旁，眼见柯楚国士兵围住笛牧城的千名望族，却毫无办法。这些人被宣布为帝国支持者，如今要亲手掘出自己的坟坑。

"兄弟，此举不妥啊。"

但马塔已经下令，柯楚国士兵推搡着，将哭喊的贵族男女送入大坑，开始活埋。

"千万别跟金笃将军对着干。"拉索说。他和达飞罗捂住耳朵，但垂死之人的尖叫仍然不绝于耳。

夫君吾爱：

信短见谅。我仍精力不济，小儿又甚需照看。

喏，喜讯在此。你做父亲了！

小儿诞辰百日，身强体健，乳名唤作小托托。待他成人，我们再为他取正式名。

吾儿与你酷似，只是小上一圈，竟出乎意料，甚是可爱。只愿他不要早日得了你的啤酒肚。莫非王宫中众女子对他都极喜爱，不忍放手。但倘若不是我抱在怀中，他不消片刻便要大声啼哭。我熬了些美梦草药汤服用，他便可通过乳汁获取。似已见效。他睡时面露笑意！

我祈愿卡娜与拉琶女神保佑你，愿你和马塔一切顺利。千万保重，勿随意冒险。盼君安全归来见我与小托托。

爱妻姬雅

"兄弟，喜得贵子！现在祖邸公爵可算后继有人了。我已经迫不及待想见见他了。"

"他既生在菊年，你作为叔叔可得好好关照他！"

马塔和库尼饮尽杯中的芒果烧酒。四下只有死亡与杀戮，姬雅的喜讯的确是大大的慰藉。

两人站在笛牧城码头，望向犁汝河上驶过的皇家舰船，它们都远在笛牧城的弓箭与投石器射程之外。马塔怒火消去之后，库尼很快恢复城中秩序，下令禁止军队劫掠。城中完全恢复元气还需时日，但至少市民不必再对"解放"军队如此惧怕。

越过战船，便可看到犁汝河口对岸笛牧细城中五彩缤纷的建筑，他们想象着，在笛牧细城的另一侧，过了喀洛半岛的肥沃农田，渡过阿慕海峡的汹涌波涛，便是阿汝卢吉岛，那里的城市漂在水上，宫殿悬在空中，码头壮观，船只修长，礼仪文雅，举止高傲，被千首诗歌反复传颂，在万幅图画中有所描绘。

"阿慕国水军甚是精良。"马塔说，"要靠他们阻止马拉纳的舰队，再帮我们渡过犁汝河，打到皇帝跟前。"

"但愿他们取胜。"库尼说。

第二十四章　阿汝卢吉之役

阿汝卢吉岛
义正武治四年七月

阿汝卢吉岛的名字在古阿诺语中为"美丽"之意，确是名副其实：这里有宽广的白沙滩，慵懒舒缓的沙丘上生长着一簇簇芦苇，碧绿的山坡上覆满啤栗草，幽深的山谷中是菩提树与银叶树的密林，菩提树枝头垂下的气根有如女子梳理秀发，银叶树的板状根从土中生出，颇像精于世故的甘国出产的漆质屏风。

随处可见各色各样的兰花绽放：白兰比海贝还要雪白，红兰比珊瑚更胜娇艳。白天，金色的蜂鸟在兰花丛中穿梭，夜晚便换作轻盈飘逸的飞蛾，翅膀在月下闪着银光。

阿汝卢吉岛的精华便是那湖中之城——觅雨宁城。清浅的图耶摩笛卡湖是图图笛卡湖的小妹妹，觅雨宁城便修建在图耶摩笛卡湖中的数座小岛上，有如漂浮水上的一顶冠冕。城中庙宇有着精巧的尖顶，宫殿则以优雅纤细的高塔环绕，它们彼此之间以挑战重力的修长拱桥相连。

觅雨宁城的房屋楼阁都尽可能利用岛上的有限空间。这些建筑狭窄高耸，墙壁富有弹性，有如竹林随风摇曳。有时，陆地不够，房屋就建成水黾般的模样，横踞湖面上方，由植入湖底的长竿支持。

水上花园在觅雨宁诸岛之间漂游，为市民应新鲜蔬果。绳索与檀香木板搭建的平台悬于楼宇之间，阿汝卢吉的贵族男女晚上便穿着缎鞋前来跳舞，又或饮着茶，观赏明月从海上升起，照耀着坐落在湖东几里开外海岸边的觅雨宁港口。

但觅雨宁城的明珠，毫无疑问，是绮可觅公主。

十七岁的绮可觅公主有着橄榄色的皮肤，一头瀑布般的淡褐色浓密卷发，湖蓝色的双眸有如两口静谧的深井，那些传奇的故事与吟游诗人的歌赋都赞颂她的美貌。她是大征服前阿慕国最后一任国君珀纳湖王的孙女，也是他唯一幸存的后人。但阿慕国法律规定，女子不可继承王位。因此阿慕国复辟后，便由珀纳湖的同父异母兄弟珀纳多木称王。他是绮可觅的叔祖父。

在阿汝卢吉岛的空中茶楼中，在珀纳多木的士兵与密探听不到的角落，有时能听见百姓彼此低语感叹：只可惜绮可觅没有生为男儿身。

绮可觅在闺房中独自对镜梳妆，完成妆容的最后修饰。她将金粉撒在浅褐色的头发上，使发色呈现金色，又将蓝色粉末涂抹于眼皮，凸显眼眸之蓝。这都是为了使她的容貌更似阿慕国的守护女神图图笛卡。

她没有叹息。今晚，她将发挥象征的作用。她清楚，无论象征者做什么，也不会对自己的命运叹息抱怨。她要微笑，挥手，静静地站在叔祖父身边，看着他磕磕绊绊地完成意欲鼓舞军心的讲话。她将提醒水手与水军应为何而战，展示阿慕国女子的理想形象，昭告图图笛卡女神的眷顾，表达阿慕国作为优雅、美丽、品位与教养的代表是多么自豪，远远优于野蛮落后的乍国。

但她无法否认的是，她并不快乐。

在她的记忆中，别人一直对她说，她是个美人。她可怜的祖父被处决之后，一对效忠于他的夫妇收养了她，将她视为己出。她比所有其他小孩先掌握读写时，他们倒也会夸奖她聪慧。她比养父母的子女跳得都高、跑得都快、力气都大的时候，他们也会觉得她很出色。只是，大家似乎都认为，这些才能不过是锦上添花，最重要的依旧是她的容貌美丽。

随着年纪增长，美貌的代价也愈加沉重。夏季，她再也不被准许在图耶摩笛卡湖畔与小伙伴一起疯跑，直到心脏狂跳、喉咙干渴、满身大汗，便可剥光衣衫，跳入清凉的湖水中畅游一番。如今别人会说，太阳会晒伤她无瑕的皮肤，光脚奔跑会让她脚底生出丑陋的老茧，鲁莽跳入湖水可能会撞上水底的岩石尖角，留下永久的疤痕。她唯一被许可的消夏活动是跳舞，但只能在平淡无奇的室内，阳光透过丝帘变得柔和，地面摆放着草编软垫。

她自小便梦想前往哈安国，向学者们请教数学、修辞与文章，而后再到遥远甘国的突阿扎港建立自己的商行。但如今，这些梦想只得搁置。从觅雨宁城中的服饰铺子以高价聘来的老师教她不同衣裙的颜色、剪裁与面料，以便适应不同场合，突出她身体的不同特点，使她的美貌得到反复称颂。这些老师还教她如何走路，谈吐举止，如何优雅持筷，如何通过妆容变幻出千种面貌，每一种都精美如画。

"这些有什么用？"她问养父母。

"你不是平凡女子。"母亲答道，"必须让你的美貌发挥出全部潜力。"

于是她没有学习修辞，却学了朗诵，没有学习创作文章，却学了如何在自己的脸上创作——用的是脂粉、珠宝和油彩，以及蹙眉、微笑和嘟嘴，为了变得更美。

美女抱怨美貌成为负担，这早已是老生常谈，绮可觅也很清楚。但老生常谈并不意味着它不成立，对她来说正是如此。

起义爆发，阿慕国复辟，她本以为自己终于看到转机。处处是革命与战争，正应大举募军，颁布新政，美貌有何用处？作为阿慕国皇室成员，绮可觅以为自己将会辅佐叔祖父治国，或许成为他的亲信中的一员。她很聪明，并不娇生惯养，也懂得勤劳的价值。阿慕国君臣上下一定清楚这一点吧？

然而最终，她仍只是穿上华服，精心装扮，直到面目麻木。她被要求站在这边，或者走去那边——但要优雅，切记，要有如舞蹈，要凌波微步，要始终引人注目，但千万不要开口讲话，要显得端庄娴静，要鼓舞人心。

"你是阿慕国复兴的象征。"她的叔祖父珀纳多木王说，"在各诸侯国中，我们以文明、优雅与精致而著称。美丽就是你能为国家所做的最大贡献，绮可觅。其他人都无法像你一样，如此淋漓尽致地提醒人民铭记我们的理想、自我形象与庇佑我们的女神。"

她瞥了一眼窗边衣架上垂挂的衣裙，是一件古典剪裁的蓝色绸袍，意欲令人一睹便更觉酷似图图笛卡。她沉下心，预备再次扮演一整晚装扮精美的雕像。

"你就像是图图笛卡湖。"一个声音说道。

绮可觅猛地转头。

"湖面平静，其下却是潜流暗涌，洞穴幽深。"说话者站在她的卧房门边的阴影中。绮可觅不认识她，但她身着蕨绿色绸袍，是时兴式样，宫廷女侍臣皆如此穿着。也许她是国君某个亲信的妻子或女儿。

"你是谁？"

那女子向前迈了一步，落日的光线便映亮了她的脸。绮可觅惊叹起来：她一头金发，眼眸碧蓝，皮肤完美无瑕，有如打磨光滑的琥珀。公主从未见过如此美丽的女子，而且她看起来又像少女，又像妇人，又似阿婆——完全看不出她的年纪。

女子并未回答，却说："你希望自己的言行想法能够被人重视，你还觉得，倘若自己是平民，此事便会容易一些。"

绮可觅听到这句放肆论断，脸红了，但她一双蓝眼睛中流露出坦诚、友善与宁静，又令她断定这女子对她并无恶意。

"小时候，"绮可觅说，"我会与兄弟和他们的玩伴争论。他们脑筋不够灵光，也不用功念书，很少辩得过我。可每当他们看出我的论点占了上风，便会大笑说：'跟漂亮姑娘没什么好吵的。'随即否认我胜过他们。自那之后，生活并没什么变化。"

"诸神赋予我们不同的天赋与本领。"那女子说，"你想想，孔雀若是抱怨自己因羽毛美丽而被捕猎，又或角蛙抱怨人们只看重它的毒液，这于它们有何助益？"

"你的意思是……"

"诸神造物，也许平凡，也许美貌，也许强壮，也许纤弱，也许愚笨，也许聪慧，但若要利用天赋开辟出一条路来，事在人为。角蛙的毒液可以杀弑暴君，拯救全国，但也可沦为街头地痞的谋害利器。孔雀尾羽可以装饰在将军的战盔上，牵动无数人心，但也可能化作佣人手中的凉扇，服务于坐享家产的富家愚儿。"

"不过都是些诡辩之语。孔雀无法选择羽毛的去向，角蛙也难以决定自己的毒液做何用途。我不过是国王与群臣的傀儡，被他们打扮起来，示于人前。他们就算用图图笛卡的雕像也是一样。"

"你如此心怀不满，因为你认为美貌妨碍了你，但你若真有自己以为的那般强壮、勇敢、聪慧，你就应该明白，倘若利用得当，你的美貌便可以发挥极为危险和强大的作用。"

绮可觅望着她，一时语塞。

那女子又道："图图笛卡是诸神中年纪最小的一个，也被视为力量最弱的。但在流民之战期间，只有她与英雄伊路森正面交锋。他着迷于她的美貌，放下戒备，她才得以用带毒的发针杀掉他，使阿慕国免遭伊路森军队的践踏，阿慕国百姓世世代代都赞颂她的这一举动。"

"红颜就必成祸水，必做娼妓，必定不过是个赏心悦目的消遣吗？我难道只有这一条路可走吗？"

"那些都是男人给女人贴的标签。"那女子说道，声音中多了一丝锐利，"你的语气听来仿佛鄙夷，但其实不过是对史官话语判断的鹦鹉学舌。决不可相信他们的话！想想英雄伊路森，他溜入客非王后的床帏，玩弄拉琶与卡娜姐妹二人，在新月岛诸位王子公主面前裸身露面。你觉得，史官会称他是祸水、娼妓、'不过是个赏心悦目的消遣'吗？"

绮可觅咬着下嘴唇，思考着。

那女子继续说："祸水是靠美色欺骗而取胜，而不用强力。娼妓以欢爱为武器，有如巫师使用魔杖。'赏心悦目的消遣'亦可决定展示自己，以此领导数千人的情感与思想，使其变成一股势不可挡的力量。

"阿慕国正面临危难，绮可觅，这危难能将这座美丽之岛化作碎砾。你若头脑清醒，胸怀大志，便会看出你面前的这条路无比艰险，你必须以美貌帮助自己，效力于你的人民，而非诅咒它。"

绮可觅站在觅雨宁港口码头，目送舰队离港。她从头到脚都穿戴着阿慕国的蓝色，远看仿佛图笛卡女神真身显现。

她朝水手们挥手。他们都是些毛头小伙子，在甲板上笔直列队，脸上满是惊讶与天真。有些人对她报以微笑，也挥挥手。将领们站在前甲板上，对站在岸上的国君与群臣行礼。下方，巨桨切入水中，动作整齐划一，将战舰驱动前行，有如轻盈的水黾。

远方地平线上方漂浮着十个闪闪发光的椭圆体，那是帝国的飞船。小小的橙色光斑仿佛生出轻盈的羽翼，像是阿汝卢吉岛上兰花遍布的林中所生的飞蛾与流萤的混合体。

*如此美丽的东西，如何竟能如此可怕？*绮可觅想道。

★　★　★

在皇家舰队旗舰"奇迹精魂"号的驾驶舱内，金笃·马拉纳将军凝望着地平线上觅雨宁城的点点灯火。更近些的幽暗海面上，划桨前来应战的阿慕国舰队船只甲板上，看得到暗淡火把闪烁摇曳。

他曾来觅雨宁城休假，在这里优美的古典建筑之间流连忘返，阿慕人民的热情好客也让他开怀。达拉诸岛之中，觅雨宁城的兰笋茶最为沁人心脾。这里有兰花百种，又可杂交培植出万般花样，便是终其一生在觅雨宁城各间空中茶楼之间流连品茗，也尝不尽所有品类。

他或许不得不摧毁如此美物，真是悲哀。

下方，皇家水军的八十艘军舰依队形破浪前行。空中，他周围环绕着皇家空军的其余九架飞船。飞船由巨型作战风筝驱动前进，军舰则扯满风帆，为桨手保存体力。在作战期间，他们将会需要人力才能提供的灵活与速度。

军舰后方的深海之上，迟缓笨重的大船驭浪而来，载着皇家军队自如意岛与达苏岛招募的十万新兵。

他继续看阿慕国舰队与皇家舰队渐渐靠近。据报，纳门在柯楚国遭受重创，这意味着他们必须在此地快速取胜，如此才能平息哈安国、里马国及达拉诸岛其余地方涌起的起义情绪。

皇家舰队进入射程，阿慕国舰队的喀第罗司令便以两盏橙色灯笼为号，下令舰队启用作战队形。小小的灯笼由草编纸糊而成，下方点燃的蜡烛热气蒸腾，将它们飘摇送上天空。

舰队熄灭所有火炬，收起船帆，打开桨孔，修长的战桨入水。

喀第罗司令对自己的好运微微一笑。马拉纳这位披着将军盔甲的皇家税务大臣看来是对海战战术一窍不通。他竟将舰船排布得如此稠密，意欲冒险对阿汝卢吉岛发起夜袭。

由于能见度低，较为沉重的皇家舰船必须缓慢前行，以免彼此相撞。较为轻盈快速的阿慕国战船可以快速穿梭于舰队密布的船只之间，击断其战桨，将燃烧的沥青弹丢上敌方甲板，以此抵消皇家舰队在舰船数量众多方面的优势。

皇家舰队的几位船长似乎也察觉了己方稠密阵形的愚蠢之处。战舰速度减缓，开始反向划桨，远离不断逼近的阿慕国舰队。

"你们已走投无路了，马拉纳。"喀第罗司令燃起四盏红彤彤的灯笼，此为全面进攻之号。四十艘阿慕国舰船全部开始奋勇划桨，追逐正在撤退中的皇家战舰。

不过，十艘庞大的飞船仍在前行，不多久便抵达阿慕国舰队正上方。此时，他们便开始投下火焰弹。

喀第罗对此早有准备。易燃的帆布已经全部收起，部下们还将甲板上的障碍物全部清理干净，覆以一层湿沙，随即全员躲入甲板下方的船舱。这些都是乍国大征服之前便已存在的旧战术。有了湿沙，燃烧的沥青弹四溅开来，发出嘶嘶声，但火势无法散开。不多一会儿，飞船的火焰弹似乎便已投光，也只得跟随舰队撤退的步伐，划桨后退。

皇家舰队如此仓促撤退，不出所料陷入困境。军舰无暇调头，难以精准控制方向。后退过程中，船只彼此相触，速度便降了下来，只等阿慕国舰队的船首冲角与投石器攻来。阿慕战船愈来愈近，有些船长等不及，已经下令朝皇家战舰投射沥青弹与石块，但大多落入水中，敌方毫发无损。

"再耐心些。"喀第罗低语道。但已经无所谓了。阿慕国战船前行速度极快，即刻船首冲角便可撞上皇家舰队。海上眼看即将漂满破碎的桨片与乍国水手及海军的尸首。

喀第罗旗舰旁的战船突然右倾，战桨失去协调一致的秩序，一片混乱。不知何物缠上桨片，战船变作一半腿脚不听使唤的千足虫，在海上原地打起转来。这艘船朝喀第罗倾了过来。

"快闪开！"喀第罗大喊。但旗舰左舷的桨手突然惊呼起来。他们的桨也神秘失控了。桨片似乎困于某种厚重之物，桨手越是用力拉拽，桨片便越是不听使唤。两艘船相撞，发出一声雷鸣般的巨响。混乱中，有些战桨折断了，还有些被从划船者手中扯脱。

阿慕国水军情急之下只得点燃火炬察看损失，喀第罗探头朝船身望去，发现几条小舟，舟上多人正在劈砍他的战船的桨片。

直至此刻，喀第罗才明白马拉纳的计策。

皇家舰队虽然撤退，却留下多只小舟，满载身着黑衣之人，手持带钩渔网。阿慕国舰队经过时，对他们全然未曾察觉。隐匿小舟上的士兵随即便将渔网掷于阿慕国战船桨片上，令桨片缠作一团。阿慕国战船便失去控制，彼此相撞。

飞船再次飘来，又投下新一批致命的沥青弹，甲板上的水军兵士或是四下逃窜寻找掩体，或是尖叫着跳入海水中。皇家舰队此时又朝动弹不得的阿慕国舰队而来，预备发起一场屠戮。

★ ★ ★

绮可觅闭上眼睛。她不想再看到阿慕国的战船，如今它们已化作漂浮海上的火舟，也不愿想象溺死兵士的绝望呼喊。

她转身朝觅雨宁城而去。叔祖父珀纳多木王一言未发。应当准备投降了。

珀纳多木被剥光衣衫，囚于笼中。他将被飞船带至完美之城，在首都子民的欢腾中游街。不过，马拉纳更感兴趣的是素有阿慕明珠之称的绮可觅。

"公主殿下，我们竟被迫在如此情形下相见，鄙人实在深感遗憾。"

绮可觅打量着这个瘦削男人与他那张毫无趣味的面孔。他一看便是官吏模样，与她此前遇见过的数以百计的官吏并无差别。然而，此人却害死数千性命。

他手中掌控着帝国的杀戮机器，而她除了自己却一无所有。

但她很清楚自己对男人可以产生怎样的作用。

"我是您的俘虏，马拉纳元帅，自要听凭您的处置。"

马拉纳屏住呼吸。她的声音中竟仿佛有许多手指，轻抚他的面庞，又撩拨着他的心弦。她的大胆语气使话中的暗示变得明白无误。

"将军，您的权力如此之大，达拉诸岛恐怕再无第二人。"

马拉纳闭上双眼，细细品味着她的嗓音。他若在这样的声音中入眠，定能做上许多香甜美梦。这样的嗓音有如阿慕国的兰花香茶：甜美，馥郁，清新悠长。他真想一直听她说话。

她走到他面前，将手臂搭上他的脖颈。他并未拒绝。

★　★　★

"接下来呢？"绮可觅对着镜子梳理一头秀发。晨光透过帘幕映进来，在马拉纳看来，她的发辫仿佛都笼着一层金色光晕。

"我得带俘虏回蟠城。"他在卧榻上答道。

"这般急迫？"

马拉纳笑了。"我可不能耽搁。其余各诸侯国仍在起义。"他沉思片刻，"不过，我可以留下一个百姓信任之人，在这里管事。此人要明事理，愿与皇帝合作。"

公主的手迟疑片刻，随即又继续梳理头发。

"你可愿做阿慕国女公爵？"马拉纳问道，"听说，你比你叔祖父远远更适宜治国。"

公主仍继续梳头，没有答话。

马拉纳很惊讶。他此时给予这个姑娘的尊重，更胜于她自己的家人与子民。他本以为她会表现出些许……感激。

"你在想什么？"

绮可觅手中的发刷停了下来。"您。"

"想我什么？"

"我在想，您一回到蟠城，便不得不对人卑躬屈膝，而他们的功劳还不及您为乍国荣耀所做的百分之一。二世皇帝的天下都靠您得来，但他却可轻易将您打发掉，自己坐享其成。"

"你讲话可须小心些。"马拉纳环顾四周，察看是否有下人偷听到。

"您说我比我叔祖更适合治国，或许如此。但这天下并不总是公平的。荣耀也并不一定归于应得之人，实在可惜。"

她的大胆言辞唤醒了他心中的某些东西。马拉纳想象着自己在"奇迹精魂"号的驾驶舱中飞回蟠城。他想象着自己的大军进入都城。他想象着自己走进皇宫，他的居所，而他身畔正是他的妃子，美丽的绮可觅公主。

他看向镜子，望见绮可觅映在镜中的面孔。她也正从镜中注视着他，那目光有几分恣意，有几分顺从，活泼，野心勃勃，充满魅惑。

"难道，我们不能令这天下变得更公平一些吗？"她问道。她的声音似乎又将他全身包裹起来，引他前往他不曾鼓起勇气探访之地。

他看向床榻边的小几，他的衣袍叠得整整齐齐，安放其上。是前一晚，他在抱她入怀之前先将衣袍叠好的。几枚钱币散落在小几上，他伸手将它们仔细堆成一摞。他不喜混乱。

钱币彼此相碰，发出熟悉的声响。在他脑海的遥远一角，他听到了井井有条的声音，细致记账的声音，那些分门别类的整洁账簿，每一项条目都明白无误。他打了个寒战，她织就的魔咒褪去了。

他无比不情愿地转过头，面对她。"够了。"

他深吸一口气。差一点便着了她的道。

她极为聪颖勇敢，大有用武之地。

"我还以为你是个有野心的人。"马拉纳说，"可我错了。"

她转头看他。她意识到自己失败了，脸色阴郁下来。

"你不仅是有野心。"马拉纳说，"你爱这片土地和它的子民。你渴望他们的赞许。"

"我是阿慕国的女儿。"

"公主殿下，我向你提个建议。你若接受，我便不动阿汝卢吉岛一分一毫。除了上缴国家税赋，且百姓再次效忠皇帝陛下，这里的平静生活将一如既往。觅雨宁城的茶楼还可继续香气缭绕，歌声袅袅，人们也将继续惊叹于这座美丽岛屿的精雕细琢与优雅高贵。歌谣与故事将铭记你保护阿慕国人民的事迹。"

"我以为，我会成为阿慕国女公爵。"

马拉纳大笑。"那时我还没意识到，倘若将阿慕国留给你会有多么危险。"

绮可觅公主没有答话。她漫不经心地将手指抚过蓝色绸袍，似乎正细细赏玩手上佩戴的一颗大蓝宝石。

她真希望自己再多几分耐心、多几分谨慎。她本有机会让此人背叛二世皇帝，进攻蟠城，可她因行事鲁莽而错失良机。

"不过，倘若你拒绝，我就要把你卖到蟠城最下等的春楼，开价一个铜子。大家都将一直记得你沦为娼妓的下场。"

此时轮到绮可觅大笑了。"您觉得这便能吓倒我？在您眼里，我始终不过是个娼妓。"

马拉纳摇摇头。"不止于此。我还将下令排干图耶摩笛卡湖中的水，将觅雨宁城烧尽。我会在田中撒盐，每十名阿汝卢吉岛民中便有一名要被处死。我已经杀人如麻，再多几个也无妨。最重要的是，我会昭告天下，阿汝卢吉岛有此下场，全都因你而起。因你一人。你本有机会拯救你的人民，但你却拒绝了。"

绮可觅公主盯着马拉纳。她再也没有词语来形容她对此人的感觉。仇恨似乎远远不够。

一艘轻快飞船负责将绮可觅公主与珀纳多木王押往蟠城。与他们同船的还有几个阿慕国贵族和要犯，包括皇宫卫队队长卡诺·梭。

与俘虏同行的只有少数船员。飞船框架内的船身中，一条短小走廊边分布着几间房间，用于储物和船员寝室。其中一间房中，绮可觅与珀纳多木全身赤裸，被囚在笼内。其余囚犯则以绳索捆绑，关押在走廊边的房中。

飞船一上路，卡诺·梭便开始尝试挣脱捆绑手腕的绳索。守卫松懈，绳索绑得不够紧，而且已经老化，张力不足。

他等了几个时辰，等到守卫约莫放松了些许警惕。他努力挣扎，每当负责看管此室的那名皇家守卫过来巡视时，便停下不动。他反复摩擦绳索，直至皮破血流。他龇牙咧嘴，却没有放弃。流出的血润滑了绳子，倒令挣脱变得更容易了。

成功了。他的双手恢复自由了。

他曾无助地站在码头，眼睁睁看着阿慕国百姓在夜色中死去，从熊熊燃烧的战船上跳入阿慕海峡的冰冷海水中，送了命。但现在，傲慢的乍帝国人犯了个错误，他便要让他们付出代价。

守卫转过身时，卡诺便迅速解开自己脚踝上的绳索。

守卫再次经过卡诺身边时，他一跃而起，将守卫扑倒在地。他敏捷地拔下守卫腰带上的匕首，一下割开对方的喉咙。

他释放了周围的其他俘虏。众人重获自由，便在屋里随手拿起可做武器的家伙，小心窥视走廊。算他们走运：走廊中空无一人。所有其他守卫都在自己的铺位上酣睡呢。

众人迅速行动。那几个皇家守卫都在睡梦中丢了性命，不过几分钟，俘虏们便接管了驾驶舱，飞行员与桨手都是服徭役者，几乎未曾反抗便投降了。

卡诺走进关押珀纳多木王与绮可觅公主的房间。他移开视线，以免二人因全身赤裸而受辱。他打开囚笼，又将从皇家守卫那里拿来的衣物递给他们。

"陛下，公主殿下，真是奇迹！我们自由了，还夺下了一艘皇家飞船。"

绮可觅公主虽然裸着身子，仍然骄矜典雅。她谢过卡诺，将一块棉质粗布裹在身上。她虽未着绸袍，并无冠饰，也没有粉黛与珠宝装点，但卡诺却认为，她依旧是他所认识的最美丽的女子。他从很久以前就一直远远欣赏她。她的确是阿慕国的明珠。

卡诺从绮可觅公主脸上看到了喜悦与如释重负，毫无疑问，这是因为他帮她逃离了马拉纳为她安排的不知何种屈辱命运。老天将卡诺安排在这个位置上，他几乎对此感到高兴了。公主那冰霜般的碧蓝双眸正温柔地望着他，既冷又暖。只要她开口，他便心甘情愿为她赴死。

"咱们现在去往何处？"国君问道。他没了群臣，远离王宫的安逸保护，还未曾适应没有祖国的人的生活。

"去萨鲁乍城。肃非王会帮助咱们。"公主的语气冷静平淡。卡诺看得出，她已将被俘的屈辱之事抛在脑后了。她已恢复公主殿下的气度，重新变作阿慕国的明珠。现在，大家向她寻求决策，而她也会把握机遇，领导众人。就让继位法见鬼去吧。

飞船调整轻帆与船舵，开始朝柯楚国南行。

第二十五章　"此乃马也"

匹拉总管颇为忧心。

库泊摄政王任命国库大臣为乍国元帅，谁也未曾料想此举竟成妙招。此人谨慎精明，才干远胜众人期待。

阿汝卢吉岛大捷成了人人热衷的话题。有些诸侯国甚至派来秘密使节讨论投降条款。当然了，皇家大军在犁汝河畔尚遇小挫，但起义军也无法渡河进入帝国腹地热翡卡平原。

库泊终日吹嘘自己高瞻远瞩的任命决定。他在宫中趾高气扬踱步的模样，简直以为自己是伟大的立法者阿汝阿诺再世。很快他就变得令人难以忍受，显然早已忘记倘若没有匹拉，他也只不过是个无名小卒。

库泊野心勃勃，这一点人尽皆知。他已是蟠城中最为位高权重之人，但匹拉看得出，终有一天，库泊可能会认为他不再需要二世皇帝。就连马拉纳的军职都受制于库泊的心情，有了这位元帅作为后盾，库泊大可踏入大政务厅，质问群臣究竟认为谁才是真正的皇帝。

群臣都曾点头同意摄政王牵进大政务厅的是马，他们也只会再度明智点头，应声回答说皇帝正站在他们面前，刚刚问了他们一个问题。

那么，坐在宝座上的那孩子是谁？

谁知道呢？定是冒名顶替之人。

那孩子身旁之人呢？

不过是个管家，那孩子的玩伴。他败坏乍国传统美德。理应斩首！

匹拉摇摇头。他不能容许这样的事发生。他一度可以满足于见证乍国衰亡，但如今，他想要得更多。他已经受够了二世和库泊这两个蠢人。

从乍国皇室手中夺得皇位的不应是库泊，而是他。他定要为玛盈好好报仇雪恨。

"我要见皇帝。"库泊说。

"陛下正忙着。"匹拉说。

"正忙着玩吧。"库泊对宫中规矩愈加恼火。明明是他负责治理帝国做出重大决策，可每周却要像奴仆一样来向这个被宠坏的孩子汇报。

小皇帝下了一道任性谕令：任何人想要面见皇帝，都必须先经由匹拉总管批准。可匹拉不过是个奴仆！这使库泊忍受的屈辱又多了一分。或许是该改变一下规矩了。

"皇帝还年轻，容易分散心思。"匹拉说，"我会密切注意陛下的心情，等他状态更适宜的时候再召你来。"

"多谢。"库泊说。匹拉总管是个傻瓜，正是皇帝喜欢的那种伙伴。但先皇过世时，他和匹拉便被不可言说的共谋绑在了一起。他还需要匹拉，至少当下如此。

"快来，快点。皇帝说想听国事。你得现在去见他。"

库泊整理好朝袍和头冠。头冠上坠着美玉与琥珀制成的珠子，象征他的权威。他一路疾走，穿过皇宫厅堂，前往皇帝的私人花园。匹拉在他身后小跑，跟上他的步伐。

他们转过拐角，进入花园。皇帝正坐在一张长椅上。他似乎在摆弄堆叠膝头、拖至长椅的一摞衣物，还有说有笑。

库泊走上前来。"陛下，您召我来？"

这个十五岁的少年一惊，抬起头来。长椅上的衣物窸窸窣窣，一个姑娘面红耳赤，从他膝头坐起身，徒劳地想要遮掩胸部。她朝摄政王、皇家总管以及皇帝飞快地行了个礼，随即沿小径落荒而逃，消失在灌木丛后。

"并没有。"二世皇帝面色通红，满腔怒火，"出去。出去！赶快出去！"

库泊尽快退下。

匹拉跪倒在地，前额抵上冰冷的石头。"小人该死，陛下。他硬闯进来的。小人拦不住他！"

皇帝点点头，不耐烦地挥手叫他退下。他站起身，沿姑娘方才离去的小径走了。

匹拉暗自微笑。在如此时刻被贸然打扰，没有什么比这更让那孩子羞辱气恼的了。此后，皇帝每次见到摄政王，脑海中必会浮现起这次难以磨灭的记忆。

而后，匹拉贿赂库泊的管家，请他帮忙收集库泊练字之后丢弃的废纸。

"我极仰慕摄政王的书法。"匹拉谦卑地说，"我只是想挽救一些他弃之不留的佳作。"

管家认为此举并无大碍，他甚至对这位皇家总管心生怜悯。多么悲惨的生活啊。终日忙碌只不过是给小孩解闷，爱好又是求人收集他人的废纸。库泊摄政王却是真正的伟人。这两人真是一个天上，一个地下。

匹拉耐心等待了些时日，才收集到足够字迹。他将字纸摊开，用热水壶在背面小心摩擦，直至蜡字软化，易于剥落。他从中挑选蜡字，重新排列在一张白纸上，再从背面加热，直至蜡字融化少许，再次固定。

至此，他便得了一首新诗，以库泊精美流畅的笔迹写就。此诗并非出自摄政王之手，但库泊也无法证明这诗是伪作。

他将此诗漫不经心地落在通往大政务厅的台阶上，而后便会有人发现，呈交皇帝。

> 吾等雄鹰，竟由鼠驭。
> 吾等独狼，却听狸令。
> 终有一日，位归其主。
> 愚昧小儿，哀求饶命。

"您还记得那头鹿吗，陛下？"匹拉对又怕又怒的二世皇帝低语道，"希望您终于领会了必须知晓之事。"

叛徒！库泊简直难以置信。皇宫侍卫夜半来到他的住处，叫醒他，又给他戴上镣铐。如今他被囚于皇家地牢，甚至没人肯来告诉他，指控他的证据究竟是什么。

他想要证明自己的清白。倘若要说谁最擅长写文说服他人，那便是他库泊了。他靠笔墨刀蜡便能自救。

他给皇帝写了一篇又一篇请愿书、一封又一封书信，但始终未获回复。

匹拉总管前来探视旧友。

"你做了些什么啊？"匹拉悲伤地摇头问道，"你的野心难道就没有边界吗？"

库泊什么也没有承认。匹拉做了个手势，身后的人走上前来。

库泊生平从未体验过如此疼痛。他的手指骨一根根被敲断，被敲断的骨头又再次被敲断。库泊昏死过去。

他们将冷水泼在他脸上，唤醒他，再继续对他用刑。

库泊承认了一切。匹拉递过来的每一张纸，他都签了字，签字时用牙齿咬住笔杆，因为他的手指已经像融化的蜡烛一般瘫软。

三名皇宫侍卫来到库泊的囚室。

"皇帝陛下派我们来核实，你的供词是否真实。"一名侍卫说道，"他担心匹拉总管可能太上心了。你是否遭受过酷刑折磨？"

库泊抬起头，浮肿的双眼望向侍卫身后。并未看到匹拉的踪影。

终于，找回公正的机会来了！

库泊拼命点头。他很想讲话，却不能。因为匹拉的手下已用拨火棍烫坏了他的舌头。他举起双手，让侍卫看他所受的折磨。

"那供词——是假的了？"

库泊点头。

匹拉，你个下等奴隶。这回你逃不掉了。

侍卫们走了。

"我叫几个手下扮成皇宫侍卫去试探你。"匹拉总管语气冷淡地说，"他们发现你的供词并非出自真心。看来，你还以为自己看见的是鹿，而非马。我告诉你：此乃马也。明白了吗？"

匹拉的手下折磨了他整整一晚。

匹拉派最高明的医生来医治库泊。他们包扎好他的手，给他的舌头涂了药膏。他们喂他进补汤水，将草药膏涂在瘀青处。但他们一碰库泊，库泊就一缩，怕这不过是匹拉折磨他的新花招。

一天，又有几名皇宫侍卫来到库泊的囚房。

"皇帝陛下想核实一下，你的供词是否属实。你有没有遭受酷刑折磨？"

库泊摇头。

"那供词——是假的吗？"

库泊拼命摇头。他嘟哝着，嗓音嘶哑，用各种手势尝试比画着告诉他们，那供词都是真的，每一个字都是真的。他是背叛了皇帝陛下。他想害死皇帝。他非常非常懊悔，但他罪有应得。他希望自己这次的表现合格了。

二世皇帝满心忧伤地听完皇宫卫队长的汇报。他内心深处仍然拒绝相信摄政王当真会背叛他。

但皇宫卫队长讲述了手下探访库泊的经过。在一间安全室中，匹拉总管并不在场，库泊对问讯的侍卫坚持表示并未遭受酷刑折磨。他非常懊悔，但供词是真的。

皇帝心烦意乱。

匹拉总管前来宽慰他。"无论您觉得自己有多了解他人，人心皆难测啊。"

二世皇帝下令将库泊的心脏剜出来，呈到他面前，看看是红色的忠诚之心还是黑色的叛变之心。

可等到心脏呈上来的时候，这孩子又没了勇气。他一眼未看，便下令将它喂狗。

匹拉总管如今又得了宰相之衔，他开始将精力放在起义之上。

终有一天，他将悠然欣赏小皇帝祈求饶命的模样，那也将是他从乍国皇室手中夺走帝国的日子。但现下，他首先得解决起义军的问题。

运筹帷幄之中在他看来似乎并非难事。倘若库泊能胜任，他便也可以。

阿慕国陷落后，只有三个诸侯国仍处于叛乱之中：北方是地形起伏的法沙国，万人军力布于里马国的幽暗森林的另一侧。东方是富饶繁荣的甘国，一万步兵与起义军仅剩的水军都在狼爪岛上。南方则是勇猛尚武的柯楚国，与塔诺·纳门将军隔犁汝河相望。

金多·马拉纳对法沙国的熙录哀王评价不高，认为此人柔弱投机。他也并不看重甘国的达罗王，此人只安于藏身狼爪岛，再不顾位于本岛的热季拉平原本应由甘国世代相袭。马拉纳打算将自己所带兵力与纳门手下合并，协同作战，攻下柯楚国。这是对帝国构成实际威胁的唯一一个诸侯国。

可他还没来得及将计划转为行动，完美之城的信使便带来消息：库泊摄政王叛国阴谋败露，已被处决，如今匹拉宰相下令集合全部皇家军力，准备对狼爪岛发起总攻。

"先平外岛。"信使朗读着戈兰·匹拉的话，"本岛自会随之就范。"

在马拉纳看来，此策并不明智，但他在皇家信使面前掩饰了内心的恼怒。皇帝和新宰相似乎认为，战争不过是他们在大政务厅的帝国模型上玩耍的游戏。他身为乍帝国元帅，终究不过是枚卒子，任凭上级随意拿起放下。

有那么一瞬，他几乎希望自己屈服于绮可觅公主的引诱了。

但那一机会已然不再，叛国之路对他来说也只能停留于想象之中了。他太过谨慎，太过守持秩序井然与各归其位。

马拉纳叹了口气，发出新的调遣军令。皇家舰队和两万大军将沿本岛海岸向北而行，绕过法沙国，朝狼爪岛进发。

与此同时，纳门会在犁汝河和里马森林外围留下少量兵力防御。他将亲自率领另两万人穿越索轲山口，通过温和的热季拉平原、多座繁华的花园城市与宁和的大片稻田，在希纳内山脉与海岸交汇之处与水军舰队会合。乍帝国将从此地对狼爪岛发起全面进攻。

第二十六章 首侯之诺

萨鲁乍城
义正武治四年九月

面对集会的各诸侯国使臣与国君，肃非王大发雷霆。

他厌倦了众人言行的小气。争辩已激烈持续数月，却未曾达成任何决定。诸位要人并不愿促成向蟠城进军的计划，却忙于争吵如何瓜分想象中的战利品。

里马国和阿慕国均已陷落，哈安国甚至未能成功独立，哪怕只是片刻。乍帝国将会再次将各诸侯国一一击破，重演玛碧德雷皇帝数十年前的功绩。起义正在失败的深渊边缘摇摇欲坠。

各诸侯国之间平等独立的梦想虽美，肃非王心想，**但如今我们必须面对现实。**

"够了，别争了。"肃非王宣布道，"我任命自己为首侯。"

众人大惊，厅内突然一片寂静。已有几百年没有过首侯了。

但大家并无异议，至少无人公开表示。毕竟，柯楚国军力最强，而且也是唯一一个在战场上赢过帝国的诸侯国。

"马拉纳和纳门要以全部兵力进攻狼爪岛，我们必须放下分歧，尽力援助甘国"——甘国使节听闻此言，用力点头——"法沙国和柯楚国会派出可供调遣的所有军队，你们其余人也必须竭力援助。钱财，兵器，智谋，都可以。六国必须在狼爪岛团结抵抗。"

此话并非戏言。各诸侯国的确均可提供援助。里马国军队的残部已进入柯楚国，他们心中苦涩，渴望复仇。阿慕国数只军舰从阿慕海峡一役中幸存，狼狈逃至萨鲁乍城，珀纳多木王与绮可觅公主也在这里——可惜的是，他们逃亡所乘的飞船降落不久便不知为何开始漏气，不得不弃船。已征服各国的富有贵族也都逃到萨鲁乍城，他们随身携带的国宝大可充作军费。

就连哈安国也能有所贡献。柯苏季王派路安·齐亚秘密潜入哈安国，在心怀不满的年轻人当中展开地下行动，准备从腹地给帝国制造骚乱。

"倘若我们在狼爪岛战败，达拉诸岛将重新陷入野蛮与暴政。但我们若是成功，就能掐灭帝国的最后一丝希望之火。金多·马拉纳在如意岛和达苏岛也不可能再找到更多人愿意为帝国送死了。乍国百姓和咱们一样，皆已饱受其苦。

"我们万众一心，不成功，便成仁。"

肃非王当然不相信各国国君和使臣，他们每人都有自己的算盘。为了激励众人，他必须开门见山。

"倘若我们赢了，便乘胜追击，穿过热季拉平原，通过索轲山口，直取蟠城，打到皇宫去。作为首侯，我宣布，无论是谁，无论出身贵贱，只要他捉到二世皇帝，便将热翡卡平原最肥沃的土地给他建立一个新诸侯国，由他担任国君。"

众位使臣与国君对这一决定报以稀稀拉拉的掌声。飞恩·金笃将军一圈冷目扫视，大家的掌声便热烈了许多。

有了刀剑撑腰，言语便也可信了许多。

珀纳多木王兀自低语说，首侯许诺的土地原本是应当属于阿慕国的呀。可鉴于他和绮可觅公主还要拾肃非王的牙慧，他也只将嗓音压得很低。

姬雅在萨鲁乍城外海滨的一个小村里赁了一间房子。这房本是一户柯楚贵族的避暑地，但那户贵族在乱世家道中落。房子很大，却并不过分奢华，租金也尚可接受。

向东望去，海平线那边便是图诺阿群岛。马塔·金笃在海边伫立片刻，朝海浪中抛掷碎贝壳与石子，思念着家乡。而后，他猫腰走进库尼的家门。

"库尼兄！姬雅姐！"他大喊，"没打扰你们吧！"

一个月前，马塔和库尼看出马拉纳和纳门显然不会进攻笛牧城，便返回萨鲁乍。库尼陪伴姬雅，尽享为人父的乐趣。马塔则帮叔叔管理柯楚军队。但二人等待各诸侯国国君与使臣决定起义军的下一步战略，都等得有些坐立不安。

"啊，是马塔老弟。"库尼说着，与姬雅一同站起身，"你知道的嘛，你什么时候来都不打扰我们。你是自家人。"

奥索·可林端了一碟小食与一套茶具进来。

"我不是和你说过多次吗？你不用像佣人一般……"姬雅说，"你是库尼的侍卫，不必帮我拿东西。"

"我不介意，姬雅夫人。"奥索红着脸答道，"是我求加鲁大人带我来的，我也跟他保证了，我一定会让自己派上用场，保护他也好，帮您打理家事也好。我愿意做任何事，为加鲁大人……也为您。"

"真是个长不大的孩子。"姬雅说着，但面带笑意，"谢谢你，奥索。"奥索笨拙地鞠了个躬，退下了。

姬雅和库尼对马塔行了迎客礼，大家以平式席地而坐。姬雅忙着沏茶，库尼则将小儿递给马塔。马塔略有些不知所措，将婴孩像椰果一样小心翼翼捧在巨掌之上。孩子并没有哭，而是好奇地抬头看着眼前这个巨人。库尼和姬雅都笑了。

"他身材像你，库尼。"马塔看着宝宝胖乎乎的小腿和圆鼓鼓的肚皮，说道，"不过脸蛋儿长得可比你好看多了。"

"你跟我家相公相处太久了。"姬雅微笑着说，"就连他的低俗笑话也学来了。"

大家饮着茶，用竹筷吃着芒果干与鳕鱼条。马塔对库尼讲了肃非王的谕令。

"热翡卡国君！"库尼惊叹道，"这绝对能调动军中上下。"

"确是如此。"

"老弟，你怎么如此平静？这许诺简直是为你而作啊！"

马塔咧嘴一笑。"起义军中人才辈出。谁知诸神会将如此大赏赐予何人？"

库尼摇摇头。"何必如此谦虚。你理当努力争取。"

马塔看到库尼对他如此笃信，大笑起来，但也有几分不好意思。"眼下，我只盼肃非王能任我为狼爪岛联军司令，这样叔叔便可留在萨鲁乍城，他应该好好歇息一下。元帅留守卫国，肃非王也能放心些。"

"我跟你去。咱们并肩作战。"

马塔微微一笑。他的确愿意库尼·加鲁在他左右。库尼虽然并非冲锋陷阵之材，但却总是足智多谋。

此时，库尼与姬雅相视一笑。库尼凑向马塔："加鲁家可能又快添个小娃娃啦。"

"又要恭喜你们了！你们还真是珍惜时光。"马塔举杯祝贺这对欢喜夫妻。

"我们加鲁家就像是狮齿蒲公英，时日再艰难，也能开枝散叶。"库尼轻抚姬雅后背，姬雅心满意足地注视怀中宝宝的双眼。这个家虽然朴素清冷，但马塔却觉得，与肃非王宫中满是华贵壁毯和匆忙仆从的石头大厅相比，仍是这里更加温暖。

他本未曾考虑生儿育女之事。但这些天，有了绮可觅公主相伴，他的脑海中不再只有兵法与战术了。

第二十七章　绮可觅

大军预备朝狼爪岛进发之时，萨鲁乍城中充斥着关于绮可觅公主的流言蜚语。

大家常看到貌美如花的公主与年轻的马塔·金笃将军相伴。二人真是一对璧人：马塔有如飞索威落入凡间，绮可觅则美若图图笛卡。如此佳偶，再无人可比。

马塔自认并非感受细腻之人，但绮可觅却能令他心烦意乱，呼吸加快，他本以为这种情形只存在于古诗之中。他望着她的双眸，仿佛时间都静止了，他只盼能终日闲坐，痴痴地看着她。

马塔最喜欢的还是听她讲话。绮可觅轻声细语，他必须靠得很近才能听清，而且如此这般，他便可吸入她的芬芳香气——热烈、浓郁、令人迷醉。她似乎能用声音爱抚他，停在他的脸上，穿过他的发间，轻轻踏入他的心房。

她说起在阿汝卢吉岛上度过的童年，说起身为公主却被剥夺故国的成长矛盾。

她在祖父的一个忠臣家中长大，尽管她很想将自己视为富商之女，和非亲生的姊妹并无二致，但她却被教导，不可忘记王室血脉带来的责任。

阿慕国人民仍待她为公主，尽管她再无宝座，也没了宫殿。她在重大节庆上领舞，慰问与她一起哀叹荣光不再的贵族，和兄弟姊妹在觅雨宁城的上等书院就读，研习阿诺经典，学习歌唱与椰胡琴。她的公主头衔就像一件有了感情的旧斗篷，破不蔽体，弃之可惜。

后来便发生了起义。一夜之间，她却过上了童话中的生活。群臣跪倒在她面前，轿夫眉眼低垂将她抬入觅雨宁城的王宫，所有古老仪式都复活了。她的周围竖起一道看不见的围墙。绮可觅公主的身份既是巨大的特权，亦是沉重的负担。

马塔理解这种负担。它来自特权与责任，来自失落的旧时荣光，也来自崭新的沉重期望。库尼·加鲁这样的人从未有过这种体验。他并未生在贵族之家，并未被剥夺与生俱来的权利，是不会理解的。库尼之于马塔就像是哥哥，但绮可觅公主却能看透他的内心深处。他想象不出还能与哪个人感到更加亲近，哪怕是飞恩。

"你和我一样。"她说，"别人一直对你说，你应该是什么样子，给你设立了努力的目标。但你是否想过自己想要什么？只是你自己，马塔，而不是金笃家族的最后一人？"

"以前从未想过，直至此刻。"他说。

他摇摇头，摆脱与绮可觅公主相伴时很容易坠入的梦呓状态。他坚持应当礼数得体，也不想破坏了这份纯粹的情感。他要带她去见叔叔，图诺阿公爵暨柯楚国元帅，获得叔叔的祝福，而后，他便要向珀纳多木王提亲。

绮可觅深深做了一个福式，随即起身，目送马塔的身影在大厅中远去。

她关上门，身子倚在门上，脸上换作一副极为悲伤的表情。她哀悼自己的自由，哀悼失去的自我。

卡诺·梭卫队长竟认为是他的勇敢促使她和珀纳多木王"奇迹般的"逃生，真是愚蠢。

我已有约定。

最令她痛苦的是，她的确喜欢马塔，喜欢他笨拙僵硬的举止，喜欢他真诚坦率的话语，喜欢他那张藏不住内心感受的面孔。就连他的缺点，她也并不在意：他脾气不好，有着脆弱的自尊，过分在意荣誉——随着时间推移，这些瑕疵都可锤炼成真正的高尚品质。

你难道无法看透我的假意微笑吗？你难道无法识破我伪装的心意？

她并不擅长魅惑之道——事实上，她对此一直嗤之以鼻，而且她在金多·马拉纳那边也操之过急。但如今，如今她大获成功。理由太过明显，每当它浮现在她的脑海中时，她总是试图否认：也许她根本不是虚情假意。可这个理由却使她的行动远远更加可怕。

她攥紧拳头，指甲扎进肉里。她回想起烈火中的阿慕国，刀剑下的觅雨宁城。

她无法向马塔袒露心扉。

我已有约定。

飞恩·金笃一直认为，女人不过是种消遣。他时而用女佣侍寝，满足生理需求，但他绝不允许她们将他的精力从真正的任务上分散：他必须恢复金笃部落与柯楚国的荣耀。

但这个女人不一样。这位绮可觅公主在他侄子的陪伴下来拜访他了。

她充满生机，就像一棵新鲜勃发的枣树。尽管他麾下有两万大军，连肃非王的一切军务也须征询他的意见，但她对他却并无畏惧。她虽为公主，却没有领地，可她的言行举止仿佛与他平起平坐。

她并不像许多女人那般在目光或态度中寻求他的庇护。这却令他更想保护她，渴望伸手将她揽入怀中。

她说起对他的仰慕，说起阿汝卢吉岛青年的牺牲令她悲伤。飞恩见过许多贵族女子，她们都很愚蠢，眼界仅限于闺房与欢宴。但这位公主却为溺死在阿慕海峡幽暗海水中的兵士落下真挚的泪水。她懂得男人为何奔赴战场追寻荣耀，但当他们垂死之时，他们心中想起的总是母亲、妻子、女儿与姊妹。她的确值得他们为她而死。

而且，她又是如此一位绝代佳人。

绮可觅面露娴静微笑。

但她的内心其实想尖叫。

元帅武断认为她渴望保护，需要保护。听她谈论阿慕海军的败绩时有理有据，他很是吃惊。她注意到飞恩居高临下地赞扬她的学识教养。她对萨鲁乍城藏书表示惊叹时，他饶有趣味地笑了。她说起妇人在觅雨宁港码头为战船准备出征的劳苦艰辛时，他不以为然。但她将话题转向战船上的水手时，他便聚精会神起来。

他对她说，她与"那些愚蠢的贵族小姐"截然不同。他是真心想要赞美她，真心以为，夸她异于寻常女子，便会令她受宠若惊。

正是他这样的男人将她变作符号，将她置于这般难以忍受的境地。

但这也使她的任务变得更加容易。她很清楚她应该如何言行，甚至觉得扮演他的女神是件颇为有趣的挑战。只有围着男人转，如同向往太阳的葵花，她才具有价值。

我已有约定。

绮可觅与飞恩之间的眉来眼去是什么意思？马塔思考着。她垂下头，他伸手触碰她的肩膀，又是什么意思？叔叔与侄子的未婚妻应该那样好吗？

不知什么原因，三人对这次会面的目的都顾左右而言他，令人困惑。谁也没讲什么具体事宜，谁也没说一句失礼之言，但话语之间似乎已传达了太多。

他是否应该对一个比他年轻许多的姑娘如此动心？飞恩思考着。他抢了侄子的心上人是否合乎礼法？他一直将马塔视如己出，可如今却对他起了嫉妒之心，嫉妒他的年轻、他的力量，嫉妒他凭什么可以拥有她。

但绮可觅难道不是允许飞恩对她动心了吗？她的那些眼神、那些叹息——其中传达了太多。

他看得出，她仰慕他的成熟，多年经验所带来的沉稳。马塔年轻冲动，就像小狗一样对她着了迷。但她并未因此冲昏头脑。她想要的爱人应该更有男子气概，更为持久，更加真实。

马塔请库尼来做客。

马塔阴郁沮丧，一言不发，斟了两杯高粱酒。桌旁铜炉中烧着明火。库尼与马塔面对面坐下，啜饮一口。酒是便宜货，劲大，库尼眼中一下涌起泪水。

库尼和大家一样听说了流言，但他很识趣，没有提起。

"他要将我调离。"马塔说。他一口饮尽杯中酒，立刻猛烈咳嗽起来，掩饰了他的眼泪。"帕汐·洛马这个老家伙只配看守萨鲁乍城门。他却让这老头去狼爪岛任大军司令。我只负责殿后。而且这周之内就得出发，为渡过奇汐海峡做准备。可我甚至不能跟随大军一起渡海。我的任务是看守港口，守住玛蓟半岛，以防大军需要撤退。"

库尼仍然没有开口，只是给马塔的酒杯又斟满。

"她说，她不肯从我们二人当中选择一个。于是他决定替她做出选择，把我赶走。他这是在向我示威，他权力之大，足以支配我，以此贬低我。他这是在夺走我获得荣耀的机会。"马塔朝火里啐了口唾沫。

"可别这么说，兄弟。你和元帅是撑起柯楚国的两根支柱。你们之间若有不和，就如同地基中的白蚁，须得清除，否则便会给众人带来毁灭。你应该专注于眼前的任务。多少人的性命悬于你手。"

"库尼，偷走侄子对象的人不是我！背叛信任的人也不是我！他是个虚弱的老头子，一直靠我来帮他打仗。也许，到了我该停手的时候了。"

"够了！你喝多了，一派胡言。马塔，我和你一起去玛蓟半岛。忘了那个水性杨花的女人吧。她玩弄了你们两人的感情，不值得你如此动怒。"

"不准你这般诋毁她。"马塔站起身，想要打库尼，可他一个踉跄，没有打中。库尼敏捷地一闪，随即扶住马塔，将马塔一条结实的臂膀搭在自己肩头。

"好吧，兄弟。我不讲公主的事了。但我真心希望你们俩都从未遇到过她。"

但库尼终究没有和马塔一起奔赴战场。柯戈·叶卢从祖邸城送信来：库尼的母亲去世了。库尼必须去祖邸城，遵循习俗戴孝三十日。库尼本想等危机过去，推迟戴孝，但马塔坚决不同意。哪怕是在战时也应尊重这些规矩。

由于姬雅又有孕在身，带着幼儿也难以上路，她决定留在萨鲁乍城。马塔答应会派可靠之人照看她。

奥索·可林主动提出留下保护姬雅，库尼立刻应允。若是姬雅有个信得过的人在身边，他留下姬雅也放心一些。

"相公不在，留个男人在家中略有不便。"姬雅说，"我虽不大在意萨鲁乍城的流言蜚语，但最好还是别给他们留下话柄。"

"我可以给您家做管家，这样留在家中便顺理成章。"奥索提议道。

姬雅并不赞同，但库尼也觉得这般最为妥当。"谢谢你，奥索。为了保护姬雅夫人，你竟愿意如此安排，我深感荣幸。我绝不会忘记你的忠诚。"

奥索嘟哝着谢过库尼。

与此同时，尽管库尼手下的大部分士兵都已并入狼爪岛远征军，但马塔从库尼和自己的旧部中抽调五百名老兵，与库尼同返祖邸。

库尼谢过马塔，开始为归乡旅途做准备。

"兄弟，一定小心。要专心于咱们唯一的目标：击垮帝国。要记得你那首歌，歌里唱了咱们金子一般的手足情谊。终有一天，你定会成为热翡卡王，在蟠城中胜利巡游。百姓都会唱颂你的名字，直冲天际，我保证，我一定会在你身旁，发出最响亮的呼声。"

但马塔并未回应。他的眼神似乎望向很远的地方。

★ ★ ★

"达飞罗,"百夫长说道,"起来,收拾行囊。你跟加鲁公爵回祖邸城。"

达飞罗与拉索彼此对视,打了个哈欠,开始收拾。

"你这是做什么?"百夫长对拉索说,"我说的只有你兄长,没有你。你还是跟我们一起去狼爪岛。"

"但我们一直是一起的。"

"可惜。金笃将军下令从三连选派五十人给加鲁公爵。我只是在执行军令。达飞罗选上了,你留下。"百夫长是个神情傲慢的小伙子,他冷冷一笑,摆弄着脖颈间的鲨齿挂坠,像是在看达飞罗或拉索是否敢挑战他的那一丁点权威。

"我告诉过你,咱们根本就不该重返军队。"达飞罗说,"我看咱们得叛逃了。"

可拉索摇摇头。"金笃将军下了令。我不会违反他的命令的。"

米罗兄弟只得手足分别了。

"都是因为他们觉得我懒。"达飞罗说,"我真希望我跟你一样卖命。这什么鬼风,吹得我眼睛流泪。"只是一阵轻轻的微风。

"你想想,倘若我没从狼爪岛回来,你便不必再费心照顾我了。然后便可找个好姑娘,将米罗家的香火续下去。哈,谁知道呢,没准是你抓到二世皇帝呢。加鲁公爵点子可多了。"

"照顾好自己,听见没有?别老往前头冲。留在后方,眼观四路,耳听八方。一旦形势不对就跑。"

入夜,卡娜峰山口闪闪发光,几里开外皆可看到。

山口轰隆作响。

甘国的塔祖,你穿成百夫长的样子在这里做什么?

传来一阵狂野的笑声，有如海难一样混乱，又似鲨鱼穿过幽暗深海那般难论是非。

你们这场该死的战争都要打到我的岛上来了，却不许我要些把戏？

我以为你不参战呢。

谁说要参战了？我是来找乐子的。

你觉得拆散兄弟是乐子？

凡人不是挑拨叔侄就是离间夫妻。我不过是给他们的日子添些难测的命数罢了。大家时不时都需要塔祖来调剂一下嘛。

飞恩对自己说，他这样做是为了保护马塔与绮可觅。

马塔的举止越发古怪。绮可觅担心若是直白拒绝马塔的追求，不知他会做出什么事来。应当由飞恩治好马塔的相思病，保护柔弱的绮可觅。

他叫她留下陪他过夜。她静坐片刻，默默点头。

她给他斟了一杯又一杯芒果烧酒。有了她的美色下酒，他开怀畅饮。她令他觉得自己重返青春，觉得自己能单枪匹马拿下整个帝国。没错，他一定做了正确的决定。她是属于他的。

他将她拥入怀中，她微微一笑，娴静地扬起脸，等待着他的吻。

月光皎洁。窗口倾进一片银色，洒落在草垫铺就的地板上，也洒落在鼾声如雷的飞恩·金笃的床榻上。

绮可觅公主坐在床沿，一丝不挂。夜间很暖，她却打了个寒战。

你要魅惑金笃叔侄二人。

她的脑海中第一百次响起金多·马拉纳的话。

飞恩与马塔·金笃是固若金汤的柯楚国大军士气的两枚精魂。你要假意动情，挑拨他们叔侄二人，直至嫉妒猜疑损害了柯楚军队。时机一到，你便将二人中杀掉一人：柯楚国的左膀右臂无论缺了哪一个，纳门和我都能快速解决另一个。

公主殿下，这就是我的条件：你好好完成这项任务，否则，阿慕国百姓就会为你的失败付出代价。

绮可觅站起身。她安静优雅地滑过地板，正如舞蹈老师所教导的那般。她在屋子另一头的屏风处停下，她的衣袍就挂在那屏风上。她伸手从腰带的暗袋中取出一柄纤细的匕首。粗糙的手柄划过她的手掌。

这把匕首名为"独角鲸之棘"。甘国刺客曾欲用它行刺玛碧德雷皇帝，那时他还是雷扬王。我会把它放在你的船舱中。独角鲸之棘是以一整根独角鲸齿雕刻而成。诸侯国君疑心重，会用磁门或探测器检查金属兵器。但这柄匕首不会被查出。正是刺客的理想武器。

她伸出一根手指，轻轻触碰了一下匕首尖。手指上涌起一滴血，有如银色月光中的一粒黑珍珠。元帅的侍卫不停道歉，但仍然要求她和到访将军住处的其他宾客一样，穿过一条由强力磁石筑成的小走廊。倘若那柄匕首由金属铸成，藏匿匕首之处便会被磁石吸住，暴露她的真实意图。

马拉纳当真是深谋远虑。

她又安静优雅地滑过地板，回到床畔。

她苦涩地微微一笑。马拉纳以为她不过是孔雀的一根尾羽，以为她是角蛙囊中的一滴毒液。但她却有另一条路可选：尽管这条路狭窄局促，但她仍会极尽所能利用它。

她之前已苦思冥想许久。马塔年轻，尚未到达盛年，仍大有潜力。而飞恩却已辉煌不再。

倘若她杀掉马塔，飞恩可能会加速漫长而注定的衰落。但若杀掉飞恩，热血的马塔或许会怒火中烧，投身复仇大业，致使乍帝国不得不面对自己成就的可怕对手。

她希望自己的决定是理智的，希望对马塔的真情并未影响她。

她看着飞恩裸露的身体、渐秃的头顶、开始变得松垮的肌肉。她真希望自己不必这么做。她真希望自己并非公主，而不过是富商之女——特权与义务相伴而行。有时，人不得不在一条性命和一岛百姓的性命之间做出抉择。

"对不起。对不起。对不起。"

她抬起飞恩的下巴，他在睡梦中动弹了一下，她便将匕首深深刺入他脖颈中的软穴。她双手握住匕首，左右划动，血溅四方。

飞恩哼了一声醒来，抓住她的双手。她在月光中看到他双眼圆睁，有如酒杯，其中充满惊愕、痛苦、愤怒。他说不出话，但一直用力捏紧她的手，直至匕首从她手中滑落。她知道自己双手手腕已断，无法再按本来的计划自尽。

她用尽全力，从他手中挣脱，退后几步到他可及范围之外。

"我这是为了阿汝卢吉岛的百姓。"她低声对他说道，"我已有约定。对不起。我已有约定。"

马拉纳曾许诺，阿慕国百姓将永远铭记她。世世代代都将歌颂她的牺牲，讲述她的英勇事迹。

她当真值得如此赞颂吗？是的，是她救了阿慕国百姓。可她也冷酷地杀死了柯楚国元帅，使起义岌岌可危，置无数其他人的性命于危险之中。她并不后悔：她是阿慕国的女儿，对她来说，阿汝卢吉岛的百姓永远是排在第一位的。她是两害相权取其轻。

但她在黄泉之下如何面对飞恩·金笃和即将死在马拉纳剑下的所有其他人？在众人指责的眼光中，她只能硬下心肠。

飞恩身躯的抽搐逐渐减缓，幅度也越来越小。

由于断腕之痛，绮可觅视线一时模糊，此刻又在清冷的月色中清晰起来。她终于领会了马拉纳此计的险恶用心，不禁打了个冷战：倘若乍国在随后的战事中饶过阿慕国，她的名字被百姓称颂，柯楚国便会怀疑阿慕国与乍国联盟，而她的行动正是阿慕国背叛六国的证据。觅雨宁这座美丽脆弱的水上城市，恐怕便会被马塔的军队付之一炬。

祸水是靠美色欺骗而取胜，而不用强力。娼妓以欢爱为武器，有如巫师使用魔杖。"赏心悦目的消遣"亦可决定展示自己，以此领导数千人的情感与思想，使其变成一股势不可挡的力量。

马拉纳赌的是她的虚荣心，是她的渴望。她渴望被子民视为英雄，渴望他们铭记她的牺牲。但她的荣耀却会为柯楚国与阿慕国之间带来无尽争端，为这座美丽之岛带来噩运。

要想阻挠他的计划，只有一个办法：她必须玷污自己的记忆，以此保全阿慕国。

飞恩的身体不再动弹，她便大叫起来。"我杀了柯楚国元帅！哦，金多·马拉纳，你要知道，我做这些都是因为爱你。"

沉重的跑步声在走廊响起，刀剑铿锵相碰的声音愈来愈近。她跌跌撞撞地走到飞恩尸体边，坐了下来。

"马拉纳，我的马拉纳！我宁愿做你的奴隶，也好过阿慕国公主！"

他们会杀掉我的，她心想。他们会觉得我是乍国元帅的玩物，被爱蒙蔽的蠢女子，背叛了自己的人民，出卖了起义。他们将会记住的便是这样的我。但阿慕国便能保全。阿慕国便可逃过一劫。

她继续大叫，直至他们用剑封住她的口。

实在抱歉，小妹妹……

尽管明恩巨鹰时而飞往达拉群岛各个岛屿，但自那一日起，它们再不肯接近阿汝卢吉岛，诸神中最年幼的图图笛卡的领地。

第二十八章　路安之计

祖邸城
义正武治四年十月

路安·齐亚问候过非素·加鲁，又前往灵堂，为加鲁夫人的灵魂安息去祈祷点烛。

他马不停蹄，从哈安国赶往萨鲁乍城，随即又来到祖邸城。大部分旅途都在帝国疆域之内，他只得夜间赶路，白天躲藏，以免被皇帝的探子发现。路安本已身体瘦弱，多日如此劳顿又令他更加憔悴，衣衫上也糊了厚厚一层泥巴尘土。但他的双眼闪闪发亮，眼神更加狂热，有种前所未有的兴奋。

纳蕾过世后，非素终于软下心肠，收回不准库尼进门的狠话。

路安·齐亚走进库尼·加鲁的房间，库尼站起身。他全身白衣，面涂炉灰，肩披粗布，双眼红肿，十分疲累。二人双臂相握，静默片刻。

路安坐下来，脊背笔直，以礼式跪坐。"人生如锦，母爱乃是最为强韧的丝线。我心与你同哀。"

加鲁公爵并未像大多文人那般以华丽的套话作答，只是说："我一直辜负家母期望。但无论发生何事，她始终爱我。"

"我时常想，父母从子女身上得到的乐趣，便像是人放飞野鸟的乐趣。容我斗胆猜测，加鲁夫人一定也收获了许多喜悦，虽然她并不曾真正看到你将可翱翔的高度。"

库尼·加鲁低下头。"谢谢你。"

"加鲁大人，你我并非熟识，但自与你相见之后，数月间，我时常想起你来。这世间仅有寥寥数人能成为伟人，纵横天下，与诸神共饮。我相信你便是其中一位。"

库尼轻轻一笑。"虽是服丧期间，这等赞扬仍然很是受用。人真是奇怪的动物。"

"我不是来赞扬你的，加鲁大人，我给你带来一个机遇。"

路安·齐亚在哈安国肩负煽动热血青年的秘密任务，教唆他们在帝国腹地心甘情愿冒着生命危险从事破坏行动。这项任务不仅危险，也希望渺茫，但路安却毫无怨言。他深爱祖国，即便只有一丝微弱的希望，也值得一试。无须谨慎盘算，前思后想。

一晚，路安被纸页窸窣的声音吵醒。他坐起身，发现老渔人在海边送给他的那册《自知书》竟自行书页翻飞。

他下了床，坐在书桌旁，发现书页停在一章新内容上，他从未见过。渐渐地，空白的书页上出现了一片新的文字与图画。

其中有一份达拉诸岛舆图，饰以许多细小的黑白符号，他意识到这些符号代表着帝国与起义军各自调动的军队。地图下方的文字是一篇漫长论述。

他读着。太阳升起，又落下，又升起。他仍在读着，不知饥渴。

三日后，他站起身，合上书，放声大笑。

书中内容正是他多年间环游诸岛的见闻。他的想法似乎全部倾注在书页上，但却已经过整理，变得有序，洋洋洒洒罗列开来。他以全新的方式梳理了已有的知识，又获得了一个新点子。他意识到，他的一生都在为这一刻做准备。

他要实现对父亲许下的誓言了。

路安·齐亚首先向柯素季王呈上他的计策。

"我年事已高，路安。如此风险只能交给年轻人，他们尚不了解天下，仍然自信满满。我能做肃非王的宾客，便已安于现状。你梦想的宏伟事迹还是交由别人来实现吧。"

而后，路安又去玛蓟半岛的拿粟城找马塔·金笃。但金笃将军仍沉溺于叔父与绮可觅公主之死，概不见客。路安根本没能见到马塔。

库尼·加鲁是他的最后一线希望。加鲁虽非善战的勇士，况且只是平民出身。但路安·齐亚感受到了他内心深处的蠢蠢欲动，或许可以说服他赌上一把。

"肃非王许诺说，谁俘了二世皇帝，便可成为新诸侯国的国君。"

库尼点点头。他想到了马塔·金笃。要说谁最为骁勇，能够攻下蟠城，那便是他的朋友马塔。

"塔诺·纳门前往索轲山口与马拉纳会合，准备进攻狼爪岛。他离开蟠城时只留下极少守卫。他认为皇家水军足以守住犁汝河及阿慕海峡。诸侯国联盟的关注点只在狼爪岛。"

"纳门是对的。我们在本岛西岸根本没有水军军力。"

"水军不一定非是舰船不可。"

库尼看着他，脸上充满疑问。

路安尽力语气平静，三言两语向库尼简单解释了他的计策。他必须显得理智冷静，尽管他的计策无比疯狂。他作结道："射人先射马，擒贼先擒王。"

库尼静静坐了片刻。"很大胆。"他最终说，"但也极其冒险。"

路安与库尼目光相接。"加鲁大人，你现在必须做出决定：你是愿意像明恩巨鹰那般翱翔天际，但要冒坠落而死的风险；还是愿意安于他人檐下，啄米度过一生？"

库尼面无表情。路安不知自己是否成功燃起他的雄心——在他的谋划中，预测库尼的反应始终是最难的。

"就算我能成功，如何才能守住完美之城？这便好比用缝衣针去格挡宝剑。"

"你的朋友金笃大人一定会来援助。但必须在事成之后——此计成功与否，关键便在于，事前越少有人知晓越好。"

"事成之后，我们便能一起称王。"库尼说，"称兄道弟，携手登基。"

路安点点头："你们将是完美组合，正如你们曾经守住祖邸城之时。"

"前提是我能成功。"库尼思考片刻，说道，"你给我带来的，不过是一场赌博。"

路安做好了失望而归的准备。库尼虽然曾是赌徒，但已小有成就。而成就会令人不愿再承受风险。

"告诉我。"库尼说，"鲁素对你的计策有何看法？"

路安眼神并未游移。"我的父亲是鲁素的太卜。我自己作为占卜师也颇有名气。不过，加鲁大人，神祇的意志其实难以确定。我从未见过哪个征兆只有一种诠释方式。我一直相信，诸神心意有如风起潮涌，自助者，天助之。"

库尼露出一个微笑。"若是在无知者听来，占卜师之子说出这番话可是大大的亵渎。"

"在哈安国久研学问之人都持此观点。倾盆城各间学堂虽小，达拉诸岛却有大批数学家、哲学家、立法者诞生于此，这并非巧合。我们努力计算可知之事，而非不可知之事。"

"我之前佯装惊讶，请你原谅。"库尼说，"我是在考验你。倘若你夸口说鲁素会为你的疯狂计划提供帮助，我便不会信你。"

路安大笑。"加鲁大人演技了得。"

"我这身本领都是在小偷小摸和街头赌局中练就的。你大概听说过，赌徒有两种：一种向鲁素祈祷，另一种则向塔祖祈祷。你知道个中道理吗？"

路安不假思索地答道："鲁索的信徒偏爱讲究技巧的赌法，认为拥有足够的知识与算术，便可预测未来。塔祖的信徒更喜欢纯靠手气的赌法，认为天下与塔祖的漩涡走向一般变化莫测，未来究竟是好是坏也无从预知。"

"我一直都向他们两人祈祷。"库尼说，"路安，再给我讲一遍你的计划，再说说在这疯狂的表面下，你都掌握了些什么信息。"

路安解释了自己的思路，列出详细的数字、地图、军事调遣情报以及乍国军官资料。库尼认真聆听，时而提些问题。

路安讲完，绝望地看看面前的一摞纸片。他的计划看来荒唐，简直是白日做梦，成功的可能性几近为零。库尼逼迫路安详细解释，成功证明他的计划根本难以实现。

"浪费了你的时间，我深表歉意。"路安说着，开始收拾行囊。

库尼说："就算是在偏重技巧的赌局中，也无法保证一定能赢。最终，总有一道鸿沟是无法依靠知识跨越的。几率全部算尽之时，依旧要掷出骰子，迈出信仰之跃。"

一阵微风吹来，室外院中飘起一片狮齿蒲公英种子。

库尼转头观看。他真希望手边有一把姬雅的特制药草，就像那次在二梅山中一般，抑或是那回在祖邸城墙上，有马塔与他并肩作战。但这一次，他必须独自做出决定。

我一直在等风，它此刻是否已经到来？我是否即将被唤离家乡，远走高飞？

"我一直许诺自己要来一场有趣的冒险。"库尼微笑着说，"大家时不时都需要塔祖来调剂一下。"

于是他在母亲灵前辞行，为提前离家向她道歉。

达飞罗·米罗打了个哈欠。天色未亮，祖邸城外的路上尚且寒冷。他抬头望望星空，叹了口气。

他不知道他们要去哪里，只听说要快速行军数日，夜间只能睡硬地。高高在上的将领从不把军情告诉小兵，达飞罗也习惯了不明所以便被四处调遣。但达飞罗注意到，军中并未向萨鲁乍城和肃非王派出信使——他尽力和信使们处好关系，这些人就像是昆虫的触角，总是率先得知一切重要情况。这次当真古怪。不知加鲁公爵在谋划什么，还要向肃非王、金笃将军和所有其他人保密。

加鲁公爵带全体参谋随行，仅留多飒照管祖邸城。这次行动显然十分重要。

他的日子不过就是填肚子、领军饷、长久的无聊，间或夹杂短暂的恐惧与极度疲累。战争对任何人都没有好处，除了当官的。

不过，既然都是当兵，跟着加鲁大人不失为上选。他当真不肯无谓牺牲手下性命，达飞罗觉得，仅凭这一点他就胜过金笃将军。拉索对金笃的桀骜气概和英勇事迹着了迷，达飞罗却看出，金笃不大在乎生死之事，他什么也不怕。可对达飞罗来说，这并非美德。

五百名步兵装扮成商队，沿大路而行。他们始终朝西南方向前进。加鲁公爵骑马领头，只有诸神知道他们要去往何方。

他们抵达了港口城市堪纷城。神秘的路安·齐亚是加鲁公爵的新军师。众人在城外扎营时，他独自一人去了码头。

达飞罗凝视着城墙，回想着自己古怪的人生道路。一年多以前，他和弟弟启程来到这里，准备乘船前往蟠城，等待他们的是鞭笞、锁链和无尽劳苦，只为了给玛碧德雷皇帝修建皇陵。但他们根本就没走到堪纷城，因为带队的湖诺·其马和佐帕·西金彻底改变了他们的人生。

现在，他终于来了。可他们这是要去哪里呢？

皇家水军在柯楚国海岸不断骚扰往来船只，如今少有船舶敢于突破封锁。不过，重赏之下必有勇夫。路安·齐亚便去码头给船长们展示了一笔巨资。

加鲁·公爵的人马夜间登上三条商船。达飞罗试图在黑黝黝的货仓中睡上一觉。士兵们挤在一起，和鱼干或布匹没什么两样，船只随波涛起伏晃动，很多人都开始晕船，到处都是呕吐的气味。

出了海，众人便可轮流上甲板呼吸新鲜空气。达飞罗想靠观测日月星辰判断他们的航行方向。目力所及之处并无陆地，所以他们并非沿海岸线而行。是不是要去荒蛮的客非岛？那里有大象在草海中漫步，大部分地区都无人居住。加鲁公爵是想开辟新领地吗？达飞罗从未离开过本岛，心中琢磨着客非岛上会是如何一番景象。

但太阳始终在右舷一侧，他们一路南下。

"前方陆地！"

达飞罗望向岸上的幽暗树木，这片处女林从未被砍伐过，也从未被制成船只、房屋、攻城车和宫殿。

他们来到了坦阿笃于岛，野蛮的食人族的地盘。达飞罗把手按在剑柄上。加鲁公爵为什么把他们带到这里来？这不是文明人该来的地方。多年来，各诸侯国曾无数次尝试降服和占领这座岛屿，无一成功。

船只泊在一个浅水湾中，大家乘小舟渡水登岸。商船随即起锚掉头离去，将加鲁公爵和他的手下留在这座荒岛。

已是黄昏时分，柯戈·叶卢和民恩·萨可礼指挥众人在沙滩就地扎营。路安·齐亚走到营地边缘，拿出一盏小小的孔明灯。他在灯中悬挂的燃料袋中填上干草，点起火，将灯放飞。橙色的闪烁亮点扶摇飘上夜空，路安目送它消失在群星之间。

他随即开始长啸，正如许久以前，他意欲行刺玛碧德雷皇帝的那日的长啸一样。那啸声有如狼嚎，驭风飞入幽暗而险峻的密林。

达飞罗打了个寒战。

清晨，营地被数百名坦阿笃于人团团包围，个个都是古铜色皮肤，满头金发。他们弓弦拉紧，长矛高举，漠然注视着这些柯楚国士兵。

"放下武器！"路安·齐亚对一触即发的士兵们大喊，"举起双手。"

士兵们踌躇着，但加鲁公爵重复了一遍同样的命令。达飞罗很不情愿地放下剑，举起手。他打量着包围他们的坦阿笃于人。这些人一脸敌意，全身赤裸，满是精美的刺青，就连脸上也不例外，所以很难看出表情。达飞罗想起听过的所有关于坦阿笃于的传说，心中一阵害怕。他还没吃过早饭呢。当然了，他也不想变成别人的早饭。

诸位战士让开一条路，一位年迈勇士穿过长矛与弓箭的丛林，走入中央的空地。他的刺青密密麻麻，身上的墨水简直比皮肤还要多。

他四下打量一番，看看加鲁公爵和他的顾问们，又看了看士兵。看到路安·齐亚时，他的目光停住了，脸上的墨线闪烁变化起来，露出一口雪白的牙齿。达飞罗恍然大悟：他笑了。

"托鲁诺基，辛第，书乌鲁，阿基伊亚，斯库洛多洛，诺米诺米。"他说。

"诺米，诺米-乌亚，凯森-托。"路安·齐亚也微笑着说。

随即，两人迈步上前，额头相抵，握住彼此的肩膀。

凯森酋长与路安·齐亚和库尼·加鲁商谈之时，柯楚国众人与坦阿笃于人开始互相熟悉。

民恩·萨可礼邀请一个名叫多木丁的坦阿笃于大个子摔跤比试。大家都来围观，还在地上摆了小物件作为赌注。二人旗鼓相当。多木丁比民恩重四十来斤。但民恩多年来与满身泥巴的肥猪练习角力，技巧上更胜一筹。最终，他将大个子摔倒在地，多木丁双手摊在地上，掌心朝天，表示认输。双方都欢呼起来。民恩将多木丁拉起来，大家四下传递盛满椰壳的烧酒。

达飞罗赢了一只鲨鱼皮小袋，他很是喜欢，开心地系在腰带上。不过，他对于输了小袋的人感到有些歉意，便给了对方两个铜子。那人的名字在达飞罗听起来像是"葫芦文"。葫芦文点点头，回给他一个微笑。达飞罗想让葫芦文解释一下他的刺青的含义，葫芦文便开始在地上写写画画。

啊，都是跟女人有关系的，达飞罗一面揣摩着葫芦文所画的意思，一面想道。他捡了根小棍，也在地上画了个女人像，胸部和臀部画得尤其夸张。其他人都围过来欣赏达飞罗的艺术创作，他享受着坦阿笃于人的赞叹眼神。

这帮食人族其实没有那么可怕嘛。

晚餐时分，数名坦阿笃于女子来到营地做饭。加鲁公爵警告柯楚国士兵千万注意言行举止。他们看着这些和男人一样满身刺青的坦阿笃于女子，目瞪口呆，但却没有比画任何手势，也没有发出半点声音。达飞罗突然想起自己的画，心想幸好谨慎的葫芦文已经把画抹了个干净。二人相视大笑。

晚餐有烤土芋，还有香蕉叶包裹的野猪肉，埋在地下用热石头烤熟。还有野鸟蛋、鲨鱼肉和鲸鱼肉。除了海盐，几乎没有其他调味，但这些食物新鲜古怪，十分可口。大家都喝了许多烧酒。

晚餐后，坦阿笃于人开始跳舞，有些喝多了的柯楚士兵也加入其中。民恩·萨可礼将达飞罗拉到一旁。

"孩子，你水性好吗？"

达飞罗点点头。他和拉索以前常在穿过奇沙村的小河里游泳。收获之后的农闲月份，他们有时还会上柯楚国沿海的渔船去做工。他很熟水性。

"很好。加鲁公爵跟我都是旱鸭子。明天你要紧跟着公爵，看好他。"

"咱们要出海吗？"

民恩点点头，眼中闪过一丝喜悦。"过了明天，你便有了吹牛的资本了。"

"所以，你想推翻这个暴君，这个掌管诸岛的大酋长？"路安·齐亚将凯森酋长的问题翻译过来。

库尼点点头。

"然后你接替他当大酋长？"

库尼露出一个微笑。"大概不会，达拉诸岛都热爱自由，我们不想让一个大酋长统治我们所有人。但我们可能会重新迎来几位酋长，我可能也会成为其中之一。"

"我能理解。我们坦阿笃于岛上也有很多部落，我们当然也不希望全听一个人的。"凯森酋长眯起眼睛，"可你说你们热爱自由？那为什么达拉群岛的人这么喜欢与我们开战，让我们归顺于你们？"

"达拉群岛的人有各种各样的想法，正如水中的鱼儿也会游向四面八方。"

凯森哼了一声。"那么，如果我们帮你，你打算如何酬谢我们？"

"坦阿笃于人想要什么？"

"如果你当了酋长，你和其他酋长能否保证永远不再来打扰我们，再也不让达拉群岛人到坦阿笃于岛来？"

库尼·加鲁考虑了一番。多年来，征服坦阿笃于岛的梦想始终未曾消失。柯楚国、阿慕国和甘国的诸位国君和公爵都曾先后尝试征服这座岛屿。就连玛碧德雷皇帝也曾派出两支远征队。可无人成功。他明白，坦阿笃于人已经受够了。

路安·齐亚对他讲过，柯楚国的散非王，也就是肃非王的曾祖父，曾派一支万人大军出征坦阿笃于岛。柯楚军队成功夺得一片大概方圆五十里的地盘，建立了定居点。他们还尝试教授被俘的坦阿笃于人书写、耕种和纺织，认为如果他们体会到了文明的优越之处，便会放弃抵抗。尽管坦阿笃于人承认，柯楚国的方式和工具能产出更多粮食，使他们的身体得以抵御恶劣天气，还能让他们用比讲故事更牢靠的方式把智慧传给后人。可他们仍然不愿接受这样的生活，哪怕是被刀尖逼着。坦阿笃于人最珍视的是自由。

"我可以做出保证，但这没有多大意义。"

凯森酋长的表情冷了下来。"你是说，你的话不足信？"

"我若当了酋长，便可以颁布法令，也许还能劝说其他酋长也这么做。但我不能期望所有人都遵守一条不合理的法令，除非我把他们全都送进大牢。只要坦阿笃于岛存在，达拉群岛人就一定会想到这里来。他们心中渴望看到未知的事物，这是我无法消除的。"

"那么和你再谈下去就没有意义了。"

"凯森酋长，我当然可以对您撒谎，说您想听的，可我不想这么做。您敢发誓，坦阿笃于岛上就没有一个小伙子想像达拉群岛人一样，穿上好衣服，用瓷碗吃饭，追求和这里模样完全不同的女子，琢磨着那种生活会是什么样子？您敢发誓，坦阿笃于岛上就没有一个年轻姑娘想像达拉群岛的女人一般，穿着丝绸和染过的棉布，唱歌吟诗，嫁给另一国另一族的男子，想象着那般生活会是什么感觉？"

"我们的孩子没有如此愚蠢的想法。"

"凯森酋长，这只能说明您根本不了解年轻人。年轻人想要的东西往往是老年人痛恨和害怕的。对透过传奇与影子匆匆一瞥的新鲜事物的渴望，这是无法从年轻人心中夺走的，除非冻结他们的心灵，禁锢他们的头脑。但您却说，您希望坦阿笃于人保持自由。"

凯森酋长很恼火，但库尼看得出，酋长明白他的意思。

"我无法阻止商人前来坦阿笃于岛——为了赚钱，他们总是愿意冒险。我也无法阻止百姓前来坦阿笃于岛——只要他们认为，踏足无人踏足之地本身便足够吸引人。我更无法阻止他们来到这里试图说服你们归顺——只要他们认为自己有责任告诉你们，他们觉得什么是对的，想要教导你们过上更好的生活。

"但我可以保证的是，如果我当了酋长，我会禁止我的人民来做这些事的同时发动战争。我会尽全力劝说其他酋长也效仿我的做法。如果达拉群岛人来，他们便是为了游说而来，而非威胁。只要你们不伤害这些来访者，达拉群岛就不会派军队来为他们斡旋。"

"你们的商人和游说者的变相入侵比你们的武器更加害人。你们的财富、新鲜生活，还有令人眼花缭乱的玩意儿，恐怕会令年轻人冲昏头脑，丝毫不顾它们所带来的危险。倘若你们毒害了我们的年轻人的心灵，那我们就没了希望。正如你所说，年轻人时常渴望有害的东西，因为他们没有经验。我年轻时有过的许多想法，现在也会唾弃，我年轻时的各种渴望，现在也都不会再有。"

"倘若你们珍视的自由与生活方式当真如此值得你们热爱，那你们就应该远比达拉群岛的来客更能轻松赢得坦阿笃于年轻人的心。但你们必须允许年轻人自己做出选择，自己完成生活的试验。他们必须自己选择成为你们。这才是坦阿笃于岛唯一的希望。"

凯森酋长一口气喝干烧酒，随即丢掉手中的椰壳碗，放声大笑。"你的确本可以对我撒谎，库尼·加鲁。如果你按照我的要求做出保证，我便会知道，你不值得我们帮助。"

这是个测试。库尼瞥了一眼路安·齐亚，二人彼此会心一笑。

路安去睡了。库尼·加鲁和凯森酋长继续喝酒，直至夜深，二人眼中闪着惺惺相惜的光芒。

黎明时分，太阳尚未升起，他们划小船出海去。

坦阿笃于人的狭长独木舟由一整块树干刻成，一艘能容纳三十人，航行起来出乎意料的平稳。达飞罗还未清醒，迷迷糊糊的。他们难道是要一路划回本岛？

划了两个小时，东边天际已经泛起鱼肚白。凯森酋长举起手，独木舟全都停了下来。在柯楚人眼中，这里和其他海域并无甚区别。

凯森酋长拿出一柄鲸骨喇叭，将喇叭口没入水中。他吹起喇叭，发出惊人的巨响，透过独木舟的船体也能感觉到。乐声有如鲸歌，哀婉磅礴。其他小舟上的几个坦阿笃于人开始有节奏地用船桨拍水，和起拍子来。

太阳刚从东方的海平线上露出个头，东边一里开外便跃出一团巨大的黑影，在红日前画出一条弧线，又落回水中，形状有如甘国织工偏爱的光滑甲梭。片刻间，这个不速之客雷鸣般的叫声便传到舟上众人耳中。

那是一头独角鲸，它全身覆满鳞片，头顶生有一根角，身形庞大，活跃于达拉海域，是海洋的统治者：它身长二百尺，倘若将大象放在它身旁，便有如老鼠与大象的大小差异。它的眼神无比幽深，阳光就像落入深井一样被吸收殆尽，它从呼吸孔呼出气息时，喷出的水柱可达一百尺高。

更多的独角鲸出现在离独木舟更近之处：一条，两条，五条，十条。独木舟摇晃起来，坦阿笃于人努力稳住小舟。

"看来，咱们的渡船来了。"民恩·萨可礼说道。达飞罗这才意识到，自己不知何时早已张大了嘴巴。

坦阿笃于人将独木舟划至独角鲸身边。它们有如一座座漂浮的巨岛，身躯起伏，鳞甲闪闪发光。加鲁公爵的手下都目瞪口呆，不敢动弹。

坦阿笃于人爬上独角鲸的身躯，在顶部的鳞片上装好座鞍，又在它们大眼睛的眼皮上装了两副缰绳。民恩把路安·齐亚之言解释给达飞罗。

坦阿笃于人相信独角鲸和人类同样聪明，但它们寿命更长，生活在无边无际的大海里，和居住在弹丸之岛上的人类毫无共同之处。独角鲸的文明与所有诸侯国一样发达繁复，但它们所关心的事物与人类不同，情感也与人类有别。达拉诸岛百姓惊叹于独角鲸的模样，只能远远欣赏它们的身影，而坦阿笃于人经过百代人的努力，已经能与独角鲸有一定程度的交流。

坦阿笃于人请独角鲸为他们这位名叫库尼·加鲁的客人帮个小忙。巨鲸思索一番，同意了。它们并不求回报。人类能给它们什么呢？独角鲸什么也不需要。它们只是觉得有趣才帮忙的。

达飞罗将要攀上领头的独角鲸，负责操纵缰绳。上鲸之前，他将身上的佩剑摘下，交给乘坐同一条独木舟的葫芦文："不知我能不能活过今日，这就当是送你的礼物吧。"达飞罗说着，心中希望对方能理解。

葫芦文接过剑，掂量了两下，也将自己作战时用的大棒交给达飞罗。这根大棒的粗端布满尖锐的碎骨和刀片般锋利的石刃。达飞罗不禁想起马塔·金笃那根名为血噬的狼牙棒。

他紧紧握住大棒，心想，如果弟弟在场目睹此番情景就好了。拉索一定不会相信他的讲述，但这根大棒至少是件证据。

"我要给你取名为'啮者'。"达飞罗说。当然啦，这名字没有什么啮人的古阿诺寓意，但此时此刻，达飞罗·米罗觉得自己简直就是来自古老传说的英雄。

达飞罗每次以为自己在做梦，便会咬一下舌头，随即而来的疼痛感告诉他，这并非梦境。他每次想到自己并不是在做梦，便会环顾四周，目力所及之处的景象简直令人难以置信。

他面前是一根二十尺长的巨角，有如巨型战船的船首斜桅直指天空。角的底部极粗，二人合抱也难以环住。角的末端比长矛还尖，无论何物挡住去路都会被摧毁。

汹涌波涛拍打着巨角及其下方覆满藤壶的鲸额，激起一片水雾，打湿达飞罗的衣服，令他难以睁开双眼。目力所及之处都是阳光在咸雾中折射出的彩虹。

巨鲸坐骑劈开海浪，达飞罗所坐之处几乎没有颠簸感。他只能感觉到身下这头巨物轻盈缓慢的呼吸起伏。它沉重、有力，这血肉之躯足有四百吨重。

他的座鞍固定在鲸角正下方的两片鳞片上，每片足有一尺宽。鳞片呈深蓝色，像是雨后的黑曜石一般闪闪发光，有如夜幕刚刚降临的天色。呼吸起伏的有力身躯上布满这样的鳞片，向前延伸至眉骨和独角，向后延展足有两百尺，直至那两片五十尺宽的鲸尾。鲸尾抬出水面，随即又向下一拍，溅起的海水发出海啸般震耳欲聋的巨响。

达飞罗身后的另一具座鞍中坐着加鲁公爵。同样浑身湿透的公爵双臂抱住达飞罗，以免从座鞍中滑落。达飞罗从公爵紧抱他的双臂中感觉到了他的恐惧，可公爵脸上却露出达飞罗从未见过的灿烂微笑。

"你是不是很庆幸追随了我，孩子？"他发现达飞罗回头看他，大喊道。

达飞罗点点头，又咬了一次舌头，确定自己不是在做梦。

他们正骑在独角鲸背上，四周和后方还有二十头独角鲸跟随。加鲁公爵的部下正乘着海洋之主朝阿慕海峡北上。

他们的速度超过了所有舰船、所有飞船、所有人类发明。

独角鲸舰队逐渐接近阿慕海峡，骑者升起饰有双鸦的红色柯楚旗帜。

巡航的皇家舰队眼睁睁目睹神话传奇化作现实，有如海市蜃楼。庞大的独角鲸是诸侯或皇帝的象征，但此时却成了柯楚士兵的坐骑。难以置信。这不可能。

一艘皇家军舰未能及时让路，一头独角鲸决定用角把它撞开。铁木制成的坚硬船身和橡木桅杆有如巨人踏断的小树枝一般，随着船体裂成无数碎片残骸，甲板上的人也被抛入半空。

独角鲸群抵达乍国本土的如意岛。它们游至海岸附近，缓缓地逆时针环岛一圈。

骑者挥舞着柯楚旗帜，大喊帝国已经陷落，马塔·金笃已攻入完美之城，此刻正在烧毁皇宫。祖邸城的加鲁公爵前来劝降如意城，拒绝投降者一律由海洋之主处决。

如意岛百姓见得独角鲸运载柯楚士兵，都目瞪口呆。谁也没听说过人能骑独角鲸，更别说亲眼目睹。这一定是诸神支持反叛者的迹象。

独角鲸游上沙滩，骑者攀下鲸背，乍国士兵根本不敢靠近。他们伫立目送巨鲸退回水中，转身远去。加鲁公爵肃穆地穿过街道，血红的柯楚旌旗在他头顶飘扬，乍国士兵便都放下了武器。

库尼·加鲁抵达奇迹山空军基地，匠师和管理者都叩倒在地，迎接如意岛的征服者。

"我们远道而来。"路安·齐亚面带微笑说道。

"还有一段路要走。"库尼也回以微笑。

随即，五百人乘十艘巨型飞船升空，朝本岛回返而去。他们的目的地是蟠城。

飞船飘过哈安和热翡卡平原的田野与城镇上方，百姓纷纷驻足仰视，而后又继续手头劳作。马拉纳将军正欲镇压狼爪岛的起义军，这批新飞船许是援兵。帝国定当得胜，此事人尽皆知。

即将抵达蟠城，飞船放缓速度，朝着皇宫缓缓落下。皇宫护卫看看飞船,并无疑虑。皇帝大概是要乘飞船赴前线,亲自目睹起义军的垂死挣扎?

他们落在大皇庭中央。这处宽敞的大广场位于大政务厅前,是二世皇帝检阅皇宫卫队的地方,有时他也在这里玩骑马打猎游戏,充当猎物的动物都被下过药,变得脾性温顺、易于捕获。

"给我留二十个人。"路安说,"我们负责看守飞船。如果你们一小时后事情未成,一路杀回来,咱们撤退。"

"即使成功唾手可得,你也总是会为失败做好准备吗?"库尼问。

"小心驶得万年船。"

"倘若你不考虑可能失败,那次行刺玛碧德雷或许会有另一种结果。因为你考虑逃离祖邸城,飞行器便不可负重过多。否则,你本可携带更大的炸弹,或在投弹之前飞得更低些。"

路安静静思索。

"有时,小心并非美德。"库尼说,"我年轻时常赌。我可以告诉你,塔祖比鲁索更有趣。若要赌博,不留后路才更有乐子。"

路安大笑:"那就来赌盘大的。今天我跟你并肩作战,咱们不留人看守了。"

披盔戴甲的士兵跳出飞船,拥进皇宫,打头的便是路安和库尼。

路安带领库尼和其余人绕开以天然磁石建造的大门。玛碧德雷极为担心刺客,觐见皇帝之人皆不得佩戴兵器。倘若有人将武器夹带入宫,带有磁性的大门可以将刀剑从他们手中吸走。路安将皇帝的贴身护卫和奴仆使用的侧门指给他们。

他们进入大政务厅,踏过二世皇帝精心搭建的诸岛模型,美酒四溅。前往皇宫其余各处之前,库尼·加鲁的手下一个心血来潮,便漫不经心地将精巧的管道踩垮,喷泉终于停止流淌。

皇宫护卫惊醒过来,冲入大皇庭。但已经太迟了。四下火焰熊熊燃烧,厅堂中充斥着垂死臣仆的哭号与尖叫。

为了快速搜索庞大的皇宫,路安和库尼兵分两路。路安负责西翼,库尼搜查东翼。

达飞罗·米罗紧跟公爵。民恩·萨可礼交代过他要保护公爵。当然了，民恩可能只是叫他别让公爵从独角鲸背落入海中，因为公爵不识水性。可达飞罗打算严格执行命令，紧随公爵左右。

公爵并不想死，就算出了什么事，其他人也会始终努力保住他的性命。因此，战场上最安全的地方就是公爵身边。达飞罗一直都很讲求实际。

他们冲过走廊，绕过一个又一个拐角，每经一处岔路便将兵力分作两半。库尼捉住一个仆人，命他带路。达飞罗和其他人将目力所及之物全都放了火。他们要尽可能制造混乱。

众人跑过一条走廊，尽头是两扇厚重的金色大门。库尼·加鲁拉了拉门，从里面锁住了。达飞罗和其他人在走廊的一个壁龛中找到一尊沉重的奇迹公石像，将它扛了起来，用作攻门槌。

咚，咚，咚。

走廊中响起叫喊和沉重的脚步声。他们一回头，看到几名皇宫护卫发现了他们，正飞快地冲过来。有几名士兵放下攻门石像，拖住皇宫护卫，公爵和达飞罗继续砸门。

皇宫护卫太多了，库尼带的那几名士兵难以抵挡。走廊那一头，民恩·萨可礼、泰安·卡鲁柯诺·润·客达带着他们的手下与皇宫护卫开始交手，试图支援库尼，可是他们距离太远。

门被砸开了。

库尼和达飞罗踉跄着冲了进去。他们身处一间巨大的卧房，床上有个少年哭哭啼啼，正试图用成堆的毯子将自己遮掩起来。他身穿绸袍，上面绣有跃起的独角鲸。

床脚站着一位老人，脸上露出惋惜与胜利交织的表情。"我是宰相戈岚·匹拉。你们放下武器听好……"

达飞罗抡起"啮者"大棒，一击敲中宰相的头颅。他可不想让人妨碍他得赏，浪费时间。他马上就要擒到小皇帝了。

无论是谁，无论出身贵贱，只要他捉到二世皇帝，便由他担任热翡卡国君。达飞罗嘟起嘴唇，露出一个微笑。他当然不会痴心妄想要

称王，但加鲁公爵一定会对他的助力大加赏赐。

谁承想，库尼本人动作更加敏捷。他一跃上床，将少年一把拉到身前，剑刃架上他的喉咙。

"叫你的护卫停手。"库尼说着，剑刃擦着少年的喉咙轻轻一划，苍白的皮肤上便出现一小股鲜血。

"停，停，快停手！"二世皇帝大喊。他满面通红，涕泪横流。

护卫们颇为犹豫，不知所措。

那孩子不在床的这一边，真可惜，达飞罗心想。唉，谁也别想赢过公爵。他太机灵了。

"你要是不叫他们停手，我就砸碎你的脑袋，就跟那个老懦夫下场一样。"达飞罗朝少年挥挥哳者棒。

少年已经吓得说不出话。整间屋子都安静下来。

此时，众人都听到水滴落在大理石地板上的声音。

二世皇帝尿裤子了。

护卫们放下了手中的刀剑。

第二十九章　狼爪岛之战

狼爪岛
义正武治四年十月

　　狼爪岛隔奇汐海峡与怡坦提半岛相望。岛的北面与东面临着无边无际的大洋，海岸皆为悬崖峭壁，少有安全港口。而面对海峡的西岸和南岸则地势平缓，拥有众多良港。狼爪岛正属旧时甘国腹地，此外，甘国领土还包括本岛的肥沃冲积平原和热季拉地区的繁忙都市。

　　狼爪岛上最负盛名的港口便是突阿扎，它号称不眠港，也是旧时甘国都城。突阿扎是一处深水港，位于狼爪岛南岸，温暖的暗流令突阿扎在寒冬也从不结冰。甘国的无畏商人从这里驶往达拉诸岛各地，建立起其他诸侯国都难以企及的海上贸易网络。在达拉诸岛的所有主要港口城市，总有街区聚满操着甘国口音的水手与商人，视金钱如粪土的学者称这种口音为"有如污秽铜子叮当乱响"。

　　甘国商人对此只是微微一笑，权当是赞美之辞。高尚的哈安人尽可以研究学问，迷人的阿慕国尽可以玩赏格调，只有甘国人才懂得，唯一能给人带来安全与力量的是耀眼黄金。

　　但横跨奇汐海峡的船运充满危险，全拜塔祖大神所赐。
　　据说，塔祖化身为直径十里的湍急漩涡，将所经之处的一切都纳入无底深海。漩涡在海峡中四处游荡，有如怒气冲冲的顽童在房间里打滚。没人能够预测漩涡移动的规律，它就像传奇浪子塔祖本人的心思一般变化无常。卷入漩涡的船只毫无逃脱可能。多年来，数不尽的海船带着宝藏或旅客献祭于永不满足的神祇。

整年间，若要安全往来狼爪岛，只能避开奇汐海峡，从南方绕远路。这便意味着，除了突阿扎，狼爪岛的大部分港口都无法用于长途航运。尽管总有大胆者受到短途航运迅速营利的诱惑，决定对塔祖的行动赌上一把，直接横渡海峡。偶尔也有人成功。

玛蓟半岛东岸，拿粟城。马塔·金笃正坐在兵营中闷闷不乐。

绮可觅的背叛令他无比愤怒，而后又无比空虚，仿佛塔祖到访之后的奇汐海峡：海面宁静，布满残骸，水下深海中皆是死亡。

他怪自己太傻，也怪叔叔太傻。他们叔侄二人竟拜服于一个被爱情冲昏头脑的女子。

她为何要对抗自己的高贵出身，为何要抛弃自己对人民的责任？阿慕国需要一位强有力的国君领导才能反抗帝国，可她却心甘情愿沦为金多·马拉纳的刺客，只因为她爱上了他。

马塔回想着她的所作所为，双手便在怒火中发起抖来。他确信，倘若她还活着，自己一定会亲手扼死她。

然而，他却无法否认，即便得知她说过的话都是虚情假意，他仍然很想念她。他从内心深处拿出了一样宝贵的东西，心甘情愿地送给了她。可她却将它撕得粉碎，随手丢在风中，让它永远消散了。可他却不想再将它找回来了。他只想能够再次把它交给她，一次又一次。

与此同时，他对自己对待叔叔的态度深感内疚。飞恩是马塔唯一的幸存家人，就像是他的亲生父亲一般。马塔对金笃家族辉煌历史的全部想象，效仿祖先英勇事迹的所有渴望，全部都来自于叔叔。飞恩·金笃就是马塔鞭策自己的榜样，叔叔对责任与荣耀的看法是他最为重视的。对于马塔来说，叔叔是与过去的唯一联系，也是通往未来的最可靠的向导。

然而，他却差点因为绮可觅与叔叔反目成仇，简直像是丧失心智之人，又似妒火中烧的粗鄙农夫。马塔无比羞愧，压得他自己抬不起头。

他渴望在战场上赎罪，以鲜血和荣耀洗尽这羞愧。

飞恩死后，他成了图诺阿公爵，也是继承金笃这一骄傲姓氏的最后一人。他本以为自己会被升为柯楚国元帅，在狼爪岛一战中发号施令。可随着日子一天天过去，肃非王和担任狼爪岛总司令的洛马将军都并未提出给他一个与身份相称的军职。

他仍然留守拿粟城，供他调遣的仅有后方的区区两千兵力。他唯一的任务便是等待，倘若起义军未能抵挡皇帝的致命一击，他便须掩护他们撤退。

他将突阿扎和萨鲁乍的沉默视为羞辱与责怪。他独生闷气，借酒消愁。

塞卡·集莫如今担任他的副官，每个时辰都要来向他汇报狼爪岛的最新军情，但他大多漠不关心。

佗入路·佩临是起义军的军师顾问，他一走进政务厅，即刻便感到情形不对。担任狼爪岛联盟总司令的帕汐·洛马将军正怒视面前茶几上的侦察员报告，眉头紧锁，手指紧张地敲打几面。

佩临决定开门见山。"奥热群岛的噩耗？"

洛马一惊，抬起头来说："我军受到重创。"

"损失了多少船？"

"几乎全军覆没。仅有两艘船返回。"

佩临叹了口气。洛马下令让起义军的水军在狼爪岛以北的奥热群岛拦截帝国舰队。据说这片群岛是神祇卢飞佐的汗珠化成的。佩临从一开始就反对这个计划。

大征服之后，玛碧德雷皇帝烧掉了大部分古代兵书。佩临讲起这些古代经典中的兵法头头是道，令肃非王和飞恩·金笃肃然起敬。其实，这位年迈的教书先生本是往来于本岛和狼爪岛的商人，因而对大海和海战特有的困难了若指掌。

洛马在大征服之前一直在柯楚军队中负责后勤补给，除了萨鲁乍城防，并不通晓战场之事。因此，他总以各类城防经验推断军事行动。他将奥热群岛视为通往狼爪岛的大门，认为可将大批起义战船藏在小岛之间，掩藏真正力量，再给帝国舰队一个出其不意。就好比城墙不设防，诱敌近前，随即以落石和热油趁其不备而攻。

　　可佩临清楚，船只埋伏与士兵埋伏相去甚远。倘若没有空中支援，在马拉纳的飞船眼皮底下，海军力量是无法埋伏的。然而，此时却不能说"我早有此言"。

　　"你我讲话之时，帝国舰队正绕过狼爪岛东岸，前来进攻突阿扎。"洛马语气阴郁，"咱们完了！"

　　"咱们的水军在突阿扎港还有一半力量。"佩临说道，"倘若我们令他们一直靠近海岸，在岸上排布投石车和弩炮便可对舰队予以支援，浅水和暗礁又可妨碍帝国舰队中吃水较深的大船灵活调度。"

　　"马拉纳手里既然有飞船，这些把戏还有什么用武之地？"洛马怒道。

　　佩临强忍冲动，没有动手拉住洛马衣领用力摇晃他。这位老将不是过于自信，就是陷入绝望。他对飞船的巨大作用原本视而不见，此时却又深信飞船战无不胜。

　　佩临尽可能平静地说："飞船虽然有用，但并非战无不胜。六国海军都研习出了克制飞船的方法。我们可以用生皮覆盖舰船甲板，用木框箍紧，有如鼓面，飞船投射沥青弹时，便可将沥青弹弹射出去，使舰船免受损害。"

　　洛马狐疑地盯着佩临："但他们还可攻击突阿扎城。我们总不能将整座城池都遮盖起来吧。"

　　"即便如此，他们也不可能持久攻击。飞船的弹药运载能力颇为有限。区区几轮攻击并不会造成很大破坏。"

　　"倘若他们集中火力进攻王宫，达罗王便会完全丧失斗志。"

　　"的确如此。但我有个法子可以对付飞船。"

帝国舰队抵达狼爪岛南岸。

在随后的突阿扎港口一役中，起义军的战舰在陆地炮台的支援下，成功抵御住了帝国大军连续三日的空中和海上进攻，打沉了敌方六艘船。

正如洛马所料，金多·马拉纳调整战术，下令对突阿扎城发起空袭，重点轰炸达罗王的宫殿。

飞船逼近突阿扎城时，城中升起数千枚竹篾纸糊的灯笼，飘浮于半空。

"你见过这玩意儿吗？"马拉纳在旗舰"奇迹精魂"号中向驾驶舱的飞行员发问道。

飞行员摇摇头。

"最好下令让舰队避开这些灯笼。"

"可是灯笼数量太多，很难绕开。而且，灯笼这么小，驱动它的那点火苗大概不会对飞船造成什么破坏。"

但马拉纳还是出于谨慎令"奇迹精魂"号先停下，由其余飞船先行。

飞船驶入大片灯笼群，仿佛被一群麻雀包围的巨鲸。灯笼就像鲫鱼一般吸附于飞船船身。

正当此时，马拉纳听到一声爆炸声响，紧接着几百声爆炸此起彼伏。其他飞船的船身闪起一道道火光，飞船之间，阳光照耀下的空气中，仍然飘浮的灯笼也接连爆炸，闪烁不停。

"撤退！下令全体撤退！"马拉纳大喊，手下军官赶忙从小舟中疯狂挥舞信号旗。

然而为时晚矣。几艘大型飞船上，桨手已经因弹片毙命，船桨徒劳悬荡空中。还有些飞船的气袋被刺穿，飞船开始坠落。火势蔓延至船体和下方小舟。

这些灯笼是佩临的发明。他从达罗王的皇家仓库中搜罗了仅剩的火药粉末，这本是留作重要仪式和新年庆典时燃放烟花用的奢侈品。他将火药与大量金属尖钉混合，增加杀伤力，灌入竹筒。竹筒炸弹与灯笼系在一起，附以燃烧缓慢的引线，灯笼外再涂厚厚一层松焦油。

"奇迹精魂"号逃离致命灯笼海，返回安全区域，其余幸存飞船狼狈跟来。总计损失四艘飞船，还有两艘飞船的气袋漏气太多，难以飘浮，只能作为备用气袋，再无战斗能力。

尽管马拉纳将军相信帝国舰队最终仍能取胜，因为起义军的火药储量一定有限，可这场胜利也将付出巨大代价。他决定撤离突阿扎港。

突阿扎全城狂欢庆祝胜利，洛马将军与达罗王对佗入路·佩临大加赞赏：他拯救了狼爪岛，精通兵法，可谓是凡间鲁索。

但洛马不肯乘胜追击、一举歼灭撤退的帝国大军。起义军所余船只全部留在突阿扎港。虽然得胜，但帝国舰队的军力仍令洛马大为震惊。他想确保手边有足够船只，倘若战势反转，这些舰船便可将起义军从狼爪岛疏散。

帕汐·洛马将军召集了所有起义军司令和顾问。

"马拉纳的最新计划似乎是从狼爪岛防御最弱的北岸登陆，然后由陆路进攻突阿扎城。"洛马说，"你们有什么对策？"

来自各诸侯国的司令官面面相觑，无一发言。

佗入路·佩临鄙夷地看着他们。这些人不愿开口，因为他们将这场军事会议看作政治博弈和地位角逐。第一个开口的定会成为众矢之的，除非他交出一个完美计划，否则便会为自己所代表的诸侯国丢脸。

佩临上前一步。"狼爪岛北岸人烟稀少，没有良港，马拉纳只能以小型船只运送军队登陆，很容易遭到战舰袭击。若是依照传统兵法，便应从海上攻击，阻止登陆。"

数名其他顾问正欲反对，佩临举起手来示意他们安静。"不过，北岸既无炮台，又未建立海岸要塞，我们的舰船在海上与帝国舰队实力相去甚远。"

洛马点点头。"的确如此。我军似乎无甚良方。"

佩临摇摇头："此路不通，或有更好的路可选。我建议让他们登陆，在陆上与他们交战。肃非王起初便是如此计划的。"

"让他们登陆！"甘国司令胡页·诺卡诺怒道，"你个柯楚人有何资格决定如何处置甘国土地？"

"况且，金多·马拉纳率领两万人军，塔诺·纳门很快还会送来援军。"法沙国联盟军司令奥维·阿提说，"敌我军力悬殊。佩临大人，你在突阿扎港口的空战与海战中的确胜了一次，但这并不等于你精通陆上作战。倘若要允许他们登陆，必须经过慎重考虑。书中兵法与眼前现实不可等同。"

佩临微微一笑。这些夸张的反驳之词全在他的意料之中。这些人毫无自己的见解，却时刻准备驳倒他人的意见。他耐心答道："我并非提议由着他们随意选择登陆地点。我们应当在北岸和东岸布防，只留大趾角一处。"

大趾角是狼爪岛最北部的半岛，从岛屿中突出一块。

"可大趾角足以轻松容纳马拉纳的全部军力。"帕汐·洛马说，"为何要给他们提供如此理想的基地？"

"将军，您一语中的。大趾角正中马拉纳下怀，倘若我们令此地防御空虚，他必然无法抵御诱惑，欣然上钩。然而，从大趾角出发的话，必得通过地峡，帝国军队的数量优势便无法发挥，双方只能在狭长地带作战。如果我们排布多重防线，地峡两侧的山丘便难以攻破。如此这般，便可在大趾角为马拉纳和纳门设下陷阱，我们可以折损他们的兵力，等他们大量人马所需的粮草补给难以跟上，便只得撤退。"

正如佩临所料，马拉纳在大趾角登陆了。此时，纳门的两万老兵已穿过本岛，抵达希纳内山脉与海岸交汇之处。马拉纳的补给船马不停蹄，将这些人马全部运往大趾角。加上大军的两万新兵，帝国大军在大趾角驻有四万兵力，已做好准备发动总攻。

在大军南面地峡的山丘中，柯楚国一万兵力躲在厚实的防御堡垒后面。法沙国派来五千人，他们驻扎在柯楚军队后面，构成第二道防线。甘国、里马国和其余几国的残军环绕甘国首都突阿扎，筑起最后一道防线。

"他们还在等什么？"洛马将军向手下参谋问道，"马拉纳和纳门登陆已足一月，他们一直这样安扎于大趾角，日复一日消耗军粮，毫无行动。帝国恐怕也无法长期负担如此开支吧。"

这次，开口的还是佗入路·佩临。"马拉纳的补给线漫长，他手下的士兵又都远离家乡，没有理由按兵不动，除非他在酝酿什么阴谋诡计，正如他惯常所为。我们不应坐等，而应主动出击，将他们赶回海中。"

可洛马谨小慎微。他的仕途是从后勤补给部门一层层爬上来的，他本性是个匠师，而非士兵。他曾负责修补萨鲁乍城墙，维护犁汝河沿岸堤坝，为柯楚军队建桥铺路——乍国大征服之后，又转而效力于帝国驻防部队。他对战场上的风吹草动毫无直觉可言。

洛马宁可守株待兔，也不肯主动出击。他与诸人讨论了数个时辰，问过每一位参谋的意见，又要他们提出更多法子。数个时辰变成数日，又延长至数周。

他有三回险些下令进攻帝国军营，每次又都改了主意。

他还在等待。

马拉纳的密使前来拜访法沙国的熙录哀王。密使表示：皇帝陛下很清楚，起义是柯楚国挑头发起的。法沙国和其他诸国是受胁迫加入，至多不过是跳上贼船的小喽啰。

起义必定失败，倘若法沙军队肯在即将开始的狼爪岛大战中保持中立，皇帝陛下愿意考虑战后给予法沙国一定自治权。

"法沙国的青年为何要为甘国和柯楚国牺牲呢？"马拉纳的密使对熙录哀王低语道，"就连甘国现在都开始主张奥热群岛属于他们，而非法沙国。倘若您愿意接受我们的提议，皇帝陛下在战争结束后可能会站在法沙国这一边。"

熙录哀王点点头，陷入沉思。

★　★　★

甘国的达罗王与马拉纳的密使在突阿扎城外密会。二人穿成商人打扮，坐在一家廉价客栈里，桌上摆着梅酒和蘸辣酱吃的炸鱿鱼，以此避开洛马将军手下探子的耳目。

"陛下，恕鄙人直言。您的国家已经被柯楚国占领。尽管即将到来的大战发生在甘国领土，但狼爪岛上最强大的军事力量却是柯楚国，统领大军的也是柯楚国的洛马将军。

"就算起义军成就奇迹，当真战胜远为强大的帝国军队，您觉得洛马或肃非王会轻易撤离狼爪岛吗？请神容易送神难，若要柯楚军队和平撤退，怕是难了。"

肃非王在假意选举中自立为首侯。达罗王听说此事便已心头不安。只有甘国在突阿扎海战中打赢过据称战无不胜的帝国大军，就连马拉纳也对达罗王礼敬有加，以谦恭姿态派来信使。可柯楚国司令洛马将军却不与他商议，便自行定下狼爪岛防御安排。他的大臣已经多次提醒他柯楚与法沙军队补给消耗与支出巨大，可洛马从未表示柯楚国会分担军费。

马拉纳的密使所言多为实情。

信使又开口道："只有柯楚国的疯子才会相信自己能阻挠圣意，胜过马拉纳将军的神机妙算。将军清楚，甘国眼下不可能正式脱离联盟，转而效忠帝国。但在接下来这场大战中，倘若甘国军队能够撤回突阿扎，不与我们交手，马拉纳将军便可替陛下解决柯楚国，将军也会在皇帝陛下面前为甘国说情。

"说不准，皇帝陛下会因甘国的勇气之举将奥热群岛赏了甘国呢。"

★　★　★

"我又不是总司令。"马塔·金笃说。

"可现在，柯楚国和各诸侯国的命运都握在你手里了。"佗入路·佩临说道，"我到拿粟城来，因为我觉得洛马年迈胆小，他多按兵一日，马拉纳的胜算便又长一分。"

"那又如何？既然肃非王和洛马将军都觉得我只是个摆渡人，那我便在这里老实待着吧。"

佗入路·佩临叹了口气。马塔这话就像个任性的孩子。

"我老了，也不是打仗的料。但这么多年来，目睹手握大权之人起起伏伏，我的经验是，伟人绝不会坐等他人来认可自己的伟大之处。

"你若想获得你渴求的尊敬，就必须自己去争取，倘若有人反驳你，就打倒他。你若想做公爵，就要拿出个公爵的样子来。你若想当总司令，就要有总司令的气度。"

倘若马塔再年轻几岁，那时他仍笃信人各有天命，便不会听信这番话。但如今，他出乎意料地发现，自己的想法已然改变。

库尼·加鲁难道不是举止有如公爵，才当真做了公爵吗？湖诺·其马不是自立为王，便真成了王吗？他马塔·金笃，达拉诸岛最高贵的家族的继承人，比这两人军功都更为显赫，可他却坐在这里闷闷不乐，只因别人没来求他担任统领。

他想象着自己带领起义军的情形，意识到自己已不再思念绮可觅公主，也不再因对飞恩的愧疚而痛苦。这才是他要做的事：跨上他的坐骑雷飞落，挥起止疑剑和血噬棒，以鲜血与死亡谱写自己的功绩。男子将倒在他的脚下，女子则为他的青睐和宠幸彼此争斗。

外面有一场大战即将到来，而我竟如此愚蠢，干坐于此闷闷不乐。

★　★　★

这一刻，帝国兵营中还是一片寂静。下一刻，突然满山舞起绣着明恩巨鹰的白色旌旗。

柯楚士兵踉踉跄跄跑向路障，跑向一袋袋泥土垒起的城墙和木头栅栏，开始朝帝国军仓皇发箭。

但马拉纳和纳门早已明智利用洛马将军的连月踟蹰。他们在自己的营地深处，利用营帐与栅栏的掩护，悄悄将地道挖到了柯楚军堡垒下方。始终足智多谋的马拉纳对业已臣服的里马国矿工威逼利诱，将他们的挖掘技能派上了用场。

一些帝国士兵搬开隧道深处的承重梁，数百名柯楚士兵从突然出现在地面的洞口落入地下，丈二摸不着头脑便被砍倒毙命。起义军费尽心思建起防御工事，转眼竟灰飞烟灭。

矿道垮塌，成群帝国士兵冲上地面。加之突然发起的地面总攻，柯楚军队完完全全被打个猝不及防。尽管洛马将军勇敢地尝试鼓舞士气，面对帝国猛攻，防线仍然崩溃了。

"撤退！"洛马将军下令道。他们计划撤回法沙军队驻扎的第二道防线内，再试图遏制帝国大军的攻势。

他们抵达法沙营地，却无比惊讶地发现盟军人去营空。法沙军队已经东撤，避开帝国进攻的路线，在一座小山上扎了营。

洛马将军派出一名骑兵，下令法沙军队回来与他会合，守住防线，但骑兵却带回消息：法沙军队司令奥维·阿提表示要以谨慎为重，决定作壁上观，根据战势发展再采取行动。

洛马此时便知此役已败。各诸侯国将如骨牌一般接连倒下，因为难以团结一心。

他绝望下令全体撤回突阿扎城，在那里决一死战。

但突阿扎城也已被放弃。洛马将军战败的第一批流言抵达都城时，达罗王便立刻令战船卸下军火，改为运输船。这些船只满载从王宫运出的珍宝，吃水很深。

甘国士兵赶开乞求上船的成群百姓，匆忙上船。他们征用了所有商船和渔船。绝望的平民便利用拆卸下来的门板和家具做成筏子，划入港口，丝毫不考虑这些不适合航海的小船如何能挺过漫长南航，抵达本岛。有些小贵族运气不够好，没能登上达罗王的船只。他们便向士兵许诺，倘若能上船，便有秘密财宝相赠。有人跳进水中，朝起航的船只木筏游去，他们哀求船上的人拉他们上去，却被船桨推开。

正在此时，有人大喊，一支舰队正朝突阿扎港驶来。是帝国舰队！港口原本的一片混乱升级为极度恐慌。

洛马将军目睹达罗王的背叛之举，心中又气又悔。他真希望当初听了佗入路·佩临的话，在金多·马拉纳有机会拆毁联盟之前发起进攻。此时已无计可施。只剩下蛮力、恐惧、逃命的欲望。

那支"舰队"其实是马塔·金笃带着手下两千士卒乘着二十条船赶来了。

马塔鄙夷地注视着港口的混乱局面。他令船队呈扇形排布，封锁港口。争相撤离的船只全部接到命令要求它们径直返回码头。

达罗王的王室船队竟敢考验马塔的决心。马塔毫不犹豫，下令让塞卡·集莫的船撞击达罗王的船。

"你竟敢攻击王室船只？"甘国士兵朝集莫大喊，语气中充满虚张声势与恐惧。

"我已经干掉一个王了。"集莫说。他大笑的面孔上满是刺青，令甘国士兵觉得无比可怖。"再把你们的这一个也送去跟湖诺王碰头吧。"

集莫的手下挥舞着兵器登上王室船只，众水手毫无抵抗。他们将王室船只与集莫的船用铁链拴在一起，将它拖回突阿扎。

其余逃窜的船只也都跟着回来了。

甘国士兵聚集在码头，慌慌张张，大喊大叫。他们身旁，将马塔部下运来的空船就漂在水中。大家隐约听到帝国军队逼近的喧闹声，东面又远远望见帝国飞船。这些飞船一路护送舰队绕过狼爪岛，朝突阿扎而来。经历了佩临的空中钢针弹之后，飞船才谨慎起来。倘若它们径直低飞过突阿扎港上空，投射一批火焰弹，起义军便要全军覆没了。

"干得漂亮。"洛马将军说。他见到负责后防的马塔·金笃，无比欣喜：马塔是来履行职责的，他来拯救总司令了。"咱们疏散人马，就让甘国叛徒们自己去打马拉纳吧。"

马塔摇摇头。"必须立刻反击。"

洛马难以置信地看着他。"你个蠢货，反什么击？这一仗已经输了。"

马塔又摇摇头。"还没开始打呢。"

洛马看着青年马塔的眼睛。他想起笛牧城有关马塔冷酷的流言。想起有关他鲁莽易怒的传说。他渴望流血，只渴望流血。

所以肃非王和金笃将军才任命我为总司令，而不是他。

洛马试图挺起脊梁，语气尽可能专断。"我命令你撤退。你唯一的任务是将我们安全渡回本岛。"

马塔抽出止疑剑，一挥斩下洛马的头颅。止疑绝不能容忍司令官摇摆不定、无心应战。

从马塔屹立之处，寂静像涟漪一般渐渐蔓延开来，直至突阿扎港码头的每一个人都惊愕地注视着身材高大的马塔。

在他们的注视下，马塔命令手下点火烧光所有木筏、小舟和舰船——包括他们自己搭乘的船只。不过片刻工夫，水面便化作一片火海。

"船都烧尽了，粮草也颗粒不剩。已经无路可退。你们仅剩的口粮便是腹中餐饭。若想果腹，就得干掉一个乍国兵，抢他的口粮。"

马塔骑在高大的雷飞落上，将宝剑高高举过头顶，让众人都能看到淌血的剑尖，"这是止疑剑。直到这场战役的结果再无疑问，我才会再次将剑入鞘。我们今天要么取胜，要么全军战死沙场。"

他掉转马头，朝帝国军队独自奔驰而去，高声呼喊。

拉索是第一个追随他的。他跟着马塔·金笃将军跑起来，同样高声呼喊。众生皆为赌局，这里的守护神塔祖不就是这样说的吗？

几个士兵跟上，又有几个，渐渐地，涓涓细流化作涨起的狂潮，马塔带到狼爪岛的两千兵力涌动前行，冲向帝国大军那股宽广得多的潮水。

马塔·金笃放声大笑，手下也以笑声应和。

他们并无胜算，那便如何？此时已无战术，也没有什么障眼戏法。在他们心中，他们自己已经死了，放弃了一切撤退或得援的希望。他们已然破釜沉舟。

拉索·米罗冲向一个帝国士兵，毫不格挡或自卫，而是径直攻击。

他斩断一人的用剑臂，与此同时，另一人的剑也刺入他的肩膀。但他已杀红了眼，毫无感觉。拉索大吼着将剑抽出来，又砍倒一名帝国士兵。

他知道达飞罗一定会觉得他很傻，但他也知道，哥哥会为他骄傲的。

我此时杀敌应战便和金笃将军一样，他心想，回忆起金笃将军在祖邸城墙上方高高飞翔，勇敢迎敌，直至乍国无人再敢应战。此时，他终于知道金笃将军当时的感觉了，这感觉的确无比荣耀。

他们杀入帝国大军，有如飞箭入肉。箭头正是马塔·金笃本人。

雷飞落一跃，马塔一挥止疑剑，群敌便有如野草一般纷纷倒下。雷飞落一冲一闪，马塔挥起嗜血棒，所过之处，一切灰飞烟灭。雷飞落也难以抑制对鲜血与战斗的渴望，张开大嘴，从步兵群中扯下一块块血肉，晃落嘴边的红色血沫。马塔全身很快覆满凝固的鲜血。他不得时时抹去眼上的血，才能看清。

继续，继续，继续杀敌！

在帝国军队眼中，柯楚人有如怪物。他们不知疼痛，毫不防御。他们每一次出剑仿佛都用尽全力。他们不想保命，只求杀戮。与这些人还能如何交战？心智健全之人是无法抵挡疯子的进攻的。

渐渐的，潮水转向了。帝国进攻慢了，停了下来，帝国军队开始后退了。马塔·金笃带领两千兵力，完全被四万帝国士兵团团围住，但这情形却犹如一条巨蟒吞下一只不懂死亡也不肯放弃的刺猬。帝国士兵开始后退，乱了阵型，而后逃离嗜血的狂敌。

海边其余的柯楚士兵似乎终于从洛马将军之死的震惊中苏醒过来。他们一声大吼，朝着他们的手足兄弟而去。总攻来了。

战局已定，帝国军队即将战败。甘国司令胡页·诺卡诺重新唤起起义之心。他下令自己带领的军队加入追击。

"柯楚盟军需要我们！"

法沙司令奥维·阿提看出马拉纳将军已无法兑现承诺，也再度燃起对帝国的仇恨，下令加入战斗，断了帝国大军撤退的后路。

"法沙国要给帝国一记重创！"

狼爪岛一战，皇帝损失两万兵力。余下两万人投降。帝国军队九次尝试集结抵抗，马塔·金笃的狂暴部下九次突围。这一战打了十日之久，然而胜负结果却早在首日已定。

突阿扎港中满是燃烧的船只，帝国舰船无法进入。它们在周围漂摇一阵，确认陆上败局已定。帝国舰队沿狼爪岛东岸往北撤退，希望或能在大趾角再度集结。

飞船尝试着陆营救一些高级军官。但金笃的狂暴部下始终紧追逃窜的帝国部队。飞船营救一次次失败。有五艘飞船甚至在起飞期间被俘，因为恐慌的帝国士兵拽住飞船下方的小舟，士兵们一个接一个，有如锚链，将飞船生生拖回地面。

等帝国舰队抵达大趾角的营地，已经无人可救。跟随马拉纳和纳门穿越帝国的青年原本满怀沙场立功的希望与梦想，如今不是丧命便是沦为起义军的阶下囚。

帝国舰船空无运载，漫无目的，轻飘飘地驶入北方水域。幸存的飞船朝胜利的起义军徒劳丢下几轮沥青弹，离开狼爪岛，随帝国舰队而去。

塔诺·纳门和金多·马拉纳本想亲身参战，见证大胜，因此并不在飞船上。

此时此刻，他们后悔了。起义军包围了仅剩的帝国士兵，纳门和马拉纳渴望地看着撤离的帝国飞船远去的身影。

纳门想起如意岛家中的老狗托齐，不知它跛着脚，要如何度过寒冷时节。

"老弟。"马拉纳说道，"要是我从未到盖应湾海滨去访你就好了。你本应在修剪枸杞树，驾着小渔船，眼下却要作为囚犯度过余生。我真不明白我们今天为何而败……我实在对不起你。"

纳门挥挥手，打断马拉纳的道歉。"我打了一辈子仗，就是为了看乍国胜过其余各诸侯国。这把年纪还能有幸效忠帝国，这是我的荣耀。

"但我们的生死取决于诸神。赛跑并不总是最快者赢，战争也不一定是最强者胜。我们已尽全力而战，其余的，便听由天命吧。"

"谢谢你并未怪我。"马拉纳环顾四周，叹了口气，"我们该准备投降了。再让更多人白白送命也没有意义。"

纳门点点头。他开口说："将军，下令投降之前，能帮我个忙吗？"

"你说便是。"

"倘若你有机会，去看看我的老宅，保证我的老狗托齐有口吃的。他时不时喜欢来条羔羊尾巴。"

马拉纳看到这位老将脸上露出微笑。他很想说点什么，让那微笑停留得再久一点，但他知道，已然迟了。

"谢谢你容我保留这最后一点虚荣。我从未投降过。"

纳门拔剑，将剑刃划过自己的枯颈。他像老橡树一般倒下了。片刻间，他强壮的心脏仍将鲜血泵出身体，在他周围漫出一片血泊。

马拉纳在他身旁跪下哀悼，直至那颗无比热爱乍国的心脏终于停止跳动。

马拉纳带领手下离开纳门倒下之处。他们等正式投降结束后会回来带走尸体。

一片巨大的阴影从上方飘过。马拉纳仰头察看。空中满是明恩巨鹰振翅飞翔，足有数十只，不，竟有数百只。谁也没听说过如此数量的明恩巨鹰竟会同时远离如意岛上奇迹山中的阿里素索湖，现身某地。

群鹰俯冲下来。此刻，它们并不像平素独行的捕猎者，却有如一群椋鸟，每一只都属于一个更大的整体。群鹰行动整齐划一，衔起塔诺·纳门的尸身，随即掉转方向，西向渡海，最终消失在地平线上。

马拉纳和手下朝西方行礼。传说，英勇牺牲的乍国儿女会被群鸟之神奇迹公带去，在极乐世界永远安息。

马塔站在大趾角帝国营地的废墟之中，捧着一碗帝国粮草烹煮而成的粥食。他和手下一样都仍然满身是血。大家都未曾费心清洗。

"你是第一个随我而来的。"马塔·金笃对拉索·米罗说。

拉索点点头。

马塔·金笃握住拉索的臂膀。"以后你就跟着我，做我的贴身护卫。"

拉索知道，等自己的心脏跳动慢下来，等战场上的嗜血冲动消退，他将再度为马塔惊叹折服。但此时此刻，他觉得自己仿佛与这位伟大的将军平起平坐，他无比珍惜这种感觉。

达飞罗未能见证这一刻，这是他唯一的遗憾。

马拉纳被带到马塔面前。乍国元帅跪下，双手奉上佩剑，目光低垂。他等待着马塔决定他的命运，以及所有其他战俘的命运。

马塔失望地打量着他。此人是个文官，剑术并不比投军的平凡农夫高明。纳门则是个年迈老人，不敢在单独决斗中与他应战。他们善用兵法，但却难以匹配他心目中的大将形象。乍国的英雄不过如此吗？与他势均力敌的战场高手究竟在何方？

马拉纳身后，法沙司令奥维·阿提和甘国司令胡页·诺卡诺，还有达罗王，也都跪了下来。众人都敬畏地注视着马塔，仿佛他们眼前站着飞索威本尊。

　　起义军中，再无人可与马塔·金笃匹敌，就连肃非王的地位也难以企及。

第三十章　蟠城之主

蟠城
义正武治四年十一月

玛碧德雷皇帝选择完美之城作为都城，并非因为希望居住于此，而是希望安葬于此。

他希望分布在皇陵四周的皇家墓地能够从地下汲取卡娜、拉琶和飞索威这几座雄伟火山的能量。他认为山脉能够永葆青春活力，因为它们能够通过剧烈喷发的新鲜熔岩不断重塑，这种活力也会为皇室家族提供源源不断的力量与生命，使帝国永远存续下去。

玛碧德雷的灵魂倘若当真出没于此，现在一定在琢磨，这个计划为何没能奏效。

二世皇帝像个胎儿一样蜷缩在床上，衣衫床褥都浸着尿液，库尼·加鲁便这样接受了他的投降。

★　★　★

路安·齐亚前来告别。

"你不肯留下与我共事？"库尼问道，"倘若没有你，我也无法成为热翡卡之主。"

库尼自年少看到那名刺客在空中翱翔，从此便对路安心生敬佩。他也认为，达拉诸岛再无一人能构想出如此大胆夺取蟠城的计划。

库尼生平最爱结交有才之人，而路安·齐亚便是库尼最为珍视的朋友之一。

"加鲁大人，你已完成天命。我从百姓之间流传的故事中都听说了。你在二梅山中难道不是一剑斩断白色巨蟒？你在逃亡时难道不是霓虹环绕？而今，你以独角巨鲸为坐骑，诸岛帝王也在你脚下瑟瑟发抖。你是一个好领主，但你已不再需要我的帮助。我想去为哈安国尽一点力，它弱小，也是六国中最后一个尚未独立的，可是它到底是我的故乡。"

路安走前，二人举起盛满高粱酒的酒碗干杯。他俩都将眼泪归咎于烈酒辛辣。

路安返回哈安国的旧时都城倾盆城。

蟠城陷落的消息已传至此地，街头满是哈安国小伙子四处游荡，兴奋地谈着新时代的到来。乍国卫队士兵被禁于营房，对市民的不稳定情绪担惊受怕。

路安未受阻拦，径直返回齐亚部族的祖宅，他正是在这里见到父亲最后一面，许下誓言，以此成为他活下来的动力。

美丽花砖装点的大理石地板的厅堂都没了，他与父亲在墙面石板上写满公式与证明的书斋也没了，存有达拉诸岛四下搜集来的大量古书的藏书室也没了，摆满研究星辰、潮汐、时间、自然的各样设备的阳光灿烂的实验室，也都没了。

祖宅已化作一片焦土，碎石满地，荒草丛生。

"父亲。"路安在废墟中跪下说道，"乍帝国已经灭亡，我回来了。柯素季王很快就会回来，我将辅佐他重建我们的祖国哈安，令它恢复旧日地位。我已实现诺言。您满意吗？您的魂灵如今安息了吗？"

微风吹过野草。一只孤鸟在远方啼叫起来。

路安跪了许久，直至太阳落山，月亮升起，他是想占卜诸神之意和逝去祖先的含混答复。

　　库尼对蟠城中已经投降的数千帝国士兵颇为担心。他只带了五百人，倘若帝国支持者决定不顾二世皇帝安危，轻易便能打败他的微薄力量。

　　库尼召集所有智囊，寻求建议。

　　"我们现在还不能放出蟠城陷落的消息。"柯戈·叶卢说，"倘若热翡卡其余地区的帝国司令官得知你的兵力不过如此寥寥，便会全部赶往蟠城，咱们就完了。"

　　"那咱们必须立刻封锁蟠城。"库尼说，"万一有人已经派出信鸽呢？"

　　"我已解决此事。"润说，"腌制咸淡得当的话，烤鸽子真是一道美味啊。"

　　库尼大笑。"幸好有你们替我考虑周全。如今，最要紧的是给我兄弟马塔·金笃送信，让他尽快派援兵来。"

　　"若是我们手中还有飞船就好了。"柯戈说，"可惜，你既不愿路安·齐亚留守，皇宫守卫已将飞船摧毁。"

　　"我来向金笃将军送信。"润说，"我有办法保证消息不被帝国巡逻兵拦截。"

　　库尼点点头，心下想道，幸好自己颇有远见，让润保留与黑道的关系。

　　"然而，远水不能救近火啊。"库尼愁道，"如何保证蟠城降军不会反叛？"

　　润·柯达低声讲出一个建议。此举低劣下作，民恩·萨可礼与泰安·卡鲁柯诺都表示反对。库尼·加鲁本欲拒绝，但柯戈·叶卢却发话支持润。

　　"加鲁大人，叛乱很有可能发生，我们必须竭尽全力保存这场豪赌的果实。"

库尼仍然犹豫不决："小柯，你当真认为，我们必须用如此高昂的代价换取帝国军队的忠诚？"

"若要成大事，便须处处做到极致，残忍之道亦然。"

柯戈的观点令库尼心神不安，但他一直都愿意聆听他人的建议。于是，他勉强同意了润的计谋。

蟠城不愧为帝国都城，人口众多，街道宽阔，十六辆马车亦可并行通过，建筑宏伟，市场中售卖的商品琳琅满目，凡可想到的各个方面，蟠城的确都是天下无双。形形色色的商人与投机者都来到天子脚下寻找财富。人们常说，宁留蟠城当小鼠，不做客非岛大象。

投降的帝国士兵中悄悄流传着一个说法：只要不伤人性命，便可劫掠蟠城，作为投降加鲁公爵的奖赏。有几个士兵大着胆子走上街头，试探流言真假。库尼的手下瞧着他们，并未加以阻拦。待到午后，原先的帝国兵营中已空无一人。

士兵们恣意蹂躏整座城市。蟠城有如被攻陷的城池，可攻城者却是发过誓要保卫它的那些人。他们闯入街道两旁的豪宅，随心所欲抢夺财物，对宅中男女恣意妄为。他们的确不敢杀人，但除了死以外，还有许多法子可以折磨人。

十日十夜之间，蟠城化作活地狱，家家户户都缩在地窖中瑟瑟发抖，听着倒霉蛋的哭叫声。完美之城已被玷污，充斥着恐惧、鲜血、贪婪、怯懦。

在此期间，库尼·加鲁将自己的部下留在皇宫中，远离街头混乱。只有柯戈·叶卢带领数人前往皇家档案馆，整个帝国的人口与税务档案都保存于此，还有官府的所有其他行政文书。

"锁好门，别让抢劫者闯进来。"柯戈下令道。

"我们为何要在意这些破旧的书卷纸张？"达飞罗问道，随即又低声说，"皇帝是不是把最珍贵的宝藏都保存在这里了？这招很聪明，没人会找到这里来……也许，一会儿你我可以偷偷看上一眼？"

柯戈大笑："这里可没有金银宝石。"

"难道是艺术品？"达飞罗略有失望。他知道书画艺术品也可以很值钱，但倘若画上没有美女，他便无甚兴趣。

"算是吧。"柯戈说，"政治是最高形式的艺术，或许有天你会领悟。"

投降的帝国士兵蹂躏蟠城之时，库尼不得不远离自己释放的恐怖。他决定在皇宫的静谧走廊与空旷厅堂中信步漫游。

四周的华美令他屏息。每个房间的天花板都有至少五十尺高。所有墙壁都覆满精美浮雕图案与金丝镶嵌花纹。地上满是丝绸锦缎的垫子，其中填满数以千计的鸭雏与仔羊的绒毛。墙上挂从被征服的六国得来的无价书画。

库尼目光所及之处全是精美的家具、玩物与装饰：甘国的珍珠与珊瑚壁画，里马国的檀木雕，法沙国的玉像，哈安国的玳瑁几，阿慕国的鸟羽挂毯，还有金子，数不胜数的金锭，都是柯楚国劳工用心血与生命换来的。这些物件代表着权力，玛碧德雷皇帝之于整个帝国所拥有的权力。库尼赏玩着这些东西，真真切切触碰到了这种权力。

他还记得自己年少时观看玛碧德雷巡游经过祖邸城附近的大路，当时他心中充满敬畏感，当面对如此庞大的权力时，人便会瑟瑟发抖。想到彼时与当下之间的巨大变化，他心中感到一阵惊奇。

"皇帝、国君、将军、公爵。"他低声自语道，"这一切都不过是标签而已。"然而，标签却会改变一个人的行为举止。他已习惯于自视为祖邸公爵，如今又开始自视为热翡卡国君。他是否会习惯又一个新标签？是否会习惯众人的敬重与讶异……或许还有恐惧与仇恨？

奇兽园和水族馆中的鸟兽呼唤喂食。它们美丽孤单，囚于笼中，对自己的生死毫无掌控。

一间笼中关有一头高傲美丽的牡鹿，焦躁地来回踱着步。然而，笼前标签上称它是一匹马。库尼困惑地看着它，它也望着库尼。

"最后将是鹿死谁手？"库尼自问道，"狩猎是否已近尾声？"

库尼来到皇宫深处的一片亭舍，这里便是后宫之所在。玛碧德雷皇帝和二世小皇帝的妻妾都居住于此。她们正为自己的未来担惊受怕。但一看到库尼，她们便梳妆打扮，走了出来，各人都站在自己的闺阁前，唯一的服饰便是魅惑的微笑。她们模样销魂又令人怜惜，在库尼看来，与奇兽园中的动物并无甚区别。

库尼累了。几年来，他似乎一直在征战奔波。姬雅不在身边时，他从未动过寻找其他女人陪伴的念头。但他也有身体需求，与死亡擦肩而过更令他欲望喷薄。各色肉体就摆在他眼前，他不愿拒绝，不能拒绝，也不该拒绝。

难道他就不该得到些奖赏吗？就不该休息一下吗？

"勇者应有美人相伴。"其中一名女子说。库尼从未见过如此可爱的人儿。她一丝不挂，只戴了一串鲨鱼齿串成的项链。这古怪野蛮的首饰似乎正合库尼之意。她的微笑也吸引了他。有那么一瞬，他仿佛看到她的面孔一闪而过，化作一个骷髅，他眨了眨眼，幻象便消失了。

那一晚，他留宿后宫。第二晚亦然。十日间，他未出后宫一步。

润·柯达来寻库尼。

在库尼成为公爵之前，担任狱卒之前，在尚无人赏识库尼之前，二人已经相识。

这样的朋友偶尔会直言相谏。倘若这话是从其他下属口中而出，库尼一定难以忍受。

"库尼。"润说，"够了。"

库尼听到了润的话，但又立刻将之抛诸脑后。他正在享受按摩，提供按摩的是他选出的两个心爱女子。其中一人来自哈安国，黝黑的皮肤光润如漆器，滚烫如烹石。双腿健壮柔韧，令他永远难以抵御。她的眼神中盈满欢愉怜爱的承诺。

另一名女子来自法沙国，皮肤雪白，她脸红和大笑时，便可看到皮肤下面的血液在血管中流动。一头火红秀发有如火山喷发的激情（仔细想想，与姬雅倒是颇为相似）。她的双乳无比饱满成熟，库尼觉得抚摸起来像是蜜汁四溢的桃子。

"库尼。"润又开口道，声音更大了一些，"看着我。你忘了我们为何而来？"

库尼不快地皱起眉头。润打扰了他的白日美梦。他想象着自己永远安居于此。如今他明白了二世皇帝为何不愿出宫、为何不在意宫外之事。

他要过上皇帝的日子；他要用金碗玉匙吃饭；他要用珊瑚烟管抽烟，上好的烟叶以露水浇灌，由专门训练的猴子爬上峭壁摘取，经过百次熏筛；他要喝上最嫩的芽片烹煮的香茶，那些嫩叶均由手指纤细的孩子采下，以免损坏芽苞，损失韵味；他要每晚由一名新女子侍奉，但他会一直留着这两人，在厌倦新人时作为慰藉。

"你应该称我为'加鲁大人'。"库尼说，"或者，也可以叫'陛下'。"

狮齿花之种终于寻得适宜的土壤。雄鹰终于翱翔天际。

润几近绝望，他做了最后一次尝试。"库尼，想想姬雅如果现在见到你会是什么感觉。"

"闭嘴！"库尼一下子跳下床，"润，大胆！姬雅一直在我心中。但现在需要安抚的是我的欲望。别忘了你是在跟谁说话。"

"忘记你是谁的那个人不是我。"

"我不想再看见你，润。"

润·柯达摇摇头。他走了，去找救兵。

柯戈·叶卢带着一个大盆走了进来。他叫民恩·萨可礼和泰安·卡鲁柯诺将两名女子从库尼怀中搜开，拖下床。随即，他将满满一盆冰窖中取来的冰水混合物泼在库尼裸着的身子上。

库尼号叫着跳下床来。十日以来，他第一次完全清醒过来。他一恢复神志，立刻下令柯戈·叶卢就地斩首。

"这是什么意思？"他大吼道。

"你这是什么意思？"柯戈指着床上一摊湿透的丝绸被单与蕾丝铺盖、地上的空酒杯，还有库尼从宫中各处搜刮来又胡乱堆在屋中的珍宝与艺术品。

"小柯，我只想稍微享受一下，以孪生女神的名义起誓，这是我应得的！"

"你忘了死在大隧道里的人了？忘了饿死在路边的孩子了？忘了负责徭役的官吏如何拆散母子，只为给皇帝的大皇陵多添一块砖？你忘了有多少人拼死一搏，只为结束这一切，又有多少女子要永远悼念他们？你忘了你娘子天天祈祷你平安，梦想你出人头地，解救达拉百姓？"

库尼无言以对。他仿佛正从一场梦中醒来，这梦令他对自己有些嫌弃。他又感觉到冰水泼在身上的凉意，不禁打了个寒战。

"此情此景令我感到羞耻，加鲁大人。"柯戈说罢，将目光从库尼·加鲁赤裸的身子上移开。泰安·卡鲁柯诺和民恩·萨可礼也转开头。

库尼注视着他。"你竟敢教训我？是你建议我允许投降的帝国士兵无法无天，将蟠城变作人间地狱。是你对我说若要成大事，便须处处做到极致，欲望与残忍之道亦然，这样才能将权力握在手中。我只是在享受你安排给我的角色。"

柯戈摇摇头。"加鲁大人，你恐怕是大错特错了。我建议你夺权，是为了用它来做善事，不是为了享受手握大权的快感。倘若你不懂个中差别，那我真是瞎了眼。"

库尼·加鲁坐在床边，用被单裹住身体。梦未醒时，确是一场美梦。

"对不起，柯戈。请帮我拿些衣裳来。"他考虑片刻，又补上一句，"这事别告诉姬雅。"

润·柯达走进房间，将库尼的旧袍子递给他。这件袍子是姬雅缝的，如今上面满是汗渍与补丁。

"谢谢。"库尼说，"我对自己的行为举止很抱歉。老友如旧衣，始终最相宜。"

加鲁公爵宣布立刻停止劫掳蟠城，此后将以怀柔政策管理蟠城：帝国的一切苛律酷政均予废除，讼师这一职业被撤销。百姓对此尽情欢呼。今后再无徭役，税金也降为先前的十分之一。

从此以后，加鲁公爵治下的蟠城中只有三条刑律：第一，杀人者死；第二，伤人者抵罪；第三，盗窃者归还所窃之物并缴纳罚金。

街头大肆庆祝，百姓都将库尼·加鲁视为解放者，热烈欢呼。

"加鲁大人，你现在明白润的建议了吧。"柯戈说，"掠城期间，我们不仅获得了投降的帝国士兵的效忠，也令蟠城百姓与他们彻底敌对。如今，就算他们意欲策反，也无法获得民众支持。这些从前效力于帝国的士兵知道蟠城百姓仇恨他们，别无他法，只能投奔你。你令他们作茧自缚，只能站在你这边。

"而如今，你以怀柔政策治理蟠城，正如寒冬后的和煦春风、野火后的涓涓清流。倘若你从起初便如此善待他们，百姓便会将你的同情视作软弱。可如今，经过十日苦难，他们便会十倍感谢你的好心。"

"柯戈，你真是残忍，将人玩弄于股掌之间。"库尼说道。他正和手下在街头巡游，面带微笑，朝百姓挥手示意。但库尼眼中并无笑意。

"平民就像是顽童。若是一上来便给他们糖果，他们便会认为理应得到更多。倘若先用力掌掴他们，再发放糖果，他们便会跪倒在你面前舔你的手。"

"你是将我比作待妻如狗的人？打了妻子之后又来表示关爱？"

"这道理的确不入耳，听来令人难安。"柯戈说，"但这世界充满残忍不快之事，却又不得不做，尤其是要成为雄鹰翱翔高空之时。"

库尼思考片刻。"你大概是对的，柯戈。但以我的名义已做了太多恶事，我这阵子都不想再照镜子。"

柯戈·叶卢叹了口气。他注意到公爵再不称呼他为"小柯"了，他突然觉得很怀念那种亲近。然而，揭露世间真相并不会让上级与你亲近。

库尼管理蟠城与管理祖邸城时同样用心。

每日，他都会花上数个时辰处理大小事务，竭力使历经战时混乱与战后劫掠的蟠城恢复一些秩序。他将投降的士兵重新组织起来，开始结识他们的统领者。他与城中和周围乡村的长老会见，着手解决他们的想法与担忧。

与此同时，润·柯达沿袭惯常做法，将触角伸至蟠城肮脏的地下世界。

"国君与我需要蟠城所有商贾利润的支持，特别是来自你们的支持。"润一面说，一面举杯祝酒。蟠城这间最为奢华的客栈包间中，在座的不是黑市帮派头目，便是秘密帮会首领，就连"堂堂正正"的商人，大部分利润也是靠不那么光彩的法子得来的。

"只要国君循理而行，我们也必会依理而动。"一个自称为"蝎子"的男子说道。据说他拥有蟠城最赚钱的地下赌坊。他的耳垂上，两枚鲨鱼齿制成的耳环摇曳不停。"不过，国君为何没有拿下索轲山口？"

润点点头，示意他继续说下去。

"在我这行当中，"蝎子说着，声音放低。众人都屏住呼吸，伸着耳朵聆听。"大部分利润都靠信守承诺。比方说，某人可能会问赌坊多借一千两金，好再赌一把，并许诺一天之内还清。"

润点点头，琢磨着故事个中深意。

"我愿意相信他人都信守承诺，然而，最好还是上个保险。最保险的法子便是让对方明白，如果食言，我有能力叫他受尽苦头。"

润尽力不让语气显得不耐烦。"这建议不错，蝎子师傅。国君和我会谨记在心。"

蝎子微微一笑。"首侯肃非王许下诺言：谁擒了二世皇帝，就能当上新的热翡卡诸侯国的国君。可在我看来，库尼王若真想确保诺言兑现，就应该给他人点颜色看看。手握兵器，才能壮着胆子称王。

"任何军队想要进入热翡卡，皆须通过索轲山口。"

翌日，润·柯达秘密派出一支军队前往索轲山口。

库尼当然命润尽快给马塔·金笃送信，叫他赶来蟠城，共享胜利，协助守城。叮润却笃信自给自足：倘若自己就能解决一切问题，为何还要找人帮忙？

况且，蟠城已经攻下，全靠他的计策，这等荣誉明明属于库尼和库尼的部下，为何要给马塔分一杯羹？只由库尼担任热翡卡国君不是更好吗？人不为己，天诛地灭。

他确信库尼也会同意。

变幻莫测的塔祖，你可享受与库尼·加鲁同床共枕？

啊，这么说来，你看到了，鲁索。我的模样还算迷人吧？

他比你想象的要更加难以引诱，是不是？我发现他并未将你选作宠姬。

这个嘛，只好怪他品位不佳。反正我得够了乐子，这是最重要的。

风暴使者奇迹公、冰火双生花、嗜战者飞索威，他们几个都到哪里去了？他们不是在这场大战中投入最多的吗？

那三只鸟儿和一只野狗正在生闷气呢。他们的英雄还在别处奔忙，这个无名氏却跑来抢了风头。

指引凡人，必有风险。

别装成没事人一样，你个狡猾的老乌龟。这么多年，你一直在谋划这一招。我一直在琢磨你的人什么时候出手。

若要钓大鱼，便须放长线。

事情还没结束，你知道吗？一时得胜不难，难的是坐稳赢家的位子。

说得好。不过，这要取决于如何才算赢。

我要回狼爪岛去了。还有更多的乐子等着呢。

第三十一章　屠杀

狼爪岛
义正武治四年十一月

　　帝国舰队的非罗·恺马将军只有一个执念：让他的舰队尽可能远离疯子马塔·金笃。狂暴的起义军有如一群嗜血恶鬼从地平线上涌来，这画面始终萦绕在他的脑海，令他坐卧难安。

　　过了数日，他才意识到自己其实正占据优势。

　　马塔已经烧光突阿扎港口的所有船只，起义军无船可用，无法离开狼爪岛。起义军还能怎么办？难道游到海上来进攻他？

　　恺马如今是帝国军衔最高的军官，他集结了落败而逃的军舰与飞船，掉转方向，打算封锁狼爪岛北岸和南岸。加之塔祖化身的巨型漩涡使船只无法横渡奇汐海峡，如此这般，便无船只能够往来狼爪岛。

　　帝国陆战是输了，但他们可以将马塔·金笃和他麾下的起义军围困在整座岛屿上，直至蟠城派来援军。

　　马塔·金笃不是想拿全体部下的性命豪赌一场吗？好啊，让他来赌。

　　马塔·金笃开始自称为柯楚国元帅。佗入路·佩临拟了一份声明，身处狼爪岛的诸国国君和贵族均未流露分毫反对之意。

马塔没等肃非王颁布敕令。倘若没有他和叔叔，那个放羊少年便不过是个无名小卒。雷飞落抵得过十个肃非。起义败局本定，扭转战势的不是帕汐·洛马，而是他。战胜号称不败的金多·马拉纳的不是肃非，而是他。以两千狂暴士兵制伏四万大军的不是别人，而是他。他并未借助任何花招或诡计，全凭骁勇取胜。

这是最堂堂正正的胜利，也是最令人开怀的胜利。

肃非不过是个傀儡，马塔根本不需要他。佗入路·佩临说得对：不管马塔想要什么，不管他认为自己应当得到什么，都得自己去争取。他竟然曾经顾影自怜，实在愚蠢。只有自己敬自己，这世界才会敬你。

周围那些哭哭啼啼的弱者令他感到作呕。这些人都是叛徒和懦夫，根本不配称为贵族。尽管那些贵族或许投对了胎，可他的护卫拉索·米罗虽是农家的孩子，勇气却是他们的十倍；再说他的兄弟库尼·加鲁也是农民出身，气节却更胜这些人百倍。

马塔将达罗王逐出突阿扎王宫，自己占领了宫殿。狼爪岛一役中，法沙国和甘国的司令奥维·阿提及胡页·诺卡诺直等到战势明朗，看出马塔必胜，才前来支援。二人此刻被软禁起来，等待马塔审讯他们的叛国罪。他虽取胜，但也不会被他们三心二意的支持所愚弄。

但他却对纳门和马拉纳以礼相待。这二人虽然不是他心目中的勇士，但地位却受他敬重。他们努力尽责，只因能力所限而败，没有什么好羞耻的——再说了，马塔是飞索威下凡，又有谁能胜他呢？纳门尸身不再，他便将纳门的佩剑以公爵之礼下葬，还允许马拉纳不缴剑。马拉纳身材矮小，令他出乎意料，他也无法理解绮可觅为何钟情这个手无缚鸡之力、脸色蜡黄之人，也不愿选择他自己，大概这更证明了她难辨优劣、不够高贵。尽管马拉纳获得了绮可觅的芳心，但这位"情敌"如此孱弱，实在令马塔难以产生嫉妒之心。他根本不屑于此。或许有一天，他甚至会宽宏大量地让马拉纳效忠于他，如同古代豪杰对待手下败将一般——不过眼下他还未想得那般长远。

*我是首侯，*他心想，*与诸君平等，又身居首位。不，不对。其他*

凡人在骁勇善战方面如何能与他相提并论？他将浩浩荡荡踏入蟠城，踩在二世皇帝的喉咙上。他将成为起义军的第一英雄。他是征服者，他是霸主，这个头衔只属于传奇与神话。

只有等到那一刻，金笃家族的名字才会恢复荣光。

但首先，他要带领手下军队离开狼爪岛，进入热季拉平原，穿越索轲山口，前往完美之城。

帝国舰队对狼爪岛的封锁只是个小问题。他下令让手下开始建造新船，狼爪岛郁郁葱葱的山丘上很快便没了树木。

一位老妇人前来拜访新的金笃元帅。她拄着拐杖行走，发色全白。但她的面孔洋溢着健康与活力，戴着鲨鱼皮头巾和鲨鱼齿项链。

"我能与塔祖交谈。"老妇人的声音抖抖索索，无比刺耳，令听者不禁皱眉生厌。

塔祖的诸位牧师大怒，叫喊起来。

"我们才是塔祖的使者。"

"她不过是个骗子！巫婆！就会愚弄天真的村民！"

"把她抛下悬崖，让她跟塔祖直接交谈去吧！"

但马塔挥挥手，命诸人闭嘴。这些人稍一看到风吹草动，认为他们的权威可能受到威胁，便有如小孩立刻哭号起来。目睹这种情景令马塔产生一种病态的快感。在他看来，这些牧师与他如今无比鄙夷的君王贵族一样软弱贪婪，都是同等货色。

可这位老妇人却很勇敢。她站在起义军中最有权势的人面前，毫不发抖，径直与他对视。马塔对此很是欣赏。

"你给我带来了塔祖的什么话？"他问道。

"塔祖可以帮你们离开狼爪岛。但必须首先向他献祭。"

老妇拒绝透露任何细节，马塔只得将其他人都从军务厅打发出去。而后，她在他耳边低语。

马塔睁圆双眼，后退两步。"你究竟是谁？"

"这还用问吗？"老妇说道。不过，她的嗓音已不再像是老妇。

她的声音低沉浑厚，军务厅的墙壁随着她的话音振动。她的话音有如惊涛骇浪，又似深海劲流。

她脊背挺直，拐杖握在手中，犹如武器。她微微一笑，神情凶猛，好似鲨鱼。"你心中已有答案。"

马塔凝视着她。"你想要的很多。"尽管他努力稳住嗓音，但还是发抖了。

"不，想要很多的是你。"老妇人说，"我只是饿了。"

马塔仍然凝视着她。他摇摇头："我无法做到，也无法接受。"

老妇人扑哧一笑。"你是不是在想，倘若你满足我的要求，库尼·加鲁会作何感想？"

马塔没有回答。

老妇人耸耸肩。"我的话说完了。你自便。"突然间，她又变回一副年迈体弱的样子，蹒跚着走出军务厅。

二十日内一整支舰队造好了。新船龙骨稳固，接缝密合，船体光滑，在突阿扎港中轻轻摇晃，新漆闪闪发亮。马塔的部下干起活来和打仗一样卖力和漂亮。

"金笃将军真是造船大师！无论做什么都胜过别人百倍！"

"你怎敢将金笃元帅与别人相提并论？他是诸神所派！"

"你怎敢说金笃元帅是凡人？他是塔祖的化身，海洋与浪涛的主宰！"

金笃将军漫不经心地听着贵族和侍臣争先恐后地阿谀奉承。他很清楚，这些人都很愚蠢，可听到他们的话，他仍然无法抑制愉快的心情。他们的话轻抚他的心，令他感觉仿佛漫步云间。

"够了。"他说。四周的闲谈立刻停了。"我们明日出发，前往本岛。就让恺马在海上放马过来吧。我们会轻松击败他，就像在陆上拿下纳门和马拉纳一样！"

众人欢呼起来。

那晚，一场暴风雨席卷突阿扎港，其猛烈程度超乎诸人生平所见。

风声呼啸，此起彼伏，令近海而居的人双耳失聪。怒涛拍岸，浪花高溅，淹没王宫。突阿扎城的街道变作运河，清晨鲨鱼在其中游弋，和从三楼窗子观看的市民一样茫然不知所措。

新舰队全然不知去向。只剩下几根折断的桅杆和几块甲板碎片。本已有一千人登船负责准备和站岗，如今全部丧命。

马塔·金笃听闻，命众人寻找那位来见过他的老妇人。大家搜遍突阿扎城，也没找到她的影子。

"这是违抗诸神的代价？"马塔面对畏缩的侍臣，却更像是在自语，"抑或是在向我提醒历史的沉重？"

他提高声音："舰船既毁，那便必须再造新船。"

他下了新令。

投降的帝国士兵太多，无法全部囚在狱中。只要他们同意加入马塔·金笃的军队，便可重获自由。

狱中囚犯听闻如此良机，都雀跃不已。

许多士兵曾经效力帝国之时，都为皇帝的建设大计担任过督工，对服徭役的苦工挥舞鞭子。而许多柯楚士兵不是自己服过徭役，便是有亲友曾服过徭役。

如今他们要与从前折磨自己的人成为战友，于是柯楚人便寻找一切机会复仇。打扫茅房、煮饭、清扫和夜哨之类的任务总是分给效忠过帝国的士兵。

日间，前帝国士兵忙于造船时，柯楚人却游手好闲，催促他们更加卖力勤快。尽管第一支舰队损失殆尽，但马塔手下的士气却有所上涨：折磨乍国士兵对他们来说就是实实在在的公道。

拉索也和大家一样，尽情享受随意支使帝国走狗的乐趣。对于投降者来说，元帅贴身护卫的话便等同于律法。

拉索最喜欢的玩法便是命令他们将山中砍伐的高大橡木运至港口。他命十六人搬运一根木头，必须从山中径直运至港口，中途不得将木材放下休息。等众人筋疲力尽，没等抵达目的地便放下木材时，他便让他们将木头留在原地，返回山中另运一根。这样消遣从未令他生厌。

"想想你们这帮乍国浑蛋是怎么对我爹的——"他挥舞着鞭子，"我这都算是便宜了你们。"

"投降士兵当中怨声载道。"拉索说，"很多军官都觉得可能会暴动。"

"就让他们抱怨去吧。"马塔·金笃平静地说道。

"你放了他们一条生路！他们应该每日跪谢才对。"拉索说。

"拉索，有时，怨天太迟，谢人又太早。"

拉索不懂金笃将军话中之意。他只知道，投降的乍国士兵忘恩负义。他低语道："这便是狗改不了吃屎啊。"

经过不懈努力，这支由曾经的囚犯组成的金笃军成功建造了一支新舰队，而且不过花费十日，是上一次用时的一半。

但这一次，他们终日劳苦卖命，造出的却是笨重迟缓的船只。经验丰富的甘国水手愕然打量着，这些船看起来就像是匆忙钉起的大箱子，丝毫未曾考虑是否适航、坚固或易于操作。

佗入路·佩临开口说："驶入开阔海域时，这些船要是没自行散架就是奇迹了。我想不出要如何利用它们克制封锁舰队。"

马塔不耐烦地挥挥手，示意他住口。"我已听够了疑虑之词。"

众人惧怕金笃将军的怒气更胜过惧怕大海，谁也不敢再置一词。

"他不是已经反败为胜了吗？"士兵们低语道，"或许，只要他想成功，就足以令诸神屈服于他的意志，为他创造奇迹。就连塔祖也不敢反抗我们的金笃元帅。"

马塔下令登船，无人抗令。

船舱巨大，似乎更像是运送粮食海鱼的货船，而不像兵船。士兵鱼贯而入，守卫站在通向船舱的台阶上，将人往里推，直至船舱内挤满士兵，连转身的空间也不留。舱内当真填满填实，护卫这才满意，关上舱门。

船只驶出突阿扎港，众人在黑暗中屏住呼吸，等待帝国舰队攻击。但始终没有动静，船只也一直航行。难道是金笃元帅的威名吓住了帝国军舰？

渐渐地，众人在令人窒息的黑暗中，彼此倚靠着站立着，随着船只轻柔的晃动打起了盹。

数个时辰过去了，船猛地一晃，有些人醒了过来。四下一片寂静。头顶的甲板吱呀作响，但却没有脚步声。不是应该打开船舱，放人上去透透气了吗？

靠近舱门的人拍打门板。无人回应。

"他们不光把门闩上了。是把咱们封死在这里了！"有些人透过舱门的缝隙朝外窥视，随即大喊。舱门外侧堆了沉重的箱子，里面的人无论如何用力，也无法推开舱门。

"这里有柯楚人吗？有之前效力于金笃将军的人吗？"

无人回答。整舱全是投降的帝国士兵。

"驾船的人呢？上面有人吗？"

仍是一片寂静。

水手早就乘小舟弃船了。船舵被锁死，以免改变航向。这些不甚结实的破船满载两万帝国降军，向北驶入奇汐海峡。

饥肠辘辘的塔祖在他们前方张开血盆大口。

塔祖饱餐一顿，从献祭中获得力量，变得更为暴虐强大。他向北冲出奇汐海峡，绕过大趾角，一下将半支帝国舰队吞入他的无底大口。

他又马不停蹄地转移到狼爪岛东岸，不过几个时辰，便绕岛一周。突阿扎南面，在岸上人力所及的距离之内，塔祖追上了另外半支舰队。非罗·恺马将军便这样带领手下到海底与死去的同伴相聚了。

塔祖漩涡的中心冒出一股股水柱，直冲天际，有如蟾蜍捕捉蜻蜓时疾速伸出的舌头。仅剩的几艘帝国军舰吃力前行，想要逃命，却还是卷入巨大漩涡，在湍急的海水中有如肥皂泡碎裂开来，从寂静的弥漫水汽中消失不见。

塔祖返回奇汐海峡。他的使命完成了。

黄昏的光线灰暗压抑，闪电从云层中劈下，击中风暴席卷的水面，发出巨响。守护乍国的风雨之神奇迹正在狼爪岛以北的海上勃然大怒。

来跟我打一场啊，塔祖！你打破了诸神的约定。乍国之血必将得偿！我要把你的每一颗牙都拔下来！

但塔祖的漩涡避开闪电，在海上到处流窜，有如饱餐的鲨鱼一般无忧无虑。

兄弟，你的怒火找错了地方。我的天性便是每天在这片海域逡巡。倘若凡人要拦我的路，我大可如此处置。

我不听这些诡辩之词！

不远处，法沙国的守护神，具有治愈之力的卢飞佐前来干预。他的声音温和抚慰。

奇迹，你知道塔祖说得有理。我虽憎恶他的做法，但他并未打破我们的约定。他只是劝服马塔·金笃献祭而已。

风暴又持续数个时辰，但直至日出之时，风雨终于散去。

"你们不赞成这个法子。"马塔对他的顾问们说道。他特意将声音放低，保持冷静，众人只得竭力聆听。

除了面露冷笑的佗入路·佩临，其余军师都目光低垂，不敢与马塔对视。

"你们觉得，这许多人既已投降，便不该将他们全部杀光。"

众人仍然没有回应，只是屏气倾听。

"我们大发慈悲允许囚犯活命之时，只得受困于狼爪岛。一场风暴，我们的士兵便送了命。他们还年轻，本应死于荣耀，而非葬身大海。

"那位老妇人的确是塔祖的信使。我决定遵从她的话，向塔祖献祭，满足他的口腹之欲，这样才得以保证胜利。诸神在给予我们启示，你们没看出来吗？

　　"之前我太过心慈手软。恐怕是仁慈的兄弟库尼对我影响太多。他毕竟不是戎马之人。我必须记住，对敌人心慈手软便是对自己人毫不留情。塔祖要血，我便不得不给他血。

　　"你们有些人或许难以接受杀掉如此众多的乍国囚犯，但要知道，此事自有公理。多年前，我的祖父达祖·金笃因小人背叛，在与乍国交战中落败。那条乍狗戈乍·同耶提竟活埋了投降的柯楚士兵。直到如今，这笔血债才得以清算。"

　　帝国舰队没了，柯楚国派出一队商船和渔船前来接应马塔和他的军队。已无必要假意宣称这些士兵效忠于他人，他们只听命于马塔。

　　他是马塔·金笃，狼爪岛屠夫。他用宝剑杀了两万人，又以大海葬送两万人。他已不在乎肃非王这等区区凡人的想法。他是死神，战争规则由他说了算。

　　现在，他要返回本岛，通过索轲山口，进军蟠城。他将干掉二世皇帝，夺回属于他的东西。

第三十二章　管家

萨鲁乍城外
义正武治四年十二月

姬雅夫人觉得难以招架。

她并非贵族出身，一直未能进入萨鲁乍城的社交圈。对于大部分真正的世袭贵族、国君和使臣而言，库尼过于粗糙和实际，这也体现在人们给予她的待遇中。飞恩在世时对她另眼相看，使她的地位也有所改观。但他死后，她本以为是朋友的少数几个贵族女子很快便冷淡疏远起来。

尽管马塔时不时去探望她，保证她和孩子衣食无忧，但他的关怀也无益于她的社交。马塔一本正经，拒人于千里之外，宫廷中的贵族男女对他畏惧有加，并谈不上喜爱。

她寂寞难耐，数次尝试独自参加萨鲁乍城中的一些宴会，可总是难以忘记那些高贵优雅的女子瞧不起她，取笑她笑声过于爽朗，商贾出身所用词句平淡，还嫌她举止闲散粗俗。

于是她开始远离宫廷，试图在儿子身上寻找慰藉。

可小托托体弱多病，时常大哭至筋疲力尽才会入睡。她使尽浑身解数，祭出所有医学知识，才将他治愈，保住一条性命。她又有了身孕，腹中孩子似乎也需要同等关注，她夜里时常失眠，情绪变得易怒，总是感到疲倦。姬雅心想：*这怕是有道理的，这孩子要诞在鹿年，总是在我腹中蹦蹦跳跳，正似一头活泼的小鹿。*

两个孩子总要她投入大量精力，她有时不禁觉得，他们就像是共络际沙漠中传说的幽魂，吸食旅者的血，直至人变成空空皮囊，倒地不起。

姬雅清楚，身为人母，不应有如此想法，但她顾不得那许多了。

她家中佣人为数不少，但大部分侍女都是战争孤儿，她出于怜悯之心收留了她们。她们尚且年幼，自己还需照料。姬雅有时觉得像是在收留掉出窝巢的雏鸟和嗷嗷待哺的流浪小猫。她很高兴收留她们，但有时，这种同情心也成了她的负担。

多亏有管家奥索·可林。他和善热心，似乎事事期待她的赞许……唉，她这是在骗谁呢？姬雅很清楚他真正渴望的是什么，他的关注也令她欣喜。说实话，有时她也会打量着他颀长的身材，羞涩而漂亮的眼睛，想象着一次幽会——但她很快便会心生愧疚，面色羞红，开始自责。

不过，他的确很善于差使男仆和马夫，为他们安排活计，确保家宅中秩序井然，运转正常，她便因此少了许多烦忧。然而，奥索到底是男子。姬雅终日仍有无数琐事缠身，奥索也难以分忧。

深夜时分，孩子已经睡了，家中终于安静下来。姬雅觉得身边的床上空荡荡的，心中隐隐作痛。她闭上眼睛，试图以思绪穿越她与库尼之间的遥远距离。

库尼很少来信，而且零零星星的，来自前线的可靠消息也不多。他突然离开祖邸城，谁也不知道他的去向，此后姬雅再未有过他的消息。她意识到，这在他们的生活中并非例外，而是常态。尽管二人成亲本是为了共同历险，可大多数时候都是库尼独自外出冒险，而她则留守家中照看小孩，饱受平庸日常的煎熬。她自己的"最有意思的事"在哪里呢？

相公，你在做什么呢？你在想我吗？

再过几个时辰，她又要起床，面带微笑，开始一整日的愉快闲谈。所有人都需要她,都指望她,她必须坚强理智。可她相信,自己有一天一定会被榨干,倒地不起。

姬雅感觉无比孤独。她的脑海中突然生出一个激烈的念头:她为库尼这样丢下她而埋怨他。姬雅立刻心生内疚,想要摆脱这个念头,可它却挥之不去,令她更加痛苦。

我知道会很难。但这是我自己选的路。

她开始哭泣,一开始很安静,渐渐地放开声音。她咬住枕头,以免声音传入走廊。

为何我感觉如此无助?

她用拳头用力击打枕头,枕芯中除了种子和药草,还填了坚硬的椰壳碎片,以助安眠。她的指关节撞上椰壳碎片,很痛。出乎意料的是,这疼痛竟令她感觉稍有好转。

她对准椰壳锋利之处又打了几下枕头,痛得不禁退缩。她改在边缘落拳,打到的便是种子和捣碎的药草。她感觉好了一些。至少她能掌控这件事。她挂着泪露出苦笑。击打枕头的时候,她能掌控自己的痛苦程度。

她的微笑突然凝固了。

我竟一直在让自己失去掌控。

她身处漩涡中心,她即将溺水。她必须找到一根桅杆、一块浮木,紧紧抓住。她要爬上去,驶出漩涡。

她要再次做出选择,要找回主宰自己命运的感觉。

门悄悄滑开,她静静溜出房间,无声无息地穿过走廊,拐弯,走向前翼,又滑开另一扇门,只发出几乎难以察觉的轻微声响。

她轻拍黑暗中那人影的肩膀。人影动弹了一下,喃喃低语,再次入睡。

她又用力拍拍他的肩膀,在黑暗中低声道:"醒醒,奥索。"

奥索·可林翻了个身,揉揉眼睛。"几……几点了?"

"是我,姬雅。"

奥索立刻坐起身。"姬雅夫人!您在这里做什么?"

姬雅做了个深呼吸，伸出双臂，紧紧搂住他。奥索全身僵住了。

"没事的。"姬雅说着，声音中的自信逐渐增加，"我决定让自己开心一点，这一次只为了我自己。"

"真的？"传来奥索微弱的声音。

姬雅轻轻笑了。她不再埋怨库尼了，她这是自相矛盾，或许她疯了。但她感觉又活了过来，重新得到了掌控，她觉得自己正在游向一根浮木、一线希望。

她放下双臂，开始为奥索宽衣解带。

"别！"奥索反对道。可他随即便放弃了挣扎。"这一定是在做梦。"他嘟哝道，"拉琶夫人是要赏我一个美梦吗？"

"不是梦。"姬雅说，"我们回头再来证明。现在只要知道，有时我们必须紧紧依靠彼此，才能记得我们依然活着，我们能够决定自己的命运，无论诸神为我们做出怎样的安排。"

二人在黑暗中躺下，肌肤相亲，无比饥渴迫切。他们急切地亲吻着，从中追寻时间与永恒。

"放出消息去，我要找个女管家。"姬雅说。

"女管家？"管家奥索·可林问道。他发觉她今天早上有些不同——这更证明昨晚之事并非做梦。

姬雅直视他的双眼，目光中并无局促或尴尬。她微微一笑。"我觉得太孤单了，想找个人做伴，可以帮我分担一些女红琐事，也能成为我的朋友。"

奥索·可林点点头。这才是他爱上的姬雅，她曾令他惊叹，让他见识了这天下的可能之事。他将一直忠于她，也当然会谨慎行事。不过，他已与她共度春宵一刻。这是真的。他心中涌起难以描述的喜悦。

他鞠了一躬，退下了。

门口站着一位中年女子，从头到脚都无比干练，头上的发髻扎得干净利落，没有一丝乱发，脚上一双绣花布鞋的鞋帮上，手缝的针脚又密又齐，有如一队蚂蚁行军。

"我名为素妥。"她说。

"你对打理大宅可有经验？"

"我在一所大宅子中长大。"素妥说，"自有些办法。"她上下打量着姬雅。

尽管素妥努力以平民方式说话，但姬雅注意到她口音考究，举止体面，一点没有真正的佣人对未来女主人点头哈腰的样子。

她立刻便喜欢上了素妥。

"萨鲁乍城中贵族府邸众多。"姬雅说，"许多人家瞧不起我。我这里并不适合助你未来另谋高就。"

"那些宅子由娇生惯养的孩子打理，可他们年纪太大，又不能随便对他们打板子。"素妥平静地答道，"我若是想住在那种地方，一开始便会去上门探问。"

姬雅大笑，素妥脸上也露出些许笑意。看素妥对萨鲁乍贵族的轻蔑态度，姬雅猜她大概是哪个衰败的柯楚小贵族的女儿。

"欢迎来到加鲁公爵家。希望你和管家奥索·可林相处愉快。我已经是束手无策了。"

事实证明，素妥是个能干又和善的管家。不多久，姬雅家便有如一台上足了油的机器一般顺利运转。

她选出最负责的侍女，安排她们白天轮流照料孩子，姬雅便能得闲。侍女们从她这里学得实用的家政本领，以后若要换了人家也能派上大用场，马夫和男仆则赞赏她处事温和、做事细心。她会留意可林管家从不留意的事，比如在节庆日子给每人多发一个鸡蛋。

而且，素妥很会讲大征服之前旧时代的精彩故事！她常常给厨房里的帮佣讲旧时柯楚贵族之事，就连姬雅有时也听入了迷。姬雅估计素妥讲的故事恐怕大多是编的，但她给故事添了许多耸人听闻的精彩细节，令人不禁希望是真事。

姬雅与素妥时常在柯楚乡间一起散步，海滩、田野、山峦都遍布她们的脚步。素妥对姬雅的药草很感兴趣。姬雅乐于向她展示各类海藻、花朵、草叶、灌木，解释各自的效力，素妥也会问出聪明的问题。她还会问及姬雅与库尼的过往，姬雅便开心地向她讲述库尼那些少为人知的事迹。

作为回报，素妥也给姬雅讲了许多柯楚国过去的故事，这些故事悲伤、肃穆、浪漫。比如著名诗人陆汝森官至宰相，他向佐托王谏言勿信乍国求和，佐托王不听，他便自投于犁汝河。

> 世人皆醉我独醒，
> 世人皆迷唯我明。
> 落泪不为佐托王，
> 柯楚男女多艰命。

"真乃忠贞之臣。"姬雅哀叹道。她想起库尼对此诗的花样解读，嘴角不禁漾起一个微笑。

"你知道吗？他原本便毫无入世为官之意。"素妥说，"只愿隐居山中，吟诗为乐。"

"是什么令他改了主意？"

"是他的妻子琦夫人。她比他远远更为爱国，便鼓励他以文章之才做些大事，而非拘于自娱自乐。'政治是最高形式的艺术。'她常常这样对他说。于是他渐渐听取她的建议，慷慨上书国君，建议柯楚国尽早与乍国开战。佐托王却将陆汝森撤职，又与乍国签订和约，陆汝森便携琦夫人双双投河自尽，以示抗议。"

姬雅沉默了片刻。"倘若他没有听妻子的话，或许二人便能在山中善终。"

"也会默默无闻而离世。"素妥说，"可如今，柯楚国的每个孩子都背得出陆汝森的诗句，对他尊敬有加。就连玛碧德雷也不敢禁他的书，尽管他在每一页上都诅咒乍国。"

"那么，你觉得他应该感谢妻子了？"

"我觉得，他们是共同做出的决定，所以也乐于共同面对后果。"素妥说。

姬雅陷入沉思。素妥没有再开口，二人继续默默走着。

姬雅又一次开始猜测素妥的真实身份。素妥很善于回避关于自己过往的问题，姬雅也不想显得过分打探。

不过，姬雅仍然很喜欢素妥。因为她似乎懂得，姬雅有时不过是需要一个同伴，能够并肩同行，让她知道自己并非孤单一人。在她面前，姬雅可以尽情自私抱怨，也可全然不顾淑女礼仪放声大笑，素妥也从不会觉得她的行为举止有何不妥。

一天清晨，素妥来找姬雅询问当天的活计安排。她说："加鲁大人离家很久了。"

姬雅又心口一痛。"的确很久了。孩子降生时，他大概也回不来。"

将此事大声讲出来，仿佛便赋予它实体，令它成了真。库尼第一次送信来说要离开祖邸城去执行秘密任务时，她对他的鲁莽十分生气，不过，梦草不是一直告诉她，与库尼在一起就难免受伤吗？她其实没什么好惊讶的。

日子一天天过去，始终没有新消息，她愈加担忧起来。飞恩死了，马塔又远在狼爪岛，姬雅没了可靠消息来源。肃非王和其他贵族大概根本不知道她是谁。

"我听说，他与金笃元帅是挚友。"素妥说。

"对。金笃元帅与加鲁大人曾经并肩作战，就像亲兄弟一般要好。"

"男人之间的友谊很难挨过命运的大起大落。"素妥说。她话音停了一下，似乎在犹豫是否应该说下去。"你觉得这个马塔·金笃如何？"

姬雅对素妥的语气大吃一惊。马塔是狼爪岛胜将，乍帝国终结者，达拉诸岛最强的勇士。此时，他正横扫热季拉平原，消灭甘国各城中的帝国抵抗者的残余力量。就连肃非王提起元帅，也要敬他三分。可素妥却如此随意地说出他的名讳，仿佛提起的是个毛孩子。莫非，素妥的家族与金笃家有什么过节？

姬雅谨慎地答道："毫无疑问，金笃将军是起义军最重要的一员。没有他，我们绝不可能战胜诡计多端的马拉纳和老当益壮的纳门。"

"真的？"素妥似乎觉得很有意思，"这跟城中小贩天天讲的差不多嘛，就好像他们一闭嘴，大家便不信了似的。我只知道他杀了很多人。"

姬雅不知如何作答，便站起身来。"咱们还是不谈政事了吧。"

"恐怕这是不可能的，姬雅。无论你愿不愿意，你都是从政之人的妻子。"随即，素妥鞠了一躬，退下了。

沿着姬雅的房间走到走廊尽头，便是素妥的房间。素妥睡眠又很轻。

众人都睡下之后，她听到姬雅房门打开。她知道，黎明前还会再次听到开门声。

管家奥索·可林以为没人注意时望向姬雅夫人的目光，她是看见过的。他为姬雅马车勒紧缰绳时在她身旁逗留的模样，她也是看见过的。姬雅夫人悄悄对他回以微笑、认真聆听他报告家中账务的神情，她亦是看见过的。

最重要的是，有他人在场时，这二人竭力小心避免太过亲近。这便令素妥知道了全部真相。

素妥在黑暗中静静躺着，陷入思考。

她来到加鲁府上是因为对马塔·金笃与库尼·加鲁的传奇故事感兴趣，这一对将军与土匪的组合，看似毫无可能结交为朋友，却成了忠实伙伴，他们对抗塔诺·纳门的事迹鼓舞了数以千计的起义者。民间以他们的故事创作戏曲，很多人都信誓旦旦说他们一定是受了诸神眷顾。

她想亲眼看看传奇背后的真相，像库尼的妻子那样了解库尼。无论世人如何夸大其词，但妻子眼中的形象一定是真实的，或许还更为挑剔。姬雅于她原本只是工具，可素妥没想到自己竟喜欢上了她。她通过库尼所爱的姬雅多少看出了库尼是什么样的人。

姬雅本可为她所用，本可指引起义的方向，使更多人能享受到起义的果实，而不仅是马塔·金笃这样的人。他们固守完美的过去，却不肯看一看混乱现实。素妥很想将姬雅推上她命定的道路，倘若如此，素妥就必须讲出自己的过往。可现下，她知道了姬雅生活中的这道难题，便必须考虑清楚个中意义。

有人总想夸大爱情的浪漫，过分迷信它的力量。诗人将爱情比作刚从铁匠熔炉中取出的铁块，火红滚烫，永远如此。素妥对此并不赞同。

男女相爱，成婚，随后激情便会降温。男子便会出去看世界，邂逅其他女子，再次相爱，成婚，再等新的激情降温。毕竟，各诸侯国都允许男子拥有多个妻子，只要他能说服所有妻子同意。

但倘若这男子是个好人，激情降温便会留有余烬，等待风来之时便可再度燃起。正如伟大的空非迹很久以前所说：为人夫，应爱诸妻。不过这是件辛劳差事，而大部分夫君又喜欢偷懒。

夫妻分离时，妻子因寂寞而寻求情人安慰，其实是同理。但在大多数情况下，妻子若称仍爱夫君，却也并非谎言。

素妥认为，对于男女而言，情爱都与食物相似。总吃一样菜必会厌倦，换换口味便等同于调料。

这天下不容妻子背叛婚姻，倘若这真算是婚姻，对男子却宽容许多。但这天下是错的。无论男女，都应容许他们改变心意。

如此看来，涉及心意之事时，姬雅并不受传统束缚。素妥希望姬雅在利用自己的身份与影响时也能像在感情之事中一样大胆。她这既是为了姬雅的幸福，也是为了柯楚国百姓，乃至达拉诸岛所有百姓的幸福。

素妥再次睡去，对所知之事一字未提。

第三十三章　蟠城正主

　　如今，帝国没了金多·马拉纳元帅或塔诺·纳门将军这样的统领，热季拉余下的小股帝国抵抗势力在马塔·金笃面前都不堪一击。许多城市的卫队不加抵抗便径直投降。

　　不过，也有几座城池抵抗了，其他起义军司令争相向马塔献计，若能攻下城池，便可以此证明自己的价值。其中一人个子干瘦矮小，名为济恩·码左提，一得机会便要面见马塔。

　　"倘若您给我五十人，我们可以伪装成商人，在您抵达之前早早入城，为您打开城门。"

　　"这里有一根通向大海的排水管。我们可以从下水道进城。"

　　"蟠城毫无动静，岂非怪哉？摄政王为何没有指派新统领调动热季拉的军队？元帅，事有蹊跷，我们应将热季拉的探子人数翻番。"

　　马塔鄙夷地将他打发走。这种人只会耍花招用诡计，不敢堂堂正正开战——小人。

　　马塔以蛮力攻下每座抵抗城池时，便允许手下在三日内对城中居民为所欲为。此外，他还决定破坏热季拉的工业，确保被征服的地区不会在他背后再度叛乱。梭纳陆河沿岸水车被砸坏，浇灌农田的风车有如巨型火炬熊熊燃烧。

达罗王作为囚犯与马塔·金笃一路同行，有时也代表热季拉百姓尝试干预，因为这里在大征服前曾属甘国。就连马拉纳，虽已成马塔·金笃元帅起义军中的"座上宾"，有时也会和达罗王一同求马塔手下留情。

众人都迫切想要马塔听取他们的建议。他觉得很烦。

"你们也一定明白，我用这些城以儆效尤，才能确保热季拉其他地区不再发起抵抗，从长远来看，这样才能保住更多性命，特别是我手下的性命啊。"

达罗无言以对。马拉纳还算知羞耻，脸红了起来，因为他自己也用过这套说辞。

但在马塔心中，热季拉人是懦弱的叛徒，在起义军需要他们的援助时，他们并未站起来反对帝国。因此，他觉得手下士兵对热季拉诸城的粗暴劫掠在某种程度上也是正义。

狼爪岛一战之后，他再也不想因为自己的仁慈而牺牲手下的性命了。

表面上，其他诸侯国军队仍然具有独立指挥权，事实上，法沙国和甘国的司令奥维·阿提和胡页·诺卡诺已经越发沦为傀儡。他们的军队几乎完全听命于马塔。肃非王有时尝试派信使给金笃元帅送去"建议"，但马塔只是一瞥，便将他们逐出。

总而言之，如今真正的首侯便是马塔·金笃。不，不只是首侯。他是霸主。各诸侯国也都对此心知肚明。

经过一个月，热季拉终于平静下来。但山脉另一侧，帝国腹地热翡卡平原的可靠消息却很难获得。经过索轲山口的商队完全停了。马塔的探子也无一返回。仅剩的帝国军力似乎都躲进完美之城，再未派援军前往热季拉。

马塔派往祖邸城的信使也都空手而归：加鲁公爵不在城中，也无人知晓他的去向。马塔并未太过担心。他本希望发动总攻时有库尼在身边，但他知道库尼古灵精怪，也能照顾好自己。

新年到来，马塔带领起义军前往索轲山口，他们将从这里开始朝蟠城进发，准备擒下二世小皇帝。

他心想：终于，解放达拉诸岛的梦想即将成真。

他感觉轻飘飘的，犹如鸟羽，像孩子一样陶醉在喜悦中。

希纳内山脉和威梭提山脉上白雪皑皑，地势陡峭，形成两道天然屏障，只有鸟儿和山羊能够翻越。

从两道山脉东侧的热季拉平原前往西侧的热翡卡平原，唯一的通路便是穿越索轲山口。索轲山口是一条二十里长的山谷，山谷南面为卡娜山和拉琶山，北面是飞索威山。索柯山口狭长幽暗，布满参天大树，竭力伸出枝叶接受从山间照射下来的一点点阳光。山谷两侧火山隆隆，时常引发山崩堵住山口，直至碎石清理完毕才能再度通行。此处正是伏击的完美地点。

多年来，四周的各个诸侯国一直在争夺把守索轲山口的一系列要塞。谁能占住这些要塞，便扼住了本岛的咽喉要道。

从东面而来，索轲山口中的第一处要塞是过桠关。这是一座巨大的石砌城堡，建成已有两百余年。

★　★　★

金笃元帅的军队小心靠近过桠关，派出几支侦察小队。索轲山口是蟠城的最后一道防线，恐怕会有重兵把守。

侦察队长多如·索罗飞带回出乎意料的消息：过桠关上飘着的是柯楚红旗。

马塔·金笃带上几个贴身护卫，骑马前往过桠关大门。

"开门！"拉索大喊，"我们是和起义军总司令金笃元帅一起来的。你们的司令官是谁？"

墙头的士兵谨慎答道："没有加鲁大人的命令，我们不放任何人通关。"

"加鲁大人？你说的是祖邸公爵库尼·加鲁？"

"正是。不过他既已擒住二世皇帝，很快就要当上热翡卡国君了！"

马塔骑马上前。"你说什么？快开门，我要见他！"

过椑关的守卫都是降于库尼的前帝国士兵，正欲表现对新主的忠心。他们便朝马塔·金笃和护卫大肆放箭，嘲笑他大胆放肆，竟以为能径直入关面见君王。

拉索将自己的盾牌挡在马塔面前，但马塔将盾牌一把夺过，丢在一旁。一支箭射中他肩头，但他似乎毫无感觉。

可拉索却觉得自己的心仿佛在滴血——加鲁大人怎能对兄弟兵戎相见，尤其是在二人并肩经历诸多考验之后？

"一定是有什么误会。"马塔·金笃说。

库尼不是对我说过，只有我才有勇气和力量拿下完美蟠城，赢得肃非王承诺的奖赏吗？

我难道没对库尼讲过我梦想帝国都城满城覆满金雨，铺天盖地都是菊花，希望还伴有狮齿花？

我们难道不是拜把兄弟，发誓无论如何都彼此支持，为共同目标而奋斗，不求个人私利？

马塔·金笃想不明白。他在狼爪岛为起义的生死存亡挣扎之时，库尼怎能像贼人一样偷偷溜入蟠城，如今又如土匪护巢一般对他举起刀剑？这不可能。一定是个冒牌货。

"所有人都背叛了我。"他喃喃自语道，"女子如绮可觅，男子如库尼·加鲁，都毫无廉耻可言。"无论他多么信任他人，这些人最终都会以最可鄙的方式背叛他。

佗入路·佩临告诉他，库尼有个手下名叫偌·米诺赛，他从过椑关逃了出来，前来投降于马塔。他见到马塔的军队人数之众，认为投奔马塔才是明智之举。

"给我讲讲加鲁大人的战绩。"马塔·金笃说。他竭力使自己脸上不动声色，语气冷静。

佶讲了库尼·加鲁骑独角鲸前往如意岛，对蟠城发起突袭，精明操纵投降的帝国军队，而后又实行温和之治，热翡卡百姓对他十分尊敬。

"百姓爱戴加鲁大人。他们认为是诸神在庇佑他们，于是他们打算将加鲁大人视为蟠城的征服者，而不是……"

"说下去。"

"而不是您，元帅大人。加鲁大人的手下常提起笛牧城一战，帝国叛军又传出狼爪岛和热翡卡战事的小道消息。有些人希望加鲁大人不仅做他们的国君，最好还能做新皇帝。"

马塔·金笃突然满腔怒火，无比焦灼，无比痛苦。

他有如困兽在军帐中来回踱步。帐中摆设已全数砸烂，他来回踱步又将碎片碾入泥泞土地。

我和手下在狼爪岛以性命抵挡帝国最强大的军力之时，库尼却有如窃贼溜进无人把守的后门。

我全凭胆识与力量赢得了天下第一的胜利，库尼却窃取了本属于我的荣耀与奖赏。

而如今呢？这贼人甚至不敢见我，不肯当面解释。库尼曾经与我情同手足，如今却对我关上大门，就像个意欲多分赃物的山匪。

"他若想当热翡卡国君，就得踏过我的尸身！"马塔·金笃大吼道。他更为自己的手下而怒。这些年轻人几乎还是孩子，从图诺阿就一直跟随他，无所畏惧地为他而战。他们的骁勇应当得到这天下的承认。

众人都以为库尼·加鲁才是帝国的终结者，这简直无法忍受！

其余贵族和司令官都头颈低垂，一步步挪向军帐门口，嘟哝个借口便匆匆退下。

只有佗入路·佩临留了下来。"元帅大人，您冷静下来，好好想想。"

"还有什么可想？咱们必须采取行动！立刻攻下过桠关，前往蟠城，擒了这个骗子库尼·加鲁。我要亲眼看看这个叛徒，没准他恬不知耻，根本不觉得有何愧对于我。"

"元帅大人，您像独狼一样与帝国交战之时，库尼·加鲁或许确如秃鹫一般施计擒得二世皇帝。但他的确做到了肃非王的字面承诺，您若有如顽童嫉妒，与他开战，天下人都会耻笑您。虽然帝国陷落，起义军大将之间倘若又迅速开战，便会让大家都陷于不义。"

"他不配得如此好处！他夺了我的位子！"

"最好让他觉得是他自己赢来的。"佗入路·佩临说道，"而您默许他篡位。慢慢接近他。等他放下戒备，远离手下之时，便可将他一举拿下，将他的诡计揭露于世。到那时候，也只有到那时，您才能名正言顺地拿到新建立的热翡卡国国君之位。"

金笃元帅向过桠关派出信使，祝贺关中士兵有幸效忠热翡卡国君库尼王这样一位伟大的领主。他们是否愿意给他们的国君捎个信？

金笃元帅恭祝旧友巧夺蟠城，谨请库尼王陛下允许金笃元帅前来觐见。

马塔·金笃当然不屑写出"库尼王陛下"这几个字。他本欲遵照佗入路叮嘱，结果却因盛怒而紧攥蜡块，直至它在手中融化。

他跳起身，令佗入路·佩临替他写完信函。

"我去打猎了。"马塔说，"我现在必须得杀戮一番。"

库尼读了马塔充满讥讽的信，脸色煞白。

"对金笃元帅封锁索轲山口是谁的主意？"他问道，声音发抖，"我给我兄弟派了那么多信使，叫他来蟠城和我共享胜利果实，信使们都上哪里去了？"

润·柯达一步上前。"金笃元帅以残忍著称。我没让蟠城大捷的消息传到东边，又向索轲山口增援。我认为，这样可以让我们赢得更多时间，巩固在蟠城的地位，获得百姓支持。"

"唉，润，你都干了些什么啊？"柯戈·叶卢挫败地摇摇头，"你这是公开挑战元帅，显得我们像是敌人，而非联盟！现在，就算加鲁大人的消息送到，也不会有人相信他是一片好心。

"马塔·金笃手下兵力是我们的十倍有余，声名也如日中天。各诸侯国都对他尊敬有加，倘若没有他的支持，加鲁大人也难以登上热翡卡国君之位。倘若我们大开城门将他迎进蟠城，便可使加鲁大人的突袭看似仿佛金笃元帅早就定下的计划，便能得到他的支持……"

"不是看似。"库尼插嘴道，"我本就打算与兄弟共享胜利。"

"但现在已经不可能了。"柯戈哀叹道，"大错已经酿成，难以弥补。"

库尼立刻派出快马前往哈安国请路安·齐亚。库尼需要他的建议。

"胜利并不似我想的那般甜美。"库尼对路安说。

路安点点头。他想起自己在倾盆城的祖宅废墟中等待来自父亲魂灵的慰藉时，所感受到的孤独与倦怠。"人心难测，正如诸神之意难以占卜。"

抛开哲学不谈，他们仍须解决眼前的问题。库尼的手下已撤离过桠关，马塔的军队紧随其后。

路安·齐亚与柯戈·叶卢谨慎安排库尼·加鲁的军队撤出蟠城。他们将皇宫中的珍宝尽可能各归其位，封锁皇宫大门。柯戈将皇家档案馆中的文书装上牛车，交给库尼。达飞罗确信其中暗藏宝藏。可他向柯戈打听时，柯戈只是悲伤地摇摇头。

而后，库尼带领从柯楚国跟来的部下和所有愿意追随他的帝国降军，出城西去十里，在图图笛卡湖畔扎下新营。

蟠城众位长老送别库尼数里。他们拥戴加鲁公爵的温和统治远胜于二世皇帝的重税苛政。金笃元帅的声名却已染上笛牧城、狼爪岛和热季拉的鲜血无数，他们对迎接新的征服者并不心甘情愿，而是乞求库尼·加鲁留下。

"金笃元帅和我之间有些误会。"库尼·加鲁说，"我若留下，事态只会恶化。"但他忆起笛牧城百姓垂死的哭喊，难以驱散心头的负罪感。

库尼凝视着一望无际的图图笛卡湖。水面直与天际相接，犹如大海，但静谧如镜。

"现在，咱们只能坐等马塔的回应了。希望他还记得我们的手足之情，原谅我的无心之过。"

马塔·金笃兀一抵达蟠城，便下令对全城大肆劫掠清洗。他的手下曾被许诺帝国都城的金银财宝，他不会夺走他们的乐趣。对于尽力迎接他入城的蟠城百姓，他并未明令屠杀，但也没有明令禁止。

冰冷的冬雨落下，恐慌的民众跑过泥泞湿滑的街道，身后是亮出的刀剑。城中地沟中的水流渐渐变红。

库尼和手下离开蟠城时，二世小皇帝被留在皇宫中。

"求求你们带上我吧。"少年哀求道，"我不想面对那个杀人狂魔。"

库尼一声叹息，表示他也毫无办法。如今，马塔·金笃自立为统领各诸侯国的霸主。皇帝的命运在他手中。少年拉住库尼的衣袖，他将少年手指掰开，一走了之，但二世皇帝的哀叫声在他脑中久久回荡。

马塔·金笃的部下将宫中能搬走的珍宝全部用车推走。随即，士兵关闭宫门，将皇帝和几个忠仆关在其中。

马塔·金笃高声历数乍帝国对六国百姓犯下的罪行，又放火点燃皇宫。众人最后一次看到小皇帝时，火舌四窜，他无处藏身，从皇宫最高的塔上跳了下来。火势越发猛烈，无论如何蔓延，蟠城百姓也不得救火。最终，整个蟠城都烧光了，余烬三月方熄。废墟中飘出的灰尘和浓烟有如一柄黑矛直冲天际，远在哈安国都能望见。

完美之城不复存在。

"二世既死，帝国已亡。"马塔宣布道，"从今往后便是首侯元年。"在他听来，人群中的欢呼声有所保留，缺乏热情。这令他感到很是恼火。

马塔·金笃还将手下派往玛碧德雷皇帝的皇陵。几乎每一个加入起义军的士兵都有家人或朋友曾经被迫在此服役，很多人更是在苦役期间送了性命。大家似乎都想毁掉玛碧德雷的安息之所，以此复仇。马塔对此安排甚是满意。

皇陵是一座地下城池，是将威梭提山脉的一座山挖空，在其地下深处建成。

马塔·金笃的手下很快攻破皇陵入口，那大门由最为雪白无瑕的大理石凿就。门后是嵌入山中的隧道迷宫，覆满精致浮雕。许多道路通往陷阱机关或是死路一条，大批士兵举着火炬和锄头拥入隧道，但对哪些是安全路线一无所知，因而受伤甚至送命。

仅有少数几条隧道真正通向地下城，城中有许多玉石铺就的水沟与池塘，其中填满水银，拟出达诸岛的江河湖海，堆积如山的金银则代表达拉诸岛。模型小岛上以翡翠、珍珠、珊瑚和各色宝石再现了各岛的主要地貌。

本岛模型正中设有一张高台，玛碧德雷皇帝的石棺便安放于此。石棺周围还有一些较小的棺材，是几个得宠的妃子和佣人，他们被扼死之后安葬于此，为皇帝陪葬。地下城的天花板也嵌入许多灿烂宝石，代表天上星宿，长明灯中的灯油缓缓从地底深处涌出，可保地下城数千年灯火不灭。

起义军士兵挖出所有宝石，将无法带走的东西悉数毁坏，最终将玛碧德雷皇帝的尸身从墓中拖出，在蟠城正中的奇迹广场予以鞭笞。随后，狂怒的暴民扑向尸体，将它撕成千万块碎片。

与此同时，马塔·金笃的部下仍在掠夺蟠城百姓和周围村镇的农民。平民受尽苦楚，高声乞求手下留情，但士兵却充耳不闻。

马塔·金笃骑马穿过街道，视察蟠城的破坏情况。复仇本应充满快感，却毁于一连串背叛所带来的失望：飞恩·金笃，绮可觅公主，如今又是他本视同手足的库尼·加鲁。

当了蟠城之主本应畅快，他却觉得无比空虚。毕竟这城是库尼留下的，而非他亲手拿下。这一切都没有他原本想象的那般美好。

他听到路边一名女子吟唱哀歌，便放缓脚步。近日来蟠城街头总有女子哀伤不已，但这首歌有所不同，从他的耳朵经过熟悉的道路，直抵内心：他年幼时听过这歌。

始终跟随马塔左右的拉索·达飞罗上前盘问，将那哀唱女子带过来见马塔·金笃。

"女子，你是图诺阿来的？"

那女子高挑苗条，她拨开肮脏油腻的头发，瞧着马塔。马塔觉得她深色的面孔有些古怪。她看着像是哈安人，讲话却是彻头彻尾的图诺阿口音。

"我叫弥拉。"她说，"我的确是图诺阿人。"她的目光倔强，仿佛在质问他是否敢质疑她的说法，"我父母在哈安国以捕鱼为生。一日，我父亲偶然网到一条虹飞鱼。当地乍国卫队司令说，虹飞鱼是已故的皇太后达莎夫人的化身，我父亲这是渎神。为了平息诸神的怒气，父亲必须缴纳十两黄金。为了躲债，我们全家逃往图诺阿，但是我们在那里的日子并不好过。不过，我哥哥和我都生在藤蔓岛，图诺阿群岛中最偏最小的那座岛上。"

马塔点点头。图诺阿渔民和本岛上遵循传统的柯楚农民一样，对外来人充满疑心，逃债的一家人当然会遭到鄙视，哪怕那债务并不公正。他能想象，两个孩子在新家乡成长期间必会遭到村中其他小孩欺负。

"你为何来此？又在哀悼何人？"

"我哥哥随您渡海而来。"她说，"他叫马铎·吉落。"她看到马塔并未流露出知道这个名字的神情，燃起一丝希望的深色眼睛又黯淡下去，"他是我们村里第一个响应起义号召的。他奔走村中各户，对各家父母说，应该让儿子随他一同参加起义，因为您比您祖父更能成就一番大业，会为柯楚国带来荣耀。有十六个小伙子跟他一同去了法润城。"

马塔点点头。如此看来，这女子的哥哥是最初随他和叔叔渡海投奔湖诺·其马和佐帕·西金的八百人之一。彼时他不过是个无名小卒，起义似乎注定失败，他们却选择相信他。

"我在家等啊等啊，但他很少来信，两封书信之间也相隔许久。他为您的所作所为而自豪，但似乎并未获得您的欣赏，尽管我相信，他在战争中一定很勇敢，就像小时每次保护我不受其他孩子欺负一样。"

马塔似乎应该回忆起这人的一点事迹来，他既然出身哈安，在军中一定表现颇为突出。但对于此人的面孔、军阶或是名字，马塔毫无印象。

他一直专注于自己的骁勇事迹、自己的赫赫军功、自己能为金笃家族带来的荣耀，根本无暇了解这些信任他、将性命交付于他的人。他惭愧地避开弥拉的目光。

"我留在家照顾双亲，但去年冬天，他们二人都被卡娜女神带走了。我独自生活，直至再次收到马铎的来信，他说你们终于进入蟠城，战争结束了。于是我收拾细软前来寻他。"

但她并未与哥哥欢喜重逢，却发现哥哥已成为坟场中的又一具尸首，用裹尸布包着。他加入勇闯皇陵的队伍。一阵埋伏的箭雨夺去了他的性命，但他的失误却使伙伴得以走得更远，从一间侧室中得了一些宝藏。

"命运不公啊。"马塔·金笃低声道。

他竟很怜悯这女子，这令他自己都出乎意料。或许是她的口音，使他忆起家乡的单纯时光；或许是她的模样，尽管脸上覆着尘土和已干的泪痕，他仍觉得她很美；或许是他因对这样一个长久以来的忠诚追随者毫无印象，心怀内疚，从而生出一丝责任感；或许是他对这位牺牲的士兵满怀同情：他奋不顾身，冲锋陷阵，只为他人能够得益。

他感觉眼中盈满热泪。

"姑娘，你就留在我身边吧。我来照顾你，一定保你衣食无忧。

你哥哥是最早追随我的人之一，那时谁也不知道我是否会取胜。我定要好好安葬他。"

弥拉深行一礼，随即静静跟随他们一同返回马塔的营地。

街边一个避风处，一个乞丐和一个尼姑静静旁观了马塔与弥拉的对话。

没有人注意到他们。蟠城死者众多，行脚僧人与尼姑都来到城中做法事。马塔手下令许多百姓流离失所，乞丐数目也飞速增加。

女尼身穿云游者的黑袍，但看不出是什么教派，从兜帽下向外窥视的面庞难以判断年纪。她身后，一只大乌鸦站在墙头，傲视街头。

"我喜欢这身新打扮。"她对乞丐说道，"你这是在哀悼你的帝国？"她的嗓音尖厉刺耳，充满悲伤。

那乞丐周身皮肤覆满油污，就连光秃秃的头顶也不例外，却穿着一件极不协调的雪白斗篷。倘若有人路过时看上一眼，便会注意到乞丐握着拐杖的那只手只有四根手指。他退后一步，浅灰色的双眸冷冷盯着尼姑。

"战势确实于我不利。"他承认道，"可给出决胜一击的也并非你的英雄。咱们都被耍了。"

女尼的脸似乎红了一下，但兜帽的阴影之下难以看清。"加鲁或许是柯楚之子，但我跟他并无干系。是姐姐拉琶似乎对他有些青睐。"

乞丐嘴角露出一个嘲讽的微笑。"我没听错吧？孪生姐妹与飞索威之间难道有些嫌隙？恐怕战争尚未结束嘛。"

她并不理会他的话。"离马塔远点。"她说，"我知道你想给死在狼爪岛的乍国人报仇，但马塔自有他的道理。"

"倘若我只是要血债血偿，史书写起来就容易多了。不过，别担心，我不会是第一个违背约定的。"

"你或许是不会直接伤害马塔的凡人之躯，但谁知道哪天一阵风会不会刮倒他身旁的旗杆？又或老鹰飞过，误将他的脑袋当作岩石，丢只乌龟上去？"

　　乞丐苦笑。"妹妹，你竟以为我会使出这等下作手段，太令我失望了。我又不是塔祖。你要是愿意，大可以像只老母鸡护着马塔。"

　　乞丐走了，但消失在街角前，他又转头说了一句："观察这些凡人令我收获良多。"

困　狼

第三十四章　设宴

蟠城
首侯元年三月

马塔·金笃既已终结帝国，起义军的诸位首领便到了分赏之时。金笃元帅宣布要设宴。

"这正是你与祖邸公爵对质的好时机。"佗入路·佩临道。

库尼的诸位顾问仔细推敲着马塔·金笃的邀请。

"你不会当真考虑赴宴吧。"泰安·卡鲁柯诺说，"金笃元帅一直不肯见你，显然对你抢先占领蟠城仍有怨气。这场宴会是个陷阱，只会有去无回。"

"加鲁大人别无选择。"柯戈·叶卢说，"若是不去，众人便会认为他拒绝赴宴是对金笃元帅的侮辱，也等于承认他对元帅不义。倘若金笃那时宣布加鲁大人为叛徒，各诸侯国都会支持他。"

"我不明白咱们为什么还在这里自缚其手。率先进入蟠城又俘了二世皇帝的是加鲁大人。难道不该兑现肃非王的承诺吗？"润·柯达说。

"你觉得你在战场上能胜过马塔·金笃吗？"路安·齐亚问。

"不能。"

"那么肃非王的承诺就是有名无实。这天下的硬通货是武力。加鲁大人不得不去，因为他处于劣势。能够决定承诺如何兑现的，是马塔·金笃。

"然而，我们若能想个法子，在宴席上给诸位贵族一个说法，让加鲁大人在众人眼中显得善良忠诚，金笃就不得不原谅他。否则咱们就完了。"

库尼听着大家七嘴八舌，却未发一言。最后，顾问们都安静下来。

"马塔与我是兄弟。"库尼的声音低沉阴郁，"我并未做错事。为何你们却说得仿佛我必须编个故事来为自己辩白一样？我直接讲出事实不就行了吗？"

"你说的事实是什么呢？"柯戈·叶卢说，"行为有多种解读方式。自己的意图并不重要，他人的眼光才有意义。"

"你能摸着良心说，你从未想过自己会登上热翡卡国君之位吗？"路安·齐亚问道，"你从未动过这心思，哪怕只有一回？"

库尼回想起自己在宫中的举动，叹了口气。

"路安·齐亚说得对。"库尼说，"我别无选择。我会去见马塔·金笃，态度谦卑，向他谢罪。但愿咱们能获得最好的结果。"

库尼为了证明自己是真心悔过，不会对马塔构成任何威胁，便仅带了路安·齐亚和民恩·萨可礼随行。

"你选了智囊和拳头。"民恩大笑着说，"不用带其他人了。"

库尼留下柯戈·叶卢负责图图笛卡湖畔的营地，并下令说，倘若当晚他没回来，柯戈便带所有下属去祖邸城。

马塔的营地就在蟠城外，驻扎在一座小山上，旁边是一条流入蟠城的小溪。蟠城内熊熊火势的浓烟仍然飘过营地，破坏了胜利的气氛。

士兵们穿着簇新的制服，在营地入口两旁列队伫立，手中亮闪闪的长矛和硬挺的新弓都是从夺下的皇家兵器库中刚拿出来的。他们用鄙夷的眼神注视着库尼和他的两名手下。库尼觉得后颈上汗毛竖起，本能地想要逃窜回图图笛卡湖畔，号召众人立即策马上路。

但路安·齐亚将一只手放在他肩头。库尼深吸一口气，踏上继续前往马塔·金笃营中的漫长路途。

营中最大的军帐被用作宴会厅。厅中摆着一排排矮几，是六国的众位贵族和司令官的位置。营帐一头设了一座高台，这是贵宾台，专属于金笃元帅和他最为尊贵的几名宾客。肃非王派了一位使臣代表他赴宴，但特意没有将这位使节的座位安排在贵宾台上。

库尼发现自己和路安的座位在靠近营帐门口的位置，尽可能远离贵宾。而民恩根本没有座位。他只能和各位贵族与军官的保镖和其他低等下属一起坐在外面。

"马塔·金笃倒真是开门见山。"路安评论道。

库尼苍白地笑笑，以闲式席地而坐。他很担心，但他不会让焦虑之情误了自己享受美食美酒。很快，他便与其他贵族举杯对饮，大啖鲜嫩多汁的肉肴，与自己在祖邸城主持的欢宴并无二致。

"达拉诸岛的至尊君主们。"马塔举杯开始首轮祝酒，"一年半来，我们鞍不离马，披星戴月。但我们终于完成了一度被视为无法实现的任务，推翻了邪恶的乍帝国！"

"干杯！干杯！"

马塔将杯中酒一饮而尽，将杯子掷在地上。"但我们并非万众一心。我和弟兄们抵挡着帝国最猛烈的进攻时，却有人趁我们不备，有如鼠贼窃取了胜利果实。大家说，这种人该当如何处置？"

诸位都陷入沉默。谁也不敢抬眼看库尼·加鲁。

库尼站起身来。"兄弟，我斗胆祝贺你取得如此辉煌的胜利。狼爪岛一役将在百姓心中成为至勇之战，那一日即为神祇下凡之日。你的荣耀绝计无人可以匹敌。想起你我曾在祖邸城墙上并肩作战，我的心中就充满喜悦。"

一名仆人给马塔端来一杯新酒，马塔却没有接。几名宾客本已顺着库尼的话举起酒杯，但见此情势，便又将杯子放下。库尼干站着，尴尬地等待着，随即只得自饮。

"库尼·加鲁，"马塔·金笃说，"你可知罪？"

"倘若我冒犯了你，兄弟，请允许我在诸位大人的见证下向你谢罪。你在狼爪岛的努力给了我一个机会，使我得以出其不意，直捣帝国腹地。我是为了给起义出一份力，帮你完成大业。"

"别再叫我'兄弟'！你经不住名利之诱，趁帝国忙于应付我，你凭借卑鄙手段溜进蟠城，独占皇宫中的珍宝，操纵蟠城和热翡卡民心，好助你实现梦想，登上国君之位。你想独吞起义果实，其他人远比你更为勇敢、更为高尚，却要被你剥夺应得的一份战利品。你还鲁莽派兵驻扎索轲山口，将其他起义军首领的军队挡在关外，以起义军首侯而自居。你可否认这些勾当？"

这些罪状是佗入路·佩临列举的。马塔原本打算等库尼一到便抓了他，私下质问他背叛的缘由。但佩临说，最好当着起义军诸位首领的面质问库尼，让天下都相信金笃元帅是正义的，而库尼·加鲁是有罪。毕竟，是库尼俘了二世皇帝，大家也都还记得肃非王的许诺。必须让库尼得位一事显得站不住脚。

库尼回头看看路安·齐亚，路安指了指自己的眼睛。*自己的意图并不重要，他人的眼光才有意义。*

库尼意识到，他别无选择，只能把戏演下去，但这场戏可能会永远葬送他与马塔的友谊。他不会凭空编造，但与马塔共享荣耀的梦想破灭了。他心痛有如刀绞。

"金笃元帅，恐怕你是听了谗言。"库尼的预期冷静，举止依然谦卑而悲伤。

佗入路·佩临告诫过马塔，不要浪费时间让库尼讲话，但马塔依旧无法抑制好奇心。"此话怎讲？"

"若为此事罚我，便会令所有大胆勇士心凉。事实上，我知道你脑中所想、心之所向。我采取行动的目的是为你取得最大的荣耀。我不过是狮齿蒲公英，负责松动贫瘠坚硬的土地，为金菊之梦做好准备。"

马塔听闻此言，心软了下来。"你细细讲来。"

"我带五百人入蟠城，并非因为你在狼爪岛才乘虚而入，而是为了使你的努力更有成效。

"你想想，蟠城和热翡卡都被帝国顶尖精兵守卫。金笃元帅，就算你骁勇善战，平定这片土地，难道不是依旧要花费你大量时间，也要牺牲许多部下的性命吗？"

马塔思索着，几乎难以察觉地点了点头。

"我的计策是为了一下迅速斩掉帝国之首，避免牺牲更多兵力。我很清楚，你凭一己之力一样可以战胜帝国大军，但若是从图诺阿追随你而来的忠士能够保住性命，岂不是更好？倘若我采取行动便能使一位母亲留住一个儿子，一位妇人重见夫君，一个姐妹保住兄弟，我难道不应当如此行动吗？"

马塔记起弥拉的哀歌，脸上的怒气褪去了。

"我们一进蟠城，便守住宫中珍宝——不过军中得胜，总要允许弟兄们先小小劫掠一番——却只是临时代管，只等你抵达。

"我的家臣柯戈·叶卢小心保住皇家档案馆，等你到了蟠城，便能有效治理。我们从国库一文未取，从蟠城百姓手中也毫厘不拿，就是为了等你来庆祝真正的胜利。一听说你要到了，我们便立刻撤出蟠城。

"我们一切都是为你而做，为你的荣耀铺平道路。倘若你还觉得我狼子野心，那便是彻底误解了我。"

库尼·加鲁声音沙哑，还努力吞了口唾沫，悄悄抹了抹眼睛。

佗入路·佩临翻了个白眼。这个库尼·加鲁，戏演得天衣无缝，是个彻头彻尾的骗子。他竟说自己一切都是为了马塔·金笃，实在是荒谬之言。库尼收买人心，只为与马塔·金笃随后的专横暴虐占领形成对比。库尼·加鲁赌的就是马塔不如自己擅长这些政治把戏。

佩临知道库尼·加鲁能言善辩。他几乎能媲美讼师，颠倒黑白，混淆是非。马塔·金笃根本无法招架库尼·加鲁的花样。佩临暗暗自责没有预料到这场戏竟能为库尼所用。

库尼又继续说道："索轲山口的过桠关驻军是听令行事，只为阻挡帝国军队残余势力返回蟠城。他们急欲保护起义战果——我们大家都清楚，这战果的第一功臣便是你——所以他们才会错了意，没能好好迎接你，铸下大错。我已经罚过了有责之人。"

金笃元帅仍不信服。"可你有个叫偌·米诺赛的手下前来投奔我，说你准备自行称王，甚至还有可能称帝。你的手下到处散布谣言，蛊惑民心，煽动百姓反对我。"

佗入路·佩临真想找个法子让马塔·金笃闭嘴。提起偌·米诺赛的名字等于是让偌变成了活靶子，库尼的忠诚追随者定会打击报复。此后，既然众人皆知马塔甚至不肯隐瞒他们的姓名，那谁还敢弃库尼而投马塔？

"偌·米诺赛既能背叛我，为何不会背叛你？"库尼两手一摊，恳求道，"叛者之词不足信，他们为了自己得利会不惜编造事实。"

佗入路只是报以冷笑，马塔·金笃却似乎又动摇了。

"你发誓你说的都是事实？"

"以空非迹的全部经典起誓。"

"好吧，加鲁大人，我竟怀疑了你，我向你道歉。现在你可愿与我共饮？"

佣人给马塔递上斟满的酒杯，马塔朝库尼的方向举杯。

库尼将酒一饮而尽。他仍然不肯称我为兄弟。尽管杯中是绝佳醇酿，库尼喝下时却觉得喉咙有如火烧。他知道自己再也无法向马塔袒露真心了。自己的意图并不重要，他人的眼光才有意义。

其他宾客见紧张气氛似已散去，便如释重负，纷纷加入。不多久便是满堂畅饮，营帐中一片开怀。

库尼坐下，擦了擦额头。"真险啊。"他对路安·齐亚说道。

路安点点头。他并不确定险情是否已经结束，决定继续留心佗入路·佩临。在马塔·金笃的亲信中，似乎只有佩临能看清大局。

佩临仍然试图吸引马塔·金笃注意。马塔终于看向他，他便抓起面前几上的摆饰，那是一尊巨大的三足玉爵，是礼制所用的酒器，古阿诺语称为"玉匿沁"。佩临的动作似是要将玉爵摔在地上。

马塔摇摇头，移开视线。佩临等待着，直至马塔再次看向他，他又将玉匮沁举过头顶，假意要掷。马塔再次移开目光。反复数次，马塔·金笃每次都是摇头拒绝。

佩临叹了口气。他已经无法将自己的意思表达得更加直白了。亲眼目睹库尼·加鲁的言行之后，他断定此人是对马塔权威的最大威胁。必须立刻将之除去，否则后患无穷。佩临本希望马塔能当众揭发库尼的叛徒之举，可库尼巧舌如簧，竟将自己的勾当圆了回来。佩临便希望马塔改为径直谋取库尼的性命。

佩临已仔细考量过库尼·加鲁在蟠城所用的计谋，毫无疑问，此人野心勃勃，不等马塔·金笃毁灭绝不罢手。可马塔却无法硬下心肠，那只能由佩临来做恶人了。

佩临起身离席，一路与其他宾客碰杯，慢慢朝偌·米诺赛走去。他将偌拉到一旁，低声道："金笃元帅有个特殊任务交给你。你背叛了库尼·加鲁，如今他恨你入骨。金笃元帅希望你表明忠心，证明你的控词真实。"

偌原本正愁于自己的下场，听闻此言打了个冷战。

"金笃元帅想干掉库尼·加鲁？"

佩临点点头。"库尼·加鲁花言巧语，蒙蔽众位宾客，便不能直接杀他。你能不能做成意外的样子？"

偌有所踌躇。他很不喜欢自己当下的处境。金笃元帅将他置于库尼·加鲁属下的报复风险之中。但库尼的话似乎也令元帅对偌有所怀疑。他现下进退两难，必须采取行动给自己留条后路。

"我若完成任务，元帅难道不会让我承担全部罪名，以保全他自己的荣誉吗？我需要一点保证。"

"你还有何余地讨价还价？"佩临语气严厉地低声道，"一仆不可事二主。你做了选择，就不能反悔。你要是信不过元帅会保你，就得独自面对库尼的怒火。"

偌咬咬牙，只得郁郁点头。

佩临回席，偌起身，假意脚步踉跄。"尊贵的诸位大人，酒肉须得有人助兴。柯楚人一向喜欢在酒席上观赏剑舞。若不嫌弃小人粗鄙，今日愿为大家奉上剑舞一段。"

宾客们鼓掌吹哨，佩临唤人奏乐。椰胡琴与鲸皮鼓响起，节奏此起彼伏，甚是振奋，偌便拔剑起舞。他时而跃起，时而格挡，将宝剑在头顶舞成明晃晃的光圈，有如绽放的菊花，渐渐朝库尼·加鲁的座位移去。

大家欢呼叫好之时，佩临在马塔·金笃耳边低语几句。马塔神色极为犹豫，但却一言未发，眼见偌的剑风离库尼愈来愈近。

★　★　★

拉索看着偌的剑舞，皱起眉头。

他很熟悉剑舞，但偌与加鲁大人靠得太近，剑刃已有多次距离库尼不过数寸。加鲁大人强作欢笑，但已然起身离席，左右躲闪，笨拙地逃离偌的剑影。

情势不对。拉索在祖邸城时曾效忠于加鲁大人，对他很有好感。达飞罗和他经常说起，加鲁大人似乎当真理解普通士兵所想所愿，他也很高兴看到加鲁大人的一席话说服了金笃元帅。他始终不信加鲁大人会背叛元帅。

可如今，偌·米诺赛这个众人皆知的叛徒似乎意欲刺杀加鲁大人。他若行刺成功，有些蠢货或许甚至会私下议论，认为这是金笃元帅授意而为，只因他心胸狭窄，嫉妒好兄弟的胆识——想想吧，库尼竟仅凭五百人便夺下蟠城！

拉索必须保护马塔·金笃的声名。

他站起身，拔剑出鞘。"小人也是出身柯楚。"他说，"一人独舞太过乏味。请允许我共舞助兴。"

他开始和着音乐挥舞宝剑，一眨眼的工夫便移到偌的身边。二人宝剑相碰，各自格开，再次相碰，拉索尽力将偌的剑从加鲁大人跟前挡掉。

但拉索不过是个平凡小卒，偌的剑术则要精湛得多。

路安·齐亚起身退席。他快速离开营帐，在外面寻得民恩·萨可礼。

"你得想个法子。我们若不介入，加鲁大人就要死于'意外'了。"

民恩点点头，用衣袖抹掉嘴边的油污，一手抓起盾牌，另一手握着短剑。民恩的盾牌是他自己设计的，世间仅此一副。盾牌外侧装了多个屠夫用的肉钩，可以卡住敌人的刀剑，令其武器脱手。

民恩冲向宴会大帐，路安·齐亚在后面一路小跑跟随。帐门处的卫兵意欲阻拦，但民恩双眼圆睁，满是怒火地瞪着他们。卫兵一个踌躇，民恩便已闯了进去。

他进了营帐，站在库尼席边。他双脚大岔，稳稳站住，有如对着尖啼猪群一般，中气十足地大吼一声："住手！"

众位宾客以为自己一时失聪。偌和拉索二人脚下踉跄，各自分开。音乐停了。营帐中一片寂静。

"此乃何人？"第一个回过神的马塔·金笃开口问道。

"民恩·萨可礼，加鲁大人的一个低等随从。"

马塔想起他们在祖邸的时光。"我记得你。是条好汉，武艺也了得。"他对一名仆人说，"快，给他拿酒肉来。"

民恩没有坐下，而是站着接过仆人端来的食盘。他从盘中抓起大块肉排，挂在盾牌上，用剑将之切开。他大口吃着，又从另一位客人的酒杯中大口喝酒，将肉送下。众人看他纵情吃喝，一时竟呆了。他就像是来自另一个时代的野蛮人，令在场诸人都自觉孱弱渺小。

"金笃元帅，您竟还记得我，小人实感意外。我以为您早将祖邸城的朋友们抛在脑后了。"

马塔·金笃脸红了，并未回答。

"加鲁大人的确是在您之前入了蟠城，但我们都是在抗击帝国。他竭尽全力顾及您的荣耀，澄清他的行动，可您却步步紧逼，甚至允许他人对他不义。我若不是早已与您相识，还要以为您是嫉妒加鲁大人受百姓爱戴。"

马塔·金笃只得挤出笑容。"你是条好汉。我也一直欣赏忠臣直言护主。加鲁大人和我已经彼此谅解，你不必多虑。"

他抬手示意偌和拉索坐下，酒宴继续。但席间的欢乐气氛却显得十分勉强。

路安·齐亚对库尼低语几句，库尼点点头。

少顷，库尼起身，捂着肚子，向一名仆人询问厕所在何处。民恩·萨可礼跟着他一起出去了。

"加鲁大人还是不放心，如厕都不敢独自前往？"佩临一声冷笑，坐在他附近的几位客人也都跟着嗤笑。

"加鲁大人吃喝过急。"路安·齐亚平静应对道，"民恩不喜安坐帐中。他还是愿意在外面与其他勇士共饮。"

佩临对偌和其他几名卫兵低声交代几句。随即他们便出去办事了。

马塔·金笃心肠太软，竟不觉得旧友对他构成威胁，但佩临不肯就此放过库尼·加鲁。他此时远离忠诚的下属和士兵，正是除掉他的绝佳机会。等库尼的手下见到主子的脑袋被挂在木桩上，便只能投降了。

半个时辰之后，佩临开始坐立不安。库尼·加鲁和民恩·萨可礼并未返回。派去暗中察看二人的偌也不见踪影。

"路安·齐亚，加鲁大人哪里去了？"马塔·金笃问。

路安站起身，深行一礼。"加鲁大人匆忙告辞，我替他向大人赔罪。他身体不适，只得回营。他给金笃元帅留了礼物，现下由我为您呈上。"

路安·齐亚奉上一盘盘珠宝与古董，马塔面露微笑，谢过路安·齐亚，内心其实却很是恼火。库尼落跑的行为散发着恐惧的气息，似乎并不相信马塔不会害他。民恩一番话之后，马塔担心其余人真会以为他是嫉妒库尼。

佗入路・佩临再也难以掩饰挫败之情。他跳起来，抓起面前的玉匾沁，一把掷在脚边，砸个粉碎。"为时晚矣！"他并未对任何一个人讲话，"大错已就，后患无穷。"

路安・齐亚向众位贵族告辞，离席而去。

两日后，清扫厕所的士兵发现了偌・米诺赛的尸首。他显然是喝得酩酊大醉，如厕时跌进粪坑溺死的。

库尼・加鲁和民恩・萨可礼一返回，库尼便率手下拔营，沿图图笛卡湖岸一路行进，最终驻扎在一座小丘上。只要有人前来，老远便能有所察觉。马儿始终备好，只要确凿发现马塔・金笃来袭，众人便立刻疏散。

但袭击始终没有来。金笃元帅显然信了库尼的谢罪之词，佗入路・佩临的爆发只被当作老人酒后失言。

第三十五章 新天下

蟠城
首侯元年五月

马塔·金笃坐在帐中，凝视着应当分发出去的一批新国玺。

他拿起一只，摩挲着，手指滑过清凉的玉玺表面，感受着上面复杂的花纹，若将它按入蜡中，便可留下大权之印，新诸侯国权威的象征。他握着它，仿佛它已成为他身体的一部分。

他一声叹息，将国玺放下，又拿起另一只。

肃非王给元帅去信表示：库尼·加鲁对起义成功的贡献虽然较小，但鉴于他的确完成了肃非王许诺之事，肃非王希望金笃元帅按照原先的许诺，新设热翡卡诸侯国，并将之赏赐给库尼。

马塔将肃非王的书信卷轴嫌弃地丢在地上，反复碾踏，直至蜡字全部脱落，混入泥土，难以辨识。他再也不想听从这个牧羊少年的话了。从此往后，他将抛弃柯楚国元帅的头衔。他击溃了帝国，如今他是霸主。他要按照自己的心意论功颁赏。

对啊，如果可以新设一个诸侯国，那为什么不能设两个？十个呢？二十个呢？

在狼爪岛时，六国国君的表现都与其所受的敬重不相称，那么，为何要让他们从马塔的战功中获利呢？马塔意识到，多年以来，贵族衔级已被玷污，所以才会有众多男女虽然出身高贵，言行却十分可鄙。

如今，达拉诸岛的命运都握在他手中，他要对贵族进行大清洗，使旧日名衔重拾荣光。他要重塑天下，令它更臻完美。至于理由吗？他的军力人数最多，这还不够吗？要是有谁对此不满，就来战场上与他争论吧。

六国首脑围坐一圈，争论不休，与此同时，他们的国家却是生灵涂炭。玛碧德雷错就错在信任了无能之人。他要重归远古时代，天下奠基之时。就像伟大的阿诺人立法者阿汝阿诺一般，他也要建立新的天下秩序，让它流传千年。他将按照自己心中的精确尺格丈量天下，令所有人各归其位，分毫不差。

"你应该把热翡卡留给自己。"佗入路·佩临说，"达拉诸岛中，这里土地最为肥沃，图图笛卡湖也能提供充足的灌溉淡水。有了索轲山口、觅汝河与犁汝河，倘若再能拥有海上控制权，便是可守可攻，进退皆宜。热翡卡之主可以负担一支大军，便能占了其他各诸侯国的上风。"

可马塔认为这样会令别人对他失了敬意。他不想把热翡卡交给库尼，所以也不能自己留下，否则会显得过于贪婪。他希望领土分配能够决定各人势力大小，但又希望被视为慷慨明君。

"我是柯楚人。"他对佩临说，"离开家乡，成就大业，为的就是有一天能荣归故里。热翡卡与图诺阿相距太过遥远。"

佩临叹了口气。为马塔进言经常令他感到挫败。马塔太在意荣耀和颜面，极少考虑权力的切实根基。

马塔不能留下热翡卡，便决定将这片土地分为三份：北热翡卡、中热翡卡与南热翡卡，分别交给塞卡·集莫、诺达·密以及多如·索罗飞这三人。赛卡·集莫是图诺阿同乡，在狼爪岛一战中英勇奋战；诺达·密负责军队粮草，一直尽心尽力；多如·索罗飞则是在过桠关率先发现库尼·加鲁背叛之举的侦察队长。

"金笃大人，这毫无道理。"佩临反对道，"这几人对治理之道都一窍不通，众人也会觉得你是因他们效忠于你个人而获得奖赏，而并未公平考虑各诸侯国所有司令的军功。其余各国的起义军首领定将心怀不满。"

马塔·金笃没有理会佩临。他们若有不满，那就随他们去吧。起义中功劳最大的便是为他马塔提供帮助的人，其余不必再多论。

另一方面，原属于乍国的如意岛也改为一个新诸侯国，马塔·金笃决定指派金多·马拉纳为国君。此人既是乍国最高统帅，又是绮可觅曾经深爱之人，他如此大赏，便会被视为大气之举，大家便会传颂他仁慈宽恕之名。他觉得这一决定明智公正——佗入路·佩临一直对他说库尼拼命争取民心，他如此安排，便会令百姓看到谁才是最高尚的君主。

"万万使不得啊。"佩临说，"马拉纳与大家痛恨的帝国紧密相连，又输了战争，如意岛百姓也会唾弃他，尤其那时许多年轻人响应他的号召充军，如今却葬身海底，喂了塔祖的鲨鱼。"

"那是他的问题，与我无关。"

至于六国国君，马塔·金笃决定缩小他们的领土，削减他们的势力。一想起绮可觅公主的背叛，马塔仍然情绪难以平息，但他对她仍有些感情。她虽出于盲目愚蠢的妇人心做下如此勾当，却也不应为此惩罚阿慕国。于是他决定做出妥协，由珀纳多木王回觅雨宁城重登国君之位，但没收阿慕国在本岛的所有领土，仅保留阿汝卢吉岛。

甘国的情况类似，达罗王是个懦夫，那就把甘国缩小到只剩狼爪岛。为了再给他伤口上撒把盐，再把甘国的奥热群岛也拿走，设为新诸侯国，交给……啊，交给胡页·诺卡诺吧。这个甘国司令在确定马塔取胜之后才终于加入狼爪岛战役。既然他军功小，那就分块小领土给他。公平合理。这一安排定会令甘国永不安宁，实在有趣。

马塔对自己的玩笑忍俊不禁。

佗入路·佩临摇摇头，却没有发表意见。

马塔继续谋划着，改画一条条原有国界，随心所欲地将土地赏赐出去。

结果公布之后，许多人都悄声议论说马塔的决定过于古怪无常，简直荒谬。

有些学者对此安排并不赞同。他们认为是在湖诺·其马和佐帕·西金的鼓动下，起义才得以发动，可霸主却并未赏赐任何头衔或封地给他们的族人或追随者。

马塔认为那样只会鼓励后人再度起义，推翻既有秩序。有时，点火之人虽可燎原，但也必须为此牺牲，否则大火就会永无休止。

还有人认为，里马国的季祖王那般英勇，霸主却将里马国分为六个极小的新诸侯国，环绕纳雄城，有如群猪拱食。

马塔心中清楚，季祖王已成圣人，以他为象征，便可煽动百姓。这种象征最为危险，最容易为人所用，有了这象征便能为所欲为。他必须尽早遏制对季祖王的崇拜，维持秩序。

在马塔看来，哈安国在起义中毫无功劳。确切地说，岂止是毫无功劳——路安·齐亚在窃取蟠城一事中还发挥了重要作用。于是他决定，柯素季王的新哈安国只留倾盆城和周围方圆五十里的一片新月形领土。就连鲁索海滩也不再完全属于这个新的小哈安国，而是纳入热翡卡三分的新诸侯国之一。

简直是疯了。佩临心想，**这异想天开的分法将会带来无尽问题。**

至于法沙国，熙录哀王虽有野心却胆小如鼠，虽然本性贪婪，却举棋不定。他早就发现马塔·金笃热血方刚，性情不定。奉承马塔并不一定能带来好处。于是，熙录哀王决定采取让马塔眼不见为净的策略。

因此，自狼爪岛一战以来，熙录哀王一直低调行事，但每当马塔派信使来要求为对抗帝国的战争提供更多援助时，无论是兵力、军费抑或粮草，熙录哀王一律予以满足。如今这个策略得到了回报，熙录哀王并未给马塔留下特别好或特别坏的印象。于是他决定仍由熙录哀王统治整个法沙国，并不削减其领土。

但许多人都知道熙录哀王对名义上的同盟者策划了许多阴谋与背叛。他从雾气缭绕的美丽都城伯阿玛城操控里马国季祖王的宫廷政治；六国存亡尚且未定之时，他便谋求从甘国手中夺取奥热群岛。对于这些旁观者来说，熙录哀王倒像是因着他的权谋把戏得了奖赏。佩临表示，倘若不惩戒熙录哀王，众位朋友定会心凉，只会让同盟之间生出更多嫌隙。

但马塔毫无听取之意。他认为熙录哀王是平庸之辈，因此无需提防。

马塔·金笃将柯楚国大部分领土留给自己。他将担任柯楚国国君和各诸侯国的霸主。为了弥补肃非王，马塔决定让他去偏远而人烟稀少的客非岛担任国君。既然肃非王是牧羊人出身，正好将他送去这地广人稀之处，多建几个新牧场。他为自己的机智得意地笑了。

柯楚国原先的元帅如今要对旧国君和领主发号施令，的确有些尴尬，但霸主金笃断定，一旦肃非王离开柯楚国，就不会再有人记得他了。

还剩库尼·加鲁这个棘手问题没有解决。是他率先进入蟠城，擒得二世皇帝。除了祖邸城，马塔必须赏他些别的。可赏什么好呢？

他扫视着舆图，终于注意到与本岛相距最远的那一座岛屿。

达苏岛这片弹丸之地上只有味道辛辣的烹饪，还有粗鲁的渔夫农民，比野蛮人好不到哪里去。此地不仅遥远，而且前往本岛之路被如意岛阻隔。这样如意岛国君金多·马拉纳便可像看家狗一样盯住库尼·加鲁的一举一动。完美。就让小小的达苏岛变成一座牢房，囚住做过狱卒的库尼·加鲁，直至他咽气。

马塔还要把姬雅以及库尼的孩子们留在萨鲁乍城附近。他当然不会虐待他们，但他们正适合作为人质，以保库尼老实。他决不允许库尼再玩花招，搞出什么奇袭来。

佗入路·佩临总是没完没了地唠叨库尼·加鲁野心勃勃，会对马塔构成威胁。这下好了，得了这点"封赏"，他的野心便再无施展之地。

佩临也只得点头赞许，霸主至少在这件事上明智了一回。

尽管马塔对弥拉说她不必做任何事，但弥拉却不愿游手好闲。

她觉得终日安坐在小帐中十分别扭。这小帐是马塔安排给她的，就在他自己的营帐旁边。他将她带回来的那一日，送了一匣金银珠宝给她。她平生从未见过如此财富。但他随即便丢下她独自一人，忙于政务去了。

男女仆佣都对她语气毕恭毕敬，为她奉上精美饮食，仿佛她已是马塔的女人。她提出要在营中帮忙，仆人的反应是惊恐地跪下谢罪，问她对他们的侍奉有何不满。简直令人难以忍受。

于是她干脆决定自己在营中找点事做。她不知马塔用意何在，但她不打算由他供养。她要让自己成为一个有用的人。

"至少让我在这儿帮帮忙吧。"她前往炊房，对马塔的私用厨子恳求道。

厨子深鞠一躬，从炉前退下，表示听从弥拉吩咐。

他曾任御厨，二世皇帝那般金贵之人赏识他的手艺，令他很是得意。可如今他却发现，马塔对他精心烹制的佳肴几乎碰也不碰。自从马塔在祖邸城与库尼·加鲁共处之后，口味也变得与普通士兵一样，偏好粗菜烈酒。这位前任御厨正担心自己的前景，弥拉提议接管霸主饮食，令他大为释怀。他心想，倘若性情难测的马塔仍然不满意这菜色，现下他死也能多个垫背的。

弥拉只会做几道图诺阿菜：一个回锅饭刷咸鱼酱，一个酸菜卷高粱粗面饼，再一个是槐木板煎南方红点鲑，仅以槐木烟熏，喷洒海水调味——这其实是哈安菜与柯楚菜的混搭。前任御厨打量着这几道家常菜，皱起鼻子。若是换作二世皇帝，一定会对此作呕。他想不出，这么一个据说可与神祇比肩的伟人怎么会屈尊吃下如此粗鄙的玩意儿。

下人双膝颤抖着为马塔端上饭菜，却满面惊讶地回来报告："霸主全吃光了。他说下回要加分量。"

营中诸人因此更加确信，弥拉知晓赢得霸主青睐的秘密。二世皇帝的众位妃嫔，马塔一个也没有碰，却叫弥拉住在他自己的营帐旁边——虽然她并无出众容貌，也非尊贵出身，却不知如何得到天下之主另眼相看。大家都生了妒忌之心。

但弥拉只记得，他们二人相遇那日，他看着她问她是否来自图诺阿时，眼中闪过向往之情。她清楚，他想要的不是她，而是故乡。

弥拉带着前任御厨做的菜前往奇迹广场。这些菜原本是怕霸主万一不吃她的手艺而准备的。厨子本想将菜扔掉，但弥拉制止了他，恳求将食物分给蟠城的叫花子。马塔营中奔忙的仆人和随从急忙照办。

她看着他们将异国风味的丰盛菜色盛在排成长龙的叫花子的碗中，心中不禁感到内疚——菜少人多。她若没有遇见马塔，恐怕如今也沦为他们当中的一员。

有个叫花子穿着异常洁净的白色斗篷，大概是流落街头还不久。他朝她走来。

"姑娘，谢谢你的吃的。你人真好。"

他操着一口乍国口音。弥拉冷淡地朝他点点头。她知道，乍国士兵大多也是穷苦人，跟她和哥哥没什么两样，但多年积怨很难放下。

"你与霸主很亲近。"叫花子说。此话并非疑问的语气。

弥拉感觉脸上一下烫了起来。"他只是可怜我这个小女子。"*我的尴尬处境在蟠城难道已是人尽皆知？*"莫要听信流言。"

"我对流言一无所知。"那叫花子说。

弥拉觉得此人很是古怪。他十分大胆，仿佛觉得自己是个贵族老爷，比她高出一等。而且他的举止神情也有某种东西吸引着她的注意。

"不过，我恐怕说错了。应该说，你将要与他亲近。"

"这是预言还是命令？"弥拉问道。叫花子的冒失令她燃起怒火。她考虑着是否要唤几个侍从来——他们总是殷切盼望她给他们吩咐活计。

"二者皆非。预言很有意思，经常不按我的心意发展。所以我还

354

是只讲已经发生的事吧：马塔·金笃对你哥哥的死负有责任。"

弥拉脸色煞白。"你到底是谁？我听够了你的无礼之辞！"

"好好聆听你的内心。你很清楚我说的是真的。倘若你哥哥不是受了马塔许诺的诱惑，便仍会好好地活着。一个强壮勇敢的大小伙子，跋涉千里，戎马生涯，为马塔建功立业，他自己得到了什么？霸主连他的名字都不记得！"

弥拉扭开脸。

"你哥哥这样的人推翻帝国，赢得战争，荣耀却归于马塔。他虽然鄙视库尼·加鲁，但其实二人并无分别。"

"别说了。"弥拉道，"我……我不想再跟你说话了。"她转身逃离广场。

"我只想让你记住你哥哥。"那叫花子喊道，"你在霸主身边时，别忘了他。"

翌日，弥拉决定为马塔打扫营帐。

有关马塔的传言愈演愈烈。女仆们彼此低声相传，说马塔性情极其暴虐，一只枕头放错便可能招致斩首之祸。于是谁也不敢去打扫马塔的营帐，尽管与他如此接近本可借机讨些好处。但弥拉并不惧怕：她哥哥背井离乡便为追随此人，他相信追随马塔能够重整天下、终结不公。她不会害怕马塔，那样便是玷污了对马铎的追忆。

她看到营帐中一片混乱。多张书桌在营帐各处胡乱摆放，桌上纸张成堆，仿佛桌子上一堆满，便会有新桌送进来。枕头和坐垫四下散落，都是他与众位顾问会面后留下的残局。睡榻看来已有数周未曾更换过被单。

马塔坐在一张书桌前，背对着她，以平式盘腿而坐。她进来时，他也没有转身，或许以为她是他的哪名贴身侍卫，进来帮他铺床而已，因为女仆们都不敢来。

她静静开始收拾：将所有枕头坐垫收在帐中一角，将多张书桌排列整齐，方便拿取纸张，拿掉旧被单，换上新被单，又扫净满地垃圾。

"在他面前，恐惧与懦弱都会消失不见，有如光明驱散黑暗。"马铎在狼爪岛一战结束后曾在给她的书信中这样写道，"他将重整天下秩序，令一切各归其位。"

马铎的死是因为他相信。弥拉心想，他死而无憾，我不能以疑心玷污了对他的记忆。

但霸主显然不擅长令日用小物各归其位。马塔的贴身护卫似乎也都不善操持基本家务。弥拉脸上浮现出一个小小的微笑。

她时不时停下手中活计抬起头来，看到马塔始终未动。他就算坐着，也显得异于凡人，身姿英武。弥拉明白了哥哥为何深受其影响——她自己也感受到了这种影响力。

马塔仍然赏玩着手中的物事，不断摩挲着，简直着了魔一般。

她不禁开了口。"你若继续摩挲下去，只会将它四角磨得平滑。"

马塔转过头，手中停了下来。他没想到竟是她。

他将正在赏玩的国玺放下。此话若是出自哪名顾问，尤其是处处看他不顺眼的佩临老头，他必定勃然大怒。但他对弥拉却不会动怒。她对天下之事能懂多少呢？

"我在看我要颁出去的奖赏。可领赏之人个个名不副实。这天下没有几个真正高贵之人。"

弥拉记起，马铎也极其看重品行高贵。他在给她的信中提过，马塔·金笃的高贵无人可比，仿佛周身环光，鼓舞着同伴。"这种感觉难以描述，"马铎写道，"但有那么一刻，我们跟随着他冲锋陷阵，我感到自己与诸神心意相通，仿佛进入了更高之境。他有如一片海洋，鼓舞着我们大家。"

叫花子的话似乎与马铎的话在她脑海中交战。她咬住嘴唇，摇了摇头。马铎又不傻。他看到了此人的优点，那么我也会的。

弥拉继续扫地。扫完之后，她将垃圾与一摞马塔吃罢的空碗盘拿了出来。随后她又端来一罐清水，洒在营帐中的裸露地面上，压住浮尘，嘴里还哼着一首古老的图诺阿民歌。

> 爱人快些来寻我，乘着你的小渔船，
> 拂晓前便来寻我，只因不肯嫁官家。
> 去寻我的美娇娘，一定赶在日出前，
> 从此再也不分离，乘着渔船走天涯。

她抬起头，发现马塔正凝视着她。她的脸红了。她正想找些话说，却看到马塔手中之物闪着珍贵碧玉的柔和光泽。

"放弃珍宝实乃难事啊。"她突然脱口而出，随即心中暗自咒骂，竟说出这等蠢话，便赶快加倍卖力干起活来。

马塔皱起眉头。突然间，他似乎必须想个法子让这女子敬佩他。她委婉的批评令他感到羞愧，仿佛他自己也不够高贵似的。

"皇宫中拿出的珍宝，我留下的很少。"他的语气很是生硬，"大部分都分给为我牺牲的士兵的家人了。"他并未说明这是在遇见她之后的事，在那之后他才意识到自己为手下所做甚少。

片刻之后，弥拉说："大人甚是慷慨。"随即而来的寂静又陷入尴尬，她试图遮掩，便继续哼曲和卖力干活。

"你想拿一下吗？"马塔·金笃拿起一只国玺。

弥拉知道，这是国君身份的象征，印在蜡上，便能调动百艘舰船、万人大军、十万弓箭，带来无尽屠戮。

她又想起叫花子的话：*霸主连他的名字都不记得。*

她眼前又闪现出马铎的尸体，以布裹着，和其他千千万万人一样，躺在坑底。*他们将在那里安息。这便是你说的高贵？这便是你送命的缘由？*

弥拉摇摇头，从国玺前退开，仿佛那是一块烧得滚烫的煤炭。"它很美。"她说，"但我认为我哥哥的性命更美、更宝贵。"

她干完活，行了一礼，便离开了营帐。

马塔·金笃静静望着她的身影离去，随即将国玺轻轻放下。

"你确定不和我一起来？"库尼问道。

"陛下，"路安·齐亚说，"我是哈安人，霸主既已让哈安国变得更加弱小，柯素季王定会需要我的全力辅佐。"

二人饮尽送别的烧酒，想起坦阿笃于岛的回忆，不禁露出微笑。

"马塔·金笃将我囚在达苏岛了。"库尼语气愁苦，"记得时不时来看看我。"

"你不会辜负凯森酋长的，库尼王。我很确定这一点。困狼是危险的动物。你不会在达苏岛被困太久。"

库尼并不如路安·齐亚这般乐观。形势对他相当不利。第一，达苏岛小而贫困。第二，姬雅和孩子们以及他的父亲和哥哥都留在柯楚国，马塔也表明要将他们留作人质，以保库尼忠诚。第三，马塔将会提供万人大军，听凭金多·马拉纳调遣，"护送"库尼及其随从前往达苏岛，并从如意岛防住他们。只有出现奇迹，库尼才能逃离困境。

"我还有最后一个建议给你，库尼王。你一到达苏岛，就把所有船只烧掉。"

"可如此这般，我便再也无法离岛。"

"你首先要做的，是让霸主不再怀疑你的野心。烧船会让他放下心来。好好治理达苏岛，做个好国君，其他的就交给时间吧。"

拉索和达飞罗自萨鲁乍城一别之后，终于得以重聚。库尼的手下一直被关在营中，马塔的手下当然也不得探望。

不过，库尼王翌日便要离开蟠城，他的手下终于可以上街闲逛一日。尽管兄弟俩都忍住眼泪，但还是湿了眼眶，鼻子也突然塞住。

"我听说了你在狼爪岛的事迹。差点就送了小命啊！"

"还说我呢。你驾驭了独角鲸！"

"我是哥哥。我可以做傻事。"

达飞罗将啮者棒拿给拉索看。拉索把玩一番，在空中挥舞数下。

"你不会离开加鲁大人吧？"拉索问。

达飞罗摇摇头。"就算我走，我知道你也不会离开霸主的。我还不如跟着这位崇尚无为之谋的大人，好好闯荡一番。"

"哎，我还以为你终于懂得荣誉之事，开始觉得逃军丢脸了呢。"

二人相拥大笑。

"真希望加鲁大人和霸主还是好兄弟。"

二人开怀畅饮，直至黄昏最后一丝光线消尽，便再次分别。

第三十六章　达苏岛

达苏岛
首侯元年六月

　　库尼的部下将他们前往达苏岛所用的船只点燃，马拉纳与手下在海上惊愕地注视着。此情此景不禁令人想起马塔在狼爪岛上背水一战之举，马拉纳皱起眉头。

　　但库尼的话却令他打消了这个念头。"这些船大，保养开支过高。而且我要在这里待上很久。"库尼将双手笼在嘴边，高喊道。他面露讨好的笑容，朝马拉纳一众人挥着手。"陛下，替我向霸主问好！不要这么生分嘛！"他对马塔点头哈腰，就像是奴仆奋力讨好主子一般。

　　马拉纳鄙夷地移开视线。霸主为何要顾虑此人？他不过是个身份低微的山匪、不足挂齿的罪犯，赏他个小岛，有一间草屋，他便乐开了花。马拉纳断定，库尼的那一场"胜利"一定只是走运而已。

　　他遇到过更为旗鼓相当的对手，比如绮可觅公主。马拉纳一想起她，心中便涌起许多复杂情绪，纠缠不清。尽管他精于谋略，但她却丝毫不亚于他。绮可觅最后还是比他棋高一着，阻止了他的阴谋。她差点就用叛国之梦骗过他，正如他也差点以流芳百世的许诺诱得她的配合。公主宁可在史书中遗臭万年，也要拯救她的子民——马拉纳对她的胸怀甚是佩服。他还不禁猜想，或许他得到这个国君之位在某种程度上也是因为马塔对绮可觅怀有同样复杂的情感。命运的确不按常理出牌。

他下令扬帆启程，朝塔诺·纳门曾经居住的如意岛北岸而去。"咱们有羔羊尾巴吗？"他问道。就连纳门的狗也比卑躬屈膝的库尼·加鲁更有雄心和荣誉。

库尼·加鲁在达苏岛安顿下来，便立刻给追随者颁发头衔。柯戈·叶卢和润·柯达被授予公爵头衔，泰安·卡鲁柯诺和民恩·萨可礼则成为侯爵。他毕竟做过盗贼，从蟠城还是拿了少量珍宝，如今也都分给手下，又大宴三日，犒劳随他前往达苏岛的三千士兵。

"如今，我和你们大家一样身无分文。"他举起空空如也的钱袋，一撒手，丝绸钱袋便随风而去，落入海中。他又在风中挥挥宽袖，让大家看到他袖中也是空无一物。众人大笑。

"我无财可分，只能多颁些头衔。希望它们有一天能有些实在的分量。"此时他突然严肃起来，低头致歉，"你们一直跟随我，受了许多苦。如今不能给你们更多赏赐，我实在对不起你们。"

众人低声说了些安慰之词，但心中都暖洋洋的。

达苏岛面积不大，多石，最大的城镇觥叶城位于北岸。库尼携众位顾问前往此地，这便是他的小国的都城了。他的"王宫"不过是座两层木屋，比城中其他房屋并没大上多少。

"加鲁大人，你看起来一脸倦容。"柯戈说。

此时无须当众表演，库尼便容许疲惫与绝望浮上面庞。

"我该怎么办，柯戈？我是不是铸下大错，已无东山再起之望？我还能给家人和手下什么好日子？我的领地不过羊圈一般大小，与世隔绝，远离权势。马塔大概永远不会允许我回家，也不能把姬雅带来，除非我放弃领地。我是不是孤注一掷，却无德无能，注定要默默无闻而死？"

自库尼成为祖邸公爵以来，柯戈从未见过他如此阴郁。"力量源自内心，加鲁大人。心若无所向，便只能漫无目的、随波逐流。"

库尼静默许久，点了点头。

姬雅从柯楚士兵手中接过书信，脸上却冷如冰霜，有如拉琶女神的一尊雕像。

士兵尴尬片刻，意识到姬雅并未打算道谢，只得悻悻离去。

姬雅关上门。信封上的地址的确是库尼所写无误，他的字体龙飞凤舞，十分潦草。不出所料，信封已经开启过。

马塔派了一队人在她家门外扎营。此后，无论她去哪里，他们都会尾随而行，家中进出之物也都会受到检查，美其名曰"保护姬雅夫人"。

"亏得我还曾将马塔·金笃称作兄弟！"姬雅对柯楚队长怒道，"叫他亲自过来，给我解释一下，为何我在自己家倒成了囚徒。"

队长低声嘟囔说霸主忙于国事，姬雅一个茶壶朝他的脑袋掷去，他急忙闪躲。

姬雅看着手中书信，心头既喜又气。信中的金达里字母四处冒头，圆圈大得险些越出格子，令她想起库尼满不在乎的开怀大笑。但这信也令她真真切切感受到库尼并未陪伴在她和孩子身边，而是困于偏远小岛，做着一个无足轻重的国君。

她真希望库尼就在眼前，她便可以搂住他，吻他，再打他几拳，要很用力。

蟠城传来的消息令她困惑不已。库尼和马塔本是起义的左右护法，如今为何几乎反目成仇？他与姬雅又要何时才能再见？

　　吾爱姬雅，
　　诸事皆顺。代向马塔问好。

　　　　　　　　　　　　　　　夫字，甚念

寥寥数字而已，纸上余处皆为空白。

姬雅强忍着才未将书信撕碎。担忧数周，一直未有可靠消息，就来了这么两句话？

此时，她发现库尼在信纸左上角绘了一朵狮齿蒲公英，信纸本身又厚又韧。她将信纸拿近，嗅了一嗅——果不其然，她已有察觉，一闻便闻到了蒲公英的香气。这味道虽淡，但她的嗅觉早经多年训练，轻易便能嗅出。

库尼一定知道书信会被人检读。姬雅这才意识到。

她微微一笑。我对他讲过蒲公英的用途，他竟还记得。

她快步走进工房，取出一杯晒干的石耳菇，加水后研磨，直至碾为稀浆，再将其刷遍信纸。待信纸浸透，再置于一碟清水中，将纸上稀浆轻轻涤去。

纸上空白之处浮现出金达里字母，有如船只缓缓驶出雾气。库尼的家信实以狮齿蒲公英的花乳写就，直至此时方才显现。

我要回家了，挚爱姬雅，吾心所向。

第三十七章　小聚

萨鲁乍城外
首侯元年七月

鞑叶城传言说库尼王抱恙卧床。金多·马拉纳的使节前往达苏岛询问库尼病情，柯戈·叶卢一脸愁容地接待了他们。

"可怜的国君对霸主日思夜想。"柯戈道，"他常常向我提起，真希望二人分别时能更好地和解。他还认为，这次大病是诸神要他借机好好反省自己的坎坷生涯。"

马拉纳向萨鲁乍城的马塔·金笃送去报告："库尼归隐。并无异心之象。野草已决意扎根。"

一个凉爽的夏日清晨，萨鲁乍城外一户住宅前来了个叫花子。

他一头灰发，面有伤疤，身着破衣烂衫，脚踏草鞋，跛了一只脚。腰间还紧紧绑了一条草绳。

姬雅夫人交代过管家奥索·其林，若有叫花子前来，定要让人家吃饱再走。于是奥索端出一碗热粥。

"我家夫人的粥是以特殊方子熬的。"奥索道，"用料丰富，又加了强力草药，不仅饱腹，还可强身健体，不易患病。喝了它，一天都不会饿。"

叫花子却没答谢奥索，只是看着他，眼中闪过一道狡黠的光。
"你不认得我了？"

奥索仔细瞧瞧叫花子，突然轻轻叫出声来。他环顾四周，确认路那头的霸主手下并未往这边看过来，便赶忙将叫花子带进屋。随即，奥索深鞠一躬。

"你可回来了，加鲁大人！"

一个热水澡洗尽库尼身上的泥土和脸上的假疤。他的发色是染灰的，要再等些时候才会恢复原本的黑色。他终于将藏住啤酒肚的草绳裤带解下，大松一口气。

库尼走进姬雅的卧房更衣。窗边小几上放着一只小瓶，其中插了一束新鲜的狮齿蒲公英。旁边一根衣架上挂着几件新袍，库尼看出是姬雅亲手为他缝制的。他将脸埋在袍子中，嗅着姬雅浣衣一直使用的药草香气。他的眼中不自觉地涌起泪水。

库尼坐在二人的床榻上，轻抚姬雅的睡枕，想象着她不知库尼下落、孤枕难眠的情景。他心中暗暗发誓要想个法子补偿她。

枕上有几根发丝。他满怀爱意地拾起头发，突然愣住了。

那几根头发并非姬雅的红色卷发，而是一名男子的黑色直发。

"我在达苏岛混上一条商船做水手。"库尼解释道，"只有这一个法子才能避开金多·马拉纳的眼线。一抵达本岛，我只能慢慢过来，每隔数日便改换乔装。"

小托托不认得库尼，库尼想抱他，他便哭了起来。新生婴儿小拉塔跟着哥哥一起啼哭。库尼和姬雅便也跟着哭了起来。一屋子人哭哭啼啼，只有素妥还能做事。她将饭菜摆上桌，把两个哭娃带走。

奥索·其林站在一旁，不知所措。库尼注意到了他，尤其是他的黑色直发。

他拍拍奥索的后背。"奥索，上次见你时，你还是个骨瘦如柴的毛孩子呢。谢谢你帮我照顾家人。我知道，你一直忠心耿耿，以你自己的方式。"

奥索脸色大变，姬雅的表情也在欢乐与惊愕之间凝固。众人一时尴尬，素妥随即轻轻推了奥索一把。库尼似乎并未留意。

"我……我很乐意效劳。"奥索答着，行了一礼。他和素妥轻手轻脚地离开房间，将门关好。

房中只剩夫妻二人，姬雅一下子决了堤，倒在库尼怀中哭起来。

"唉，姬雅，我对不起你。"库尼抚摸着她的头发，说道，"我知道，发生了这么多事，你心里一定不好受，萨鲁乍人对你一定是冷眼相看，你也只能独自默默承受。"

"事情没有回转余地了，是不是？"姬雅抹抹眼睛，"我听说了你的所作所为，还有马塔的反应，一时气急。你困在那座小岛上，如何还能成就大业？而且，无论你要做什么，马塔都还有我和孩子们在他手里。我家人怕霸主会多虑，根本不肯和我说话。"

库尼紧紧抱住姬雅。她说的每一句话都像刀子一般捅进他的心，再转上两转。

她突然抓住他的手，眼神狂热地看着他。"库尼，求马塔原谅怎么样？放弃你的国君之位。让他委任你在他手下做个臣子，或者哪怕只做平民也可以。我们可以带着孩子回祖邸城去，安心过日子。你我的家人一定都很希望我们回去。也许你在梦想中飞得太高了。"

库尼转开脸。"我考虑过了。"

姬雅静静等着，等了很久，库尼却没再说话。她只得催促道："然后呢？"

"我想到了其他的家庭。"

"其他家庭？"

"我一路过来，不得不绕开名城大路，亦因此目睹民间疾苦竟到了何种程度。马塔或许是名勇士，可他并不擅于治国。各诸侯国不得不团结一心，只因为它们惧怕帝国胜过忌惮彼此，但如今，过往恩怨再度浮出水面。马塔任性分地，只令形势雪上加霜，他立的诸国新君也并不名正言顺。各国都在备战，增税扩军，市场中物价不断上涨。尽管起义业已结束，但百姓的日子却并未好过一些。"

"这些与你我和孩子们有何干系？"

"这并非你我冒生命之险的目的。百姓们应当过得更好。"

姬雅听了这一番话，绝望与怒火在心中交战。"你宁被薄情百姓拥戴，也不肯好好待我和孩子？你不顾我们，却对'拯救'黎民百姓之事侃侃而谈？这天下不是你的责任，我们才是。你想没想过，你所目睹的苦难或许正是这天下的经纬所系？无论谁做帝王，战争与死亡都不可避免？你觉得若是换作你来治国，定能胜过他？"

"我不知道，姬雅。所以我才来见你，想听听你的建议。可你这是怎么了？你曾经愿意挑战天下，愿意畅想改变。"

"日子已经不同了，库尼！我只是个普通人，我有孩子要养。我只想让我的孩子安全，关心他们胜过别人的孩子，这有什么错呢？我只想跟许诺与我白头偕老的男子同床共枕，不愿他每日生死不定，这又有什么错呢？"

"同床共枕？"库尼脱口而出，"你竟敢提同床共枕？"

姬雅深吸一口气，然后直视库尼的眼睛。"你不在，库尼。我是为了活下来，为了确定我仍然能够主宰自己的命运。但我一直是爱你的。"

"我从未想过忠贞竟会成为你我之间的障碍。"库尼定定地站着，无比惊愕。他本不想说出自己的怀疑。他回家来是为了获得慰藉与鼓励，但这情景与他原本所想相去甚远。

如今二人都意识到，他们之间多了一堵看不见的墙。他们在睡梦与渴望中反而比如今见了面更觉亲近。二人远隔万里时，各自都在努力成为一个理想化的形象，二人都以为对方便是这样看待自己的。可其实，两人都已经变了。

孤独清冷的时光使姬雅变得看重平凡日子的稳定与益处。但库尼野心已起，便对他所认为的这些琐事没了耐心。最初令二人走在一起的激情如今似乎只留余烬。

"喝吧，相公。"姬雅说着，为库尼递上一杯安神定心的淡茶。许多夫妻争吵到疲惫不堪，无力继续，都曾喝过她这方子配出的茶。

库尼欣然饮下。

库尼和姬雅虽共住同一屋檐下，却客气得有如外来宾客，这团聚也没了意思。

二人都将注意力放在孩子身上，这才拴住两只各驭各风的风筝。

★　★　★

"你和姬雅现在不太顺。"素妥说。

库尼正在改装姬雅的工房。所有架子上都摆满了装着各色草药的瓷罐和玻璃瓶，几乎寸步难行。他正在钉新壁架，装阶梯，这样姬雅便能更轻松地够到高处的架子。他又在门口装了一块矮护栏，两个孩子蹒跚学步或是满地乱爬时，便不会闯进来。

"我们分别太久了。"他承认道。

尽管他与素妥还不太熟悉，但却觉得和她讲话很自在。这位女管家虽然严肃，但也和善，孩子们都很喜欢她。她管起家务也是井井有条，与柯戈照管达苏岛的水平不相上下。库尼身为国君，与霸主的恩怨又演化出种种传奇，一些仆人便对他万分敬畏，在他面前缩手缩脚。但素妥却不会这般。她对他平等相待，有时甚至生硬焦躁，特别是他照管孩子笨手笨脚之时。在她面前，库尼便觉得仿佛回到从前，又变得无忧无虑、自由自在。

"你们两人都习惯了对方在心中的印象，而非现实。"素妥说，"理想便是有这种危险。我们永远都无法达到他人对我们的期待那般完美。"

库尼叹了口气。"你说的是。"

"但我一直认为，真正的幸福一定要考虑到我们的缺陷。若要忠贞不贰，就得承认和接纳疑虑。"

库尼看着素妥，下了决心。"素妥，我眼不瞎。我猜得出发生了什么事。奥素一直喜欢姬雅，很久以前我便决定相信他们二人，而不是有如戏中老爷般猜疑跳脚。但或许我这个决定很蠢。"

"一点也不。你没有生气，没有发火，这便证明了你的优点。你很清楚，姬雅心里一直有你。"

库尼点点头。"我没有像你说的那样是因为……出门在外之时，我也做了一些事。这些事并不令我自豪。"

"对妻对己一样严格要求的男人可是罕见。"素妥说，"我很高兴没有看错你。智者和阿诺经典都告诉我们，忠贞对夫妻二人的意味不同，但你显然不是奉行成见之人。"

库尼扑哧一笑："我一直认为，倘若因为一句话写在古书里，便盲信此话为真，那才是荒谬。马塔总是一心向古，但我以为，应当努力改善当下，才能使未来变得更好。我相信她的所作所为是因为她有这个需要，我也不想做伪君子。"

"伟大的男人和女子都不会因情爱而拘了小节。"素妥说，"你和姬雅或许会爱上他人，但在你们二人心中，对方始终无可取代。"

"可这一路下去绝不会全是阳关大道，不是吗？"

"倘若真是那样，还有什么意思？"

"你对你家相公生气了。"素妥说。

她和姬雅正在阴凉的餐厅中绣花，库尼则陪着孩子在院中玩耍。库尼在找蒲公英绒团，帮小托托将它们吹散。小拉塔太过年幼，还无法加入这个游戏，便抱着爸爸的脖子看着，高兴得大喊大叫。

"我生气的是，他更在意治国重担，而非夫君之责。"姬雅说。

"你认为自己最重视为人之妻吗？夜间，我听见你的卧房门开关的声音了。"

姬雅停下手中的活计，转头看着素妥。"你言语太过放肆了。"她双手颤抖。

但素妥手中却没停下，动作精确、细致，每一针都笔直密实，仿佛以箭杆比过。她的双手也是稳稳当当。"姬雅夫人,你误解我了。你爱你家相公吗?"

"那是自然。"

"那你如何协调对情人与对夫君的爱?"

"两者完全不同。"姬雅压低声音,脸上却开始泛红,"我需要奥索……是为了我自己,为了保持理智,为了把日子过下去。我希望找回掌控感,我想成为周围的人所需要的那个姬雅夫人。我对此并不后悔,哪怕阿诺智者对我的所作所为并不赞同。我也不认为这是背叛,因为我心中最重要的位置始终是留给库尼的。"

"你觉得库尼理解吗?"

"我……不知道。但如果他当真如我所想,就应该能理解。我从未自称完人,但我一直尽力行之有道。"

"姬雅,我便是这个意思。人心复杂,尽管圣贤说人应忠贞不贰,但其实人心能够驾驭多种不同的爱。你可以同时成为贤妻与良母,尽管你家相公的需求有时可能与孩子的需求有所冲突。你也可以在忠于相公的同时为满足自己而找个情人,哪怕文人都认为这是大逆之举。但我们为何要相信文人比我们更了解自己?不要因为害怕便屈服于传统——你大概也已经猜到,你家相公对你的理解其实超过你的预期。"

"你真是个怪人,素妥。"

"彼此彼此,姬雅夫人。你生库尼的气,只因你认为,他应当为你提供一个安全家园,却又想使达诸岛百姓过上好日子,二者之间有所冲突。但他的心中就不能二者兼容吗?你不觉得,你可以帮他将两者全部实现吗?"

姬雅苦笑一声。"我怎么觉得并不重要,我能做什么呢?我非男儿身,不过为人之妻而已,是我家相公想从战争中成就一番事业。"

"姬雅,你不可贪图安逸、甘于平庸。你家相公是一国之君,与其他诸侯国的国君平起平坐。柯楚乡间的那些寡妇,她们的丈夫是听令赴战,为你家相公和马塔而牺牲。你当真以为自己与她们一般无助？”

“决定这些事的是库尼，不是我。”

“你以为，只因为你不披甲挥剑，便对事情结果没有责任。”

“还能如何？我不想被人视为操纵夫君而满足权势之欲的女子。我绝不容许别人说我‘吹枕边风’，在床帏之中骗取只应在战场赢取或老实读书而得的好处。我也读过古阿诺经典——我很清楚女子干政的危险。”

“那琦夫人又该当何论？”

“我可不会贸然自比为这等传奇女子。”

“但她曾经也不过是个痴心女子，自以为可以打动夫君，使他行之有道。无论你多么用功念书，难道有朝一日能做官？无论你多么勇敢，难道有机会上战场？这天下不给女子立功名的机会，但你又不肯寻找其他机会来改变自己和他人的命运，只因惧怕他人长舌议论，史官锐笔捏造事实。

“宫廷书吏所谓的‘贤妻’的规矩已经不适用于你了。你忤逆家人意愿，只因一场梦便嫁给这个无能之人，随匪入山，兀自信他……”

“不……不是这样的……我只是希望全家平安……”

“为时晚矣，姬雅。有人认为，这天下就是命运之神手中的一只筛子，每个人都因天生性情才能不同而被分门别类。也有人认为我们能以运气与本领自铸命运。但无论是哪一种，位居高位之人都要背负更多责任，因为他们大权在握。倘若你当真如此看重平安，库尼向你提议成家的那一日，你就压根不该答应。婚姻这架马车本有两套缰绳，不能让你家相公独自驾车。你要明白自己是政客之妻，或许便不会再觉得这般无助。”

他们再次拥吻之时，感觉生疏别扭，就像二人共度的第一晚。

“跟你在一起，就不可能过上安稳日子，是不是？”她问道，“你会不断变化，我也一样。”

"你想过安稳日子吗？"他问，"安稳不过是个幻象，正如没有诱惑的忠贞。我们绝非完人，难与神祇比肩。尽管如此，还是能让神仙也羡慕我们。"

二人都感到心中变得宽广，能够容纳许多不同的爱。

事后，夫妻二人躺在黑暗中，四肢交缠。

"你必须回达苏岛去。"姬雅说，"再也不要提投降马塔之事。"

库尼感到自己心跳加快，快要追上姬雅了。"你确定？"

"就算你放弃手中仅有的一点好处，马塔也不一定会放过我们。但只要你位居一国之君，便留有回旋余地。从山匪能变为公爵，又乘飞船擒了帝王，你一定大有可为。"

库尼紧紧抱住她。"我就知道夫人高明。"

姬雅吻了吻他。"你还要另娶一妻。"

库尼愣住了。"什么？你是不是在想法子'摆平'……"

"国君需有多名妃嫔，才能多生王子……"

"为何如今我要和其他国君一样……"

"库尼，求求你，不要犯傻。我知道我在你心中无可取代，正如你之于我。我是你的长子的生母，马塔只要将我捏在手中，便认定你不敢为所欲为。但你也要让他相信，你如今在那偏僻小岛做一国之君，感觉十分知足、十分快活，甚至可能太快活了。最好的办法便是再娶一妻，让马塔看到，你像一个真正的诸侯国君一样贪婪好色，安于现状，就像野草扎根一样偏安一隅。倘若你骗得过他，他也许还会同意我去投奔你。"

"可是，姬雅，我不能随便娶个什么姑娘，就当是戏中道具一般……"

"我不是那个意思——我知道，你不会只为冷酷政治而成亲。但你将与我相隔万里，我也很清楚，孤独有多么消磨感情与激情。你必须娶个你爱的人，她将会成为你的伙伴、可信赖的顾问。你需要这样一个人的陪伴，特别是在心怀疑虑之时。"

库尼静静思考了一阵。"倘若我这样做了，终有一天，她将在宫中成为你的对手。"

"或是取而代之，假使马塔认为我活着已再无用处的话。"

库尼坐起身。"你说什么呢？！我决不允许这种事发生。"

姬雅依然语气平静。"你不能无后。谁能确定未来的风向呢？咱们的计划充满危险，在大功告成之前，咱们也要有备无患。琦夫人说服陆汝森揭露玛碧德雷的罪行时，她很清楚有一天怕是要以命相抵。"

"我不知该佩服你还是惧怕你。"

姬雅将手放在他的手中。"我只是以防万一。也许马塔会相信你更偏爱新妻，这反而能保我平安。"

"你说起自己的生死，竟好似谈论天气一般。"

"我并不天真，我很清楚此事极难。"姬雅说，"但你我的感情不应受传统礼制束缚。无论你看上谁、爱上谁，我都知道，你与我一同翱翔天际之时才是最逍遥快活的。"

库尼吻了吻她。"我也知道，我不能陪在你身边时，无论谁与你同床共眠，你与我有如你梦中那般一同翱翔天际，才是最逍遥快活的。"

"我家相公当真是胸怀宽广之人。"

第三十八章　蕾纱娜

库尼央求素妥带他一起进萨鲁乍城去。

"总得有个人帮你拿买的东西。"他说。

"你在萨鲁乍城露面不太好吧。"素妥说，"你此时应该在达苏岛卧病呢。"

但库尼不听劝。他与姬雅和好后便又打起精神来。他自觉可以征服天下。他想亲眼从近处看看萨鲁乍城，看看马塔的都城中的贵族。这就像是在嘲弄马塔这位霸主给他设的小岛牢房。于是他便穿成佣人打扮，跟着素妥进了城。

素妥买了米、鱼、菜、肉……库尼的背篓愈来愈沉，但他却没有怨言。萨鲁乍城繁华喧嚣，发达兴盛程度远胜鞑叶城，他这才发觉自己多么想念本岛。

"起来，你这个没用的懒骨头。"是一个柯楚军官。一个五十长，边嚷边鞭笞一个倒在地上的瘦弱男孩。那孩子本想爬起来，但太过虚弱，又倒在地上。他显然是吃不饱饭，又受了不少虐待。人群在他们周围腾出一大片地方来。

"怎么回事？"库尼凑上前去，问道。

374

素妥耸耸肩，"霸主让很多乍国囚犯改为充军做苦役，就和奴隶没什么两样。"

"那孩子看着还不到十四岁。"

"霸主说，这些囚犯以前效忠皇帝，所以落得何等下场都是罪有应得。大部分人都表示赞同。"

"要是一句'罪有应得'就足以虐待百姓，苦难就永无休止了。"

素妥瞧着库尼，若有所思地点了点头。

库尼看看那个孩子，他倒在地上，半死不活。库尼脸上一阵抽搐。

他突然大笑起来，朝那怒气冲冲的官员走去。

"大人！大人！能跟您求件事吗？"

那军官停下手，擦了擦额头的汗珠。"干什么？"

"我跟霸主一样痛恨这些乍国狗。我最喜欢发明些绝妙游戏来折磨这些没脑子的乍国奴隶。既然这一个显然已经干不动活了，能不能把他卖给我？我有些新玩意儿想试试。"

他的语气油腻圆滑，一双眼睛因为期待折磨他人而充满愉悦。就连那名五十长也打了个冷战。不过，库尼在他耳边低声开了个价，他便点头答应了。

"啊。"库尼做了个鬼脸，"我身上没带够现钱。现下只有十两银子。"他皱着眉头，拍拍衣袖，眼睛突然一亮，"但我带了名章。"

库尼走向路边一家文房店铺，拿了一张纸回来，交给那五十长。"把这纸交给佩临大人家的门房，告诉他玉匿沁欠您的钱。玉匿沁便是我。我是佩临大人家的教书先生。账房会预支我的薪水给您。这上面印的是我的名章。"

对方谢过他，展开纸张，仔细瞧了瞧。他不善阅读，默默拼读着纸上的文字。

"咱们把那孩子带回去，给他洗洗干净。"库尼对素妥低语道。

"你和姬雅真是天生一对。"素妥低语答道，"你们就是忍不住要帮助别人。可不要低估这种品质。"

库尼一时陷入沉思，"多谢。"

柯楚军官终于读完了字，看到了那难以辨识的名章印迹，一时愣住了。

"是你！"他大喊道，"翡恩·可鲁可多里！"

库尼、素妥和那孩子走了才不过二十步远。人群中离他们最近的几个人转头盯住他们。

"他说什么呢？"素妥问。

库尼一个苦笑。"以前欠下的债，如今到了偿还之时。"

那五十长朝库尼冲来。一个卖冰镇酸梅汤的少妇正要躲闪，却脚下一绊，手中托盘里的冰块撒落满地。那军官踩在冰上，脚底打滑，摔倒在地。他挣扎着爬起，却再次摔倒。

库尼对素妥说："我得走了。"

"等等！"她说，"我既已知道你的为人，便要告诉你我的秘密了。"她将他拉近，在他嘴边耳语了几句。库尼的眼睛都瞪圆了。他看着素妥，露出恍然大悟的神情。

"回达苏岛去，尽你所能。"素妥说，"时机一到，我会在这里助你一臂之力。"

他转身消失在茫然的人群中。

姐姐，你为何帮那滑头逃了一命？你看不出他意欲谋反，推翻柯楚英雄吗？

那是你的英雄。我挺喜欢姬雅。她……很有性格。还不到她守寡哀悼之时。

要我说，她那诡计多端的相公不过是伪善，你竟也上钩了。他就是个戏子、骗子。

库尼窃了匹马，一路扬鞭狂奔，尽可能远地逃离萨鲁乍城。但那马儿已经老弱不堪，口吐白沫。他看到身后一群身影追来，扬起大片尘土。

他暗暗咒骂自己不走运。柯楚军中那么多人，偏偏撞见这个在祖邸城驻扎过的。祖邸城曾经那么多士兵，又偏生赶上这位被他用老把戏骗过的。

那名五十长立刻唤人支援。马塔·金笃已经昭告天下，库尼·加鲁不得离开达苏岛。霸主的手下都知道，若是库尼不经许可便逃离流放地，捉住他定会有赏。

库尼面前出现一间小农舍。他翻身下马，又是用力一鞭，让马沿大路继续跑下去，自己则冲向农舍门口，一个年轻姑娘正坐在门前剥豆子。

"姑娘，求你救命。"库尼知道自己此时什么模样：他虽染得一头灰发，但新长出的发根已是黑色，身上还是佣人打扮，面上几道假疤，慌忙逃窜而致满头大汗，简直就是个亡命天涯的暴徒——事实也的确如此。

那年轻姑娘皮肤呈橄榄色，头发与双眼都是浅色，看来祖上是阿慕国人，而非柯楚国人。她站起身，打量着他，又朝大路上追过来的那团尘土瞥了一眼。"若是霸主的人在追你，那你估计也坏不到哪里去。"

库尼心中如释重负。马塔一直不在意农民对他的看法，也无意与他们搞好关系。库尼想象得出马塔麾下的贵族、将军及税吏是如何对待百姓的。可百姓有如大海，能载舟，亦能覆舟。

"跟我来。"姑娘将库尼领至屋后的水井，转动汲水所用的绞盘，让他慢慢顺绳而下，进入井中。库尼入水，她便叫他拉住绳子，将汲水的水桶扣在头顶，有如头盔。倘若有人朝井中随意张望一眼，便会以为水桶是浮在水上而已。

她走进农舍，在炉中生起火来。生火前，她先将柴木浸过水，于是炉中便冒出滚滚浓烟。不多久，屋中已满是灰烟，从门洞涌至屋外。

追捕库尼的柯楚士兵靠近农舍，放慢速度。那五十长觉得似乎看到骑者在这附近下了马。他派一半手下沿大路继续追前方快马扬起的尘土。另一半则随他走向烟雾缭绕的农舍。

一名年轻女子走上来迎接他们，满脸都是炭黑和涕泪。

"你可曾看见一名逃犯？"五十长问道，"他是个亡命之徒，与霸主为敌。"他并未向手下提起他们是在抓捕库尼·加鲁，万一自己认错人呢。

姑娘摇摇头。她激动地挥舞双臂，清开周围的烟。可那烟雾却跟随她的动作变得厚重起来，有如浓雾盘旋翻滚，很快便将她自己、五十长和手下士兵全部困入其中。大家都呛得咳嗽起来，止不住地流泪。

五十长竭力打量农舍四周，但却什么也看不清。他推开姑娘，走进农舍。浓烟中似乎跳出一个个身影，有如妖魔鬼怪，双眼冒火。五十长又是困惑，又是惧怕。他觉得脑袋变得很沉、很慢。仿佛烟雾充满脑海。

"你找的人不在这里。"姑娘的声音说道。

"不在……这里。"五十长重复道。

他摇摇头。这浓烟害得他无法思考。

他从幽暗的农舍中走出，脑海立刻清晰起来。

我找的人当然不在这里。我怎么这么傻？库尼·加鲁怎么会躲进农舍？柯楚国上下人尽皆知，库尼·加鲁背叛了伟大的霸主金笃，不会有人胆敢帮他。

他朝姑娘低声道了个歉，便带着手下沿大路离开了。倘若抓不到人，他便决定将此事隐瞒下来。若是霸主听说手下发现库尼·加鲁，却没有抓到人，一定不会善罢甘休——说不准还要怀疑他帮了库尼。

姑娘将库尼拉出水井时，他已因井水冰凉而冻得瑟瑟发抖。库尼重见光明，看向那姑娘，她正沐浴在落日的柔光中。库尼发现，尽管她满面炭灰，其实是个美人。

"怎么，你从未见过柯楚女子吗？"她笑着问道。

"我是库尼·加鲁。"他说。他自己也不知为何要这样说。她身上有某种东西，她手臂轻舞便能挥去院中残存烟雾的模样，使他不禁要据实相告。

"我是蕾纱娜。"她说，"一个平凡的制烟人。"

蕾纱娜备了些点心与苦茶，用托盘端来，放在二人之间的小几上。库尼表示感谢。

"你是如何操纵这……烟雾的？"

她站起身，点起一炷香，又将香炉也放在几上。

"看好。"

她在空中舞动双手，长长的水袖跟着飘动起来。屋中气流发生变化，笔直升起的烟开始盘旋。她停止动作，但那螺旋状的烟却并未移动，仿佛是有形的固体一般。

"太神奇了。"库尼说，"你是如何做到的？"

"我家人来自美丽之岛阿汝卢吉。我不知道父亲是谁，一直和母亲生活。她是草药师，发现了制造可塑烟的秘密。需要在焚香中加入几味特殊原料，燃起之后，产生的烟雾便与寻常烟雾的规律不同。

"我们周游各城，在茶楼中表演，日子过得很好。我母亲不断改进制烟技术，发明了愈来愈精巧的烟雾表演。她能用烟雾建造迷宫，宾客便花钱入内，寻求刺激，又笑又叫。"

他从她的语气中听出几分悲伤。"但然后出事了，是不是？"

她点点头。"母亲意识到，烟雾对人的头脑有影响，能让他们变得顺从，随意听信他人。这也是她的迷宫如此有效的原因之一：她可以在烟雾中做出鬼怪幻象，使身陷其中的人信以为真。"

库尼点点头。他也听说过，街头卖艺者将自愿参加的观众催了眠，随后便可令对方做出平常难得一见的各种蠢事：害羞的人能够慷慨激昂地讲话，勇敢的人看到影子也会缩成一团，尊贵之人则会学鸡叫狗吠，与疯癫之态十分相似。

"一日，一位以勇敢著称的王子进入母亲的烟雾迷宫。母亲为了向他提供刺激，便以浓雾将他困住，又施以幻象，让他以为有火舌怪兽围攻。她本欲在王子挥剑自卫时令怪兽后退，他便能体验到打败怪物的快感。

"可王子尽管以骁勇善斗著称，但其实是个胆小鬼。母亲的怪兽幻象出现时，他竟丢下剑，尖叫着逃出迷宫，还尿湿了裤子。

"阿慕国的珀纳湖王勃然大怒，以母亲施展巫术为名将她抓了去。原本要将她处死，但她却谎称有妇人之疾，向狱卒骗了些草药，以此造出烟幕挡住狱卒，趁机逃出大牢，而后来到柯楚国。我们此后一直在这里隐姓埋名。"

"真是个悲伤的故事。"库尼说，"珀纳湖王以为你母亲的制烟术是妖法，可权威本身不也是制烟术吗？它也需要表演、戏台和花言巧语。"

蕾纱娜偏着头盯住库尼，直到他在那双浅褐色眸子的注视下变得羞涩尴尬。

"怎么？我说错话了？"

"没有。我真希望母亲还在世。她一定会喜欢你的。"

"此话怎讲？"

"她总说，只有强者争相取悦弱者之时，这天下才能走上正道。"

库尼大笑，过了片刻，他又一脸严肃。"令堂大人的话千真万确。"

"这便是她身为制烟人的规矩：悦人，领路。"

与蕾纱娜在一起令库尼忆起生活简单的童年时光，使他觉得十分自在。

之前，他并未意识到政治在他的日常生活中竟是无处不在。每句话、每一个手势、每一个表情都可能具有多重含义，他的言行必须处处留意。久经柯戈之训，他已笃信，国君总在他人注视之下，言行皆有意味，哪怕一言未发也是传达信息。人们总是在看、在猜，他那般握手是何意，他似乎在听抑或未听又是何意，他忍住一个哈欠还是呷了一口茶又有何意。他周围的这些人，天天只想着没完没了的阴谋诡计。

他不得不承认，对此他有些喜欢，也相当擅长。

姬雅也以自己的方式精于此道。她一直是众人的焦点所在，其他人都向她寻求赞许、力量，各色各样的暗示。尽管二人心灵相通，少有人能像他们这样彼此了解，但在一起时，他们仍不自觉地继续这一套把戏：表演、揣测、暗示。

但在蕾纱娜面前，库尼毫无压力。她说话直率，也能看穿他的一切掩饰。他完全无需奉承、欺骗、撒谎。他与姬雅深陷其中的那一套心理游戏，她完全不感兴趣。因为她轻易便能看穿他人的诡计，自己却似乎毫无城府。

和蕾纱娜在一起才令库尼意识到他的生活有多么令人疲惫。库尼王的生活中，再也容不下那个看到孤独身影掠过天空时便心生欢喜的少年。

蕾纱娜并未将自己的天赋对库尼和盘托出。她的天赋与母亲相近，却也有所不同。

母亲擅长用烟雾使人变得迟钝，再将暗示植入人心。蕾纱娜的本领却恰恰相反：她能将困于烟雾中的人变得清醒。宾客在迷宫中尽情享受之后，是她领他们从中离开，是她让他们意识到方才眼前的怪兽不过是幻象。

如果她愿意，她也可以操纵烟雾，控制他人的心灵与眼睛，令人们产生幻觉，心生疑虑。但她更喜欢助人清醒。

就算没有草药烟雾，她也一直认为与人交谈是件轻松的事——她天生擅长穿透自欺欺人的烟雾，看清人心。大多时候，她并不说破。这通常也正是好人缘的源头。

但有时，当她认为对方有需要时，她便会改换做法。一句话，一首歌，或是有意为之的片刻寂静，她便能令对方看到她所看到的，这是最为珍贵的礼物：面对现实。

当人们意识到她的能力时，常常会因惧怕而对她敬而远之。他们不希望变得如此赤裸、无所遮掩。

然而，她的本领也有所局限。

她发现有些心灵是她看不透的，有如上锁的匣子。她看不出这些人的欲望和恐惧，也不知道他们是敌是友。

"我真为你担心。"蕾纱娜曾经试图向母亲解释这件怪事时，母亲如是说。

"为什么？"蕾纱娜问。

"你不像普通人，不懂得如何在黑暗中摸索前行。"

说罢，母亲便将蕾纱娜拉入怀中，再未解释。

起初，蕾纱娜以为库尼也是这样的人，她也看不透他的内心。后来她才明白，这是因为她看得不够仔细。

库尼是个极其复杂的人。他心中重重叠叠的层次太多，所以仿佛看不透。有如一棵卷心菜，叶片层层围覆，彼此错落交叠，每一个想了一半的点子都被另一个所包裹，欲望、疑虑、悔恨、理想，它们全都紧紧收成一团，以免散得太远。他心中野心渐长，又急切渴望他人的喜爱。但他心中也有悲伤和不断侵蚀的疑惑，或许他并没有自己想的那么好，或许正道并没有他所希望的那么笃定。

他令她感到困惑。在她以往的经验中，有权有势的人并不会有这么多疑虑。库尼强烈想要对他人行善，但他却并不确定何为"善"，也不确定自己是否适合挑起如此责任。

蕾纱娜意识到，库尼不愿自欺，所以才对自己充满疑虑，反而迷失自我。

我又该做什么呢？ 蕾纱娜自问道，*一国之君需要建议时，我应该怎么做？*

悦人，领路。

库尼与蕾纱娜共度了两周时光。起初，他对自己说，这是因为他仍然在躲避马塔的手下。但有蕾纱娜相伴身旁，他根本无法自欺。

于是他问她是否愿意跟他一起走。她便同意了，因为她已知道自己会答应。

库尼王便这样娶了新妻蕾纱娜夫人。

第三十九章　信札

达苏岛和萨鲁乍城外
首侯元年九月

吾爱姬雅：

抱歉，又如学童一般全部以金达里字母书写——恐怕只能待你发现如何用隐形墨水刻写象形文字了。不过，就我这笔字，怕是不用象形文字还好些。

家中可缺些什么？若是需要用钱，尽管告诉我——我可以想个法子寄钱去，马塔如此高傲，一定不会干涉此事。虽有素妥与奥索帮忙，操持家务一定也颇为辛苦。但愿小托托和小拉塔乖乖听话。

收到你给我和蕾纱娜的贺礼与贺信，我十分高兴。她要我向你转达，她非常喜欢你寄来的那匣草药，但却不肯告诉我是什么，只是莞尔一笑。

尽管我们不尽完美，我也决定不再胡乱猜测。我要坚持理想，对你坦诚一切。她与你并不相同，你们二人我都爱。

喜事办得极尽奢华。不过我以为，咱们在祖邸城那一回更有趣，我可以畅所欲言，不必忌惮。各国国君都送来贺礼，对达苏国库大有助益。就连马塔也送了一箱来自金笃城堡的好酒。

金多·马拉纳亲自前来，我大肆表现出尽情享受达苏岛安逸生活的样子：海边空气清新，食物辛辣可口，百姓赞我讲究，又新娶娇妻一位。

"你不想家吗，加鲁大人？"他肠胃过于脆弱，一边摇着筷子拒绝了更多的辣饺，一面打探道。

"心在，家在。"我说着，还看了看蕾纱娜。

希望他相信了。

姬雅，瞧瞧我们演的这一场好戏，愿诸神保佑我们大家。

演技登峰造极之夫字

库尼：

钱财之事不必挂心。马塔虽派人监视，却保证我们吃穿用度样样不缺。自你走后，小托托已牙牙学语，自己走路。小拉塔也十分可爱。他们和我一样，对你甚是想念。

我的确对蕾纱娜很是好奇。另一名女子竟能俘获你心……实在有趣，我十分盼望与她相见。

马塔再次来访，此番他是独自前来，也未佩戴兵器。

"库尼似乎更爱新家。"他说，"忠贞似乎并非人人可守。"

"恐怕，有些男人视女人如衣服。"我一边说一边抹眼睛，"旧不如新啊。"

他看着我，片刻之间，他似乎变回了我曾经认识的那个马塔——曾经将我儿子捧在掌中、与你说说笑笑的那个马塔。随即，他脸上一凛，便告辞了。

希望你仔细察看过我寄去的其他礼物了。你要的舆图还有水车和风车的图纸都藏在喜毯的衬里中。办喜事的确是走私的良机——是润想出的点子吧？但愿他现在手中资源充足，可以大肆施展一番。

保持勇气，相公，不忘初心。

正在研习刺探之术且觉得十分有趣的爱妻姬雅

吾爱姬雅：

返回达苏已有多日，我仔细考虑了别人所谓的我的野心。马塔与我之间的误会看似荣耀、军功与虚名之争。但其根源远不止于此。我既已见过广阔天下，便希望它有所改变，马塔亦然。但他希望将天下回复至一个从未存在的过往，我却想令它变为一个尚不存在的未来。

我虽然不善打仗之事，但一直为手下争取上好待遇，他们是我的责任，以我为指望。我曾目睹贵族追寻纯粹理想，却令穷人受苦。我曾得见王公笃信怀旧梦想，弱者却因之送命。我也看到国君意欲一展宏图时，百姓却没了安稳日子，饱受战争摧残。

我开始觉得，玛碧德雷皇帝受到了误解。

先听我说完，姬雅。

我在蟠城亲眼看到玛碧德雷的疯狂所带来的恐怖，他害死的无数尸骨嵌在每一面墙中，他所造就的寡妇孤儿在街头哭喊。但还有一些别的东西。我是在柯戈从皇家档案馆中救出并悄悄带到这里的文书中发现的。

档案的字里行间表明，皇帝虽然犯下很多大错，但同样也有许多政绩。他促进商贸往来、百姓移居、思想交流。他使达拉诸岛每一个偏僻角落得以领略一个更为广阔的天下。他竭尽所能破坏七国贵族制度，捣毁旧有权力中心，使达拉诸岛融合为一个民族。

姬雅，为何天下要有这么多的诸侯国？为何要有这么多战争？各国之间的国界不断变迁，却都是凡人画就，并非诸神所为，为何我们不能干脆将国界尽数除去？

我还不知道如何回答，但我相信，返回旧时之制并非答案。我感觉肩负新责重担。起义向百姓承诺救他们于水火之中，为了不负天下百姓，我必须找到一条前进的新路。

与此同时，我却又被困在这小岛上，须得让自己忙碌起来。

达苏岛恐怕与你所听闻的传言相反，这里其实相当不错。除了我自己颁发的那些头衔，此地贵族寥寥，因此既无乏味宴会，也少荒谬流言。我打算不准众人再称我为"陛下"。我不喜欢他们讲到这个称呼便磕磕巴巴的样子，也并不觉得自己很像个国君。柯戈不愿我这般不顾礼制，你也知道他多么固执己见。不过，我也是很固执的。

鞑叶城的大小不过与祖邸城相当，但远不及祖邸富足，人口也稀少得多。若论及都城之气派，更是远不及萨鲁乍城。

少有商贾来此，因为我们的特产只有鱼。倘若你有天来到达苏，可要准备好大啖生鱼生虾。此地的螃蟹龙虾不及乍辛湾捕获的个头大，但远远更为鲜美。

不过，我对鞑叶城最为中意的还要数景色。由于我们位于北岸，远离如意岛和其他岛屿，面对的便是一望无际的汪洋大海。海水清澈，罕见腌脏之物漂过。我养成了日出之前在冷水中游泳的习惯。这能使我头脑清醒，一整天精神抖擞。夜晚，我们便在沙滩上燃起篝火，饮酒说书。的确，鞑叶城的娱乐稍嫌单调。

本地人说，越过海盗藏身的零星小岛，越过地平线，在大海尽头，还有其他岛屿，那里的人与我们大相径庭。老人说，多年前，曾有古怪货物和船只残骸被冲上岸，都是达拉诺岛从未见过的样式。我们便围坐在篝火旁反复讲述这些故事，彼此吓唬。但我的确很是好奇。姬雅，倘若真能发现我们从未见过的岛屿，那该是多么振奋人心啊！

柯戈一如既往，想了不少绝佳点子帮百姓改善生活——但他很是慷慨，将功劳都记在我头上，令百姓以为我是个明君。哈哈！

比如，他认为我们应当大肆弘扬达苏岛第一名产——美食。玛碧德雷皇帝曾强令达拉诸岛各地百姓背井离乡，其他岛上的都市民众便爱上了达苏岛的辛辣饮食。柯戈提出，厨子若到鞑叶城来修习，事后便可购买专门的牌匾，证明他们是"正宗达苏美食"。

牌匾由我设计：一条跃起的小鲸鱼，这也正是达苏国旗帜上的图案。迄今，阿汝卢吉岛和本岛已有约五十名厨子接受邀请前来，这有助于增加我国收入。柯戈对我说，这项计划还有一个好处，便是令达苏旗帜飘在达拉诸岛，还可建起一个好印象，使人将之与达苏美食联系在一起。这个柯戈，脑筋真是转个不停。

他还引进了一些新作物——比如坦阿笃于岛的土产芋头，似乎收成优于旧有品种。试种的农民都颇为惊叹。

柯戈还在尝试新的简化税制，不过在我看来仍是相当复杂。不过，我与鞑叶城中的商会会首和乡下的各位长老会谈时，大家都说叶卢公爵是个天才。（我也没忘提醒他们，是我允许柯戈天马行空，所以我更加天才。）

他还成功与日夜监视我们一举一动的金多·马拉纳交好。柯戈划着小渔船，前往如意岛向他虚心讨教税制。只有奇迹公知道，税务之事怎么能让他们连谈数周！但如今，马拉纳似乎不再认为我们构成威胁。他的舰船本应在我们的港口附近巡视，妨碍渔民生计，飞船原本也是天天在鞑叶城上空盘旋，倒是引得孩童们兴奋不已。可最近，这些监视活动都收敛不少。

招兵买马便没有这般顺利。尽管润·柯达通过走私帮派广招密探，建立网络，借此路散播消息，说我意欲募集贤能加入，但却少有人应征。达苏岛还是过于偏远穷苦了，难以吸引人才。

但我仍然不断告诫自己，这只是一时的挫折而已。马塔没有耐心应付治国的种种无聊琐事，新建立的各诸侯国也在为马塔随意划下的国界喋喋不休，你夺我争。或许我只是在欺骗自己，自以为仍有机会逃离这小岛之牢。但"希望"有如珍馐美食，更胜达苏辛辣香料。

总而言之，切勿挂念。我定能成功。

夫字

库尼：

求你不要待我有如必须保护起来的娇花嫩草，也不要觉得一定要事事自己想出个法子来。我爱上你，不仅是因为我知道你有天定会高飞，也是因为我知道你一直愿意听取我的建议，而不会认为我是"妇人之言"，不予理会。朝中书吏大臣便时时告诫萨鲁乍贵族女子切勿插手干预夫君、兄弟及孩子的正事。

噢，我决定再不参加萨鲁乍贵族的宴会，不过我想你大概也已料到。赴宴简直是自取其辱，说实话，我也不认为自己能从中有何收获。最后一次宴会的邀请是马塔本人送来的，我猜他是想根据我的言行举止来判断你的野心。那一次宴会上，一个蠢货，许是甘国还是哪里来的伯爵，竟佯装不知达苏岛位于何处，还称你为"虾篓国君"。其余宾客竟觉得十分风趣，放声大笑。我趁着自己还没做出什么后悔的事，早早告退返家。抱歉，为妻实在不擅长外交，但愿蕾纱娜更精于此道，这也是为了咱们二人。我也难以心口不一。

独自一人实在不易。我本希望你和马塔扬名立业之后，我娘家能与我们重归于好。的确，曾有一度，素未谋面的远亲都来信提及意欲拜访。可如今，所有亲族老幼都逼我父母与我疏远，只因你在霸主面前遭受冷遇。我真想把这些远方"亲戚"的眼珠挖出来。

素妥仍然是我的良伴，孩子们也很喜爱她。她虽然对政治兴趣浓厚，但对萨鲁乍城贵族却都避而不见，令我颇感蹊跷。每每有贵族顺路来访，假意关心我和孩子，实为搜集小道消息，素妥便人影不见。就连前几日马塔亲自上门之时（说实话，尴尬得很），她也躲进灶房不肯出来。她的过往定是有什么隐秘。

但我很喜欢与她聊天……我虽不比琦夫人，却也有几件事想说与你听，相公，怕是你未曾虑及的。

你说你在招兵买马，但壮士难寻，好汉难留。那你有没有考虑女子？库尼，你要铭记自己正处于弱势，渴求成功之人更愿投奔霸主和他任命的各国国君。但马塔遵循传统，恪守旧制。无法在他面前争得一席之地的人才可能更愿将赌注押在你身上，比如走投无路之人、穷困潦倒之人、出身卑微之人、不谙诗书之人。我们惯常都不会指望女子凭才，或许你便可因此出奇制胜呢？

别被我的建议吓到。我不是要你翻天覆地，万事皆逆阿诺智者而行。但好好想想我的话，或许你便能寻得曾经忽视的机遇。

噢，还有一个关于你旧日属下的消息。你还记得那个旋风骑兵队队长蒲马·业木吗？他在祖邸之战中可为你和马塔立了大功。但马塔因为他曾经犯法，素来不赏识他，从你手中夺取蟠城之后也并未嘉奖业木。他将肃非王逐走之时，将业木侯爵也除了头衔，将他贬为身份低微的百夫长。业木大怒，干脆弃军而逃，重操旧业，又做回了土匪！

前两日，他悄悄来看我，给我带了些上好茶叶，是从前往萨鲁乍的一支商队上掠来的。你能想得到吗？如此出色的勇士，却又沦为匪徒之命。他本应远胜于此。我对他暗示可以再去投奔你，他十分乐意。

善自保重。

虽疲亦喜，妻字

吾爱姬雅：

你实在是高明，不愧是我的佳偶。我对柯戈说了你的点子，他听罢大赞。我们便开始想法子向深藏不露的女子放出消息。

有关蒲马·业木之事不禁让我想到，可能还有其他人在马塔面前不得赏识，倘若你能联系上这些人，或许能帮大忙，不过千万小心，不要让马塔起了疑。

恐怕还有个坏消息要告诉你。柯戈·叶卢弃我而去了。我若在信中胡言乱语，请你见谅。我头脑中已是一片混乱。

今晨本应与柯戈例行会面，他却没来。我派御前侍卫队长达飞罗·米罗前去寻他（御前侍卫队其实只有他和另外两名士兵，不过我现在只有头衔可赏，所以绝不吝啬）。达飞罗回来通报噩耗：有人看到宰相柯戈·叶卢昨夜策马朝达苏岛南岸而去。

我怕出事，立刻派骑兵去找，整个上午都在屋中踱来踱去，有如热锅上的蚂蚁。派出的人已经回返，却仍然不见柯戈。谁也不知他的去向。

我深受打击。倘若连柯戈都认为跟随我并无希望，那我就完了，当真完了。自我加入起义，柯戈一直是我的左膀右臂。彻夜饮酒之后，若是没了他，我都不知如何回家。我要如何摆弄他的新庄稼？如何颁发正宗达苏美食的牌匾证书？如何征税又不伤民心？

我要被永远困在这块海中礁石之上了。

过去数月，很多士兵甚至军官都曾弃我而去。但只有柯戈这次感觉不同。我心烦意乱，甚至顾不上对他燃起怒火。

夫字，绝望之时

吾爱姬雅：

上一封信可以丢掉了。柯戈回来啦！

他走了一个星期，我一直寝食难安。今早我正在外面小解，突然看到柯戈若无其事地沿街走来。

我不顾衣袍不整，赤脚冲上街头，拉住他。"为什么？你为什么要弃我而去？"

"仪礼，加鲁大人，别忘记顾及仪礼。"他边说边笑，仿佛这事很有趣。"我没有弃你而去。我是帮你追不可错失的贤才去了。"

"你去追谁了？"

"一个小军官，叫济恩·码左提。"

我气恼地松开他。"柯戈，你这就是在胡言乱语了。前几个月跑了至少二十个军官，百夫长和小队长更是不计其数。你跑了整整一周，就为了追回这个济恩·码左提？他有什么特别之处？"

"济恩·码左提便是达苏崛起的秘诀。"

我对此十分怀疑。我甚至都没听说过这人的名字。不过，柯戈极善识人，正如泰安一眼便能看出一匹幼驹能否长成骏马。我知道他既去追人，必有道理，我便决定见见此人。

但柯戈却没有把人带来，而是要我去柯戈家拜访此人，他正暂住在那里。

"济恩觉得自己在达苏国不受赏识。他以前是马塔·金笃的部下，但马塔一直未曾听取他的建议，也从没将他委以重任。咱们来达苏岛时，他便弃了马塔加入咱们。可他来了数月，仍未晋升，便打算弃你而去。虽然我曾劝他耐下心来，等我将他引荐给你。于是我来不及通知你，只得连夜追去。"

"连夜！"

"千真万确。当时我还穿着家中的软履，甚至未曾顾及换双好走的鞋子。"

"你如何追上他的？"

"这个嘛。"柯戈摸摸下巴，面露微笑，眼睛眯成一条缝，"我算是走运。济恩本打算雇条渔船，天不亮就去如意岛。他若成功，我便再也追他不上——我若不换伪装，马拉纳的探子便会知道事有蹊跷。可济恩还没来得及上船，便有个大夫喊他帮忙。"

"帮什么忙？"

"济恩后来才告诉我的。那大夫要给病人写个很长的方子，说明各味原料和煮药法子，便让济恩帮他按住一对鸽子。"

"鸽子！"

"正是。我亲眼看见了那对鸽子，可不是寻常之物：比一般鸽子大上两倍，眼睛炯炯有神，简直像要开口说话一般。那大夫是个瘦削小伙子，身披绿色行走斗篷。他对济恩说，鸽子咕咕直叫，令他难以集中精力。

"'帮我看住鸽子，哄好它们，保持安静，这样我才能思考。等我写完药方，便可由它们送去给病人。'

"于是济恩便等啊等，大夫倒是一点不急。他写了一个金达里字母，便停笔苦苦思索，许久又写一个字母。最后济恩道：'大夫，我有急事。你还要多久？'

"'你既等了这么久。'大夫说，'再等一会儿也无妨。你总不想病人拿到九成的方子吧？那样可是治不好他的病的。’”

"这是什么大夫啊？"我说。"听着像是个江湖骗子。"

"加鲁大人，无论这大夫是真是假，你我可都得好好谢他。多亏这意料之外的延迟，我赶到那海边小村时，济恩还没走。我便立刻求他回来。

"起初，他死活不肯来。'我等了这数月，加鲁大人都不肯见我。再等下去便是痴人一个。’

"可大夫突然插了句话：'倘若服药十日才能见效，你会只服七日便不肯再服吗？’

"济恩看着他，眯起眼睛：'你究竟是谁？’

"大夫放下纸笔，朝济恩微微一笑，'你怕是已经知道了。’

"济恩一直盯住他不放，我便也看了他一眼。这才发现这位大夫竟生得十分俊秀，简直有些不似凡人。济恩问：'你究竟要我怎样？’

"'曾有人以我之名伤害了你。我对此一直十分悔恨。'大夫说，'于是我一直暗中留意着你，但没有打扰你，因为你能照顾好自己，而大夫的头条规矩便是不伤人。’"

"'倘若此话为真，'济恩说，'那你便知道我的真实身份了。我这样的人如何能博得库尼·加鲁这等赫赫有名的大人青睐呢？’

"'加鲁大人求贤若渴。'那大夫道，'他正四处搜罗人才，土匪、窃贼、落榜书生、叛逃士兵，就连女子亦可。’

"'此话当真？'济恩转向我问道。我便点点头。"

姬雅，我听得一头雾水，只得打断柯戈。"他们彼此认识？这大夫究竟是何人？"

柯戈摇摇头。"我不知道。这一番话之后，大夫便从济恩手中接过鸽子，拂袖而去，济恩则陷入沉思。大夫的身影从海滩消失之后，他便对我说同意随我回来。"

"此事实在有趣。不过，柯戈，你如何断定这个济恩大有可为？"

"他对我讲了一计，可以让你离开达苏岛。"

姬雅，你一定猜得到，我们立刻便去了柯戈家。

济恩·码左提是个小个子，瘦削结实。他的皮肤有如皮革般光滑，呈深褐色，一头黑发剃得极短，深褐色的眼睛目光深邃，四下打量一番便将一切尽收眼底。

柯戈叫我态度谦恭一些，于是我并未摆出国君之姿，而只以求贤之人的身份与他相见。这倒是很容易——我平常也一直如此。于是我向他深行一礼，问他我是否有幸得见大名鼎鼎的济恩·码左提先生。

"其实是济恩·码左提小姐。"她双手叠在胸前，以妇人的福式回礼，"我肯回来，一部分是因为我听说你甚至愿意寻求妇人帮助。你既当真愿来见我，我便至少应当让你知道我的真实身份。"

你可以想象一下，柯戈和我当时是什么表情。（还有，我的姬雅，你当真太有远见！）

替我亲亲小托托和小拉塔。

狂喜夫字

第四十章　济恩·码左提

笛牧细城
很久以前

　　从未有人将她唤作小济恩。她母亲是青楼女子，难产而死，她压根不知父亲是谁。"码左提"不过是她诞生的青楼之名。

　　在青楼长大，便意味着济恩是青楼的财产。她要打水、迎客、擦地、刷洗夜壶。因为动作慢，她会挨打（"你以为我管你饭吃就是让你像蜗牛一样慢慢爬的吗？"），也会因为动作快而挨打（"你凭什么以为干完了活就可以游手好闲？"）。十二岁时，她偷听到老鸨要拍卖她的初夜。那一晚，她闯出老鸨关她的壁橱，拿了青楼的所有钱财，逃到笛牧细城街头。

　　不多久钱便用尽了，她面临一个选择：或是卖身，或是偷盗。她选了偷盗。

　　一伙贼子收留了她。

　　"小姑娘做贼自有一些优势。"贼帮首领"灰鼬"对她说道。

　　济恩没有应声，她的注意力完全放在饱腹的那碗热粥上。她上次吃饭还是三天前的事。

　　"你很敏捷，看起来也令人无须防备。""灰鼬"又说道，"很多人看到一伙少年，便会本能地走到街的另一边，但孤零零的一个小姑娘讨食，便会令人同情，放下戒备。你可以面带微笑，缠着他们买花，趁机摸了他们的财物细软。"

济恩觉得他听起来挺和气。大概是因为他是第一个没把她仅仅当成一块肉看待的男子，而是把她当做徒弟、同伙，当做人。

不过当然，做贼的日子也并不轻松，济恩还学会了打架——有时别人也想偷她的东西；有时她被当场捉住，巡警可不会怜惜她。贼帮告诉她，因为她是女儿身，便必须尽力发挥自己的微弱优势。

她最大的优势便是别人都以为她不会打架，但这也只给了她仅可利用一次的短暂机会。她不能像男孩一样虚张声势、嘲讽吹牛。她必须摆出一副楚楚可怜之态，而后突然奋力一击。她攻击的部位是双眼、喉结下的凹窝、裆下。她会毫不犹豫地用上指甲、牙齿或是秘藏的匕首。她要么顺从投降，要么一击制胜。没有其他选择。

一日，一支商队在一家廉价客栈安歇，贼帮便将他们抢了。他们的战利品有金银珠宝，还有一辆大车上装了十来个胆怯的孩子，都还不到六岁。

"看来这些'商人'是人贩子，专拐小孩。""灰鼬"若有所思地看着孩子们，说道："大概是从远地百姓那里拐来的。"

孩子们被带回"灰鼬"家兼贼帮老巢，吃了饭，便上床睡觉。济恩留在屋中给他们讲故事，直到最后一个孩子也陷入不安稳的梦乡。

"能让他们平静下来，你干得不错。""灰鼬"嘴角叼着牙签，对她说道："我还以为有几个会抓住机会便逃跑呢。你对付孩子还真有一招。"

"我自己也是孤儿。"

清晨，济恩被孩子的尖叫声吵醒。她冲出屋子。后院中，儿个孩子躺在地上大哭。其中一个男孩右肩缠着绷带，手臂已无踪影。还有一个女孩头上裹着纱布，两块红色印迹便是双眼原本所在之处。另有一个男孩没了双脚，在地上慢慢匍匐，在草地上拖了一路血迹。其余孩子尚未受伤，被贼帮抵着后墙按住。他们尖叫踢打用牙咬，用尽招数，但贼子们有如雕像般一动不动，铁掌丝毫未曾放松。

后院中央是一根用来劈柴的木桩。有个女孩被绑，左臂放在桩上。她充满恐惧，声音已不像人声，却有如野兽尖嗥。"求你，求你了。不要！别！"

"灰鼬"站在木桩旁，手中拎着一柄沾了血的斧头。他的表情和语气都十分冷静，仿佛这个早晨和平常并没什么两样。"不会疼很久的，我保证。我只是要砍掉手肘以下的小臂。人们若是看到模样漂亮、手臂残缺的小乞娘，一定会掏钱的。"

济恩冲过去。"你这是在干什么？"

"你觉得像是在干什么？锦上添花啊。我打算把他们每天放在城中各处，晚上再带回来。他们要饭能挣一大笔钱。怜悯之心十分值钱，也可一偷。"

济恩走上前，挡住小女孩。"你不曾这样对我。"

"我以为你能做个好贼。""灰鼬"眯起眼，"可别让我改变主意。"

"咱们不是救了他们吗？"

"那又如何？"

"咱们应当将他们还给爹娘。"

"谁知道他们是哪里来的？人贩子又没留字据，这些孩子这么小，也无法指路。再者说，你如何确定那些爹娘不是穷得揭不开锅，便决定把他们卖掉的呢？"

"那你便应该放他们走！"

"好让别的贼帮将他们捉了去，享用本应属于我的东西？接下来你是不是要让我给他们提供免费食宿了？我是不是应该干脆从良，拜着卢飞佐开起乐施院来？"他放声大笑，推开济恩，抢起斧头。

小女孩的尖叫声似乎永无休止。

济恩扑向他，想要抠出他的双眼。他大叫一声，将她掷倒在地。两个人才将她最终制伏。"灰鼬"掌掴了她，又命她亲眼看着其余孩子一个接一个地被弄残。而后，他又用鞭子抽她。

那一晚，济恩直等到众人睡熟，便起身悄悄摸进"灰鼬"的卧房。月光照进窗子，给一切笼上一层淡淡的白幕。她听到隔壁传来孩子们痛苦地低喃。

她动作很慢很慢，轻轻摸进床边的一堆衣物，取出了"灰鼬"总是带在身上的纤细匕首。电光火石之间，她便将匕首从他的左眼刺进头颅。"灰鼬"一声尖叫，济恩拔出匕首，又刺进喉结下方的天突穴。血汩汩流入喉咙，尖叫声停了。

她玩了命地跑，直至再无气力，跌倒在犁汝河畔的码头边。

那是她杀的第一个人。

自力更生的日子艰难许多。她不得不躲开贼帮，他们已经放出话来在找她。她躲在古庙的地窖里，只有要吃东西的时候才出来。

一晚，她在市场中盯上了一对夫妇，正欲偷那妻子的钱袋，却被他二人发现。但那男子是卢飞佐的虔诚信徒，他决定不把这孩子交给巡警，而是要行件善事。他们收留了她，想要给她一个家。

但这男子却未曾料到，抚养街头顽童，教化少年犯，都与他原本的计划相去甚远。济恩对这对夫妇并不信任，试图逃跑。他们将她铐起来，吃饭时为她诵读经典，期望她会敞开心扉，悔过自新。但她却只是咒骂他们，朝他们啐唾沫。于是他们打她，还说这是为了她好，因为她的心已被邪魔侵蚀，痛楚能够帮她敞开心灵迎接卢飞佐。

最终，夫妇二人终于厌倦了这场慈善试验。他们将她带出家门，蒙住眼睛，用马车带至乡下，远离笛牧细城，远离他们的家，将她一把推下车。

济恩住在这对夫妇家时，被他们剃光了头发（他们说这样便可消除她的虚荣心），穿着的是糙棉布的破衣烂衫，便看不出她年轻苗条的身形（他们说这可助她灭尽情欲之火）。起初，济恩在路上遇到的人都以为她是男孩，她便发现扮成男孩大有好处。她像男孩一样一副粗糙模样，腰间还露出一把短刀，是她从一个猎户那里偷来的，这样便能免去许多麻烦的关注。

她在夜间从田中偷食，白天便溜达到犁汝河畔，尝试捕鱼。

河畔终日有许多洗衣妇，将被单和衣物平摊在石头上，用洗衣棒拍打。济恩在她们上游捕鱼。她一无所获，不一会儿便放弃捕鱼，只是瞧着那些洗衣妇。她们吃午餐时，她虎视眈眈地看着，只能往肚里咽口水。

一位老妇看到树后那双渴望的眼睛，便将午饭分给这个穿着破衣烂衫的脏瘦少年。济恩谢了她。

翌日，济恩又来了。年迈的洗衣妇又把午饭分给少年。

如此这般过了二十日。济恩跪倒，以额触地。"奶奶，倘若有朝一日我飞黄腾达，必以百倍酬谢回报于您。"

老妇朝地上啐了一口。"你个傻孩子！你以为我与你分口食物是图什么回报？我只是看你可怜，图图笛卡女神也说过，众生皆须饮食。若是换了街头流浪的猫儿狗儿，我也会这么做的。"她的语气柔和下来，"我给你饭吃，你便不需再偷盗。只有万念俱灰者才去偷盗，你还小，不该万念俱灰。"

济恩听闻此言，打记事以来头一回哭了出来。她便跪在地上，跪了许多个时辰，无论老妇如何哄她也不肯起身。

第二日，济恩没有再去犁汝河畔。她返回笛牧细城港口，码头忙碌如常。她找了个活计，替码头总管和诸家货运商行跑腿打杂。她做贼的日子结束了。

济恩很珍惜扮成男孩所得的自由。她总是穿着极紧的裹胸，头发也剃得极短。

她还好斗易怒，别人对她稍有羞辱之意，她便十分敏感。有关她的剑术有不少流言，越传越为夸张，她便无须经常打架便能保证安全——但不得不打时，她便会毫无预兆地突然出击，常常一击致命。

一次，一艘货船舱小，码头主管与一名船长无法将所有货物装下。济恩碰巧在场。她提议改变货箱的码放方式，便能将所有货物放入船舱。那以后，码头主管和许多船长常常向她请教此类问题。她发觉自己天生擅长洞察事物应当如何安排、设计图案形状以及将形状怪异的物品码入窄小空间。

"你很能看清大局。"码头主管说，"下棋应该不错。"

他便教她围棋。棋盘为方形网格，以黑白两色棋子排布出不同阵型，目标是以己方棋子围困对方，占领整张棋盘。这种游戏看重排布和空间，须得预测未来、把握机遇。

尽管济恩很快学会了规则，却一直未能赢过码头总管。

"你下得不错。"码头主管说，"可你太没耐心。为何每一步都要立刻劫我？为何尚未发现我的真正弱点便要步步紧逼？为何眼前寸地必争，却不顾掌控全盘大局？"

济恩耸耸肩。

"你下棋的风格便如你每日在码头趾高气扬，仿佛一刻也不能容忍被别人瞧不起。你像是要证明些什么。"

济恩躲开码头总管的目光。"我个子小，大家便总以为可以对我颐指气使。"

"你对此深恶痛绝。"

"我不能显得软弱……"

码头总管的语气严厉起来。"你梦想有朝一日在比你高大的人面前挺直腰板，却未学会伺机而动。你若总要有架必打，那便不过是另一种受人摆布。你会早早无谓送命。"

济恩一动不动，静静思考。而后，她点了点头。

两周后，济恩开始赢棋了。

★　★　★

码头总管十分惊叹，便给了她些棋法典籍。

"这些书中提到，围棋本是模仿战争而来。倘若你研习了棋法，便会懂得围棋与军事兵法如何密切相关。"

"我不识字。"济恩尴尬道。

"那便先从识字开始。"码头总管的眼神和语气都十分吻合。"我姐姐一直不识字，她相公叫她签了份文书，她都浑然不知那是不许她继承家产。你要想保护自己，便得识字。我来教你。"

一日，济恩正在码头上走路，一个陌生大汉拦住了她。

"我最讨厌你这等矮小瘦猴儿佩着剑大摇大摆。这里的人说你善打，我可不信。你若不把我打倒，我便给你个小猪崽子放放血，要么你从我胯下爬过去，我便放你一条生路。"

对于热翡卡人而言，从他人胯下钻过是奇耻大辱。码头上的旁人很快便将他们团团围住，等着看好戏。

济恩打量那人：他人高马大，眼神傲慢，她看得出，此人一定常常欺侮他人取乐。但他脸上光滑，臂上无疤，说明他不常在笛牧细城的暗巷中出没。他其实不懂打架。她可以不待他反应便将他置于死地。

但如此一来，她便须将这刚刚建立起来的日子抛诸脑后。她便无法跟着码头总管学完识字。她要么受辱，要么杀他。她只有这两条路。没有其他选择。

济恩慢慢地将剑放在地上，从那人胯下爬了过去。

众人发出嘘声，那大汉哈哈大笑，济恩感觉耳朵根都红了。她心中涌起一阵黑暗，催促着她拔剑捅进那大汉柔软的腹部。但她强忍着，又将那黑暗按了回去。

你若总要有架必打，那便不过是另一种受人摆布。

事后，济恩一得空便阅读棋法与兵法的书籍，心中做着白日梦。

随即，起义开始了，天下颠覆。笛牧细城的码头中满是水军舰船，到处都是投机分子和走私者，挤走了规矩的商人。活计越来越少了。

一日，码头总管叫济恩叫到他房中。

"我岁数大了，经不起这番折腾。我要回老家去养老了。"他朝济恩微微一笑，将一包碎金子交给她，"这应够买把好剑，再买身盔甲。姑娘，照顾好自己。"

济恩看着他。姑娘。她张开嘴，却说不出话来。

"我一直知道。"他说，"你伪装得很好，但我是跟许多姐妹一起长大的。希望有一日这天下能让你不再担心自己的女儿身。"

济恩买了好剑和皮甲。为了躲避皇家水军征兵，她离开笛牧细城，加入一伙居无定所的流寇。他们在乡下徘徊，因时改旗。皇家大军到来时，他们便成了忠诚的乍国民兵，拿起武器效忠皇帝。起义军到来时，他们又变成了英勇的阿慕或柯楚战士，为自由独立而战。

渐渐地，她发现自己擅长带人。她虽然身形矮小，在战场上并无太多优势，但心细谨慎，常常带领手下出奇制胜。

然而，由于她貌不惊人，众人常把她精心策划的胜利归结于运气，而非本事。每当流寇争权时，她总被抛在一旁。

济恩辗转经过哈安国、里马国、法沙国，在各种军队中短暂效力，总是希望能得到赏识和重用。但那些军队的军官都没把这个小兵的建议当回事。司令官都以为她对兵法一窍不通，就因为她并未亲手多杀几个人。

就连伟大的金笃元帅也没给她一个机会，尽管她十分欣赏他在狼爪岛的孤注一掷。她本已买通护卫，让她面见元帅，呈上一计，便可快速消灭敌方在热季拉的残余势力，又无需牺牲太多兵力。但金笃元帅却说她的计策乃是小人所为。

库尼带残兵前往达苏岛时，她便改投了库尼。她听说加鲁大人是个明君，求贤若渴，但她却无法得见。她满心绝望，在鞔叶城的一间酒馆中酩酊大醉，带着酒意与怒火砸碎了酒桌，违反了泰安·卡鲁卡诺和民恩·萨可礼在库尼军中维系的严明纪律。济恩被关入大牢，判处当众受鞭刑。

那天早晨，柯戈·叶卢恰好经过鞭刑柱。

"库尼王想不想要壮士英才？"正受刑的士兵朝他大喊。

柯戈·叶卢停下脚步，朝柱上绑的那人看去。此人只穿着小衣，脚边的衣物说明他不过是个低等军官。"你看着可不像什么壮士英才。"

"以剑杀数人，不过是件活兵器。以谋杀千万人，那才是壮士英才。"

柯戈很是好奇。他便令人放了那名为码左提的军犯。

★　★　★

柯戈·叶卢的前厅中摆着围棋。棋盘上的棋子正是一盘名局的终局，是两百年前的两位围棋大师留下的。其中一位是著名的阿慕国军事家，梭英伯爵，执白子；另一位则是柯楚国名军师，斐诺公爵，走黑子。这一局，梭英输给了斐诺。

"你会下围棋吗？"柯戈问。

码左提点点头。"我一直以为，梭英不应认输。还有希望。"

柯戈的棋艺算不得高明，但他很熟悉围棋历史与棋法。码左提的话简直是胡扯。棋盘上大多被黑子占据。白子被逼到中央，几无喘息余地。

所有围棋学徒都知道，梭英已是走投无路。

"那不如你来演示一下？"柯戈问道。二人便坐下开始对弈。

柯戈立刻以黑子发起攻势。

码左提将一枚白子落在远离其余白子的棋盘一角。柯戈瞧了一眼，落子之处并无威胁。一招臭棋。

白子在黑子面前节节败退。码左提并不迎战，反而使局面愈加惨淡。

"你确定？"柯戈问道。

码左提又点点头，脸上的表情难以捉摸。

柯戈祭出一列黑子，断了码左提的退路。如今，码左提唯一的路便是在棋盘中央打消耗战，柯戈已在这里占据压倒性优势。

柯戈信心满满，又落一子。

码左提的下一子竟劫了柯戈一道。这是个新手也不会犯的失误。

柯戈叹了口气，摇摇头。他发起最后一击，困住码左提一半的白子。码左提的地盘上空空如也，证明了她大错特错。

柯戈等着码左提认输。没有哪个棋手在如此巨大的损失下还能扭转棋局。

但码左提一言未发，又在角落中落了一子。两颗白子孤零零的，像是没有后援的侦察兵。

柯戈已无事可做，只需接管中央地带，再以自己的黑子填满码左提失掉的地盘。

他正忙着填补中央区域，突然皱起眉头，手上踌躇。码左提原先死板纵横的白子虽然已去，但新的白子却构成一片灵活松散的阵形，不按常理。柯戈每次自以为断了码左提新阵的退路，却又被这小军官撬出一条道来。渐渐地，角落里的一小片白子彼此相连，势力壮大起来。

为时晚矣，柯戈意识到自己太过贪心，只顾棋局中央的地盘。码左提的势力冲入柯戈阵形的软肋，柯戈堵了一处漏洞，码左提便能再找到两处。如今黑子已然落入僵硬阵势，毫无生还之望。

"叮"的一声，码左提再落一子。柯戈绝望地看着码左提的白子已然占领了棋盘又一角，将己方黑子逼成各自孤立的几小片。黑子将被杀得七零八落，最终被赶尽杀绝，这只是早晚之事了。

柯戈放下棋罐。"必须让加鲁大人见你。"

第四十一章　新帅

首侯元年十月

库尼·加鲁闭上嘴，做出一副若无其事的样子。

他又鞠了一躬。"是我失礼了。济恩·码左提小姐，你对我国有何高见，我愿洗耳恭听。"

三人以礼式在小几旁围坐。库尼·加鲁很是用心，为济恩沏茶。

济恩很感动。国君竟为她沏茶。尽管他知道她是女子，却按照她自称的高明军师的礼遇待她。或许她当真可以效力此人，而且是尽心效力。

但首先，她还要再试他一番。

"加鲁大人，你打算给我什么职位？"她说道。她知道库尼的属下与他说话不拘君臣之礼，便也如此照办。

"你能带多少兵？"

"你若给我十人，我便能让他们发挥五十人的效果。你若给我一百人，我便能让他们打得有如千人一般。你若给我千人，我定能五日拿下如意岛。"

库尼·加鲁略一踌躇。自大与天才之间仅一线相隔，他更觉得这个疯女子偏向前者。但柯戈·叶卢从未看错，库尼也早已懂得应当听取亲信之言。

406

“那么，便是多多益善了？”

济恩点点头。

“那我便应授你做达苏国元帅了。”

济恩倒吸一口冷气。女元帅这种事，就连神话传说里也未曾听过。加鲁大人当真不是寻常人。

“加鲁大人，我便开门见山了。你处于弱势。家人被霸主押作人质。你麾下不过三千兵力，霸主却有五万大军，还有其他各国的五万联军供他调遣。你有英勇部下肯跟你冲锋陷阵，但他们谁也无法令你梦想成真。大多都觉得你并无胜算。”

库尼·加鲁点点头，“可你觉得自己能打败马塔·金笃？”

“在战场上单打独斗，我不是他的对手，我也无法复制他在祖邸城上空的壮举。但马塔·金笃冲动易怒，尽靠匹夫之勇，而非周密谋略。他不懂凭借人心之道，那便是政治。

“骏马死了他会流泪，却不懂向农民强征口粮会削弱百姓对他的支持。

“他随心所欲建立新诸侯国，不当赏的得了赏，当赏的却空手而归。真乃强弩之末，看似强大，实则终将衰落。”

库尼和码左提在柯戈家中留了三日三夜。他们同盘分食，邻床而寝，讨论兵法无休。二人想出门透气时，库尼便亲自驾车带码左提在鞑叶城中巡游。

王宫昭告称，库尼王决定任命元帅。全军上下都对元帅花落谁家议论纷纷。民恩·萨可礼和泰安·卡鲁柯诺都有不少支持者，众人还打起赌来。

到了吉日，达苏军队在鞑叶城外集结，面对新建礼台，台上飘着达苏国的红海蓝鲸旗。库尼王率军臣众人拜了守护达苏岛的奇迹公，随即便令达苏国新帅起身。

军中无不翘首打望，都想好好看上一眼统辖达苏全军的新任最高司令。可他们揉揉眼睛，又看了一次。当真？怎么会？

礼台上站着的，竟是一名身着大红色衣裙的女子。当然了，她头发剃到寸许，身子干瘦，不大好看，但毫无疑问是女子。达苏国新元帅竟不是男子。

库尼王遵循诸侯国古仪，朝她行礼三次。

"我在此将达苏军队交付予你，济恩·码左提。"库尼说，"从今往后，一切军务均由你定夺，无人可以反驳，甚至我也不可干预。"

他解下腰间的佩剑，捧给济恩。"我并非高明剑士，但此剑来自一位挚友。我曾以此剑斩白蟒，它也是令二世皇帝畏惧的首件兵器。愿它在你手中有如在我手中一般，为你带来吉运。"济恩以福式行礼，将剑接过。

台下众人目瞪口呆地看完仪式，此时再也按捺不住，七嘴八舌地议论起来。

"达苏大军众位将士，"济恩·码左提提高音量，压住渐起的低语，"全天下看到我，都会与你们一样惊愕。在他们惊愕之间，我们便将战胜他们。"

★　★　★

金多·马拉纳听闻达苏国新帅竟是个妇人，一口茶险些喷了出来。

"接下来呢？达苏国士兵是不是要学绣花了？上战场前是不是还要施些脂粉？"他大笑着，又端起茶正欲喝，实在是笑得止不住，只好再将茶碗放下。

他实在想象不出这个愚蠢的库尼·加鲁是怎么成功进入蟠城擒得二世皇帝的。他走了一遭运，却不会走第二遭了。库尼·加鲁命将终老在那小岛。

泰安·卡鲁柯诺和民恩·萨可礼围坐桌旁，十分激动。

"二位，"济恩率先开口，"我并不蠢，我知道你们对于我担任元帅心有不满。"

泰安和民恩已经私下向库尼·加鲁逼问过这次任命的个中缘由。

"我们从你做劫匪时便开始跟着你了!"

"她究竟做过什么?她一事无成!"

库尼反驳道,他认为天分并不因国家、出身抑或是男女而有所分别。这话虽有道理,却并不能平息二人的不满。

泰安觉得很难直视新元帅,也不知如何与她对话。哪怕是坐着,他和民恩也比她显得高大。她的模样既像女子,又不像女子:她剃得只余寸许的头发,一脸伤疤,结实的手臂,满手的老茧——这些与她的绸裙和细嗓都形成鲜明对比,还有她的……胸。

而且她径直盯着两人,却没有依妇道垂下眼睛。

"女子力气多半不如男人。"济恩又说道,"这便意味着,女子若要击败更强的敌手,便须采用不同的法子。她必须利用对方之力反制,令他用力过度反而伤及自己,趁其不备而出击。她不能顾及廉耻,必须利用所有可用的优势,打破男人建立的战争规矩。"

民恩和萨可礼不情愿地点点头。至少她的话确有几分道理。

"达苏国远弱于其他各国,与金笃的柯楚国相比更是难望其项背。但我们的国君却渴望胜利,梦想或许有一日得以称帝。我以为,作为女子,我或许更能为达苏国由弱而强做出所需的艰难决策。我无法凭借自己的勇猛与力气鼓舞士气,因此,我需要你们的支持与信任,才可实现我的计划。"

民恩和泰安喝了口茶。他们发觉自己并不如原先以为的那般愤怒。

"年纪轻轻的司令官以恐吓与管束在士兵中建立权威的例子,史书中记载了许多。他们会令军队接受愚蠢操练,桀骜不驯者便要遭到鞭笞或是斩首。但我身为女子,若是以此照搬,便会被称作小气悍妇,缺乏男人管教。我换不来尊重,只能引起不满。事实如此。

"因此,我需要你们二位的点子与帮助来赢得军心。"

码左提元帅在民恩和泰安的建议下立刻废除行军演练。"齐步行军在战场上毫无用处。"她宣布道。士兵们一片欢呼。

如今，训练大多改为交战演习。达苏军队被划分为若干规模的作战单位，再各自安排各类情境的模拟战役，比如进攻滩头、攻守碉堡、山林埋伏。在作战演习期间，剑刃与矛尖都裹了厚布，以免造成重伤，除此之外，官兵都应尽可能逼真作战。

新元帅下令，各级军官不仅要听令行事，也要依据战场环境不同随机应变。码左提表示，从她本人直至小队长，所有军官都必须将自己视为一个力求生存的有机体的头目，必须充分利用一切优势。倘若需要用到离经叛道的谋略，无论是否违背兵法或是习俗，一律不必顾虑。"我们在战场上的唯一目标便是取胜。"

码左提组织围棋课，在全军中推行围棋。虽不知围棋是否当真锻炼了士兵们的谋略思考，但它发出一个讯息：仅凭勇气与蛮力是不够的，军中各个层级都需要谋略。

作战演习十分逼真，士兵们都甚是辛苦。人人身上带伤，不少人落入对方设的陷阱，摔断骨头。有时，一方会伪装为平民百姓，便能骗得另一方输掉模拟战役。

士兵大多并无怨言。他们通过演习变得思维敏捷，勇气倍增。士兵因表现好坏便有军饷赏罚，军官的谋略水平则会决定军阶升降。

不过，演习再逼真，作用也是有限。为了进一步练兵，码左提会派出小股兵力前往远北小岛上的海盗老巢执行劫掠任务。这些小战役使士兵获得了独一无二的实战经验。劫掠所得的战利品也都归各人自己。

码左提不仅授人以鱼，还授人以渔。达苏军队有如蛇，若要吞象，便须飞速成长。她必须在军中灌输可以推广的价值和做法。

码左提关心的不只有训练。元帅还与普通士兵分批会面，聆听他们的意见。这些会面是泰安和民恩建议的，灵感来自加鲁大人与叶卢宰相的治理经验。这一招不仅适合祖邸城和达苏国的百姓，对士兵也同样奏效。码左提改善了军中伙食，又叫库尼提高对死伤军士的家人的补贴。有一人抱怨说，在艰苦地形中行军时没有合适的鞋子。码左提便花费数月研究各个诸侯国的军鞋样式。毕竟，来自达拉诸岛各地的叛逃者在她这里都可寻得。她从中选了最好的样式，作为达苏军队的标准装备。

起义军的许多老兵被其他诸侯国拒绝，便都来到达苏国：他们在战争中失了手脚，司令官大多认为他们再无用处。但库尼想到幕如等人，便将这些人留在军中，只要他们自己愿意继续军旅生涯。他怕济恩反对，本已做好反驳她的准备，他不想干涉元帅在军务方面的权威，但他觉得此番事关原则。

然而，出乎他意料的是，他提起此事，码左提只是点了点头。

"你不担心他们的伤残问题？"他探问道。

"我们每人都有独一无二的经验。"码左提不肯再多说。

她与柯戈招募到达苏国来的工匠技师一道发明了新的甲胄和机械装置，便可代替失去的肢体的部分功能。竹制机械手覆以布料，其中张力大小可以用牛筋调节，直至使用者能够灵活挥矛。弹簧木腿可以自动适应不同地形变化，便能令独腿士兵恢复一些地面行动力。这些装置成本高昂，又须依据每人情况量身定制，但码左提认为能帮久经沙场的老兵继续发挥作用，这钱便花得值得。与此同时，这些老兵也对元帅敬佩不已，愿为达苏大业赴汤蹈火。

蕾纱娜夫人前来看望元帅。

济恩摸不准她的意图。她知道库尼的新妻受他器重，也是他的一位顾问，据说库尼从各人那里获得的意见不一时，便会听从蕾纱娜的判断。但济恩只见过几次晚餐后她与库尼共舞。她从未听到过蕾纱娜对战争之事有何兴趣。

幸好蕾纱娜并未闲聊济恩惧怕的那些琐事，这令济恩大松一口气。蕾纱娜开门见山。

"元帅，我认为你应该令达苏国女子发挥作用。"

很多女子响应库尼号召来到达苏岛淘金。其中许多人都术业有所攻：草药、化妆、舞蹈、织布、缝衣、卖艺等各行各业，无所不包。

有些人与夫君一同前来，有些则是孤身一人自给自足，一些人是自己做出的选择，也有些人是在起义期间失去了家人。

济恩十分困惑。"好的。军队自会吸引女子前来，有如腐肉吸引猛禽。"她想的是所有军队都需要也都不得不忍受的随军女子：洗衣妇、厨子、妓女等等。

但蕾纱娜摇摇头。"我不是这个意思。"

济恩冷眼看她："少有女子力气足以拉开标准弓或是灵活挥舞数斤重的宝剑。入军意义何在？"

蕾纱娜并未回答，而是走向济恩房间一角，那里倚墙放着一根竹质旗杆。她取了旗杆，将它横架在济恩书几与窗台之间。她轻轻跃上旗杆，轻盈优雅有如栖于枝头的黄雀。她立于足尖原地转圈，细细的竹竿竟几乎未动。

"体轻也是一种优势。"蕾纱娜道，"特别是需要升空之时。"

码左提眼前突然一片迷雾消散。她想象着士兵身形变得娇小轻盈，作战风筝便可飞得更高，气球便可飘得更久，飞船便可驶得更远，运载的兵器也更多……

她朝蕾纱娜行了一福。"你令我看到了一个所有诸侯国都视而不见的优势。众人之中，我竟没有想到这一点，实在不可原谅。"

蕾纱娜跃下竹竿，落在地上，回了一福。"智者千虑，必有一失。总有须钝石打磨之时。"

济恩朝她微微一笑。"不过，这类任务只有部分女子能够胜任。我猜你还有其他点子。"

"达苏女子本领众多。军队不仅需要作战，战前战后亦有许多事务需要料理。"

济恩斟酌半晌，点了点头。"有你为王后，实乃达苏国之幸。"

码左提元帅为暂且只有作战风筝和气球的达苏国空军征募渴望冒险、身手苗条敏捷的女子，又征募妇人为大军另建一支辅军。

草药师与裁缝足以胜任护士与战地外科医生的角色——草药方子

可以有效镇痛，裁缝久经丝绸之训，手指稳当，正宜缝合伤口。化妆师与纺织妇可以改进战场伪装。卖艺者与舞者则创作了新的行军曲与战歌，不但鼓舞士气，还可弘扬库尼的大计。招募女子入军，便有了更多人手用于修补与保养盔甲，制作弓箭，更多人手和智囊来分担军中的无尽活计。

辅军女兵还参与男子的其他任务，也为他们提供建议：草药师为军中厨师提供建议，令军中饮食更为健康，预防行军时传染的各类疾病；裁缝与织工向制甲工匠传授了一些秘诀，以便改进盔甲、绑腿和军鞋等衣物的制作工艺。

除了非战斗任务，济恩也令辅军女兵接受基础作战训练，用于自卫，还可作为应急后援力量。倘若他人未曾料到女子可以作战，那达苏国便又多了一重优势。

渐渐地，不出所料，有关码左提元帅的玩笑话不再轻蔑，而是变得亲昵起来。军官向她行礼时，眼中也有了真真切切的敬意。

第四十二章　狮齿花长成

达苏岛
首侯二年六月

如今库尼·加鲁来到达苏岛已有一年，柯戈终于开始看到招引男女贤才的成果了。达拉诸岛都传说在达苏国，赋税轻，法律公，勤者可以安居，想法有趣定能得到朝廷觐见，就连女子也被以礼相待，一样有机会证明自己。

很多人迁来达苏：带着新发明的工匠、力大无穷的壮士、自称拥有新知的术士、身携新方子的草药师、构思了新花样的卖艺人——柯戈迎接众人，试图从诸多江湖骗子中淘出点点金沙。

一名白发长胡子的炼金老头说："我有个法子能化铅为金。但我需要很多资助来建工房。"

柯戈点点头，礼貌地邀请他留在达苏城，从私人渠道募集资金。下一位。

一个来自法沙国的老妇说："我晓得一个方子，将数种强力草药混合，便能软化石头，一碰便碎。我用这方子变戏法已有多年。"

"你是否与矿工提过此方？"柯戈问道。

老妇点点头："矿主说，他们很容易就能找到足够人手心甘情愿地给他们卖力，用不着这方子。"

"更不必说已有火药。"柯戈道。

"但火药需要硝石，硝石原本产量有限，火药使用起来又十分危险。我知道此方若适当开发，定有大用。"

柯戈不太确定她想的是什么大用，不过听起来并非一无是处，"我们很荣幸邀请你作为国君的宾客留下。"

一个独臂中年男子说："我有个法子，可以将火山热量中的能量汲出。我设计了一架机器，可以利用这地热煮沸水，产生的蒸汽又可驱动转轮。"

柯戈不知这种发明可以派何用场，但似乎颇为有趣。他礼貌地请这位男子留在鞑叶城，先造台原型机器演示一番。

一名眼神狂热的年轻书生说："我写了一部著作，论述诸神与凡人的关系，还讨论了如何依据河流与风的方向来制定国策。国君应全力关注。"

柯戈打开手稿卷轴，浏览了一番。象形文字书写精美，还饰以彩色，金达里字母则稠密有如蜜上的苍蝇。他小心将卷轴重新卷好，招待书生吃了一餐饭。"库尼王此时恐怕忙于其他琐事。"他说，"我认为霸主定会对你的大作甚是欣赏。我可以写封书信代为引荐。"

鞑叶城中还真是忙碌。

★　★　★

路安·齐亚来到达苏岛，一副沮丧疲倦之态。

"我有事与库尼王相商。"他对前来迎接的柯戈说，"但先别告诉他我来了。"

"那正好。国君与蕾纱娜夫人前往极东之角会见几位长老，尚未回来。"

"看来国君仍甚是关心政务琐细。若是其他诸侯国的国君也这般勤政便好了。"

"但你和国君是旧时老友。"柯戈说，"为何不立刻去见他？"

"我们确是故交。"路安道，"但这一次，我并非为了叙旧而来。"

　　"啊。"柯戈恍然大悟，"你是来考虑是否投奔他的。"

　　"判断国君优劣，最好的办法难道不是先了解他的追随者吗？"

　　"那我便引你去见元帅。"

　　路安打量着济恩的寸头，可与他自己媲美的满面伤疤，还有她瘦而结实的手臂。她的衣裙十分简洁，衬托出她苗条健壮的身形。她有如一只野山猫，充满张力，其中蕴含着无尽能量与冲劲。他很喜欢她。

　　"对，我是女子。"济恩看到路安看得呆了，便说道，"你很意外吗？"

　　路安微微一笑，"请原谅。我已听闻流言，但却不知其中有多少为真。我与库尼王相识已久，理应不觉意外。那时，我对他讲了骑独角鲸横渡阿慕海峡的计划，倒是他对我说这计划不算疯狂。"

　　二人双臂相握，透过薄薄的衣袖，彼此都感受到了对方手心的滚烫温度。路安用了力，这令济恩很是满意。他并未对她摆出居高临下的傲慢态度。

　　接下来的几日，济恩带他观摩了一些作战演习，路安甚是赞赏。他从未见过达拉诸岛有哪支军队以此法训兵。

　　他给济恩看了自己设计的一些攻城机械的图纸，这些机械的组件更为轻便，易于组装和搬运。济恩立刻指出其中的缺陷——路安虽然聪明，但纸上发明终究与实地应用有所差别。

　　路安有些灰心。

　　"没事的。"济恩略有些尴尬，"想法不错。我可以帮你改进。"

　　柯戈又带路安去看了一些更为有趣的发明，是留待库尼评估的。路安也兴奋起来，开始与柯戈讨论个中精妙。

　　每晚，三人都在作为王宫的鞑叶城房舍中相谈甚欢，饮酒高歌，直至深夜。他们的大笑与谈话声甚是和谐，这是各精其道的能工巧匠彼此敬佩的声音。火把将他们摇曳的影子投射在纸窗上，有时看似三缕幽灵，仿佛撑起王宫屋顶的三根梁柱舞动起来。

"加鲁大人，在你看来，千年之后人们将如何评价玛碧德雷皇帝？"

若是换了别人，那便是期待他重复众人普遍对这位暴君的谴责之词。但路安·齐亚并非别人。

"对于这个问题，我的想法改变过多次。"库尼承认道，"说他是一无是处的暴君倒是很容易。但这也并非事实。我只是个乡下孩子，却有幸见识来自旧时各国的一些奇珍异玩，只因他强制百姓在达拉诸岛之间迁居。

"我们常提在玛碧德雷的战争中死了数以十万计的百姓，却不说他若没有制止诸国间的连年冲突，又会失去多少性命。大家总说许多人都在他的皇陵中被迫做苦役，却不提倘若没有他下令修建的诸多水库和道路，又会有多少人死于疾病与饥荒。只有诸神知道我们史书中的取舍是否会影响世代后人的想法。若在逝者身后论其功过，实在难下定论，特别是此时百姓情绪尚未平息，批评又比赞扬容易许多。"

路安点点头。二人在鞑叶城的海滩上相邻而坐，面前一堆篝火烧得正旺，海上的无尽黑暗延伸开来。头顶繁星在晴朗夜空中闪烁，仿佛诸神眨眼。

"评判变革者大多时候都很艰难。"路安深吸了一口烟斗，整理着思绪，"你说得对，时光流逝会改变人的想法。西方大陆沉没，首批阿诺人成为难民，来到达拉诸岛，当时这些岛屿的土著居民都和坦阿笃于岛民并无二致。对坦阿笃于人而言，我们的祖先便是无可救药的杀人犯与暴君。但如今，我们踏在他们征服的土地上，欢庆他们带来的节日。少有人会记得我们欠下的血债。

"玛碧德雷皇帝自认为正义，因为他意欲一统天下，终结各国之间的无休争端，退兵而耕。大一统之后，他甚至意欲没收所有兵器，全部熔化，为诸神打造八尊金属雕像，安置于蟠城中央。此事甚难，他只得放弃，不过也有许多人认为他只是为了防止百姓武力反抗乍国统治。

　　"但皇帝的话也并不仅是为了骗取民心。乍国和其他各国的多位学者都支持他通过统一与征服换取和平的计划。各国之间争战流血无休，兵器不断改进，军力不断扩大，战争也只会随之升级。这令许多人忧惧不已。难怪有人认为，以一战终结诸战，这总好过权力游戏的永恒消耗。

　　"玛碧德雷若能耐心些，多用些时间巩固统治，而非徒劳追寻长生不老，若能多用些心思建立公正统治与长久制度，而非过分大兴土木——乍帝国或许能撑过两代，延续下去。倘若当真如此，再过百年，记得旧时各诸侯国的人便已全部过世，后人只记得乍国一统天下的太平生活。战争带来的死亡与伤痛记忆持续不过三代。人们只会赞颂玛碧德雷皇帝，敬他具有远见卓识，建立法制与和平。"

　　库尼·加鲁往火中添了些柴，"路安，你是个异端。少有人敢持这种观点。"

　　"有时我怀疑自己是不是疯了。我毕生都为向玛碧德雷复仇，复辟各诸侯国，分裂他所建立的统一。可胜利到来之时，我却发现自己怀念他的统治。我对他钻研太久，我甚至比他的臣子和子女都更了解他。推翻乍国或许有我的助力，但在某种意义上，玛碧德雷也成功推翻了我的信念。

　　"你到达苏岛来之后，我回哈安国助柯素季王重建祖国。我不知疲倦地奔忙，帮哈安国增强国力，但目力所及之处，只见积年恩怨死灰复燃。玛碧德雷皇帝征服哈安国时，废黜了从前的贵族名流，以兴起的新官商取而代之。柯素季王回国之后，又废了新贵，重扶旧族。善于见风使舵之人纷纷得利，其余人却境遇大变。然而，对于渔民、农民、妓女、乞丐、码头工人等大部分百姓而言，日子毫无变化。他们仍同从前一样劳苦：官吏依旧腐败，税吏仍然无情，劳役始终繁重，战争也仍时时迫近。

　　"我在哈安国听过一首童谣：

哈安陷落，民不聊生。

哈安崛起，民生依旧。

哈安穷困，百姓潦倒。

哈安富饶，民生萧条。

哈安强大，黎民丧命。

哈安弱小，涂炭生灵。

"无论贵族和国君如何谋划，却始终待百姓如棋子，随意弃之。"库尼道。

他话中并无讽刺之意。库尼心中始终视自己为平头百姓，空无长物，就连睡榻也要央求朋友施舍。

路安直视着他，眼中闪耀着篝火的光。"有人提议招兵买马，从北热翡卡国夺回原属于哈安国的领土，再募劳力重建倾盆城皇宫，还要加征新税用于盛大的加冕仪式。柯素季王对此照单全收，并未觉得有何不妥。

"我去祖宅废墟上向过世父亲的灵魂祈祷。我本以为已兑现他临死前我向他许下的承诺，可我心中却仍无安宁。

"皎月高升，我看到月光照亮刻在一块残破门楣上的一句古阿诺箴言：'毕生皆尝试。'"

"与哈安学者正相宜。"库尼道。

路安微微一笑。"这句箴言可谓达拉诸岛人人皆宜。当时我便明白了自己的计划中缺了什么。我以为自己的责任是复辟哈安国，但哈安国并不在于柯素季王、烧毁的王宫、大宅的废墟、死去的贵族和他们那渴望荣耀的子孙——这些不过是哈安百姓尝试某一种生活方式的一部分。哈安百姓才是哈安国的精魂。尝试若是失败了，便应再试新路，再找新法。

"我难以忍受在旧路上继续走下去了，它已不再造福于哈安百姓。于是我便来投奔你了。

"在马塔·金笃眼中，唯一的律法便是武力，唯一的美德便是战功。他建立的天下映照的便是他自己的想法。肃非王在前往客非岛途中'神秘'死亡，有流言说他的遗言是'我本应安心牧羊'。"

"起义本应令天下变得清明，可如今却是一切照旧。"

库尼回望路安，心跳加快。"你是否认为，我们不过是诸神在纸上写下的字句，天下总会有贫富之分、强弱之别、贵贱不同？你是否认为我们的梦想注定无法成真？"

路安站起身，朝大海稳步走去。他幽暗的身影在摇曳的火苗后方闪闪发光，他的声音与篝火燃烧的噼啪声混在一起。"我不信变革皆为徒劳，因为我见过，卑微的狮齿花耐心等待，假以时日，一样可以撬动磐石。加鲁大人，你愿完成玛碧德雷皇帝的梦想，但不再重犯他的错误吗？你能否一统达拉诸岛，结束争战，令百姓安居乐业？"

蕾纱娜夫人从夜色中静静走到篝火旁，加入他们。她一言不发，在库尼身旁坐下，将手搭在他肩头。她的手在火光中闪耀，库尼又一次感到头脑清明，有了实话实说的勇气。他并非完人，也并非神祇，他愿意面对这一现实。

"我不知应如何回答你，路安。我一直对自己说我爱戴百姓，但我甚至无法抚养自己的孩子，爱又从何谈起？我一直以仁君自居，可我却杀了许多人，又辜负了许多人，这仁字又作何解释？

"我不敢说自己是个好人，但我尽力行善。我希望众人喜爱我，但我也清楚，人生在世时，功过难以定夺。我不知道自己能否实现你所期望的大业，因为这个答案只有千年后的子孙后代才能给出。"

路安大笑。"加鲁大人，这便是我要效忠于你的理由。诸神或智者并不会为我们指明正道，它必须由我们自己在不断尝试中找寻。你并不确定，因此你会不断提出问题，而非笃信自己拥有一切答案。狮齿花种落地之处，便是借其力飞上天空的蚂蚁将要落地之处。贤能之人究竟功过如何，同样是由其主公留下的事业而定。"

"毕生皆尝试。"库尼道，"我们都是在风雨中飘摇的燕雀，倘若能安全落地，既是运气，也是本事。"

蕾纱娜在寂静中开口唱起一首古老的古阿诺歌曲：

四海静而广，有如万年长。

雁过亦留声，人过亦留名。

三人静静围火而坐，直至篝火烧尽，天色亮起。

第四十三章　初次出击

如意岛
首侯三年七月

一年多来，在达苏国低空监视的飞船传回的报告始终如一。济恩·码左提始终没有好好操练士兵，一直在推行古怪的作战游戏。柯戈则不停地兴建渔场、道路、桥梁，还有其他毫无军事用途的玩意儿。

在金多·马拉纳看来，库尼·加鲁安于达苏岛，像园丁一般耕耘着自己的几分薄地，不像是个野心勃勃的军阀筹谋开战。

但近来，探子报告说码左提似乎有所动作。在达苏岛南岸，与如意岛隔达苏海峡相望之处，发现两百人正在建造船只。由于人手不足，其中又无技艺高超的造船工人，进度甚慢。马拉纳加紧对该地的空中监视。码左提似乎对手下催得很紧，飞船报告说发现有工人受到鞭笞。

甚至有一名达苏士兵变节。他偷了条小渔船，划到如意岛来。金多·马拉纳亲自审问了他。

"济恩·码左提这婆娘心狠手辣。"那名叫作陆纹的士兵对马拉纳道，"她命我们在三个月内造出二十艘货船。我对她说这不可能，她便令人将我拇指系住，整个人吊起，施以鞭刑，直至我昏死过去。"陆纹掀起衣衫，露出背上的道道鞭痕，就连马拉纳也倒吸一口冷气。

422

"她说，倘若不能听命如期完工，我便要在三月之期的最后一日被处死。我别无选择，只得叛逃。"

马拉纳摇摇头。妇人便是这般异想天开，对万物规矩一窍不通。她以为建造沉重货船和募人修筑粮仓是一回事吗？两百人在三个月的时间里连两艘货船也造不完，妄论二十艘。库尼·加鲁竟会将军队交付于妇人之手，实在愚蠢，看来她也无法周密规划，只会迁怒于倒霉的士兵。

他下令，让陆纹吃顿饱饭，再请个大夫来给他疗伤。

午夜时分，如意岛北岸的筏达小村中，居民都已酣然入眠。

一声爆炸的巨响惊醒了他们。众人踉跄着出门察看，眼前景象有如神话。地上出现一个巨坑，从中涌出许多披盔戴甲的士兵，高举宝剑。

金多·马拉纳被王宫总管叫醒。警报四起。

"陛下，达苏军队已包围了奇霏城。"

马拉纳听闻此言十分困惑。码左提怎么可能如此迅速地造好这么多船？就算她有法子，又是如何顺利渡过达苏海峡的？马拉纳的水军分明一直在海峡中巡察。

他穿好衣衫，登上城墙亲自察看。

"金多·马拉纳！"济恩·码左提在火光中朝他高喊，"投降吧。我们已夺下奇迹山空军基地。如意岛的其他卫队皆已投降，你只剩孤家寡人了。"

六个月前

马拉纳的飞船在达苏岛上空盘旋，水军在达苏海峡中巡察。与此同时，在海底下面，却有许多人在辛勤劳作。

玛碧德雷皇帝计划建造的大隧道早已被弃置。隧道尚未完工，地下到处都是死路一条的深洞，遍布诸岛下方。多年来，天气变化、湿气侵蚀与海水冲击使大部分隧道都变作深井，无声地证明着一个时代的逝去。

达苏岛与如意岛之间的废弃隧道入口就在海岸边，几里开外便是码左提的临时船厂，两百人在这里假意挥汗建船，转移了马拉纳的飞船的注意力。

与此同时，废弃隧道入口处建起一座粮仓，日日有车马进出，显然是在从岛上各地运粮过来。马拉纳的飞船发现了粮仓这里的动静，却认为不过是为防备荒年而屯粮。

飞船看不到的是，大车进入粮仓之前比出来之后轻上许多。这些车马并未向仓中运进货物，而是运出。大车上运的并非粮米，而是海下挖出的土方石块。

路安·齐亚在柯戈·叶卢搜集的各色古怪发明中翻拣，发现有几样颇为实用。其中一样便是碎石的方子。发明者是一位年迈的法沙国草药师，她配制几样草药，从中提取出的盐混以清水，倒在岩石表面，混合物便会渗进石头上的大小缝隙。岩石经卤水浸制一阵之后，再浇上另一种卤盐水，二者相混，便会形成固态结晶。

石缝中不计其数的小结晶有如冬天的冰块，其力之大，足以撬开花岗岩与片岩，使坚硬的石壁变得有如奶酪般柔软。

路安·齐亚选中的另一项发明是以手摇风箱将空气泵入密封水缸，直至其中的水在巨大压力下从水龙中喷出。高压水流可以强力冲刷。以此种水流冲击经卤水软化的岩石，便可将石头冲成碎沙。

两种发明搭配使用，便能以难以置信的飞快速度在岩石中挖掘隧道。最妙的是，此法无须火药，既保证安全，又不易被巡视的飞船发觉。

六个月来，达苏军队一直忙于这一秘密任务，完成了玛碧德雷皇帝在海底连通达苏岛与如意岛的梦想。

如意岛
首侯三年七月

　　船厂不过是个幌子，金多·马拉纳心想，我被一个简单的把戏蒙骗了。

　　他一直是个谨慎之人，却太过重视看得见和量得清的实物，太过相信达苏上空的侦察兵报告里记下的信息。绊倒他的东西藏在数字后面，隐于表面之下，躲在大海波涛之中。

　　他想象着达苏军队从海下现身，无尽的士兵涌上地面，有如新鲜岩浆。这正是他自己在狼爪岛对付裹足不前的洛马将军的招数。码左提不过是抄袭了敌国的经验。

　　他觉得自己败得可惜，像是有人钻了税法的空子。

　　投奔他的那名达苏士兵陆纹来到马拉纳身旁。

　　"咱们都被骗了。"金多道，"你不过是她棋局中的一个卒子。她鞭笞你不是为了要你加倍做工，而是为了掩盖她的真实计划。"

　　陆纹笑了。马拉纳回头看向身后，脸色大变，恍然大悟。

　　陆纹敏捷一挥，便斩落马拉纳的头颅。他将那头颅高高举起，从城墙上一跃而下。

　　墙下的达苏士兵早有准备，支起杆子，绷住一块帆布，稳稳地接住陆纹。奇霏城墙上一片混乱与迷惑，军官们还未从金多王之死的震惊中回过神来，正在争论应当立即投降还是讨价还价换取更好待遇。

　　陆纹从帆布蹦床上爬下，码左提元帅走上前去。

　　"欢迎归来，达飞罗。"

　　达飞罗露出一个微笑。"真是世事难料。我们的苦役队伍参加起义时，我和弟弟还以为再也不会挨鞭子了。"

　　码左提握住他的双臂。"加鲁大人和我都不会忘记你的牺牲。你的伤好了没有？"

达苏国攻下如意岛的消息有如飓风席卷达拉诸岛。伟大的金多·马拉纳只败给过两个人，这第二个便是码左提。其余各国早已按捺不住，彼此开战，认为霸主忙于应付达苏国，暂时无暇理会他们之间争夺领土之事。

金笃立刻令哈安国的柯素季王和北热翡卡的塞卡王提高警惕，各自派水军支援马拉纳的水军残余力量，封锁达苏岛与如意岛。他并未费心派出信使向库尼讨问解释。有何必要呢？他曾当库尼为兄弟，可如今他却与霸主为敌。这坐实了他在蟠城的背叛之举。他就是个彻头彻尾的叛徒。

达苏国仍然没有像样的水军。如意岛与本岛相距甚远，大大超过达苏岛与如意岛之间的距离，码左提的隧道招数无法再用。马塔·金笃自己曾受困狼爪岛，如今他要将库尼困在如意岛上。仍然是画岛为牢，只不过岛大了一些。

不过，他要去拜访一下库尼的家人了。

弥拉在萨鲁乍街头漫无目的地走着。她在市场上的摊前闲看——身上的钱足够她买任何东西，但她却没有什么想买。她不过是不想返回王宫，在此消磨时间而已。至少这里，在街头，只要打扮合宜，她便能隐姓埋名，假装不过是位无名的柯楚贵家小姐，而非——

而非什么呢？

她恼自己，恼马塔，恼霸主身边的朝臣、侍女和数不尽的仆人。自从蟠城返回萨鲁乍，她的身份也变得愈加尴尬。她究竟是什么人？她仍然为马塔烹煮饭菜，帮他打扫卧房，但群臣都称她为弥拉夫人。马塔并未叫她侍寝，但众人似乎都以为她早已时常与马塔共度春宵。

我大概应该要求回家了。

但她从未提过这要求。她已见识了天下，习惯了与国君、公爵、将军往来，她怕自己无法再忍受家乡村民的冷眼，他们还会说她是个"外来人"。

的确，当她在这座繁华城市的街道中穿行时，马塔的部下远远跟着她，瞧着她，她也知道自己并非囚犯。马塔说过要照看她，无论她想去哪里，他都会信守诺言。这些人是来保护她的，因为他们认为霸主的敌人或许会伤害她，以对霸主不利。

　　当真如此吗？他果真对我有这般心意？

　　事实上，她也不知自己对马塔心意如何。虽然过了这么久，她甚至不确定自己是否真的了解他。他始终对她彬彬有礼，每日关心她。无论她想要什么，他都尽力满足。

　　一次，她曾提起想念从前的家，数日后，王宫院内，正对她的房前，她便发现了自家从前的小屋，是她与父母和马铎在藤蔓岛上的居所。每一块基石、每一根木梁、每一层墙泥都是原样，只有屋顶稻草新换过。屋内家具陈列也都原样搬来，每一个缺了口的陶罐，每一个有裂缝的杯碗瓢盆，都和她离家去寻马铎那日的摆放一样。

　　又一次，她随口说喜欢鸟鸣，翌日，她便被一片动听的鸟叫吵醒。她走出门，发现小院中的树枝上挂了数百只鸟笼，其中满是来自达拉诸岛各地的鸣禽，还有几十名驯鸟人，令鸟儿齐声鸣唱出和谐悦耳之音。

　　"你们何时宣布良辰吉日？"侍女们叽叽喳喳地嬉笑问道，"正式封你的时候，可不要忘了我们！"她们团团坐在弥拉的客厅里，一面绣花一面与她做伴。

　　弥拉不想佯装不懂她们的话。"霸主是因我兄长效忠于他，才对我如此善待。你们切勿用莫须有的流言辱没了他和我。"

　　"所以是你不愿意了？这是为何？你要他许诺让你做众妃之首吗？"

　　弥拉放下绣花绷子。"别再说了。我没有你们想的那些计策谋划。你们不必捕风捉影。"

　　"这是柯楚全国上下所有女子梦寐以求的机会，你要好好把握。人人都看得出，霸主动了情！"

　　可我呢？

她阴郁地走出宫去。所有人都想指挥她。她想在街头散散心，借此整理思绪。

有时，她以为自己看到的马塔与哥哥定是一样：人中豪杰，高高在上，有如茫茫鱼群中的那一条虹飞鱼。但也有时，她觉得他不过是个孤单男子，无人可与他比肩，却也无人与他做朋友。有时她觉得心疼他，若是他叫她去陪他，她大概是会应允的。

可随即她又想起哥哥的尸首裹在布中的样子。她想起马塔甚至不记得她哥哥的名字。

她时常梦到马铎，在梦中他又活了过来：

妹妹，金笃将军是不是已将天下重返正道？

她竭力避而不答，不想告诉他这天下仍陷于战乱，马塔并未让图诺阿百姓过上好日子，马塔甚至都不知道他是谁。

当然了，她到底仍要告诉他一切真相。当他的脸上露出冷冷的失望之时，她便醒了过来，心中满是伤痛，几乎难以呼吸。

她已走到这一排摊位的尽头，叹了口气，想着过街再去逛另一排摊子。

"弥拉夫人，可否借一步说话？"

弥拉看到说话人是那位身披雪白斗篷的叫花子。他朝她微微一笑："许久不见。"

她后退一步。"你怎么会在这里？"

他并未动弹。"我有东西要给你。"

"我不想要。"

"马塔的卫兵正远远看着。"那叫花子道，"倘若我走上前，他们便会认为有危险，我便可能再也见不到你了。求你了，为了马铎，靠近一点。"

哥哥的名字令她心软下来。她朝那古怪的叫花子走近一步。他将一只小布包交给她。

"这是什么？"

"它叫'独角鲸之棘'。马塔曾险些丧命于此。希望你能完成前人未竟之事。"

弥拉差点将布包丢掉。"走开。"

"马塔英勇善战，在战场上很难除掉他。"叫花子说，"只能出其不意，攻其不备。请你考虑一下此事，不为在他的战争中无谓送命的千万百姓，不为让他继续下去便还要丧命的千万百姓，只为你兄长，再想想你所了解的马塔是否是他自以为了解的那个人。"

"哥哥甘愿为马塔牺牲，我如何能对他起谋反之心？这是对哥哥的大不敬。"

叫花子笑了。"弥拉夫人，你的回答已经给了我希望，你推辞的理由并非霸主本人的哪样美德，而是为了你哥哥。尽管他人胡乱猜测，你的心却并不属于马塔。"

"你再不走，我要喊人了。"

叫花子退后一步。"莫喊。再容我这老头说两句就走。

"我一直认为你哥哥比马塔更有勇气。他虽然害怕，却依然坚持奋战。他甘愿冒生命之险，却无荣耀之诺，也没有名门出身的自大。他自以为是为改变天下而战，而不是为着换一个暴君来治国。想想你的梦境——呃，我的确知道你的梦，虽然你并未对人提过。想想哪一件事更辱没你哥哥：是马塔之死，还是马塔安然坐在宝座之上，但那宝座却由你哥哥和许多与他一样的人的尸骨堆就。

"弥拉，要看清他的真面目。我便只求你这一件事。"

随即，叫花子转身消失在人流中，留下弥拉独自一人，手中还拿着那小布包。她没有打开，却能感觉到其中粗糙的柄与状如荆棘的利刃。

有人要我嫁他，还有人要我杀他。他们都以为可以摆布我。对于他们而言，我唯一的价值便是与马塔的亲近。

但我甚至不曾识得他的真面目，又要如何决定我自己想要什么？

马塔率护卫来到萨鲁乍城郊的姬雅家。狡诈的库尼竟然背弃他，发动叛变，就连家人的安危也无法牵制他的野心，马塔要对此报复。姬雅和两个孩子要替库尼的罪行付出代价。

可是，一名中年妇人站在姬雅家门口，拦住卫兵。她举起一柄镶有珠宝的发簪，形如金笃部族的金菊家徽，要求与马塔·金笃讲话。那发簪显然有些年头，十分贵重，于是卫兵不敢硬闯，只得向霸主汇报。

马塔朝那疯婆子走过去。

"你认得我吗，马塔？"

马塔·金笃仔细瞧着她。从她满是皱纹的面孔上，他看到了飞恩·金笃与自己的影子。

"我是你姑姑素妥·金笃。"

马塔惊喜地大叫起来，伸开双臂意欲拥抱她。自飞恩死后，他常梦见叔叔责备他对家族尽忠不够。他是金笃家的最后一人，十分孤独，又充满负罪感。姑姑突然出现，有如诸神的启示，令他有了对家族尽忠的新机会。

但她却将他推开。

"你已杀人太多，马塔。你已被无尽的傲慢吞噬。你一直笃信忠诚、荣耀、论功行赏等典范。你发现这天下并不如你以为的那般黑白分明，便决定将它重铸。

"你有很多地方其实和玛碧德雷皇帝如出一辙。倘若花园中有一条小路不够平坦，你们便要将整座院子重新铺过。"

马塔·金笃大吃一惊。"姑姑为何如此比喻？您忘了我们家族的历史吗？"

素妥用力摇摇头。"曲解历史的是你，马塔。戈乍·同耶提数十年前活埋了你祖父麾下两万士兵，你便觉得自己也要淹死两万乍国人。可那暴行发生时，他们甚至还未出生……"

"我必须向愤怒的神祇献祭……"

"借口！你觉得你祖父就从没杀过无辜之人？你以为他父亲参加的战争便尽是荣耀？你还想看自己的怒气二十年后又迁回到柯楚少年身上吗？血债血偿，永无尽头……"

"姑姑，我们本应欢喜重聚，却被您厉色严词煞了风景。您是如何活下来的？"

"你祖父达祖死时，我将乡间祖宅大门闩起，放火烧了它，打算和他共赴黄泉。可诸神却对我另有安排，我虽然昏迷，却在垮塌的石梁石柱的空隙间幸存下来。这些年来，我一直隐姓埋名，想为金笃家稍微赎些曾经做下的罪孽。

"我因同情这家主人和夫人，便来他家干活。我想看看贵族领主是否还有别的路可走。

"你曾与库尼称兄道弟，如今却要杀害他的妻儿。野心已冲昏你的头脑。住手吧，马塔。不要再杀戮了。"

"库尼·加鲁和我一样大肆杀戮。"马塔·金笃的语气既有悲伤，又有怒火，"我竭尽所能重整天下，为金笃家带来荣光。库尼不过是只耗子，偷我桌上的残羹冷炙。他不值得你庇护。姑姑，和我回王宫去，重新过荣华富贵的日子吧。"

素妥却摇摇头。"你若出于报复而伤及妇人小孩，再英勇也无法赎清这罪孽。我不许你这般辱没金笃家族的声誉。你若要害他们，便须先杀了我。"

素妥在马塔面前轻轻关上大门。马塔赤手空拳便能轻易将门砸开，但他却在门前站了许久，一动不动。

他忆起与飞恩共度的童年，想起飞恩给他讲过的先辈的英勇事迹。他又想起绮可觅公主与叔叔的死。他还想起与库尼和伙伴们的那些欢饮时光。他又想到弥拉与马铎。

终于，他转身望向海滩，望向幽暗大海，远在波涛另一边的是这里望不到的图诺阿群岛。他叹了口气，带着护卫离开了。

"素妥夫人，你可愿与夫人一起饮茶？"管家奥素·其林问道。

素妥身份既已揭晓，姬雅当然便不肯再待她为仆佣。素妥本不愿照办，仍要继续做活儿，但其他仆人毕恭毕敬地将她待为贵族夫人，她也只得认输。如今，素妥作为客人住在库尼家，又是姬雅的朋友。

素妥跟随奥素穿过厅堂。孩子们正在午睡。院子里满是梅花的香甜，勤劳的蜜蜂忙个不停，闲坐其中甚是宜人。

奥索端来茶具。他跪下来，将茶盘摆在几上，轻触姬雅肩头，与她低语了几句。姬雅将手放在他手上，停留片刻。他站起身，朝她微微一笑，毕恭毕敬地退下，只留她们二人。

"素妥，你要马塔同意我去探望父母和公公的事，马塔可有了答复？"

"尚无答复。眼下他正忙于各国征战之事。"

"不过你我都猜得到，他多半会拒绝。明智的做法是继续将我和孩子关在这里，用作谈判筹码。"

素妥啜了一口茶。"的确。不过你的计划也值得一试。你的点子越来越多，就要赶上你家相公了。"

姬雅大笑。"真是什么也瞒你不住。不过，我的确觉得，若是能离开这里，或许便能与祖邸城中曾经追随库尼的更多人取得联系。"

"你若能让你父母或是库尼的父亲谎称家中有人重病或是去世，胜算便要大一些。马塔十分重视旧礼，或许会允许你回家服孝。你若想在未来的宫廷权谋中胜出，可得多花些心思想想。"

姬雅脸红了。素妥眼光狠，嘴巴更是尖刻，不过姬雅却觉得二人性情相投。姬雅抛开富商之女的生活，嫁了看似毫无前途的库尼，素妥也放弃名门小姐的身份，成了他人家中的女仆。她们俩都曾见识生活起落。素妥的批评是好意：她不是已决意成为政客之妻了吗？那便要适应这一身份的要求，无论好坏。

素妥救了她与孩子的命，姬雅对此十分感激。但素妥也有许多秘密。今日，姬雅决心探上一探。

"你有时是否希望马塔战胜库尼？他毕竟是你的家人。"姬雅问道。

"姬雅夫人，在此事上，很难说何为取胜。无论结果如何，总有许多人要受苦。但我的确认为，库尼对待这天下会比马塔温和一些。"

"仅此而已？你不希望自己从中得利吗？"

素妥放下茶碗。"有话便直说吧，姬雅夫人。"

"库尼走前，你将自己的身份告诉他了，是不是？"

素妥看着姬雅，无比惊讶。

"库尼虽好赌，却并非莽撞之人，更不会令我和孩子陷入险境。他定是有了保得我们平安的法子，才敢进攻如意岛。因此，他定是开战前便已知道了你究竟是谁。你是否和他谈了什么交易？马塔极为介意妇人干政，但库尼却不甚在意。"

素妥轻轻一笑。"看来我不必给什么建议，你已想得十分周密了。你说得对，我的确告诉库尼了。这样，时机一到，他才能放手行动。"

"你瞒着我，是怕我一旦知道了，便扮不好人质的角色。我若在与霸主会面时太过自信大胆，他便可能怀疑我不再怕他。没了我作为筹码，库尼便也暴露了。"

素妥点点头。"请原谅我瞒了你，姬雅夫人。我一直希望你能够成为一股强大的力量，但我并不确定你是否已做好准备。不过我向你保证，我并不想当库尼王背后的摄政人。我对马塔说的是实话：我认为应当终结杀戮，而库尼远比马塔更适合实现这个愿望。"

"库尼是如何获得你的青睐的？"

"是你帮他赢得我的青睐的。回家探访期间，他自己的言行也证明了，他的确值得我效忠。"

"你不怕我们是假扮的吗？正如你给孩子们讲的故事中所言，名主常善演戏。"

素妥思索一番。"倘若是演戏，那也演得十分出色。如何才能当真了解他人心意？你与你家相公都演技了得，可倘若你们是扮出来的，你们竟能在家仆面前也扮，在弱者面前也扮，在平头百姓、三教九流面前也扮。有时，戏中角色与戏子本人之间并无差别。"

姬雅望着她："素妥夫人，我们不要再彼此隐瞒了。我希望在王宫中至少能有一个挚友。正如你所言，关于政事，我还有许多要学，今后恐怕只会越来越多。"

素妥点点头。她与姬雅继续品茶闲谈。

第四十四章　深海独角鲸

萨鲁乍城
首侯四年一月

码左提元帅将奇迹山俘获的几艘飞船中增加重量的东西全部丢弃，比如盔甲、兵器、额外的干粮和水，甚至船员卧榻上的床垫，飞船速度便可大大提高。按照码左提与蕾纱娜的原定计划，飞船船员全部由女子组成。

这些飞船的速度与灵活性无可匹敌，能够躲过霸主的飞船，飞遍达拉诸岛。追踪飞船笨重迟缓许多，也无法在空中飞行太久。

达苏国飞船飞过城市上空时，便会抛下小册子，历数马塔·金笃的件件罪行：血洗笛牧城，屠杀狼爪岛战犯，破坏已投降的蟠城和平，违背公正嘉奖起义首领的诺言，篡夺柯楚王位，谋害肃非王……

柯戈先将小册子拿给库尼过目。其中义正词严的语气，耸人听闻的措辞，蛊惑人心的插图，都令库尼颇感不安。

"这些指控虽然确凿成立，但为何要用这种茶楼说书般的语气？"

"陛下，"柯戈道，"只有这般才能引得百姓关注。"

"我知道。但这似乎……有些过分。我们也做了些可耻之事，今后也依然有可能犯下罪行。倘若我们这般谴责马塔，人们会认为我们道貌岸然。"

"只有名不正言不顺，才会为道貌岸然之虑所困。"润·柯达说。

库尼并不信服，但他愿意听取意见。

他勉强点了点头。

佗入路·佩临在对付飞船方面有些经验，便想了个法子。

一艘达苏飞船朝萨鲁乍城驶来，佩临下令都城附近的数艘柯楚飞船设下圈套。这些飞船最后一刻才从停泊地起飞，预计从东向西拦截敌方。这样它们便可利用初升太阳暂时干扰达苏飞船飞行员的视野。待达苏飞船意识到危险，柯楚飞船已然靠近。双方只能在空中交手，达苏飞船兵器装备不足，人手又少，必然不是对手。

但此时正是严冬，柯楚飞船正要发射火箭时，突然下起一场极寒的瓢泼大雨。船身的冰霜逐渐变厚变重，双方飞船的高度开始下降。达苏飞船虽然尚未受到攻击，但也眼看就要迫降。

但路安·齐亚周游达拉诸岛时曾经研习天气变化规律，对此早有准备。他让济恩给飞船配备长矛，此时正可由船员将身子探出舱外，以长矛除冰。达苏飞船安然上升，顺便又在柯楚都城上空抛下一大批小册子。

* * *

我亲爱的姐姐拉琵，你当真要阻挠柯楚之子？

库尼也是柯楚之子。肃非也是。还有许许多多已死的人都是。你选了你的英雄，我也选了我的。

我从未想过，我们神祇也会有姐妹反目的这一日。

抱歉，卡娜。但神祇之心同凡人一样变幻莫测。

马塔·金笃翻阅着小册子，每一句话都令他怒火中烧。

谎言，每一个字都是谎言。

他杀的人，都是懦夫、叛徒、敌人。他对真正的朋友从来都以宽容慷慨而待之。

库尼·加鲁这个背信弃义之人用了不少诡计花招，又曾与地痞流氓为伍，如今却像圣贤一般在无知民众面前趾高气扬。可与此同时，就连马塔的亲姑姑也视他为暴君。这天下当真毫无公道可言。

马塔觉得自己房中无比压抑，便走入院中透气。

弥拉正坐在一棵桂花树下绣花。常青枝头花团锦簇，绽放出馥郁甜香，沁人心脾。他走上前去看她在绣什么。

那是一幅他的肖像。针脚十分精致。弥拉只用了黑线，绣得如水墨画一般。

她并未忠实描绘他的面庞或身形。他的身体是一个写意的细长菱形，头颅则是一个椭圆，两个三角代表眼睛。尽管只用了些粗略线条和大胆的几何图形，弥拉却神奇地表现出了马塔拴在风筝上挥剑作战的模样。这肖像并不贴近现实，但柔和线条与重重光影却更为神似，仿佛描绘出了血肉之下的风骨。她画中的马塔·金笃尽是精魂。

"绣得甚妙。"他一时忘了自己的怒气。

"我绣了好几幅。"她说，"但感觉都不对。我似乎难以把握你的全貌。"

马塔·金笃坐了下来。在平静的弥拉面前，他感觉放松，有如初秋清风拂面。她从不与他谈论国事，也不会拉帮结派向他谋利。她若表示想要什么东西，便都是些简单的物事：一间屋舍，她记得曾见过一次的一朵花，晨间鸣唱的鸟儿。

他真希望自己也能这般轻易知足。

"绣这样的图案是什么感觉？"他随口问道，"看起来很费神，要一针一针地绣。可它又如此……细小。"

弥拉仍然绣着，并未抬眼。"我觉得和你做的事并没什么两样。"

马塔·金笃放声大笑。"我是达拉诸岛的霸主。我跺一跺脚，千万人都要颤抖。你将我做的事与你们女子的消遣相比，就是将海中独角鲸与我脚下的一只蝼蚁相提并论。"他说着，抬脚踏上附近爬过的一只蚂蚁，将它碾碎。

弥拉瞥了一眼蚂蚁，又抬头看看他。她心中似乎有些东西起了变化。弥拉再度开口时，语气有所不同。

"率大军奔赴战场有如作画。我用针，你用剑。我绣针脚，你杀人。我在布上绣出图案，你给天下造就新局。说到底，不过是你的画布大上一些，但我并不觉得你我从中所获的满足有很大差别。"

马塔无言以对。弥拉的话令他十分生气，却说不出个中缘由。其实只因她是个寻常女子，难以理解他的宏图大志，可他却偏想要她明白。他总能让她开心起来，不是吗？

"你我的感觉如何可以相比？我能改变诸岛所有百姓的生活。你所见的不过是妇人眼前的方寸天地。"

"的确如此。"弥拉说，"但在诸神眼中，你我与那蝼蚁也没有什么不同。但我宽慰的是，我的消遣并不会带来死亡与痛苦，我离世之时不会有人欢天喜地，我也记得每一个重要的人的名字与面孔。"

马塔站起身，抬了手。他若用上全力，她即刻便会丧命。

曾经有许多次，他在战场上，便是这般，手举止疑或血噬，即将向敌人发出最后一击。每一次，他都在他们眼中看到一些东西：绝望、恐惧、不甘、难以置信。

但她望着他的眼神确实无比镇定，其中没有一丝惧怕。

"我想要了解你，马塔。但恐怕你也并不了解自己。"

他放下手，起身离去。

鲁索海滩
首侯四年三月

新旧诸侯国有如顽童彼此争战不休，众多贵族发现他们的圈子中忽然挤进许多新晋的暴发户。

诸位国君坐立不安。毕竟，金笃本人便是凭借军队效忠于他，从而赶走肃非王，自己夺了柯楚王位。有了先例，其余各国的将军也都跃跃欲试，令国君们十分忧惧。

马塔并未采取行动劝阻，数地发生政变，充满野心的将军把旧主取而代之。有时，变革并不需流血。

★　★　★

柯楚船只将如意岛与达苏岛包围起来，有如一堵海上木墙使两座岛屿与外界隔绝。达苏国仅有的少数舰船藏在港口，不敢驶入开阔海域。库尼·加鲁并未动手建立水军去挑战霸主。空袭也不现实，因为飞船不具备空袭所需的火力。

继小册子之后，库尼再无动作，大家纷纷猜测，或许库尼王的野心不过是为了换个宽敞些的牢房。渐渐地，柯楚军舰上的纪律松懈下来。水手们在漫长的值勤时间里或是打牌，或是钓鱼，给只有干粮大饼的单调伙食添些风味。

有时，水手会看到成群的巨型独角鲸出现在船只下方，从如意岛与本岛之间的航道经过。看到独角鲸是吉兆，大多数水手都很是喜悦。或许这意味着诸神眷顾霸主金笃，他们远离安逸家乡的日子大概很快就会结束。

夜深，鲁索海滩的一处僻静之地，一群独角鲸搁浅在沙滩上。

一只、两只、三只……共有十只独角鲸穿过浪花，躺在沙滩上，只有等到再次涨潮才能重获自由。搁浅的声音十分刺耳，有如金属，不像活生生的血肉，倒似兵器落在石头地板上的铮锵之声。

突然，独角鲸打起哈欠，张开血盆大口。但鲸口张开的幅度不断扩大，直至上半个鲸头都掀了起来，反扣在鲸背上。

覆满鳞片的独角鲸腹中涌出数以千计的士兵。藏在机械独角鲸中的士兵都穿着达苏军队的制服。他们已在这些潜水艇中藏身数日，此时正贪婪地大口呼吸着清新的夜间空气，其中还有些咸味。

随即，他们敏捷地融入夜色，前往伙伴已在岸边岩洞中搭好的临时营房。空艇合上巨口，静待涨潮，那时它们将重新潜入海下，返回如意岛接应更多士兵。

倘若留意士兵们扛起的旌旗，便会注意到旗面图案的变化。红底上跃起的鲸鱼已覆上一层蓝黑色的鳞片，额上也多了一只巨角。如今，达苏国的徽记已变为跃出血海的独角鲸。

机械独角鲸其实是潜水艇，是路安·齐亚与济恩·码左提最为自豪的联袂发明。济恩苦苦思索如何能绕过水军封锁，将一支军队送到本岛上。她开玩笑说希望库尼能再次召唤独角鲸，就像推翻二世皇帝那次的传奇航行一般。

路安灵光一闪。"不必召唤独角鲸。我们可以制造独角鲸。"

他朝济恩伸出手，济恩便让他握着自己的手，恋人手心的温度令她十分愉悦。

船只若要潜入水下，与飞船升空的原理相同，但要在密度大得多的介质中调整浮力变化。路安欣然接受密度差异带来的一系列挑战。

制造潜水艇是在如意岛的海岸岩洞中秘密进行的，以便避开金笃的飞船与密探。铸剑用的铁片轻薄结实，被锻打成圆环，箍住坚硬的榉木板，有如制桶匠制造木桶时用桶圈箍住板条。再以短链将这些固件相连，组成鲸身，便可有如活物一般弯曲活动。在躯体框架外蒙以鲨鱼皮和鲸皮,为潜艇防水。艇头安装一根打磨锋利的斜桅,由铁木制成,这便是独角鲸的那根角了。

艇身底部的浮箱中填满水或风箱泵入的空气,便可改变潜艇升降。潜艇内部空间宽敞,除了容纳船员,还可运送士兵和物资。鲸眼由厚厚的水晶制成,可使艇中人察看外界情况。艇身四周还有许多小型舷窗,能为幽暗的艇内提供光线。

空中是最有可能被侦察到的方向,因此从上空俯瞰时,潜艇必须看似真独角鲸。达苏女子辅军中的化妆师在光滑的鲸皮上绘上鳞片,绘工极为精细,无论是从舰船还是飞船上往下看,都难以辨别这些人造鳞片与真鳞片之间的区别。

潜艇的基本框架虽然搭好,却仍有三样困难尚未解决。

第一件便是水中压力远胜空中。无论给潜艇做了怎样的防水保护,如果潜得太深,仍然漏水严重,艇身也会破裂。不过这个问题并不严重,因为机械独角鲸只需潜至封锁船只之下,再者便是躲开飞船。大部分时间,潜艇都可以靠近海面航行,只在不得已之时才须下潜。

第二件困难是船员呼吸空气的问题。济恩是个游泳高手,也善潜水,她听说达苏岛有些年轻人为了观赏浅泻湖中的美丽海星与珊瑚,便在口中衔了稻草秆,头没入海水,草秆另一头伸出水面,便可在水中呼吸。济恩由此得到灵感,又参考真独角鲸的行为,设计了一根呼吸管。管子一头通向艇舱内,另一头则附了浮标,一旦放出去便会在海面漂浮。随即便可利用风箱将管中海水泵出,导入空气,管口喷出的水柱正像是来自真独角鲸的喷水孔。

最后一个问题是潜艇驱动力,这个最难解决。路安起初打算让艇中人将鲸尾用作巨桨,尾鳍起落正可模仿真鲸动作。可惜这种做法极其费力,对于如意岛至本岛的漫长距离也不够实际。

路安又想起柯戈收留的一个古怪发明者曾经呈上一个发明,可利用地热和水缸产生蒸汽,驱动转轮。路安推广了这机械的原理。他在多年环岛旅途中还了解到,如意岛与本岛之间的海底分布着一片海底火山，火山口离海面很近。这些火山口附近的岩石在地热作用下变得通红。路安与济恩训练机械独角鲸的船员驾驶潜艇在火山口附近盘旋，操纵机械臂掘起通红的热石，放入艇底的专用槽。

岩石会使水缸中的水沸腾起来，产生的蒸汽便通过一系列管道驱动活塞、齿轮与曲柄，带动尾鳍与胸鳍。艇上的机械师从一个火山口附近挖掘的热石足以撑到下一个火山口。这样，潜艇舰队时而上浮换气，时而下潜挖取热石，正像一群活独角鲸一般畅游海中。只要他们始终沿着海底火山口的分布路线行进，便可连续航行数日。

潜艇舰队便这样秘密而缓慢地将达苏大军运往本岛。

最后一批士兵在鲁索海滩安全登陆。济恩·码左提便下了军令。

北热翡卡国、哈安国和如意岛的舰船瞭望台上，哨兵都发现船下又出现了一群独角鲸。水手纷将身子探出栏杆，只为一睹这些神奇生物。

但这些巨兽经过船只正下方时，却放慢速度，开始朝海面浮了上来。

船长们惊慌失措，急令手下操纵船只躲避，然而为时晚矣。船身开裂声与柯楚水手的惊叫声此起彼伏，机械独角鲸渐渐浮出水面，巨角捅破船底，撞断龙骨。船只慌乱间彼此相撞，船桨彼此纠缠，机械独角鲸不断潜下去又浮起来，对船队造成更大损害。

不过几个时辰，封锁如意岛的舰队便全军覆没，海上四处都是扒着舰船残骸的逃生者。

如今，达苏国浮出海面，称霸海上。

倾盆城一人未损便陷落了。柯素季王看到城墙外密密麻麻的长矛弓箭，径直投降。码左提元帅允许他作为达苏国宾客留在刚刚重建的王宫中。

济恩宣布，达苏军队不会打扰城中百姓，大家尽可放心过日子。起初，哈安百姓都是半信半疑，但眼见达苏士兵当真遵守元帅的承诺，很快便大起胆子来。

"看来你已找到了更好的去处。"柯素季见到路安·齐亚，难掩话中苦涩。

路安鞠了一躬，道："我仍效力于哈安百姓。"

达苏国的独角鲸旗帜在风中飘扬。库尼王已重返本岛。

云 涌

第四十五章　达苏与柯楚

狼爪岛与本岛
首侯四年六月

马塔·金笃重返狼爪岛。

他并不想来，但甘国的达罗王这个怯懦老头令他别无选择。

马塔将达罗王放回狼爪岛。达罗王立刻陷入深深抑郁，终日无所事事，一直看戏，都是唱颂甘国旧时令人艳羡的荣耀富饶的戏码，心中又反复悲叹霸主对他的羞辱。

他麾下一个名为默魁·札梯的将领便蠢蠢欲动起来。此人受到马塔的事迹鼓舞，胆子大了起来，强逼达罗王退位，将甘国国玺转交给他。达罗几乎没有抵抗。他宣布国君之位与自己脾性不合，便就此退隐，专心打理他的金鱼塘去了。

默魁王认为马塔正忙于处理库尼·加鲁不断扩大的势力，便立刻着手向霸主开战。默魁·札梯本人以剑术精湛而著称，但在狼爪岛一役中因病卧床，没能见证马塔在战场上的英武。他总认为有关马塔骁勇事迹的说法都是夸大其词，他之所以能取胜，主要是因为帝国司令腐败无能，而非马塔本人战无不胜。

为了振奋民心，默魁宣布要从马塔手中收复甘国被夺走的本岛领土。随即他便立刻入侵奥热国，其国君是胡页王。胡页正是在狼爪岛战役最后阶段才支援马塔的前任甘国司令，并因此得赏面积不大的奥热群岛。胡页的全国人口不及突阿扎一座城，很快便战败了。默魁在突阿扎城中巡游十日，大肆庆祝，仿佛已经打败霸主本人一般。

"默魁是个白痴。"佗入路·佩临对马塔道，"你的头号大患是库尼·加鲁。霸主，你应奔赴西线，趁他还未煽动其他各国对你开战之前，彻底把他打垮。"

马塔觉得佩临的干预很是恼人。就算库尼登陆本岛，但他只占了哈安国的一分地。热翡卡的三个新诸侯国国君都是马塔·金笃亲手提拔，他们定然足以遏制胆小如鼠的库尼和他那个女将军。默魁却是个勇士，危险得多。

为了不让自己建立的天下分崩离析，马塔别无选择，只得提剑上马。他无人可以委此重任。待他平定东方再来对付库尼。

达拉诸国到了站队的时候。要么支持柯楚国的马塔·金笃，天下无双的勇士；要么支持达苏国的库尼·加鲁，此人似乎好运无穷无尽。

北热翡卡的国君塞卡·集莫自马塔干掉湖诺·其马那一日起便一直追随马塔。众人都以为他一定坚定地站在马塔这一边。

可在成为一国之君之前，在成为军中大将之前，在投身起义之前，塞卡·集莫曾是图诺阿的一个打手，是终日行走刀尖的法外之徒。他因将一人致残而被判处苦役。他脸上的可怖刺青便是狱卒依据玛碧德雷皇帝之法而刺，众人一看便知他曾犯下何种罪行。他与马塔一样身强力壮，十分善战。但与马塔不同的是，他并无远大理想。

他深谙暗巷夜袭的法则，远胜外交手段与宫廷斗争。在他看来，贵族生活与街头匪徒并无很大差别。库尼·加鲁与马塔·金笃便是两个敌对黑帮的老大，彼此争夺城中市场的控制权和商人支付的高昂保护费。他不过是个身份低微的小头目，夹在其中。

跟定强者，否则便会满盘皆输。

塞卡秘访倾盆城，与库尼·加鲁会面。他穿着朴素，不带护卫。

会面地点是一间不起眼的老客栈。

他进入指定房间时，发现库尼正与两名妓女躺在榻上。塞卡并不意外，他认为春风得意的黑帮老大正应是这般模样。

库尼将两名女子打发走了，但仍是漫不经心的神情。

"我认为马塔·金笃已成历史，伟大的库尼王才是未来所向。"

库尼打了个哈欠。他起身走出房间。

塞卡不知受到如此冷遇。他来谈结盟之事，可库尼仿佛对他毫不在意。

柯戈·叶卢随即进屋，邀请塞卡共进午餐。招待塞卡的是客栈提供的粗茶淡饭，冰冷无味。筷子粗糙廉价。塞卡愈发不安。

库尼·加鲁如此待他，定是因为他与码左提元帅已准备好夺下北热翡卡的计策。黑帮老大有了强夺地盘的法子，便不需要他了。他很有可能和倒霉的柯素季一样失去领地和王位，甚至有可能丢掉性命。

库尼的冷淡是一个警告，是他的最后一线希望。

他求叶卢宰相替他给库尼捎话。他不再提平等结盟之事，而乞求降于达苏国。他愿交出北热翡卡，为达苏国而战，条件是库尼王许诺战后赏他一块新封地。

柯戈点点头，表示将尽力而为。

塞卡走后，柯戈与库尼拍掌大笑。

"他还真是饵钩线坠一口吞啊！"库尼道。

"陛下，你演技了得。"柯戈说。

"我可是祖邸匪徒出身。"

轻慢塞卡是柯戈的主意，但库尼根据自己对塞卡过往的了解，又润色了一些细节。有时，善用对方心理的作用更甚于军队。

"柯戈，我会想你的。"库尼说着，握住柯戈的手，仿佛他们仍在祖邸城之时。那时，二人常常忙碌至深夜，得意于他人丝毫不感兴趣的城市规划或行政事务的妙招。

柯戈·叶卢携带皇家档案馆的文书，前来倾盆城协助建立达苏政权，他即将返回鞑叶城，以便确保达苏岛和如意岛保持生产，为本岛的战事保证后勤。

"我很荣幸。"柯戈被库尼的颤抖嗓音所打动,一时竟也语塞,"要记住,马塔只有宝剑棍棒,你得的却是众人心。"

★ ★ ★

一旦旗下将领牢牢控制住北热翡卡,码左提便派新任的阿汝卢吉公爵塞卡·集莫进攻阿慕国,其国君珀纳多木王的领土如今只剩水上城市的美丽之岛了。珀纳多木惧怕霸主,甚至不肯接见库尼的使节。

码左提认为,让塞卡保持热情和忠诚的良方是让他给自己夺一块新领地。她自己还要忙于本岛其余地区。

码左提的军队有如催枯拉朽一般飞速拿下中热翡卡和南热翡卡。两国国君诺答·密以及多如·索罗飞本以为塞卡能抵挡码左提的进攻,便懈于军备。如今二人别无选择,只得逃过犁汝河,躲进柯楚地盘避难。

渡河之后,他们便将犁汝河北岸各城镇中能找到的船只尽数烧毁,犁汝河虽宽广,河水却浅,他们寄希望于机械独角鲸无法在河道中航行,那样达苏军队便无法渡河。他们还令犁汝河中的其余船只全部泊于南岸的城镇港口,由卫戍部队看守,不得渡河。密和索罗飞指挥一支舰队在笛牧城,牢牢握住犁汝河控制权,又派出水军的主要力量,确切地说,是遭机械独角鲸重创之后的主要残余力量,携带拖网在柯楚国西岸巡航,或许能阻挠潜水艇再度突然登陆。

码左提止步于笛牧细城。这里,作战风筝、气球与飞船在犁汝河上空盘旋,随时警惕着达苏军队试图渡河的风吹草动。码左提元帅意欲搜罗木头搭建渡河筏子,门板、废庙大梁、车轮、甚至破旧家具,但敌方空军的监视为诺达·密和多如·索罗飞提供了充分情报,他们一发现木材聚集,便令飞船轰炸木筏制造地点。码左提的手下只秘密造出寥寥数只小筏,却过于脆弱,难以承受犁汝河的波涛,渡河未及一半便已散架。

济恩·马作提又命达苏飞船飞到犁汝河上空与敌方交战。尽管全员女将的达苏飞船轻快灵便，柯楚飞船的战斗经验却更为丰富。河上的飞船交战虽有双方助威，却始终未见高下。

密和索罗飞终于舒了一口气。只要码左提元帅的大军过不了犁汝河，双方便可无尽对峙下去。

默魁无比勇猛。他牢牢守住狼爪岛，马塔每攻下一寸土地都要付出高昂代价。能与实力相当的劲敌血战令马塔甚是欢欣，但自柯楚传来的战报却令他无比焦急。

无耻的库尼已与故交恢复联络，正是那个土匪蒲马·业木。马塔怀疑姬雅也从中发挥作用。他刚被任命为"坡林侯爵"，立刻便带着他那帮自封为"达苏旋风骑兵队"的马贼不断骚扰马塔的使节和运粮车。马塔对这些伎俩无比唾弃，可在默魁叛乱平息之前，他也无能为力。他只得将攻势加倍，更多鲜血抛洒沙场。

马塔走进突阿扎王宫，他从默魁手中夺下王宫之后便用作自己的临时居所。

仆人之间窃窃私语，但谁也不敢走上前。

马塔皱起眉头："何事？"

其中一人胆怯地举起手来，朝后宫指了一指。

马塔怒气冲冲地走了过去。定是默魁的哪名妻妾又生事了，或许是在讲他的坏话。他攻入王宫时并未染指后宫，但他已经发现，好心常不得好报。

宫中女子看到马塔前来，纷纷指向他应该探访的方向，随即便如受惊的兔子一般四散而去，马塔只得自己打开一扇扇挡住去路的门。

他终于撞开一间套房的门，在门口停住脚步。

弥拉正倚墙而坐，手中绣着花。

二人已有数月未曾交谈。宫中男女佣人都不知所措，不知弥拉是否失了宠。马塔出发讨伐狼爪岛时，将弥拉留在了萨鲁乍城中。

她抬起头来，打量着他的惊讶神情，脸上绽出一个笑容。

"看来他们决定守口如瓶，让你自己亲眼来瞧。唉，这帮仆人。他们不知道你见到我会不会高兴，便用了这个聪明法子。"

弥拉的兴致抚平了马塔的怒气。她如此这般，仿佛二人从未冷战过似的。

"别愣在那儿啊。"她说，"你挡着光了。来，坐下。我来是有几件事要和你讲。"

她有了些变化。他意识到，她已做了决定。

"你要离我而去吗？"他不禁脱口而出。

话一出口，他便发觉这问题十分荒谬：他为何要在意这种事？他有数不尽的女人可以享用，许多都比她更年轻漂亮。但他却想让她喜欢自己，希望她是自愿爬上他的睡榻，希望她为冒失无知而道歉，希望她赞扬他的伟大，说他会给这天下留下经久不衰的印记。

可事实上，那一日她说了自己是如何看待他的功绩之后，他便只能以她的眼光看待自己：残忍冷酷，无足轻重，笨拙粗鲁，不值一提。

"不，并没有。"

他如释重负，在她身旁的垫子上坐了下来。

"第一件事是我哥哥。"她说。

他静静等待着。

"我一度常做噩梦，梦见哥哥问我你是否已实现他笃信的理想。"

马塔的脸扭曲起来。

"但最近，我不再做这个梦了。我怕马铎的魂灵缺了供养，便请一个前往蟠城的商人帮我去给他烧香上坟。那商人回来之后告诉我，我哥哥坟前的墓碑是整个墓园中最大的，还对我说，你下令让卫兵每日在他的坟前摆上新鲜菊花。事实上，你下令为图诺阿八百壮士中的所有牺牲者都提供了这般待遇。你肯这样做，实乃慷慨之举。"

马塔没有答话。

她放下绣花绷子。"第二件事。"她站起身，走向角落的一只小旅行箱。她手中拿着一个布包回来了。

"此乃何物？"

她没有回答。

马塔打开布包，看到其中的骨质匕首。这把匕首他见过一次，那时它就放在他叔叔供吊唁的尸首旁。肃非王沉痛地向他解释道，绮可觅公主是金多·马拉纳的情人与杀手，是她用这柄匕首杀了飞恩。

"你的敌人想利用我干掉你。"

马塔看着她。他不知自己是什么感觉。难道他的生活就躲不开背叛吗？

"但我厌倦了被人当做工具利用。"她说，"我想为自己而活。"

他将匕首丢在地上，仓皇离去。

弥拉继续绣花。

她的风格变得愈加抽象，蓄势待发，愈发神似而形不似。几根粗略的线条，稍许勾勒出一个身影，便是她所绣的马塔身形，衬以一片破碎线条与混乱色彩的背景，这便是他小心建立的天下正在分崩离析。她在他周围绣出点点星芒，那既是旋转的剑影，也是绽放的菊花。

他将她绣的帕子小心装框，分赏给令他满意或是立功之人。马塔的诸位司令顾问都争讨弥拉的绣工，将之视为霸主青睐的标志。弥拉本人似乎觉得颇为有趣，但帕子绣罢，她便不再在意其去向。

一日，马塔自战场厮杀归来，已看厌了痛苦、屠戮以及劈筋斩骨的砍杀。他带着一身死尸臭气，径直去了弥拉的房间。

她平静如常，问他是否想留下与她共用晚膳。"我叫侍女给你备上洗澡水吧。我正想把市场买来的鲤鱼蒸了。你有阵子没吃图诺阿饭菜了吧？"

她的语气并非顺从或魅惑。她并未问起他当天在战场上的事迹，也没有对他的骁勇力量表示惊叹。她总是简简单单地邀他一起分享一些简单之物。

他才意识到，她待他为朋友，而非达拉诸岛的霸主。

他走上前，将她拉进怀中，吻了她。他感觉到她的心脏贴着他的身体，扑通乱跳有如一只惊鸟。她手中还拿着绣花针和绷子，垂在身侧。片刻，她也回吻了他。

他退后一步，望着她的眼睛。她并未闪躲，而是回望着他。除了库尼·加鲁，似乎只有她能毫无困难地与他的双瞳对视。

"现在我了解你了。"她说，"现在我知道为何无法为你绣出一幅像样的肖像了。"

"说来听听。"

"你很害怕。你害怕围绕着你所产生的传奇，害怕人们脑海中的你自己的影子。你身边的每一个人都怕你，你便开始相信自己应当为人所惧。你身边的每一个人都对你阿谀奉承，你便开始相信自己应当被这样赞美。你身边的每一个人都背叛你，你便开始相信自己是应当被背叛的。你残忍并非因为你想残忍，而是因为你认为人们期待你残忍。你的所作所为并非因为你想这样做，而是因为你认为人们心中的马塔·金笃会想这样做。"

马塔摇摇头。"你在说胡话。"

"你认为天下应当依照某种秩序而行，你的理想没能实现，这令你失望。但你也是这天下的一部分，你怕自己的凡人之躯也会辜负自己的理想。于是你便为自己打造了一个新形象，一个你认为更容易实现的形象，一个残忍嗜血的形象，充满死亡、复仇、受伤的骄傲与玷污的荣耀。你抹去了自己，将自己变成了这些从故纸堆里拿来的词语。"

马塔又吻了她一下。"我不知道你在说什么。"

"但你并不是坏人。你不必害怕。你心中有热情，有同情，你只是将它们藏在内心深处，因为你认为它们是软弱的象征，使你显得与其他更卑微的人没什么两样。你为何要这样做？如果你没有给天下留下印记又如何？如果你死后，你的大业分崩离析又便如何？

"我曾经不知是否应该爱你，那时全天下似乎都惧怕你，有许多人对我说应该这样、应该那样。但马铎是对的：对于一切重要的事物，心中信念才是唯一的度量衡。但凡人的心很小，所能容纳的只有那么一点点。听闻一千人荣耀幸存之时，我心却只为失去兄长而哀悼，那一千人之事于我又有何欢喜可言？一万人以为我所爱之人是个暴君，只要我所了解的他与此不同，那万人所想与我便又有何干系？人生苦短，不必忧虑他人所言，更不必顾及史书评价。

"你觉得我的绣像不值一提，但在时光长河中，每一个人的所作所为必然都不值一提。我们都不必害怕。"

说罢，她回吻了他，将他拉入怀中，马塔发现自己的确不再害怕了。

一个男子的嗓音，生硬得有如黑曜石，刺耳得仿佛剑盾相碰。

兄弟，打算沿袭金多·马拉纳那一招倒是很聪明，可惜你似乎也没能成功。"独角鲸之棘"是不会再见金笃家的血的。

另一个男子的声音，其中充满风暴般的狂怒。

凡人一如既往地靠不住。

一个女子的嗓音，尖锐、扭曲，有如岩浆上空的闪烁微光。

一派胡言，奇迹。你应该与我和飞索威联手对抗真正的敌人。你当真想看那窃取蟠城的骗子得胜吗？

我希望他们两家皆输。

济恩·码左提望着宽阔的犁汝河，日益泄气。

打造一支舰队费时太久。她须得找个法子快速渡河。

犁汝河沿岸传开消息，若有柯楚国船主肯违背霸主命令，将船只驶到北岸来，便能得到元帅重赏。有几个胆大的商人愿意赌一把，但他们的商船对飞船毫无防备。河中顺流漂下燃烧的残骸，尸首，还有船上的各色货物，比如布匹、油罐、满桶的米面酒水，在河水中上下起伏，仿佛在向其余人警告背叛霸主的下场。

码左提将军队主力留在笛牧细城，与宽阔河口对岸的柯楚防守力量遥遥相对。她前往上游一个名为柯页喀的小镇，这里以陶器著称：瓶罐瓢盆，各色形状尺寸都应有尽有，有些大得可以烹煮整条鲨鱼，有些小到只能沏茶。

她戴了假发，扮成来此地消遣的蟠城富太太，一面游玩，一面挑些合适的家用东西，添置给新宅子，因为旧宅在霸主金笃占领蟠城时给烧掉了。她在市场上闲逛打量，悠然自得地玩赏摆弄着陶器货物。

扮作仆人的达飞罗困惑地瞧着码左提元帅的举动。她以前可从未对打理家事显露出分毫兴趣。

小支商队开始纷纷抵达柯页喀镇。他们购买了许多大只的盆罐容器。柯页喀的作坊对生意兴隆很是欣喜。此地经济一直仰赖犁汝河上的商贸，如今柯楚国封锁边境，禁止商船渡河，贸易一下子几近停滞。这些自北方而来的商队大受欢迎。

而后，一个月黑风高的夜晚，各支商队的商人、随行的仆人和侍从、赶车人和跑腿少年全部聚集在柯页喀镇外的犁汝河畔。他们将购买的陶器卸下大车，从车厢中又取出制服与盔甲。

码左提元帅站在他们面前。她又换回战时装束，脸上满是计划完美执行的满意之情。"诸位，我一直说，我们必须充分利用一切优势。今天，我们便实现了这一信条。密与索罗飞自以为仓皇渡河之后毁掉所有船只就能保得他们安全，但我们不需要船只。他们自以为我们一造筏子就会被他们发现，但我们干脆在他们眼皮底下直接买筏子。"

她令众人将盆盆罐罐都堵好封好，再将这些充满空气的容器以粗麻绳绑在一起。为增加浮力，她还让士兵将各自的酒囊充满气体，再将酒囊也绑在这些临时搭起的筏子上。

一艘柯楚飞船从波光粼粼的犁汝河上方飘过。瞭望兵将身子探出飞船，警觉地搜寻着河面是否有船只或筏子出现。他们看到下方水中有大批货物起伏，是成堆的盆盆罐罐之类的容器。显然又有个贪心商人想将自己的船只驶到北岸去，这变节之举却被柯楚飞船终结。只可惜好端端的货物就这样糟蹋了。

飞船远去了。

夜色中，达苏士兵便悄悄在陶器筏子上神不知鬼不觉地过了河。士兵手拽筏子，淌水渡河。他们头顶罩着大罐子，以免被发现。有几只筏子散了架，一些士兵无法游回北岸，便在渡河途中溺死了。不过，码左提为此次秘密任务挑选的三百人大多都安全抵达对岸。

码左提的部下到了柯楚境内，便分作几支小队，各自沿河向西行进。他们不费吹灰之力便制伏了河边十来个镇子的卫队，夺了船只，朝犁汝河北岸驶去——这些达苏士兵毫不忌惮用任何有效的法子说服船主。

如此大规模的渡河行动，就连柯楚飞船也无力阻止。

马塔终于将默魁迫入绝境，默魁邀马塔单打独斗。

自日出至日落，二人始终旗鼓相当。他们两人汗如雨下，气息渐粗。但止疑剑划过空气仍然有如独角鲸尾拍水，默魁的盾牌则似永不平静的大海迎上前去。血噬棒仿佛飞索威的铁拳当头砸下，默魁的宝剑则如英雄伊路森闪避狼口一般将之格开。太阳终于落下，繁星在黑绸般的夜空闪烁起来，默魁退后一步，伸开双臂。

"霸主！"默魁喘着粗气，有如陈旧的风箱。他口干舌燥，话都说不利落了。他一个踉跄，只得倚在剑上，稳住脚步。"你可曾与我这样的对手交锋？"

"从未有过。"马塔道。他从未感觉如此疲倦，甚至在狼爪岛一战时也未曾有过。但他的内心也从未感到如此快乐。"你是我见过的武艺最高强的对手。"他心中涌起一阵惺惺相惜之情，"投降吧。你这一战打得漂亮，你若效忠于我，我便让你统领甘国。"

默魁微微一笑。"能与你见面，我既是高兴，又是遗憾。"他便抬剑举盾，再次朝马塔而来。

两个巨影在幽冷的星光中一决胜负，头顶斗转星移。马塔和默魁双方部下着了魔一般从旁观战。二人越来越累，招数越发缓慢刻意，已不像是决斗，倒像舞蹈一般。但这舞蹈却少有凡人有幸得见。

最终，太阳再次升起之时，马塔的血噬将默魁的盾牌一举击碎，他一步上前，止疑便刺入默魁胸口。

马塔将止疑剑入鞘，踉跄几步。他的贴身护卫拉索·米罗冲上前去扶他。但马塔却将他推开，拾起默魁的宝剑。这剑看起来已有年头，伤痕累累，朴实无华，剑刃上布满坑坑洼洼的痕迹，剑柄湿滑，都是默魁的汗水，这正是一件与国君相称的兵器。

他转身面向拉索。"拉索，你应该换把好剑，这剑也不该辱没了。"

拉索感到无比荣耀，战战兢兢地接过剑来。

"你要将它命以何名？"马塔问道。

"至简。"拉索道。

"至简？"

"自打跟随您以来，我的生活便清晰起来，有如小时母亲给我唱的简单儿歌。我最美好的记忆便是那时和当下。"

马塔大笑。"好名字。如今，最稀罕的便是我们曾经的简单。"

返回突阿扎城中，霸主下令以国君之礼厚葬默魁。

默魁的家人也得以幸免，并继续受到贵族待遇，但必须前往萨鲁乍城居住。与默魁并肩作战的部下也都获得赦免。如果他们愿意再次效忠马塔，甚至可以保住原本的军阶。

马塔的手下很是困惑。他们以为默魁及其手下既然背叛马塔，便会遭其严惩。

"你们可明白其中缘由？"马塔问道。

一片寂静中，只有弥拉开了口。

"默魁与你交战，未耍任何花招，笃信可仅凭勇力制胜。他虽败了，却并无耻辱可言。他是位英雄，战败并非他自己有何缺点，而是因为诸神决定将你与他置于同一天下。"

马塔希望有朝一日，这天下也能像她一般懂他。

达苏军队以夺来的船只组成大片舰队，渡过犁汝河。他们发现笛牧城已变作空城。

密与索罗飞手下士兵对热翡卡屈辱战败记忆犹新，一听说码左提元帅登岸便立刻逃窜。她虽是女流之辈，却能使妖术凭空变出船来。负隅顽抗有何意义？不如投降，或者干脆弃军，想法子回热翡卡去种田。据说库尼·加鲁是个贤明之君，容得百姓好生养活自己，不会苛捐重税夺走全部收成。

诺达·密与多如·索罗飞在笛牧城中正欲自绝，码左提已经进了城，俘了这二人。她依库尼嘱托，对他们以礼相待。

码左提元帅从犁汝河畔南下。达苏军队抵达坡林平原边的祖邸城。祖邸城卫队队长多飒一直对库尼饶命而心怀感激。他和城中长老大开城门，升起达苏旗帜——这旗子是从烹制"正宗达苏美食"的厨子那里讨来的，旗上的鲸鱼绘了鳞片与角，变作独角鲸。

有几人忠于霸主，他们逃出祖邸城，将达苏胜利的消息带到狼爪岛。马塔听了报告之后，久久坐在宝座上，一动不动。帐中火把闪烁，光影在马塔冷酷的脸上摇曳，谁也不敢开口。

佗入路·佩临是对的：我必须一劳永逸地解决库尼·加鲁。

第四十六章　马塔反击

库尼回到祖邸。老父落下泪来，儿子既然要将叛变之战进行到底，他终于下定决心与儿子共命运。祖邸百姓也对库尼归来高声欢呼。

锦上添花的是，蒲马·业木一次大胆偷袭蟠城，竟从柯楚军队的眼皮底下救出姬雅和两个孩子。全家终于能在故乡团聚。

库尼在城门口从早等到晚，蒲马手下护送姬雅马车的火把终于出现在地平线上。

小托托和小拉塔对父亲并无记忆。库尼向他们伸出手，两个孩子却后退躲闪。小拉塔拉住姬雅的手，小托托则拽着奥索·其林的衣角。"奥索叔叔，那是谁？"小托托问道，素妥赶忙制止了他，奥索尴尬地退下。

"喔，你是爸——爸爸。"小拉塔对这个词还不甚熟悉。

"孩子们很快便会跟你热络起来的。"素妥对库尼说。

库尼朝素妥深鞠一躬，脸上一闪而过的痛苦消失了。"你对加鲁全家恩重如山。"素妥回了个深深的福礼。

库尼又转向姬雅。二人在城门口拥吻良久，祖邸百姓都大笑，又是拍手又是吹口哨。

库尼反复亲吻着姬雅，在她耳畔低语道："对不起，让你受了这么多苦。我知道你一定以为我不懂，但我懂。我每天清晨都咀嚼黄连，便能稍许体会你的苦处，独自一人，担惊受怕，周围都是敌人，还要照看两个孩子。"

在人前一直显得无欲无求的姬雅终于决了堤。她用力敲打库尼胸口数下，随即将他拉入怀中，贪婪地吻着，她脸上又是泪又是笑。

库尼从衣袋中取出一小把蒲公英，已然枯萎。

"今早还是新鲜的呢。"他充满歉意地说。

"还会有新花的。"她说，"生命轮回，有如潮水。"

"我真希望你我永远感觉如此亲近。"

"那我们便必须珍惜当下，谁也无法预知明天会发生何事。"

库尼点点头，他的脸上也有泪水。

夫妻二人在月下相拥，轻轻摇摆，人群继续欢呼着。

加鲁一家的团聚时光在市长家宅中继续，虽然欢乐，却也尴尬。无论库尼与姬雅怎样彼此理解，他们都清楚，情感的流动是谁也难以预料的。

库尼将姬雅与两个孩子介绍给蕾纱娜。蕾纱娜身上有喜，此时肚子已经很大了。素妥和奥索·其林将两个孩子带走玩耍。随即，库尼突然语塞。

民恩·萨可礼谈起码左提元帅的谋略奇才便滔滔不绝，姬雅也彬彬有礼地适时应和。聊了一会儿，民恩感觉到润·柯达在桌下拉拉他的衣角。他突然闭了嘴。屋中一下变得无比安静。

"码左提元帅正打算入侵里马国。民恩、润和我须得——"泰安·卡鲁柯诺一阵踌躇，"去别处帮她。"

三人起身退下，小心翼翼地关上房门。屋中只剩库尼和他的两位妻子。

"尊敬的姐姐。"蕾纱娜道，"终于见到你，我心中十分欢喜。"

"是我应该谢谢你，妹妹。"姬雅道，"谢谢你这段时间一直照顾咱们相公。他的信中竟未提过你拥有如此绝色。"

两名女子相视而笑。

我看不到。

蕾纱娜在指派给她的卧房中踱着步。

在她眼前，姬雅的心有如坚实的黑曜石。她不知道姬雅是喜欢她还是讨厌她，也不知道她说的是真心话，还是意欲羞辱她。

她不知所措。其他看不透的人都不过是她生命中的过客。她从不需猜测熟人的恐惧与欲望。

你不像普通人，不懂如何在黑暗中摸索前行。

姬雅雍容高贵，自库尼还是平民时便已与他相识。从她的气质便可以看出，她习惯的是发号施令、有人侍候、生活富足。可蕾纱娜呢？她不过是个卖艺的，在茶楼中靠幻象给客人提供消遣，以此勉强过活。

悦人，领路。

这话如今在她听来，简直是个笑话。

她的天赋难道不是帮人接受真正的自我吗？她要接受自己的局限，努力与姬雅成为朋友。库尼身边必须有人为她和母亲这样的人代言发声，她们都是渴求和平的弱者。她远道而来，终为自己求得安身立命之地。姬雅可以成为有力的同盟。

她要蹒跚穿过迷雾，相信眼前不会突然被一堵高墙拦住去路。

"和我说说蕾纱娜夫人的事。"姬雅对蕾纱娜的侍女融娜说。

姬雅在炊房堵住了这个十四岁的小姑娘，她正在准备一盘各色小食，预备端到蕾纱娜房中。

"夫人人很好。"小姑娘道。

"她和国君相处如何？他们在一起都做些什么？"

小姑娘脸刷地红了。

"不不。我不是要问床帏之事，傻姑娘。我是想问，他们在一起都说些什么？"

"姬雅夫人，我也不太清楚。他们在一起时，蕾纱娜夫人一般都会叫我退下。"

唉，至少可以确定一件事，蕾纱娜很会培养下人忠心。但姬雅还有别的法子。

"我听说，蕾纱娜夫人在时，库尼王从来不笑。"姬雅说。

"才不是呢！"小姑娘很是愤愤，"晚饭后，有时会听到国君奏起椰胡琴，夫人便会唱歌。她嗓音悦耳，有时，若是首滑稽的歌，她便会放声大笑，陛下的笑声更响亮。也有时她唱悲伤的歌，便会哭泣，能听到陛下也会跟着哭。"

"蕾纱娜夫人是否当真不擅长舞蹈？"

"当然不是。她会穿上水袖舞裙，将长发放下。她起舞时，时而转圈，时而下腰，时而跃起，背如弯弓。水袖和长发在空中舞动，有如三道长虹，又似本岛蜿蜒流过的三条河流，还像风中飘荡的三条绸缎……"

姬雅打发她走了。

姬雅在黑暗中辗转反侧。库尼在她身旁熟睡，一如既往地鼾声响亮。她已忘了库尼打鼾的习惯。奥索·其林睡觉时是安安静静的。

她想象着库尼与蕾纱娜一起的模样，竟难以抑制心中的怒气。他们刚成亲时，库尼和她相处得轻松愉悦。但她不善唱歌，也不记得库尼曾与她一起这样哭哭笑笑，如那侍女所讲的他与蕾纱娜一起时的情景。她也不会像蕾纱娜那那般翩翩起舞，她从不曾拥有那等舞姿。她突然感觉青春逝去。曾以狮齿花鼓舞未来国君的红发少女一去不复返了。

她脑海中突然涌起许多画面：蕾纱娜失去了未出世的孩子，再也不能怀孕，失去国君之宠。她知道如何将这些画面变成现实：她发现如何治愈自己的不孕之症时，也研习了一些具有相反效果的草药方子。大自然中的物质也往往这般相生相克，毒物与草药之间只有细细一条界线。

她打了个寒战，突然对自己感到很是厌恶。她希望这想法不过是转瞬即逝的脆弱。无论她多么绝望，也绝不会迈过那条界线，否则她便会被卷入漩涡，失去自我。

她站起身，走向梳妆台，取出库尼多年间写给她的一沓书信。她没有点灯，只是匆匆翻阅一遍，手指划过空白的信纸，回忆着隐形墨水的字迹。无论多忙，库尼也会挤出时间写信。

姬雅拭去泪水。她是库尼的长子之母，她的儿子将立为太子。她永远是他的初恋，在他成事之前便已与他共命运，在他建功立业之前便已笃信他注定名扬天下。她其实没什么好怪他的，毕竟是她自己劝他再娶一妻的。她是为了助他成功，这是她自己心甘情愿所做的牺牲。

也许素妥是对的。不应太过迷信爱情，情爱有如食物，每一碟菜色都各有不同滋味。人心自能容纳不止一样。

不过，小托托已满四岁，到了明事理的年纪，她要叫库尼给孩子命名了。她要稳住自己的地位，为必将到来的宫廷斗争做好准备。

“缇沐如何？”库尼道。

“仁君之意？”姬雅将古阿诺语译了出来。她考虑着。这名字引自空非迹的诗句，自然十分高贵得体：

仁君无为而治。

但她心中所期待的本是更与众不同的名字，能让人联想起其父狡黠、其母犀利。她正要反对，突然想起空非迹的后一句诗：

待民有如孝母。

姬雅微微一笑。库尼当真选了个绝妙的法子表达心中所想！“甚好。”她说，“从今往后，小托托便是缇沐王子。”

"不如将女儿的名字也起了。"库尼笑道，"她虽然年纪还小，但我觉得她比哥哥聪慧，也已经明事理了。曦拉如何？意为'消愁'。虽然她的人生必将与我们一样，充满悲喜起落，但或许她可以化解悲伤，保持微笑，就像她爹娘一直努力做的一样。"

"极好。"姬雅道，"小拉塔便是曦拉公主。"

马塔返回本岛，得知他的王国已近垮塌。蒲马·业木使柯楚各地都无法安然运粮。库尼在祖邸城安顿下来，流言称，他随时可能南下进攻萨鲁乍城。码左提元帅得胜的故事令马塔手下十分畏惧，他们认为她能凭空变出士兵来。

马塔并未陷入绝望。事实上，他对这些消息很是欢迎。自帝国陷落之后，生活便平淡无趣，没了刺激。默魁虽为劲敌，却胸无大志。但库尼·加鲁却值得他倾尽全力对付。

战报越不利，他便越冷静。他要像打败所有其他敌人一样，凭借力量与荣耀打败库尼。

他调了五千精良骑兵，又带了一万五千匹骏马。

码左提元帅北征里马国之时，将达苏军队的大部分兵力留在祖邸城中。城中难以容纳五万兵力与数万匹军马，他们便在坡林平原上安营扎寨。这军力甚至超过塔诺·纳门与金多·马拉纳在狼爪岛的兵力总和。柯戈·叶卢一直谨慎细心，确保粮草供应不断。

正午，侦察飞船抵达祖邸，报告称马塔·金笃带了五千士兵朝祖邸城策马而来，午后便要抵达。不过马塔的军队主力刚从狼爪岛返回，仍在怡坦提半岛北岸的诺及达登岸中。马塔率五千人已策马三日，一路无休，许多马儿已经体力耗尽，倒地不起。

库尼的手下在城门前严阵以待。

库尼在城墙上视察军队，发现手下并不惧怕即将与传奇霸主交锋。

步兵排成方阵，由矛兵打头，负责使骑兵落马。两侧是数排长弓兵，不等骑兵靠近便会放出致命之箭。骑兵殿后，准备包围马塔，切断他的退路。

库尼大军是马塔兵力的十倍。

"你要对士兵讲话吗？"泰安·卡鲁柯诺问道。

库尼摇摇头，从整齐的阵列前转开。

"加鲁大人，你有何心事？你觉得咱们准备不够充分吗？"

库尼又摇摇头。

"可你看起来……"卡鲁柯诺犹豫片刻，"恕我直言，我觉得你神色悲伤。"

"我想起了另一个日子。"库尼说，"那时或许好过现在。"他不肯再多说。

无敌霸主将败于今日。

他们来了。随着他们渐渐靠近，掀起大团尘土，传来成千上万的马儿喘息与嘶叫的声音。这五千士兵严守马塔·金笃的军纪，毫无闪躲，直捣库尼·加鲁的防守阵列核心的密集步兵方阵。

达苏军队的长弓兵和矛兵一待敌方骑兵进入射程，便发起攻击，无数长矛羽箭划过空中，一时竟遮天蔽日。许多都射中目标，一些骑兵落马丧命，再也不动。其余骑兵却不顾羽箭刺穿盔甲，继续向前冲。

他们越来越近了。大地都震颤起来。但披盔戴甲的骑兵竟异常沉默。听不到一声战嗥。他们步步逼近，毫不畏惧矛兵在步兵前竖起密密麻麻的致命长矛，矛柄牢牢支在地上，矛尖前倾，准备连人带马一齐刺穿。

马塔·金笃的骑兵有如惊涛拍上雾气缭绕的法沙国崎岖海岸，冲入库尼的方阵。长矛刺穿许多战马，到处是马儿垂死的嘶叫。

许多骑兵从马上坠落。但后面的骑兵继续冲上来，攻势并未减弱。他们跃过牺牲的战友，或是径直从他们的尸身上踏过，作为踏脚石，冲破矛兵的人墙。库尼大军的中心渐渐退后，矛兵丢下武器，抽出短剑，与步兵一同近身对战。

侧翼步兵开始包围骑兵，有如软面团包裹一块肉馅。库尼的骑兵绕到马塔的最后一名骑兵身后，将包围圈封死。马塔·金笃已无路可逃。

马塔面对的敌人是己方的十倍，霸主便是再骁勇，也难以脱逃。就算他的手下全军爆发，以一敌三，他们今天也只能死在这战场上。库尼的士兵欢欣鼓舞，大喊大叫，翘首期盼胜利。

但距离被困柯楚士兵最近的人察觉了异状。他们虽然收拢了包围圈，但敌方骑兵似乎并不抵抗。一人挥剑，便有一名骑兵倒下，又有十把剑刺穿他的身体，他却不抬剑抵抗反击。

库尼的部下抽出剑来，发现剑上无血。他们将尸身翻过来，这才发现：与他们交手的并非柯楚士兵，而是用稻草和粗布制成的偶人。

困惑与怀疑此起彼伏。

天空再度阴沉下来，库尼的部下仰望天空，发现五十艘柯楚飞船。它们盘旋在祖邸城上空，士兵纷纷跳出飞船，头顶打开一个个绸布气球，缓缓降落。

两个时辰之前

马塔几乎已丧失对周遭的感知，只余一片微弱的光线与声音。他已马不停蹄地策马两日两夜，横穿柯楚国的大平原。但他并不感觉疲累。他觉得周围的一切都令他分散心神。他只需要看到眼前这一条窄窄的道路，感觉到雷飞落的身躯在他胯下起落，让自己的身体与之节奏配合。他要到祖邸城去，在那里不成功便成仁。其余一切都不重要。他的生命便是这般简单。

但前方有人挡路。两天以来，他第一次拉住缰绳，让他的黑色坐骑减缓速度。他头顶有一队飞船悬在空中。其中一艘正落在路中央，飞船前站着的是佗入路·佩临。

佩临道："若不拿下奇迹山，飞船便无法补充悬浮气体。我们的飞船舰队撑不了多久了，除非我们放弃几艘飞船，将其中的悬浮气体转充给其他飞船。"

马塔点点头:"我意欲今日在祖邸得胜。"

"你胜算不大,但有个法子或许能奏效。"

马塔听了佩临的计策,放声大笑。他很喜欢这个点子,十分大胆,讲求平衡。佩临这主意和库尼的下流伎俩不同,注重荣誉、勇气、男子气概。此乃荣耀之计。

★　★　★

马塔跃出飞船,一眨眼便已坠落数百尺,他心中只觉得有如雄鹰翱翔,朝无助的猎物俯冲下去。

随即,佩临设计的气球从他背上弹出。"砰"的一声响,气球打开,充满从正在下坠的身体周围涌过的空气。突然间,猛地一扯,他的下落速度一下子慢了许多。

我变作明恩巨鹰了。

他抬起头,看到雪白饱满的绸布气球。他低下头,看到祖邸城的小房舍、整齐街道和抬头望着这新奇景象的困惑百姓。

马塔大笑。祖邸城防正忙着对付稻草人幌子,他则要从祖邸城上空降落一决生死,正如他曾经那次一般。感觉那已是很久之前的事了,彼时他与库尼尚且并肩作战。

下方的房屋、街道和面孔都愈来愈大。马塔抽出止疑剑,感觉到对战斗的渴望在血液中奔涌。

他发出战吼。这次,将不会再有任何疑虑。

马塔·金笃的空中奇袭大获全胜。柯楚士兵迅速制服驻扎城门的小卫队,使祖邸城墙挡住了达苏大军。

城门封锁,城外的五万大军只能无助地散布在城墙四周,马塔的手下趁机在城中四处纵火,搜寻库尼。只有数十名达苏士兵利用作战风筝成功进城,其中包括不肯弃主的民恩·萨可礼和泰安·卡鲁柯诺。但这也不过是杯水车薪,达苏军队很快便放弃战斗。

多飒队长、民恩、润·柯达以及泰安冲进库尼携家人暂居的市长家宅,带来噩耗。

"陛下,祖邸城已被攻陷!马塔的人马上就要来了。咱们有一艘送信用的飞船,是码左提元帅留下应急用的。现下停在院子里,即刻便可起飞。你赶快上船逃走。"

"我在外面街上尽力拖住他们。"多飒队长说罢,带手下出去了。

库尼在宅中奔走,将众人召集起来。但那送信飞船很小,仆人只能悉数留下。库尼的父亲非索·加鲁、库尼、姬雅、孩子们、蕾纱娜、素妥、奥索、民恩、润和泰安都上了船。舱中几乎没有转身余地,更别提四下走动。

飞船无法起飞。

"咱们人太多了。"民恩道。

"马塔一直没有动我,大抵也会继续如此。倘若真要死,我也要死在家乡。"尽管库尼反对,但非索·加鲁还是下了船。可飞船仍然无法升空。

"之前一定是忘了检查悬浮气体的剩余水平了。"泰安说。他们听到街头传来刀剑铿锵和百姓尖叫。马塔的人已经近了。

泰安、润和民恩都下了船。可飞船依旧不动。

素妥也下去了。"马塔绝不会伤我的。"素妥道,"不必担心我。"

姬雅和奥索对视片刻。奥索朝她微微一笑,默默下了船。姬雅闭上眼睛,心跳得极快。

他们二人都知道会有这样一日。人心或许能容纳不止一份情感,但在这天下,女子仍须面临男人不必面对的抉择。姬雅将视线转开。

飞船晃了一晃,又落在地上。

蕾纱娜与姬雅目光相接。蕾纱娜转身给了库尼一吻,便要下船。她因快要临盆,动作十分艰难迟缓。

"不,不。"姬雅道,"你跟库尼和孩子们一起走。我和素妥与奥索留下。我跟马塔打交道这么多次了。不会有事的。"

库尼脸上充满焦虑与痛苦，表情扭曲。"不行。你们俩留在船上。我下去，我要亲自和马塔交涉。"

众人纷纷表示反对。民恩的声音最大："你要是不走，这事便没了意义。加鲁大人，你必须离开，这样才能营救我们，或是给我们复仇。"

库尼看看姬雅，又看看蕾纱娜，再看看姬雅，再看看蕾纱娜。他突然转向两个孩子，跪了下来。"缇沐，曦拉。"他罕见地用了正式名称呼他们，"你们要为我做件勇敢的事，好不好？"

他将两个孩子抱到舱门口，叫素妥过来接应。

"你疯了。"姬雅喊道，"你怎么会想到这么个主意？"

"马塔不会伤及小孩。"库尼说，"无论如何，我不能把你们俩留下。孩子可以再生，你们却无可替代。"

"姬雅说得对。"润·柯达道，"你这是疯了。"他挡住舱门，将孩子推回飞船上。库尼仍大喊，叫素妥上前，把孩子往外推，润又把他们推了回去。素妥站在一旁，面无表情地看着。

"够了，别闹了。"姬雅道。她坚决地将库尼推回舱中，弯腰吻了一双儿女。随即她又转向蕾纱娜："妹妹，他们就托付给你了。"

蕾纱娜点点头，姬雅便决绝地下了船。

"妈妈，妈妈！"缇沐和曦拉大喊，蕾纱娜只得拉住他们，库尼眼含热泪，关上舱门。

飞船上只剩下库尼、蕾纱娜和两个孩子，终于缓缓升起。润·柯达已细心地将飞船罩上黑布。无论是空中还是地面的敌人都很难在夜空中发现它，除非已知其确切位置。飞船渐渐高升，终于变成繁星之间的一个小小影子，它转向北方，朝平安的热翡卡飞去。

有那么一瞬，姬雅希望自己没有总是显得如此坚强、如此善于照顾自己，竟令库尼信以为真。

素妥和姬雅站在留下的人群边。素妥意味深长地看了她一眼，低声道："你跟库尼刚才都演得很好。"

姬雅闪过一丝愤怒，脸也红了。"我不懂你什么意思。"

素妥翻了个白眼。"库尼表现得对你们二人同等情深意切，甚至愿意舍弃孩子。少有男子会珍视妻妾胜过子嗣。他这是在向你示好。达拉百姓也会对此称颂不已。"

姬雅露出一个苦笑。"库尼一直机灵得很。"

"不如你机灵。你和我一起留下，却把孩子托付给她，他们二人便都欠了你的。从今往后，你便是她的救命恩人，库尼也会对你的牺牲始终歉疚不已。你为今后的宫廷斗争打下了基础。现下的付出日后恐怕会有百倍回报。"

"在你口中，我们二人都显得如此精于算计、冷酷无情。"姬雅道，"我们的行为难道不是出于爱吗？"

素妥笑了，片刻，姬雅也勉强笑了起来。说实话，姬雅自己也说不清为何如此决定。这不仅是为了与蕾纱娜争夺权力地位，但也不完全是出于无私。有时很难分辨人前表演与自己的真实想法——这"真实"想法不也是一种表演吗？

她只得承认，爱是很复杂的。

"我最可怜的便是那个傻姑娘蕾纱娜。她都不知道自己的对手是何等人物。"素妥道。

二人的短暂快乐被街头的尖叫与兵器声打断。市长家宅的大门被撞开，多飒队长血流不止，踉跄而入，周身中箭无数。

马塔已到。

第四十七章　隔河对峙

笛牧城与笛牧细城
首侯四年九月

马塔·金笃奇袭祖邸大捷很快便成为传说，传遍达拉诸岛。

"他的手下人人都能以一杀二十，因此霸主才能战胜十倍于他的大军。"

"马塔·金笃便是飞索威下凡。他挥一挥手，便有许多士兵从天而降听他指挥。"

"库尼·加鲁骑过独角鲸有什么了不起，马塔·金笃顿顿晚餐都吃独角鲸肉。"

库尼安全逃到笛牧细城，便立刻召见码左提元帅。

"接下来怎么办？"库尼问道。

"首先我得重建你损失的军队。"

库尼·加鲁听得一畏，不过码左提元帅从不粉饰事实。

"我估计祖邸城沦陷之后，士兵大多逃回热翡卡了，当然恐怕也有许多人弃军。你这次落败受了耻辱，甚至姬雅夫人都沦为囚徒，要花些工夫才能重整士气。不过，业木侯爵的'绿林骑兵'仍在柯楚境内烦扰霸主，所以马塔只能确保粮草运输通畅才能再进犯热翡卡。"

"其他各诸侯国呢？"

"多数国家现下都认为应站在马塔一边，而不是你。不过，塞卡·集莫公爵仍然坚定地站在你的阵营里。他已经平定阿汝卢吉岛，他的命运显然取决于你的成功。他请你准许他再进攻新月岛和客非岛，这两个小岛人烟稀少，应该很容易拿下。"

"让他去吧。"

"你不担心他势力变得太大，像默魁在狼爪岛那样自立为王？"

"马塔的弱点便是不信人，所以他的跟随者才会一个个都背叛他。我不想犯同样的错误。"

码左提若有所思地点点头。

柯楚与达苏再度隔犁汝河而对，陷入僵局。

马塔将他在祖邸城俘虏的囚犯带到笛牧城。他同意释放民恩·萨可礼、润·柯达及泰安·卡鲁柯诺，作为交换，库尼释放诺达·密以及多如·索罗飞。可尽管库尼多次恳求，马塔仍然扣押着库尼的家人。

马塔决定尽量利用自己手中的心理优势。他选了一条宽敞的平底船，船速慢，吃水浅，无法构成军事威胁。他乘此船前往犁汝河心，要求库尼前来谈判。

库尼也乘平底船前来赴约。二人以礼式正襟危坐在各自小舟的甲板上，彼此对视，两舟之间距离甚近。

"大哥。"马塔怨恨地啐出这个称呼，"我本想在祖邸城与你相见，但你显然无颜见我。"

"兄弟。"库尼一声叹息，"我真希望你我还是朋友。我比你先入蟠城，倘若你心中没有如此嫉妒和愤怒，这一切本都可以避免。我们本可携手在帝国的废墟上重建达拉诸岛。"

二人静坐片刻，思考着本可能发生的事。

"但一件又一件事证实了我的远见。如今你对我起了谋反之心。"

库尼摇摇头。"我反对的不是你，而是你代表的想法。我想要继续实现玛碧德雷皇帝的梦想，但这一次我不会重犯那些错误。你想分割天下，各国争战无休，只为贵族名门的空洞战功。我想结束战争，让百姓过上太平日子。马塔，不要阻拦我。你退位吧，将天下交给我。"

"你和我一样野心勃勃，可你却用谎言粉饰自己的欲望。你若真信了自己这套漂亮话，为何不与我决斗，一劳永逸解决你我的分歧？别让他人为你我的矛盾送死。就让宝剑决定我们的命运吧。胜者便可随心所欲地重塑这天下。"

库尼大笑。"你太了解我，知道我不会接受的。在战场上我不是你的对手，但战争不以匹夫之力而胜。"

马塔向手下示意，士兵从船舱中取出一张大案板。

库尼困惑地看着。

马塔手下又进船舱，搬出一个足以烹煮整条鲨鱼的大瓮。他们将之安放在甲板的明炉上，生起火来，烧了一瓮沸水。

库尼心头一紧。

众人又进船舱，取出一把大菜刀，有如巨人之斧一般，要双臂齐用才能挥得动。

库尼站起身。他想叫马塔停手。

马塔手下最后一次走进船舱，带出一个有如生猪般五花大绑的全裸老头。库尼看到那正是他父亲非索·加鲁。老人口被塞住，双眼圆睁，充满恐惧。

马塔的手下将非索撂在案板上，一个壮汉抓起大菜刀，有如刽子手一般将刀举在非索头顶上方。

"库尼，投降吧。否则我便在你面前将你父亲煮了吃掉。"

库尼一下感到血涌上头来，险些昏过去。但他扶住面前栏杆，竭力控制住面部，不流露任何情绪。他不确定马塔的威胁有多认真。这就像是他做土匪时的牌戏，可是这一次，他的赌注要高得多。

"库尼，如果你投降，我允许你留在达苏岛和如意岛，你的手下虽然背叛我，也可以赦免。"

他在撒谎，库尼心想。马塔最痛恨的便是背叛。他绝不会原谅我，更不会赦免我的部下。如果我投降，所有人都得死。

库尼以闲式坐了下来，放松双腿。他大笑道："行啊，马塔。你便把咱爹煮了吧。"

马塔·金笃眯起眼睛："你说什么？"

"你曾叫我'大哥'，那我爹便也是你爹。你若想今日煮了咱爹，我不拦你。记得给我留一口就行。我也想尝尝。"

"你这算什么儿子？"

库尼将全部注意力聚于面部肌肉、舌头与咽喉。**要演好！**"你以为，我若意欲取你而代之，一条性命便能拦住我？姬雅在你手里时，我攻下如意岛。我本也打算将一双儿女抛在祖邸城。不要小看我，我和你一样危险冷酷。目睹人死算不得什么稀罕事。你快动手吧。"

马塔悲伤地看着库尼。他本欲吓唬库尼一下而已，这番话却证明库尼的确不足信。他如此冷酷精明，**丝毫不讲礼义廉耻。库尼怎么可能相信我会将他父亲烹而食之？他如此瞧不起我，只因他自己已经无可救药。此人没有做不出来的恶事。库尼已被野心吞噬。亏得马塔竟叫过他"大哥"！**

人心确实无法看透。他心中的最后一线希望也熄灭了。

库尼身子前倾，急切地盯住马塔的眼睛。"快啊！快把他煮了啊！这样我好集中精力考虑有天如何将你送入瓮中。"

马塔摇摇头。今日他要证明自己德行胜过库尼，让库尼为自己毫无孝心而感到羞耻——虽然库尼或许已无丝毫廉耻可言。这一直是库尼的缺点，极度缺乏廉耻。

马塔令人熄火，又将非索·加鲁抬走。"人迟早要现出真面目。库尼，你是个心狠之徒，达拉百姓都会看清这一点的。"

他的小舟返回笛牧城，库尼在他身后等待着，直到马塔从视野中消失，他才瘫倒在甲板上。他浑身衣衫已被冷汗浸透，感觉心脏也仿佛被剜了出来。

尽管库尼成功唬住马塔，但或许会有别人上了马塔的当。润·柯达立刻建议库尼将马塔的计策借来一用。

"有几个诸侯国都同意与你结盟。"润说，"有点保证总是好的。再说，派人把那些王子公主送来，我也能多些收集情报的渠道。"

"啊，润，"库尼露出一丝苦笑，说道，"我真不知当初是否该任你为密探总管。你跟这些行事诡秘之人来往太多了。"

"管它光明磊落还是诡秘隐蔽。"润说，"重要的是咱们取胜。"

库尼向同盟派出信使，对他们的家人表示担心。他建议他们或许应将家人送到笛牧细城来，交由达苏军队保护。"倘若你们的至亲家人留在我身边，你们也可放心继续抵抗霸主。"

各诸侯国国君虽不情愿，还是将人质送来给了库尼。

首侯五年三月

犁汝河沿岸处于非正式停战状态。沿岸百姓虽然住在随时可能再度开战的地带，却尽力把日子继续过下去。商人和渔船小心翼翼地在河中航行。经协商划定了一些民用船只的管控区和安全航道。库尼和马塔时不时会派出使节解决这些问题。

一日，马塔的一名使节抵达笛牧细城港口，受到路安·齐亚接待。

"欢迎，欢迎！你是带着佩临大人的口信来的吧？他身体可好？"

使节名为鲁营，他有些困惑。"佩临大人的口信？"

"噢，当然了。"路安·齐亚看着他，会心地眨眨眼。他假装漫不经心地瞥了一眼使节随行的两名卫兵。"这里人多眼杂。霸主身体可还安康？"

鲁营脑海中一遍遍回想路安的话。**路安提到佩临是什么意思？他见到我为何如此欣喜？**

路安将鲁营带至笛牧细城最好的餐厅，点了三十道菜的奢华午餐，配以镶金象牙筷。一名侍女进屋点燃熏香，屋中弥漫着浓重的香烟。

"吃达苏菜配熏香很流行。"路安解释道，"可以清净味觉，更好地品尝香料的味道。"

这一顿饭吃了好几个时辰。鲁营觉得头轻飘飘的，很是晕眩。不一会儿，随行的两名卫兵似乎也站不稳了。

"他们喝多了。"路安笑道。他叫佣人来将两人带到楼下一间僻静房间小憩。

"现下只剩你我，可以将佩临大人的口信告诉我了。"路安·齐亚说。

"没有什么佩临大人的口信。"鲁营困惑答道，"是霸主派我来商讨其笛马河上游的捕鱼权的。"

"你不是佗入路·佩临派来的？"路安难以置信地问道。

"不是。"鲁营说。

路安叹了口气，摇摇头，翻了个白眼，随即挤出一个笑容。"我都不知道自己在说什么。我大概是喝醉了。忘了我今天说的这些话吧。肯定是治痛风的那剂方子，搞得我迷迷糊糊的。请你原谅……我……我先失陪了。"

他站起身，匆忙下楼。

尽管香炉中的烟雾仍然在空气中盘旋，幻化出种种神奇形状，比如盘卷的烟圈、颤动的穹顶、透明起伏的泡泡，但屋中空气似乎渐渐清新起来，鲁营也觉得头脑恢复清醒。他对这一日的事左思右想，得出一个大胆结论，有如雾中瞥见一个怪物般的身影。但他仍需更多证据。

仆人进屋领鲁营去他在客栈的卧房。鲁营问何时能与库尼王的代表见面商谈，仆人答说不清楚。

翌日，一名叫作答可·尼尔的达苏小官吏来见鲁营。答可态度粗鲁冷淡，商谈也毫无进展。午饭时分，答可给了鲁营几个铜子，叫他自己去街头小摊买些吃食。

"恐怕咱们也不会再有什么进展了吧？我今天还有其他事务要处理，恐怕不能去码头给你送行。祝你归途顺利。"说罢，答可便离去了。

路安·齐亚、蕾纱娜夫人和"答可·尼尔"从一间货仓的窗口看着霸主使节的小船离开码头。

"你的技艺果然无人可比。"路安对蕾纱娜说道，"昨日，他看见的正是你想要他看见的。"

蕾纱娜微微点头表示感谢。"过奖了。不过是个消遣的把戏。"她转向润·柯达，微微一笑。"瞧瞧你啊！你今日面若冰霜，我都听见他的茶水结冰的声音了。"

"这是我平日勤加练习。我一摆出这个表情，求见国君的人便会给我更丰厚的贿赂。"

路安摇摇头，三人放声大笑。

鲁营将两日待遇做一对比。前一日，库尼·加鲁的头号亲信路安待他有如贵宾，因为他以为鲁营是佗入路·佩临派来的密使。可今天，那个小官吏却无比傲慢轻蔑，因为库尼的手下确定了鲁营是霸主的使节。事实不言自明。

"霸主，你没看出这不过是库尼设的又一个骗局吗？"

马塔冷眼看着瑟瑟发抖的佗入路·佩临。他一直觉得佩临令人生疑。

此人不是战士，而是顾问，这种人天生便会倾向于爱耍花招的库尼·加鲁。他丝毫不懂得欣赏只有战场上才能理解的那些高贵品德。尽管佩临有过一些好点子，但总体而言，他爱管闲事，时常碍事。马塔很愿意相信他与库尼秘密合谋要对付自己。

"路安·齐亚等着你的口信。你是要给他列个我的军令清单，还是要买通我的军官，或是要给库尼献上我的首级？"

佗入路·佩临的颤抖不是出于恐惧，而是愤怒。他一直忠心耿耿地效力马塔，尽力想让他在这场战争中更聪明一些，对诡计多端的库尼多几分警惕。但马塔却信了这样简单的把戏，就连五岁小童也能看穿。

"您若当真不信任我，"佩临道，"那我自愿请辞。我希望能告老还乡，回到萨鲁乍城附近的祖田去种芋头。领主既然敌友不分，我也无法再尽力了。"

"我同意。你回去吧，老头子。"

佗入路沿大路走着，但脑海中一片混乱，心中无比痛苦。

他对自己的失败既悲且怒。他没能让马塔意识到谋略的价值。也没能让他认识到库尼多么危险狡诈。他没能做好顾问。他效力如此之久，到头来却只换得一声轻蔑的"老头子"。

但佗入路的确年事已高，没有舒适马车和年轻侍从，他难以承受独自上路的辛苦。他感到腹痛，暑气又烤得他头晕眼花，但他充满怒气与悲伤，不肯停下脚步稍事歇息喝水。他一直走着。

百姓从他身边跑过，叫他转身快跑。"土匪来了！"

佗入路没有听到他们的话。他还在思索自己本有什么可以改进之处。*愚蠢的马塔，我本可以带你取得胜利的！*

达苏国的旋风骑兵队冲了过来。其中一名骑兵漫不经心地一挥剑，佩临便再也不会自怨自艾了，他再也不会思考了。他的头颅飞上空中。

路安和库尼举杯敬祝计策成功。

"如今，马塔已无人为他进言。"

库尼饮了酒，但心中却有一丝懊悔。佗入路·佩临是个贤能之才，在关键时刻挽救了起义，本应获得更好的归宿。库尼在渴求胜利的道路上杀了这么多人，令他心有不安。目的总能证明手段的合理吗？

他真希望诸神能给他一个明确的答案。

"没有什么明确的答案。"路安·齐亚说。

库尼才意识到自己喝了一半便停了下来。他勉强笑笑，饮尽杯中酒。

　　"预知未来便是失去选择，"路安继续说道，"便是由他人书写在纸上。我们只能按照自己所想尽力而为，相信它车到山前必有路。"

　　"我知道。"库尼说，"人们都以为我眼前有一条阳关大道，但其实我也是在黑暗中摸索前行。"

　　"或许诸神也是这般前行的。"

第四十八章　元帅孤注一掷

里马国与法沙国
首侯五年三月

柯楚与达苏在犁汝河两岸僵持不下之时，路安·齐亚与济恩·码左提向库尼·加鲁献上一策，可以打破势力平衡。

在北方，法沙国已在达苏和柯楚之间数次更改同盟对象，以免被其中任何一方入侵。复辟的里马国也同样是墙头草，大家都认为里马国是跟着法沙国亦步亦趋。最近，两国都宣布支持马塔，因为库尼近期没有胜绩。

这两国可以成为其他各国效仿的对象。

码左提元帅只带了五千士兵，离开笛牧细城，前往靠近里马国的乍辛湾海岸。她在那里与路安·齐亚道了别。路安乔装打扮，独自一人乘着一只小渔船，朝雾气缭绕的法沙国都城伯阿玛城而去。

马塔·金笃在拥有古老环木森林的里马国领土上建立了六个新诸侯国。经过一年混战，新诸侯国大多不复存在，全部领土如今收于乍沱·汝息麾下。季祖王初到纳雄城王宫时，他曾是教导季祖王的老师之一。而后，季祖牺牲自己从纳门大军手下救出纳雄城的事迹被他写成赞歌传颂，里马国的所有孩童都能背诵。

乍沱·汝息的崛起其实是一系列意外事件所造就的，恐怕再无可能发生。他是个彻头彻尾的学问人，只爱书本中的井然秩序，对这天下的现实混乱全然不感兴趣。

乍沱从小便不与伙伴嬉戏，而是将古阿诺讽刺诗人拉奥迹的警句悉数背诵下来。少年时代，他不和朋友去酒楼欢饮，却闭门不出，研读古阿诺道德哲人空非迹有关理想社会的论著的所有评注。他认为皇家公职考试与纯粹的思考有所矛盾，对其不齿，便不去谋官谋利，而是深入里马国的远古森林，自己搭建一间小屋，潜心修学。待到三十岁时，他已成为达拉诸岛公认的古代哲学大家之一，可与谭非于迹和吕戈·库泊比肩，不过他从未在哈安国的名书院念过书。

纳雄城陷落时，塔诺·纳门饶了他一命。马塔·金笃将他深爱的里马国拆分为若干新诸侯国，他便在这些新国的都城之间游历，教书颂道。

战争中，诸侯国轮番更迭，新君总会因袭空非迹的道德理论，请乍沱来"祝祷"。乍沱·汝息当然也明白自己不过是国君利用的宣传工具，但当权者重他、仿佛重视他的意见，他也觉得很是受用。

彼时，里马国土上仅剩的两个诸侯国不出所料地开战了。双方势均力敌，战势波及里马全国各地，百姓生灵涂炭。

正在此时，法沙国的熙录哀王按照惯例决定干预里马国事，便将法沙军队派往纳雄城，局势可谓火上浇油。

又有新军占城，纳雄城百姓的苦难没有尽头，街上充斥着愤怒与绝望。一日，纳雄书院的学生走上街头抗议，要求熙录哀王带着法沙军队回去，里马的两位国君结束战争，还百姓一个太平日子。

商人游手好闲，因为战争无生意可做。农民游手好闲，因为战争无田地可耕。工匠游手好闲，因为战争无活计要做。他们全都加入学生游行队伍，街上全是激动的暴民。学生带队前往纳雄王宫。熙录哀王正在宫中与两位里马国君的使臣商谈。

学生们将乍沱·汝息扛在肩头，敬他为首领。"先生！先生！您一直想依空非迹的传统美德打造一个理想国家！如今咱们的机会来了！"

他们在王宫前诵唱，乍沱·汝息还没回过神来，发现自己已然站在王宫门前一座临时搭建的高台上，面对成千上万的愤怒人群。

他讲了国君对臣民的义务，约束、尊重、公道是多么重要，要保障百姓吃饭的权利，还要令全国百姓和谐共处，又批评了外国军队干预不讲道义，都是老调重弹。

虽然他的话并无新意，演讲语气也并无特别之处，人群却又是欢呼又是鼓掌，他觉得自己仿佛轻飘飘的，被众人的声音与意志捧了起来。他的语气变得更加激烈。他呼吁百姓拆毁王宫，建立一个更为和谐公正的里马国。

熙录哀王和使臣躲在宫中瑟瑟发抖，但精明的熙录哀王突然看到了一个机会。他不仅逼迫两位里马国君同意停火，而且宣布废位，支持乍沱·汝息成为统一的新里马国国君。

"百姓已经发话了。"他说，"他们呼喊的名字并非你们其中之一。"

事实上，熙录哀王认为乍沱不过是一介书生，毫无治国经验。从伯阿玛城遥控这样一个傀儡怕是要比控制那两位国君轻松一些。他也明确表示法沙军队愿意"支持里马百姓和他们的选择"。

乍沱·汝息便这样登上了里马国国君之位。

码左提元帅三次要求乍沱王投降。她的使节每一次都遭到回绝，还给码左提带回了乍沱的激昂书信：

> 达拉诸岛的所有孩童都知道，各诸侯国彼此平等，各国都不可统治别国。这项原则是绝无谬误的阿汝阿诺制定的，睿智的空非迹也对此赞同。库尼王却违反了这一原则。库尼王既已违反各国相处之道，霸主定将予以惩罚。
>
> 此外，库尼王竟纳女子入军，使其地位跃居于男子之上，违反了空非迹数百年前详细阐述的两性和谐关系原则。

里马国希望库尼王尽快改正错误并为此道歉。唯有此法才可
令达苏国恢复荣誉。

码左提翻了个白眼。乍沱的话满是霉气腐臭，就和那些没人再读
的古书一样。倘若是别人所写，这信定会被视为嘲讽之词，但码左提
清楚乍沱是认真的。他真心相信有什么"各国相处之道"，强国将其
作为霸凌弱国的借口时，他也并未觉得这是强盗逻辑。

码左提的军队跋涉穿过古树遮天的里马国土，一路未曾遭遇抵
抗。林中的樵夫猎人都听说只要不加反抗，库尼·加鲁的士兵便不扰
平民。码左提的军队穿过密林南下之时，他们只是静静站在屋前或是
让出小径。

有时，某个士兵会与道旁的樵夫彼此对视，露出一个会心的微笑。

从战争中获利的都是贵族，倘若能速战速决，便会对百姓尽可能
减少影响。库尼王似乎至少遵守了这项原则。

达苏军队遇到一条浅溪，约有五十尺宽。此时正是春季，冬雪刚
融，溪水冰冷湍急。码左提看到对岸有里马国抵抗军。但他们并未驻
扎在岸边，而是在一里开外。

码左提的一名副官问："他们为何离得如此远？又没有山头要守。
他们的位置毫无战术优势可言。"

码左提看到远方飘扬的里马黑旗。中间的那一面出奇的大，镶着
金边。

"乍沱王也在。所以里马军队驻扎的位置才会这般古怪。空非迹
在其著作中写过，敌方军队渡水之时，趁其不备而攻之，此非仁义之
举。守方须得给攻方留下足够空间，使其渡水后重整队形，交战方才
公平。"

"空非迹还涉猎兵法？"

"这个老骗子写了很多自己其实根本一窍不通的玩意儿。不过
咱们得感谢他。多亏乍沱谨遵空非迹的一切教诲，咱们才能顺利渡

水。"

　　码左提手下有五百人先渡过小溪，随即在对岸建立起防线，以免里马军队万一突袭。军中其余士兵为了避免被湍急水流冲走，便彼此挽住胳膊，相互拉拽着渡水。在溪水最深处，水足足没至胸口。官兵都担心敌方会趁达苏军队主力尚在北岸或是河中间时突然进攻。他们在水中毫无抵抗之力。

　　但果真如码左提元帅所料，乍沱王的手下原地未动，静静看着码左提的军队渡水，没有前来进犯。

　　"简直难以置信。"那副官惊叹道。士兵们将装备摊在岸边草地上晾干。里马军队仍未出击。

　　乍沱王周围的军官急得吹胡子瞪眼。

　　"陛下，趁码左提的军队还未渡过溪水，我们应当立刻进攻。"

　　"一派胡言。我方人数是她的三倍。而且她不过是个女子。空非迹说过，正义之军必将战胜不义者。我们怎么能在敌军还没做好防御准备时便开始进攻呢？此非仁义之举。"

　　"陛下，趁她的手下还没穿起盔甲，应当立即进攻。"

　　"你想玷污我军声誉吗？心地纯净的季祖王会对你的计谋作何感想？不行，我们必须等待。况且，你瞧她是如何整顿阵形的！空非迹教导我们，倘若周围有河流，便不应使步兵背水而战，这样便毫无转旋余地。我们给了他们足够地盘摆阵，码左提却选了背水阵。

　　"我怀疑她是否读过空非迹著作中的真知灼见，也许她根本不识字。可怜的达苏人！竟被一个无知女子带向死亡，这命运当真可悲可叹！"

★　★　★

　　"您这可是效仿马塔·金笃的事迹？"码左提的副官问道。他回头瞥了一眼紧随身后的士兵，他们排成紧密阵形，一直延伸到溪边。

他们没有退路。唯一的道路便是向前冲。

"我一直说，咱们必须充分利用一切可用优势。"码左提平静答道，"马塔·金笃在狼爪岛上的决策是对的。为何我便不能拿来一用？将己方军队置之死地而后胜，这是个好法子，只是不能频繁使用。"

他们耐心等待，里马军队终于开始朝他们前进了。

乍沱王的部下不断逼近，希望能将码左提的五千士兵径直逼入水中。但码左提的军队站稳脚跟，勇猛抵抗，对方难以匹敌。

这一仗打了整整一下午，暮色降临溪岸之时，码左提这一方虽然人数较少，却已占绝对上风。

最终，乍沱王的阵线溃散，里马军队的幸存士兵四散逃入林中。

码左提拭去脸上的血迹，与部下庆祝胜利。这一战的胜利不如马塔·金笃在狼爪岛那般辉煌，但对于码左提的部下而言，经过祖邸陷落的耻辱，这一场实实在在的胜利依然甚是令人喜悦。

与此同时，远在北方，路安·齐亚的小渔船已抵达法沙都城伯阿玛的港口。

法沙国北方海岸线崎岖，多是地形起伏的高地，其百姓大部分以放牧为生，南方则山谷幽深，山坡阳面气候温和，其百姓多种植果树。丰饶的法沙国出产上好的羊毛和肥美的牛肉。此地出产的苹果脆甜，咬上一口，满腔阳光余味。

法沙国的勇士有如这里的地形一样粗糙坚韧。他们在高地行走速度胜过骑兵，善用崎岖岩石地形和经久不散的迷雾来对付敌人。法沙的传统剑术流派也不同于柯楚国，但却不输对方：法沙剑招注重出其不意，趁其不备，提倡灵动敏捷的脚法。

法沙国在历史上很少受到进犯。玛碧德雷攻下法沙国，仰仗的是暗杀和密谋，最后靠的是乍国士兵在人数上的压倒性优势，牺牲性命无数。

再次进攻法沙国必将付出高昂代价。

路安不希望库尼或济恩以达苏鲜血换取胜利，于是秘密到访伯阿玛城，试图劝服贪婪狡诈、精于政治的熙录哀王投降。

我将尽力而为。

伯阿玛王宫就建在海岸边，屹立于一块延伸至海中的峭壁之上。浓雾在庭院和柱廊中萦绕不去，整座堡垒好似飘浮在云间。

"库尼王一直厚待其追随者。"路安道，"您难道没有听说？他与霸主谈判讨要人质时，率先索要的不是自己家人，而是他的将领民恩·萨可礼与泰安·卡鲁柯诺。塞卡·集莫如今仍是公爵，领地包括阿汝卢吉岛、新月岛和客非岛。蒲马·业木侯爵在库尼王授意下开展劫掠活动，如今囤积的宝藏已胜过数个诸侯国的国库。只要为库尼王而战，便能得到嘉奖。"

熙录哀王与路安相对而坐，小心翼翼地吃着牡蛎，静静聆听，一言未发。在火光与雾气的作用下，他的苍白面庞上没有一点表情，金发有如薄纱闪闪发亮。

路安又开口道："但马塔·金笃对待部下却是喜怒不定，又善妒。您没听说吗？霸主撤销了蒲马·业木的头衔和封地。他怨诺达·密与多如·索罗飞失了热翡卡，对他们冷嘲热讽，使其颜面扫地而去。他舍不得分发国玺，手下为他出生入死，他却不愿颁赏。马塔·金笃是个靠不住的领主。"

熙录哀王继续拒绝和聆听，随即将口中牡蛎吞下。

"塞卡和蒲马都是粗蛮之流，为库尼王冒死效力。"熙录哀王道，"可对于出身高贵、不愿冒生死危险之人，你们能做出何等承诺？"

啊，他是想占尽投降的好处，却不肯冒任何风险。路安心想。随即他又开口说了下去。

码左提追击乍沱王的残余部队，直至又遇到另一条小溪，比上一条还要窄上一些。乍沱王这次终于学聪明了。他令军队立于南岸，不给码左提渡水的机会。

"倘若我们过不去，便让他过来。"码左提道。

她命几百人秘密穿过幽暗的森林。他们在上游快速砍伐了几棵大树，筑了一条堤坝，拦住溪水，形成一个人工湖。

下游溪水渐枯。码左提的手下佯装惧怕。他们丢下炊具和兵器，慌忙退后，避开泥泞的溪床。

乍沱王命里马军队渡溪追击。"飞索威和荣耀的季祖王魂灵定是在保佑我们！否则溪水怎会突然干枯？达苏士兵惊慌逃窜，是在惧怕我们的正义之剑！我们必须渡过小溪，不能放过这些入侵者。"

里马司令官说这一定是陷阱，求乍沱王与一半兵力留在后方，以免战情有变。

但乍沱王大怒。"空非迹教导我们，乘胜追击时应全力以赴，无所畏惧。正义之军不必担心诡计陷阱，诸神定当佑之。倘若码左提是正义的一方，遵守战法，她便会耐心等待我们渡过小溪再开始进攻，和我们给予她的待遇相同。倘若她行之不义，不等我们渡溪便发动袭击，那便定会战败。"

待到约有三分之一里马士兵渡过小溪，尚有三分之一正在渡溪之时，码左提命号兵发出信号，让上游士兵拆除堤坝。突然起来的洪水将仍在溪床中的士兵径直卷走，仍留在南岸的三分之一兵力则被困在对岸。她又令"撤退"的达苏军队开始反击。已渡至对岸的里马士兵转眼间便被俘虏。

乍沱王的残兵惊慌逃窜，码左提再次筑堤拦住溪水，不紧不慢地渡往对岸。

"你违反了战争法则。"乍沱王说。他在纳雄王宫中跪在码左提元帅面前，声音却仍充满挑衅。"你可曾读过空非迹的著作？"

"他关于治国的一些论述还不错。"码左提答道，"不过他对打仗当真一无所知。"

乍沱王悲哀地摇摇头。"若是不守战争法则，便无法取得真正的胜利。你毕竟不过是个女流之辈，难以领会宏大的天下之道。"

"可不是嘛。"码左提微笑着答道。她不想处决这个傻老头。于是她将他押送至笛牧细城，库尼·加鲁或许会觉得他挺有趣。

路安·齐亚来纳雄城见济恩·码左提。

二人在纳雄王宫的许多卧房中占了一间共度良辰，并未讨论战事。

清晨，路安祝贺码左提神速拿下里马国，又提及法沙国的熙录哀王已同意投降。

"如何办到的？"

"我劝服了他。"路安笑道。

码左提似乎对此不太高兴。她静静坐着，陷入沉思。

"怎么了？"路安问。

"我在里马国争战数月，成百上千的士兵牺牲性命，我们这才攻下里马国。可你只凭巧舌如簧便俘了整个法沙国。加鲁大人会对我们二人的功绩作何感想？"

"济恩，你不是当真妒忌我吧？"

码左提没有答话。身为女子，无论多么努力，似乎总会被男子轻易盖过光芒。

"济恩，我要回笛牧细城辅佐加鲁大人了。你能去伯阿玛城正式接受熙录哀王投降，并依照他的要求保护他吗？"

济恩·码左提点点头，与路安吻别。

码左提元帅带兵穿过高地，法沙国百姓未有丝毫抵抗。依照熙录哀王的命令，他们已是同盟，是法沙国的新保护者，所过之处都受到欢迎。

在伯阿玛城的王宫中，熙录哀王以盛宴给码左提接风。按照惯例，席间有裸胸女子翩翩起舞，为贵客提供消遣娱乐。音乐响起，熙录哀王才意识到，这舞蹈恐怕不太适合在这位元帅面前表演。

码左提却安慰他说无妨。她可以和男子一样欣然观赏这舞蹈。熙录哀王向她祝酒，表示期待与她一同效力于他们共同的国君。

"熙录哀，你可知罪？"

熙录哀王已酩酊大醉，还以为自己听错了元帅的话。

"什么？"

"你密谋背叛库尼王。"码左提说罢，拔剑就地杀掉了熙录哀王。

法沙国群臣众将正呆若木鸡，码左提的手下立刻控制了王宫。宫外，达苏军队已经夺下伯阿玛城门与港口。

码左提派疾速送信飞船带消息返回笛牧细城：

> 法沙国已收服。投降乃是熙录哀愚骗路安·齐亚的诡计。他预计叛你并再次投奔马塔。我看穿阴谋，不等他有变节行动便已杀之。

她心中感到一丝歉疚，然而，在战争中，每一次胜利都是甜美的，无论对手是敌人、朋友或是情人。

第四十九章　济恩的诱惑

伯阿玛城
首侯五年五月

码左提收服了法沙国和里马国，又获得数以万计的投降士兵，一时间有许多事务需要处理。

现在人们称她为"法沙里马女王"。她一开始是当作玩笑讲的，但旁人却似乎都很认真，她便也开始这般自称。

她为军队组织战争演习，提拔贤才，令老兵演示交战所用的剑法。她向为达苏国和她而牺牲的士兵家属发放慰问金，暂停征税以鼓励里马国铁匠生产——这是她从库尼·加鲁那里学来的法子。她巡视法沙国诸多牧场果园，向百姓许诺和平。

当女王感觉不错。众人都听从她。

库尼坐立不安，来回踱着步子。

"她在伯阿玛干得不错。"路安·齐亚道。

"但这头衔是怎么回事？"

"加鲁大人，你知道我谈到她便无法不偏不倚。她仍是达苏国元帅，关于她对法沙和里马国君之位的名分，你得做个决断。"

"我需要你的建议，路安。"

"我无法告诉你应该做些什么。咱们都是在黑暗中摸索。"

"你们俩在黑暗中可不是在'摸索'。"库尼看了一眼路安，说道。

路安两手一摊。"济恩很有主见，这你也清楚。"

"倘若换作霸主，他现在肯定已经向伯阿玛城开拔了。"

"但你不是马塔·金笃。"

"但我也不禁要想，马塔对这种情况的反应是不是正确的。"

蕾纱娜夫人走进来。她怀中抱着新诞下的孩子。库尼伸出手，蕾纱娜将孩子递给他。缇沐和曦拉仍与库尼认生，十分想念母亲，不太亲近父亲。因此，库尼王便对二儿子加倍亲近。小王子还未得正式名，暂且唤作小乎铎。

库尼不再来回踱步，而是逗起小乎铎来。"倘若济恩是男人，你是否知道该怎么做？"蕾纱娜问道。

库尼思索片刻。"大概吧。对于胸怀大志之人，有时最好放手给他们自由，只要他们还在协助你。若是不肯将线放到最长，便无法得知风筝能飞多高。若想让人效忠，信任的法子多半好过猜忌。"

"马塔·金笃便是一直不懂这一点。"路安·齐亚道。

"济恩身为女子，便令这一点有何不同吗？"蕾纱娜说道，"济恩一直要求你将她与众人一视同仁。"

库尼点点头。"你又一次令我头脑清明，给我启发。人无完人，但我们的缺点或许可以彼此互补，共同成就大业。我要对济恩表示祝贺。"

"她要将里马与法沙国玺交给你的请求呢？"路安问。

库尼胳肢着小乎铎，朝路安挥挥手。"那是个考验。给我的考验。叫她收好国玺，好好治理里马国和法沙国。"

济恩女王的卫兵将一名披着白斗篷的光头乞丐带到她面前。

"他自称有关于霸主的重要消息。"

"老头子，你有什么话要对我说？"济恩问道。

"这话只能对你一个人讲。"

济恩挥手令卫兵退下。但她将手伸至腰下，握住可靠的元帅宝剑的剑柄。

"说吧。"

"诸神会时不时赠与我们一些礼物。"那乞丐道，"但这些礼物并非纯粹的祝福，因为诸神也有颜面与嫉妒，与凡人相同。倘若拒绝神祇之礼，便会招致厄运。"

济恩大笑。"我是在笛牧细城街头长大的。听你这样的骗子说这种话，听得耳朵都起茧子了。好吧，你想要多少钱？但我可不需要你给我算命。"

"我不是来算命的。"

济恩更加仔细地打量起这乞丐来。她发现他虽然脸上肮脏，斗篷却雪白无瑕。他虽然手持拐杖，却并未倚在其上。阳光透过伯阿玛王宫窗外的雾气照射进来，映得他的面孔一忽年轻、一忽苍老。

她点点头，示意他说下去。

"陛下，如今达拉诸岛由三位英雄分占。库尼·加鲁占了西方，马塔·金笃得了南方，你则居于北方。他们二人隔犁汝河相持不下，谁也无法胜得对方一分。倘若你帮库尼，马塔便会输。倘若你帮马塔，库尼便无胜算。"

"你倒是胆子很大。"

"不过，你若帮了一人，日后赢家必会与你反目，因为伟人都不愿欠下人情。倘若你谁也不帮，恐怕便是对你自己最为有利的。现下，你已拥有法沙与里马国土，大可以再攻下甘国和狼爪岛。那时，库尼和马塔都须求你帮忙，争相博得你的青睐。你若愿意，便可把握机会趁机拿下达拉诸岛。"

码左提将达拉诸岛想成一张巨大的围棋棋盘。她在脑海中放下一颗颗棋子，形成那乞丐所描述的格局。

"你若想要这样的未来，便应立刻宣布独立，停止与库尼·加鲁结盟。让天下都知道你自己做主，绝不听从他人命令。"

码左提看着身旁小几上的法沙与里马国玺。还有一封库尼·加鲁的贺信：你的胜利将永载达拉史书，流芳百世。

那乞丐还要说下去，济恩阻止了他。

"我要考虑考虑你说的话。"

　

济恩前往伯阿玛城中的卢飞佐神庙。神庙建筑在一处温泉上，据说这泉水和法沙国东部的卢飞佐瀑布一样具有治病奇效。

济恩在这位治愈之神的巨型翡翠雕像面前祈祷。

"您曾在我面前现身，阻拦我踏上一条您认为危害巨大的道路。"

她看着神像肩头一只以白玉雕成的鸽子，那是卢飞佐的灵物。

"求您再度开口，为我指出明路。"

她静静等待，但神像毫无反应。

走出神庙时，她将手放入蓄满温泉水的池中。池水滚烫，她无法将手放在水中太久。但她忍着烫，直至起了水泡，才不得不将手抽回来。

手上的痛似乎呼应了她心中一直难以治愈的伤口：被截肢的孩子的哭喊声，洋洋自得的夫妻俩对她的鞭笞，被人欺凌的胯下之辱，因自己弱小而经受多年恐惧折磨。她握紧拳头：正是因此，她才要奋斗，战斗，证明，成功。这都是为了获得安全。

但天下便只有此事可做吗？

她心想，诸神沉默不语，反复无常。她渴望找到在达苏国村子拦下她的那位大夫。她想拉住他，摇晃他，直到他告诉她应该如何做。

她恢复镇静，离开神庙，将烫伤的手包扎好。

她必须一如既往，为自己的道路做出选择。

　

"我不过是个无名小卒时，库尼王便待我有如朋友。"济恩对那乞丐说。

"国君之谊有如醉鬼之诺，不足信啊。"乞丐道。

但济恩并未对此回应。"他与我分享食物，为我驾车。他将自己的宝剑赠与我，委任我为达苏国元帅，位居群臣之上。空非迹一直说，男子若得明君赏识，便应甘愿为其出生入死。女子亦然。我不能背叛他。"

"你觉得自己应该遵从空非迹那个老骗子的话？这天下尽是血雨腥风、刀光剑影，理想并无立足之地。"

"倘若人全无理想，这天下便也难以为继。空非迹虽然不懂兵法，但却懂得德行之道。"

乞丐摇摇头，离开了。

★　★　★

蒲马·业木一直在柯楚国干扰马塔·金笃的粮草供给，与此同时，码左提也在东方站稳脚跟。仍然效忠霸主的诸侯国节节败退，直至码左提攻下威梭提山脉以东的所有土地，包括狼爪岛和旧时甘国的所有富庶城池。

塞卡·集莫在西面也接连得胜。阿汝卢吉岛、新月岛和客非岛都已落入他手，在机械独角鲸的辅助下，他的军舰也威胁着柯楚国海岸。柯楚飞船终于损失太多悬浮气体，再也无法升空。库尼·加鲁派出飞船舰队空袭柯楚城镇，丢下火弹或是揭露马塔诸多罪行的小册子。

马塔·金笃只得四处救火。他不在时，库尼的军队便会经常偷渡犁汝河，马塔一回来，他们便只得撤退。库尼的军队在堂堂正正的战斗中难以与马塔匹敌，库尼只得一次次放弃既得战果，溜回笛牧细城。

这一僵局持续了三年之久。

第五十章　金菊之辉

柯楚国
首侯八年十一月

马塔的军队终于即将断粮。这都是柯楚连年战争和马塔疏于治国的恶果。蒲马·业木的持续偷袭也是原因之一。塞卡·集莫的舰船和机械独角鲸封锁了柯楚海港，海运也无法维系。

柯楚士兵只得挖树根草根充饥，又在军营中种起菜来。尽管马塔本人能鼓舞军心，逃军现象仍然猖獗。

每日，马塔都会借助作战风筝升至犁汝河上空。

"库尼·加鲁，上来与我交手吧！"他大喊。

库尼从未回应。

他倒是叫了一架飞船来。在马塔看来，这种行为十分卑鄙，和带刀子参加摔跤比赛没有什么两样。但库尼却不在意这些。

飞船飘近作战风筝，船员开始朝飘在空中的马塔放箭。

拉索负责指挥士兵操纵作战风筝绞盘。他见状咒骂库尼背信弃义，后悔自己当初在蟠城宴席上维护他。霸主明明提议二人单打独斗，他却派人放箭，实在无耻。他不明白库尼的部下如何能效力于如此懦夫。他高声命手下转动绞盘，将风筝降下来。

但马塔却喝令他们住手。他双眼圆睁，盯住飞船甲板上的神射手

494

的双眼，放声大笑。笑罢，他发出一声悲伤长啸，意义难辨，有如野狼痛苦的哀嚎。

弓箭手们脸色一变，箭便纷纷射偏。他们不忍再看马塔那高高飘在空中的孤独身影。

"这场战争还要打上多少年？"库尼问道，"我再见姬雅还要等上多少年？"

众位顾问这回都无言以对，就连路安·齐亚也没有答案。

库尼提议商谈彻底停战协约的条款。

库尼与马塔又各自乘平底船前往犁汝河中会面。二人举杯。

"继续打下去只会伤害达拉百姓。我无法拿下柯楚，你也无法离开它。不如我们将这天下一分为二？犁汝河和梭纳陆河以南的地盘自此都归你，其余归我。"

马塔冷冷一笑。"那时在蟠城，我真应该听佗入路·佩临的话。"

"你我二人走过的道路上都充满悔恨。我很想再叫你一声兄弟。"

马塔瞧着库尼，库尼脸上满是痛苦。马塔心中突然涌起一阵类似同情的情感。或许众人心中多少都还有些许廉耻，只是有些人心中藏得更深些。

他向库尼举起酒杯。"大哥。"

★　★　★

马塔返回萨鲁乍城，一路漫长缓慢。他将库尼的家人还给库尼，又保证蒲马·叶卢只要停止偷袭便可安全返回热翡卡。他的手下十分疲惫，但心情愉悦。战事终于结束了。

"霸主。"拉索·米罗催马上前，与马塔并肩骑行，"库尼·加鲁从未在战役中赢过你。咱们不过是运气不好。"

马塔·金笃点点头。他轻拍雷飞落的脖颈,再次加速向前,形单影只地领路。

加鲁全家团聚悲喜交加。

"妈妈!"

缇沐已经八岁,曦拉则是七岁,二人与库尼相处一直十分严肃,恪守仪礼。可如今他们却从蕾纱娜身旁径直冲向姬雅,紧紧抱住她。小乎铎拽着爸爸的衣袍,好奇地看着这位素未谋面、雍容华贵的新阿姨。

蕾纱娜向姬雅以福式行礼。"姐姐,自祖邸城一别,我和儿子日日祈祷感谢你。如今你回到库尼身边,达苏国终于迎回王后,天下归于正道。"

姬雅点点头,脸上露出一丝苦笑。

素妥夫人也与姬雅一同回来了。库尼很是惊讶。

"有些家人是天生的,有些家人是由爱而得。"素妥道。

"我很荣幸。"库尼向她深鞠一躬。"那马塔呢?"

"我很爱护我侄子。"素妥说,"但他与我的道路相去甚远。"

奥索·其林在做人质的这几年间变得愈加枯瘦,但他眼中多了一种库尼从未见过的力量。缇沐与曦拉仍然紧抱着姬雅,又喊起"奥索叔叔",其中的暖意令库尼心头一颤。

他呼出一口气,露出一个微笑。"你受苦了。谢谢你。"

奥索鞠了一躬,与素妥离开屋子。蕾纱娜把两个孩子也带出去玩了。

姬雅与库尼相拥,二人都是泪流满面。他们之间的温暖令人心安,但也变得微弱,经过多年分离,彼此的气味都变得不再熟悉。他们之间的激情曾经温暖祖邸城中的蜗居,曾在萨鲁乍城外的海边居所中熊熊燃烧,如今却须假以时日才能重新点燃。

"为了我们的成功,你付出了太多。"库尼道。

"你也是。"姬雅说。

路安·齐亚打点行装准备撤离之时，突然听到书页翻动之声。他四下察看，发现是哈安国老渔夫送给他的那册神奇的《自知书》。

但帐中并无风吹过。

他走到近前：书翻至一页空白。他正瞧着，色彩斑斓的象形文字在纸上浮现出来，有如岛屿从海中缓缓升起。

那些文字讲述了一个神话故事：

> 曾经有两条独角鲸争当四海霸主，一条为蓝色，另一条为红色。两条独角鲸的力量旗鼓相当，足足打了七天也没有分出胜负。
>
> 双方约定，每天日落时分，双方也都已没了力气，便就此停战。它们分别在一条海沟两侧安睡，各自休养生息。清晨，太阳升起，它们便继续开战。
>
> 第七晚，红独角鲸正要休息，吸附在它身上的一条鲫鱼低声对它说："干掉他。干掉他。干掉他。趁他闭着眼睛，头脑麻痹，用你的角刺穿他的心脏。干掉他。干掉他。干掉他。"
>
> "这算哪门子建议？"红独角鲸道，"这种做法毫无公平道义可言。经过连日交手，我已经开始对他生出钦佩之情了。"
>
> "我依附于你。"鲫鱼说，"你进食之后，口边残余的渣滓便是我的食物。我凭借你的伟力才得以周游四海。倘若你得胜，我便有更多食物，或许还能膨胀起来，向其他鱼儿炫耀五颜六色的鳍。可你若输了，我便不过是另找一条大鱼吸附罢了。你得胜可使我获益，但你若受辱却与我无干——大海很清楚，若是大鱼将自己的无德之举归咎于他人乐于提供帮助和建议，是不会有什么好下场的。"
>
> 独角鲸颇为意外。"你这是承认了你毫无损失，但我却

会满盘皆输。我又为何要听信你？"

"因为我生得卑微，吸附在你的肚皮上，我的责任不是做你的良心，而是帮你考虑你不敢思考之事，谋划你不敢公开之举。你若见到一条威风凛凛的独角鲸，鳞片闪闪发亮，鲸皮光滑无比，肌肉健壮有力，那你便大可确定，他身上吸附的鲫鱼数量要多得多，他们全部以食物渣滓为生。若是怕脏了自己，寄生于独角鲸的鲫鱼便活不长久，无法得胜。"

红独角鲸便听信了鲫鱼的话，当上了四海之主。

路安·齐亚合上书，苦笑一声。难道他便要以这种方式载入史册吗？

他又忆起月光下的倾盆城废墟，回想起哈安国的那首童谣。他想起对父亲的承诺，再次感到心中难安。

理想越是完美，手段就越难纯粹。

库尼的军队从笛牧细城撤出，朝柯戈·叶卢重建的蟠城进发。协约规定，双方不在犁汝河岸五十里的范围内驻军。

"你考虑过咱们何时进攻吗？"路安问。

他们正坐在库尼的马车中。国君正在浏览收成和收税情况的报告，考虑着战后如何治理广阔的新国土。他意识到，柯戈·叶卢从乍帝国的皇家档案馆中救出的旧档案如今都将派上用场，对宰相柯戈的远见充满感激。路安·齐亚的问题令他出乎意料。

"进攻？"

路安深吸一口气。"你不会当真以为和约就是结局吧？"

库尼看着他。"仗已经打了太久。马塔和我始终僵持不下。我已经在和约上盖了章。木已成舟。"

"盖章不过是在纸上留下一个印子，其效力大小就看你自己意愿如何。柯楚军队已没了粮草，如今又四散柯楚全国各地，没有防备。而我方拜柯戈所赐，仍然粮草充足。此时从其背后出其不意，全力而攻，正是最佳时机。"

"那我便会永远被史书载为背信弃义之人，以我自己的实际行动坐实马塔对我的指责。你的建议有悖于一切战争规则。我将荣誉扫地。"

"史书的功过评判在眼下无法确定。你看到的只是当代人的批评，却无法预测子孙后代在未来如何看待你的所作所为。你若不立刻进攻，结束战争，杀戮便将继续下去。再过十年，或二十年，达苏国与柯楚国仍将在战场上兵戎相见，鲜血又将染红犁汝河，达拉百姓仍要受苦丧命。"

库尼想到了蟠城百姓，他曾为了保住与马塔的情谊而辜负了他们。百姓血溅街头的哭喊声仍时常出现在他的噩梦中。

"你这是要牺牲百姓，只为了你一个人的荣誉，一些空洞的字眼。"路安道，"在我看来，这才是最自私的做法。"

"难道就没有仁慈之道的余地吗？诸神或凡人都没有同情心吗？"

"陛下啊，对敌人仁慈便是对朋友残忍。"

"路安，这种观点可以成为所有暴君的万灵丹和遮羞布。"

"济恩女王一直认为，倘若开战，便应全力以赴追求胜利。刀剑阴险并非只因为它锋利，计策卑劣也不是因为它有效。一切都取决于人。君王之道与平民遵从的德行并不相同。"

库尼没有答话。

"你若不充分利用手边的一切优势，诸神便会为你的失误惩罚你。"

库尼觉得手中的和约很是沉重。百姓的性命是不是更加沉重？

我以为自己在行使大权。库尼思忖道，恐怕其实是权力操纵着我。

"叫民恩·萨可礼和泰安·卡鲁柯诺来。"

库尼接受了路安的主意，长叹一口气，将和约撕成碎片。

一转眼的工夫，碎片便在风中消散，有如出口便忘的话语。

马塔·金笃听闻了库尼·加鲁推翻和约的消息。他正位于坡林平原一座小山附近的一个小镇子，名为拉拿及达。这里连城墙都没有，距萨鲁乍城还有几里地。

库尼大军已渡过犁汝河，塞卡·集莫的军队也在堪纷港登陆。东面，码左提已带兵突破威梭提山脉南部丘陵的防线。五万达苏士兵和同盟军正朝马塔进发。

马塔已将军队大部分散成小队派往柯楚各地城镇戍守，手边只余五千骑兵。

"这就和狼爪岛以及祖邸城那时一样。"拉索说，"虽然他们兵力是咱们的十倍，但咱们仍将胜利。"

"啊，大哥。"马塔低语道。他将手中和约撕碎，一把抛散，有如秋末寒风中的飞蛾一般。

达苏军队如镰刀割麦一般席卷柯楚疆土。正是严冬，马蹄踏地的声音在冻得结实的土地上一传数里。库尼的手下绕过柯楚卫队防守严密的城池，直奔拉拿及达镇而来。粮草供给线拉得漫长，仿佛狂风中绷紧的风筝线。

马塔将部下集结在拉拿及达镇附近的小山顶上。库尼、塞卡和济恩的军队全部赶到，仿佛箍桶的木板，将小山围了个严严实实。码左提担任总司令。此役将是她的巅峰之战。

飞索威山和卡娜山都喷发了，战场上又兴起一场活人前所未见的暴风雪。狂风大作，风向时时变换，大雪混着冰雹落下。似乎诸神之间也开战了。

霸主日夜不停命令部下试图突破济恩·码左提的包围，但每一次码左提大军都迫使他们重新撤回山头。风雪无休，飞船无法起飞，地面冻得结实，无法扎桩或修建其他防御工事。码左提只得依靠步兵阵形的人海战术抵挡马塔。

马塔撤退之时，码左提便派达苏士兵冲上小山，但每次都被挡退，留下许多尸体。不过，码左提兵力众多，能够负担这样的损失。她不给马塔手下喘息余地，不给他们一点睡眠时间。她要将他们压垮。

气温继续下降。柯楚士兵没有御寒的手套与大衣，手与兵器的铁柄粘连，撕破了皮，士兵痛得大叫。他们躺在寒冷的地上休息，将雪塞进口中充饥。许多马匹连日未曾进食，倒在地上，便被士兵屠了吃肉。

但柯楚全军上下无人提起投降之事。

"这样不行，元帅。"库尼在济恩的军帐中对她说道，"我们折损的兵力太多了。"

马塔部下已将山头守了十日十夜，每一名柯楚士兵落马，便有五名达苏士兵牺牲。

"有时需要讲究谋略，有时便须径直以人数优势压倒对方。"济恩说，"如果我们不能快速打败霸主，柯楚各地的军队便会赶来支援，切断咱们的粮草补给。我的法子虽然简单粗暴，但却行之有效。柯楚士兵连日来除了死马肉并无其他口粮，现在也已多为伤兵。我们不能放松，应当加紧进攻。"

"可我知道马塔的手下有多么忠心，他们绝不会投降的。难道我要像玛碧德雷一样，用寡妇和孤儿铺就胜利之路？就算得胜，我也同样失了民心。"

济恩叹了口气。库尼的善心不利于战事，却是她效忠于他的理由。"那你有何打算？我们总不能再次议和。"

"蕾纱娜夫人有一计。"

库尼身后的影子中，蕾纱娜走了出来。

姬雅与库尼的父亲被霸主押为人质之时，库尼本想将蕾纱娜和孩子们送回倾盆城，远离前线战乱。他不能再失去更多家人了。但蕾纱娜坚持要在前线陪他。

"妇人们需要有人帮她们说话。"蕾纱娜道。

济恩建立的女子辅军在达苏崛起中发挥了重要作用。与达拉其余各国军队相比，达苏军队的饮食更为健康，盔甲养护得更好，许多达苏士兵受了致命伤也能幸存下来，都是亏得这些女子头脑冷静，双手稳妥，为伤兵敷药缝针。

但随着战事越拖越久，济恩忙于战场之事和自家领地的管理，便对女子辅军疏于关心。尽管码左提的女子空军获得特别待遇，被当作精兵另眼相看，辅军却只被视为后勤支援。有些统领辅军的达苏军官滥用职权，迟迟不发女子军饷，对其不满情绪置若罔闻，甚至待她们有如孱弱营妓，而非军队成员。

"我母亲和我都曾想法谋生。"蕾纱娜道，"我可以帮助她们发声。倘若不能利用我这身份地位，它又有何用？"

"元帅，"蕾纱娜说，"我虽然不懂兵法，却对人心略知一二。我的长处便是看穿他们纠结缠绕的重重欲望，或许能从中辟出一条路来。"

济恩虽然看重蕾纱娜的才智，但身心疲累紧张，蕾纱娜的话又似乎太过晦涩。"此事可不是茶余饭后的消遣调情。"

"啊，元帅，你虽然将女子纳入军中，却可曾将她们视为真正的士兵？"

济恩眯起眼睛，但还是朝蕾纱娜点点头，示意她继续说下去。

蕾纱娜说完，济恩陷入沉思。她在帐中来回踱步，库尼和蕾纱娜则静静看着。她终于抬起头来。"倘若这一计不能奏效，你们便会令马塔手下士气大振，更加猛烈抵抗。不过仍然值得一试。但须国君直接去动员她们。"

济恩、库尼和蕾纱娜穿过夜色大雪，策马前往女子辅军营。女兵被集结起来，她们惊愕地看着三人。蕾纱娜曾帮她们大大改善军中条件，深得她们信任。但库尼和济恩此前从未到过她们的营地。

库尼轻驱马儿，上前几步，努力压过狂风暴雪大声道：

"你们当中有谁是柯楚人？"

有数百人举起手来。

"我知道，你们很多人在起义和之后的战争中失去夫君、父亲、儿子、兄弟，而后才来投奔于我。今晚我们有一个机会可以结束屠戮，但我需要你们的帮助。"

库尼讲述了蕾纱娜夫人的计划，女子们面无表情地聆听着。

"你们须得不带兵器，没有保护，面对马塔的军队。"济恩补充道，"倘若他们认为你们构成威胁或是并非自愿，这计策便不能奏效。他们若是进攻，我们也无法前来救援。你们若认为此计过于凶险，或是不会奏效，国君和我不会强行要求你们。需要你们自愿。"

柯楚女子一个一个在雪中站出来，在国君、夫人和元帅面前排成一个紧密方阵。

今夜，码左提没有进攻。马塔·金笃的探子甚至报告说，达苏大军竟然后撤半里地，在小山周围留出一圈空地。

黎明之前，随风传来女子歌声，吵醒了帐中的马塔：

山谷中飘雪了吗
孩子脸上是雨水吗
我的心，我的心中充满悲伤

山谷里没有落雪
孩子脸上未曾淌雨
我的心，我的心中充满悲伤

山谷满地菊花瓣
孩子脸上泪流长
我的心，我的心中充满悲伤

壮士尽如菊花败
我的孩子，我的孩子上了战场，再不复还

马塔站在帐前。雪落在他身上，不一会儿，他脸上便被融化的雪花浸湿。

拉索·米罗骑马上山，在马塔面前仓皇下马。"霸主，半山腰站了许多柯楚女子在唱歌。她们身边虽然没有护卫相随，仍有可能是达苏那边派来的探子。"

马塔又听见有男子开始和唱，这首民谣十分古老，柯楚国的所有孩子都会唱。

"怎么声音如此响亮，难道柯楚已有如此众多之人降于库尼？"马塔·金笃问道。

"唱歌的不是战俘。"拉索略有些踌躇，"是……是咱们的士兵。"

马塔惊诧地望向四周的小帐。在黎明前的黑暗中，人们纷纷走出帐篷。有人揉揉眼睛，有人开始跟唱，还有数人哭了起来。

"那些女子已经连着唱了数个时辰。"拉索说，"长官叫士兵用蜡堵住耳朵，但他们并未服从。有些人下去与那些女子会面，寻找同村老乡，打听家人消息。"

马塔听着，并未动弹。

"咱们是否应当下令进攻？"拉索问，"库尼·加鲁的这一计实在可鄙。"

马塔摇摇头。"不必了。库尼已得军心。为时晚矣。"

他重回帐中，弥拉正坐在帐中绣花。

马塔走到她身后，看到她的布上只有一条黑色丝线。它在白布上翻扭盘滚，轨迹曲折，但却无路可逃。无论它如何声东击西，绣花绷子的圆圈都将它环住，有如困兽。

"弥拉，能不能奏些音乐？我不想听那歌声。"

弥拉放下针线活计，奏起椰胡琴来。霸主和拍击掌，放声唱起：

> 力可拔山，胸怀覆海。
>
> 诸神青睐，不与我在。

骏马奇才，寸步难迈。

弥拉挚爱，我便何奈？

马塔脸上淌下一行热泪，火光映着帐外站立的士兵，一个个都面庞上闪烁起来。拉索抬手使劲抹了抹眼睛。

弥拉继续弹奏，也唱了起来：

达苏大军四面围，

柯楚哀歌催众泪。

愿使陛下做渔人，

妾居海边永相陪。

弥拉停止弹奏，但歌声似乎却萦绕不去，应着外面寒风呼啸。

"库尼以厚待战俘而著称。"马塔说，"你被俘之后，记得对他们说我对你冷酷残忍，令你遭受诸多虐待。他定会好生待你。"

"你这一生，始终以为人人都会弃你而去。"弥拉说，"不是这样的。不是这样的。"

弥拉话音渐弱。马塔本面朝一侧，听到她声音几乎降为低语，转过头来。她倒了下去，他冲到跟前。她手中握着一柄纤细的骨质匕首：独角鲸之棘。那匕首已深深刺进她的心脏。

马塔的悲号传至数里之外，和着柯楚男女的歌声，闻者都不禁打起寒战。

马塔拭去脸上的热泪，将弥拉的尸身轻轻放在地上。

"拉索，将所有尚且愿意跟随我的骑手集结。咱们要突破重围。"

狼爪岛之战重演了，拉索心想。柯楚八百骑兵有如群狼冲下山头，直冲进尚在梦乡的达苏军营，此时警报方才响起，达苏士兵前来阻挡他们。

拉索感觉到熟悉的亢奋情绪涌遍全身。他不再感觉寒冷、惧怕或是饥饿。绝望烟消云散，他为能再次与领主并肩骑行感到无比喜悦。马塔可是达拉诸岛有史以来最伟大的勇士。

　　他难道不是曾与马塔并肩击败战无不胜的金多·马拉纳吗？他们不是一同从天而降，差点便擒得诡计多端的库尼·加鲁了吗？他难道不是手握至简剑，这剑乃是马塔·金笃从唯一能令他脚步慌乱的对手那里得来的吗？我们的战斗还没开始呢。

　　柯楚八百骑兵有如雷霆，不断前冲，冲过排布紧密的达苏士兵。他们像是攻城锤撞破摇摇欲坠的门板。尽管马塔身后不断有骑兵坠马，但止疑剑始终在狂风暴雪中有如一芽月光舞动，谁敢挡住他的去路，便如镰刀割草一般倒下。虽然身旁的伙伴越来越少，但血噬棒仍似飞索威的铁拳一般不断出击，谁敢举起武器，便似锤敲核桃一样被击垮。

　　黎明来临，马塔终于突围。他周围只余不足一百骑兵。

　　他们一路向南奔驰，朝海边而去。翻滚的雪花将一切都变成白色，方向难辨。马塔迷路了。

　　他在一个岔路口停下来，敲了一间农舍的门。

　　"哪条路通向萨鲁乍城？"他问道。

　　老农看着门口站着的这位壮汉。他的身份不言自明。身高体壮，重瞳之眼。天下再无一人长成马塔这番模样。

　　老农的两个儿子都在无休战争中为霸主而战，均已牺牲。他已听厌了勇气荣誉之词、光辉骁勇之论。他只想要回两个儿子。他们都是壮小伙子，干农活很是卖力气。这些孩子都不明白自己为何要献出生命，只知道有人对他们说，这样才是对的，这样才是好的。

　　"那一条。"老农指向左边。

　　马塔·金笃谢过他，又翻身踏上高大的黑色坐骑。手下骑兵随他而去。

　　老农在门口又伫立片刻。他听到了达苏军队追击而来的马蹄声。

他关上门，吹熄桌上的蜡烛。

　　老农给马塔指的路通向一片沼泽。许多士兵的坐骑坠了下去，泥巴没至马腹，马儿在恐惧与痛苦中喷息嘶鸣。士兵只得下马。

　　马塔原路折返，踏上另一条路。如今他身边仅剩二十八人。他们已能看到达苏大军追来的火把。

　　马塔·金笃率众人登上一座小丘。

　　他对手下说："我戎马十年，征战七十余回，从未落败。与我交手之人，非死即降。我今日逃亡不是因为不能战，而因诸神妒我。

　　"我甘愿赴死，但死前先要心怀欢喜而战。你们随我至此，不必再跟。走吧，你们去降了库尼·加鲁吧。我祝你们平安。"

　　无人动身。

　　"谢谢你们始终信我。那我便要让你们见识一番真正的柯楚勇士。库尼·加鲁的军队很快便要将咱们包围，我先要屠一名军官，夺一面旌旗，冲破他们的防线。然后你们便会知道，我今日之死并非技艺不精，乃是命运无常。"

　　追击而来的达苏军队已经抵达，将小丘重重包围起来。马塔·金笃将手下排成楔形阵列，自己为首。

　　"冲啊！"

　　他们奔驰而下，冲入达苏大军，径直朝带队的达苏军官冲来。这军官吓得瞪圆双眼，不及闪躲，便被马塔的止疑剑一下从肩砍至腹部，一劈两半。达苏士兵有如风中残雪四散而逃。

　　马塔·金笃用力一勒雷飞落的缰绳，这匹黑骏马便高高跃起。马塔·金笃居高临下，面对众人，放出一声战吼：

　　"哈啊……！"

　　这怒吼在战场上萦绕不去，震得达苏士兵耳膜嗡嗡作响，一时间鸦雀无声。他们有如羊群避狼一般退了下去。无人敢与马塔的炯炯目光相对。

　　马塔放声大笑，朝达苏军中一名旗手冲去。他伸手从吓坏的士兵手中夺过独角鲸跃起的旗帜，一把将旗杆折断。他将战旗扔在地上，雷飞落欣然践踏其上。

"呼啊，呼啊。"马塔手下齐声喝道。

他们再次策马奔腾，惊惧的达苏士兵有如潮水在他们面前让开一条路。

马塔继续南下，清点一番周围部下：二十六人。他们只损失了两人。

"你觉得如何？"他问道。

"正如您所料，霸主。"拉索说着，语气中充满敬慕。

众骑兵均觉自己有如神祇。

他们终于抵达海边。马塔下马，看到附近一幢废弃房屋。他认出那房子，心头一愣。这正是姬雅曾在萨鲁乍城郊居住多年的宅子，他曾在此与库尼开怀畅饮，将他的儿子抱在怀中。

马塔·金笃揉揉眼睛。古阿诺诗人说过：*史如去国，不可回返。*

拉索走上前来。"我们已经搜索了附近海岸，没有发现舰船，只有一条小渔舟。霸主，请您上船前往图诺阿。我们留在此地拖住库尼·加鲁。图诺阿虽小，但易防御，很多百姓都仍然爱戴金笃部族。您可以招募新军，再来为我们复仇。"

马塔·金笃没有动弹。他站在雪中考虑着。

"霸主，您要快些。追兵就要到了。"

马塔·金笃跃下雷飞落，在后腿上用力一拍。"可怜的马儿，你跟了我这许多年，我不忍看着你送命。走吧，躲起来，多活几年。"

但雷飞落不肯走。它扭头看向马塔，响亮地哼了一声。两个硕大的鼻孔中喷出腾腾热气，有如烟雾。雷飞落双眼怒视马塔。

"对不起，老伙计。我不该强求你做我自己也不屑做之事。你我的确是天生一对，那我们便同生共死。"

他又转向众位部下，满面悲伤。"我和叔叔离开图诺阿来到本岛之时，八百青壮士兵随我而来，胸怀荣耀梦想。可如今，倘若我回去，竟是只身一人，连他们的尸骨也不曾带着，叫我如何有颜面见到他们的父母姐妹妻儿？我是再也不能回去了。"

他与手下站在海滩，雷飞落陪在身旁，静静看着达苏士兵步步逼近。

"冲啊，冲啊，冲啊！"达飞罗·米罗催促着手下人。"库尼王已经许诺，谁若捉到马塔·金笃，便赏黄金万两，授予伯爵头衔。快冲！"

火把照耀下，人数众多的达苏士兵形成一个半圆，将马塔·金笃和他的二十六名战士团团围住，背后便是波涛汹涌的大海。

马塔手下全部下马。马儿围成一个半圆，护住主人，以喘息的身躯形成一道屏障。众人立在皑皑海滩，箭已搭弓，为最后一战做好了准备。

马塔挥挥手，没有开口，众人放出最后一批羽箭。二十六名达苏士兵应声倒地。回击的箭雨要密集持久得多，待达苏士兵停手之时，又有两名马塔部下倒地不起，所有马儿也都倒下了。

雷飞落也躺在地上，身上中了数十支箭。它发出一声尖鸣，竟似人类哀号一般。周围其余马儿大多已死，剩下几匹也发出哀鸣。

火光映得马塔双眼闪烁。他走到雷飞落身边，手起剑落，止疑剑一劈，雷飞落便头身分离。马头划出一条长长的弧线，落入远方海中。马塔的部下也纷纷上前，帮其他几匹尚未咽气的战马做了痛快了结。

马塔·金笃再次抬头看向达苏士兵，眼中泪水已干。他手握兵器背在身后，脸上充满对这些卑微之人的鄙夷。

达苏士兵纷纷抽剑举矛，收紧包围圈。他们一步步逼近传奇英雄马塔·金笃。

"达飞罗！"拉索突然大喊。他在摇曳的火把映照下发现了哥哥的面庞。"达飞罗，是我，拉索！"

马塔扫了一眼拉索。"是你哥？"

拉索点点头。"对。他选错了领主，选了个不知廉耻之人。"

"兄弟不应手足相残。"马塔说，"拉索，你一直表现很好，你是我见过的最出色的士兵。我最后送你一件礼物吧。取了我的首级，去做个伯爵。"

他举起止疑剑，低语道："爷爷，叔叔，对不起。我心中从未有过疑虑，但或许这还不够。"

他一下斩断颈部动脉，鲜血四溅，染红了海滩上的白雪。他又伫立片刻，便如被伐的参天橡树一般倒下了。

"拉索，住手！"

太迟了。拉索·米罗效仿马塔，以止疑剑自刎。周围，马塔的其余骑兵也如巨树一般纷纷倒下。

达苏士兵争相冲上去抢夺马塔尸身领赏。争抢中，马塔四肢与身体分离，库尼·加鲁最终只得赏了各抢得一块尸首的五名士兵。

★　★　★

马塔·金笃的尸身被重新缝好，在萨鲁乍城外下葬。库尼·加鲁以首侯之礼厚葬马塔。

济恩·码左提率先发表悼词。"敌人愈强，他便战得愈勇。哪怕没了力气，他也依然骁勇坚定。然而，若是看到胜利的希望，他却时常因一丝犹豫而踌躇不定。他自认为无敌，一意孤行，对将领缺乏信任。他征战四方，统领天下，超越生命。但他很久以前便已尽失民心。"

库尼·加鲁最后一个发表悼词，他的悼词也为后人长久铭记："虽然我今天得胜，但十代之后，谁知你我哪一个声名更为辉煌？你以君王之姿死于我手，但这疑问将终生萦绕我的心头，至死方休。

"你在祖邸城挡住纳门时，我看到你翱翔高空。你在笛牧城屠杀无辜时，我从旁见证。你的勇气、高贵、忠心都令我惊叹不已。你的冷酷、猜忌和固执又令我心生寒意。萨鲁乍城外，你抱起我家小儿，我开怀大笑。你将完美之城尽数烧光，我放声大哭。我理解你殷切希望建立天下秩序，我又遗憾这天下并非百姓想要安居的天下。你不肯再叫我大哥，我只能将苦往肚里咽。可在拉拿及达，我却不得不再次背弃你。胜利遥不可及之时，我觉得你比我的亲哥哥还要亲近，可我们却不能在蟠城共享欢宴。从狼爪岛岸边到祖邸城上空，你在百姓心中留下不可磨灭的形象。

"你有如一阵金菊风暴席卷天下。兄弟，达拉诸岛再无人可与你匹敌。"

库尼亲自抬柩送葬。他以灰抹面，身披麻布。他抬着棺柩穿过街巷，直至抵达安葬之地。他哭得无比悲恸，从未有人见过他这般哭过。

萨鲁乍街头菊花尽放，香气无比浓郁，过往飞鸟竟都绕城而行。

霸主尸体正要入土，送葬队伍上空突然飞来成群巨鸦，有黑有白。它们有如围棋子，按色分开。此时又俯冲下来一群明恩巨鹰。队中的众位贵族和臣子四散开来，将霸主的棺木留在墓旁。

此时，墓旁地面发出惊涛般的响动，裂开一条巨缝，涌出一群可怖巨狼，每一头都足有人的四倍之大。巨狼、巨鸦、巨鹰纷纷涌至棺边，将其团团围住，整齐站好，有如等待视察的卫兵。

暴风突起，路边石块翻滚，树木被连根拔起，一片沙尘遮天蔽日。在这混乱中，一切话音声响都被风喉、狼嚎、鸦叫和鹰啸所吞噬。

天下仿佛归于原初混沌之态，就连思考也难以维系。

突然间，一切声响与狂乱戛然而止，明媚阳光照耀着方才大劫之后的平静景象。鸟兽均已消失，霸主的尸体也不见了踪影。

在短暂风暴中卧倒的贵族群臣缓缓起身，腿脚尚且发抖，惊愕地环顾四周。

柯戈·叶卢率先回过神来。"此乃大吉之兆！"他在众人惊寂之中大喊，"达拉诸神一同将霸主迎往另一个国度去了。我们余下之人见证了新的太平盛世到来！"

有几个善于见风使舵的贵族立刻表示赞同，高声祝贺库尼·加鲁，不多久，对库尼王的赞美之词便此起彼伏，聒噪之程度不亚于方才那些鸟兽。

库尼看看柯戈，露出一个苍白的微笑。他做口型问道：你我如何能知晓诸神心意？

柯戈朝众人一挥手臂，也以口型回答：他们知晓你的心意便足矣。

加鲁大人转向众人，缓缓点头，尽显帝王之仪。

第五十一章　登基大典

达拉诸岛
四海平治元年五月

一名身披白色斗篷的秃头叫花子在高粱田中的蜿蜒小路上行走着。

他出现在一个只有三十来户的小村子里，那村子实在、朴素、贫穷。他四下看看，随便选了一户人家，敲了敲门。一个八岁左右的男孩开了门。

"小主人，能赏陌生人一碗粥喝吗？"叫花子问道。

小孩点点头，走开了，很快捧了一碗热粥回来。粥上竟还打了个蛋。

"谢谢。"叫花子道，"去年收成好吗？"

那孩子疑惑地看着他。

"我之前不在这里。"叫花子道，"去本岛上了。"

"难怪。你的口音是如意岛的，可这问题问得却像是外乡人。去年收成差得很。看来奇迹公发怒了，而且去年秋天如意岛遭受了多场暴风雨。"

听闻此言，叫花子的脸色沉了下来。"那你还愿意与陌生人分享食物，便更加难能可贵。你确定你父母不会介意？"

孩子笑了。"没事的。库尼王和叶卢宰相下令从热翡卡运粮来，我们大家都有足够口粮。"

"这么说来，你喜欢这位国君了，哪怕他不是乍国人？"

"我们已经不再提乍国了。"孩子说。

"可这里是你的祖国啊！"

孩子摇摇头："这里是如意岛，达拉诸岛的一部分。"

在大目山脉深处的一处偏僻山谷中，奇峰耸立于云海之中，有如船只在一片雾气上漂浮。达拉诸神正聚集于此，远离凡人耳目。

平缓的草地上摆着一顿便餐，由鲜果、花蜜与野味组成，诸神围成一圈，或卧或坐。

鲁索、拉琶和卢飞佐是此次聚会的东道主，脸上都是一副安详喜乐的表情，可谓是容光焕发。

"你们几个当然高兴了。"飞索威道，"你们押中了人选，得了胜。"

"好啦，好啦。"卢飞佐说，"凡人迎来了新的时代，我们也应该开启一个新时代了。兄弟姐妹们，咱们一起喝一杯，就此讲和吧。"他举起一壶蜜酒，拉琶和鲁索也跟着举起酒壶。

"我一直提议咱们不应争斗，应当多喝酒。"图图笛卡说罢，也举起自己的酒壶。

"我压根不在意凡人打不打仗。"塔祖得意笑道，"只要他们有趣就行了。我很乐意看马塔·金笃开战。库尼·加鲁维持和平想必也很是好玩。"他也举起酒壶。

但飞索威、卡娜和奇迹这三位仍然冷着脸，没有动弹。

"哎，今天有意思了。"塔祖说，"幸亏我来了。"他不等其余众位，将自己的酒一饮而尽，又将酒壶满上。

"战争已经结束了。"拉琶说，"难道我们的心胸尚不及凡人吗？"她看三张冷脸没有回应，便专门招呼孪生姐妹："得了，小卡娜，你怎么能拒绝亲姐妹呢？"

"别跟我玩这一套！"卡娜说，"飞索威和我去取马塔尸首时，就不该听你的话。你还说什么'妹妹，让我跟奇迹一起去吧。应该让凡人看到我们的灵物一齐现身，这样他们便会知道我们诸神都很在意'。"

"我想的确实仅此而已！"拉琶说，"就算我们在这场战争中有所分歧，但我们归根结底是达拉诸岛的神祇。"

"话说得好听。"飞索威说，"可你利用了卡娜和我！这样一来，显得我们也支持库尼·加鲁似的！"

"别忘了奇迹。"卡娜说，"他对马塔和库尼同样仇恨，她把他骗得更惨。"

他们扭头看着奇迹，但空中之主没有发话，似乎陷入沉思。

"你们大大误会我了。"拉琶反驳道，"是凡人完全误解了我为咱们的灵物安排的舞蹈动作。我本想表明诸神依然保有分歧……"

"所以你我的乌鸦才要依颜色分开。"卡娜按照老习惯抢着姐姐的话说。

"正是。我又建议飞索威的狼群与奇迹的巨鹰相对而立，这样凡人便不会误以为奇迹已经原谅马塔·金笃，是他亵渎了玛碧德雷的陵墓——"拉琶看到飞索威正欲反对，便又补了一句，"但他也是达拉诸岛的第一勇士。"

"可你的计划失败了。"飞索威说，"那个柯戈·叶卢彻底歪曲了事实，说得好像我们都是去支持库尼·加鲁的。"

"而且众人都听信了他！"卡娜哀叹道，"这些人就不会自己动脑子想想吗？"

"我们用心准备的征兆将会载入达拉年表，可却是依照一个凡人的误读。"飞索威说。

"凡人记载的历史一直不太准确。"图图笛卡道，"啊，我的绮可觅。"她的蓝眼睛湿润起来。

其余诸神也都充满敬意，缄默不言。他们都记得公主为了拯救百姓放弃一切，甚至包括她自己流芳百世的机会。

奇迹第一次开了口："小妹妹，绮可觅热爱阿慕国，一如季祖热爱里马国，或我的纳门热爱乍国。我的心也为她流泪。你可愿与我共饮？"他朝她举起酒壶，"为了君王之道，这比任何冠冕或凡间颂词都更与她相配。"

少顷，图图笛卡点点头，二人对饮。

奇迹又说："已有太多人和绮可觅、季祖、纳门一样，为了自己深爱的土地而死。"

飞索威与卡娜听闻此言都十分惊异。诸神中，奇迹公本应是对战争结果最为愤怒的。乍帝国已不复存在。

但奇迹公又道："时光流转轮回。达拉人抵达这片群岛时本是团结一心，而后才分裂为多个诸侯国。但那时他们的样貌也已存在诸多差异，说明阿诺人也是多个部族融合而成。如今达拉诸岛再度统一，百姓可以像从前热爱自己的国家一样热爱整片群岛。我们也的确答应过母亲，我们将照管整个达拉。"

诸神考虑一番，飞索威和卡娜脸上的怒容消散了。

"倘若凡人已相信诸神和解，我们不如让它变为现实。只要乍国百姓得到公平待遇，我便不再提战争之事。可若是库尼名不副实，我也不会坐视不管。"

"我也不会。"飞索威说。

"我们也不会。"拉琶和卡娜齐声道。

诸神开始吃喝，谈起更快活的话题。他们决定应邀一同前往图图笛卡的阿汝卢吉岛，在那美丽之岛勾留数日。

众神离去之时，鲁索和拉琶走在后面。

"我发现，大家都开了腔，只有你没说话。"拉琶说。

"我没什么可说的。"鲁索笑答。

拉琶放低声音。"还是哥哥高明，你这灵物之舞的建议的确是个好主意。可你如何知道凡人会按照我们所希望的方式'误读'？"

"我并不知道。他们也有可能按照你今天所说的来解读。凡人一直难以预测，所以与他们合作才困难重重。"他停顿片刻，又补了一句，"也才如此有趣。"

"你是赌了一把？"

"不如说是有所斟酌的风险。盲赌更像是塔祖所为。"

"我觉得，你对某个土匪头子的关注有点太多了。"

诸神声音渐散，一阵微风吹过，将一片蒲公英种子从山谷中送上天空。

库尼最器重的顾问和将领悉数受邀前往祖邸城。新帝登基仪式还有数周才举行。眼下无事可做，只须尽情享受眼前的和平景象，与老友开怀叙旧。

传言说柯戈·叶卢正在如意岛给自己修建巨宅。宅邸极尽奢华，无比宽敞，柯戈怕是盗取达苏国库来负担这豪宅的。

库尼皱起眉头。达苏国一直仰赖柯戈打理，眼下恐怕比以往更甚。霸主尸首不见踪影之时，是他机智引导舆论，实乃天才之举。有时他不禁猜想，柯戈是否开始不满足于仅仅辅佐他了……无论如何，他现在绝对不能允许柯戈妄自尊大。

库尼请柯戈一起喝茶。

"我们一直在努力赢得民心。"库尼说，"如今既已得胜，切勿在疏忽间又失了民心。"

柯戈立刻道歉谢罪，乞求原谅，但却未提及所为何事。

库尼大笑。"我没有生你的气，柯戈。我明白，水至清则无鱼。手握权力之人总得有些特权。但咱们能不能将特权控制在合理范围内？"

柯戈谢过库尼，急急退下，连茶都没有喝完。

大家交头接耳，称赞库尼实乃明君。

路安·齐亚在倾盆城街头漫步，时时注意观察与聆听：书生们在酒馆中热烈争论哲学，背着孩子的妇人在商店橱窗前流连忘返，口中诵念着乘法表或简单的阿诺典籍，久闭的私塾大门重新打开，仆人正忙着清扫课堂地板，准备迎接新学生。

他来到祖宅旧址。废墟原封不动，但他发现断壁残垣中开出许多野花：狮齿蒲公英、蛋黄草、柳兰、耧斗菜、菊苣……

路安跪在残砖碎瓦之间，明媚的阳光温暖着他的脸庞。他闭上眼睛静静聆听，周遭只有一片祥和之声。

随即，他前往鲁索神庙。他穿过大殿，避开熙熙攘攘的善男信女，来到庙后的小院。他四下打量，看到一棵树边倚着一块黄色巨石，形如缩在壳中的海龟。

他跪了下来。

"老师，我来了，我想我的使命已经完成。"

他耐心等候，期待将充满智慧的《自知书》赠与他的老渔夫再度出现。可一直等到日落月升，也没有等到一个人影。

他感觉到背上的包袱中有动静。他打开包袱，取出那册神书。书页自行翻开，其中满是他多年来记录的文字图表，也是他的心路历程。突然间，书页停在笔记之后的第一页空白上。

一行闪闪发光的方块文字浮现出来：**独角鲸搁浅之时，识理的鲫鱼便会离开宿主；使命业已完成之刻，睿智的仆人即应归隐山林。**

路安在夜色中静坐良久。而后，他跪下来，额头触地，向书行礼。"谢谢您，老师。"

又一行字浮现：**书中一切早已为你所知，我不过是助你理清头绪。**

闪耀的字迹消失，路安·齐亚一直等到天明，空白的书页上也再未出现一个字。

济恩女王前往附近乡间为老码头总管上坟，而后来到笛牧细城。

她下榻于笛牧细城最奢华的客栈，还邀了路安·齐亚同住。二人进了卧房便一连几日未曾出来。

翌日清晨，二人决定出城兜风。济恩没有穿戴王袍，只套了件舒适的裙衫，路安也未着朝臣服饰，不过穿了件书生样式的简朴蓝色束腰外衣。他们看起来不像女王与达拉诸岛的第一军师，倒似一对平凡情侣外出踏青。他们放松缰绳，任由马儿恣意漫步，尽情享受灿烂阳光与和煦春风。

"济恩，你接下来作何打算？"路安·齐亚问道。

"库尼说，登基之后他想让我做热季拉女王。热季拉比里马与法沙富饶得多。这个奖赏不错。"

路安没有答话，济恩转过头，看到他蹙眉沉思。

"怎么了？"

路安缓缓答道："可如此一来，你便须将军队留在法沙和里马，到新的领地上重新来过。"

济恩大笑："这种事我已经习惯了。"

正在此时，他们在路边遇到几名猎人。

"野雁多吗？"济恩问道。

"年景不好。"一名猎人答道，"我们跑了一上午，也没见到几只。看来要等到秋天了。"

路安和济恩看到猎人鞭打猎狗，狗儿悲惨地呜咽着。猎人又以厚布将猎弓层层裹起，准备留待秋天再拿出来。随即，猎人与他们作别离去。

"你是元帅。"路安说，"但如今天下太平。你想想，既然野兔猎尽，野雁射光，在皇帝眼中你与那猎狗闲弓又有多大分别？"

济恩眯起眼睛："你认为，库尼将我打发到甘国是为了将我与忠心耿耿的部下分开？"

"这是一种解释。"

"但他还对我说，我可以佩剑上朝，民恩·萨可礼和泰安·卡鲁柯诺等人跟随他的时间长久得多，却都不曾获得如此待遇。倘若他疑心我，为何要说这话？"

"你拒绝了这待遇吗？"

"当然没有！这是我应得的。"

路安摇摇头。"我不知道库尼是怎么想的。但我知道，权力能够改变一个人看待朋友的眼光。柯戈比我们都清醒得更早，他的选择很明智，装疯卖傻，令库尼宽心。他若不是故意污损自己的名誉，库尼怕是要怀疑他窃取民心了。"

"荣耀名至实归之时，你想的都是防患于未然？"

"小心驶得万年船。君王之宠变幻不定，与搭乘风筝放飞高空是一个道理。"

济恩策马开始小跑。"不必和我说什么小心。我这一辈子都在刀尖行走。我能带兵，但库尼能带将。能效忠于如此雄君，我已心满意足。"

"但你为了自己实力崛起，不惜杀掉熙录哀。你是否当真清楚自己内心所想？抑或他人如何看待？倘若尚有选择之时，你并未见好就收，日后恐怕要为活命而争。"

济恩脸色一沉。"我曾有机会背叛库尼，却拒绝了。这天下不只有粗暴蛮力和无情背叛。库尼对我不必担心，我同样也不会惧怕他。"

二人策马回城，一路无话。

济恩在笛牧细城还有几人要见。

她首先派人打问了"灰鼬"曾经的黑帮和那些为他们乞讨的伤残孩子。

帮派早已解散，找到以前的成员并非易事。但济恩是库尼·加鲁麾下最有权势的新晋贵族，笛牧细城的衙门与巡警都热切想要讨好她。他们终于将六个戴着镣铐的人带到她面前。

"我们只找到了这几个。"衙门长官说，"贼子在战时大多也不好混啊。"

"那些孩子呢？"她问道。

"他们……"那长官不敢与她目光相接，"怕是没有活下来。"

济恩点点头，望向远方。

她下令将这些人手脚砍断。

"看着我。"济恩道。手下士兵扶起几人的残缺身体。这几名贼子已经意识模糊，勉强抬起头来。"这是你们这辈子看见的最后一个人了。"

随即，她令人用炉中烤热的铁棒剜出他们的眼睛。几人皮肉嘶嘶作响，高声尖叫。

"这不是为了我自己，而是为了那些孩子。"

济恩又下令将他们的耳膜刺破，让他们自己的尖叫声在余生中一直在脑海中回荡。

接下来是曾与年少的济恩分享食物的洗衣老妇。找她更为不易。但济恩派手下在犁汝河沿岸各村搜索，将所有老妇人集合起来，终于找到了她。

老妇人被带到女王面前，浑身发抖。济恩给了她万两黄金。"婆婆，我不过是个无名小卒时，是您帮了我。诸神不会忘记真心行善之人。"

再接下来是膜拜卢飞佐的那对夫妇。他们曾经伤害她，为了让她变成体面人家的小姐。

济恩给了他们五十两银。"你们给我提供了数月食宿，这钱足够补偿你们的开支了。你们本意是为了治愈，可却没有耐心慢慢温暖孩子受伤的心灵。或许下次你们能做得好些。"

济恩见的最后一人是曾给她带来胯下之辱的那名男子。

他吓得浑身颤抖。"灰鼬"手下的下场已经远远传开。他在地板上蜷成一团，抖个不停，一个字也不敢说。

济恩叫他坐起来，让他放松些。"你虽曾经辱我，但也教会我小不忍则乱大谋的道理。

"我曾经是这里的街头顽童，如今回乡时已是女王。我若只为向你复仇，那便说明我一无所获。

请与我共饮一杯。"

★ ★ ★

今天是库尼沿用本名的最后一日。明天他将成为拉金皇帝，开启四海平治元年。蟠城改称和谐之城，将在那里修建一座新皇宫，举行正式登基大典，还将制定新礼制与头衔。柯戈·叶卢已为库尼准备了厚厚一沓奏书审读，都是治理达苏帝国和改善民生的点子。

但今日，库尼仍以祖邸城的库尼·加鲁的身份，按平式安坐，与老友开怀畅饮。美酒任享，礼仪全然不顾。今日，大家尽可畅所欲言。

第一步兵将领民恩·萨可礼、第一骑兵将领泰安·卡鲁柯诺和千里军师润·柯达（这头衔是他自己提出来的，因为听来比"密探总管"要体面些）招待着塞卡·集莫公爵和蒲马·业木侯爵，这几人在角落专设一桌，以免他们的喧闹酒令扰了其他客人。他们时不时争论该谁罚酒，太过聒噪，库尼便会亲自去提醒。

旁边设了一张灵桌，空着的座位与餐具留给没能幸存得见今日的朋友与家人：纳蕾、胡佩、幕如、拉索、多飒队长、飞恩、马塔、弥拉、绮可觅……库尼和其余诸人时不时会来此桌向逝者祝酒。虽然他们眼中湿润，但口中话语却是欢快，希望便是最好的悼念。

欢宴上唯一美中不足的是皇宫卫队队长达飞罗·米罗的缺席。他护送弟弟拉索的遗体返回奇沙村附近的老家下葬，并起誓要在家服丧一年。

妙壶酒家的瓦苏寡妇负责提供酒菜。如今她的餐饮档次可是高级许多，多亏那些好奇库尼·加鲁出身的顾客盈门——瓦苏很明智，并不多言，假使有客人叫她讲些库尼的传奇故事，她也只是神秘一笑。她甚至在妙壶酒家面向书生推出了一种新酒——达拉诸岛各地有许多人来到祖邸城，只为在罗因先生的其他门生开设的书院念书。可惜罗因先生已经仙逝，但能受教于皇帝曾经的同门，也算是颇为荣耀。当真是一人得道，鸡犬升天。

高台上是贵宾席，库尼和两位妻子身旁还坐了库尼的父亲非索·加鲁，他的哥哥嫂嫂卡多与泰泰·加鲁，姬雅的父母吉罗与露·马提扎。马提扎一家脸上的笑容有些勉强，但库尼很是宽容，抵达祖邸城时也未曾难为他们。（不过，酒宴伊始，他倒是响亮地敲了敲空罐子，微微一笑，泰泰随即面色通红。）

姬雅一直忙着向济恩·码左提、路安·齐亚与柯戈·叶卢敬酒。这三人在新达苏帝国中可谓是地位最为重要。姬雅多年不在，蕾纱娜得以与他们拉拢关系。如今姬雅似乎是在弥补失去的时间。

素妥·金笃看看她，又看看蕾纱娜。蕾纱娜正安安静静地坐在库尼身旁，满足于他一人的关注。宴席开始之前，库尼宣布蕾纱娜所生的小王子小乎铎也已到了识理之年，将赐正式名费如，意为"掌上明珠"。

只有深入钻研过古阿诺经典的寥寥数人懂得其中的隐晦典故。柯楚爱国诗人陆汝森曾为一位新诞王子作诗一首：

> 爱子得承父，
>
> 更胜王掌珠。

缇沐王子的名字意为仁君，典指孝子爱母，可费如的名字似乎却暗指库尼对继位之人的安排。难怪名字宣布之时，姬雅脸上一片阴沉，蕾纱娜却似乎全然不知。

院中孩童嬉笑之声时不时传入宴会厅中。

素妥一声叹息。蕾纱娜身陷困境，却丝毫无所察觉。蕾纱娜以为有了库尼的宠爱便够了，但她不明白，皇帝的妻妾子嗣之间的权谋诡计更加纷繁危险。

蕾纱娜弹奏椰胡琴，库尼带着醉意与愁思，放下手中的玉匿沁，放声吟唱：

> 风起云涌，
>
> 四海太平，
>
> 威震八方。
>
> 亲友环绕，
>
> 衣锦还乡。

　　　　　安歇片刻，

　　　　难寻闲光。

　　外面风中满是蒲公英花种子，有如夏日晴雪飘摇。

　　"听说你拒绝了皇家学者与尚书之位。"柯戈在路安身旁坐下，说道，"那你有何打算？"

　　"哦，我尚未决定。"路安说，"或许将机械独角鲸中的装置改为铁牛马，定会受到商人农民的欢迎。或许乘气球环游诸岛，绘制更为精细的舆图。也有可能回山里改造我的无线风筝。"

　　"但你打定主意不留在宫中？"

　　"彼时应与独角鲸共跃，此时应独自归隐山林。"

　　柯戈微微一笑，不再多言。

　　路安扭头看看济恩·码左提。她也回望路安，微微一笑，举起酒杯。路安看到她眼中只有信任，可他听着库尼的歌，却不禁感到一阵寒意。狩猎已经结束。

　　路安一声叹息，也举起酒杯，一饮而尽。

作者注

马塔·金笃的诗改自晚唐的黄巢所作的《不第后赋菊》。黄巢的事迹与本书没有多大关系，但这首诗偏巧也提到花与政治，所以我在这里简单介绍一下。

黄巢是一富裕盐商之子，科举落第后在唐朝都城长安写下此诗。唐朝廷偏爱牡丹，赞颂菊花之举意在政治。

公元875年，唐朝廷腐败，百姓饱受天灾与恶政之苦，朝中却仍是奢靡无道，黄巢便愤而起义。五年后，他的军队成功夺下长安。现存史书中记载，黄巢的手下对平民大肆屠戮。最终，他的起义虽然催化唐朝倾覆，却也失败了，手下对他背信弃义，将他杀害。

黄巢的诗一直受到争议，正如他的历史地位——在某种意义上，库尼与他的顾问们太过乐观，即便千年之后，历史的评价恐怕也仍未尘埃落定。

致　谢

　　这部小说从试读者提供的批评和建议中获益良多，他们包括：安纳托利·贝利罗夫斯基（Anatoly Belilovsky）、马蒂·博纳斯（Marty Bonus）、达里奥·齐里埃罗（Dario Ciriello）、安娜艾·雷（Anaea Lay）、约翰·P·默菲（John P. Murphy）、艾丽卡·纳奥（Erica Naone）、艾玛·奥斯本（Emma Osborne）、辛迪·彭（Cindy Pon）、肯尼思·施奈尔（Kenneth Schneyer）、艾利克斯·施瓦茨曼（Alex Shvartsman）和路易斯·韦斯特（Louis West）。我对他们深表感谢。每一位作者如果能有这样富于洞见和宽容的朋友，都是十分幸运的。

　　我还要感谢我的编辑乔·蒙蒂（Joe Monti），他对这本书抱有信心，经过多年努力，帮我将它打磨得更贴近我的想象，以及我的经纪人罗斯·加伦（Russ Galen），他从我手中撬过手稿，为它找了一个出色的出版社（还用源源不断的耐心来应付我的焦虑与神经兮兮的发问）。我与传奇出版社（Saga Press）和西蒙与舒斯特出版公司（Simon&Schuster）的各位合作得非常愉快，也非常感谢他们在出书过程中对一位新人作者所给予的耐心与鼓励。

　　最后，我最要感谢的是我的妻子丽莎。是她和我一起想出了这本书的点子，试读多版草稿并提出意见，还在我写作期间作出了巨大的牺牲，为我提供支持。在我的女儿们尚且年幼之时，这本书占用了她们的父亲的大量时间，我希望有一天她们也会阅读并喜欢它。

马上扫二维码，关注"**熊猫君**"

和千万读者一起成长吧！

图书在版编目（CIP）数据

蒲公英王朝：七王之战 / (美) 刘宇昆著；汪梅子译. -- 南京：江苏凤凰文艺出版社，2018.1

书名原文: The Dandelion Dynasty：The Grace of kings

ISBN 978-7-5594-1080-1

Ⅰ.①蒲… Ⅱ.①刘… ②汪… Ⅲ.①长篇小说—美国—现代 Ⅳ.①I712.45

中国版本图书馆CIP数据核字(2017)第217618号

书　　　名	蒲公英王朝：七王之战
著　　　者	（美）刘宇昆
译　　　者	汪梅子
责任编辑	丁小卉　姚　丽
特邀编辑	邹景岚　朱亦红　姚红成
责任监制	刘　巍　江伟明
策　　　划	读客图书
版　　　权	读客图书
封面设计	读客图书　021-33608311
出版发行	江苏凤凰文艺出版社
出版社地址	南京市中央路165号，邮编：210009
出版社网址	http://www.jswenyi.com
印　　　刷	三河市龙大印装有限公司
开　　　本	890mm x 1270mm 1/32
印　　　张	16.75
字　　　数	457千
版　　　次	2018年1月第1版　2018年1月第1次印刷
标准书号	ISBN 978-7-5594-1080-1
定　　　价	62.00元

如有印刷、装订质量问题，请致电010-85866447（免费更换，邮寄то付）